DREW CHAPMAN

Der Analyst

GOLDMANN
Lesen erleben

Buch

Garrett Reilly, Mitarbeiter einer Finanzfirma, ist ein genialer Mathematiker. Er hat ein fotografisches Gedächtnis für Zahlen und erkennt in Ziffernreihen sofort eine Systematik. Als er eines Abends an seinem Bloomberg-Terminal sieht, dass Staatsanleihen in Höhe von 200 Milliarden Dollar verkauft werden, weiß er sofort, dass hier etwas nicht stimmt. Garrett spricht mit seinem Chef, der allerdings nicht auf Garretts Idee eingehen will, die Gunst der Stunde für eigene Transaktionen zu nutzen. Nur ein paar Stunden später steht die Agentin Captain Alexis Truffant in Garretts Büro und will ihn für den militärischen Geheimdienst rekrutieren. Seit sein Bruder in Afghanistan ums Leben gekommen ist, hat Garrett allerdings ein sehr distanziertes Verhältnis zu seinem Heimatland und seiner Regierung und möchte sich nicht vor deren Karren spannen lassen. Doch dann retten ihm Alexis' Leute kurz darauf das Leben, als ein Anschlag auf ihn verübt wird, und er weiß, dass er keine Wahl hat. Schnell findet Garrett heraus, dass die heimlichen Geldtransfers von China durchgeführt wurden, und zwar mit dem Ziel, die gesamte Wirtschaft der USA zum Zusammenbruch zu bringen. Obwohl es sich um einen unsichtbaren Krieg, einen Cyber War, handelt, werden Garrett und Alexis mit sehr realer physischer Gewalt konfrontiert und geraten schon bald in tödliche Gefahr. Denn die Chinesen haben längst mitbekommen, dass sie einen genialen Gegenspieler haben …

Informationen zu Drew Chapman
finden Sie am Ende des Buches.

Drew Chapman

Der Analyst

Thriller

Aus dem Amerikanischen
von Jochen Stremmel

GOLDMANN

Die Originalausgabe erschien 2014 unter dem Titel
»The Ascendant« bei Simon & Schuster, New York.

Dieses Buch ist auch als E-Book erhältlich.

FSC www.fsc.org
MIX
Papier aus verantwortungsvollen Quellen
FSC® C014496

Verlagsgruppe Random House FSC® N001967
Das FSC® -zertifizierte Papier *München Super* für dieses Buch
liefert Arctic Paper Mochenwangen GmbH.

1. Auflage
Deutsche Erstveröffentlichung

Published by arrangement with the original publisher,
Simon & Schuster, Inc.

Umschlaggestaltung: UNO Werbeagentur München
Umschlagfoto: Matt Bird / Corbis
Redaktion: Ilse Wagner
BH · Herstellung: Str.
Satz: IBV Satz- und Datentechnik GmbH, Berlin
Druck und Bindung: GGP Media GmbH, Pößneck
Printed in Germany
ISBN: 978-3-442-48059-3
www.goldmann-verlag.de

Den drei aussergewöhnlichen Frauen
in meinem Leben gewidmet:
Lisa, Augusta und Nora.

PROLOG

GEMEINDE HUAXI, PROVINZ SHANXI, CHINA, 16. NOVEMBER, 6:42 UHR

Hu Mei wurde wach, weil Feuerwerkskörper knallten. Zwei Salven knatternder Schnellfeuer-Explosionen schnitten durch die Stille der Nacht auf dem Land, hallten wider und erstarben dann plötzlich. Das war das vereinbarte Signal – so viele Knaller, wie die Wachposten in der Kürze der Zeit anzünden konnten –, und es bedeutete, dass die Polizei auf der einen Straße näher kam, die durch die enge, windungsreiche Schlucht in das Stadtgebiet von Huaxi führte, wahrscheinlich in Bussen, denen zwei Jeeps mit Parteifunktionären folgten. Die Funktionäre blieben immer im Hintergrund, aus der Schusslinie, aber in der Nähe, damit Fotos von ihnen gemacht werden und sie den Sieg für sich reklamieren konnten, nachdem die Polizei die Drecksarbeit für sie erledigt hatte.

Es würden bezirksfreie Beamte sein, dachte Mei, als sie von der Liegematte aus Schaumstoff herunterrollte, die in ihrem improvisierten Zelt ausgelegt war, kleine Parteifunktionäre aus Taiyuan, der Stadt der zahllosen Stahlfabriken, oder vielleicht sogar eine Stufe höher, aufgeblasene Mitglieder der Stadtverwaltung aus Jinan. Mei war es egal. Es spielte keine Rolle, wer sie waren oder woher sie kamen, sie hasste sie mit ihrem gesamten Wesen: Verstand, Herz, Seele.

Mei kniete auf dem Boden, faltete ihre Decke ordentlich zusammen – sie war stolz darauf, wie viel Aufmerksamkeit sie den Details schenkte und wie gelassen sie angesichts des bevorstehenden Durcheinanders blieb –, und verstaute sie dann in ihrem Rucksack. Sie schloss ihre braunen, zweiunddreißig Jahre alten

Augen und gönnte sich einen Moment der Erinnerung an ihren Mann Yei, die Falten seines schiefen Lächelns, seine sanften Lippen, die lustige schwarze Haartolle, die er sich quer über die Stirn bürstete. Nur der kürzeste Gedanke an Yei, der mittlerweile seit sechs Monaten tot war, tröstete sie. Der Tag würde viele Probleme mit sich bringen, das wusste sie, und das war genau der Grund dafür, dass sie ihn mit einer Meditation über Yeis Gesicht begann. Er war schließlich der Mann, dessentwegen sie überhaupt hier war.

Das Rattern und Stöhnen eines Busmotors brachten sie zurück in die Gegenwart. Sie waren inzwischen ziemlich nah, vermutlich aus der Schlucht heraus, und fuhren an den sumpfigen Teichen am Stadtrand vorbei. Sie kroch aus ihrem improvisierten Zelt – ein Ballen blauer Plastikplane zwischen gebogenen Stöcken aufgespannt – und wurde vom ersten kalten Windstoß einer Novemberdämmerung getroffen. Die Kälte machte ihr nichts aus. Sie war auf einem Bauernhof aufgewachsen und war praktisch jeden Morgen ihrer gesamten Kindheit vor Sonnenaufgang aufgestanden, um Schweine, Hühner und Ziegen zu füttern. Sie war Bäuerin, und das wusste sie, und wie die Kälte machte ihr auch das nichts aus. Im Gegenteil, sie war stolz darauf.

Mei legte die Hände trichterförmig um den Mund und brüllte, so laut sie konnte: *»Qi lai! Qi lai! Jĭngchá! Lai le! Steht auf, steht auf! Polizei! Sie kommen!«*

In der Dunkelheit konnte Mei die anderen Männer und Frauen aus den Zelten kriechen sehen, aus denen ihre Protest-Stadt auf dem niedergetrampelten Gerstenfeld am Rand des Zauns bestand, der die Pestizid-Fabrik umgab. Natürlich wuchs in Wirklichkeit keine Gerste auf dem Feld. Es war so tot wie ihr Mann, vergiftet und wertlos. Alles in Huaxi war vergiftet und wertlos, alles bis auf das Geld, das die Fabrik erwirtschaftete.

»Kuài, kuài!«, sagte sie und klatschte in die Hände. *Schnell, schnell!* Die meisten Demonstranten – insgesamt gab es siebenundachtzig – waren schon auf den Beinen und hatten Stöcke und Spruchbänder bei sich. Mei wusste, dass niemand von ihnen et-

was gegessen oder Tee getrunken hatte und dass allen kalt war. Sie wusste auch, dass jeder bereit war, sein Leben für die Sache hinzugeben. Jedem von ihnen war das Recht an seinem Land zwangsweise, in aller Stille und ohne Vorwarnung von der Partei genommen worden. Sie hatten diese Rechte den Fabrikbesitzern – einem Konsortium von Geschäftsleuten aus Shanghai – übertragen, von denen dann dieses Monstrum gebaut worden war. Und sie hatten alle dafür gebüßt. Ihre Felder waren verdorrt, ihre Schweine waren gestorben, und mittlerweile, was am schlimmsten war, wurden sie selbst und ihre Angehörigen krank: Erkrankungen der Atemwege, Magenkrankheiten, Hautkrankheiten. Mei kannte die Namen der Krankheiten nicht, aber sie wusste, dass sie an diesen Krankheiten sterben würden. Die Fabrik würde sie alle umbringen, und niemand würde ihnen helfen. Weder der Parteichef im Dorf – er war völlig *fŭ bài, korrupt* – noch der Gemeindevorsitzende, der Leiter der Provinzverwaltung, nicht mal der Generalsekretär der Kommunistischen Partei Chinas, Xi Jinping höchstpersönlich. Sie litten alle an *dào dé dún luo – moralischem Verfall.* Sie waren alle taub für die Klagen der Dorfbewohner.

Aber nicht mehr lange. Nicht, wenn Hu Mei es verhindern konnte.

Die Scheinwerfer des Busses schwenkten über die provisorischen Protestzelte. Die Druckluftbremsen zischten, als die Busse anhielten und ihre Vordertüren aufgingen. Schwarz uniformierte Bereitschaftspolizisten sprangen aus den Bussen auf das Feld, wo sie schnell zwei gerade Linien bildeten, eine hinter der anderen. Mei schätzte, dass es ungefähr zweihundert Männer waren; sie konnte ihre Schlagstöcke und Schilde in der Morgenröte aufblitzen sehen, aber ihre Gesichter waren von schwarzen Halstüchern verhüllt. Selbst von der anderen Seite des Feldes konnte Mei die Zuversicht der Polizisten spüren. Sie würden über das Protestdorf hinwegfegen, die Zelte niederreißen, alle Dorfbewohner zusammenschlagen, die ihnen in den Weg traten, und dann die Übrigen verhaften und in das Provinzgefängnis nach Taiyuan abtransportieren. Es würde ein Routinemanöver werden; die Demonstranten waren nichts als Bauern. Sie benutzten Feuerwerkskörper als Warnsignale. Feuerwerkskörper? So rückständig waren sie.

Hu Mei unterdrückte ein Lächeln. Falls die Polizei und die Partei glaubten, sie hätten es mit Einfaltspinseln zu tun, umso besser.

Mei zog ein Handy aus der Tasche. Es war glänzend und neu, unbenutzt, nicht ihr altes Telefon, das die Polizei überwachte und blockierte. Das hier war ein Geschenk eines Cousins, der in Chengdu arbeitete. Er war Qualitätssicherungsmanager in einer Handyfabrik. Er hatte zwei Kisten davon gestohlen, inklusive SIM-Karten und einer Liste anonymer Telefonkonten, und sie alle Mei ausgehändigt, die sie dann an alle Gleichgesinnten weitergegeben hatte, die sie im Huaxi-Tal kannte. Fünfhundert Handys. Fünfhundert nicht zurückverfolgbare Nummern. Fünfhundert Familien und ihre Freunde, die alle auf ein Signal von Mei warteten. Sie kalkulierte, dass es sich um rund zweitausend Menschen handelte. Was die Parteiopportunisten nicht begriffen, war, dass alle diese Dorfbewohner aus Huaxi und jeder benachbarten Stadt das Gleiche empfanden wie Mei – sie waren verbittert. Sie waren ungerecht behandelt, betrogen, ignoriert worden.

Und es gab noch eine Sache, die die Partei nicht begriff. Die Dorfbewohner – die Bauern – vertrauten Mei. Sie hatte ihnen, zusammen mit ihrem Mann Yei, ihr Leben lang Gutes getan, ihren kranken Großeltern Suppe gebracht, mitten in der Nacht geholfen, wenn eine Sau ferkelte, die Algen aus ihren Teichen entfernt, damit sie Trinkwasser hatten. Hu Mei liebte es, den Mitbewohnern in ihrem Dorf zu helfen – das lag ihr im Blut –, und diese liebten sie dafür.

Ihre Finger tippten schnell auf der winzigen Tastatur: »*Tóngzhì men. Shi jian dao le.*« *Genossen. Die Zeit ist gekommen.*

Sie schaute über das niedergetrampelte Feld den Polizisten in die Augen, die jetzt in dem kalten Morgenlicht sichtbar waren. Arrogant. Falls sie gefragt würde, wäre dies das Wort, mit dem sie sie beschreiben würde: arrogant. Aber sie würden nicht lange arrogant bleiben, weil zweitausend wütende Bauern auf sie warteten, hellwach, in der Dunkelheit versteckt, ein ganzes Waffenarsenal geschärfter Ackergeräte in den Händen.

Hu Mei lächelte bei dem Gedanken daran. Und drückte auf »Senden«.

1

NEW YORK CITY, 24. MÄRZ, 9:53 UHR

Garrett Reilly kiffte an diesem Morgen nicht, was ungewöhnlich war. Er hatte sich noch nicht aus seiner Tüte Hindu Skunk bedient, weil es Dienstag war, und dienstags wurden die Preise für die neuen Anleihen an der Börse festgesetzt, normalerweise gleich um acht Uhr morgens, und falls man stoned war, wenn die neuen Anleihen ihre Preise bekamen, entging einem vielleicht eine Kleinigkeit, und wenn einem eine Kleinigkeit entging, machte man Fehler, und wenn man Fehler machte, verlor man Geld.

Garrett Reilly hasste es, Geld zu verlieren.

Deshalb war er nicht stoned, und er war glücklich darüber, was doppelt ungewöhnlich war. Meistens war er wütend, wenn er nüchtern war: wütend auf seine Eltern, seinen Bruder, die Regierung, Konzerne, seinen Boss. Auf jeden und alles. Er betrachtete Wut als Konstante – seinen Gleichgewichtszustand. Aber wenn er high war, machte sich ein verschwommener, wohltuender Friede in seinem Gehirn breit, während er zusah, wie die Ankaufs- und Verkaufszahlen über seinen Bloomberg-Terminal schwebten. Bekifft konnte er die zwanzig klingelnden Telefone neben seinem Ellbogen ignorieren, zum einzigen Fenster des großen, geräuschvollen Raums schlendern und beobachten, wie die Möwen ihre Kreise über dem Rockefeller Park zogen und hinaus über den Hudson River segelten, oder er tauschte mit seinen Kollegen in den anderen Kabuffs Tipps zu Videospielen und Geschichten über verpfuschte Abschleppversuche aus. Sie waren alle jung, geil und gleichgültig der übrigen Welt gegenüber, wenn es nicht um Geld ging. Oder Mösen.

Aber heute war es anders. Er hatte alle Anrufer zufriedengestellt, hatte die Preise der Anleihen konservativ, aber gut festgesetzt und genug Geld für seine Firma – Jenkins & Altshuler – verdient, um sein wachsendes Gehalt zu rechtfertigen. Das war alles *business as usual.* Garrett Diego Reilly, dessen sechsundzwanzigster Geburtstag zwei Wochen zurücklag und der Sommersprossen, schwarze Haare, ein halb irisches, halb mexikanisches Gesicht und den lässigen, schleppenden Tonfall eines Jungen aus den Slums von Long Beach hatte, war ein aufsteigender Stern am Himmel der Firma. Er war ein Wertpapieranalytiker, wahrscheinlich das größte Jungtalent des Unternehmens, vielleicht der Beste in ganz Lower Manhattan – und deshalb war ein profitreicher Tag nichts Ungewöhnliches. Ungewöhnlich waren die CUSIP-Nummern der Schatzanweisungen, die über seinen Bildschirm scrollten. T-Bonds, wie sie genannt wurden, waren langfristige US-Bundesanleihen, abgesichert durch das volle Vertrauen ins US-Finanzministerium, und es gab jede Menge von ihnen auf dem Markt – im Wert von mehreren Billionen Dollar. Sie hatten mehr oder weniger die öffentlichen Ausgaben der beiden letzten Bundesregierungen zur Konjunkturbelebung finanziert und waren für einen großen Betrag der roten Zahlen des Landes verantwortlich. Eine CUSIP-Nummer – nach dem Committee on Uniform Securities Identification Procedures benannt – war eine Methode, jedes in den Vereinigten Staaten und Kanada verkaufte Wertpapier zu identifizieren. Jedes T-Bond hatte eine neunstellige, alphanumerische Zahl.

Garrett kannte seine CUSIP-Nummern. Er hatte ein fotografisches Gedächtnis für Zahlen. Er konnte eine Seite mit neuen Anleihen überfliegen und sie dann eine Woche später Zahl für Zahl wortwörtlich wiederholen. Das war zum Teil der Grund dafür, warum Garrett, Sohn eines Hausmeisters, nach Yale gekommen war. Das, und ein Anstoß von seinem nörgelnden älteren Bruder. Das war zum Teil auch der Grund dafür, dass er einen Job bei Jenkins & Altshuler bekommen hatte und dann zur Spitze seiner Abteilung aufgestiegen war. Aber das war nicht der alleinige Grund. Sein kometenhafter Aufstieg resultierte von einer anderen, damit in Beziehung stehenden Fähigkeit: Mustererkennung.

Garrett behielt Zahlen nicht nur. Er sortierte sie, stufte sie ein, ordnete sie diskreten Kategorien zu, bis sich ein Muster ergab. Ein Ablauf. Bis die Zahlen einen Sinn ergaben. Garrett hatte nicht die Absicht, es zu tun – er tat es einfach. Wie besessen. Rund um die Uhr, sieben Tage die Woche, dreihundertfünfundsechzig Tage im Jahr. Es war einfach sein Blick auf die Welt, wie er Informationen interpretierte. Es war nicht mal so, dass er Muster *fand*.

Er spürte sie.

Beim kleinsten Hinweis auf ein Muster – Zahlen, Farben, Geräusche, Gerüche – würde ein Kitzeln unten an seiner Wirbelsäule beginnen, ein ganz schwacher Stromstoß, der irgendwo zwischen Vergnügen und Schrecken angesiedelt war. Während das Muster, worin immer es gerade bestand, klarer für ihn hervortrat, ließ der Kitzel nach und konsolidierte sich zu einer unumstößlichen Tatsache. Das war stets der Zeitpunkt, an dem er wusste, dass er etwas Wiedererkennbares, Messbares vor sich hatte – eine Sinuskurve von Aktienkursen, ein Drei-zu-eins-Verhältnis absteigender Musiknoten, ein von Violett zu Grün changierendes Überblenden von Busfahrscheinen –, und er würde es sich notieren oder verwerfen und zum nächsten übergehen. Es spielte keine Rolle, ob es einen Zweck oder eine Absicht hinter den Mustern gab; Garrett sah sie einfach, fühlte sie *überall*, und dann zeichnete er sie in seinem Kopf auf. Einfach so. Jede Minute jeder Stunde jedes Tages.

Und das war ein anderer Grund, warum er Marihuana rauchte: Wenn er stoned war, verschwand das Kitzeln, Muster verschmolzen mit dem chaotischen weißen Rauschen des Alltagslebens, und Garrett wurde, zumindest im Moment, wie jeder andere. Informationen wurden nicht sortiert. Sie *waren* einfach *da*. Und das war eine Erleichterung. High zu werden war für Garrett eine Erholung von seiner einzigartigen Fähigkeit.

Aber heute war er nicht high. Er war nüchtern. Und er konnte das Muster spüren, das sich aus den CUSIP-Nummern der seit gestern 1:04 Uhr Greenwicher Zeit auf der ganzen Welt verkauften T-Bonds herauskristallisierte. Das vertraute Kitzeln hatte unmittelbar nach seiner zweiten Tasse Kaffee begonnen. Diesmal war es ein beinahe lustvolles Pulsieren, während er die wohl vierhundertste CUSIP auf einer Anleihe las, die im Nahen Osten verkauft wurde. Er hatte diese Nummer fünfmal gelesen. Und dann ließ er die Erinnerung an all die anderen CUSIP-Nummern, die er kannte, wie einen kaskadenförmigen Tsunami über sich zusammenstürzen. Und einfach so, *bumm*, kam ein Muster zum Vorschein.

Die ersten sechs Stellen einer CUSIP waren einfach – sie identifizierten den Emittenten des Wertpapiers oder der Anleihe. Die siebte und die achte Stelle identifizierten die Emission – was es war, das da verkauft wurde; normalerweise Zahlen für Aktien, Buchstaben für festverzinsliche Papiere oder Anleihen. Die neunte – und manchmal zehnte – Stelle waren das, was als Prüfsumme bekannt war, automatisch generierte Zahlen, die die Summe jeder vorhergehenden Ziffer in der CUSIP darstellten, multipliziert mit zwei. Prüfsummen waren nur dazu da, Irrtümer zu verhindern.

Garrett kannte die ersten vier Ziffern von US-Bundesanleihen auswendig: 9128. Danach unterschieden sich die Ziffern je nach Art der Anleihe: inflationsgeschützte Papiere waren 10; kurzfristig fällig werdende Schatzwechsel 08.

Aber bei diesem Muster ging es weder um inflationssichere noch um kurzfristige Papiere. Es umfasste Schatzanweisungen mit einer Laufzeit von zwanzig bis dreißig Jahren, die längsten, am leichtesten liquidierbaren Schuldverschreibungen der Bundesregierung. Irgendwo verkaufte irgendjemand T-Bonds in kleinen, diskreten Päckchen an vielen verschiedenen Börsen auf der ganzen Welt. Das allein war nicht so ungewöhnlich. Der Markt für Treasury Bonds war riesig, und sie zu kaufen und zu verkaufen war ein Spiel, das vierundzwanzig Stunden pro Tag lief.

Aber zwei Dinge *waren* ungewöhnlich, und sie erregten Garretts Aufmerksamkeit.

Das Erste war, dass alle Anleihen, die verkauft wurden, vor zwölf Jahren bei einer Auktion und von einem nicht spezifizierten Bieter gekauft worden waren.

Das Zweite war, dass, wenn man den Nettowert all der Anleihen zusammenzählte, die vor zwölf Jahren von diesem einen Käufer erworben worden waren, sich dann eine Gesamtsumme von zweihundert Milliarden Dollar ergab. Und das war sogar für Garrett eine verdammte Scheißmenge Geld.

2

JENKINS & ALTSHULER, NEW YORK CITY,

24. MÄRZ, 11:02 UHR

Irgendjemand verkauft heimlich U. S. Treasuries?«, fragte Avery Bernstein und strich sich die paar dünnen Haarsträhnen aus der hohen fünfundfünfzig Jahre alten Stirn, während sich ein Anflug von Verärgerung in seine raue Stimme mit dem Brooklyn-Akzent schlich.

»Im Wert von zweihundert Milliarden«, erwiderte Garrett. »Die Hälfte davon ist heute Morgen an der Börse.«

»Und das ist eine Vermutung? Oder haben Sie einen Beweis?« Avery rollte irritiert die Schultern unter dem Tweedjackett, das er ständig trug, obwohl er kein Universitätsprofessor mehr war und sich jeden italienischen Designeranzug hätte leisten können. Für Avery war der Tweed eine nicht sonderlich subtile Leckt-mich-am-Arsch-Botschaft an alle Wall-Street-Größen: Ich trage, was mir gefällt, zum Teufel noch mal, und verdiene trotzdem mehr Geld als ihr.

Garrett legte seinem Boss einen Stapel gedruckter Seriennummern auf den Schreibtisch. »Ich weiß es«, sagte er. »Ich hab's überprüft. Bin mir absolut sicher.«

»Sind Sie der Herkunft jeder CUSIP-Nummer nachgegangen?«, fragte Avery, während er den Papierstapel durchblätterte. Es waren mit Sicherheit hundert Seiten, was ein paar Millionen verschiedene ID-Nummern bedeutete. Dafür hatte er keine Zeit.

»Ja. Na ja, nein. Das musste ich nicht. Ich überfliege die CUSIPs, wenn sie ausgegeben werden. Und wenn sie wieder auftauchen, sehe ich einfach – kann ich die Herkunft sehen. Nicht hier auf dem Papier. Aber in meinem Kopf. Zweihundert Milliarden

Dollar seit gestern null Uhr auf dem Markt abgeladen, alle aus derselben Auktion 2001.« Garretts Stimme verlor sich, als er sah, wie Avery ihn unverwandt und eher skeptisch anstarrte.

»Sie lesen CUSIPs, wenn T-Bonds ausgegeben werden? Warum? Zum Spaß?«

Garrett zuckte mit den Schultern. »Nicht direkt zum Spaß. Ich tue es einfach manchmal. Besonders, wenn die World-of-Warcraft-Server langsam sind …«

Avery funkelte Garrett an. Er konnte sich noch an das erste Mal erinnern, als er den sommersprossigen Achtzehnjährigen im hinteren Bereich des Dunham-Lab-Hörsaals in Yale gesehen hatte, wie er sich auf seinem Stuhl lümmelte und es nicht mal für nötig hielt, sich in Averys Seminar über Zahlentheorie für Fortgeschrittene Notizen zu machen. Nichts brachte Avery mehr auf als ein Student, der meinte, er sei zu gut für den Unterrichtsstoff. Als nicht sonderlich subtile Warnung veranlasste er seine wissenschaftliche Hilfskraft, Garrett – und nur Garrett – am Ende der Woche einen Test zur Clusteranalyse zu geben, aber Garretts Punktzahl war so hoch, dass sie kaum zu glauben war. Niemand konnte eine Sequenz aus so vielen diskreten Zahlenreihen herausfinden. Avery ließ Garrett den Test unter Aufsicht und in einem verschlossenen Büro wiederholen, aber seine Ergebnisse waren beim zweiten Mal noch höher.

Am nächsten Tag wechselte die aus dem Feld geschlagene wissenschaftliche Hilfskraft zu den Kunsthistorikern. Und anstatt zu versuchen, Garrett zur Aufmerksamkeit zu zwingen, nahm Avery ihn unter seine Fittiche.

Er betreute Garrett den Rest dieses Jahres, schickte ihn in Doktorandenseminare, wenn er gelangweilt oder abgelenkt zu sein schien, ließ ihn über die Vorhersagbarkeit von Börsenerträgen und die Fluktuation von Zinssätzen forschen und lud ihn sogar gelegentlich am Sonntagabend zum Essen ein. Avery hatte genug Genies in Yale gesehen, aber für Garrett entwickelte er eine besondere Zuneigung. Ja, er war arrogant, oft unausstehlich und manchmal vollkommen blind gegenüber den Gefühlen anderer Leute, aber er war ehrlich. Kompromisslos ehrlich. Und wenn seine entbehrungsreichen Anfänge in den Hintergrund traten, konnte Garrett offen, sogar verletzlich sein. Über Tellern mit *lo mein* und Brokkoli-Rindfleisch hatten sie über ihre Familien, über Erwartungen und Enttäuschungen geredet. Er erinnerte Avery an sich selbst in diesem Alter.

Dann starb Garretts Bruder.

Avery zuckte immer noch zusammen, wenn er an den hellen Vormittag im Juni zurückdachte, an die kalte Wut, die in Garretts Gesicht geätzt war, als er in Averys Arbeitszimmer stand und ihm sagte, dass er sein Studium in Yale abbrechen würde. Avery versuchte, ihn davon zu überzeugen, das nicht zu tun, aber Garrett wollte keine Vernunft annehmen. Er packte seine Sachen und fuhr noch am gleichen Nachmittag zurück nach Long Beach, ließ seine ganze Brillanz brachliegen. Avery erkundigte sich von Zeit zu Zeit nach ihm; er wusste, dass Garrett schließlich sein Examen in Informatik an der Long Beach State gemacht hatte und dann einen Job als Programmierer für ein Glücksspielunternehmen in L. A. gefunden hatte. Trotzdem schien es die Verschwendung einer großen Begabung zu sein.

Als Avery vier Jahre später Yale für den Spitzenjob bei Jenkins & Altshuler verließ, galt aus diesem Grund einer seiner ersten Anrufe Garrett. Er wusste, wozu Garrett imstande war, und wollte Köpfe wie ihn in seinem Team haben. Und er hatte recht gehabt, ihn einzustellen – Garrett war der beste junge Analyst der Firma –, aber einen Haufen CUSIPs zu erkennen und dann auf einen Verkauf von Treasuries in dieser Größenordnung zu schließen war mehr als abwegig. Es war, na ja …

»Und Sie glauben, Sie wüssten, wer dahintersteckt?«

Garrett nickte zuversichtlich, räkelte sich träge in seinem Sessel und ließ die Füße auf den niedrigen Tisch vor Averys Bürocouch plumpsen. Er war derart gottverdammt selbstsicher, dachte Avery, verwundert, dass jemand so viel Arroganz ausstrahlen konnte, der – bis jetzt – so wenig getan hatte, um sie zu rechtfertigen. Das war es immer noch, was Avery an Garrett am meisten ärgerte. Aber andererseits war das die Eigenschaft Garretts, dachte der ältere Mann, über die sich auch alle anderen am meisten ärgerten. In den vergangenen sechs Monaten musste Avery zwei älteren Maklern ausreden, zu Stern, Ferguson zu wechseln, weil Garrett nicht aufhörte, damit anzugeben, auf wie viel Einnahmen er es an diesem Tag gebracht hatte.

Wenn er nur nicht so oft recht haben würde.

»Wollen Sie es mir sagen?«

»Wollen Sie nicht raten?«, fragte Garrett lächelnd.

»Verdammt noch mal, Garrett, ich bin der Chef eines millionenschweren internationalen Handelsunter-«

»Die Chinesen«, platzte Garrett heraus und schnitt ihm das Wort ab.

Avery verstummte stotternd. Er holte tief Luft. »Erklären Sie.«

»Die Anleihen sind vor zwölf Jahren bei einer Auktion durch einen Zwischenhändler in Dubai gekauft worden. Handelshaus namens Al Samir. Die chinesische Volksbank nutzt es …«

Avery unterbrach ihn: »Eine Menge Leute greifen auf Al Samir zurück.«

»Klar«, fuhr Garrett fort, »aber wer hat sonst noch zweihundert Milliarden Dollar, die er für US-Anleihen verbraten kann? Auf einen Streich? Vielleicht drei Staatsfonds auf der ganzen Welt.«

»Reine Vermutung. Hat nichts zu sagen.«

»Dazu komme ich noch.« Garrett lächelte, und er genoss es sichtlich, dass er etwas wusste, was Avery nicht wusste. »Ich bin eine Art Anwalt, der Beweismaterial zusammenträgt.«

»Schön«, brummte Avery, »fahren Sie fort.«

»Das Trading hat ein Muster. Sechzehn verschiedene Maklerunternehmen. Aber keines von ihnen liegt in China oder überhaupt in Asien. Falls man Chinese ist und Anleihen abstoßen möchte, aber keinen Verdacht erregen will …«

»… würde man mit Maklern arbeiten, die irgendwo ansässig sind, aber nicht vor der eigenen Haustür«, sagte Avery, Garretts Satz zu Ende führend. »Interessant, aber immer noch Vermutung.«

»Das Trading begann um vier Minuten nach ein Uhr morgens, Greenwicher Zeit. Das ist kurz nach acht Uhr in Peking. Beginn ihres Börsentags. Das heißt, jemand ist dort wach geworden, hat auf den Knopf gedrückt und den ganzen Tag das Geschehen verfolgt.«

Avery nickte und hörte aufmerksam zu, während sich ein Knoten in seinem Magen bildete. Er rieb unbehaglich mit dem Daumen über die abgegriffene Teakholzlehne seines alten Schreibtischsessels von der Uni. »Haben Sie noch mehr?«

»O ja, jede Menge«, sagte Garrett. »Der Clou waren die Verkaufszeiten. Sie waren nach den CUSIP-Nummern der entscheidende Hinweis für mich, dass was im Busch ist. Die Verkaufszeiten von jedem der Maklerunternehmen ergaben ein Muster. Auf die Sekunde abgestimmt. Zunächst hab ich es nicht gesehen, aber dann hab ich sie einfach eine Weile verfolgt, und, Bingo, da wusste ich's.«

»Was war das für ein Muster?«

»Vier, vierzehn, vier, vierzehn. Eine wiederkehrende Schleife.«

»Das heißt gar nichts«, sagte Avery seltsamerweise enttäuscht. Irgendwo im Hinterkopf hatte er gewollt, dass Garrett einer großen Sache auf der Spur war.

»Für Sie. Und für mich. Aber wenn man Chinese wäre …«

Avery kniff die Augen zusammen, weil ihm die furchtbare Wahrheit dessen, was Garrett da sagte, plötzlich klar wurde. Avery hatte fünf Jahre damit verbracht, an der Universität Hongkong Mathematik zu lehren, und war fünf lange Jahre in der chinesischen Kultur untergetaucht gewesen. »Vier bedeutet Tod«, flüsterte er.

»Und vierzehn bedeutet Missgeschick. Die beiden größten Unglückszahlen in China. Falls man seinen Feind durch Zahlen attackieren möchte und sehr abergläubisch ist, würde man seine Anleihen alle vier und alle vierzehn Minuten verkaufen. Und die Chinesen sind wahnsinnig abergläubisch.« Garrett lächelte, bevor er mit den Schultern zuckte. Ein Anflug von Bescheidenheit schlich sich in seine Stimme. »Die ganze letzte Sache musste ich googeln. Ich hab wirklich keinen blassen Schimmer von China.«

Avery versuchte, die enorme Tragweite dessen, was er da hörte, zu begreifen. Die Folgerungen aus Garretts Vermutung waren ungeheuer.

»Falls das hier wahr ist …«, zischte Avery.

»Es ist wahr«, fiel Garrett ihm ins Wort. Er rollte seine weißen Hemdsärmel auf, als wolle er damit andeuten, wie viel harte Kopfarbeit er vollbracht hatte. »Garantiert.«

»Dann wissen Sie, was es bedeutet?«

Garrett nickte begeistert. »Wenn man den Markt mit US-Anleihen überflutet, lässt das die Zinssätze sprunghaft ansteigen. Panik macht sich breit. Und der Dollar wird brutal einbrechen.«

Avery runzelte die Stirn. »Sie scheinen glücklich darüber zu sein.«

»Glücklich? Unglücklich? Ist mir scheißegal. Aber ich weiß, dass man auf diese Weise Geld verdienen kann. Und das ist es doch, was wir tun, stimmt's? Geld verdienen?«

»Möchten Sie auf einen fallenden Dollar setzen?«, sagte Avery langsam, bedächtig. Der Knoten in seinem Magen war explodiert; eine Woge der Übelkeit stieg ihm in die Kehle.

»Verdammt noch mal, ja«, sagte Garrett und sprang begeistert aus seinem Sessel auf. »Ich will leer verkaufen wie verrückt. Ich meine, wenn die Chinesen jetzt heimlich Anleihen abstoßen, werden sie mit Sicherheit später offen verkaufen. Vermutlich ziemlich bald. Also, ja, zum Teufel, ich will auf den fallenden Dollar setzen. Haus und Hof will ich setzen.«

Avery schaute aus dem Fenster, genau nach Westen, und blinzelte ins Tageslicht. Ein Flugzeug befand sich im Landeanflug auf den Newark Liberty Airport. »Garrett, begreifen Sie, dass diese

Sache das Potenzial hat, die amerikanische Wirtschaft zu zerstören?«

»Aber wir werden stinkreich sein«, sagte Garrett. »Wen juckt das also?«

Avery drehte sich um und schaute den jungen Mann an, den er als Achtzehnjährigen unterrichtet, den er erzogen und um den er sich gekümmert hatte. Und auf einmal war er überwältigt von dem Wunsch, zusammenzupacken und wieder nach Yale zu gehen, um der Lehre noch einmal eine Chance zu geben, weil ihm klar war, dass er in seinen zwanzig Jahren hinter dem Vorlesungspult sein Ziel bei Weitem nicht erreicht hatte, nämlich den jungen Leuten von morgen auch nur das einfachste Gespür für Moral mitzugeben.

3

WASHINGTON, D. C., 24. MÄRZ, 16:14 UHR

Major General Hadley Kline konnte kaum stillhalten. Sein stämmiger Körper mit dem großen Brustkasten, der normalerweise im Rhythmus seines ständigen Stroms hyperaktiver Gedanken zuckte und ruckte, war jetzt eine verschwommene Bewegung. Seine Arme wirbelten wie Windmühlenflügel, während er den Kopf schüttelte, und sein üppiger schwarzer Haarschopf tanzte auf und ab, als er um den langen Tisch herumschritt, der in der Mitte des farblosen Besprechungszimmers im Untergeschoss des Gebäudes für das Office of Analysis der Defensive Intelligence Agency, des Geheimdienstes des Pentagon, stand. Das große weiße, unauffällige Gebäude der DIA – in einer Ecke der Bolling Air Force Base im städtischen Außenbezirk von Washington, D. C., versteckt – beherbergte das Zentrum aller Spionage-, Planungs- und Aufklärungsaktivitäten des amerikanischen Militärs, und General Kline war der Leiter der Analyseabteilung. Seine Aufgabe bestand darin, den Überblick über die gewaltige Menge von Informationen zu behalten, die jeden Tag in die militärische Geheimdienstmaschine strömten, und daraus schlau zu werden. Kurz gesagt: General Kline war da, um sich einen Reim darauf zu machen. Und das tat er sehr gerne.

»Erste Frage«, bellte Kline erregt in seinem starken Süd-Bostoner Akzent. »Ist es wahr?«

Um den Tisch herum saßen zwei Dutzend Mitarbeiter, junge Männer und Frauen aus all den verschiedenen Diensten, alle in Uniform, alle mit Laptops und offenen Aktenordnern vor sich.

Howell, ein junger Air Force Captain, antwortete zackig: »Hohe Wahrscheinlichkeit, Sir.«

»Hoch? Wie hoch?« Kline blickte Howell an. »So hoch wie mit *Sicherheit*?«

»Neunzig Prozent, Sir.«

»Wie sind wir darauf gekommen?«

»Von der NSA abgehörtes Telefongespräch zum Finanzministerium, Sir«, rief ein weiblicher Lieutenant vom hinteren Teil des Tischs. »Von einem nicht gesicherten Handy aus.«

»Und der Anruf kam von ...« Kline unterbrach sich, um auf einen offenen Laptop an einem Ende des Tischs zu klopfen. »... Avery Bernstein? Den kenne ich, oder? Woher kenne ich ihn bloß?«

Die Analysemitarbeiter wussten, wie's lief. Kline benutzte seine eigene Art von sokratischer Methode, indem er vor allen anderen, die eine Chance hatten, Informationen zu *Dem Haufen* hinzuzufügen, ein langes, engagiertes Streitgespräch mit sich selbst führte. So nannte Kline die imaginäre offene Kiste, in die sein Team brauchbare Informationen steckte: *Der Haufen*.

Ein junger schwarzer Army Captain, Caulk, projizierte ein Firmen-PR-Foto von Avery Bernstein auf einen Flachbildschirm. »Vorstandschef von Jenkins & Altshuler, einer New Yorker Handelsfirma, Sir. Davor war er Professor für Fortgeschrittene Mathematik in Yale und für den letzten Präsidenten als Berater für Wirtschaftsfragen tätig ...«

»Ja. Richtig. Daher kenne ich ihn. Wir haben seine Vergangenheit gründlich überprüft, oder?« Das Gespräch legte jetzt an Tempo zu.

»Haben wir, Sir.«

»Er war sauber?«

»Das war er, Sir.«

Kline nahm seinen Rundgang wieder auf und kratzte sich am Hals, als hätte er da einen unsichtbaren Moskitostich. »Wie haben sie im Finanzministerium reagiert?«

Ein breitschultriger Captain rief von hinten: »Keine offizielle Stellungnahme …«

Kline unterbrach ihn wütend: »Offizielle Stellungnahmen sind für den Ar…«

Der Captain ließ seinen Boss nicht ausreden: »… aber meine interne Quelle meinte, dass die frühzeitige Warnung ihnen erlaube, den Angebotsüberschuss im Markt aufzukaufen, bevor die Nachricht die Runde macht. Sir.«

Kline lächelte. Er hatte nichts dagegen, unterbrochen zu werden. Er verachtete die bombastische Reglementierung in den Streitkräften. Titel, Salutieren, Besoldungsklassen – Klines Erfahrung nach waren das alles Hindernisse auf dem Weg zum produktiven, kreativen Denken. Er war wegen einer und nur einer Sache dabei: des Jagdfiebers.

»Okay«, knurrte Kline und legte eine Pause ein, um sein versammeltes Team anzuschauen. »Die große Frage? Warum? Warum stoßen die Chinesen heimlich eine Scheißladung von unseren Staatsanleihen ab?«

Captain Howell sprach als Erster. »In zwei Wochen kommt das neue Rüstungsgeschäft mit Taiwan im Kongress zur Sprache. Das hier ist ein Schuss vor den Bug. Verkauft keine F-16 an unseren Feind.«

»Nicht unmöglich, aber konventionell«, bellte Kline. »Hat irgendjemand eine Idee mit Eiern dran?«

Captain Howell errötete, während gedämpftes Lachen im Raum erklang.

Ein weiblicher Lieutenant Colonel stand auf. »Sir. Böswilliger Unsinn. Um uns aus dem Gleichgewicht zu bringen, während sie mit dem Rest der Welt Geschäfte machen.«

Kline zuckte mit den Schultern. »Etwas potenter. Aber zweihundert Milliarden Dollar sind eine sündhafte Menge Unsinn.«

Der breitschultrige Captain meldete sich zu Wort. »Sir, übersehen wir nicht die nächstliegende Erklärung? Die Chinesen glauben nicht mehr, dass US-Staatsanleihen eine gute Geldanlage sind, und deshalb verhökern sie sie. Sie tun es heimlich, um den Weltmarkt nicht in Aufruhr zu versetzen. Oder um uns nicht wütend zu machen. Wir warten inzwischen schon einige Zeit darauf, dass die Chinesen unsere Anleihen abstoßen.«

Kline blieb stehen und nickte nachdenklich. »Ja, Captain Mackenzie, das ist die wahrscheinlichste Erklärung.« Er ließ seinen Blick durch den Raum schweifen. »Sind wir einer Meinung?«

Es erfolgte ein allgemeines Nicken. Kline wartete. Und dann erschien ein verschmitztes Lächeln auf seinem markanten Gesicht. Eine junge schwarzhaarige Army Captain erhob sich am hinteren Ende des Konferenztischs. Sie stand kerzengerade da, geschmeidig und von Natur aus sportlich, und ihre blauen Augen richteten sich auf Kline. Herr im Himmel, wie gut sie aussah, dachte Kline, der sich schnell in Erinnerung rief, dass er glücklich verheiratet war und dass das Anbaggern einer militärischen Untergebenen mit einer Gefängnisstrafe geahndet werden konnte, die das Ende seiner Karriere bedeutet hätte.

»Ja, Captain Truffant?«, sagte er. »Haben Sie eine alternative Theorie?«

»Ja, Sir, die habe ich«, sagte Alexis Truffant ruhig, aber bestimmt. »Es ist nur eine Theorie.«

»Im Moment ist alles, was wir sagen, theoretisch. Sprechen Sie.«

»Sir, ich glaube …« Sie zögerte. »Ich glaube, China hat uns gerade den Krieg erklärt.«

Es schien, als holten alle im Raum gleichzeitig Luft. Auch das folgende Schweigen war unüberhörbar. Kline nickte, ohne etwas zu sagen, und starrte immer noch in Alexis Truffants strahlend blaue Augen. Sie war schön anzusehen, allerdings, aber sie war auch in der Lage, logisch zu denken, egal, wie die Situation aussah oder wie groß der Druck war. Nach Klines Ansicht war das *wahre* Schönheit. Das war der Grund, weshalb sie hier war.

Sie fuhr fort: »Ich glaube nur, es ist ein Krieg, den wir noch nie erlebt haben.«

Kline holte Alexis ein, während sie auf den Fahrstuhl zurück in ihr Büro auf dem zweiten Stock wartete. »Captain Truffant, begleiten Sie mich.«

»Ja, Sir.«

Alexis drehte sich um und passte sich rasch General Klines Tempo an. »Wollen Sie mich zu meiner Kriegsthese befragen? Ich habe Gründe, anzunehmen …«

Kline unterbrach sie. »Nein. Ich bin Ihrer Meinung. Unsere Staatsanleihen auf dem Schattenmarkt zu verkaufen, das kommt einer Kriegserklärung so nahe, wie es in diesen Tagen möglich ist. Selbst wenn wir es erwartet haben. Und ich pflichte Ihnen auch bei, dass es ein Krieg sein wird, den wir nicht wirklich verstehen.«

»Oh«, stammelte Alexis überrascht, was sie sofort bedauerte, weil sie annahm, dass ihr Boss sie zur Schnecke machen würde. Sie hatte lange genug mit Kline zu tun – mittlerweile seit zwei Jahren –, um zu wissen, dass er Unentschlossenheit und Zögern nicht duldete. Er wollte, dass die Leute, die für ihn arbeiteten, zuversichtlich, willensstark und entschieden waren – selbst wenn sie unrecht hatten. Aber anstatt sie zu kritisieren, schüttelte er rasch den Kopf.

»War es Bernstein, der das entdeckt hat?«

»Nein, Sir, ein Mitarbeiter in seinem Büro.«

»Haben wir einen Namen?«

»Garrett Reilly. Sechsundzwanzig Jahre alt. Börsenanalyst.«

»Sechsundzwanzig? Er hat eine ziemlich spektakuläre Meisterleistung in intuitiver mathematischer Ermittlungsarbeit vollbracht.«

»Das hat er, Sir.«

»Wissen wir sonst noch was über ihn?«

»Sein Name steht auf dem Mietvertrag zu einer Zweizimmerwohnung in Lower Manhattan. Hat Yale abgebrochen. An der Long Beach State sein Diplom in Informatik und Mathe gemacht.«

»Das Studium in Yale abgebrochen, um zur Long Beach State

zu gehen? Das beweist einen ausgeprägten Mangel an Urteilsfähigkeit.«

»Er hat sich in Yale exmatrikuliert, nachdem sein Bruder zwei Tage vorher gestorben war … in Afghanistan.«

Kline blieb abrupt stehen, den Kopf zur Seite geneigt, und starrte Alexis an. Sie fuhr fort: »Marine Lance Corporal Brandon Reilly. Im Kampf gefallen im Camp Salerno, am zweiten Juni 2007. Von einem Scharfschützen in den Hals geschossen.«

Kline sagte nichts und bewegte sich ausnahmsweise auch nicht. Alexis beobachtete ihn und wusste genau, welche Rädchen sich im Kopf ihres Vorgesetzten drehten. Nach zehn langen Sekunden nickte Kline langsam, kaum wahrnehmbar. »Garrett Reilly? Glauben Sie, er könnte der Richtige sein?« Die Frage hing in der Luft. *»Für Aszendent?«*

Alexis Truffant hatte sich die gleiche Frage gestellt, als sie vor zwei Stunden einen ersten Blick in Garrett Reillys Akte warf. Sie hatte das Bild des jungen Mannes studiert, sein hübsches, jungenhaftes Gesicht, die blauen Augen, das mürrische, fast arrogante Grinsen auf seinen Lippen; sie hatte seinen kurzen beruflichen Werdegang und seinen Bildungsweg durch die brutale logische Maschinerie ihres extrem ordentlichen Verstands gejagt. Sie suchten seit mehr als einem Jahr ohne Erfolg nach jemandem, und die Uhr tickte; der Förderungszeitraum für das Projekt lief bald aus. Und deshalb formulierte Alexis Truffant die Antwort für ihren Boss so vorsichtig wie möglich, weil sie in ihrem Innersten Risiken äußerst abgeneigt war: »Eine eindeutige Möglichkeit, Sir.«

Kline starrte seine Untergebene an, und Alexis wusste, dass er nach einem Anzeichen von Zweifel auf ihrem Gesicht suchte, nach einer Art Vorbehalt. Die Army war ein Sumpf aus Ausflüchten und Absicherungen. Also holte sie tief Luft und sagte es wieder: »Eindeutige Möglichkeit.«

Kline nickte, wirbelte herum und ging los. Über die Schulter bellte er: »Sie kennen ja den Ablauf, Captain. Fangen Sie an.«

»Bin dabei, Sir«, sagte sie, während sie schon zum Aufzug lief.

4

NEW YORK CITY, 24. MÄRZ, 21:27 UHR

Garrett saß an einem Tisch im hinteren Bereich von McSorley's in der Nähe der Toiletten, wo es mehr nach abgestandenem Urin als nach abgestandenem Bier roch, aber das war ihm egal, weil er mit seinen Freunden zusammen war und sie bereits vier Krüge Black and Tan und sechs Tequila getrunken hatten und dieser Platz ihm ohnehin den besten Blick auf all die anderen Trottel in der gerappelt vollen East-Village-Kneipe erlaubte. Garrett liebte es, wahllos abfällige Bemerkungen von sich zu geben. Wie über die vier jungen Hedgies, die in ihren grauen Anzügen am Fenster standen und diesen blöden Journey-Song, der am Ende der Sopranos kam, falsch sangen – die konnte er wirklich nicht ertragen.

»Scheiß-Hedge-Fonds-Typen«, grollte Garrett zwischen zwei Schluck Bier. »Schaut euch diese Arschlöcher an. Hedge-Fonds sind ein Pyramidenspiel. Wieso sehen die Leute das nicht?«

Mitty Rodriguez, eins dreiundsechzig groß und neunzig gedrungene Kilo schwer, puertoricanische Spieleprogrammiererin und Garretts beste Freundin, hob ihr Bierglas zum Gruß. »Warum setzt du nicht deinen traurigen Arsch in Bewegung und haust einem von ihnen eins in die Fresse. Schlägst ihm die Zähne ein.«

»Vielleicht tu ich das«, sagte Garrett und musterte den größten der Hedgies: eins achtundachtzig, muskulös, sah wie ein ehemaliger Lacrosse-Spieler aus.

Shane Michelson schüttelte den Kopf. Er war schlaksig und hatte keine gute Haut, ein junger Währungsanalyst und auf keinen Fall ein Kämpfer. »Können wir bitte darauf verzichten, aus noch einer Kneipe rausgeworfen zu werden, Gare? Bitte. Ich habe allmählich keine Happy-Hour-Anlaufstellen mehr.«

»Ja. Klar. Die können mich mal. Ich werde in dieser Woche mehr Geld verdienen als sie in ihrem ganzen Leben.«

Shane schüttelte ungläubig den Kopf. »Wie willst du das machen?«

Garrett checkte die jungen Frauen, die an der Theke standen. Eine fiel ihm ins Auge: apart, hochgewachsen, dunkle Haut. »Der Dollar wird abstürzen. Und ich werde ihn ganz bis zum Tiefpunkt reiten.«

Shane lachte. »Garrett, ich bin Devisenhändler. Der Dollar gibt keine Anzeichen von einem Absturz zu erkennen.«

»Vielleicht bist du kein sehr guter Devisenhändler.«

Mitty stieß einen Entzückensschrei aus. »Oh. Gib ihm eins in die Fresse. Zickenkrieg, Zickenkrieg!«

»Leck mich, Garrett.« Shane schaute angepisst zur Seite. Dann übermannte ihn die Neugier. Alle hüteten sich davor, Garretts Prahlereien gänzlich zu ignorieren; sie hatten die unangenehme Eigenschaft, sich zu bewahrheiten. »Was weißt du? Sag's mir.«

»T-Bonds werden abgestoßen. Es werden immer mehr. Staatsanleihen. Überschwemmen den Markt. Ein Massaker zeichnet sich ab.«

»Ich habe keinen Überschuss von Staatsanleihen zum Verkauf angeboten gesehen.«

»Die Notenbank kauft wahrscheinlich den Überschuss auf. Damit niemand in Panik gerät. Hey, siehst du die Frau an der Theke?« Garrett machte eine Kopfbewegung in ihre Richtung. »Ich glaube, die hat ein Auge auf mich geworfen.«

»Wer sollte den Dollar erledigen wollen? Die Euro-Zone? Das sind unsere Freunde.«

»Das ist 'ne scharfe Braut.«

»Russland? Die haben nicht genug von unseren Anleihen. Ein arabischer Staat? Den würden wir atomar auslöschen. Die Japaner? Das würde deren Wirtschaft nicht verkraften.«

»Können wir zur Abwechslung mal nicht über Geld reden«, sagte Mitty. »Ich hab heute einen Angriff mit vierzig Mann auf Kel'Thuzad gemacht. Hätte fast die Zitadelle gestürmt, aber dieser Wichser Nefarian hat mich reingelegt ...«

Garrett lächelte. Er und Mitty waren verwandte Seelen – technikbesessene Gamer, die genauso viel Zeit online verbrachten wie in der richtigen Welt. Sie hatten sich in einem Ego-Shooter-Chatroom kennengelernt und waren die besten Freunde geworden, lange, bevor sie sich persönlich getroffen hatten. Das virtuelle Leben verband sie miteinander. Das und eine tiefsitzende Vorliebe dafür, Ärger zu machen. Mitty war der einzige Mensch in Garretts Bekanntenkreis, der so viele Leute verärgern konnte wie er, und schneller außerdem. In manchen Nächten schien es, als gäbe es ganze Viertel in New York City, wo die beiden nicht mehr willkommen waren.

Shane schloss einen Moment lang die Augen, bevor er sie überrascht wieder öffnete. »China?«

Garrett stand auf, zog seine locker hängende Krawatte gerade und lächelte. »Ich gehe heute Nacht mit ihr nach Hause.«

Shane schüttelte den Kopf. »Unmöglich. Der Yuan ist an den Dollar gekoppelt. Wenn wir untergehen, geht China auch unter.«

Garrett starrte Shane an. Er war betrunken und schwankte, aber Garrett strahlte auch schwankend eine arrogante Selbstsicherheit aus. »Die Chinesen hocken auf zwei Komma sieben Billionen Dollar. Denen geht's prima. Wir sehen uns morgen.«

Er drängte sich durch die überfüllte Kneipe und schob sich unsicher zwischen den Tischen hindurch. Er blieb abrupt stehen, als er bei der jungen Frau an der Theke ankam. Einer der Hedgies baggerte sie gerade an. Garrett machte ein finsteres Gesicht – verfluchte Hedgies –, bevor er sich mit dem Ellbogen zwischen sie drängte. »Sorry, Meister, ich war schon mit ihr im Gespräch. Geh doch wieder zu deinen Freunden und sing noch ein bisschen mit ihnen.«

Der Hedgie – es war der Lacrosse-Spieler, und er war wirklich ein Brocken – warf Garrett einen wütenden Blick zu. »Bist du noch ganz bei Trost? Ich hab mit ihr geredet. Verpiss dich, Freundchen.«

Garrett lächelte die junge Frau an. Sie schien von keinem ihrer beiden Verehrer sonderlich beeindruckt zu sein. Garrett beugte sich zu ihr. »Was ich sagen wollte, war, dass ich seit einer Stunde in meinem Kopf mit Ihnen rede. Wir haben ein ganz erstaunliches Gespräch geführt. Aber dann hat uns dieser Scherzkeks unterbrochen, und ich wusste, dass ich Ihnen zu Hilfe kommen muss.«

Die junge Frau lachte. Der Lacrosse-Spieler packte Garrett an der Schulter. »Ich schlag dir deinen verdammten Schädel ein, du Arschloch.«

Garrett ließ sich herumdrehen. Er musterte den Lacrosse-Spieler von oben bis unten. »Lass mich raten. Duke. Wiso-Examen. Lacrosse in der Unimannschaft. Im dritten Jahr bei der Apogee Capital Group.«

Der Lacrosse-Spieler riss den Mund auf. »Woher, zum Teufel, weißt du das denn? Hast du mir nachspioniert?«

Garrett lächelte. »Warum sollte ich *dir* nachspionieren? Nein, das war leicht. Apogee Capital ist vier Häuserblocks entfernt. Aber die Firma hat dieses Jahr einen Umsatzrückgang von siebzig Prozent. Dein Anzug ist ein Billigimitat aus Hongkong, nicht von Kiton in Italien, und deine Schuhe sind mindestens zwei Jahre alt, was für einen Hedgie antik ist. Apogee hat vor drei Jahren Leute eingestellt, was sie jetzt nicht mehr tun, und deshalb bist du ein Typ ganz unten auf der Leiter, wo du immer noch feststeckst, aber den Job hast du bekommen, weil der Vorstandssprecher von Apogee Lacrosse an der Duke gespielt hat, von der du bei deinem Akzent kommen musst. Und nur Hedgie-Loser würden Journey-Songs aus vollem Hals in einer überfüllten Kneipe singen.«

Mehr war gar nicht nötig.

Die nächsten dreißig Sekunden waren für Garrett irgendwie verschwommen. Er wusste genau, dass der Hedgie auf ihn einzuschlagen versuchte, und auch, dass er darauf vorbereitet war, also duckte er sich nach links und boxte ihn mit der rechten Faust in den Solarplexus. Mit diesem Bewegungsablauf hatte er auf den Straßen von Long Beach häufiger reüssiert, als er zählen konnte. Er war nicht einer der Stärksten, aber er war schnell, und er war ein erfahrener Straßenkämpfer. Er trat hart nach dem sich krümmenden Hedgie und lief auf seine drei Freunde zu, die die Kneipe durchquerten, um sich an dem Kampf zu beteiligen. Garrett trat den Ersten gegen das Knie, was ihn außer Gefecht setzte, und schob den Zweiten in den Dritten hinein, sodass die beiden über einen Tisch purzelten und Krüge und Gläser mit Bier zu Boden fielen und zerbrachen. Zu diesem Zeitpunkt war die ganze Kneipe auf den Beinen, manche liefen zu den Ausgängen, andere versuchten, einen günstigeren Blickwinkel zu ergattern. Ein paar Frauen kreischten, als Mitty durch den Raum polterte, um einige Schläge zu verteilen – sie ließ sich keine Gelegenheit entgehen, um ihre Fäuste spielen zu lassen –, aber sie kam zu spät, weil die Hedgies am Boden lagen. Garrett war schon durch die Tür und auf der Straße, wo er nach einer Gasse Ausschau hielt, durch die er wegrennen konnte, und sich mit der Tatsache abfand, dass er in dieser Nacht allein schlafen würde.

Garrett rannte drei Häuserblocks direkt nach Osten, wobei er sich dachte, dass die Hedgies ihn nie finden würden, wurde dann einen halben Block langsamer und kotzte in eine Mülltonne. Er wischte sich den Mund ab, in dem er noch den Hotdog schmeckte, den er mittags gegessen hatte, fühlte sich aber besser, und als er den Tompkins Square Park überquerte, sah er aus dem Augenwinkel, dass ihm jemand folgte, der noch ungefähr hundert Yards von ihm entfernt war. Er eilte durch den Park, ohne sich umzudrehen, und versteckte sich hinter der Ecke eines Hauses an der Kreuzung von Avenue B und Tenth Street. Er wartete höchstens dreißig Sekunden und sprang hervor, als die Person, die ihm folgte, um die Ecke bog. Er grinste. »Sie konnten mir nicht widerstehen, stimmt's?«

Es war die junge Frau aus der Kneipe.

5

LOWER EAST SIDE, MANHATTAN, 24. MÄRZ, 23:01 UHR

Garrett bestellte zwei Kaffee, einen Teller Pommes frites und eine Schüssel Avgolemono-Suppe. »Zwei Löffel für die Suppe«, sagte er zu der Kellnerin in dem griechischen Imbissrestaurant. »Die Dame möchte vermutlich davon probieren.«

Die Kellnerin zuckte mit den Schultern und machte sich auf den Weg zur Küche, wobei sie an einer Reihe von Plakaten vorbeikam, auf denen Reiseagenturen mit Bildern weißer Stuckhäuser auf kargen ägäischen Inseln für sich Reklame machten. Der einzige andere Gast an der Theke des Lokals schlürfte seinen Kaffee und las in einem Taschenbuch.

Die junge Frau aus der Kneipe schüttelte den Kopf. »Ist das Ihr Abendessen?«

»Hab mein Mittagessen schon ausgekotzt«, sagte Garrett. »Mit anderen Worten: ja.«

»Ich fange an, mir Gedanken über Ihre Lebenserwartung zu machen.«

»Planen wir eine langfristige Beziehung?«

Die junge Frau starrte ihn an. »Geraten Sie öfter in Kneipenschlägereien?«

»Manchmal.«

»Sie sind ziemlich gut darin. In Schlägereien, meine ich.«

»Das betrachte ich als Kompliment. Warum sind Sie mir gefolgt?«

»Um zu sehen, ob alles in Ordnung ist mit Ihnen.«

»Und falls nicht, was genau hätten Sie getan, um mir zu helfen? 911 angerufen?«

»Woher wussten Sie, wo dieser Typ arbeitete? Der Typ in der Kneipe?«

Garrett zuckte mit den Schultern. »Sie haben meine Erklärung gehört. Die Hinweise waren da, wenn man ihnen Beachtung schenkt.«

»Aber die meisten Leute schenken ihnen keine Beachtung?«

»Das stimmt. Die meisten Leute beachten sie nicht. Aber reden wir über Sie, nicht über mich. Ich glaube beispielsweise, Sie wollten nicht, dass ich Sie sehe. Ich glaube, Sie haben mich heimlich beobachtet.«

»Warum sollte ich das tun?«

Die Kellnerin brachte zwei Kaffee. Garrett tat Zucker und Sahne in seinen. Er rührte seinen Kaffee um und dachte über die Frage nach. Er musterte das Gesicht der jungen Frau aus der Kneipe, die Sachen, die sie anhatte, und rührte noch ein bisschen in seinem Kaffee. Nach etwa dreißig Sekunden sagte er: »Zwei Möglichkeiten. Erstens, Sie wollen unbedingt mit mir vögeln. Aber selbst auf dem Gipfelpunkt meiner Arroganz würde ich sagen, das ist abwegig. Ich empfange keine Signale in dieser Richtung, was ein Jammer ist, weil ich Ihre Welt auf den Kopf stellen könnte, wenn Sie mir die Chance dazu gäben.«

»Und zweitens?«

»Heute Morgen hat mein Boss im Finanzministerium angerufen und denen gesagt, ich nähme an, dass die Chinesen in großem Umfang US-Anleihen abstoßen. Das Finanzministerium hat es der CIA oder der NSA oder irgend so einer Spionageagentur – nein, Moment mal, muss was Militärisches sein, Sie machen einen militärischen Eindruck, wie Sie da sitzen mit Ihrer ernsthaft unmodischen Frisur –, und man hat Sie losgeschickt, um herauszufinden, ob ich verrückt bin oder ob ich weiß, wovon ich rede.«

Captain Alexis Truffant versuchte, sich ihre Überraschung nicht anmerken zu lassen. Garrett hatte sie in weniger als fünf Minuten enttarnt. Und mit erstaunlicher Genauigkeit.

Garrett lächelte sie an. »Ich sag Ihnen was. Was halten Sie von folgendem Vorschlag: Wir vergessen, dass ich die zweite Möglichkeit erwähnt habe, wir tun so, als wäre die erste richtig, und gehen zusammen in meine Wohnung, die direkt um die Ecke liegt?«

Alexis nahm einen Schluck Kaffee. »Woran haben Sie's gemerkt?«

Garrett lehnte sich zurück. »Wie Sie sagten, ich achte auf Hinweise. Es ist das Einzige, was einen Sinn ergibt. Der Dollar ist heute nicht abgestürzt, also muss Avery dieses Telefonat geführt haben. Die Notenbank hat die T-Bonds aufgekauft. Sie und die Agentur, für die Sie arbeiten, haben Wind davon bekommen. Oder Sie haben ihn abgehört. Avery hat keine sichere Telefonleitung. Und das hat Ihnen einen Mordsschrecken eingejagt, weil das, was China getan hat, als kriegerischer Akt verstanden werden könnte, stimmt's? Ich meine, es ist ziemlich aggressiv. Vielleicht landen genau in dieser Sekunde eine Million chinesische Infanteristen am Zuma Beach. Die alle im Sand Kung-Fu machen wie in einem Tarantino-Film. Dann wäre die Kacke am Dampfen, stimmt's? Egal, ich hätte nichts davon auf die Reihe gekriegt, wenn Sie mir nicht gefolgt wären, aber ich hätte es mir denken können, weil Sie mich im McSorley ziemlich heftig gemustert haben, und, ehrlich gesagt, in dieser Kneipe hab ich noch nie Glück gehabt. Die Bräute, die da hingehen, wollen nur trinken. Und keine von ihnen ist so scharf wie Sie.«

Alexis beugte sich nach vorn. »Die Idee mit dem kriegerischen Akt. Sind Sie gerade darauf gekommen? In diesem Moment?«

Die Kellnerin brachte einen Teller Pommes frites und eine Schüssel Avgolemono-Suppe und stellte sie auf den Tisch. Garrett spießte eine Fritte mit der Gabel auf, tunkte sie in Ketchup und schaute Alexis an.

»Haben Sie einen Namen?«

»Alexis Truffant.«

»Army, stimmt's? First Lieutenant? Vielleicht Captain?«

»Das Letztere.«

»Beeindruckend. Blitzkarriere. Haben Sie jemandem das Leben gerettet? Einen Haufen Bösewichter in Falludscha abgeknallt?«

Alexis schüttelte den Kopf. »Ich komme nur pünktlich zur Arbeit.«

»Ja, korrekt.« Garrett schnaubte skeptisch. »Also ist es der kriegerische Akt, an dem Sie interessiert sind? Arbeiten Sie für eine Art militärischer Geheimdienstabteilung?«

»Es ist mir nicht gestattet, darüber zu reden.«

»Jetzt machen Sie aber halblang, verdammt noch mal, *Captain* Truffant.« Garrett betonte ihren Dienstgrad scharf. »Glauben Sie, es interessiert mich auch nur einen Scheißdreck, was das für eine Affenbande ist, für die Sie arbeiten?«

»Ich bin mir sicher, das tut es nicht. Aber ich kann es Ihnen trotzdem nicht sagen.«

Garrett lachte. »Militärangehörige. Immer dasselbe mit euch. Regeln. Vorschriften. Befolgen nur unsere Befehle. Bringen nur Leute um. Lassen Kampfdrohnen losfliegen. Hoppla. Kollateralschäden. Hoppla. Beschuss durch die eigene Seite. Vergessen Sie nicht, Sie sind mir gefolgt. Ich hab nicht hinter Ihnen herspioniert. Ich hab nicht an Ihre Tür geklopft.«

Alexis beobachtete, wie Garrett den Mund verzog, mehr Pommes frites aufspießte und wütend darauf herumkaute. Sein Gesicht war auf einmal gerötet. »Geht es jetzt um Ihren Bruder?«

Diesmal schwieg Garrett. Er starrte mit zusammengebissenen Zähnen und zitternden Lippen auf das Essen, das vor ihm auf dem Tisch stand. Er erhob sich abrupt, wobei er gegen den Tisch stieß, sodass sein Kaffee überschwappte. Er funkelte Alexis an.

»Sie wissen nichts über mich. Über meinen Bruder. Über mein Leben. Nichts.« Er warf einen Zwanzig-Dollar-Schein auf den Tisch und marschierte aus dem Lokal.

6

BETHESDA, MARYLAND, 24. MÄRZ, 23:55 UHR

General Klines Computerbildschirm in seinem häuslichen Arbeitszimmer zeigte an, dass der Anruf von einem ungesicherten Mobiltelefon kam. Es war fünf Minuten vor Mitternacht. Er hatte ein Päckchen von Geheimdienstberichten über die gegen Taiwan gerichteten Vorhaben der Chinesen durchgelesen, und jetzt konnte er nicht einschlafen. Zweihundertfünfzigtausend Soldaten der Volksbefreiungsarmee warteten an der Küste von Festlandchina nur darauf, mit dem Schiff die etwa hundertvierzig Seemeilen lange Fahrt zu machen, um die beiden Chinas miteinander zu vereinigen. Und die Pazifikflotte der Vereinigten Staaten war nicht weit entfernt. Beim zweiten Klingeln nahm er ab.

»Hier Kline.«

»Ich rufe von meinem Handy aus an. Es ist eine persönliche Leitung.« Das war Alexis. Kline konnte im Hintergrund die Straßengeräusche von New York City hören. Sie gebrauchte keine der in den Streitkräften üblichen Formalitäten – kein Ja Sir oder Nein Sir –, wie er es ihnen beigebracht hatte, wenn sie im Einsatz waren.

»Verstanden.«

»Ich hab ihn kennengelernt.«

»Sie haben mit ihm geredet?« Kline war überrascht. »Ihre Anweisung lautete, keinen Kontakt mit ihm aufzunehmen.«

»Ich hatte keine Wahl. Er hat ziemlich schnell rausgekriegt, wer ich bin.«

»Okay. Kann man nichts machen. Geben Sie mir die Zusammenfassung.«

»Wütend. Sehr. Aggressiv. Streitlustig. Furchtlos.«

Kline zog ein Notizbuch hervor und schrieb nieder, was sie ihm sagte. Es würde aufschlussreich sein – Alexis Truffant besaß Menschenkenntnis. Deshalb war sie so wertvoll für Kline. »In welcher Hinsicht furchtlos?«

»Er hat mit vier Typen in einer Kneipe eine Schlägerei angefangen. Alle größer als er.«

»Wer hat gewonnen?«

»Er. Locker.«

»Okay. Ich glaube, das gefällt mir.«

»Er ist außerdem schlau. Aufmerksam. Er hat fast sofort gewusst, wer ich war. Und für wen ich arbeite. Und woher ich von ihm wusste. Mit einem Minimum an Hinweisen.«

»Ohne Scheiß?«, fragte Kline lächelnd. »Er kannte den Namen unserer Firma?«

»Nein. Allgemein gesprochen. Aber er war nah dran. Sehr nah. Was mich betrifft. Was die Art betrifft, wie die Information übermittelt wurde. Und warum. Er hat sogar die Hypothese erraten, über die Sie mit mir im Flur geredet haben. Darüber, warum das hier passiert.«

»Er hat vermutet, warum die Chinesen das tun?«

»Ja. Und er war eindeutig erst in dem Moment auf die Idee gekommen. Seine Fähigkeit, zugrunde liegende Muster zu erkennen, ist unglaublich.«

»Was noch?«

»Arrogant. Emotional. Temperamentvoll. Er trinkt gerne. Und er mag Frauen. Sehr.«

Kline schmunzelte. Er konnte sich gut vorstellen, wie Garrett Reilly Alexis angemacht hatte. Er hätte dafür bezahlt, dabei zusehen zu können. »Ich trinke gerne. Und ich mag Frauen.«

»Dann werden Sie beide großartig miteinander auskommen.« Kline konnte die Schärfe in ihrer Stimme hören. Er ging auf ihre Bemerkung nicht ein – die hatte er verdient.

»Okay. Er könnte der richtige Mann sein. Irgendwelche Schattenseiten?«

Es entstand ein kurzes Schweigen in der Leitung. Kline konnte irgendwo in der New Yorker Nacht einen Krankenwagen hören. »Ja«, sagte Alexis. »Und zwar eine große.«

»Raus damit.«

»Er hasst das Militär der Vereinigten Staaten. Leidenschaftlich.«

7

MOFFAT COUNTY, COLORADO, 25. MÄRZ, 8:55 UHR

Matt Sawyer schaltete in seinem Ford-150 Pick-up zurück in den zweiten Gang, um die letzte Serpentine der Colorado County Road 55 zu überwinden, bevor er zum Bergwerk kam. Auf seiner rechten Seite lag ein mit Kiefern gesäumter, dreihundert Yard tiefer Abhang zum Henderson Canyon. Auf seiner linken lag die zerklüftete Flanke des Tanks Peak, an dessen immer noch mit Schnee bedeckter Spitze sich die Wolken auf ihrem Weg nach Osten brachen. Es war ein wunderschöner Anblick, aber Sawyer hatte keine Augen dafür. Er holte tief Luft, trat das Gaspedal durch und fuhr an den letzten Bäumen vor dem umzäunten Parkplatz vorbei.

Das Erste, was er sah, war das halbe Dutzend Männer mit selbstgemachten Schildern in der Hand, die in einem Grüppchen am Rand des Grundstücks standen. Sie waren schon vor drei Wochen dort gewesen, als Sawyer seinen Job angetreten hatte, und heute waren sie immer noch da. Sie trugen Schutzhelme und gefütterte Jeansjacken. Sie drehten sich zu dem Geräusch um, als sein Pick-up vorbeirumpelte, und Sawyer konnte die dumpfe Verzweiflung in ihrem Blick sehen. Sie protestierten, waren aber nicht mehr mit dem Herzen bei der Sache. Ein Mann schüttelte ein Schild, und Sawyer las im Vorbeifahren, was darauf stand: »Rettet unser Bergwerk. Rettet unsere Jobs.« Ja, dachte Sawyer, viel Glück dabei.

Was er als Nächstes sah, als er neben dem Maschendrahtzaun des Bergwerks parkte, waren die bewaffneten Wachleute, von denen die Demonstranten beobachtet wurden. Es waren ungefähr vierzig Männer, einige mit Gewehren, andere mit Faustfeuerwaffen in den Holstern, und alle hatten sichtbar schusssichere Westen an. Sie trugen Sonnenbrillen und Baseballmützen, jeder Mann muskulös und anonym aussehend. Das ist ein bisschen übertrieben, dachte Sawyer. Wer, zum Teufel, würde sich mit *einem* dieser Typen anlegen? Aber *vierzig*? Herr im Himmel.

Sawyer schnappte sich seine Brieftasche und seine Werkzeugkiste und sprang aus dem Pick-up. Er hielt einem besonders feindselig wirkenden Wachmann am Tor seinen Firmenausweis hin und ging auf das Hauptgebäude des Bergwerks zu, wo ihm McAfee in seinem maßgeschneiderten grauen Anzug auf halbem Weg entgegenkam. Sawyer konnte sich nicht erinnern, ob McAfee ihm je seinen Vornamen genannt hatte – vermutlich nicht –, und, zum Teufel, es war ihm ohnehin völlig egal, ob er ihn kannte oder nicht.

»Sawyer, guten Morgen, wie geht's Ihnen?«, sagte McAfee, als er ihm die Hand schüttelte. Wie üblich trug McAfee zum Schutz gegen die Kälte in dieser Höhe nur das Jackett seines Anzugs. Sawyer dachte, er könnte tatsächlich ein Roboter sein.

»Ganz gut, nehme ich an«, sagte Sawyer wider besseres Wissen.

Er wollte noch mehr sagen, aber McAfee schnitt ihm das Wort ab. »Prima. Bringen wir's hinter uns.« Er ging rasch vor zum Fahrstuhl der Schachtanlage, dessen Eingang sich in einem kleinen Haus aus Betonblocksteinen mit einer einzigen, verrosteten Eisentür befand. Sawyer runzelte die Stirn und folgte ihm. Er hatte vielleicht zwei Minuten, um McAfee ein letztes Mal ins Gewissen zu reden – irgendwie hatte er gehofft, das könnte er über Tage machen. Die Eisentür stand offen, und der Fahrstuhl wartete auf Sawyer. Er betrat ihn. McAfee kam zu ihm in den Fahrstuhl. »Ich werde mir die Sache mit Ihnen ansehen, wenn Sie nichts dagegen haben?«

Das war nicht wirklich eine Frage, dachte Sawyer, oder? Er sagte: »Nein. Kommen Sie bitte mit.«

Sawyer schloss das Gitter, schaltete den Motor des Seilzugs ein und begann mit der Abfahrt in die Tiefen des Bergwerks. Sobald die Kabine unter die Erdoberfläche glitt, waren die beiden Männer von Dunkelheit und Geräuschen umgeben: dem mechanischen Schleifen der Kabel, die sich über ihnen spannten, und der Luft, die unter ihnen verdrängt wurde, während sie mehr als neunhundert Yards in die Erde eindrangen. Schummriges gelbes Licht beleuchtete ihre Gesichter und nicht viel mehr.

Fünf Minuten später hielt der Fahrstuhl mit einem leisen Knirschen, als sie unten im Hauptschacht des Bergwerks ankamen. Sawyer öffnete das Gitter und trat hinaus. Er hielt sich in einem Bergwerk auf. Für ihn war es immer noch ein Nervenkitzel, den er vermutlich nie überwinden würde: dunkel, fremdartig, der Geruch der Erde, die Hitze, die zunahm, während man hinabfuhr. Andere Leute bekamen Platzangst, aber er nicht. Er holte tief Luft und drehte sich zu McAfee um. Jetzt oder nie.

»In diesen Flözen gibt es noch jede Menge Molybdän«, sagte er.

»Das gibt es bestimmt, Mr Sawyer.«

»Das ist eine Menge Geld wert. Vielleicht eine Milliarde Dollar.«

McAfee blinzelte in dem düsteren Licht der Lampe. Sawyer konnte sehen, dass er nicht gerne unter Tage war. Er versuchte, seine Atmung unter Kontrolle zu bringen, seine Panik in den Griff zu kriegen. »Keine Ahnung«, sagte McAfee.

»Die Vereinigten Staaten haben früher ein Viertel des Weltbedarfs an Molybdän produziert. Jetzt sind es vielleicht zehn Prozent. Ohne dieses Bergwerk wird der Anteil auf fünf Prozent sinken. Wir werden Nettoimporteur von dem Zeug werden.«

McAfee fixierte Sawyer mit seinem strengsten Anwaltsblick. Sawyer biss sich auf die Unterlippe und fuhr fort: »Es ist ein wichtiges Übergangsmetall, wissen Sie? Wir benutzen es in Legierungen, Jagdflugzeugen, Raketenmotoren. Alle Arten von High-Tech-Kram. Es ist verdammt wertvoll.«

»Mr Sawyer«, sagte McAfee knapp, »kontrollieren Sie jetzt bitte die Zündkapseln.«

Sawyer zuckte zusammen, dann nickte er. Das Gespräch war

offiziell vorüber. Er durchmaß die Länge des Schachts. Es gab fünf verschiedene Abzweigungen, Nebenflöze, die von dem Hauptflöz abgingen. Sawyer überprüfte sorgfältig die Zündkapseln, den Sprengstoff und die Kabel, die er an verschiedenen Punkten angebracht hatte. Alles war sicher. Er hatte seine Sache wie üblich ausgezeichnet gemacht, auch wenn es ihm das Herz brach. Zwanzig Minuten später kehrte er zu McAfee zurück, der neben dem Fahrstuhl stehen geblieben war.

»Alles startklar«, sagte Sawyer.

»Dann machen wir, dass wir hier wegkommen, zum Teufel noch mal«, sagte McAfee. Es war das erste Mal, dass Sawyer ihn ein Schimpfwort benutzen hörte.

Sie fuhren schweigend mit dem Fahrstuhl nach oben. Sawyer hielt die Kabine auf halbem Weg an und machte die Sprengladung scharf, die er im Fahrstuhlschacht befestigt hatte. Wenn sie explodierte, würde auch der einzige Zugang zu dem Bergwerk zerstört werden. Es würde den nächsten Eigentümer viele Jahre und viele Millionen Dollar kosten, hier wieder reinzukommen. Es könnte tatsächlich einfach unmöglich sein. McAfee hatte ihm gesagt, das sei es, was die neuen Eigentümer wollten, als sie ihn engagierten: es unmöglich machen, wieder hier reinzukommen. Sawyer schüttelte bei der Erinnerung daran den Kopf. Warum hatte er dem zugestimmt?

McAfee entfernte sich fluchtartig von dem Fahrstuhl, als er wieder oben angekommen war. Sawyer wartete noch einen Moment, dann schloss er die Tür und ging zum äußeren Rand des am weitesten entfernten Hauses der Bergwerksanlage, ein niedriger Backsteinbau, in dem er gestern das Schaltpult für die Explosion installiert hatte. McAfee gesellte sich zu ihm, diesmal begleitet von zwei stämmigen, bewaffneten Wachmännern. Sawyer bat einen der beiden, die erste Warnung zu verkünden. Der Wachmann bellte in ein Walkie-Talkie. Sawyer entsicherte das Schaltpult.

»Geben Sie bitte die zweite Warnung durch«, forderte er den Wachmann auf, der in sein Walkie-Talkie sprach.

Sawyer warf einen Blick über die Schulter. Die Demonstranten rückten näher an den Zaun heran, der das Bergwerk umgab, weil sie ahnten, was gleich geschehen würde. Eine Phalanx von Wachmännern innerhalb des Zauns bewegte sich zur Seite, um ihnen die Sicht zu nehmen. Sawyer wandte sich ein letztes Mal an McAfee.

»Ich verstehe einfach nicht«, sagte er, wobei in seiner Stimme Gefühle mitschwangen, »warum ein neuer Eigentümer ein Bergwerk für hundert Millionen Dollar kaufen und dann zerstören sollte? Kann mir das irgendjemand irgendwann mal erklären?«

McAfee wirkte unbeeindruckt. »Mr Sawyer. Sie und ich, wir sind Angestellte. Wir sind engagiert worden, und falls wir wieder engagiert werden wollen, erledigen wir unsere Jobs ohne weitere Fragen. Die Eigentümer dieses Bergwerks haben ihre Gründe. Mir ist es egal, was für welche es sind, und das sollte Ihnen auch egal sein. Aus meinen Unterlagen geht hervor, dass Sie für die Zerstörung dieses Bergwerks zweihundertdreizehntausend Dollar gezahlt bekommen. Das ist das Doppelte Ihres Anfangsgebots. Falls Sie den Rest dieses Geldes haben wollen, sollten Sie auf diesen Knopf drücken. Und drücken Sie ihn jetzt. Ich muss ein Flugzeug erwischen.«

Sawyer legte seinen Daumen auf den roten Knopf, der einen elektrischen Impuls durch den Sprengdraht zu den Zündkapseln schicken, den Sprengstoff zur Explosion bringen und das Molybdän-Bergwerk im Henderson Canyon zerstören würde. Er glaubte, jemand vom Parkplatz »Tu's nicht!« schreien zu hören. Aber das bildete er sich vielleicht ein. Er drückte auf den Knopf. Es war ein schwaches Poltern wie bei einem weit entfernten Donner zu hören. Der Boden unter seinen Füßen bebte, Kiesel tanzten im Dreck. Die Kiefern über ihm schwankten kurz.

Und das war es. Das Bergwerk war vernichtet.

Die Demonstranten auf dem Parkplatz wandten sich niedergeschlagen vom Zaun ab und stiegen in ihre Autos. Sawyer sah zu, wie sie abfuhren.

McAfee streckte ihm ein Stück Papier entgegen und lächelte. »So, Mr Sawyer, ich hoffe, wir sehen uns beim nächsten Mal wieder. Wenn es ein nächstes Mal gibt.«

Sawyer warf einen Blick darauf. Es war ein Scheck über 58 500,00 Dollar, ausgestellt auf Matt Sawyer.

Sawyer verzog das Gesicht und dachte: *Was, zum Teufel, hab ich getan?*

8

NEW YORK CITY, 25. MÄRZ, 5:48 UHR

Als Garrett am Mittwochmorgen allein in seiner Wohnung aufwachte, war er nicht nur verkatert, sondern auch ärgerlich; zuerst und vor allem auf Avery, weil er das Finanzministerium angerufen und alles über die Sache mit den Anleihen verraten hatte. Garretts Meinung nach hatte Avery die Grundregel des Finanzspiels verletzt – lass kein Geld auf dem Tisch liegen! Aber Garrett kannte Avery gut, er wusste, dass sein alter Professor konservativ war, und konnte ihm daher seine Schwäche in dieser Hinsicht verzeihen. Während Garrett sich eine Tasse Pulverkaffee machte, eine frische Hose anzog und einen schnellen, befriedigenden Zug an seiner Wasserpfeife nahm, kam er zu der Überzeugung, dass er die Neuigkeit hätte für sich behalten und auf eigene Faust die Währung ungedeckt hätte verkaufen sollen, falls er wirklich daran interessiert gewesen wäre, das große Geschäft zu machen. Mit der Hebelwirkung eines neuen Währungsderivats, mit dem er herumgespielt hatte, hätte Garrett problemlos seine Vermutung hinsichtlich der Chinesen in weniger als einer Woche zu einem Profit von vierzig Millionen Dollar für die Firma ausbauen können.

Aber das hatte er nicht getan, und Garrett wusste, dass er es zum Teil aus Eitelkeit nicht getan hatte. Tief in seinem Innern wollte er jemandem erzählen – jemandem von Bedeutung –, dass er es herausgefunden hatte; dass er einen Staatsfonds dabei ertappt hatte, den Weltmarkt zu manipulieren, bevor es irgendjemandem sonst aufgefallen war. Er war stolz auf sich und wollte, dass die Welt es erfuhr und ihn feierte. Und das brachte ihn auf den zweiten Menschen, auf den er ärgerlich war: Captain Alexis Truffant.

Auch hier war er einerseits wütend, dass sie seinen Bruder erwähnt und einen billigen psychologischen Trick angewandt hatte, um ihn zu einer Reaktion zu provozieren. Warum sie ihn provozieren wollte, darauf war er bis jetzt nicht gekommen. Aber darauf würde er noch kommen. Und wie konnte sie – und ihre namenlose bürokratische Spionage-Agentur – es wagen, in seiner Vergangenheit herumzuwühlen? In seinem Leben? Was hatten sie dort zu suchen? Dieser Schwachsinn, ihm nichts zu verraten, die aufgeblasene Geheimhaltung, dieses wichtigtuerische Gehabe – all das trieb ihn zur Raserei. Es war genau das, was mit den Streitkräften in diesem Land nicht stimmte. Es war der gleiche Schleier, auf den er gestoßen war, als er versucht hatte, etwas über den Tod seines Bruders in Afghanistan zu erfahren. Die gleichen Ausflüchte, die gleiche billige Verwendung des Vorwands mit der nationalen Sicherheit. Bei der Erinnerung an die Stunden, die er am Telefon mit dem Personalamt der Streitkräfte verbracht hatte, um herauszubekommen, wer eigentlich die Kugel abgefeuert hatte, die in den Hals seines Bruders eingedrungen war, drehte sich ihm der Magen um. Warum hatten sie keine Analyse des Geschosses vorgenommen? Hätte es nicht Beschuss durch die eigene Seite sein können? Zur Zeit der Schießerei hatten sich Ranger der Army in der Nähe aufgehalten.

Er konnte spüren, wie sich die Säure in seinem Magen sammelte. Er hasste sie. Hasste sie alle, selbst die süße junge Truffant.

Und trotzdem war er insgeheim stolz. Stolz darauf, dass sie – wer auch immer sie tatsächlich sein mochten – seine Beurteilung der Lage für so wichtig gehalten hatten, dass sie ihn sich näher ansehen wollten. Die große böse Bundesregierung war hinter ihm, Garrett Reilly, her, einem Wertpapieranalytiker, der in einem beschissenen kleinen Apartment in Lower Manhattan wohnte. Das gefiel ihm. Es gefiel ihm, dass er Steine werfen konnte, die in dem riesigen See der Geheimdienst-Bürokratie kleine Wellen verursachten.

Garrett ging die zwanzig Häuserblocks nach Süden und nach Westen zu Jenkins & Altshuler zu Fuß und kam trotzdem um 6:30 Uhr dort an, eine halbe Stunde früher als jeder andere in der Firma. Er überprüfte den London Interbank Offered Rate (den Libor, den von den Banken festgelegten Zinssatz, zu dem sie sich gegenseitig Geld leihen) und den Wert von Euro, Yen und Yuan. Er überflog die Preise für mittelfristige Unternehmensanleihen, die über Nacht ausgegeben worden waren. Hauptsächlich hatte er den Preis des US-Dollar im Auge, hatte ein Fenster für ihn an seinem Bloomberg-Terminal geöffnet und hielt nach dem kleinsten Hinweis für eine Bewegung Ausschau. Aber es gab keinen. Der Dollar hielt sich beständig auf der ganzen Linie gegen alle anderen Währungen. Garrett trank Kaffee in rauen Mengen. Um 7:30 Uhr lief er die Treppe einen Stock höher in den zweiundzwanzigsten und setzte sich in den Sessel vor Avery Bernsteins Büro. Liz, seine rothaarige Sekretärin mittleren Alters, war schon da und sprach ins Telefon. Garrett lächelte sie an, aber sie ignorierte ihn; er schaute auf seinem Handy nach, wie spät es war, und wartete. Zwei Minuten später kam Avery Bernstein herein, das Tweedjackett über die Schultern drapiert und ein *Wall Street Journal* unter dem Arm. Garrett sprang aus seinem Sessel hoch.

»Ich verstehe nicht, warum Sie das Finanzministerium angerufen …«

»Garrett …«

»Sie haben verhindert, dass wir auch nur die geringste Chance haben, auf den Abwärtstrend …«

»Garrett …«

»Wenn der Dollar jetzt abstürzt, kommt das völlig überraschend für uns und …«

»Halten Sie den Mund!«

Garrett verstummte. Normalerweise schlug Garrett zu, wenn ihm jemand sagte, er solle den Mund halten. Aber er konnte seinen Boss nicht schlagen. Und außerdem mochte er Avery. Sehr sogar. Er dachte an ihn – zumindest ein wenig – wie an den Vater, den er in Wirklichkeit nie gehabt hatte.

»Kommen Sie mit mir.« Avery verschwand in seinem Büro. Garrett folgte ihm, und Avery schloss die Tür hinter ihm und setzte sich an seinen Schreibtisch. Garrett konnte Manhattan durch das Fenster hinter ihm sehen, eine sich krümmende Landschaft von Miniaturen: Menschen, Autos und Hubschrauber waren Fleckchen in der Ferne.

»Setzen Sie sich. Sagen Sie keinen Ton.«

Sie saßen schweigend eine Zeit lang da, die Garrett wie fünf Minuten vorkam, tatsächlich aber eher dreißig Sekunden dauerte. Avery fuhr seinen Computer hoch und verstaute seinen Aktenkoffer.

»Sie sind zufällig auf etwas gestoßen, das sich als sehr ernste …«

»Ich bin nicht zufällig darauf gestoßen. Ich habe …«

»Halten. Sie. Ihren. *Verdammten.* Mund.« Die Spannung in Averys Stimme ließ die Worte regelrecht knistern. Garrett presste die Zähne zusammen. Averys Blick glitt über die Wände und die Schreibtische des Büros, als suche er nach ungebetenen Gästen. Oder, wie Garrett plötzlich begriff, nach Abhörgeräten. Ein kalter Schauer fuhr Garrett über den Rücken.

Schließlich schaute Avery ihn an. »Folgendes werde ich Ihnen sagen. Und das ist *alles*, was ich Ihnen sagen kann.« Avery fixierte Garrett mit einem langen, missvergnügten Blick. »Hören Sie zu?«

»Ja.«

»Hier geht es nicht darum, dass Sie für kleines Geld eine texanische Kommunalanleihe kaufen. Oder dass ich Ihnen auszureden versuche, Yale abzubrechen. Das hier ist groß. Das hier ist beängstigend. Größer und beängstigender, als Sie sich vorstellen können.«

In dem Raum machte sich Schweigen breit. Dann fuhr Avery fort: »Was habe ich gerade zu Ihnen gesagt?«

»Dass das hier groß ist. Und beängstigend. Größer und beängstigender, als ich mir vorstellen kann.«

»Sie haben gelernt zuzuhören. Gut. Nun denn. Leute sind an mich herangetreten. Leute, deren Namen ich nicht nennen kann. Und sie haben mir unmissverständlich erklärt, dass Sie die Informationen, die Sie herausbekommen haben, für sich behalten sollen. Sie sagen kein Wort. Zu niemandem. Jetzt. Und für immer. Ist das auch klar?«

Garrett setzte zu einer Erwiderung an, wollte einwenden, dass es ihm scheißegal sei, was das Militär oder die Regierung von ihm wollte, aber dann warf er einen Blick auf Averys besorgtes Gesicht und besann sich eines Besseren. Stattdessen nickte er zustimmend.

»Es ist klar«, sagte er.

»Okay, dann gehen Sie wieder an die Arbeit.«

Garrett stand auf und ging zur Tür. Avery rief ihm nach: »Garrett, noch etwas.« Garrett drehte sich um und schaute seinen Boss an. Avery zuckte leicht zusammen, als ob ein Stromstoß durch seinen Körper führe. Garrett kannte ihn seit acht Jahren und wusste, dass er sich gewohnheitsmäßig Sorgen machte, aber er hatte seinen alten Professor noch nie so besorgt gesehen.

»Bitte«, sagte Avery und schluckte mühsam, »seien Sie vorsichtig.«

9

JENKINS & ALTSHULER, NEW YORK CITY,
25. MÄRZ, 8:32 UHR

Die Handelsstelle für Anleihen war erfüllt von Gesprächen und klingelnden Telefonen. Garrett saß an seinem Schreibtisch und versuchte, sich auf seine Arbeit zu konzentrieren. Das Telefon klingelte, er ging dran und bemühte sich darum, verständliche Antworten zu geben, aber in Gedanken war er woanders.

Seien Sie vorsichtig. Sagen Sie kein Wort.

Warum war diese Sache so groß? Befanden sich die Chinesen wirklich im Krieg mit den USA? Er hatte diese Behauptung Captain Truffant gegenüber fast als Herausforderung formuliert. Er schaute sich Internetseiten an – die der *New York Times*, der Nachrichtenagentur AP, Google News – und dann auch ausländische Webseiten – die der BBC und der Londoner *Times*. Von Feindseligkeiten zwischen den USA und China war keine Rede. Nirgendwo. Nicht mal ein Krisenherd, der aufflackerte, oder ein kleiner diplomatischer Zwischenfall, ein Handelskonflikt oder die Festsetzung eines politischen Gefangenen, die zu eskalieren drohten.

Er zwang sich dazu, an etwas anderes zu denken. Während der nächsten drei Stunden kaufte und verkaufte er Bond-Futures, aber er war nicht auf Draht. Er hatte einen Kater, war ein bisschen bekifft und mittlerweile angespannt und desorientiert. Der Vormittag endete mit einem Minus von dreiundvierzigtausend Dollar für ihn.

Um halb eins machte er seine übliche Mittagspause von fünfzehn Minuten und fuhr nach unten, um sich ein Falafel von Abu Hasheems Straßenwagen zu holen, der immer einen Block nördlich seines Büros geparkt war. Garrett mochte Hasheem. Der Falafel-Verkäufer kam aus dem Libanon, aber er war schnell zu allem Amerikanischen konvertiert. Er war ein eingefleischter Knicks-Anhänger. Garrett zog ihn damit auf. Da er ein Junge aus Long Beach war, hatte er sein ganzes Leben als Fan der Lakers verbracht.

Garrett blieb, nachdem er aus der Eingangshalle des Gebäudes an der Ecke John und William Street nach draußen getreten war, einen Moment stehen, um die Geräusche und Gerüche von Lower Manhattan wahrzunehmen. Ein Taxi hupte. Ein Laster polterte vorbei. Die Märzsonne schaffte es hier nicht runter bis auf die Straße, weil sie von den Wolkenkratzern des Bankenviertels abgeblockt wurde. Garrett sah, wie die Rohstoffmakler und die Verkäufer von Obligationen mit hochgeschlagenem Revers gegen den Wind zu ihrem Mittagessen eilten. Er verließ den Schutz seines Gebäudes und schloss sich dem Strom der Passanten an, die auf der John Street nach Osten gingen.

Und das war der Punkt, an dem er es spürte. Das Kribbeln des Unbehagens unten an seiner Wirbelsäule. Es fühlte sich fast wie ein Frösteln an, wie ein einzelner Tropfen Eiswasser, der sehr schnell von seinem Stammhirn bis zur Mitte seiner Wirbelsäule hinunterrann und sich dann wie ein schwacher, kalter Schock durch seine Arme und Beine verbreitete. Das Gefühl war Garrett vertraut, es ähnelte dem, wenn er ein Muster in einem scheinbar chaotischen Wirbel entdeckte. Und dennoch war das hier etwas anders – ein Bruch im Üblichen. Irgendetwas war irgendwo in seiner Nähe nicht in Ordnung, wich von der Norm ab. Adrenalin durchströmte ihn. Er ging rascher, kopfscheu, Averys Warnung – *seien Sie vorsichtig* – hallte in seinem Kopf wider.

Aus dem Augenwinkel sah er einen jungen Mann in einem grauen Sweatshirt, der ihn, lässig an einen alten weißen fensterlosen Chevy-Lieferwagen gelehnt, von der anderen Straßenseite aus ansah. Und dann einen zweiten Mann in einer Lederjacke einen halben Häuserblock entfernt, der ihn, ein Handy am Ohr, nicht aus den Augen ließ. Als er Garretts Blick auf sich spürte, wandte er sich schnell ab, immer noch telefonierend. Garrett spürte noch einen Adrenalinstoß. Beobachteten die beiden ihn? Oder beobachteten sie nur die Straße wie er selbst? Litt er an Verfolgungswahn? Hatte Avery sein empfindliches Gespür dafür, was normal und was eine leichte Veränderung des Normalen war, ins Wanken gebracht?

Er setzte seinen Weg lautlos fluchend fort. Diese Idioten beim Militär, die Furcht und Verfolgungswahn verbreiteten. Sie spielten ihre dämlichen Spielchen, und jetzt spielte er mit ihnen. Aber damit wäre jetzt Schluss. Männer in Sweatshirts waren Männer in Sweatshirts, und New York City war voll von ihnen, ob sie nun ihn beobachteten oder die hübschen Frauen, die in entgegengesetzter Richtung unterwegs waren. Er marschierte weitere zwanzig Schritte nach Osten und blieb dann abrupt stehen, ohne den Grund dafür eindeutig benennen zu können, abgesehen davon, dass jeder Nerv in seinem Körper ihm genau das vorzuschreiben schien: stehen zu bleiben.

Eine junge Frau, die einen Salat trug, rannte in ihn hinein, murmelte »Entschuldigung« und ging weiter. Garretts Blick zuckte zwischen den beiden Männern, die ihm aufgefallen waren, hin und her, der eine vor ihm, der andere parallel zu ihm. Während er genauer hinsah, stellte er fest, dass der eine Mann Asiate war, der andere hatte sich von ihm abgewandt. Garrett drehte sich um hundertachtzig Grad, als hätte er einen inneren Autopiloten eingeschaltet, und ging zurück in Richtung seines Büros. In seinem Kopf herrschte plötzlich eine unerklärliche Leere. Er schien eines und nur eines zu wissen: *Geh zurück in dein Büro*.

Hinter ihm hörte er einen scharfen, abgehackten Schrei und dann einen aufheulenden Motor. Er warf einen Blick zurück über die Schulter und sah den Mann, der gerade noch lässig an dem weißen Lieferwagen gestanden hatte, in die entgegengesetzte Richtung davonrennen, während der Wagen vom Bordstein losfuhr und auf ihn zugerast kam. Garrett beobachtete, wie der Lieferwagen schneller wurde, und dann wurde plötzlich die Fahrertür geöffnet und ein kleiner dunkelhäutiger Mann in T-Shirt und Jeans sprang heraus, sprintete ebenfalls in die andere Richtung und überließ den fahrerlosen Wagen sich selbst. Der kleine Mann rannte auf der John Street nach Osten, und Garrett starrte ihm hinterher. Der Lieferwagen prallte von einem geparkten Hyundai ab und raste außer Kontrolle die Straße hinunter. Irgendein Fahrer hupte wütend. Die anderen Passanten auf dem Bürgersteig – Geschäftsleute und Botenjungen, Sekretärinnen und Touristen – begannen zu laufen. Inzwischen schien jeder die bevorstehenden Schwierigkeiten wahrgenommen zu haben, die Garrett in den Knochen gespürt hatte. Er riss sich aus seiner Erstarrung und fing an zu rennen. Er hatte gerade fünf Schritte geschafft, als er plötzlich von jemandem attackiert und auf den Boden geworfen wurde, der aus einem Türeingang auftauchte. Er landete hart auf einer Schulter, rollte sich ab und bekam kurz das Gesicht von Captain Alexis Truffant zu sehen.

Sie schrie ihn an: »Kopf runter! Kopf runter!«

Das waren die letzten Worte, die er hörte, weil eine Tausendstelsekunde später ein weißer Blitz aufleuchtete, eine Schallwelle gegen seine Ohren brandete und eine Wolke aus Staub und Schutt über sein Blickfeld trieb. Garrett konnte die Druckwelle einer Explosion fühlen. Sie stieß ihn über den Bürgersteig und in Alexis hinein, und sie rollten zweimal übereinander, vielleicht drei- oder viermal – er verlor ein wenig die Übersicht –, bevor der Marmorsockel eines Hauses beide aufhielt.

Garrett blieb einen Moment dort liegen. Er blinzelte. Er tastete seine Arme, seine Brust und dann sein Gesicht ab. Er schien noch in einem Stück zu sein. Um ihn herum waren Rauch und Chaos. Mit Schmutz bedeckte Menschen stolperten an ihm vorüber, eine ältere Dame mit blutverschmiertem Gesicht. Garrett kam auf die Knie, aber ihm war schwindelig. Er streckte eine Hand aus, um sich abzustützen, und stieß gegen die Schulter von Alexis, die neben ihm hockte. Sie schien mit ihm zu reden, ihre Lippen bewegten sich, aber er konnte nichts hören, und er begriff, dass die Explosion ihn taub gemacht hatte. Alexis ergriff seine Hand. Sie schrie ihn an, aber er konnte die Worte nur verstehen, indem er ihre Lippen las – »Alles okay?«

Er nickte und versuchte dann »Ich kann Sie nicht hören« zu sagen, aber er hatte das seltsame Gefühl zu sprechen, ohne sich selbst zu hören, als ob er Kopfhörer mit Störschallunterdrückung trüge. Er versuchte zu schreien, aber das Ergebnis war das gleiche, eher noch schlimmer, weil seine Kehle kratzte und mit Staub und Rauch gefüllt war. Er musste würgen.

Alexis tippte gegen ihre Ohren und schüttelte den Kopf. Sie konnte auch nichts hören.

»Kommen Sie mit mir«, sagte sie, oder zumindest nahm Garrett an, sie habe das gesagt, weil er sehen konnte, wie sich ihre Lippen bewegten. Sie kamen beide torkelnd auf die Beine. Alexis nahm Garrett bei der Hand und führte ihn rasch an der Eingangshalle zu seinem Bürogebäude vorbei. Die Glasscheiben waren zertrümmert und lagen in winzigen Splittern auf dem Marmorfußboden herum. Garrett erkannte den Sicherheitswachmann des Hauses, der hinter seinem Tisch hervorkam. Er machte einen benommenen Eindruck, als wüsste er nicht, wo er sei.

Alexis zerrte Garrett um die Ecke. Dort parkte in der William Street ein grauer Geländewagen vor einem Hydranten. Die Hecktür stand offen, und ein stämmiger Mann mit Bürstenhaarschnitt und schwarzem Anzug hielt sie auf und signalisierte ihnen, sie sollten einsteigen. Garrett zögerte einen Augenblick, aber dann gewannen seine Benommenheit und Verwirrung die Oberhand. Er und Alexis kletterten auf den Rücksitz, die Tür wurde hinter ihnen geschlossen, der Geländewagen scherte auf die Straße aus, und Garrett wurde auf einmal von dem unabweisbaren Gedanken überwältigt, dass sich sein Leben in diesem kurzen Moment für immer geändert hatte.

10

NEW YORK CITY, 25. MÄRZ, 12:47 UHR

Der Geländewagen jagte in südlicher Richtung durch die schmalen Straßen Lower Manhattans. Streifenwagen rasten in der anderen Richtung an ihnen vorbei, gegen die Einbahnstraße und notfalls auf den Bürgersteig ausweichend. Garrett bemühte sich darum, langsamer zu atmen. Er schloss die Augen, während er auf dem Rücksitz hin und her geworfen wurde, und versuchte, sich auf seinen Gehörsinn zu konzentrieren. Allmählich konnte er Geräusche auf der Straße und das Brummen des Geländewagenmotors unterscheiden. Das beruhigte Garrett – zumindest war er nicht dauerhaft taub.

Er schaute hinüber zu Alexis. Ihr Gesicht war von einer Staubschicht überzogen. An Wange und Kinn waren Blutspuren zu sehen. Sie trug eine braune Wildlederjacke, die jetzt an der Schultern zerkratzt und zerrissen war. Ihre Lippen bewegten sich – sie schien leise mit sich selbst zu reden, und Garrett vermutete, dass sie ebenfalls ihren Gehörsinn testete.

»Können Sie etwas hören?«, fragte er.

Sie nickte. »Ein bisschen. Und Sie?«

»Langsam wieder mehr«, sagte er.

»Sind Sie verletzt?«

Garrett ließ seine rechte Schulter kreisen. Sie war steif, aber nicht besonders schlimm. Nicht schlimmer, als nach einem Footballspiel in der Highschool. »Mir geht's ganz gut. Und Ihnen?«

»Mir geht's prima.«

»Was ist passiert?«

»Eine Autobombe.«

»Wer war das?«

»Keine Ahnung.«

Der Geländewagen fuhr unter dem East River Drive hindurch und auf die Seitenstraße, die am Wasser entlangführte. Sie hielten am Rand eines Docks an, das in den East River hineinragte. Die ganze Fahrt hatte weniger als fünf Minuten gedauert.

Alexis öffnete die Tür. »Kommen Sie, steigen wir aus.«

Garrett blickte prüfend über das Dock und die Straße in der Umgebung. »Das hier ist der Hubschrauberlandeplatz.«

»Ja. Wir müssen hier weg. Sie müssen zu einem Arzt.«

»Es gibt Ärzte in New York. Eine ganze Menge.«

»Jemand hat gerade versucht, Sie in die Luft zu jagen. Wollen Sie wirklich hierbleiben?«

Der stämmige Mann, der ihnen die Tür aufgehalten hatte, stand inzwischen neben Alexis, und Garrett konnte unter den Schlitzen seines Jacketts eine schwarze Pistole sehen.

»Woher wissen Sie, dass die Bombe für mich gedacht war?«

»Warum sind Sie weggelaufen, wenn sie nicht für Sie gedacht war? Sie wussten das, und deshalb sind Sie weggelaufen.«

»Haben Sie mich beobachtet?«

»Wir haben Sie observiert.«

»Warum?«

»Dafür haben wir jetzt keine Zeit. Sie sind in Gefahr.«

Garrett schüttelte den Kopf und ließ sich zurück auf seinen Platz sinken. »Ich mache keinen Schritt, bis Sie mir sagen, was, zum Teufel, hier vor sich geht.«

Alexis wischte sich Staub und Blut aus dem Gesicht. Sie holte tief Luft. »Es gibt Leute, die gerne mit Ihnen reden würden. Die haben Sie beobachtet. Und sie sind beeindruckt. Wenn Sie jetzt mit mir kommen, werde ich sie Ihnen vorstellen. Und sie werden alles erklären.«

Garrett starrte sie an. Alexis wies mit dem Kopf über ihre Schulter. »Der Hubschrauber dort wartet darauf, uns nach Washington, D. C. zu bringen.«

11

UNTERWEGS – DISTRICT OF COLUMBIA,

25. MÄRZ, 13:15 UHR

Der taubenblaue Hubschrauber Sikorsky Executive startete senkrecht von dem Landeplatz an der Southstreet, neigte sich kurz nach links und stieg dann mit südwestlichem Kurs auf dreihundert Yards. Innerhalb von wenigen Minuten flogen sie tief und schnell über die Küste von New Jersey.

Garrett ließ sich in die feudalen Ledersitze zurücksinken. Alexis führte eine Reihe von Telefonaten auf ihrem Handy und sprach leise, aber eindringlich in ihren Bluetooth-Kopfhörersatz. Sie schien abwechselnd wütend und überrascht zu sein. Garrett bemühte sich, sie trotz der Geräusche der Rotoren und des Motors zu verstehen, gab aber nach ein paar Minuten auf. Er holte sein eigenes Handy heraus und versuchte, Avery Bernstein anzurufen, um ihm zu sagen, dass mit ihm alles in Ordnung sei, aber Garrett hatte keinen Empfang – Alexis Truffants militärische Technik war eindeutig besser als seine. Er schloss erschöpft die Augen, der Schock der Explosion war abgeklungen, und jetzt fühlte er sich ausgelaugt. Seine Hände zitterten leicht. Er war kurz davor einzuschlafen, als Alexis ihm auf die Schulter tippte.

»Sie sollten nicht schlafen. Sie haben vielleicht eine Gehirnerschütterung.«

Danach hielt Garrett die Augen offen. Er sah, wie die Küste unten vorbeirauschte, dann das Gestrüpp im Landesinnern von South Jersey, dann das gähnende Blau der Delaware Bay. Sie war wunderschön mit ihren Schaumkronen und Segelbooten und vor sich hin rostenden Frachtschiffen, die alle unterhalb von ihm ausgebreitet waren. Er war noch nie in einem Hubschrauber geflogen.

Als sie über die Delaware-Halbinsel, quer über die Chesapeake Bay und über die vorstädtische Zersiedlung hinwegbrausten, die sich zwischen Baltimore und Washington ballte, ließ er sich noch einmal durch den Kopf gehen, was auf der Straße passiert war. Er versuchte, sich auf das Gesicht des lässig angelehnten Mannes und dann auf den zweiten Mann mit seinem Handy zu konzentrieren. Sollte diese Bombe ihn umbringen? Wenn Garrett seiner Wahrnehmung trauen konnte, hatten diese Männer ihn beobachtet. Okay, dachte er, falls das so war, hatte Captain Truffant recht, und die Bombe hatte ihm gegolten. Aber warum sollte man ihn in die Luft jagen? Ging es hierbei um die Staatsanleihen? Und um Averys Warnung? Aber Garrett hatte doch schon weitergegeben, was er wusste. Das ergab keinen Sinn. Weil es ein einmaliges Ereignis war, passte es in kein Muster, und Garrett war in solchen singulären Dingen nicht gut. Da ihm der Kopf immer noch von der Explosion wehtat, beschloss er, nicht länger darüber nachzudenken.

Er wandte sich an Alexis, als sie ihr Telefongespräch beendete.

»Wo fliegen wir hin? Genau?«, fragte er.

»Zum Luftwaffenstützpunkt Bolling. Dort hat meine Dienststelle ihr Hauptquartier. Die Defense Intelligence Agency.« Sie lächelte ihn an. »Jetzt wissen Sie also, für wen ich arbeite.«

»O-ho«, erwiderte Garrett und wedelte mit einem Finger durch die Luft.

Die Sikorski schwenkte nach Süden, um dem beschränkten Luftraum über dem District of Columbia auszuweichen, und näherte sich Bolling, indem sie dem Potomac folgte. Aus der Luft ähnelte der Stützpunkt mit seinen Reihenhäusern, Baseball-Feldern und seinem kleinen Yachthafen am Fluss einer ganz normalen Gemeinde. Er hatte nicht mal eine Landebahn. Die Sikorski ging auf einem Hubschrauberlandeplatz neben einem Parkplatz nieder, und Garrett und Alexis stiegen in eine wartende schwarze Limousine. Alexis sagte, sie würde Garrett gerne von einem Arzt untersuchen lassen. Sie wurden zum östlichen

Rand des Stützpunkts gefahren, wo es ein kleines Krankenhaus gab.

Garrett wurde durch einen Aufnahme- und einen Triage-Raum in ein grünes Untersuchungszimmer gewunken. Dort wartete eine junge Ärztin auf ihn. Sie säuberte die Schnitte in seinem Gesicht und an der Schulter und machte dann eine Reihe von Gehirnerschütterungstests, die alle negativ waren. Die Ärztin gab ihm eine Karte und bat ihn um einen Anruf, falls ihm schwindelig oder übel würde. Alexis schien verschwunden zu sein – die Ärztin sagte, sie würde sie als Nächste untersuchen –, und an ihrer Stelle wurde Garrett von zwei Militärpolizisten aus dem Krankenhaus zu einem einstöckigen fensterlosen Büropark-Gebäude geleitet. Sie brachten ihn zu einem mit Neonröhren beleuchteten Konferenzraum, fragten ihn, ob er ein Sandwich haben möchte – er bestellte eines mit Truthahn und viel Mayonnaise –, und kamen zehn Minuten später mit dem Essen und einer Limonade wieder.

Garrett aß hastig und überlegte, wen er anrufen könne. In Wahrheit waren nur ein paar Leute an seinem Wohlergehen interessiert, und unter ihnen standen Mitty und Avery oben auf der Liste. Ihm kam der Gedanke, dass er es schließlich geschafft haben könnte, alle anderen Menschen in seinem Bekanntenkreis zu verprellen. Er verzog unwillkürlich das Gesicht und steckte sein Handy rasch wieder weg.

Sobald er mit seinem Essen fertig war, betraten zwei Männer in schwarzen Anzügen den Konferenzraum, und Garrett begriff, dass sie ihn die ganze Zeit beobachtet hatten. Er entdeckte die Überwachungskamera in einer Ecke an der Decke und nahm sich vor, von jetzt an auf solche Dinge zu achten. Die Männer stellten sich als Agenten Cannel und Stoddard vor. Sie sagten, sie arbeiteten für das Ministerium für Innere Sicherheit. Garrett bat sie darum, sich auszuweisen, und sie ließen ihn pflichtgemäß ihre Dienstausweise inspizieren.

»Wir wollen Ihnen nur ein paar Fragen stellen«, sagte Stoddard, der ältere und größere Mann. Garrett nahm an, sie würden nach der Explosion fragen und danach, was er gesehen hätte, aber stattdessen begannen sie mit Fragen nach seiner Familie. Wie lange hatte sein Vater für den Schulamtsbezirk von Long Beach gearbeitet? Wie alt war Garrett gewesen, als sein Vater starb? Hatte seine Mutter je einen Arbeitsplatz gehabt? Was machte sie jetzt? War Garrett schon mal verhaftet worden? Innerhalb von zwei Minuten wurde Garrett langsam wütend.

»Was kümmert es Sie, ob ich schon mal verhaftet worden bin?«

»Das sind nur Standardfragen, Mr Reilly.«

»Sind Sie schon mal verhaftet worden?«, fragte Garrett sie.

»Ich nicht«, sagte Agent Stoddard.

»Na ja, warum nicht? Machen Sie keine Partys? Haben Sie nie Spaß?«

»Allerdings habe ich Spaß. Nur eben gesetzeskonformen Spaß.«

Garrett grunzte. »Mir ist gerade was eingefallen. Ich bin einmal verhaftet worden. Für mehrfachen Mord. Ich hab einen Haufen Schulkinder umgebracht. Direkt, nachdem ich sie missbraucht habe. Aber ich hab einen guten Anwalt gehabt und bin freigesprochen worden.«

Die Agenten von der Homeland Security stellten einfach weiter ihre Fragen. »Was ist denn mit Ihrer Mutter …«

»Was ist mit *Ihrer* Mutter?«

»Ist sie schon mal verhaftet worden?«

Irgendwann in der fünften Minute hörte Garrett einfach auf zu reden. Die Agenten stellten noch ein paar Fragen, bevor sie Garrett fragten, ob er eine von ihnen beantworten wolle, und als er nichts sagte, dankten sie ihm, klappten ihre Notizbücher zu und gingen.

In einem kleinen Überwachungszimmer, das neben dem Konferenzraum lag, zogen die beiden Agenten den Kopf ein und nickten Alexis Truffant und General Kline zu, die Garrett auf einem Farbbildschirm beobachteten.

»Eine Sache konnten wir feststellen, General«, sagte Agent

Stoddard und zeigte auf das Videobild von Garrett. »Er ist eindeutig ein Arschloch.«

Alexis grinste. »In der Beziehung schlägt er alle Rekorde.«

General Kline machte ein finsteres Gesicht, als die Agenten von der Homeland Security abzogen. Er war kein Fan dieser Truppe; ein Luftwaffenstützpunkt fiel definitiv nicht in ihren Zuständigkeitsbereich, und trotzdem stolzierten sie durch seinen Laden, als gehörte er ihnen. Ihre Bürokratie wuchs und wuchs, und ihre ständigen Übergriffe beunruhigten ihn. Er holte tief Luft und drehte sich zu Alexis um. »Captain, wenn ich ihn jemandem vorstelle, dem ich ihn gerne vorstellen möchte …«

»… würde er Sie dann blamieren?«, beendete Alexis seinen Satz.

»Bis auf die Knochen blamieren?«

»Nach allem, was ich gesehen habe, Sir, wird er mit an Sicherheit grenzender Wahrscheinlichkeit eine Störung verursachen, wenn auch nur eine kleine Möglichkeit dazu besteht.«

Kline studierte Garrett auf dem Videobildschirm. Der junge Mann sah gut aus, das war nicht zu leugnen, aber Kline gewann den Eindruck, dass er etwas Gefährliches, fast Ungezähmtes an sich hatte, als wäre er als Knabe von Wölfen aufgezogen worden und als hätte man ihn gerade erst aus der Wildnis eines riesigen Waldes im hohen Norden gerettet. Er klopfte immer wieder mit den Fingern auf den Tisch. Er schien ungeduldig, nervös, wütend zu sein.

Kline massierte sich sanft die Schläfen, um einen Spannungskopfschmerz abzuwehren. »Ich mache die Anrufe. Besorgen Sie ihm was zum Anziehen und bereiten Sie ihn auf das Abendessen vor.«

12

LUFTWAFFENSTÜTZPUNKT BOLLING, WASHINGTON, D. C.,
25. MÄRZ, 16:49 UHR

Das Zweizimmerapartment lag in der Mitte des Stützpunkts. Militärpolizisten gingen vor und hinter dem Apartmenthaus Streife. Drinnen waren eine dunkle Hose und ein sauberes Hemd mit Button-Down-Kragen – in Garretts Größe – auf einem Bett ausgelegt; ein blauer Blazer hing an der Tür.

»Haben Sie diese Sachen ausgesucht?«, fragte Garrett Alexis.

»Falls ich ja sage, weigern Sie sich dann, sie zu tragen?«, erwiderte sie.

Garrett lachte. »Ich werde langsam vorhersehbar.« Er zog sein Hemd vor ihr aus. Sie verließ das Schlafzimmer und schloss die Tür, aber er schob sie wieder ein Stück auf, damit sie ihn hören konnte. Und sehen. Er wollte, dass sie ihn nackt sah. Er würde alles tun, damit sie sich unbehaglich fühlte. Er zog auch die Hose aus.

»Warum haben mich die Typen von der Homeland Security nicht nach der Bombe gefragt?«

»Keine Ahnung«, sagte Alexis, die es gezielt vermied, zur offenen Tür hinzuschauen. »Hören Sie, wir gehen heute Abend zu einem Essen, an dem wichtige Leute teilnehmen. Leute, die für die Zukunft dieses Landes verantwortlich sind.«

»Ich meine, ich war Augenzeuge. Und vielleicht sogar das Ziel. Es dürfte im Moment die größte Neuigkeit im ganzen Land sein. Das ist wirklich bizarr.«

»Wenn Sie einfach zuhören könnten, was sie Ihnen zu sagen haben. Das würden wir alle sehr zu schätzen wissen, denn was sie zu sagen haben, ist weitaus wichtiger als der Bombenanschlag.«

»Wichtiger als die Frage, ob ich am Leben bin oder nicht?«

»Deutlich wichtiger als das.«

»Für mich ist es erstaunlicherweise wichtig, ob ich am Leben bin oder nicht.«

»Das glaube ich gerne«, entgegnete Alexis mit unverhohlener Geringschätzung.

Garrett kickte die Schlafzimmertür zu und ging duschen. Als er herauskam, war Alexis fort, und die Wohnungstür war von außen verschlossen. Er trat einmal gegen die Tür und war sich ziemlich sicher, dass er ihren dünnen Sperrholzrahmen mit ein wenig mehr Aufwand aufgesprengt bekäme, aber er entschied sich dagegen – was würde es bringen? Er hatte keinen bestimmten Ort, wohin er gehen könnte. Er hielt in dem Apartment nach einem Fernseher Ausschau, aber weil es keinen gab, schaute er sich die Nachrichteneinspeisung auf seinem Handy an. CNN und die *New York Times* berichteten darüber als Terroranschlag, eine Autobombe mit zahlreichen Verletzten, aber keinen Toten; weder eine Gruppe noch eine Einzelperson hatten sich zu der Tat bekannt, und die städtischen Behörden hatten keine Verdächtigen. Garrett war in keinem der Berichte erwähnt, aber als er darüber nachdachte, konnte er auch keinen Grund dafür erkennen. Niemand wusste, dass er unten oder irgendwo in der Nähe der Explosion gewesen war. Aber dann wurde ihm klar, dass Avery Bernstein ihn nicht angerufen hatte. Niemand von Jenkins & Altshuler hatte ihn angerufen, was merkwürdig war, wenn man in Betracht zog, dass er zu einer vermissten Person geworden war. Hatte Alexis Truffant vielleicht seinen Boss angerufen? Sie schien der richtige Typ dafür zu sein – offene Probleme wurden sofort geregelt.

Er rief Averys Büronummer an, wurde aber mit der Mailbox verbunden. Sie hatten Feierabend gemacht. Er hatte Avery eigentlich nichts zu sagen, abgesehen davon, dass es ihm gut ging, dass er den Bombenanschlag überlebt hatte, aber irgendetwas sagte ihm, dass Avery es schon wusste. Avery war stärker in diese ganze Geschichte involviert, als Garrett begriffen hatte. Er war der Punkt, von dem alle nachfolgenden Aktionen ausgegangen waren. Avery war auf dem neuesten Stand, entschied Garrett.

Als Nächstes rief er Mitty Rodriguez an, aber sie ging auch nicht an den Apparat. Für den Fall, dass sie sich Sorgen machte, hinterließ Garrett ihr eine Nachricht, aber er bezweifelte das; vermutlich war sie tief in ein Online-Game verstrickt und hatte von dem Bombenanschlag noch nichts mitgekriegt. Mitty spielte oft tagelang, ohne nach Luft zu schnappen. Oder sich die Nachrichten anzusehen. Es war klar, dass jeder von ihnen längere Zeit verschwunden sein konnte, ohne dass der andere durchdrehte.

Alexis kam um 18:30 Uhr wieder, während die Sonne in Virginia langsam unterging. Sie klopfte an die Wohnungstür, schloss sie auf und kam herein. Garrett musste zweimal hinschauen, als sie in einem kurzen schwarzen Kleid und durchsichtigen Nylonstrümpfen in der Eingangsdiele stand, mit Haaren, die ihr bis über die Schultern fielen, und knallrot geschminkten Lippen. Sie sah umwerfend aus.

»Wir müssen tatsächlich ein paar richtig wichtige Leute treffen«, sagte Garrett und nickte ihr zu. »Weil Sie scharf aussehen. Echt scharf.«

»Das tun wir. Und vielen Dank für das Kompliment.«

Garrett folgte ihr die Treppe hinunter und in ein draußen wartendes Zivilfahrzeug. Der Ford wurde von einem uniformierten Lieutenant der Air Force gefahren, und Alexis und Garrett setzten sich nach hinten. Garrett fühlte sich ein bisschen so, als wäre er auf dem Weg zum Abschlussball der Highschool – zu dem er nicht gegangen war, weil er sich lieber am Strand zum Rauschen der nächtlichen Brandung bekifft hatte –, und er genoss die Empfindung. Wenigstens war seine Balldame hübsch. Sie fuhren über die Frederick Douglas Bridge nach Washington, D. C. hinein. Garrett war zum ersten Mal in der Hauptstadt der Nation. Er starrte aus dem Fenster, und es kam ihm so vor, obwohl er die genaue Lage der Stadt nicht kannte, als wolle ihnen der Fahrer jede patriotische Sehenswürdigkeit bieten, die er finden konnte. Sie umkreisten das von Scheinwerfern beleuchtete Capitol, durchquerten die National Mall, wo er das Smithsonian und die National Archives zu Gesicht bekam, und fuhren dann eine Reihe von Schleifen, die sie direkt am Weißen Haus vorbeiführten. Vielleicht war es ein Trick, aber es gefiel Garrett trotzdem, und er presste sein Gesicht an das Autofenster wie ein zutiefst beeindrucktes Kind.

Sie glitten am Außenministerium vorbei, fuhren nach Georgetown hinein und manövrierten durch eine Reihe von schmalen, mit Bäumen bestandenen Straßen mit vornehmen Stadthäusern. Sie parkten in zweiter Reihe vor einem dreistöckigen Sandsteinhaus an der Dumbarton Street. Paare uniformierter Polizisten standen zu beiden Seiten des Hauses auf halber Strecke bis zur nächsten Querstraße Wache, und zwei Männer in dunklen Anzügen, die Garrett für Agenten des Secret Service hielt, blockierten die Haustür. Für Alexis machten die Agenten Platz, und Garrett segelte in ihrem Kielwasser.

Der Eingangsbereich des Stadthauses war in weiches gelbes Licht getaucht. Antike Möbel aus der Kolonialzeit säumten die Diele, und ein Paar opulenter Ölgemälde der Hudson River School hingen einander gegenüber an den Wänden. Der Fußboden bestand aus polierten Holzdielen, die mit Adern durchzogen waren, auf denen kunstvoll gewobene Läufer lagen. Nach Garretts Meinung stank das Haus nach Geld. Und Macht.

»Hübsch«, sagte Garrett lachend, während er eine antike zinnerne Teekanne auf einem Mahagonitisch begutachtete.

Eine junge, gut gekleidete Afroamerikanerin kam in die Diele und lächelte Alexis freundlich an. »Captain Truffant. Schön, Sie zu sehen.« Die junge Frau wandte sich Garrett zu und schaute ihn einen Moment lang an. »Und Sie müssen Garrett Reilly sein.«

»Ja. Der bin ich.«

»Ist mir ein Vergnügen. Ich habe eine Menge über Sie gehört. Ich bin Mackenzie Fox. Die Assistentin des Ministers. Kommen Sie mit. Alle sind bereits hier und warten auf Sie.« Sie öffnete eine Tür am Ende der Diele und hielt sie für die beiden auf. Alexis trat ein und verschwand aus Garretts Blickfeld, aber dieser blieb noch einen Moment bei Ms Fox stehen.

»Was für ein Minister?«, flüsterte er ihr zu.

»Verteidigung.«

»Ach, du Scheiße«, sagte Garrett, bevor er sich bremsen konnte.

»Das kann man wohl laut sagen«, erwiderte sie lächelnd.

13

GEORGETOWN, WASHINGTON, D. C., 25. MÄRZ, 20:02 UHR

Verteidigungsminister Duke Frye jun. sprach als Erster, und Garrett erkannte ihn sofort. Er war ein großer Mann mit vollem schneeweißem Haar, breiten Schultern und blauen Augen. Sein texanischer Akzent war kaum herauszuhören; er hatte eindeutig daran gearbeitet, ihn loszuwerden, und jetzt sprach er eher wie der elegante internationale Geschäftsmann, der er gewesen war, bevor er zum Minister ernannt wurde.

»Möchten Sie etwas trinken, Mr Reilly? Wir schenken heute Abend Scotch aus. Achtzehn Jahre alten Highland Park. Kennen Sie den?«

»Klar«, erwiderte Garrett etwas befangen und nicht völlig sicher, ob er meinte, »klar« kenne er den Scotch oder »klar« wolle er etwas davon trinken.

Minister Frye schenkte ihm jedenfalls ein Glas ein. Er reichte es Garrett, und dann gab er ihm die Hand. »Duke Frye. Ich bin der Verteidigungsminister.« Er sah Garrett direkt an, und dieser spürte zum ersten Mal seit langer Zeit, dass ihm ein bisschen mulmig wurde. Frye war der erste wahrhaft mächtige Mann, den Garrett je persönlich kennengelernt hatte, und er jagte ihm Angst ein. Nicht viel, aber gerade genug, um ihn ein wenig aus dem Gleichgewicht zu bringen.

»Erfreut, Sie kennenzulernen«, sagte er und fügte dann rasch »Sir« hinzu, hätte sich aber sofort danach die Zunge abbeißen können.

»Alle anderen in diesem Zimmer sollen sich selbst vorstellen. Aber wir sind eine ganze Menge, und wir haben nicht endlos viel Zeit.« Frye wies auf das runde Dutzend anderer Leute, die in dem großen, prächtigen Wohnzimmer versammelt waren. Ein paar standen, zwei von ihnen vor einem dunklen Ölgemälde mit einem vom Wind gebeutelten George Washington zu Pferde, das Garrett mit Sicherheit schon mal in einem kunstgeschichtlichen Buch gesehen hatte. Die restlichen Gäste saßen. Garrett stellte mit einem Blick fest, dass fünf oder sechs Männer und Frauen in Uniform da waren – Generäle, wie es aussah. Er glaubte, tatsächlich vier Sterne auf dem Schulterstück des Ältesten aus dieser Gruppe zu erkennen, ein schlanker, drahtiger Afroamerikaner Anfang sechzig. Die anderen Männer und Frauen waren ein gemischter Haufen, die meisten zwischen vierzig und fünfzig, alle in irgendeine Art teuren Anzug gekleidet. Garrett konnte die Ausstrahlung von Macht in dem Raum geradezu spüren. Und alle starrten ihn an.

»Ich bin sicher, Sie fragen sich, warum Sie hier sind, Mr Reilly«, sagte der Minister. »Deshalb lasse ich am besten diesen Herrn hier den Auftakt machen. General Kline. Würden Sie so nett sein?«

General Kline trat vor die Versammlung. Er war einer der wenigen, die kein Glas in der Hand hatten. Er streckte die Hand aus, um die Garretts zu schütteln, und begann, schnell mit seinem abgehackten Bostoner Akzent zu sprechen. »Ich bin Hadley Kline. Leiter der Analyseabteilung der Defense Intelligence Agency. Ich bin damit auch Alexis' Chef.« Er nickte Alexis zu, die sich von Garrett entfernt hatte und nun unauffällig in einer Ecke stand. In der in dem Zimmer herrschenden Hackordnung spielte sie eindeutig keine Rolle.

Kline räusperte sich. »Wie fange ich hiermit am besten an?« Er zuckte kurz, wie es seine Gewohnheit war, und legte los. »Ich nehme an, Sie haben den alten Spruch gehört – Generäle bereiten sich immer darauf vor, den letzten Krieg zu kämpfen. Nun ja, leider ist da ein Körnchen Wahrheit darin. Die bewaffneten Streitkräfte verwenden eine Menge Zeit und Geld darauf, ihre nächste Generation von Führungspersönlichkeiten heranzuziehen – West

Point, Annapolis, die Air Force Academy. Kluge Männer und Frauen. Wir erklären ihnen, wie der letzte Krieg gekämpft wurde. Und dann sagen wir ihnen, sie sollten darüber nachdenken, wie man den nächsten kämpft. Aber im Verlauf dieses Prozesses formen wir sie nach unserem Bild. Wir machen Militärs aus ihnen. Das ist der springende Punkt – wir wollen, dass aus ihnen Soldaten werden. Aber das« – hier zögerte Kline, um seine Worte sorgfältig zu wählen, nicht aus rhetorischen Gründen, sondern, wie Garrett vermutete, um niemanden im Raum zu beleidigen – »das hat seine Nachteile«, beendete er den Satz.

Kline ließ seinen Blick rasch durch den Raum schweifen, als hielte er nach Widerspruch Ausschau. Es gab keinen.

»Wir sind anfällig für Gruppendenken, egal, wie sehr wir uns anstrengen, unabhängig zu bleiben. Es liegt in der Natur des Menschen, sich von anderen beeinflussen zu lassen. Das ist die Fähigkeit, die es dem Menschengeschlecht gestattete, sich von einzelnen Jägern in der afrikanischen Steppe zu Leuten weiterzuentwickeln, die in einem eine Million Dollar teuren Stadthaus in Georgetown herumstehen und Scotch trinken.«

»Hab's für eine Million Dollar gekauft«, schaltete sich der Minister ein. »Gott allein weiß, was es inzwischen wert ist. Verdammter Immobilienmarkt.« Im ganzen Zimmer war Kichern zu hören.

»Gruppendenken ist besonders verbreitet in größeren Organisationen«, fuhr Kline fort. »Und das Militär ist die größte Organisation von allen. Ich glaube, sagen zu können, ohne hier irgendjemandem zu nahe zu treten, dass das Militär nicht die originellste und kreativste Gruppe der Welt ist. Wir schätzen Disziplin, Tapferkeit und Integrität. Dichter und Unternehmer brauchen sich nicht zu bewerben.« Auch das erntete Gelächter.

»Wenigstens bis jetzt nicht.« Kline wandte sich an eine junge Frau, die in einer Ecke saß. Sie stand auf und lächelte höflich. Sie war Hispanoamerikanerin, nicht älter als dreißig Jahre und trug ein maßgeschneidertes schwarzes Kostüm. Sie streckte Garrett die Hand hin, die er nahm und schüttelte.

»Garrett. Mein Name ist Julia Hernandez, und ich arbeite im Finanzministerium. Ich bin Staatssekretärin für Terrorismus und Finanzspionage. Ich bin diejenige, die Avery Bernstein gestern angerufen hat. Mit Ihren Neuigkeiten.«

»Oh.« Garrett musterte sie von oben bis unten. Sie war hübsch, wenn man auf den Bibliothekarinnen/Domina-Typ stand, was Garrett gelegentlich tat. »Dann waren Sie es, die mich zehn Millionen Kröten gekostet hat.«

»Sie meinen durch Stützungsmaßnahmen für den Dollar?«

»Das ist exakt das, was ich meine.«

»Sie hatten vor, vom Abstoßen der Staatsanleihen zu profitieren?«

»Klar.«

»Sie hatten damit keine Schwierigkeiten? In moralischer Hinsicht?«

»Nicht wirklich. Das ist mein Beruf.« Er schaute die versammelten Generäle an. »Wir haben alle unsere Jobs. Sie töten Menschen. Ich verkaufe schlechte Wertpapiere ohne Deckung.«

Aus dem Augenwinkel sah Garrett, wie Alexis Truffant zusammenzuckte. Sie machte den Eindruck, als wollte sie ihn gleich attackieren. Garrett vermutete, dass sie in dieser Sache persönlich sehr engagiert war, aber keiner der Generäle hatte bei seiner Bemerkung auch nur eine Augenbraue hochgezogen. Entweder waren sie deutlich abgebrühter als sie, dachte Garrett, oder es war ihnen scheißegal, was er sagte. Vermutlich beides.

Julia Hernandez fuhr fort: »Wir glauben, dass das hier mehr ist als nur eine schlechte Anleihenausgabe, Garrett. Wir glauben, die Chinesen verkaufen Staatsanleihen, um die Wirtschaft der Vereinigten Staaten zu schwächen. Um unseren Dollar abzuwerten und unsere Stellung auf dem globalen Markt zu zerstören. Wir glauben …«

Eine ältere, tiefere Stimme unterbrach sie: »Wir glauben, dass das hier ein kriegerischer Akt ist.«

Garrett drehte sich zu der Stimme um. Sie kam von dem Vier-

Sterne-General. Sein Afro-Bürstenschnitt war durchsetzt mit grauen Haaren, und sein Gesicht mit den tiefen Falten hatte fast etwas Skulpturales. »Eine neue Art Krieg«, sagte der General. »Eine Art, die wir wirklich noch nie erlebt haben.« Garrett konnte seinen Akzent nicht exakt zuordnen, aber er vermutete, dass er aus Chicago kam. Aus dem Süden Chicagos. Der General stand auf, und der Verteidigungsminister nickte ihm zu.

»Mr Reilly«, sagte der Minister, »dies ist General Aldous Wilkerson. Dekorierter Vietnamveteran und Vorsitzender der Vereinigten Stabschefs.«

General Wilkerson machte eine abwiegelnde Handbewegung und ging langsam auf Garrett zu. »Der gefährlichste Angriff, den ein General am meisten fürchtet, ist der, den er nicht versteht, den er nie hat kommen sehen, weil man ihn nicht für möglich hielt. Der Angriff, der einen völlig überrumpelt: die Überquerung der Alpen durch Hannibals Elefanten, der Blitzkrieg der Nazis, zwei Flugzeuge, die ins World Trade Center krachen. Solche Momente ändern den Gang der Geschichte. Und sie können ganze Nationen vernichten.«

Die Worte des Generals hingen in der Luft. Garrett schaute den älteren Mann an, sah die tiefen Falten in seinem Gesicht. »Und wir befinden uns an einem solchen Wendepunkt?«

Der General zuckte mit den Schultern, als sei er unsicher. Das gefiel Garrett. Es gefiel ihm, dass dieser Vier-Sterne-General nicht so arrogant war, Garrett einen Vortrag über Ungewissheit zu halten. Ungewissheit war eines von Garretts Spezialgebieten.

»Meine neunjährige Enkelin versteht mehr von Computern und vom Internet, als ich je verstehen werde«, sagte Wilkerson. »Abschicken. Löschen. Twitter. Facebook. Herr im Himmel. Ich würde gerne noch mal einen altmodischen Brief schreiben. Aber Leute, die sich in diesen Dingen auskennen, sagen mir, dass unsere Feinde uns in einer Tausendstelsekunde überwältigen könnten, wenn sie wollten. Wenn wir nicht auf der Hut wären.« Der General stand jetzt vor Garrett. »Pflichten Sie dieser Einschätzung bei?«

»Haben wir dafür nicht die National Security Agency? Um uns vor solchen Angriffen zu schützen?«

»Wir haben so viele Agenturen, die uns vor allen möglichen Bedrohungen schützen sollen, dass sie uns schon zu den Ohren rauskommen«, sagte der General. »Aber keiner von ihnen ist der massive, koordinierte Verkauf von US-Staatsanleihen aufgefallen. Nur Ihnen ist es aufgefallen.«

Garrett lächelte, als ihm die Erkenntnis dämmerte. Er war überrascht, dass er es nicht früher gesehen hatte. »Also wollen Sie, dass ich Ihnen dabei helfe, in Zukunft mehr von solchen Vorfällen aufzuspüren? Weil ich gut darin bin, Muster zu entdecken? Und weil ich nicht dem Gruppendenken des Militärs verfallen bin?«

General Kline schaltete sich ein. »Wir haben schon seit einiger Zeit nach jemandem wie Ihnen Ausschau gehalten, Garrett. Doch jemand wie Sie ist nicht leicht zu finden. Jemand aus einer neuen Generation, der mit Computern und dem Internet aufgewachsen ist. Mathematische Neigungen hat. Aus einer Familie von Patrioten wie Ihr Bruder stammt, aber selbst außerhalb der Einflusssphäre des Militärs steht. Intelligent, risikofreudig, aggressiv, selbstbewusst. Arrogant.«

Garrett schnaubte lachend. »Ich komme mir so geliebt vor.«

»Wir reden geradeheraus und unverblümt, Garrett«, sagte General Wilkerson. »Sie könnten das erfrischend finden.«

Kline fuhr fort: »Ich könnte alle Eigenschaften aufführen, die Sie besitzen, aber das würde einige Zeit dauern, und offen gestanden glaube ich, dass Sie sie bereits kennen. Sie wissen, was Sie tun können und wie Sie es tun können. Und hier kommt nun unser Vorschlag. Wir würden Sie gerne in unseren defensiven und offensiven Möglichkeiten ausbilden, Sie aber physisch und mental von unserer Kriegsmaschinerie getrennt halten. Captain Truffant hier wird Ihre Mentorin sein. Sie wird Sie auf den neuesten Stand hinsichtlich dessen bringen, was wir tun können und was wir nicht tun können. In der Zwischenzeit können Sie sich genau über die Dinge informieren, die es Ihnen erlaubt haben, das vorherzusagen, was sich auf dem Anleihenmarkt abspielen würde.«

»Sie möchten, dass ich Ihr Frühwarnsystem bin?«

»In gewisser Weise, ja.«

Garrett dachte darüber nach. »Was ist mit meinem alten Job?«

»Von diesem Job werden Sie beurlaubt. Er wird noch da sein, wenn Sie zurückkommen. Das hat Alexis bereits mit Ihrem Chef, Mr Bernstein, geklärt.«

Garrett lächelte – was Avery anging, hatte er auch recht gehabt. Der alte Mann war in das Geheimnis eingeweiht. Zumindest teilweise. »Und ich werde hierfür bezahlt?«

»Sie werden ein Grundgehalt beziehen. Es wird nicht riesig sein, aber es wird auch nicht klein sein. Ihre Kompetenzen werden Ihre Besoldungsklasse bei Weitem übersteigen.«

General Wilkerson meldete sich zu Wort. »Es geht hier nicht um Geld, Garrett. Das hier ist Teil einer größeren Bürgerpflicht. Sie werden unsere Nation beschützen. Also, was sagen Sie?«

Schweigen senkte sich über das Zimmer. Wieder spürte Garrett, dass alle Anwesenden ihn ansahen. Er wartete einen Moment, als müsste er überlegen, aber er wusste seit einer ganzen Weile schon, wie seine Antwort lauten würde. Er schüttelte den Kopf.

»Ich passe«, sagte er.

Daraufhin war gedämpftes Flüstern aus der Runde zu hören. Verteidigungsminister Frye trat mit einem zugleich zornigen und besorgten Gesichtsausdruck vor. »Was wir Sie zu tun bitten, Garrett, ist eine große Ehre. Lieben Sie Ihr Land denn nicht?«

»Das tu ich durchaus«, sagte Garrett lächelnd. »Ich liebe mein Land. Ich hasse nur die verdammten Idioten, die es regieren.«

Captain Alexis Truffant warf ihrem Boss General Kline einen Blick zu und schnitt eine Grimasse. Kline schüttelte nur den Kopf und zuckte mit den Schultern, als wolle er sagen: Was kann ich machen? Die Anspannung, die in dem Zimmer entstanden war, hatte sich verflüchtigt, war durch ein leises Getuschel zorniger Unterhaltung ersetzt worden. Garrett stand in der Mitte des Raums und lächelte freundlich.

»Hey, kann mir jemand sagen, wo die Toilette ist?«, sagte er. »Ich muss mal pinkeln.«

Mackenzie Fox, die Assistentin des Ministers, führte Garrett wütend – und schweigend – aus dem Zimmer, während Alexis und General Kline sich in einer Ecke berieten.

»Sie haben mich gewarnt, Captain«, sagte Kline mit einem Anflug von Resignation in der Stimme. »Er hat eine tief sitzende Antipathie gegenüber den bewaffneten Streitkräften.«

»Es ist mehr als das, Sir«, sagte Alexis. »Er hasst jeden. Das war es unter anderem, was ihn zu einem guten Kandidaten machte.«

»Was machen wir jetzt, General Kline?«, fragte der Minister, als er mit General Wilkerson zu ihnen trat. »Weil das hier eine kleine Katastrophe war und wir es immer noch mit einem Problem zu tun haben. Und offen gesagt ist Ihr Programm nicht sehr hilfreich.«

Alexis konnte sehen, das General Kline erstarrte. Sie wusste, dass der Minister und ihr Boss keine guten Freunde waren – im Gegenteil, Frye bemühte sich ständig, alle neuen DIA-Initiativen an den Rand zu drängen. Alexis vermutete, er war ein Mann, der Macht hortete.

»Wir könnten unsere Anstrengungen um Reilly verstärken«, sagte Kline. »Aber ich bin mir nicht sicher, ob es unsere Zeit oder Mühe lohnt. Es gibt draußen noch andere Kandidaten. Wir werden weiter suchen. Wir werden jemanden finden.«

»Sir«, schaltete sich Alexis ein, »ich hoffe, ich nehme mir nicht zu viel heraus, aber ich glaube, wir könnten Mr Reilly immer noch rekrutieren. Ihn in unser Team holen.«

»Das kommt mir ungeheuer optimistisch vor«, sagte General Wilkerson.

»Sir, ich bin Ihrer Meinung. Das ist es«, fuhr Alexis fort. »Aber ich glaube, es gibt etwas in ihm, das helfen möchte. Wir müssen damit nur eine Verbindung herstellen.«

»Sie werden damit eine Verbindung herstellen, Captain? Mit dem versteckten Teil von ihm?«, fragte der Minister mit einem durchtriebenen, fast anzüglichen Lächeln auf dem Gesicht.

Alexis wollte gerade antworten, als Mackenzie Fox einen Schrei ausstieß. »Er ist aus dem Toilettenfenster geklettert.«

»Mist«, sagte General Kline. »Haben wir keine Männer vom Secret Service ums Haus herumstehen?«

»Sie stehen auf der Vorderseite. Sie haben ihn nicht gesehen«, sagte Fox. »Sie glauben, er hat bei einem Nachbarn ein Fenster eingetreten und ist über die O Street abgehauen. Sie haben sich gerade über Funk mit der Polizei in Verbindung gesetzt.«

Der Verteidigungsminister lachte. »Er kann gehen, wohin er will, Mackenzie. Er steht nicht unter Hausarrest. Er ist kein Gefangener.«

»Wir könnten ihn belangen«, sagte Alexis.

»Weshalb?«, sagte Frye. »Weil er uns angepisst hat?« Der Minister schnaubte, als er wegging. »Hab ihn ohnehin nicht gemocht. Hielt ihn für einen Esel.«

Nachdem Garrett durch einen, wie er zugeben musste, sehr edlen Keller voller Werkzeuge zur Holzbearbeitung inklusive einer unbenutzten Tischkreissäge gelaufen und durch das Vorderfenster eines leeren Hauses hinausgeklettert war, lief er auf der O Street nach Osten, bog nach Süden ab und ging langsamer, bis er ein Taxi fand. Er kannte sich in D. C. nicht aus, wies den Fahrer – einen Sikh mit beigefarbenem Turban – aber an, ihn zur nächsten Greyhound Station zu bringen. Der Sikh, aus dessen Lautsprechern indische Tanzmusik dröhnte, setzte ihn dort zehn Minuten später ab. Im Bahnhof kaufte Garrett eine Fahrkarte für den nächsten Bus, der D. C. verließ, einen Express um 22:35 Uhr nach Greensboro in North Carolina. Er stieg zwei Minuten vor seiner Abfahrt in den Bus ein, fand zwei Sitze im hinteren Bereich, die er ganz für sich hatte, zog die SIM-Karte aus seinem Handy und rollte sich dann zusammen, um zu schlafen, bis sie im

Tabak-Staat ankamen. Der letzte Gedanke, der ihm kam, bevor er einschlief, war der an ein in seinem Gedächtnis verankertes Bild vom Gesicht des Verteidigungsministers, als er diesen militärischen Torfköpfen sagte, sie könnten ihn mal. Herrgott noch mal, wie er es liebte, Leuten die ungeschminkte Wahrheit zu sagen.

Besonders Leuten, die es verdient hatten.

14

LUOXIATO, CHINA, 26. MÄRZ, 8:07 UHR

Hu Mei kam aus der verlassenen Gasse durch das Lattentor und trat in den kleinen kreisförmigen Garten, der versteckt hinter einem Schuppen aus Schlackesteinen lag. Sie schloss das Tor zur Gasse und verriegelte es von innen mit einem Holzstab, den sie durch zwei Ösen schob, bevor sie endlich eine Pause machte, um wieder zu Atem zu kommen und sich die spätwinterliche Sonne ins Gesicht scheinen zu lassen. Sie war seit vierzehn Stunden auf den Beinen und hatte während ihres Marschs durch die Nacht nur ein paar altbackene Mantou-Brötchen und eine Plastikflasche mit Wasser dabeigehabt, um bei Kräften zu bleiben. Es war draußen bitterkalt gewesen – nahe dem Gefrierpunkt –, aber inzwischen stand die Sonne am Himmel, und ihre schwachen Strahlen wärmten ihr die Hände und das Gesicht.

Mei rollte ihre steifen Schultern, um das Blut in ihrem Körper in Bewegung zu bringen. Um sie herum standen reihenweise Häuser aus Beton und Schlackesteinen am Hang, die alle aus einem Zimmer bestanden; bei den Glücklichen kräuselte sich Holzrauch über den primitiven Kaminen, bei den weniger Glücklichen waren die Fenster mit Plastikplanen abgedichtet. Das Leben in Luoxiato in Zentralchina war hart. Deshalb waren auch schon viele auf der Suche nach besseren Jobs in die Küstenstädte abgewandert: Die Jungen hatten sich davongemacht, die körperlich leistungsfähigen Leute mittleren Alters arbeiteten in den Bergwerken, und die Alten fristeten ihren Lebensunterhalt einfach dadurch, dass sie taten, was sie konnten.

Mei schaute auf dem Stückchen Papier nach, das der alte Mann ihr in der letzten Stadt gegeben hatte. Darauf standen Richtungsangaben und ein Name, Bao. Bao war eine alte Frau, hatte man Mei gesagt, aber sie war eine Sympathisantin und hatte versprochen, Hu Mei eine Mahlzeit und für ein paar Stunden ein Bett zur Verfügung zu stellen. Mehr brauchte Mei nicht. Ein paar Stunden Ruhe, etwas zu essen und die Chance, noch jemanden kennenzulernen, der an ihre Sache glaubte.

War das hier der richtige Ort?, fragte sich Mei im Stillen, während sie sich auf dem Hof umsah. Falls sie einen Fehler gemacht hatte, würde sie erwischt werden. Und wenn man sie erwischte, würde sie ins Gefängnis gesteckt, verprügelt und hingerichtet werden. Vermutlich alles innerhalb weniger Tage.

Deshalb kam ein Fehler nicht infrage.

Aber wo war die alte Frau, deren Haus das hier war? Warum war sie nicht herausgekommen, um sich mit ihr zu treffen? Hu Meis Herz schlug schneller. Sie zwang sich dazu, Ruhe zu bewahren, aber ein gewisses Maß an Besorgnis würde dafür sorgen, dass sie aufmerksam blieb. Und aufmerksam hieß frei. Aufmerksam hieß lebendig.

So wie sie den chinesischen Winter spürte, so spürte Mei auch seit dem Aufstand in der Gemeinde Huaxi den zunehmenden Druck der Behörden. Aufstand. Das war der Name, den sie der Sache gab. Die Regierung nannte es kriminelle Provokation. Aber so nannten die da oben alles, was ihnen nicht gefiel. Und es gefiel ihnen nicht, was passiert war: Die Demütigung von zweihundert ihrer Polizeibeamten, die entwaffnet und zur Flucht gezwungen worden waren, achtzig von ihnen waren verprügelt worden, fünfundzwanzig so schwer, dass sie ins Bezirkskrankenhaus geschickt werden mussten. Die Nachricht hatte sich wie ein Buschfeuer im Tal verbreitet, war von einem Dorf zum anderen gesprungen. Mundpropaganda war für Hu Mei immer noch der beste Verbündete. Es hatte Postings im Internet gegeben, aber die waren von Zensoren der Regierung fast genauso schnell ausgemerzt worden, wie sie erschienen waren. Aber die Regierung konnte kein Geplauder von Dorfbewohnern, von Männern in Bussen, Frauen auf dem Markt oder Schulkindern überwachen, die nach Hause gingen, wenn der Unterricht vorbei war. Diese Menschen verbreiteten die Botschaft, und die Botschaft war wirkungsvoll: Hu Mei war die Spitze eines sehr scharfen Schwerts, und das Schwert zielte auf den Hals der Regierung.

Sie lachte freudlos angesichts ihrer eigenen, an den Haaren herbeigezogenen Metapher. Schwert? Hals? Wie lächerlich. Die Kommunistische Partei war groß und ungeheuer mächtig. Ihr unbedeutender Aufstand war ein bloßes Ärgernis, kein potenzieller Todesstoß. Und dennoch, die Reaktion, die sie in ihrem gesamten Umkreis spürte – die Schwadronen von Polizeibeamten, die Tag und Nacht nach ihr und ihren Anhängern suchten, die Fahndungsplakate mit ihrem Namen darauf, die absurden Geschichten von ihren zahlreichen Liebhabern und ihrem ungeheuren Reichtum –, sie waren alle Zeichen dafür, dass die Regierung sie fürchtete. Oder zumindest das fürchtete, was sie repräsentierte. Und diese Vorstellung wärmte sie genauso wie die schwache Märzsonne.

Eine alte Frau schlurfte aus ihrem Haus in den Garten. Hu Mei stieß einen tiefen Seufzer aus – das würde Bao sein. Sie hatte keinen Fehler gemacht. Sie würde sicher sein, zumindest weitere zwölf Stunden. Das Gesicht der alten Frau war von tiefen Falten durchzogen, ihr weißes Haar unter einem Kopftuch zurückgebunden. Sie verbeugte sich sofort vor Mei, als näherte sie sich einem Würdenträger. Kriecherisches Benehmen konnte Mei nicht ausstehen. Das sah bei niemandem gut aus, aber schon gar nicht bei einer alten Frau.

»Shifu«, sagte die alte Frau. *Meister.*

»Nenn mich nicht so«, sagte Mei schnell. »Tu das bitte nicht.«

Die alte Frau richtete sich mit einem kaum wahrnehmbaren Nicken auf. Ihre Blicke huschten durch den Garten, und im gleichen Moment kehrte Hu Meis Besorgnis mit Macht zurück. Wonach hielt die alte Frau Ausschau?

»Was ist los?«, fragte Mei.

Die alte Frau zögerte. Sie ballte ihre knotigen Finger zu Fäusten. »Ich habe versucht, ihn wegzuschicken …«

»Wegzuschicken? Wen?«

»Ich hab gesagt, ich hätte noch nie von Hu Mei gehört. Aber er hat mir nicht geglaubt.«

Mei suchte den Garten ab. Sie versuchte, in die Gasse hinter ihr hineinzusehen, aber der Holzzaun war zu hoch. »Wer hat dir nicht geglaubt?«, zischte sie. »Wer?«

»Der Mann«, sagte die alte Frau. »Von der Partei.« Bao schaute nach unten auf die festgetretene Erde. »Er hat den ganzen Vormittag in meinem Haus gewartet.«

Mei gefror das Blut in den Adern. Wie hatte es dazu kommen können? Sie hatte Anhänger in jeder Gemeinde. Sie hatte ein Netzwerk von Sympathisanten und Spionen. Sie alle ließen Polizisten und Bürokraten nicht aus den Augen, wohin Hu Mei auch ging, und sorgten dafür, dass sie in Sicherheit blieb und die Bewegung weiterbestand. Und jetzt sagte diese alte Frau, dass alles irgendwie schiefgegangen war? Hier, in diesem winzigen, abgelegenen Dorf?

Sie holte tief Luft und presste die Worte hervor: »Ist er allein?« Die Brust wurde ihr eng.

»Das bin ich, Genossin.« Ein dickbäuchiger Mann in einem abgetragenen Anzug kam aus dem Schuppen in den eisigen Garten. Seine Füße waren gespreizt wie die einer Ente, und seine große Stirnglatze glänzte in der schwachen Sonne. Er schob sich wichtigtuerisch an Bao vorbei, stieß die alte Frau mit dem Ellbogen zur Seite. »Ich bin allein und doch wieder nicht. Ein Parteimitglied in China ist nie allein. Ich hab in der ganzen Stadt Polizisten – fünfzig Stück insgesamt. Also nein – direkt allein bin ich nicht.«

Mei richtete sich auf und griff hinter sich in die Falten ihrer Winterjacke. Sie hatte ein Messer mit einer kurzen Klinge unmittelbar über der Hüfte in ihrem Gürtel stecken. Jetzt wäre der Moment, dachte sie, diesen Mann zu erstechen und von hier wegzurennen. Sie könnte ihn überwältigen, bevor er begriff, was sie tat – ihm einfach das Messer schnell in die Brust rammen und aus dem Dorf fliehen. Hu Mei war überzeugt, dass dieser dicke, weiche Parteibonze nicht schnell oder stark genug wäre, sie aufzuhalten. Er verbrachte seine Zeit hinter einem Schreibtisch, aß Süßigkeiten und unterzeichnete bedeutungslose Aufrufe. Sie sollte sein Leben hier und jetzt beenden.

Und trotzdem tat sie es nicht. Sie zögerte. Vielleicht war er nicht hier, um sie zu verhaften. Vielleicht wusste er nicht mal, wer sie war. Er schien nicht bereit zu sein, sie zu ergreifen, trotz der Aufgeblasenheit, die ihn umwehte wie der Geruch von verwesendem Fleisch. Und falls sie ihn erstach, wäre es Bao, die alte Frau, die den Kopf hinhalten müsste. Das konnte Hu Mei ihr nicht antun. Das war nicht ihre Art.

»Bist du diejenige«, sagte der Parteifunktionär, »für die ich dich halte?«

»Wer bist du?«, erwiderte sie, weil sie noch ein paar Sekunden Zeit schinden wollte, um ihre Alternativen zu überdenken.

»Ich bin der Partei-Gemeindesekretär Chen Fai. Ein einfacher und unauffälliger Provinzbeamter mit wenig wirklicher Macht. Um mich herum und über mir sind die Mächtigen und die Wohlhabenden. Aber was habe ich?«

Mei runzelte die Stirn. Das war das übliche bürokratische Vorspiel: Nach einem Bekenntnis der Machtlosigkeit und Armut kam die dezente – oder nicht so dezente – Forderung nach einem Schmiergeld. Vielleicht war er nur deshalb hier und wollte ein Almosen. Das wäre eine Erleichterung, dachte Mei. Sie hatte ein paar Yuan. Sie konnte diesen Mann bestechen. Und dann weiterziehen.

Sie ließ den Griff des Messers in ihrem Gürtel los und begann, das Geld in ihrer Tasche zu zählen. Mei wollte selbst auf ihre Armut hinweisen – die übliche Antwort –, aber sie wartete. Irgendwas an diesem Chen Fai war merkwürdig. Seine Vorgehensweise ergab keinen Sinn. Er konnte sehr viel mehr Geld damit herausholen, dass er Mei auslieferte, anstatt ein paar Yuan von ihr zu erpressen.

»Ich kann an deinem Gesichtsausdruck erkennen«, fuhr er fort, »dass du verwirrt bist. Erlaubst du, dass ich mich setze?« Ohne auf eine Antwort zu warten, hockte er sich auf ein Stück Holz, das eine Stelle im Garten bedeckte, wo Schlamm gefroren war. »Ja, ich weiß, dass du die Bandenchefin Hu Mei bist. Ich weiß, dass du Geld von armen Ladenbesitzern gestohlen hast, dass du persönlich vielen Polizisten die Kehle durchgeschnitten hast und dass du viele Männer hast, von denen du dauernd sexuell befriedigt werden willst.«

Mei wollte darauf etwas erwidern, aber der Parteimann schnitt ihr das Wort ab. »Und ich weiß auch, dass all diese Behauptungen unwahr sind.« Er lächelte sie von unten an, weil sie inzwischen vor ihm stand, und klopfte mit seinem schwarzen Stiefel auf die gefrorene Erde. »Aber es macht trotzdem Spaß, sie zu wiederholen.«

Hu Mei brachte ein schwaches Lächeln zustande. »Partei-Gemeindesekretär Chen, wenn du weißt, dass es sich um Lügen handelt, warum bist du dann hier?«

Chen Fai schaute Hu Mei an. Sein flaumiges schwarzes Haar lag bewegungslos auf seiner zur Hälfte kahlen Kopfhaut. Seine Augen waren leer und stumpf; Hu Mei hatte schon viele Männer wie ihn gesehen. Sie waren innerlich tot von all den Jahren, in denen sie vor anderen seelenlosen Männern direkt über ihnen ihren Kotau gemacht hatten, und jetzt hatten sie ihre Freude daran, denen auf der anderen Seite Schmerz zuzufügen, denen unter ihnen. Aber dann geschah etwas völlig Unerwartetes, während sie ihn anstarrte. Tränen stiegen dem Partei-Gemeindesekretär in die Augen und rollten ihm die Wangen hinunter, winzige Wassertropfen, die in der Winterluft dampften. Sein zuvor stumpfsinniges, teilnahmsloses Gesicht zerbrach plötzlich in ein zerrüttetes Bild des Schmerzes.

»Auch ich«, stammelte er, um Atem ringend, »auch ich habe

jemanden verloren, den ich sehr geliebt habe. Meinen Sohn, vor zwei Jahren, in einem Bergwerk. Bei einer Explosion, zu der es nie hätte kommen dürfen. So viele Jungen wurden getötet. Mein Yao war einer von ihnen. Keine Sicherheitsvorkehrungen, keine Fluchtwege. Nur graben, graben, graben, damit jemand anders Geld verdient.« Er starrte Mei an. »Die Welt bedeutet mir seitdem so wenig.« Mittlerweile liefen ihm die Tränen ungehemmt über das Gesicht. »Und dann hörte ich deine Geschichte. Von deinem Kampf. Und davon, was in der Gemeinde Huaxi passiert ist.« Er schnappte nach Luft, seine Gefühle sprudelten nur so aus ihm heraus. Er wischte sich die Nase ab, atmete tief durch und fuhr fort: »Sie wollen, dass wir dich finden. Wir, die Provinzbeamten. Dass wir dich zur Strecke bringen. Dich töten. Und heute Morgen, als ich Verdacht schöpfte, dass du es warst, die meine Dorfbewohner versteckte, habe ich darüber nachgedacht. Ich wusste, ich würde eine Belohnung bekommen. Und Einfluss noch dazu. Und trotzdem ...« Wieder brach er in Tränen aus. »Verzeih mir.«

Chen Fai rappelte sich auf und wandte sich von Hu Mei ab, um seinen Kummer zu verbergen. Und dann wandte er sich ihr mit einer raschen Bewegung wieder zu, eine kleine lackierte Holzkiste in der Hand. Der Rand war schwarz angemalt, und das chinesische Symbol für Frieden, zwei gekreuzte Schrägstriche, stand oben auf dem Deckel geschrieben: *Heping*. »Nimm es. Für dich.«

Hu Mei nahm die Kiste ein wenig verwirrt in die Hand. Sie öffnete sie langsam und vorsichtig. Drinnen lagen mehrere gefaltete Blätter Papier. Sie schlug das erste Blatt auf, dessen Ränder in der kalten frischen Luft knisterten. In verkrampfter, kunstloser Schönschrift stand da eine Liste mit Namen. Sie blätterte rasch durch die anderen Bogen. Neben jedem Namen stand eine Adresse. Neben manchen eine Telefonnummer. Ein paar hatten E-Mail-Adressen. Es gab Hunderte von Namen. Vielleicht Tausende.

Der Parteisekretär lächelte unter Tränen. »Sie stehen unter dem Verdacht der Provokation. Feinde der Partei zu sein. Aber das sind sie nicht. Ich weiß, dass sie es nicht sind. Es sind einfache Bürger. Unglückliche Bürger.«

»Aber warum?«, fragte Mei. »Warum gibst du sie mir?«

»Damit du mit ihnen reden kannst. Damit sie vielleicht Anhänger von dir werden.« Der Gemeindesekretär ließ sich auf die Knie sinken und verbeugte sich tief, sodass sein Gesicht die kalte, harte Erde vor Hu Meis Füßen berührte, nur Zentimeter von ihren abgetragenen, zerfetzten Schuhen entfernt.

»Anhänger der großen Hu Mei.«

15

LUFTWAFFENSTÜTZPUNKT BOLLING, WASHINGTON, D. C., 26. MÄRZ, 3:11 UHR

Es war kurz nach drei Uhr morgens, und Alexis Truffant war müde. Die drei Tassen Kaffee halfen nicht. Die machten sie nur nervös und reizbar. Es lag nicht daran, dass sie an schlaflose Nächte nicht gewöhnt war – sie waren nach ihrer Erfahrung eine der prägenden Bedingungen des Soldatenlebens. Schlaflose Nächte und schlechtes Essen.

Nun ja, dachte sie, während sie in ihrem fensterlosen Zimmer im Stützpunkt Bolling am Schreibtisch saß und Telefondienst schob, wenigstens hatte sie General Kline vor Garrett gewarnt, indem sie ihm mitgeteilt hatte, dass er voller Aggressivität, Widerspruchsgeist und Arroganz sei und höchstwahrscheinlich für Ärger sorgen würde, wenn er die Chance dazu habe. Sie hatte aus ihrem Herzen keine Mördergrube gemacht – im Gegenteil.

Trotzdem war sie wütend. Wütend über sich selbst, weil sie zugelassen hatte, dass die Situation dermaßen ausuferte und dass ihr Urteilsvermögen durch einen Hoffnungsschimmer beeinträchtigt worden war. Sie konnte nicht alle Verantwortung für das, was in dem Sandsteinhaus des Verteidigungsministers geschehen war, von sich weisen. Alexis Truffant war nun mal eine Führungsperson. Und Führungspersonen übernahmen Verantwortung.

Das gehörte zu den Eigenschaften, die sie zu einer großartigen Offizierin der Army machten. Deshalb hatte sie West Point als Drittbeste in ihrer Klasse abgeschlossen, und deshalb war sie mit achtundzwanzig Jahren Captain und würde bald zum Major befördert werden. Wenn Alexis eine Aufgabe erhielt, nahm sie das persönlich; sie zog die Sache durch, war nicht nur auf ihre

Arbeit stolz, sondern auf den größeren Auftrag. Sie hatte zweiundvierzig Nachschub-Konvois hintereinander über die gefährlichsten Landstraßen mitten im Irak geführt, ohne einen einzigen Soldaten zu verlieren. Das war eigentlich der Grund gewesen, warum sie sich freiwillig zur Army gemeldet hatte – ein tief sitzendes Gefühl der Verantwortung für die Sicherheit der Nation, so verrückt und hochtrabend sich das anhörte. Sie war jemand, der sich kümmerte. Für Alexis war es vollkommen normal, andere Menschen beschützen zu wollen, ob man zu ihnen in einer bestimmten Beziehung stand – oder sie auch nur kannte – oder nicht. Es war eine umständliche Methode, um zum Patriotismus zu gelangen, aber für Alexis ergab sie einen Sinn. Sie fühlte sich richtig an.

Alexis hatte den Verdacht, dass dies nicht der Grund war, weshalb General Kline sie für die Defense Intelligence Agency rekrutiert hatte. Das Militär war voll von intelligenten jungen zukünftigen Truppenführern. Es lag daran, dass sie nicht ganz dazugehörte, vermutete sie. Sie war eine Frau in einem Beruf, der immer noch als Männerberuf galt, eine Denkerin in einer Welt voller Krieger und eine Skeptikerin in einer Organisation, wo es die wahren Gläubigen waren, die es oft bis an die Spitze brachten. Dies sorgte dafür, dass Alexis leicht aus dem Gleichgewicht blieb, der herkömmlichen Meinung gegenüber misstrauisch war, und das schien General Kline zu wollen. Bei ihrem ersten Vorstellungsgespräch vor zwei Jahren in der Kantine des Stützpunkts hatte er sich in dieser Richtung geäußert.

»Leute, die glauben, sie wüssten genau, was vor sich geht, sind gefährlich«, hatte er gesagt, als sie Limonade tranken. »Niemand weiß, was wirklich vor sich geht. Niemand.«

Alexis hatte sich das später am Abend in ein Notizheft geschrieben und erinnerte sich an jedem Tag daran, der darauf folgte. Niemand weiß, was wirklich vor sich geht. *Niemand.*

Also dann, dachte sie, als sie auf die Uhr an der Wand schaute, die 3:20 anzeigte. Das Einzige, dessen sie ziemlich sicher sein konnte, war, dass Garrett Reilly irgendwo dort draußen war, und sie musste ihn finden. Er war eindeutig Ziel eines Mordanschlags gewesen, und jetzt war er im Freien und verwundbar. Außerdem hatte Alexis den Eindruck, dass sie ihm noch eine Chance geben müsse, denn trotz allem, was geschehen war, und auch im Gegensatz zum äußeren Anschein, war sie der Ansicht, es gebe etwas in Garrett, das einen anderen Weg einschlagen möchte. Sie glaubte, einschätzen zu können, wer gerettet werden konnte und bei wem alles zu spät war. Und das war ihr klar – bei Garrett Reilly war noch nicht alles zu spät.

Früher am Abend hatte sie versucht, die Polizei des Districts of Columbia dazu zu bringen, dass sie Garretts Flucht ernst nahmen, aber als sie keine spezielle Beschuldigung vorbringen konnte, wurde ihr mitgeteilt, dass bei Beginn der nächsten Schicht eine Suchmeldung durchgegeben würde, aber dass es wirklich dazu gekommen war, bezweifelte sie. Jedenfalls gab es keinen Bericht von Streifenpolizisten, dass Garrett gesichtet worden sei. Als Nächstes rief sie die Chefs der Transportation Security Administration in den Flughäfen Reagan und Dulles an, aber Garrett hatte an keinem der beiden ein Flugzeug bestiegen. Sie versuchte es bei ein paar Mietwagenunternehmen, aber da keines der Büros geöffnet hatte, vermutete sie, dass er den District nicht auf diesem Weg verlassen hatte. Blieben Eisenbahnen und Busse, und sie wusste, in beiden Fällen wäre es ein Albtraum, seine Spur zu verfolgen. Sie überprüfte den Greyhound-Fahrplan online und verringerte die Zahl der Busse, die er in der Nacht genommen haben könnte, auf siebzehn. Amtrak war ein bisschen besser: Nur vier Züge waren seit 21:00 Uhr an jenem Abend von Union Station abgefahren. Aber insgesamt hatten diese Züge, seit sie den Großraum des Districts verlassen hatten, an vierzehn verschiedenen Bahnhöfen angehalten.

Es gab noch eine Möglichkeit, und die schien Alexis einleuchtend: Garrett war einfach in Washington geblieben, hatte sich ein Hotelzimmer genommen oder in einem Park geschlafen. So oder so, am Ende entschied sie, dass es keinen großen Sinn hatte, nach ihm Ausschau zu halten, während er unterwegs war. Falls sie ihn nicht finden konnte, würden diejenigen, die in New York versucht hatten, ihn in die Luft zu jagen, ihn auch nicht finden können. Stattdessen würde sie ihn zu finden versuchen, sobald er angekommen war, dachte sie sich. Sie ging um vier Uhr in ihre Eigentumswohnung in Arlington und schlief fünf Stunden. Sie erwachte um neun, rief General Kline an, unterrichtete ihn von ihren Plänen und nahm um 11:30 Uhr einen Flieger der US Airways nach New York.

New York hatte ihr nie gefallen. Alexis war im Herzen ein Mädchen vom Land; sie hatte ihre ganze Kindheit auf einer Farm im ländlichen Virginia verbracht, inmitten einer Hügellandschaft voller blühender Hornsträucher. Sie konnte reiten, fast bevor sie laufen konnte; sie konnte angeln, jagen und jeden Singvogel bestimmen, der in den Wäldern im Umkreis ihres Elternhauses herumschwirrte. Virginia machte sie glücklich. Es war mehr als ihre Heimat. Es war der Ort, wo ihre Seele lebte. Trotzdem respektierte sie die Energie New Yorks, die Lebenskraft der Stadt, auch wenn sie den Beton und das Glas hasste. Für Alexis war New York ein Tier, das man mit skeptischer Vorsicht behandelte: Es war gefährlich, wenn man unachtsam wurde, aber man wurde großzügig belohnt, wenn man es schaffte, es zu zähmen.

Sie mietete am La Guardia einen Wagen und fuhr nach Manhattan hinein, wo sie in der Nähe der Wall Street parkte, um Jenkins & Altshuler einen Besuch abzustatten. Sie freute sich nicht darauf. Am Tag zuvor hatte sie Avery Bernstein von dem Hubschrauber aus angerufen und ihm mitgeteilt, dass es Garrett gut gehe, aber mehr als das könne sie nicht sagen.

Averys Antwort hatte ihr über die erratische Handyverbindung im Ohr geknistert. »Falls Garrett Reilly etwas zustößt, werde ich all meine Beziehungen und all mein Geld spielen lassen, dass Ihnen die Scheiße nur so um die Ohren fliegt. Und ich habe eine verdammte Menge Geld.«

Als sie jetzt, am Tag danach, durch das Großraumbüro der Wertpapierhändler ging, konnte Alexis sehen, dass alle in der Firma wie auf glühenden Kohlen saßen – das Foyer des Gebäudes war immer noch ein Tatort und ein Trümmerhaufen. Nur die Hälfte der Angestellten hatten es an diesem Tag zur Arbeit geschafft. Und Avery Bernstein war stinksauer.

Er zischte sie an, als sie einander in seinem Büro bei heruntergezogenen Jalousien direkt gegenüberstanden, damit niemand sonst ihre Auseinandersetzung mitbekam: »Was, zum Teufel, meinen Sie damit, Sie wüssten nicht, wo Garrett steckt?« Speicheltröpfchen hingen an seiner Unterlippe, als er Alexis einen kurzen, dicken Finger vor die Nase hielt. »Gestern sagten Sie mir, er wäre mit Ihnen in einem verdammten Hubschrauber? Und heute ist er verschwunden? Wie ist das passiert, verdammte Scheiße?«

Alexis blieb ruhig. Unter Beschuss kühl zu bleiben, das war eine weitere ihrer Führungsqualitäten. Etwas lauter sagte sie, eine Suche nach Garrett sei im Gang, und falls er Avery anrufe, könne Avery sie dann bitte unverzüglich davon in Kenntnis setzen? Avery fuhr fort, sie und die Army knurrend zu beschimpfen, während sie sein Büro verließ. Sie machte ihm keinen Vorwurf. Er hatte eine in seinen Augen gute Tat getan, indem er das Finanzministerium anrief. Aber die Ereignisse hatten ihn, seine Firma und einen seiner besten Mitarbeiter überrascht.

Keine gute Tat bleibt ungestraft.

Alexis holte sich einen Salat in einem Deli downtown und fuhr mit ihrem Wagen zwanzig Häuserblocks bis zu Garretts Apartment an der Ecke Twelfth Street und Avenue B. Sie fand einen Parkplatz vor einer Eisdiele und ging zu seinem Mietshaus, um bei ihm zu klingeln. Niemand machte auf. Sie versuchte, ihn auf dem Handy zu erreichen, aber weil ihr Anruf gleich zu seiner Voicemail weitergeleitet wurde, setzte sie sich wieder in ihren Mietwagen und wartete darauf, dass Garrett nach Hause kam. Sie beobachtete die Touristen und die Obdachlosen, die legendären Mütter in Klamotten, die Alexis sich nie im Leben würde leisten können, die Einwanderer, die in einem Dutzend verschiedener Sprachen in ihre Handys brüllten, die Geschäftsleute, die zielstrebig zu ihrem nächsten Termin marschierten. Sie erzählte sich selbst Geschichten über das Leben der exzentrischeren unter den Passanten; sie hörte Mittelwellensender; sie nahm sich ein Zimmer in einem zwei Häuserblocks entfernten Hotel und schlief dort in der Nacht vier Stunden lang, bevor sie wieder in ihren Wagen stieg, um die Wache fortzusetzen.

Sie wartete und beobachtete das Haus zwei Tage lang, bevor sie beschloss, dass es ergiebiger sei, woanders nachzusehen.

Garrett fand Greensboro in North Carolina reizend. Er war nur vier Stunden da, und das zwischen Mitternacht und vier Uhr morgens, weshalb er eigentlich keine Ahnung hatte, wie reizend es war, aber er dachte sich, der Ort habe ein paar Vorschusslorbeeren verdient. Er nahm den ersten Bus, der Greensboro verließ, und der fuhr bis Nashville. Erschöpft nahm er sich ein Motelzimmer in Nashville, bezahlte bar und schlief zwölf Stunden, bevor er in einen anderen Bus nach Oklahoma City stieg. In diesem Bus merkte er, dass er in Richtung Westen fuhr, nach Hause, obwohl er das nicht geplant hatte. Er hatte gar keine Pläne gemacht, jedenfalls nicht bewusst – er hatte nur in Bewegung bleiben wollen. In Oklahoma City beschloss er, zu Ende zu bringen, was er angefangen hatte, und kaufte eine Fahrkarte für einen Greyhound-Bus nach downtown Los Angeles. Zu diesem Zeitpunkt waren mehr als zweiundsiebzig Stunden vergangen, seitdem er aus dem Badezimmerfenster des Verteidigungsministers in Georgetown geklettert war. Er war völlig fertig, hungrig, und seine Klamotten stanken. Er benutzte den Rest seines Bargelds, um sich in einem mexikanischen Bekleidungsgeschäft in der Nähe des Pershing Square eine Jeans und ein T-Shirt und ein Subway-Sandwich zu kaufen, und nahm dann die Blue Line nach Long Beach. Als er mit einem Haufen mexikanischer Immigranten und lärmenden Schulkindern in dem schnittigen Stadtbahnwagen saß, spürte

Garrett, wie sich sein Magen verkrampfte. Er war seit vier Jahren nicht mehr zu Hause gewesen.

Er ging von der Fußgängerzone in Long Beach zum Haus seiner Mutter. Dafür brauchte er eine Stunde, aber er war froh, sich bewegen zu können und Zeit zu haben, um seine Gedanken zu ordnen. Er stand zehn Minuten draußen vor dem Haus, in dem er aufgewachsen war, in einem herben Arbeiterviertel namens Drake Park, und ließ sich von der Sonne Südkaliforniens durchwärmen. Ein paar Gangmitglieder fuhren in ihren tiefergelegten Autos vorbei, aus deren direkt unter den Rückfenstern angebrachten Bassreflex-Lautsprechern laute Musik dröhnte. Niemand starrte hin. Niemand scherte sich einen Dreck darum. Garrett klopfte mehrfach hart gegen die Haustür, bis er hören konnte, dass seine Mutter den Fernseher abstellte. Sie schaute durch die Fliegengittertür. Garrett betrachtete ihr Gesicht. In der Zeit seiner Abwesenheit hatte sie mehr Falten bekommen; er entdeckte verschorfte rote Streifen auf ihrer Wange, als wäre sie von einer Katze gekratzt worden, und ihr schwarzes Haar war mit Grau gesprenkelt. Inez Reilly, die nie eine hochgewachsene Frau war, machte auf ihren Sohn einen noch kleineren Eindruck. Eine nicht angezündete Newport hing ihr im Mundwinkel. Garrett wusste, dass sie erst fünfundvierzig Jahre alt war, aber sie sah aus wie fünfundsechzig, keinen Tag jünger.

»Garrett?« Inez blinzelte wieder und wieder. »Was, zum Kuckuck, machst du denn hier?«

16

LONG BEACH, KALIFORNIEN, 30. MÄRZ, 13:28 UHR

Garrett trank von dem Budweiser, das seine Mutter ihm gegeben hatte. Es war kalt, womit er gerechnet hatte – wenn seine Mutter von einer Sache wusste, wie man sie machte, war es die Lagerung alkoholischer Getränke. Sie saß ihm auf einer durchgesessenen purpurfarbenen Couch gegenüber. Sie hatte den Fernseher in dem anderen Zimmer wieder auf volle Lautstärke hochgedreht; eine Dauerwerbesendung plärrte. Inez Reilly schaute ihren Sohn an, zog an ihrer Zigarette und trank von ihrem Bier.

»Wohnst du jetzt in New York?« Ihr Akzent wies Spuren von mexikanischem Singsang auf, die kaum wahrnehmbare kalifornisch-sinaloanische Linie, das merkwürdige Zwischenstadium des mexikanischen Amerikaners, der in Kalifornien geboren und mit Spanisch als Muttersprache aufgewachsen ist. Garrett musste zugeben, dass er diesen Akzent schrecklich gerne hörte. Er erinnerte ihn an die guten Zeiten in seiner Kindheit, an handgemachte Maistortillas, Ranchera-Musik bei Hochzeiten im Hinterhof, an den Hund, den er als Junge hatte – Ponzo. Das war es allerdings auch schon. Alles andere, was mit seiner Kindheit zusammenhing, war Scheiße gewesen.

Er nickte seiner Mutter bestätigend zu.

»Das ist 'ne coole Stadt, stimmt's? Ich bin noch nie da gewesen.«

»Sie ist okay. Du weißt schon. Jede Menge Menschen. Scheiß.«

Schweigen machte sich im Zimmer breit.

»Dein Bruder ist dorthin gegangen. Zum Arbeiten. Hat irgendwas mit Geld zu tun. Ich hab allerdings ziemlich lange nichts von ihm gehört.«

Garrett seufzte. »Nein. Das bin ich, Mom. Garrett.«

Sie starrte ihn an. »Stimmt.« Sie zündete sich die Zigarette wieder an und nahm einen tiefen Zug. Garrett atmete prüfend die Luft ein. Es roch nicht nur nach Tabak, aber er konnte nicht sagen, wonach: Es war ein leicht chemischer Geruch, fast wie brennendes Plastik.

»Wie gefällt es dir da?«

»In New York? Es ist okay. Mir gefällt meine Arbeit.«

»Eine Sache mit Geld, stimmt's? Finanzen, oder?«

Er nickte, und seine Mutter starrte wieder eine Zeit lang ins Leere. Ihre Augen waren unkoordiniert. Garrett wusste, dass sie betrunken war, aber dann wurde ihm klar, dass sie außerdem auch high war, und dann konnte er den Geruch bestimmen: Sie rauchte Methamphetamin, und das war voller Zusätze. Das erklärte die Kratzer auf ihrem Gesicht. Sie war ein Speed-Junkie geworden: eine Süchtige, die sich unwillkürlich kratzte. Garrett verzog das Gesicht. Er fand das empörend. Sie war einmal so lebendig gewesen, so intelligent. Sie war in ihrer Klasse an der Long Beach Poly High School die Beste gewesen und hätte mit einem Stipendium zu einer kalifornischen Uni gehen können – stattdessen hatte sie geheiratet und Kinder bekommen. Und angefangen zu trinken. Wenn er daran dachte, was das für eine Verschwendung war, wäre er am liebsten aus dem Haus gerannt.

Seine Mutter schaute zu ihm hoch und lächelte. »Es ist gut, dich zu Hause zu haben.«

»Danke, Mom.«

»Ich vermisse dich. Ganz allein in diesem Haus. Niemand kommt mich besuchen. Niemand von der Familie. Nichts.« Sie wies mit der Hand auf die baufällige Wand. »Hast du eine Woche Urlaub? Du kannst in deinem alten Zimmer schlafen.«

»Nein, Mom, ich …«

»Ich bin stolz auf dich, weil du für dein Land kämpfst, weißt du? Dabei fühle ich mich gut. Du bist ein Held. Mein Sohn. Ein Held.«

Garrett war zu kaputt, um seine Mutter zu korrigieren; es war schon schwierig genug, nur zu Hause zu sein. Er sank tiefer in den ausgeleierten Sessel, als versuchte er, in dem Möbelstück zu verschwinden. Das Gefühl war ihm vertraut. Die Erinnerungen überfielen ihn: seine Mutter, die ihn beschimpfte, weil er ein Faulenzer sei und ein Egoist, weil er Haschisch rauche und sich auf Schlägereien einlasse; Brandon, der dazwischenging und Garrett verteidigte, ohne große Wirkung zu erzielen; seine Mutter, die schließlich einlenkte und in den Hinterhof abzog, um noch eine Zigarette zu rauchen. Er hatte sich immer wieder gewünscht, er wäre tot.

Die Federn quietschten. Er war immer noch da. Und seine Mutter auch.

»Nicht wie dein Bruder. Der denkt nur an sich. Ich weiß nicht, was ich bei seiner Erziehung falsch gemacht habe.«

Garrett zuckte zusammen. Galle sammelte sich in seinem Magen. Seine Mutter zog noch einmal an ihrer Zigarette. Sie schüttelte den Kopf. »Was, zum Teufel, ist sein Problem? Hm? Kannst du mir das sagen?«

»Mom, ich bin Garrett. Brandon ist tot.«

Inez starrte ihren Sohn an, auf ihrem Gesicht stand die blanke Verwirrung. Auf Garrett machte sie den Eindruck, als versuche sie mit aller Kraft zu begreifen, was er gerade gesagt hatte, ein Flackern der Wirklichkeit, das sie gesehen hatte, das aber rasch wieder verschwand. Sie schloss die Augen und saß eine Minute lang bewegungslos da. Garrett beobachtete sie, stand auf und wedelte mit den Händen vor ihrem Gesicht hin und her.

»Mom?«, flüsterte er. Nichts. Sie rührte sich nicht.

Garrett gewährte dem Haus, in dem er seine Kindheit verbracht hatte, noch eine letzte flüchtige Inspektion, warf einen Blick in das kleine, unaufgeräumte Schlafzimmer, das er siebzehn Jahre lang mit seinem Bruder geteilt hatte, ging dann zur Haustür hinaus und schwor sich, nie mehr zurückzukehren.

17

LONG BEACH, KALIFORNIEN, 30. MÄRZ, 16:37 UHR

Wenn mich jemand umbringen will, schön, dachte Garrett, während er den Surfern vor Long Beach zusah, wie sie auf den Wellen ritten, in die Brecher tauchten und dann sanft in das flache Wasser glitten. Sprengt mich in die Luft. Bringt es nur hinter euch, und zwar schnell.

Aber es kam niemand, um ihn umzubringen. Also setzte er sich einfach in den Sand.

Die Wellen waren hier nicht so toll – die Strände in Long Beach zeigten für die Brandung im Winter in die falsche Richtung, und der Wellenbrecher des Hafens tat den Rest. Aber Garrett hatte sie trotzdem sein ganzes Leben lang geritten. Er und Brandon hatten an diesem Abschnitt des Strands gute fünf Jahre den Ton angegeben. Na ja, Brandon hatte ihn angegeben. Er war größer, schneller und drei Jahre älter als Garrett gewesen, und er war bereit gewesen, es mit jedem Außenseiter aufzunehmen, der bei ihnen auftauchte. Nur Jungs aus LB. Das war ihr Kriegsschrei. Brandon hatte Garrett jeden Kampfgriff beigebracht, den er kannte. Sie hatten ein paar Auseinandersetzungen verloren, klar, aber meistens waren sie die Könige gewesen.

Vor seinem geistigen Auge konnte er das sonnenverbrannte Gesicht seines Bruders sehen, seine langen, zerzausten schwarzen Haare, seine muskulösen Arme, die sich wie Windmühlenflügel drehten, während er auf einer Welle bis zum Strand ritt.

Garrett fühlte sich innerlich ausgehöhlt. Er hasste es, hierher zurückzukommen, seine Mutter zu sehen, ihr Haus, die Babyfotos, die leeren Bierflaschen, das Elend, alles. Und dass sie ihn die ganze Zeit für Brandon hielt. Oder tat sie das gar nicht? Sie hatte Brandons Namen nie ausgesprochen. Nur Garretts. Vielleicht tat sie das mit Absicht? Es spielte keine Rolle. Sie war drogensüchtig, und wenn man versuchte, die Motive einer Drogensüchtigen zu ergründen, begab man sich auf den abschüssigen Weg zum Wahnsinn. Und doch, sie taten trotzdem weh – ihre Klagen über seinen Egoismus, ihre beiläufigen Sticheleien von wegen Brandons Heroismus. Logisch oder nicht, sie hatte ihn damit verletzt. Es war eine alte Wunde, der Vergleich mit Brandon; eine Wunde, die sich leicht wieder öffnen ließ. Das machte ihm echt zu schaffen. Garrett wollte nicht, dass es ihm etwas ausmachte, aber das tat es doch.

Er blieb zwei Stunden am Strand sitzen, Füße und Hände im Sand vergraben, und beobachtete die Surfer, wie sie einer nach dem anderen aufhörten, während die Sonne dem Pazifik entgegenrutschte. Der Sonnenuntergang glühte orange- und dann purpurfarben, und erst unmittelbar vor Einbruch der Nacht sah Garrett den Mann, der ihn vom Parkplatz am Strand beobachtete. Er saß in einer großen dunklen Limousine amerikanischer Herkunft, deren Scheinwerfer nicht eingeschaltet waren. Garrett hatte ihn bemerkt, als er zum Strand gegangen war, und sich nichts dabei gedacht, aber da inzwischen die ersten Sterne am Himmel standen und er und sein Beobachter als Einzige übrig geblieben waren, wusste er, um wen es sich bei dem Mann handelte. Garrett zog sich die Schuhe wieder an und stapfte durch den Sand zum Parkplatz. Er ging zu der Limousine und klopfte an das Fahrerfenster.

Der dunkelhaarige, breitschultrige und bartlose Mann, der einen unauffälligen dunklen Anzug trug, rollte sein Fenster hinunter.

»Geben Sie Captain Truffant Bescheid, dass ich mitmache«, sagte Garrett.

Der Mann in dem Wagen erwiderte nichts, rollte sein Fenster wieder hoch und führte ein Telefongespräch. Er ließ das

Fenster wieder hinunter und sagte: »Sie meint, Sie sollten hier warten.«

Garrett zuckte mit den Schultern, lehnte sich an den Wagen und sah zu, wie das letzte Tageslicht verschwand. Die Dämmerung kam schnell in Südkalifornien und verschwand genau so schnell wieder. Fünf Minuten später fuhr ein anderer Wagen vor, und Alexis stieg an der Beifahrerseite aus.

»Sie haben die richtige Entscheidung getroffen«, sagte sie.

»Ich bin müde.«

»Ich besorge Ihnen ein Hotelzimmer. Schlafen Sie sich eine Nacht aus. Morgen fangen wir noch mal von vorn an.«

18

ORANGE COUNTY, KALIFORNIEN, 31. MÄRZ, 7:45 UHR

Garrett verbrachte die Nacht im Hilton direkt neben dem Santa Ana Freeway südöstlich von Long Beach in Orange County. Er hatte sich um neun Uhr abends vollständig angezogen nur kurz hingelegt, bevor er etwas zu Abend aß, und das Nächste, was er mitkriegte, war, dass Alexis Truffant an seine Tür klopfte, und es war 6:30 am nächsten Morgen. Er duschte und nahm ein schnelles Frühstück im Hotelrestaurant zu sich, bevor er sich wieder in die Limousine setzte, die von dem Mann im dunklen Anzug gefahren wurde. Alexis saß neben ihm, einen Aktenordner voller Papiere auf dem Schoß. Sie machte einen munteren und sehr geschäftsmäßigen Eindruck. Garrett nahm an, die Tatsache, dass er sich bereit erklärt hatte, mit ihr zu arbeiten, war für ihre Karriere nicht schlecht – welchen Kampf sie auch ausgefochten hatte, sie hatte ihn eindeutig gewonnen.

»Können Sie sich mit der Army abfinden?«, fragte sie.

»Wie bitte?«

»Sie müssen Mitglied der bewaffneten Streitkräfte werden. Angesichts all der Unbedenklichkeitserklärungen und der Informationen, die ich Ihnen geben werde. Deshalb habe ich an die Army gedacht. Ich weiß, dass Ihr Bruder Marineinfanterist war, und nahm an, dass Sie vielleicht etwas anderes wollen.«

Garrett musste lachen. Garrett Reilly? In der Army? Wie lachhaft war das!

»Ich werde keine Uniform tragen. Auf keinen verdammten Fall.«

»Es ist nur ein Dokument, das Sie unterschreiben müssen.«

»Army ist okay«, sagte er.

Sie hielten an einem Rekrutierungsbüro der Army in einer schäbigen Einkaufsmeile an der Grenze zwischen Long Beach und Lakewood an. Ein breitschultriger hispanoamerikanischer Lieutenant grüßte Alexis, als sie eintrat. Man hatte sie eindeutig erwartet. Er schrieb ein paar Zeilen persönliche Informationen auf, bevor er Garrett aufforderte, die rechte Hand zu heben und den Fahneneid nachzusprechen.

»Ich, Garrett Reilly, schwöre feierlich, dass ich die Verfassung der Vereinigten Staaten unterstützen und gegen alle Feinde im Ausland und im Inland verteidigen werde, dass ich derselben wahre Treue bewahren werde und den Befehlen des Präsidenten der Vereinigten Staaten und der mir vorgesetzten Offiziere gemäß den Bestimmungen und dem Uniform Code der Militärjustiz gehorchen werde. So wahr mir Gott helfe.«

Garrett spürte einen Ansturm widerstreitender Gefühle, als er diese Worte sprach. Er hatte sich nie irgendeiner Gruppe verpflichtet, hatte nie geschworen, irgendjemanden oder irgendetwas zu beschützen, und es war ihm nicht wohl bei dem Gedanken, es jetzt zu tun. Auf der anderen Seite musste er an seinen Bruder denken, und das brachte ihn zum Lächeln. Brandon hätte gelacht, wenn er seinen kleinen Bruder beim Militär gesehen hätte. Brandon hätte nicht mehr aufgehört zu lachen. Und ihn dann vermutlich in die Seite geboxt.

»Meinen Glückwunsch«, sagte der Lieutenant und schüttelte Garrett die Hand.

»Danke.«

»Ich möchte Sie darauf aufmerksam machen, dass Sie mich mit Sir anreden müssen«, sagte der Lieutenant, »aber der Captain hier sagt, das liefe bei Ihnen so nicht.« Er schaute Garrett skeptisch an. »Was ich mir von irgendjemandem irgendwann gerne erklären ließe.«

»Vielleicht beim nächsten Mal, Lieutenant«, schaltete sich Alexis ein. »Und eine ärztliche Untersuchung braucht er auch nicht.«

Als sie wieder im Wagen saßen, fragte Garrett nach seinem Dienstrang, und Alexis sagte ihm, er sei Hauptgefreiter, aber das sei auch nicht wichtig. »Was wir nur gerne von Ihnen hätten, ist ein erfolgreich absolvierter Urintest irgendwann im nächsten Monat. Meinen Sie, das kriegen Sie hin?«

Garrett zuckte mit den Schultern. »Das hängt davon ab, wie viel Gras ich rauche.«

19

LAS VEGAS, NEVADA, 31. MÄRZ, 11:57 UHR

Denny Constantine schritt durch die leeren Zimmer seiner Eigentumswohnung. Die Mittagssonne von Las Vegas schien grell durch die Schlafzimmerfenster. Das Sonnenlicht hatte schon die Hälfte des Teppichbodens im Zimmer ausgebleicht, obwohl Constantine ihn erst vor sechs Monaten hatte legen lassen. Die Elemente in der Wüste waren brutal zu Eigentumswohnungen. Andererseits war derzeit alles in Las Vegas brutal zu Eigentumswohnungen.

Constantine hatte sich für einen cleveren, konservativen Immobilienkaufmann gehalten. Aber sogar die cleversten Leute im Immobiliengeschäft hatten sich in letzter Zeit die Finger verbrannt. Constantine besaß zehn Eigentumswohnungen. Vor zwei Jahren waren es noch dreiundzwanzig gewesen. Er hatte zwei an der Rentabilitätsschwelle verkauft, sieben mit Verlust, und von vier weiteren hatte er sich einfach verabschiedet. Aber die zehn, die ihm noch gehörten, brachten ihn um: die Kredite, die Instandhaltung, die Verwaltungskosten. Er war am Ende. Vollkommen pleite. Und kaputt. Physisch. Und mental.

Er fuhr mit dem Daumen über den Rand seines Handys, rieb das Gerät, als wäre es ein Glücksbringer. Aladins Wunderlampe. Falls er es lange und fest genug massierte, würde es ihm vielleicht die Nachricht bringen, die er haben wollte: ein Angebot. Er hatte gestern ein Ehepaar hier drinnen herumgeführt, und die Wohnung schien ihnen zu gefallen. Der Typ arbeitete als Chefcroupier im Mirage; seine Frau war Friseurin. Der Preis stimmte – 195 000,00 Dollar –, das Gebäude befand sich in einer erstklassigen Lage in Stripnähe, und die Wohnung war in hervorragendem Zustand. Ja, es würde wieder ein Verkauf fast ohne jeden Profit für Constantine werden, aber er würde ihn mit dem Rinnsal an Zahlungsfluss versorgen, das er brauchte, um seine Kosten einen weiteren Monat zu decken. Er würde ihm ein wenig Spielraum geben, etwas, das er in letzter Zeit sehr selten gehabt hatte. Und trotzdem klingelte das Handy nicht.

Er trat auf den Balkon hinaus, wo der Empfang besser war. Vielleicht hatte der Agent des Käufers ihn zu erreichen versucht und war nicht durchgekommen. Die Wüstenhitze des Frühlings traf Constantine wie ein Tritt vor die Brust. Er begann in seinem schwarzen Anzug sofort zu schwitzen. Das war ihm egal. Er würde genau hier warten, zehn Stockwerke über den Bürgersteigen von Vegas, bis das verdammte Handy klingelte, auch wenn sein Anzug danach ein feuchter Putzlumpen war. Und dann, gerade als er diesen beherzten Gedanken gefasst hatte, geschah ein Wunder. Sein Handy klingelte. Es war der Bevollmächtigte des Käufers. Er ließ das Klapphandy mit einer fließenden, geübten Bewegung aufschnappen. »Hier Constantine.«

»Hey, Kumpel. Wie geht's?«

»Prima, prima.« Constantine versuchte, seine Nervosität in den Griff zu bekommen. Atme tief durch. Sprich langsam. »Ich versuche, die Hitze zu meiden.«

»Bisschen warm. Bisschen warm. Aber ich kann nie zu viel Sonne kriegen.«

»Ja.« Constantine konnte fühlen, wie ihm Schweißbäche über die Wangen liefen. »Dann sag mal an. Du hast hoffentlich gute Nachrichten für mich.«

»Nun ja, genau genommen …«

Constantine zuckte zusammen. Scheiße. Scheiße. Verdammte Scheiße. Er wurde blass.

»… wollen meine Klienten die Wohnung nicht haben.«

Constantine ergriff das Geländer, um sich festzuhalten. Er fühlte sich so, als könnte er gleich das Bewusstsein verlieren.

»Ich kann bei dieser Wohnung noch ein bisschen runtergehen. Ich meine, ich weiß, dass sie ihnen gefallen hat. Es ist ein tolles Gebäude. Hab ich ihnen den Pool hinter dem Haus gezeigt? Und den Fitnessraum?«

»Hast du, Mann. Absolut. Und alles war toll, und die beiden haben wirklich überlegt, sie zu nehmen. Aber dann, du weißt schon, kamen all die anderen Wohnungen auf den Markt.«

»Andere Wohnungen? Was für andere Wohnungen?«

»Hast du nichts davon gehört?«

»Nein. Wovon gehört?«

»Alter. Siebenhundert verschiedene Eigentumswohnungen sind alle heute Morgen auf den Markt gekommen.«

Constantine schüttelte den Kopf. »Was?!? Das ist nicht möglich. Siebenhundert Wohnungen?«

»Eigentlich siebenhundertvier. In der ganzen Stadt. Verschiedene Gebäude, verschiedene Stadtviertel. Aber hier kommt der abgefuckte Teil: Sie sind alle zum halben Schätzwert auf den Markt gekommen. Wie bei einem Notverkauf, zum halben Preis. Oder weniger.«

Constantine wurde es schlecht. »Gehörten sie alle derselben Person?«

»Das weiß niemand. Nur wilde Vermutungen. Eine verzweifelte Immobiliengesellschaft. Oder ein Hedge-Fonds, der vor dem Aus steht. Die Leute wälzen wie verrückt die Grundbücher, aber es ist unheimlich kompliziert. Verflixtes Hypothekenchaos, stimmt's?«

Constantine blinzelte. Noch mehr Schweiß tropfte ihm in die Augen. »Ich … bist du sicher, dass deine Klienten nicht …? Ich meine, ich könnte mit dem Preis …«

»Ich will dir nicht den Tag ruinieren, aber meine Klienten können zwei andere Wohnungen in deinem Haus mit dem gleichen Grundriss für weniger als hundert Riesen kaufen. Die Hälfte von dem, was du haben willst. Tut mir wirklich leid, Alter. Aber so läuft das nun mal auf dem Markt, stimmt's?«

»Ich denke schon. Ja.«

»Ich muss los. Lass dich nicht unterkriegen, Mann. Bis später.« Der Bevollmächtigte legte auf.

Constantine war von den Socken. Siebenhundert Eigentumswohnungen zum Verkauf angeboten, alle zur gleichen Zeit und zum halben Preis? Oder weniger? Der Markt, der schon auf steiler Talfahrt war, würde endgültig im Keller sein. Die Preise würden abstürzen, buchstäblich, wie ein Stein, den man aus dem Fenster fallen ließ. Ganz Vegas würde an diesem Nachmittag zusammenbrechen, wenn es nicht schon passiert war. Vielleicht ganz Nevada.

Er versuchte, die enorme Tragweite dessen zu erfassen, was gerade passiert war. Wer würde so etwas tun? Sie müssten sich auf ungeheure Verluste gefasst machen. Die einzige Erklärung, die ihm einfiel, war, dass ihre Lage genauso verzweifelt war wie seine. Na ja, er hoffte, sie waren glücklich, denn jetzt war jeder in Las Vegas genauso verzweifelt wie sie. Sie würden alle zusammen in das Erdloch einfahren. Wäre das nicht ein Spaß? Eine große verdammte Toilette.

Nein, dachte Constantine, der immer noch sein nicht mehr magisches Handy zwischen Daumen und Zeigefinger hielt. Er würde nicht mit ihnen in das Erdloch einfahren. Er würde seinen eigenen Weg markieren. Niemand und kein Markt würde ihn herumschubsen.

Scheiß drauf. Ich bin immer noch ein freier Mann mit einem freien Willen, und ich treffe meine eigenen Entscheidungen. Und das hier ist meine Entscheidung …

Er zog seine Krawatte gerade, steckte sein weißes Hemd in die Hose und warf sich mit einer schnellen Bewegung über das Geländer des Balkons. Der letzte Gedanke, der ihm durch den Kopf ging, während er auf den glühend heißen Asphalt zu trudelte, war, dass er vielleicht Unrecht hatte. Vielleicht waren die Besitzer jener siebenhundert Eigentumswohnungen nicht verzweifelt.

Vielleicht taten sie es mit Absicht.

20

CAMP PENDLETON MARINE CORPS BASE,

31. MÄRZ, 14:31 UHR

Garrett saß in einem großen, luftigen Raum in einer der niedrigen Holzbaracken am südlichen Ende der Marine Corps Base Camp Pendleton unmittelbar neben der Vandergrift Road. Der Raum war heruntergekommen, die Farbe blätterte ab, die Lattendecke war klapprig. Im ganzen Raum waren ein halbes Dutzend Computer und Bildschirme auf Schulbänken aufgestellt, und an einer Wand hing eine große Projektionsleinwand. Die anderen drei Wände waren mit Schaubildern und Weltkarten bestückt, die schepperten, wenn Marine-Hubschrauber von der eine halbe Meile entfernten Startbahn abhoben oder auf ihr landeten oder wenn Geländewagen der Army auf den Holperpisten vorbeirumpelten, die die trockene Hügellandschaft im Umkreis des Stützpunkts kreuz und quer durchzogen.

Garrett war ein wenig enttäuscht. Die Computer waren relativ neu, aber es gab keine ausgefeilten technischen Spielereien im Stil von James Bond oder *Mission Impossible* – keine 3-D-Hologramme oder Live-Einspeisungen von geheimen NSA-Satelliten. Stattdessen waren in den Ecken eine Menge Aktenordner und zerlesene Bücher gestapelt. Er hatte gerade angefangen, eine Karte von Südchina zu inspizieren, als Alexis den Raum mit drei Leuten im Schlepptau betrat, zwei Männern und einer Frau, alle jung, höchstens Ende zwanzig. Einer der Männer trug eine grüne Arbeitsuniform; die anderen beiden waren Zivilisten – wenigstens schienen sie welche zu sein, nach ihrer Kleidung zu urteilen.

»Schicke Bude«, sagte Garrett und zeigte auf die Risse in den Wänden.

»Sie wird keine Aufmerksamkeit erregen«, sagte Alexis. »Geheimhaltung ist das Ziel.«

»Warum Camp Pendleton? Sind hier nicht die Marines? Ich dachte, ich wär jetzt in der Army.«

»Es gehört den Marines, aber alle Teilstreitkräfte nutzen den Stützpunkt von Zeit zu Zeit. Es ist ein sicherer Standort. Wir werden keine zusätzlichen Mittel ausgeben müssen, um Sie zu beschützen. Und ganz ehrlich, wir haben im Moment nicht alles Geld der Welt für diese Sache. Es ist nicht Hightech, aber es funktioniert.«

»Nicht Hightech – das ist eine Untertreibung.«

Alexis ignorierte Garretts Stichelei und zeigte auf die Leute, die sie mitgebracht hatte. »Wir haben ein Team zusammengestellt, das Sie unterstützen soll. Zusammen geben wir Ihnen einen Grundkurs darüber, was Sie wissen müssen. Über die allgemeine politische Situation, über das Militär und über Informationen, die jeder unserer Geheimdienste kurz- und langfristig sammelt.«

»*Alle* Informationen, die Ihre Geheimdienste sammeln?«

»Alle Informationen, die Sie unserer Ansicht nach unbedingt haben müssen.«

Garrett lachte – das Zurückrudern hatte bereits begonnen. Das war allerdings okay: Er hatte seine Entscheidung getroffen. Er würde es durchziehen. Zumindest eine Weile.

Alexis zeigte auf den jungen Mann in der Arbeitsuniform. Er war ungefähr so groß wie Garrett – eins dreiundachtzig – und schlank, hatte schwarzes, kurz geschorenes Haar und eine Brille mit Schildpattrahmen, die eindeutig nicht von der Army stammte. »Das ist Lieutenant Jimmy Lefebvre.«

Lefebvre trat vor und schüttelte Garretts Hand. »Sehr erfreut, Sie kennenzulernen.« Er hatte einen Südstaatenakzent, aber der war abgehackt und professionell, und sein Blick war kühl und ruhig. Garrett dachte, er spüre eine gewisse Zurückhaltung, als wäre der Lieutenant nicht ganz glücklich dabei, hier zu sein. Er dachte außerdem, dass er Geld roch.

»Lieutenant Lefebvre ist Hochschulassistent am US Army War College in Pennsylvania«, sagte Alexis. »Sein Spezialgebiet ist die politische Entwicklung der Völker. Zwischenstaatliche Beziehungen, Medienverbreitung von Propaganda. Er hat einen Doktortitel in politischer Philosophie, und seine Kenntnis der Weltbühne ist umfassend. Betrachten Sie ihn als Ihre politische Wikipedia.«

Lefebvre zog den Kopf ein und lächelte verlegen, fast so, als hätte ihn Alexis' Einführung verärgert. »Captain Truffant übertreibt«, sagte er. »Aber ich hoffe trotzdem, von Nutzen für das Team zu sein.«

Alexis zeigte als Nächstes auf die junge Frau. »Das ist Celeste Chen.« Celeste war Asiatin, dünn, hatte kurze schwarze Haare und knallrote Lippen. Sie trug ein knappes Decemberists-T-Shirt und eine gerippte Jeans und sah fantastisch aus. Zumindest in Garretts Augen. Er erhaschte einen kurzen Blick auf ein Schlangen-Tattoo, das sich um ihren Bizeps wand, direkt unterhalb ihres Hemdsärmels. Garrett liebte hübsch platzierte Tätowierungen – sie waren verteufelt sexy.

Celeste nickte Garrett kühl zu. »Hey.«

»Lass mich raten«, sagte Garrett. »Du bist die Indie-Rock-Expertin? Festivals, Konzerttermine, Biografien der Bandmitglieder?«

»Alle Achtung. Du bist gut.« Sie blickte Garrett finster an und setzte sich.

»Ms Chen ist Sprachanalytikerin«, sagte Alexis. »Sie spricht fließend Chinesisch, alle drei Hauptdialekte, Mandarin, Kantonesisch und Wu, sowie Japanisch und Tagalog. Außerdem arbeitet sie als Kryptologin für das Militär und das Außenministerium. Wir haben sie von der UCLA ausgeliehen, und wir sind froh, sie zu haben. Sie ist eine ausgezeichnete Codeknackerin.«

»Stark«, sagte Garrett. »Von dem ganzen Kram versteh ich nichts.« Celeste gefiel ihm vom ersten Augenblick an: Sie hatte jede Menge Kampfgeist, und Frauen mit Kampfgeist hatten bei Garrett einen besonders großen Stein im Brett.

Alexis wandte sich zum letzten Mitglied des Trios. Er sah von den dreien am seltsamsten aus: jung, nicht älter als fünfundzwanzig, Afroamerikaner und riesig – mindestens eins neunzig, mit zusätzlichen zwanzig Kilo in der Bauchgegend. Er trug eine Khakihose und ein blaues Hemd mit Button-Down-Kragen, das ihm eine Nummer zu klein war und ihn deshalb noch größer wirken ließ.

»Das ist Bingo Clemens«, sagte Alexis. »Er ist unser Berater in allen militärischen Fragen und was die Gerätetechnik betrifft.«

Garrett blinzelte überrascht. Von all den Leuten im Raum schien Bingo derjenige zu sein, bei dem eine Zugehörigkeit – oder irgendeine Affinität – zum Militär am wenigsten wahrscheinlich war. Wenn er fünf Liegestütze machen könnte, ohne zusammenzubrechen, wäre Garrett verblüfft gewesen. Garrett hätte ihn fast gefragt, wieso man ihn in den Stützpunkt gelassen hatte.

»Schön, dich kennenzulernen, Bingo«, sagte er und streckte ihm die Hand hin.

»Yep«, murmelte Bingo und schüttelte Garretts Hand, die in seinen Fingern verschwand. Seine Hand hatte die Größe eines Baseball-Handschuhs.

»Er kann schüchtern sein«, sagte Alexis fast mütterlich. »Aber er hat ein enzyklopädisches Wissen, was die bewaffneten Streitkräfte angeht. Unsere, die der Russen, der Chinesen. Von allen. Und er ist hinsichtlich der Ressourcen, der Stationierung und des Wehrmaterials auf dem Laufenden.«

»Aber er gehört nicht zum Militär und hat deshalb keine Vorurteile und wird sich nicht an dem gefürchteten Gruppendenken beteiligen«, sagte Garrett.

»Exakt«, erwiderte Alexis.

»Ich bin nicht schüchtern«, murmelte Bingo und starrte auf den Boden.

»Okay. Ich entschuldige mich dafür, dass ich das gesagt habe, Bingo«, sagte Alexis. »Er stellte Recherchen für die Rand Corporation in Santa Monica an. Sie sind auf Fragen der Landesverteidigung spezialisiert. Bingo hat tatsächlich die höchste Unbedenklichkeitsbescheinigung von uns allen.«

Garrett warf Bingo noch einen Blick zu. Wenn er jemand war, dem das Militär hochrangige Geheimnisse anvertraute, war das Land dem Untergang geweiht.

»Ich bin wirklich nicht schüchtern«, grummelte Bingo, der eindeutig Schwierigkeiten hatte, das Thema hinter sich zu lassen.

»Hey, ich glaube dir«, sagte Garrett lächelnd. Er hielt Bingo für amüsant – wenn auch etwas exzentrisch. »Also dann«, sagte Garrett und ließ sich in einen Schreibtischstuhl auf Rollen sinken. »Nett, euch alle kennenzulernen. Wann fangen wir an?«

»Jetzt sofort«, sagte Alexis, öffnete einen Laptop und rief eine Excel-Tabelle auf. »Weil wir annehmen, wir haben etwa eine Woche Zeit.«

»Eine Woche Zeit wofür?«, fragte Garrett.

»Uns auf einen ausgewachsenen Krieg vorzubereiten.«

21

PEKING, 2. APRIL, 15:08 UHR

Xu Jin, der Leiter des Ministeriums für Staatssicherheit, ging schnell und zielstrebig durch die Menschentrauben, die die Straßen von Dashengzhuang verstopften, der ausufernden Vorstadt von Süd-Peking. Neue Zuwanderer in die chinesische Hauptstadt, Bauern und Landbewohner, die gerade aus dem Bus gestiegen waren, Mütter, deren Babys in verschmutzte Tücher gewickelt waren, stießen Xu Jin mit dem Ellbogen aus dem Weg, als wäre er nur ein weiterer Bürger, der nach einem Schnäppchen in den Läden und Straßenständen dieser betriebsamen, geschäftigen Gemeinde suchte. Sie konnten nicht wissen, dass er Mitglied des Politbüros der Kommunistischen Partei war, des mächtigsten Gremiums der gesamten Volksrepublik. Aber warum sollten sie ihn kennen, dachte Jin, während er einem schwerfälligen Mann auswich, der einen Karton von der Größe eines Sofas auf dem Rücken trug. Praktisch niemand in China kannte die Gesichter seiner hohen Politiker. Den Premier des Staatsrats, ja, und natürlich den Staatspräsidenten und seinen Stellvertreter. Aber unterhalb dieser hochverehrten Führer? Gesichtslose Technokraten. Und das war genau so, wie es ihnen gefiel.

Und schließlich war Jin auch nicht allein. Es gab zwei Bodyguards – Soldaten in Zivil von dem Standort Peking –, die ihm im Abstand von ein paar Schritten folgten. Und hinter ihnen vier weitere Soldaten, auch sie mit Hosen und schwarzen Jacken bekleidet, aber mit Pistolen im Gürtel, die nach subversiven Elementen, Anarchisten und muslimischen Extremisten aus dem Norden Ausschau hielten. Oder nach Anhängern dieser aufrührerischen

Banditenfrau, die durch die Dörfer von Zentralchina streifte. Aber er wollte nicht an sie denken – es gab zahllose Staatsfeinde, die durch die Straßen von Pekings mit Zuwanderern überfüllten Vorstädten wanderten. Sie passten gut zu den Scharen, die nach Arbeit suchten, und hielten sich außer Sichtweite des riesigen Sicherheitsapparats der Regierung, während sie Übeltäter und Verbrecher für ihre subversiven und destruktiven Aktionen rekrutierten. Sie waren Nihilisten, fehlgeleitete Fanatiker, die Chaos verbreiteten, weil sie glaubten, dass sie auf diese Weise bekämen, was sie haben wollten. Zumindest sah Jin es so. Aber sie irrten sich. Allen Aktionen des Widerstands gegen die Sicherheitskräfte des Staates würde mit unnachsichtiger Härte begegnet werden.

Sie würden zerquetscht werden.

Jin tauchte in eine Gasse ein, in diskretem Abstand gefolgt von seinen Bodyguards, und schob die Glastür eines Internetcafés auf. Drinnen schlug ihm das Summen von hundert Computern und das unaufhörliche Klick-Klack von Hunderten von Fingern entgegen, die auf hundert Tastaturen tippten. Es gab wenig oder keine Unterhaltung, abgesehen von dem gelangweilten Geschnatter der beiden Teenager hinter der Anmeldung. Niemand schaute hoch, als Jin das lange, schmale, mit Zigarettenrauch gefüllte Café betrat, und niemand bemerkte, dass er an den eng stehenden Tischen mit den Bildschirmen und Schreibtischcomputern vorbeischritt. Kinder, dachte Jin abfällig, die ihre idiotischen Videospiele spielten, ihre Meinungen über Sportmannschaften oder Mädchen austauschten – oder was auch immer diese Leute online machten. Er verachtete sie alle.

Xu Jin, sechsundfünfzig Jahre alt, gepflegt und penibel, aus einer kultivierten urbanen Familie, hatte fast keine praktische Erfahrung mit Computern. Das brauchte er auch nicht. Er hatte Leute im Komitee – zahllose Sekretärinnen, Assistenten und Funktionäre –, die das für ihn taten. Aber es gab ihm zu denken, in welchem Maß die Leute ihre Zeit und ihre Aufmerksamkeit auf das Internet konzentrierten. Begriffen sie denn nicht, dass das wirkliche Leben dort draußen auf der Straße auf sie wartete, nicht hier drinnen in schmuddeligen, übel riechenden Internetcafés? Sie ließen sich die Haare lang wachsen, sie hielten nichts davon, sich zu rasieren oder zu baden, sie spielten einfach ununterbrochen den lieben langen Tag. *Zu welchem Zweck?!?* Es spielte keine Rolle. Er wusste, was er wollte, und er wusste, wer dafür sorgen würde, dass sein Wille geschah.

Jin steuerte zwischen den Computern hindurch, die im hinteren Bereich des Cafés noch enger beieinanderstanden. Dort, in der letzten Nische vor einer mit einer Kette verschlossenen Tür, saß der Mann, den er suchte. Oder sollte er sagen: der Junge? Er zog einen Stuhl heran und setzte sich neben den schlaksigen, pickeligen Programmierer, der über seiner Tastatur hockte. Herrgott, was für ein furchtbarer Anblick, wie er da blass und ausgelaugt mit leerem Blick auf irgendein idiotisches Videospiel schaute. Waren das Drachen auf seinem Computerbildschirm? War es das, womit er seine Zeit verbrachte? Drachenspiele spielen?

»Gong Zhen«, zischte der Minister leise. »Ich bin es, Xu Jin. Sieh mich an. Zhen!« Seine Stimme übertönte das Summen der Festplatten und der surrenden Ventilatoren.

Gong Zhen, dreiundzwanzig Jahre alt, schob sich die fettigen schwarzen Fransen aus der Stirn und drehte sich langsam zu dem Bürokraten um. Er blinzelte zweimal, als müsse er sich von anderen Gedanken losreißen, und runzelte leicht die Stirn. »Wie viel Uhr ist es?«

»Herr Minister, können Sie mir bitte sagen, wie spät es ist? So redest du mich an, Gong Zhen. So redest du Leute an, die älter sind als du. Höher gestellt sind als du.«

Zhen sagte nichts. Stattdessen kratzte er sich träge die Nase.

Angesichts der Unverschämtheit dieses jungen Mannes erstarrte Jin. Er sollte ihn aus dieser schrecklichen Bude herauszerren und erschießen lassen. Das sollte er tun, dachte Xu Jin, und zwar auf der Stelle. Er war schon im Begriff aufzustehen, als er sich wieder fing und noch einmal hinsetzte. Er konnte diesen Knaben nicht erschießen lassen. Das war eine lächerliche Idee. Solche Sachen wurden im modernen China nicht mehr gemacht. Und aus welchem Grund? Weil er einen Minister nicht mit angemessenem Respekt angesprochen hatte? Er beruhigte sich und schaute dem Jungen in die Augen.

»Wir haben schon miteinander geredet. Erinnerst du dich daran?«

»Hm-hm.«

»Über eine Arbeit, die du für mich erledigen würdest?«

»Ich erinnere mich.«

»Dass du ein Team zusammenstellst? Computerleute wie du, Freunde von der Universität, loyale und vertrauenswürdige Menschen, die in den Vereinigten Staaten gearbeitet haben, vielleicht als Praktikanten bei Microsoft oder Apple, aber wieder nach Hause gekommen sind. Hast du das?«

»Hm-hm.«

»Ich habe dir Geld dafür gegeben. Genug, um zwei Dutzend Leute einzustellen. Vielleicht mehr.«

»Ja.«

»Damit du etwas schreibst und dann diese Sache ins Rollen bringst? Diese Sache, um die ich gebeten habe. Wie ein Zug. Ein außer Kontrolle geratener Zug.«

»Hm-hm. Klar.«

Jin riss sich zusammen. Dieses ganze Grunzen würde ihn um den Verstand bringen. Er rieb die Fingerspitzen aneinander, eine beruhigende Bewegung, die es immer wieder schaffte, ihm für einen kurzen Moment inneren Frieden zu bringen. »Habt ihr getan, worum ich dich gebeten habe? Du und dein Team?«

Diesmal antwortete Zhen nicht, sondern drehte sich stattdessen zu seiner Tastatur und tippte eine Reihe schneller Befehle. Er schwenkte den Computerbildschirm, sodass der Direktor von der Staatssicherheit die Auslesung sehen konnte. Tausende Zeilen Maschinencode rollten über den Bildschirm von links nach rechts, schwarze und rote und blaue Schriftarten tanzten über den weißen Hintergrund. Jin starrte es einen Moment an, aber es war für ihn bedeutungslos, eine Fremdsprache, die er weder verstand noch jemals zu verstehen interessiert war.

»Und du willst sagen, das hier ist die Arbeit?«

Zhen nickte und nahm einen Schluck aus einer Dose mit einem Energy-Drink.

»Und bist du bereit, das in die Welt hinauszuschicken?«

Zhen zuckte unverbindlich mit den Schultern. Jin seufzte. Es war zum Wahnsinnigwerden mit diesem Idioten!

»Und niemand wird es hierher zurückverfolgen können? Nach China?«

»Finnland. Und die Ukraine«, sagte der Junge. »Anonyme Proxy-Server.«

»Ja. Natürlich«, sagte Jin, verwirrt von der ganzen Angelegenheit. »Und in dem Schreiben? Dem Schreiben von diesem Code, den du gemacht hast? Sind da die Sachen drin, um die ich gebeten habe?«

Wieder zuckte Zhen mit den Schultern.

Ah! Jin wollte den Jungen erwürgen. Begriff er nicht, dass Menschenleben davon abhingen? Mehr als das, das Schicksal von ganzen Völkern hing in der Schwebe. Nein, dachte Jin, das begreift er nicht. Niemand begreift das. Außer mir selbst, ein paar Mitgliedern des Politbüros und einigen ähnlich hohen Feinden in den Vereinigten Staaten von Amerika. Und das war es, worum es ging, oder nicht? Angreifen und verteidigen, sodass niemand erfuhr, was vor sich ging.

»Also. Wie lange würdest du dafür brauchen, unseren Plan in die Tat umzusetzen? Den Prozess ins Rollen zu bringen? Wenn wir bald damit anfangen würden, heute, zum Beispiel? Könntet ihr das machen?«

Zhen schwang sich wieder herum vor den Monitor und tippte auf ein paar Tasten auf seiner Tastatur. Der Bildschirm blinkte, und ohne ein weiteres Wort fing Zhen erneut an, dieses verdammte Drachentöter-Spiel zu spielen. Direktor Jin sah ihm staunend zu. Hatte dieser Junge ihm überhaupt zugehört? Er griff Zhen an der Schulter und schüttelte ihn grob. »Ich hab dir eine Frage gestellt!?« Seine Stimme übertönte das Klacken der Tastaturen und das Zischen von Lippen, die an Dutzenden verschiedener Zigaretten sogen. »Wann könntest du das machen?«

Zhen blinzelte hektisch, als wäre er schon wieder auf einem anderen Planeten mit seinen Drachen und Kriegern mit Kettenhemden.

»Wann?«, bellte Jin wieder. »Wann könntest du damit anfangen?«

Zhen betrachtete den Direktor stirnrunzelnd. »Hab ich doch gerade.«

22

CAMP PENDLETON MARINE CORPS BASE,
3. APRIL, 19:12 UHR

Garrett schwirrte der Kopf.

Er war erschöpft, hatte Hunger, seine Beine taten weh, und er hatte Schwierigkeiten, die Augen offen zu halten. Sie machten das jetzt seit drei Tagen ohne Pause – nicht dass er Tage und Nächte wirklich noch auseinanderhalten könnte. Der Streifen roten Sonnenlichts, der durch das offene Barackenfenster hereinfiel und seinen Computerbildschirm traf, war nicht sonderlich hilfreich. War das nun Sonnenauf- oder Sonnenuntergang? Es verschwamm alles ineinander.

Die ganze Sache hatte in dem Moment begonnen, als Alexis vor drei Tagen ihren Laptop hochgefahren hatte. Sie hatte erklärt, dass Garrett mit jedem einzelnen Mitglied des Teams vier Stunden am Stück arbeiten würde. Nach vier Stunden würden sie eine Essenspause einlegen, und dann würde er zum nächsten Teamkollegen weitergereicht werden; noch einmal vier Stunden, noch eine Essenspause, dann der nächste Wechsel. Alexis sagte, sie würden so lange weitermachen, wie Garrett es aushalten könne. Dann würden sie schlafen – nie mehr als ein paar Stunden –, und dann gleich weitermachen.

Lieutenant Lefebvre war Garretts erster Ausbilder. Alexis setzte sie in eine Ecke des Barackenraums, öffnete die Fenster, um eine Brise hereinzulassen, brachte heißen Kaffee und ließ sie in Ruhe.

Es war ganz anders, als Garrett erwartet hatte: Lefebvre hielt ihm keine Vorträge, er verwickelte ihn in ein temporeiches, sorgfältig strukturiertes Gespräch. Es ging die ganze Zeit nur um Politik – meistens um China.

Lefebvre lud JPEGS auf einen Computerbildschirm. Das hier, sagte er, waren die höchstrangigen Mitglieder des Politbüros der Kommunistischen Partei Chinas. Dies waren ihre Namen, und das hier waren die Orte, wo sie herkamen. Dies waren ihre jeweiligen philosophischen Standpunkte. Lefebvre forderte Garrett auf, Fragen zu stellen, und das tat er. Warum waren sie alle Männer? (Die Parteihierarchie war überwiegend männlich und extrem chauvinistisch.) Warum waren sie alle alt? (Es war eine langsame, konservative Bürokratie.) Wieso kriegten chinesische Austauschstudenten Akne, wenn sie in die Vereinigten Staaten kamen?

Bei der letzten Frage presste Lefebvre die Lippen zu einem schmalen, unangenehmen Lächeln zusammen. Er schaute Garrett an, als könne er seine Gesellschaft kaum noch ertragen …

… und machte weiter.

Das hier waren die Spratly-Inseln, die von China, Japan und Vietnam beansprucht wurden. Riesige Erdölreserven lagen innerhalb ihrer Hoheitsgewässer. Es war ein aufkeimender Krisenherd. Dies war der Unterschied zwischen einem Prinzling – dem Sohn eines hochrangigen Parteimitglieds – und einem chinesischen Bürokraten, der sich allmählich hochgedient hatte. Dies war Chinas jüngstes Bruttoinlandsprodukt, seine wichtigsten Importe und Exporte, eine kurze Geschichte seines Konflikts mit Korea, Indien und Russland. Das hier waren die wichtigsten Schifffahrtsrouten der Welt; dies war die Straße von Malakka. Die US Navy war hier auf Patrouille. Und hier. Und hier.

Garrett bezweifelte, dass er irgendwas davon behalten würde. Als er aus dem Fenster starrte und zusah, wie die Hubschrauber nach links über den Strand und nach Süden Richtung San Diego abdrehten, fuhr der Lieutenant ihn an: »Konzentrieren Sie sich bitte, Mr Reilly. Wir haben nicht viel Zeit.«

Garrett war kurz davor, leck mich zu sagen, aber er beherrschte sich gerade noch. Lefebvre ging ihm auf die Nerven, klar, aber Garrett hatte wirklich keine Ahnung, warum. Auf der Garrett-

Reilly-Skala »Ein wie großes Arschloch bin ich gewesen?« hatte er bei Lefebvre noch kaum einen Punkt gemacht. Trotzdem konnte Lefebvre ihn eindeutig nicht leiden. Als Garrett Alexis danach fragte, zuckte sie nur mit den Schultern.

»Vielleicht haben Sie ihn beleidigt. Darin scheinen Sie gut zu sein.«

Während einer Pause von fünf Minuten unternahm Garrett online eine Hintergrundprüfung Lefebvres. Er hatte recht gehabt, was das Geld betraf – der Lieutenant war Erbe eines alten und versiegenden Nutzholz-Vermögens in Georgia. Huch, dachte Garrett, das ist interessant, weil er jetzt ein kleiner Wissenschaftler am Army War College war. Ihm gefiel diese kleine Rebellion gegen die Familie. Garrett versuchte, sich seine Army-Unterlagen anzusehen, aber die waren auf einem sicheren Server der Personalabteilung untergebracht, und er hatte keine Zeit, ihn zu hacken. Darum würde er sich später kümmern.

Lefebvre beendete ihre Sitzung, indem er Garrett einen neunzig Zentimeter hohen Stapel mit Büchern über Mao, die Partei und den gegenwärtigen Zustand der chinesischen Volkswirtschaft gab.

»Erwarten Sie wirklich, dass ich die alle lese?«

»Ich erwarte gar nichts von Ihnen«, sagte Lefebvre mit dem gleichen abschätzigen Blick.

Als Nächstes war Celeste Chen an der Reihe. Zu Garretts großer Erleichterung hielt auch sie ihm keine Vorträge. Stattdessen lasen sie zusammen asiatische Zeitungen. Sie rief sie online auf und übersetzte ihm die Kernpunkte jedes Artikels, den er herausgriff, wobei sie ihn von den Beiträgen abbrachte, die völlig abwegig schienen. Sie lasen den *Gongren Ribao* (die größte Tageszeitung Chinas), den *Guanming Daily* (das Organ der Kommunistischen Partei), den *Nongmin Ribao* (landwirtschaftliche Nachrichten) und den *Jiefangiun Bao* (das Sprachrohr der Volksbefreiungsarmee). Sie machten Stichproben bei Zeitungen aus Japan (*Asahi Shimbun* und *Mainichi Shimbun*), aus Malaysia (*Star*) und aus Hongkong (*Sing Tao Daily*). Sie lasen Wirtschaftsnachrichten,

Kulturnachrichten und politische Nachrichten, aber vor allem hielten sie Ausschau nach Erwähnungen der Vereinigten Staaten, aus welchem Grund auch immer: Diplomatie, Handel, Filme, Konflikte, Kritik – *Krieg*.

Zunächst war Garrett nicht ganz sicher, was sie ihm beizubringen versuchte, aber das Lesen der Zeitungen hatte eine besänftigende Wirkung auf ihn. Er schloss die Augen und begann, sich vorzustellen, dass Celestes Stimme in Wirklichkeit die Stimme chinesischer Bürger war. Sie redeten mit ihm. Erzählten ihm, was sie für einen Eindruck von der Welt hatten. Er ließ sich von ihren Meinungen überfluten, sog sich mit ihnen voll.

Das war der Moment, als er begriff, dass sie – Alexis und die DIA oder wer immer sonst hinter dieser Sache stand – ihn wie einen Computer behandelten. Sie fütterten ihn mit riesigen Datenmengen und erwarteten von ihm, dass er sie sortierte, filterte, verarbeitete, um dann Antworten auszuspucken – Antworten, die sich in Form von erkannten Mustern zeigen würden. Diese Offenbarung munterte ihn erheblich auf: Das konnte er machen, und zwar gut. Zum Teufel, er konnte im Schlaf Muster aus dem Chaos hervorzaubern.

Celeste blieb Garrett gegenüber distanziert, war eindeutig nicht in sexueller oder romantischer Weise an ihm interessiert, was Garrett enttäuschend fand, weil er so ziemlich jede gut aussehende Frau als mögliche Bettgefährtin betrachtete. Er fragte sie, ob sie einen festen Freund habe.

»Denk nicht mal daran«, sagte sie, ohne eine große Pause beim Vorlesen eines Artikels über Hacker in einer chinesischen Tageszeitung einzulegen. »Ich trete dir die verdammten Zähne ein.«

Garrett lachte. Er hielt es für möglich, dass sie eine Lesbe war, was ihm nichts ausmachte, besonders, wenn man bedachte, wie scharf sie aussah. Aber Celeste verstand ihr Handwerk, so viel war klar, und Garrett war voller Bewunderung, wie sattelfest sie im Umgang mit Sprachen war. Sie konnte problemlos von Mandarin (was ihre Eltern zu Hause sprachen) über Japanisch (in der Schule gelernt) zu Kantonesisch (in ihrer Freizeit aufgeschnappt) übergehen und sprach alles gleichermaßen fließend. Sie sprach sogar passabel Arabisch. Ihre linguistischen Kenntnisse schienen sich auf einer Höhe mit seiner Fähigkeit zum Sortieren von Daten zu befinden – sie beherrschte Sprachen auf einem fast unbewussten Niveau, und das war, zumindest in Garretts Augen, verdammt cool.

Am Abend ließ Alexis etwas zu essen bringen. Es war scheußlicher Kantinenfraß, offensichtlich aus der Marine-Cafeteria in der Nähe – Bohnen, welker Salat und undefinierbares Fleisch –, aber Garrett hatte einen Riesenhunger, und deshalb war es ihm egal. Er trank drei Tassen Kaffee und eine Cola light. Sobald er mit dem Essen fertig war, ging es weiter mit seiner nächsten Sitzung, bei der er es mit Bingo Clemens zu tun hatte.

Bingo redete in einem ununterbrochenen leisen Flüsterton, kaum hörbar, das Gesicht knapp über der Computertastatur. Garrett musste sich sehr nahe zu ihm beugen, um ihn zu verstehen, und auch, um an Bingos großem Kopf vorbei den Bildschirm sehen zu können. Bilder huschten vorbei – Marschflugkörper und Kriegsschiffe und Flugzeuge und weitere Marschflugkörper und Landkarten und Soldaten –, während Bingo ohne Unterbrechung weiterlaberte: »… die taktische Reichweite eines AGM-84 Harpoon Seezielflugkörpers ist hundertvierzig Seemeilen … die Chinesen haben sechs Fregatten der Klasse Jianghu V im Südchinesischen Meer im Dienst … die Russische Föderation hat vier Armeen unter ihrem Östlichen Militärkommando an der Grenze zu China stationiert …« Garrett unterbrach ihn gelegentlich und bat ihn, langsamer zu reden oder ein Akronym zu erklären, und Bingo hielt sofort inne und ging noch qualvoller ins Detail.

Dann fragte Garrett, der alles für einen Joint gegeben hätte, Bingo, ob er wisse, wo Garrett sich etwas Gras besorgen könne. Bingo schwieg fast eine Minute lang, bevor er rundheraus sagte: »Du solltest kein Marihuana rauchen. Das ist schlecht für dich.«

Das war die gesamte Konversation.

Garrett war es klar, dass Bingo ein echt schräger Vogel war, aber auf eine Weise, die ihm irgendwie gefiel. Er schien unfähig, ein Lebewesen zu verletzen – er fing verirrte Spinnen mit Kaffeetassen und ließ sie draußen im Gebüsch wieder frei –, aber als Garrett ihn dabei ertappte, wie er spät in der Nacht auf einem Laptop Call of Duty spielte, erkannte er die glühende Intensität eines Killers in Bingos Augen. Bingo schlachtete mit Hingabe Sowjetagenten ab und grunzte vor Vergnügen, wenn ein weiterer Soldat ins Gras biss. In dem Moment begriff Garrett, dass sie beide, wie peripher auch immer, etwas gemeinsam hatten. Bingo war wie Garrett ein Computerfreak der Sonderklasse. Wie Garrett hatte er Probleme, mit seiner Wut umzugehen. Auch seine soziale Kompetenz ließ zu wünschen übrig, was Garrett gut nachvollziehen konnte.

Um drei Uhr morgens war Garrett am Ende und bat darum, schlafen zu dürfen. Er bekam ein kleines Zimmer, dessen Fenster sich nicht öffnen ließ, mit Feldbett und dünner Matratze zugewiesen. An einer Wand hing eine amerikanische Flagge neben einem Werbeplakat für das Marine Corps. Ein Marine mit kantigem Kinn und einer weißen Ausgehmütze auf dem Kopf hielt sich einen glänzenden Säbel vors Gesicht. Brandon hatte genau so ein Plakat mit nach Hause gebracht, als er sich freiwillig für das Corps verpflichtet hatte. Die Wenigen, die Stolzen, die Marines hatte er immer wieder gesagt, um seinen kleinen Bruder aufzuziehen, aber auch, um sich in seiner Entscheidung zu bestätigen.

Garrett riss das Plakat von der Wand und stopfte es in einen Mülleimer; dann rollte er sich auf seinem Bett zusammen und schlief ein, ohne sich auszuziehen.

Tag zwei begann um sechs Uhr morgens, als Alexis an seine Tür klopfte.

»Stehen Sie auf«, sagte sie. »Wir gehen ein bisschen laufen.«

»*Wir* machen gar nichts«, sagte Garrett, ein Kissen über dem Kopf. »Machen Sie Ihren Scheißlauf allein.«

Alexis machte die Tür trotzdem auf und schüttelte Garrett grob. »Sie brauchen Training. Ist gut fürs Gehirn.«

»Meinem Gehirn geht's prima«, sagte er. »Verpissen Sie sich.«

Sie stellte ein tragbares Radio neben das Bett und schaltete es ein. Kesha kreischte durch den blechernen Lautsprecher. Sie machte das Licht an und zog den Vorhang vor dem Fenster zurück, sodass das Zimmer von Sonnenlicht durchflutet wurde.

»Ach, du Scheiße«, sagte Garrett. »Seien Sie doch kein beschissener Unmensch.«

Garrett taumelte aus dem Bett und zog eine Trainingshose und ein T-Shirt an, die sie auf einem Stuhl für ihn hatte liegen lassen. Er stolperte aus der Kaserne in das grelle Licht des frühen Morgens und setzte verschlafen einen Fuß vor den anderen, wobei er Alexis auf einem unbefestigten Weg folgte und sein Tempo zu einem widerstrebenden, aber gleichmäßigen Schlurfen steigerte.

Es war furchtbar: der Staub, die Steine, der trockene Wind, der Schweiß, der Durst, der Schmerz in seinen Muskeln. Training irgendeiner Art hatte ihm noch nie gefallen, war ihm immer als Zeitverschwendung vorgekommen, schließlich war er in toller physischer Verfassung und konnte genauso gut wie jeder andere auf einen Aufzugsknopf drücken. Und Laufen schien ihm die ultimative Sinnlosigkeit zu sein. Die Tatsache, dass Alexis mühelos die Hügel hinauf- und hinunterlaufen konnte wie eine Art afrikanischer Springbock trug nur noch zu seiner Beschämung bei. Wenn sie alle paar hundert Yards wartete, damit er aufholen konnte, musste er an sich halten, um nicht ihre Kniescheibe mit einem Stein zu zerschmettern.

Nach zwanzig Minuten ließ er sich auf die Knie fallen und begann zu würgen. Alexis hatte ein Einsehen und ging mit ihm zur nächsten Reihe von Sitzungen in die Kaserne zurück.

Der Rest von Tag zwei unterschied sich kaum von Tag eins: Politik mit Lefebvre, chinesische Kultur mit Celeste, militärische Instruktionen mit Bingo. Vier Stunden, dann Essen, vier Stunden, dann Essen und so weiter und so fort bis in die Nacht hinein.

Alexis beaufsichtigte jede Sitzung, indem sie in der Nähe saß, sich Notizen machte und Fragen stellte. Sie schien überhaupt nicht müde zu werden oder sich ablenken zu lassen, wenn ihr Handy klingelte, was regelmäßig passierte. Soweit Garrett feststellen konnte, war es meistens General Kline, der sie um Tätigkeitsberichte bat. Wenn sie nahe genug bei ihm stand, konnte er hören, wie der General sie anblaffte; dabei ging es um Terminpläne, finanzielle Mittel, manchmal um das Militär und ein Mal sogar um den Präsidenten. Alexis antwortete dann mit gleichmäßiger, gelassener Stimme – ja Sir, nein Sir – und ließ sich von Klines übertriebenen Emotionen nie aus der Ruhe bringen. Das beeindruckte Garrett, weil er wirklich schlecht darin war, die Ruhe zu bewahren.

Die andere Sache, die ihn beeindruckte, war ihre Flexibilität. Sie war eindeutig diejenige, die hier den Laden schmiss, aber Garrett musste zugeben, dass sie das tat, ohne sich jemals aufzuspielen oder ihren Dienstgrad herauszukehren und ohne das Gespräch wieder auf das auszurichten, was als »themenbezogen« galt. Das fand Garrett überraschend. Sein erster Eindruck von ihr war gewesen, dass sie eine rigide Denkerin war, und rigides Denken verachtete er. Fließvermögen und Veränderung waren in intellektueller Hinsicht die Aspekte, die für ihn wichtig waren. Aber Alexis war nicht so leicht einzuordnen. Sie ließ den Informationsfluss seinen Lauf nehmen, und sie reagierte nicht verärgert, als Garrett mit Celeste – gesprächsweise natürlich – die Unterschiede zwischen männlicher und weiblicher Selbstbefriedigung erörtern wollte oder als er, erschöpft und gereizt, Lefebvre schließlich wissen ließ, dass Diplomatie Zeitverschwendung sei und dass die Vereinigten Staaten China einfach atomar wegpusten sollten.

Am Ende von Tag zwei hörte Garrett auf, Alexis' Verhalten zu analysieren, und betrachtete sie nur noch als ein weiteres Mitglied des Teams. Na ja, fast. Er musste zugeben, dass er sie immer noch äußerst attraktiv fand. Er stellte sogar fest, wenn er zwischendurch abgelenkt war, dass er begonnen hatte, Gefühle für sie zu entwickeln, die darüber hinausgingen, sie ins Bett zu kriegen. Er war nicht ganz sicher, was für Gefühle das waren, aber er wusste, dass sie Neuland für ihn waren. Sehr neues Land.

Am Morgen des dritten Tages liefen Garrett und Alexis erneut vor Anbruch der Dämmerung. Es tat immer noch weh, aber Garrett würgte nur zweimal und schaffte ganze fünftausend Yards auf dem unbefestigten Joggingpfad, wenn auch sehr langsam. Alexis kam nicht mal ins Schwitzen. Das machte ihn völlig fertig.

Als sie in die Kaserne zurückkamen, waren zehn Kartons mit Aktenordnern voller Geheimdienstinformationen zusammen mit dem Frühstück angeliefert worden, wobei die Namen der Angestellten der jeweiligen Agenturen unkenntlich gemacht worden waren. Das Team – Alexis hatte irgendwann mitten am zweiten Tag angefangen, sie so zu nennen – hörte mit den Instruktionssitzungen auf und widmete sich stattdessen den Aktenordnern: Jeder von ihnen griff sich zwei Kartons. Es war eine faszinierende Fundgrube von Informationen, die oft prosaisch waren (die brasilianische Weizenernte war im ersten Quartal um sieben Prozent höher, was zu einer Zunahme der Anbaufläche für dieses Getreide um zwanzigtausend Hektar im kommenden Jahr führte), manchmal anregend (der Premierminister Kameruns hatte eine Affäre mit einer jungen thailändischen Prostituierten, was nicht so ungewöhnlich war, aber die Prostituierte hatte angeblich eine Geschlechtsumwandlung vornehmen lassen, was sich als peinlich erweisen konnte) und gelegentlich äußerst problematisch (es hatte den Anschein, als liefere die Ukraine zweihundert nordkoreanische Luftabwehr-Raketen an den Iran, und die Israelis überlegten, das Transportschiff abzufangen, was sich nach Ansicht amerikanischer Beobachter zu einem neuen Nahostkonflikt ausweiten konnte).

Als Garrett, der immer noch mit einer feinen Staubschicht von dem Lauf bedeckt war und vom Schlafmangel entzündete Augen hatte, seinen ersten Karton zur Hälfte durchgearbeitet hatte, kam er in den Genuss einer weiteren Offenbarung. Er merkte, dass es ihm gefiel. Er hatte schon immer gerne esoterische Dinge gelernt, besonders, wenn sie mit Zahlen und Volkswirtschaft zu tun hatten, aber er hätte nie gedacht, dass die Anhäufung all dieser Informationen derart – er hatte nach dem Wort gesucht, während er einen Kaffee schlürfte und eine Karte des Japanischen Meers studierte – *packend* sein könnte. Es erfüllte ihn mit Begeisterung. Es war so, als säße er wieder in Yale, und Avery drängte ihn, nicht nur die Antwort auf ein Problem zu finden, sondern herauszufinden, warum es dieses Problem überhaupt gab. Aber das war noch nicht alles. Er hatte zum ersten Mal das Gefühl, etwas Lohnenswertes zu machen. Und etwas Nützliches. Und diese beiden Begriffe waren für Garrett Reilly seltsame Bettgenossen.

Es war, als wären all diese vertraulichen Informationen *nur auf ihn* konzentriert worden, weil dort draußen jemand glaubte, dass er sich einen Reim darauf machen könne. Dass er die Informationen sortieren, die Muster erkennen, Ordnung in das Chaos bringen und die Willkürlichkeit der chinesischen Aktionen entziffern und einen Zusammenhang zwischen ihnen herstellen könne.

Es war ihm peinlich, das zuzugeben, aber er liebte das Gefühl, gebraucht zu werden. Er wusste, dass Alexis und ihre Kumpane bei der DIA es so geplant hatten – dass er von einem Gefühl der Zielstrebigkeit erfüllt werden sollte – und dass es sich hier in Wirklichkeit um Informationen handelte, die bereits von irgendeinem jungen Analysten in Washington gründlich geprüft worden waren. Er wusste, dass er nicht *so* außergewöhnlich war. Und trotzdem funktionierte es. Er spürte ein jungenhaftes inneres Glühen, egal, wie sehr er sich dafür hasste, dass er es spürte.

Was er wirklich empfand, entschied er – mit brummendem Schädel, erschöpft, am Ende des dritten Tages halbverhungert auf ein weiteres ungenießbares Kantinenessen wartend –, war, nun ja …

… Stolz.

23

QUEENS, NEW YORK, 4. APRIL, 1:42 UHR

Mitty Rodriguez war froh, dass niemand sie hören konnte. Sie hatte so heftig gelacht, dass ihr Mountain Dew aus der Nase gespritzt war. Und falls jemand das gesehen hätte, nun ja – eine schwere Erniedrigung. Aber es war fast zwei Uhr früh, und sie war in einer Gasse hinter der 35th Avenue in Astoria, Queens, und durchstöberte einen Abfallcontainer, der zu einem Autoersatzteilgeschäft gehörte, also war sie hier ungestört.

Sie suchte nach Servomotoren. Nach großen, nicht nach diesen kleinen Scheißdingern, die man in Hobbygeschäften kaufte. Sie brauchte sie, um ein Paar Greifarme an dem Kampfroboter zu steuern, den sie für den Wettbewerb »Zerstört alle Roboter« nächste Woche in Yonkers anmelden wollte. Ihr Plan sah vor, am rechten Arm ein dünnes Stück angespitztes Aluminiumrohr und am linken einen runden Plexiglasschild anzubringen, was aus Morloc – das war ihr Name für den noch nicht ganz fertigen, sechzig Zentimeter großen mechanischen Menschen – ein echtes Gangsta-Werkstück machen würde. Morloc würde diesen Aluminiumspeer mitten in die Hauptplatine all seiner Herausforderer rammen, ihre Stromkreise durchbrennen lassen und ihnen den elektronischen Hirntod bescheren.

Vor ihrem geistigen Auge konnte Mitty den Jig sehen, den sie nach Morlocs Sieg tanzen, das Bier, das sie diesen halb-autistischen Orenstein-Zwillingen, die sie letztes Jahr geschlagen hatten, über den Kopf schütten würde. Aber das lag in der Zukunft. Zunächst musste sie diese Servomotoren finden, aber es war dunkel, und sie hatte kein Glück.

Der Container war voller Luftpolsterfolie und halbleeren 10W-40er Öldosen, weshalb es hier drinnen stank wie ein alter Automotor. Außerdem rief Garrett immer wieder an, was überhaupt der Grund dafür war, dass sie so heftig lachen musste. Er redete saukomische verrückte Scheiße. Sie hörte ihm kurz zu, Handy ans Ohr geklemmt, Taschenlampe in der linken Hand, mit der rechten in der Tonne wühlend, und beendete das Gespräch, weil seine Geschichte sich mehr und mehr so anhörte, als zöge er sich Speed durch die Nase.

Garrett erzählte ihr, dass er auf der anderen Seite des Landes auf einem militärischen Stützpunkt sei. Dass er an irgendeinem streng geheimen Scheiß für das Verteidigungsministerium arbeite – er konnte ihr nicht sagen, was, weil das illegal wäre, und wahrscheinlich hörten sie dieses Telefongespräch ohnehin ab – und dass sie ihn nach dem Bombenattentat vor seinem Büro rekrutiert hätten.

Das war der Moment, als Mitty angefangen hatte zu lachen.

»Du bist ein alter Lügenbär«, hatte sie gesagt und aufgelegt.

Er rief dreißig Sekunden später wieder an und fuhr mit seiner Geschichte fort. Er lese topsecret Geheimdienstinformationen und werde von Experten in all diesem Verschlusskram geschult.

Glaub ich nicht. Lach mir 'nen Ast ab. Beende das Gespräch.

Okay, vielleicht war er ja nicht völlig auf dem Trip. Ja, sie hatte vor zwei Tagen seine Voicemail bekommen: Es hätte diesen Bombenanschlag downtown gegeben, er sei in der Nähe gewesen, aber es ginge ihm gut, und er würde die Stadt verlassen. Sie hatte nichts von dem Anschlag gewusst, als sie seine Nachricht abhörte – sie hatte mit der Horde gekämpft, um Azeroth in den Nebeln von Panderia zu erobern, und zwei Tage lang die Nachrichten verpasst –, weshalb sie nicht allzu erleichtert war, als sie hörte, es gehe ihm gut. Deshalb war sie nicht unsensibel, es war einfach so, als würde einem jemand erzählen, er hätte einen Autounfall gehabt, obwohl man nicht mal gewusst hatte, dass er mit einem Auto gefahren war. Okay, vielleicht war sie ein bisschen unaufmerksam. War ihr doch egal. Sie hatte ihre Prioritäten. Das verstand Garrett. Deshalb waren sie befreundet.

Es kam ihr ein bisschen merkwürdig vor, dass Garrett die Stadt verlassen und ihr nicht erzählt hatte, warum. Und als sie sich die Voicemail noch mal anhörte, konnte sie die Anspannung in seiner Stimme wahrnehmen. Aber Garrett kam dauernd in Situationen, in denen seine Stimme angespannt klang – wenn er Aktien auf Kredit kaufte oder auf Kredit verkaufte oder mit Verträgen auf Kredit handelte. Sie verstand nicht die Hälfte von dem, was er machte, und es war ihr auch egal.

Aber sie verstand eine Sache. Es war absolut unmöglich, dass Garrett Reilly für das Militär der Vereinigten Staaten arbeitete. Aus einer Menge von Gründen.

Erstens: Er hasste das Militär. Diese Arschlöcher hatten seinen Bruder umgebracht. Und dann hatten sie ihm Lügen darüber aufgetischt. Zum Teufel, sie war mit Garrett an dem Abend zusammen gewesen, als er dem Marine Sergeant im Rekrutierungsbüro am Times Square betrunken einen Schwinger hatte verpassen wollen, was übrigens verdammt lustig gewesen war.

Zweitens: Welches Militär auf der ganzen Welt würde Garrett Reilly in seiner Mannschaft haben wollen? Er hatte ein nicht zu reparierendes Problem mit seiner inneren Einstellung. Sie mochte ihn und so, und er war ihr bester Freund, aber man musste das Kind beim Namen nennen – es war genauso wahrscheinlich, dass Garrett Reilly einen Kollegen ins Gesicht schlug, wie dass er sich mit den Feinden unseres Landes in die Haare geriet. Der Kerl war eine Belastung rund um die Uhr.

Mitty kippte einen Schluck Mountain Dew hinunter (sie nahm überall, wo sie hinging, eine Dose mit), als ihr Handy wieder klingelte. Es war Garrett.

»Du musst damit aufhören«, sagte sie. »Ich habe viel zu tun. Falls du drinnen bist, beweise es mir. *Muéstrame.*«

Sie legte wieder auf. Es wurde Zeit, die Abfallcontainer von Auto Zone abzuschreiben. Da drinnen gab es keine Servomotoren, was enttäuschend war, aber nicht erstaunlich. Es war schwer, einen Killer-Roboter auf billige Weise zu bauen, aber es war eine Arbeit, die Spaß machte, und Mitty würde sich nicht unterkriegen lassen. Sie kletterte aus dem Container heraus und ging die zehn Querstraßen bis zu ihrem Haus auf der 31st Avenue zu Fuß, wobei sie versuchte, den Dreck und das Fett von ihrer Hose abzuwischen, bevor sie sich die drei Treppen zu ihrem Apartment hinaufschleppte, sich auf die Couch setzte und schwermütig auf die Einzelteile von Morloc starrte, die auf dem Boden ihres Wohnzimmers verstreut waren. Sie hatte so große Pläne für ihn gehabt …

Ihr Handy gab Laut. Es war eine SMS. Von Garrett. Sie lautete: *Preguntas*. Fragen. Das war ihr Code. Es hieß, dass er ihr etwas mitteilen wollte, aber dass es ein Geheimnis war, und er schickte es ihr auf ihrem eigenen Virtuellen Privaten Netzwerk oder VPN. Sie benutzten das VPN in der Hauptsache, um Game Cheats oder raubkopierte Filme weiterzugeben.

Sie seufzte, das Affentheater mit Garrett reichte ihr allmählich, aber sie fuhr trotzdem einen ihrer Laptops hoch. Das war der Computer, den sie fast ausschließlich offline benutzte und mit dem sie nur über eine isolierte Wählverbindung ins Internet ging, die sie der Telefongesellschaft abgeluchst hatte. Niemand würde auf *der* Leitung herumschnüffeln. Auf dem Account gab es eine ungelesene E-Mail, und die war von Garrett, und sie war natürlich verschlüsselt, aber sie kannte den Verschlüsselungscode. Zum Teufel, sie hatte ihn geschrieben.

Sie entschlüsselte die Mail. Es gab einen Link. Und ein Passwort. Sie gab es ein und wartete, müde und nach Motoröl stinkend und bettreif, aber was sie dann auf dem Bildschirm sah, ließ ihr Herz schneller schlagen – und sorgte dafür, dass sie Morlocs jämmerliche, leblose Arme völlig vergaß.

Zerstört alle Roboter konnte warten, dachte sie, während sie auf die Liste militärischer Einberufungsunterlagen schaute, weil ihr Kumpel Garrett gerade die Hauptader getroffen hatte.

24

CAMP PENDLETON, 4. APRIL, 12:39 UHR

Garrett lag auf seinem Feldbett und lächelte. Er lächelte, weil er wusste, dass Mitty Rodriguez auf der anderen Seite des Landes auf seine E-Mail starrte und hyperventilierte.

Er hatte ihr nichts Wichtiges geschickt – nur eine Hintertür in einen Personalaccount von Camp Pendleton. Er hatte ihn selbst geknackt, nachdem Alexis sie in den Feierabend geschickt hatte und er sich ein paar Minuten Zeit nahm, um sich im gesicherten internen Netzwerk des Stützpunkts herumzutreiben. Natürlich war es vor Eindringlingen von außerhalb Pendletons gesichert, aber nicht vor Schnüfflern innerhalb der militärischen Firewall. Er hatte keinen wirklichen Schaden angerichtet; der Personalserver war eine Sackgasse, und Mitty würde das ziemlich bald herausfinden. Aber es bewies, wo er war und dass er nicht nur Quatsch redete.

Es ermöglichte Garrett auch, sich Jimmy Lefebvres Army-Unterlagen anzusehen, und ihre Lektüre hatte ihm die Augen geöffnet. Lefebvre hatte die Offiziersschule mit hervorragenden Leistungen abgeschlossen und war kurz davor gewesen, in den Irak abkommandiert zu werden, als die Ärzte eine Herzrhythmusstörung bei ihm feststellten. Das hätte für eine sofortige Entlassung aus medizinischen Gründen gereicht, aber irgendjemand hatte irgendwo seine Beziehungen spielen lassen, und Lefebvre wurde stattdessen ein Schreibtischjob angeboten – Politologie am War College. Sein beruflicher Werdegang war damit gesichert, aber Garrett vermutete, dass es für einen stolzen Aristokraten aus den Südstaaten wie Lefebvre niederschmetternd gewesen sein musste, nicht in den Kampf ziehen zu dürfen. Dadurch verstand er dessen Einstellung besser: Lefebvre betrachtete Garrett vermutlich als diensttauglichen Schmarotzer. Das musste ihm gegen den Strich gehen.

Garrett beschloss, etwas nachsichtiger mit ihm zu sein.

Er betrachtete die Menge von Büchern, die Lefebvre ihm gegeben hatte. Sie stapelten sich inzwischen in seinem kleinen Schlafzimmer. Vielleicht sollte er mit seiner Nachsicht gegenüber dem Lieutenant beginnen, indem er wirklich das tat, worum dieser ihn gebeten hatte.

Garrett blätterte sie durch. Sie handelten alle von China: Biographien der führenden Politiker; historische Bücher über Chinas Kultur, über die Revolution und die Kriege: Essays über chinesische Malerei, Lyrik und Literatur. Welchen Aspekt des Lebens im modernen China er auch herausgriff – Garrett war sich ziemlich sicher, dass in den letzten fünf Jahren ein Buch darüber erschienen war. Wahrscheinlich zwei. Oder ein Dutzend.

Manche waren interessanter als andere, aber das war Garrett egal. Er hatte sich mit seiner Position im Team abgefunden, mit der Rolle einer menschlichen Datenbank. Definitionsgemäß brauchte eine Datenbank so viele Informationen, wie sie fassen konnte. Und Garrett konnte eine Menge fassen.

Ein Buch fesselte seine Aufmerksamkeit: eine Biographie Mao Zedongs. Als Sohn eines Bauern, der durch den Verkauf von Getreide zu Wohlstand gelangt war, war Mao nicht in Armut aufgewachsen – wie Garrett angenommen hatte –, sondern in Wirklichkeit in einer ziemlich begüterten Familie. Er hatte eine gute Erziehung genossen, war auf eine weiterführende Schule gegangen – zu jener Zeit in China eine Seltenheit – und hatte schließlich die Universität Peking besucht, wo er die Tochter eines Professors kennenlernte und heiratete. Dort, an der Universität, wurde er mit dem Marxismus konfrontiert und trat prompt der chinesischen Kommunistischen Partei bei. Und in der Partei entdeckte Mao seine wahre Berufung.

Was Garrett an Mao am meisten beeindruckte, war sein Intellekt. Er war brillant. Und nicht nur brillant; für seine Zeit war er wahrhaft jemand, der über den Tellerrand schaute, ein Visionär höchsten Grades. Er erkannte die Logistik politischer Organisation, und er setzte diese Logistik um, indem er loyale Kommissare in alle kommunalen Parteiversammlungen entsandte. Er erkannte außerdem die Zukunft der Kriegsführung auf eine Weise, wie das um diese Zeit sonst niemand getan hatte; er wusste, dass die modernen Armeen, die seinen ungeordneten Revolutionären gegenüberstanden, nur geschlagen werden konnten durch etwas, was mittlerweile als asymmetrische Kampfführung bezeichnet würde – sporadische, überraschende Guerillaangriffe, die der Verwirrung und Demoralisierung dienen sollten. Und deshalb war das genau die militärische Strategie, die er in die Tat umsetzte. Er wusste instinktiv, dass er die einfachen Bauern gewinnen musste, um ein Land zu verändern, das so riesig und so ungeheuer bevölkerungsreich war wie China, und dass diese Menschen, sobald sie gewonnen waren, mit eiserner Faust bei der Stange gehalten werden mussten.

Mao hatte alle seine Gegner in Angst und Schrecken versetzt, ob nun in der herrschenden Klasse von Chinas korrupter Regierung oder bei den Lakaien, die für ihn arbeiteten, nachdem die Kommunisten die Macht ergriffen hatten. Mao war hart, wenn er es sein musste, und später brutal, wenn es gereicht hätte, human zu sein. Er war ein engagierter Partisan, und er zeigte nie eine Schwäche. Mao war es gewesen, der eigenhändig das geformt hatte, was mittlerweile das moderne China war, und egal, welche Reformen nach seinem Tod umgesetzt worden waren, egal, wie viel Wachstum und Kapitalismus in dem Land hatte florieren dürfen, es war Maos Schatten, der über dem Land lag. Es war seine stählerne Persönlichkeit, die in der Kommunistischen Partei den Ton angab. Und die Partei war es, die China regierte.

Garrett war nur nicht so sicher, ob Mao, wenn er heute noch leben würde, mit dem Zustand des modernen China glücklich wäre: der ungeheure Unterschied zwischen Arm und Reich, die Völkerwanderung von den Bauernhöfen im Innern in die Küstenstädte, die wachsende Macht der Partei und die Entmündigung der Bauern. Alles, wogegen Mao so hart gekämpft hatte, war inzwischen Standardprozedur im modernen China. Die Bürokraten und Prinzlinge in der Partei ähnelten heute eher den korrupten Aristokraten des vorrevolutionären China als den Reformern zu Maos Glanzzeit. Und es wurde eindeutig schlimmer – die Lokomotive der chinesischen Modernisierung raste unkontrolliert die Schienen entlang.

Alles, was sie in der letzten Woche studiert hatten, malte das Bild einer Nation, die tief in einer Veränderung befangen war, einer so tiefgehenden und allumfassenden Veränderung, dass sie das Land unkenntlich machte, sogar für Leute, die es erst zehn Jahre zuvor besucht hatten. Und wenn man China zuletzt 1976 besucht hatte, als Mao starb, dann käme man sich wie ein Außerirdischer vor, der sich auf einem neuen Planeten wiederfindet. China hatte sich vollständig erneuert.

Und all das brachte Garrett schließlich, um 3:30 Uhr am frühen Morgen, während er auf seinem Feldbett lag, zu der Erkenntnis, dass die führenden Politiker des modernen China Mao vielleicht verehrten, aber wenn er morgen früh wie durch ein Wunder in ein Treffen des Politbüros der Partei hereinplatzte …

… würde er sie wahrscheinlich alle erschießen lassen.

25

CAMP PENDLETON, 4. APRIL, 6:17 UHR

Am Morgen des vierten Tages bekam Garrett allmählich wieder Luft.

Er war vor Alexis aufgestanden und hatte selbst angefangen zu joggen. Dass er es auf eigene Faust versuchte, hatte wohl damit zu tun, dass er auf einem militärischen Stützpunkt war und all die anderen jungen Männer und Frauen dabei beobachtete, wie sie etwas für ihre Fitness taten. Er strengte sich an, lief schnell, schwitzend, stöhnend, sprintete sogar ein paar Hügel hinauf und hinunter. Garrett hielt das nicht nur für einen Fortschritt, sondern für ein kleines Wunder. Die Beine taten ihm immer noch bei jedem Schritt weh, aber sein Würgereflex ließ nach, und seine Zehen scheuerten sich vorn in seinen Laufschuhen nicht mehr wund. Er stellte sogar fest, dass er sich nicht mehr ganz so verzweifelt nach einem Zug aus der Wasserpfeife sehnte.

»Gutes Tempo auf den Hügeln eben«, sagte Alexis, als sie ihn am Fuß der letzten Steigung vor der Kaserne einholte. Sie atmete nicht mal schwer. »Hätte nicht gedacht, dass Sie das draufhaben.«

»Wollen Sie mich aufmuntern oder in die Pfanne hauen?«

Alexis zuckte mit den Schultern, ohne zu antworten, und sprintete an ihm vorbei. Garrett versuchte erst gar nicht, sich ihrem Tempo den Hügel hinauf anzupassen; er war glücklich, den Lauf zu beenden, ohne würgen zu müssen.

Er machte oben auf der Klippe eine Pause und beobachtete die Marines, wie sie auf der scheinbar grenzenlosen, mit Gestrüpp und Sand bedeckten Fläche Camp Pendletons trainierten und ihre Manöver absolvierten. Jeden Morgen hatte er sie gesehen, während er an ihnen vorbeischlurfte, hatte beobachtet, wie Spähpanzer von Landungsbooten ins Wasser platschten und auf flache Strände fuhren, hatte Stabsgefreiten zugehört, wie sie ihre Soldaten über zerbröckelnde Betonmauern trieben, und schweigend zugesehen, wie Gruppen neuer Rekruten auf den zahllosen, auf dem ganzen Stützpunkt verteilten Schießplätzen ihre Gewehre abfeuerten, sich duckten, vorrückten und wieder feuerten.

Auf diesem Hügel begann Garrett zum ersten Mal jenes gefürchteten Gruppendenkens gewahr zu werden, das die Generäle erwähnt hatten: die Tapferkeit, die körperliche Fitness, aber auch den gedankenlosen Gehorsam und die zermürbende Wiederholung. Er gewann den Eindruck, dass man, um Soldat zu sein, aufgerieben, seiner individuellen und originären Gedanken beraubt und dann in eine Tötungsmaschine verwandelt wurde, einen Roboter, der tat, was man ihm sagte.

Daran war eindeutig etwas falsch – all jene Männer und Frauen, die ohne Frage taten, was man ihnen sagte, niemals innehielten, um die Effizienz der Befehle zu prüfen, mit denen man sie anbrüllte. Er musste nicht mal so weit gehen, an Menschenleben zu denken, die auf dem Spiel standen, an trauernde Hinterbliebene – darüber wusste er Bescheid –, nein, was falsch damit war, was er da beobachtete, war viel einfacher: Es schien ihm eine Verschwendung von Intelligenz zu sein.

Und das war für Garrett unverzeihlich.

Als er in die Kaserne zurückkehrte, waren Alexis, Bingo, Celeste und Lefebvre bereits damit beschäftigt, eine neue Ladung von Geheimdienstinformationen durchzusehen. Garrett schnappte sich einen Stapel und blätterte ihn durch. Nach einer halben Stunde fiel ihm eine kleine Nachricht ins Auge, die tief in einem Bericht über Bodenschätze vergraben war. Ein Sprengmeister namens Sawyer hatte vor einer Woche eine FBI-Dienststelle in Denver angerufen, um einen Job zu melden, den er für einen nicht genannten Auftraggeber erledigt hatte: das Molybdän-Bergwerk im

Henderson Canyon zu zerstören. Das FBI hatte versucht, die DIA zu erreichen, aber die Nachricht wurde durch die ressortübergreifende Bürokratie aufgehalten. Und es war ohnehin zu spät – das Bergwerk war bereits gesprengt worden, und das Molybdän war unwiederbringlich verloren.

»Hey, Bingo«, sagte Garrett, der immer noch Trainingshose und T-Shirt anhatte, »Molybdän. Das benötigen wir doch für militärische Zwecke, stimmt's?«

»Übergangsmetall«, antwortete Bingo. »Es ist eine Hochtemperaturlegierung. Wird in Kampfflugzeugen, Panzern, Satelliten, Raketen benutzt.«

Garrett überprüfte die Besitzverhältnisse des Bergwerks online. Eine internationale Unternehmensgruppe hatte das Bergwerk gekauft, und das House Energy and Commerce Committee hatte den Verkauf abgesegnet. Die Förderung von Übergangsmetallen war ein kostenintensives und margenschwaches Unternehmen. Ein australischer Geschäftsmann war der Strohmann für die Unternehmensgruppe gewesen und hatte versprochen, das Bergwerk nicht zu schließen, aber er war zwei Wochen nach dem Kauf zurückgetreten und nirgends zu finden.

»Wir brauchen eine Feststellung der Rechtekette«, sagte Garrett zu Alexis. »Ich glaube, das ist wichtig.«

Alexis rief die DIA an, und innerhalb einer Stunde rief ein Analyst zurück. Er hatte einige Unterlagen ausfindig gemacht, die die Firmengruppe betrafen – Darlehen, Bestandsgarantien, Stimmrechtsbescheinigungen – und nach Osten über den Pazifik führten und an der Küste von Victoria Harbour in den schimmernden Bürogebäuden von Hongkong endeten. Es war nur ein Indizienbeweis, aber Garrett fand ihn erdrückend.

»Die chinesische Regierung steckt dahinter«, sagte Garrett.

»All das Geld, nur um ein Bergwerk zu zerstören?«, fragte Celeste. »Scheint mir eine Verschwendung zu sein.«

»Nicht wirklich«, erwiderte Garrett. »Jetzt sind wir ihnen ausgeliefert. Sie beherrschen den Molybdän-Markt. Ihre Investition holen sie durch eine Preiserhöhung in chinesischen Bergwerken innerhalb eines Jahres wieder rein. Vielleicht eher. Und wir sind angeschissen.«

»Das heißt, wenn es wirklich die Chinesen waren«, konterte Lefebvre.

»Sie waren es. Garantiert.«

Lefebvre warf Garrett einen skeptischen Blick zu. »Und warum sind Sie so sicher, Mr Reilly? Vielleicht waren es nur internationale Geschäftsleute, die eine Kosten-Nutzen-Entscheidung getroffen haben.«

Garrett lehnte sich in seinem Stuhl zurück und dachte darüber nach. Warum war er so sicher? Es war kein voll ausgeprägtes Muster, aber irgendwas daran jagte ihm auf vertraute Weise einen Schauer über den Rücken. Bergwerke, Geld, Zerstörung. Übergangsmetalle. Das alles stand in einem Zusammenhang, so viel war offensichtlich, aber es war außerdem ein Ordnungsprinzip am Werk. Was war es?

»Mao«, sagte Garrett, dem die Antwort blitzartig gekommen war.

»Wie bitte?«, sagte Lefebvre.

»Mao hätte dieses Bergwerk zerstört. Asymmetrische Kriegsführung. Man destabilisiert einen überlegenen Feind durch gezielte überfallartige Angriffe auf seine militärisch bedeutsame, materielle Infrastruktur. Mao hat das während der Revolution die ganze Zeit gemacht. Die Partei verehrt Mao. Sie tun nur, was er getan hätte.« Garrett schaute den Lieutenant an. *»Ich bin sicher, weil es passt.«*

Lefebvre starrte Garrett erstaunt an. »Sie haben die Bücher gelesen, die ich Ihnen gegeben habe?«

»Yep«, sagte Garrett, »besonders Maos Bücher. Über den Guerillakrieg. Politische Demokratie. Und außerdem zwei Biografien.« Garrett zuckte mit den Schultern. »Die Bios hab ich nur überflogen, ehrlich gesagt.«

Garrett glaubte, die Spur eines Lächelns in Lefebvres Mundwinkeln zu erkennen. »Nun ja, wenn Sie es so begründen«, sagte Lefebvre, rückte seine Brille gerade und lehnte sich zurück. »Ich muss Mr Reilly beipflichten. Es war die chinesische Regierung.«

Garrett strahlte; er vermutete, dass er bei dem Lieutenant den Durchbruch geschafft hatte.

Alexis schaute überrascht zu Lefebvre hinüber, aber bevor sie irgendetwas sagen konnte, stimmte Celeste energisch von der anderen Seite des Tischs zu. »Ich schließe mich ihnen an. China.«

Bingo zog den Kopf ein. »Ich auch.«

Garrett grinste, als Alexis kurz ausatmete, ihren Stuhl zurückschob und aufstand. Sie hatte immer noch ihre Laufshorts und ein passendes Elastan-Top an.

»Also okay«, sagte sie. »Ich rufe Washington an.« Sie machte eine Pause und warf jedem der vier einen schnellen Blick zu, fast so, dachte Garrett, als wolle sie ihnen noch eine Chance geben, ihr zu sagen, dass sie Garrett für verrückt hielten. Aber niemand sagte etwas, und Alexis verließ rasch das Zimmer, wobei sie ihr Handy hervorholte.

Als sie eine Minute später zurückkam, starrte sie Garrett mit einem Gesichtsausdruck an, den er nur als zufrieden beschreiben konnte, als wollte sie sagen – verdammte Axt, vielleicht haben wir hier doch was auf die Beine gestellt. Aber sie sagte es nicht. Was sie sagte, war: »Gehen Sie duschen. Wir müssen hier weitermachen.«

»Ja, Ma'am«, erwiderte Garrett und machte sich auf den Weg zu seinem Zimmer.

Es war Bingo Clemens, dem später an diesem Vormittag der Immobilien-Ausverkauf in Las Vegas auffiel. Celeste gab Garrett auf der anderen Seite des Raums eine Einführung über konfuzianische Ethik, und Bingo nutzte seine freie Zeit, um Militärblogs zu durchforsten. Jemand hatte einen Kommentar über all die Eigentumswohnungen, die auf den Markt geworfen worden waren, und dass niemand wusste, wer dafür verantwortlich war, auf einem Blog aus dem Militärflugplatz Nellis außerhalb von Las Vegas gepostet.

Gerüchte über einen jähen Preisverfall und über zwei Immobilienmakler, die Selbstmord begangen hätten, verbreiteten sich. Jemand anderes schrieb, er habe gehört, dass die *New York Times* herumtelefoniert habe, aber ihre Reporter hätten die ursprünglichen Besitzer der siebenhundert Immobilien nicht finden können. Die Hypotheken waren so oft verkauft und wieder verkauft und zusammengepackt und neu verpackt worden, dass nicht einmal die Banken wussten, wem die Immobilien gehörten.

Bingo berichtete Alexis seine Neuigkeiten.

»Interessant«, sagte sie. »Wie sind Sie darauf gestoßen?«

»Nun ja«, sagte Bingo. »Ich habe versucht, in Mustern zu denken. Wie Garrett.« Er kratzte sich am Kinn und lächelte sie schief an. »Er ist arschgeil.«

Alexis hätte fast ihren Kaffee ausgespuckt. »Okay«, sagte sie, »erzählen Sie der Gruppe davon.«

Bingo rief das Team zusammen und erzählte ihnen von dem Rätsel, das er entdeckt hatte.

»Ist kein Rätsel«, sagte Garrett. »Wir alle wissen genau, wer es getan hat. Es passt perfekt zu der Zerstörung des Bergwerks und dem Ausverkauf der Staatsanleihen. Ein hochwertiges Wirtschaftsgut wird plötzlich und ohne Vorwarnung mit erheblichem Verlust verkauft. Eigentümer, die große Anstrengungen unternehmen, um anonym zu bleiben. Und kein erkennbarer Grund bei der Transaktion, außer Leute in den Wahnsinn zu treiben. Sie erzeugen Chaos in der amerikanischen Volkswirtschaft.«

»Nun ja, wir müssen das beweisen«, sagte Alexis. »Irgendwelche Vorschläge?«

Nach einem kurzen Schweigen hob Bingo eine Hand. »Die DIA hat Supercomputer, stimmt's?«

Alexis nickte.

»Wir könnten sie bitten, dass sie sich die Daten zu den online verfügbaren Hypothekenunterlagen detaillierter ansehen. Es muss staatliche Kreditdatenbanken geben, die deren Computer ziemlich schnell durchsehen könnten.«

»Ist einen Versuch wert«, sagte sie und reichte Bingo ihr Handy. »Rufen Sie Kline an. Lassen Sie sich von ihm mit der Analytik verbinden.«

»Ich bin wirklich nicht so gut darin, Leute am Telefon um …«, begann Bingo.

»Wer arschgeil ist, kann auch ein Telefon bedienen«, unterbrach Alexis ihn.

Bingo runzelte die Stirn und nahm das Handy. Er rief General Kline an und sagte ihm stockend, was sie wollten, ohne weiter ins Detail zu gehen, und Kline verband ihn daraufhin mit einem Informationsmanager. Bingo gab dem Mann zwei Dutzend Suchparameter – unter anderem Las Vegas, Eigentumswohnungen, befristet auf dreißig Jahre, zinsvariable Hypothek – und eine Zeitspanne von fünf Jahren und fragte ihn höflich, ob er die Suche bitte beschleunigen könne.

Die Ergebnisse kamen nach einer halben Stunde. Das meiste war weißes Rauschen, aber ein Name tauchte einige Male zu häufig auf, um vollkommen zufällig zu sein: eine Offshore-Briefkastenfirma auf den Bahamas, die Fifty-four MT hieß. Als Eigentümer waren Bahamaer eingetragen, aber als Alexis anrief, wussten sie nichts von dem Geschäft, behaupteten, sie hätten fünfhundert Dollar für die Unterzeichnung der Eigentumsbescheinigung bekommen, und hörten sich grundsätzlich sehr, sehr betrunken an.

Es schien eine Sackgasse zu sein. Sie konnten schlecht den Bahamas die Schuld geben. Aber Garrett wollte sich nicht damit zufriedengeben. »Der Name ist ein Hinweis«, sagte er mit finsterem Blick. »Irgendjemand möchte, dass wir dahinterkommen.«

Weitere Anstöße brauchte Celeste Chen nicht. »Es ist nicht nur ein Hinweis, es ist Code«, sagte sie. »Fifty-Four MT? MT könnte wofür stehen? Mount? Mountain? Montana? Der vierundfünfzigste Berg in Montana?«

Sie sprach leise und schnell mit sich selbst und ging dabei hin und her, während ihr alle anderem zusahen, bevor sie ein kehliges Grunzen der Überraschung und Erkenntnis ausstieß.

»Nein, nicht vierundfünfzig, du Idiot«, platzte sie heraus. »Fünf. Vier. Fünfter Monat, vierter Tag. Vierter Mai. MT steht für *movement*, Bewegung. Die Bewegung des vierten Mai. Das ist ein historischer antiimperialistischer Protest vom Beginn der Zwanzigerjahre. Er wird als die Geburtsstunde des chinesischen Kommunismus angesehen.«

Bingo, Alexis und Lefebvre brachen in spontanen Applaus aus. Garrett nickte nur. »Gut geknackt, den Code«, sagte er. »Echt cool.«

»Gut gemacht«, sagte Alexis zu Celeste. Dann wandte sie sich an den Rest des Teams. »Das gilt für euch alle. Gut gemacht.«

Alexis tippte einen Bericht und schickte ihn per E-Mail an General Kline, der die Information pflichtgemäß an das Finanzministerium und den Präsidenten weiterleitete. Am Nachmittag landeten ein Dutzend anonyme Immobilienspekulanten auf dem McCarron Airport von Las Vegas und begannen damit, Eigentumswohnungen für fünfundzwanzig Prozent über dem Listenpreis zu kaufen. Der Immobilienmarkt in Las Vegas wackelte, aber er kollabierte nicht.

Unmittelbar vor Einbruch der Dunkelheit schickte Kline Garrett eine E-Mail, die aus zwei Wörtern bestand. Sie lauteten einfach: *Nicht schlecht*. Garrett lachte, als er das las, aber er konnte nicht leugnen, dass er sich über das Lob freute, so minimal es auch war.

26

THE DALLES, OREGON, 4. APRIL, 19:09 UHR

Lillian Pradesh kannte sich mit Computern aus. Sie war mit ihnen aufgewachsen, hatte praktisch einen in die Wiege gelegt bekommen, als sie ein Baby war. Ihr Vater, ein indischer Einwanderer und Ingenieur bei Microsoft, hatte dafür gesorgt. »Der Computer ist die Zukunft«, hatte er gesagt. »Mach ihn zu einem Teil deines Körpers.« Also hatte sie das getan. Sie konnte mit den Besten zusammen codieren. Sie konnte jede Software debuggen. Sie konnte hundert Computer in weniger als zwei Stunden zu einem Netzwerk verbinden. Sie konnte ihren eigenen Laptop, ihre eigene Arbeitsplatzstation, sogar ihre eigene Zentraleinheit bauen. Und das hatte sie häufiger getan – das erste Mal im zarten Alter von neun Jahren –, als sie sich erinnern konnte. All diese Fähigkeiten hatten ihr ein Stipendium am MIT verschafft, einen akademischen Grad von der Carnegie Mellon und einen schönen Job bei Google. Mit einunddreißig Jahren war sie die jüngste Abteilungsleiterin für regionale Netzwerkoperationen, die das Unternehmen je hatte.

Ihr Herrschaftsbereich waren zwei footballfeldgroße Gebäude am Ufer des Columbia River in The Dalles, Oregon. Ihr Codename war 02, und innerhalb der wuchtigen, nichtssagenden weißen Gebäude befanden sich hundertfünfzigtausend geclusterte Computer, die in sattelschleppergroßen Containern an der Decke hingen, während riesige Ventilatoren vierundzwanzig Stunden am Tag, 365 Tage im Jahr, kalte Luft in diese hineinbliesen.

Lillian überwachte die Server Tag und Nacht. Sie war mit allen technischen Daten – streng geheim, natürlich – und jeder Hard-

und Software in beiden Gebäuden vertraut. Routern, Gateways, Schaltorganen, Festplatten, Filtern, Firewalls. Mit allem. Man könnte sogar sagen, dass sie die Server liebte, alle hundertfünfzigtausend, deren summende Effizienz und die Art und Weise sie liebte, wie sie Antworten in Sekundenbruchteilen ausspuckten, Suchergebnisse in jeden nur denkbaren Winkel des Globus schickten. Sie hatte den Eindruck, wie ihr Vater es ihr gesagt hatte, dass sie eine Erweiterung ihrer selbst waren. Ein Teil ihres Körpers.

Deshalb nahm sie es an einem Montag spätnachmittags persönlich, als auf ihrem Bildschirm eine Warnung über eine Malware aufflackerte, die in einen ihrer Server eingedrungen war. Das passierte jeden Tag, die ganze Zeit, und trotzdem bekam sie immer noch eine Gänsehaut davon. Das hier waren ihre Server, verdammt noch mal. Sie waren genauso ein Teil ihrer Persönlichkeit wie ihr Sinn für Humor. Wie konnte irgendjemand es wagen, sie anzugreifen?

Es war ein kleines Stück Code, tief vergraben in den Betriebsanweisungen eines dualen 1,4 GHz Pentium III Squid-Servers. Er war gestartet und lief, und deshalb konnte sie sich den Code erst ansehen, wenn sie ihn isoliert und erledigt hatte. Sie war nicht allzu sehr beunruhigt, weil die Sicherheitssoftware von Google so geschrieben war, dass sie automatisch eine Firewall zwischen den infizierten Servern und dem Rest der Farm errichtete. Und das tat sie auch, und zwar wie ein geölter Blitz. Aber dann tauchte das gleiche Stück Malware in einem anderen Container voll von Servern auf, diesmal in Gebäude zwei, ohne Verbindung zu dem ersten infizierten Container.

Im gleichen Augenblick isolierte die Sicherheitssoftware auch diesen Container. Lillian atmete erleichtert auf. Sie würde ihren Vorgesetzten anrufen müssen, den Leiter aller Netzwerkoperationen in Silicon Valley. Sie schaute sich die Malware kurz an. Sie war selbstreproduzierend wie alle Malware und gut verborgen. Lillian überprüfte die Zugangsanfragen, die in den Serverprotokollen vergraben waren. Sie waren im Wesentlichen ein Leitfaden dessen, was die Malware getan hatte. Was Lillian unmittelbar ansprang, war die Zugangsanfrage im Datenkopf des Code. Sie bat um Zugang in den Datenbaustein der speicherprogrammierbaren Steuerung in der originalen Serversoftware. Das hier war ein ernsthaft bösartiger Code, der darauf abzielte, Server im großen Stil stillzulegen. Sie konnte ihn immer noch nicht lesen, aber sie konnte sehen, was er vorhatte. Auf sie machte es den Eindruck, als versuche er, den Code im Hirnstamm ihrer geliebten Server umzuschreiben. Das war an und für sich nicht schwierig – viele Cyberattacken versuchten, genau das zu tun. Erstaunlich war nur, dass er die erste Google-Firewall überwunden hatte. Das Unternehmen hatte einen der besten Computer-Sicherheitscodes der Welt. Nach Lillians Ansicht *war* er der beste Code der Welt.

Sie hatte Teile davon geschrieben.

Sie trank einen Schluck Kaffee und erging sich in Fantasien, wie sie das Schadprogramm in Stücke reißen würde, stellte es sich als Dieb in der Nacht vor, der in ihr Haus einbrach und den sie persönlich mit ihrer digitalen Flinte Kaliber 12 umpusten würde. Sie lachte über die Metapher, aber dann verging ihr das Lachen. Noch ein Container zeigte die Malware an. Was, zum Teufel, war da los? Damit waren drei verschiedene Sektionen der Serverfarm infiziert. Das war äußerst ungewöhnlich. Lillian wurde klar, dass die Malware sich vielleicht schon längst reproduziert haben könnte, deutlich vor der Entdeckung durch ihre Sicherheitssoftware. Wenn das der Fall war, dann könnten viel, viel mehr Computer infiziert sein. Tatsächlich, dachte sie, während ihr ein furchterregender Schauer über den Rücken lief, könnte die Malware das gesamte …

Aber Lillian Pradesh hatte nicht mal die Zeit, den Gedanken zu beenden. In genau diesem Moment begann ihr Computerbildschirm, ein massives Abschalten von Server-Zentraleinheiten in der ganzen Serverfarm zu verzeichnen. Einer, dann zwei, dann zwanzig, zweihundert, tausend, zehntausend, dann …

… *alle.*

Jeder einzelne Server in den beiden Gebäuden, alle hundertfünfzigtausend, alle auf einmal abgeschaltet, das digitale Äquivalent einer Abbremsung von Lichtgeschwindigkeit auf null in einem Augenblick. Lillian starrte mit offenem Mund auf ihren Bildschirm, der ihr das vollkommen Unvorstellbare zeigte: Ihre Sicherheitsvorkehrungen waren durchbrochen worden, sie waren kompromittiert und im Grunde zerstört worden. Ihre gesamte Serverfarm war offline. Der Angriff war schnell und erbarmungslos gewesen. Sie war zu verblüfft, um auch nur einen Finger zu rühren. Das einzige Geräusch, das sie hörte, war das Blasen der gewaltigen Kühlventilatoren auf dem Boden der riesigen Serverfarm. Sie surrten und surrten unermüdlich, während genau das Ding, das die Ventilatoren kühlen sollten, den Geist aufgab.

Und dann schaltete ihr Computer sich gleichfalls selbst ab. Das gesamte Gebäude war tot.

27

CAMP PENDLETON, 4. APRIL, 20:17 UHR

Garrett tauchte seine Füße in den kalten Pazifik. Er hatte seine Schuhe in den Sand hinter sich geworfen, die Jeans aufgerollt und war bis zu den Knien in das eiskalte Wasser gewatet. Die Kälte machte ihm nichts aus – sie fühlte sich gut auf seiner Haut an. Er musste einen klaren Kopf bekommen. Es waren vier Tage ununterbrochene Arbeit gewesen, und sein Gehirn war ausgelaugt. Hinter ihm konnte er einen Wachposten sehen, einen Marine, der mit heruntergeklappter Nachtsichtbrille etwa dreißig Yards von der Wasserlinie entfernt stand und dessen Silhouette von der tief über dem schwarzen Horizont hängenden Mondsichel erleuchtet wurde.

»Schöne Nacht, nicht?«

Garrett drehte sich um. Alexis kam aus der Dunkelheit und blieb am Rand des Wassers stehen. Ihr Gesicht war in silbernes Leuchten gebadet, ihr Körper von dem weißen Sand umrissen. Sie hatte ihre Uniform mit einer Jeans und einem alten Adidas-T-Shirt vertauscht.

»Eine gute Nacht, um wieder in Kalifornien zu sein«, sagte sie.

»Ich hab in New York immer den Strand vermisst.« Er ging zu Alexis. »Ich hab's vermisst, im Meer zu schwimmen, zu surfen. Der Atlantik bringt's einfach nicht.«

»Sollen wir ein paar Minuten spazieren gehen?«, fragte sie.

»Klar.«

Sie gingen nebeneinander am Strand entlang, direkt an der unsichtbaren Linie, wo sich die Wellen brachen und das Wasser im Sand verschwand.

»Erzählen Sie mir von sich«, sagte sie. »Von Ihrem Leben.«

»Da gibt's nichts zu erzählen.«

»Hat Ihnen Ihr Job bei Jenkins und Altshuler nicht gefallen?«

»Das Geld hat mir gefallen. Und Anleihen-Analyse war leicht. Zumindest für mich.« Eine Welle rollte bis an seine Füße.

»Aber?«

»Aber nichts. Ich hab nicht allzu viel darüber nachgedacht. Ich hab's einfach getan.« Er schaute sie an – ihr halbes Gesicht lag im Dunkel, die andere Hälfte beleuchtete der aufgehende Mond. Sie war wunderschön, ihre glatte braune Haut schimmerte in dem dämmrigen Licht. »Jetzt erzählen Sie mir mal was. Gefällt Ihnen Ihr Job?«

»Ich liebe ihn«, sagte sie ohne Zögern.

»Hatten Sie jemals einen anderen Job? Vor dem Militär?«

»Ich hab gekellnert. Während dem Studium. Was ich gehasst habe. Aber ich nehme an, jeder sollte einmal in seinem Leben gekellnert haben.«

»Waren Sie in Kampfhandlungen verwickelt?«

»Beim Kellnern? Dauernd.«

Er lachte. Sie lächelte kurz, bevor sie den Kopf schüttelte. »Zwei Einsätze im Irak. Aber in der Hauptsache Logistik. Ich habe nie mit meiner Waffe geschossen.«

»Nicht ein Mal?«

»Nicht ein Mal.«

»Finden Sie das schade? Dass Sie niemand erschossen haben?«

»Kaum. Ich bin nicht in die Army gegangen, um Leute zu töten. Ich hätte es getan, wenn ich gemusst hätte. Aber diese Situation ist nie eingetreten.«

»Warum sind Sie dann zum Militär gegangen? Ich meine, wenn Sie nicht darauf aus waren, jemand umzubringen.«

»Um meinem Land zu dienen. Um etwas zurückzugeben. Um einen Zweck in meinem Leben zu finden.«

»Wow. Das klingt alles sehr ehrlich. Ich hatte mit etwas Zynischerem gerechnet.«

Alexis lächelte und zuckte mit den Schultern. »Zynisch kann ich nicht so gut.«

»Hab ich bemerkt.«

Sie gingen einen Moment schweigend nebeneinander her. Die Wellen schlugen dumpf gegen den Strand, brachen sich und sprudelten über den Sand. Eine dünne Schaumlinie verlief vor ihnen im Zickzack in die Nacht hinein.

Garrett schaute sie an. »Und? Haben Sie das? Einen Zweck gefunden?«

»Absolut. Ich arbeite in der vordersten Linie und verteidige mein Land. Sorge dafür, dass es sicher ist. Ich stehe jeden Morgen auf und weiß genau, was ich tue und warum ich es tue. Ich liebe dieses Gefühl. Für mich ist das ein Zweck.«

Garrett versuchte, sich eine sarkastische Bemerkung auszudenken, aber es fiel ihm keine ein. Stattdessen atmete er lange aus. An seiner Seite blieb Alexis stehen, und ihre Füße sanken im Sand ein. Ihre Schulter berührte versehentlich seine. »Ich habe schon länger vor, Ihnen diese Frage zu stellen«, sagte sie, »und ich will nicht, dass Sie sie in den falschen Hals kriegen. Aber wenn Sie so zynisch sind, warum waren Sie dann bereit, uns zu helfen? Ich dachte, Sie hassen das Militär?«

»Ich hasse das, was das Militär tut.«

»Was tun wir denn?«

»Leben zerstören. Jede Menge Leben. Das Leben von Feinden. Das Leben unserer eigenen Soldaten.«

»Das Leben Ihres Bruders.«

»Ganz sicher das Leben meines Bruders.«

»Und trotzdem sind Sie hier?«

»Ja. Ich bin hier.« Garrett schaute auf das schwarze Meer hinaus. Er hatte sich die gleiche Frage gestellt, aber gemerkt, dass die Antwort schwer fassbar war. Warum, zum Teufel, war er hier, auf einem Stützpunkt der Marines, und half ausgerechnet der Organisation, die er in der ganzen Welt am meisten verabscheute?

»Das kann ich nicht erklären …« Seine Stimme erstarb. Er beobachtete, wie die Wellen in ihrem Rhythmus auf dem Sand ausrollten. »Ich suche nach Mustern. Aber mein eigenes Leben, das fiel nicht in ein Muster. Es war nur – beliebig. Ein bisschen Geld verdienen. Ein bisschen Geld verlieren. Trinken. Feiern. Mit einer Frau schlafen, sie nicht wiedersehen. Wieder an die Arbeit. Ich will nicht sagen, dass es schlecht war. Es war einfach nichts … *Besonderes*. Das kann ich nicht akzeptieren. Antworten gibt es immer.«

»Sie können nicht ohne Muster leben.« Sie schien das eher als Feststellung zu sagen, weniger als Frage, und Garrett nickte zustimmend. Das war eine Wahrheit über ihn, derer er sich seit langer Zeit bewusst war – tatsächlich seit seiner Kindheit –, aber es war keine Wahrheit, die er gerne kundtat. Alexis hatte sie intuitiv erfasst. Garrett hatte den Verdacht, dass sie ihn viel besser kannte, als sie vorgab.

»Ich versuche, es zu vermeiden«, sagte er. »Ohne Muster ist die Welt zu … chaotisch. Die Wahrheit ist, Chaos macht mir eine Scheißangst.«

»Chaos macht jedem Angst.«

»Ist das so?« Er lächelte. »Ich schätze, ich bin froh, das zu hören. Was ich meine, ist – nett, Gesellschaft zu haben.«

Alexis beobachtete sein Gesicht aufmerksam. »Sind Sie glücklich mit Ihrer Entscheidung? Sich uns anzuschließen?«

Garrett lachte. »Glücklich? Wir wollen es nicht übertreiben. Ich bin hier, mache den Job. Bis dahin gehe ich gerne mit.«

Alexis lächelte ihn an. »Nun ja, ich bin glücklich mit Ihrer Entscheidung. Sehr glücklich.«

Garrett legte den Kopf schief. Was hatte er gerade in ihrer Stimme gehört? Eine Sanftheit, eine stille Zuneigung? Ein Schauer lief ihm über den Rücken. Er drehte sich zu ihr um, sie hatte noch nie so hübsch ausgesehen wie jetzt. Er dachte daran, einen Schritt nach vorn zu machen, um sie zu küssen. Es schien das Richtige zu sein, selbst wenn Marine-Wachposten sie durch ihre Nachtsichtbrille anstarrten. Da ertönte eine Stimme.

»Leute! Wir haben ein Problem!« Lefebvre kam über den Strand angerannt. »Google bricht zusammen!«

28

NEW YORK CITY, 4. APRIL, 23:23 UHR

Avery Bernstein verschwand geduckt in der White Horse Tavern an der Ecke Eleventh und Hudson. Der Tag war schleppend verlaufen, unproduktiv für den größten Teil des Teams und ermüdend lang für ihn. In Wahrheit hatte sich noch niemand bei Jenkins & Altshuler völlig von dem Bombenanschlag erholt. Niemand war bei der Explosion verletzt worden, aber jeder hatte sie gehört, hatte seinen Schreibtisch von ihr durchgerüttelt bekommen und hatte den Schutt in der pockennarbigen Lobby und auf der geborstenen Straße gesehen. Und Gerüchte über Garrett Reilly gingen mittlerweile seit Tagen im Büro um.

Zuerst hatten all die anderen Händler Avery die Geschichte abgekauft, die man ihm zu verbreiten aufgetragen hatte – Garrett war verletzt, erholte sich aber wieder und hatte beschlossen, einige Zeit Urlaub zu nehmen, den er bei seiner Familie in Kalifornien verbrachte. Aber Kollegen, die Garrett kannten, hatten Schwierigkeiten damit zu glauben, dass er auch nur in die Nähe seiner Familie gehen würde, besonders, wenn Ruhe und Erholung angesagt waren.

Jetzt, zehn Tage später, tauchten neue Geschichten auf: Garrett war das Ziel des Anschlags gewesen. Er war zufällig auf eine Art streng geheimen Finanzskandals gestoßen. Er war von einer fremden Regierung entführt worden und wurde als Geisel festgehalten, bis ein Lösegeld bezahlt wurde. Avery versuchte, die Gerüchte zurückzudrängen, aber das fachte die Spekulationen nur noch mehr an. Heute Morgen hatte er online ein Bulletin Board auf den Unternehmensservern gefunden, das sich halb-garen Theorien widmete, wer den Anschlag verübt hatte – armenische Extremisten, wütende Goldman-Sachs-Direktoren – und wo Garrett Reilly in Wirklichkeit war: im Gefängnis, in einer psychiatrischen Klinik, zwei Stockwerke unter den Büros von Jenkins & Altshuler, wo er mit hochspekulativen Finanzderivaten handelte. Avery schloss das Bulletin Board, aber erst, nachdem er gelesen hatte, dass er selbst verdächtigt wurde, etwas mit Garretts Verschwinden zu tun zu haben. »AB ist in die Sache verwickelt, man sollte ihm nicht trauen«, stand in einem Beitrag. »Gebt acht, wenn ihr in seiner Nähe seid.«

Na ja, sie haben nicht ganz unrecht, dachte Avery, als er ein Glas Basil Hayden's Bourbon mit einem Eiswürfel bestellte. Er war mitschuldig. Aber mitschuldig war etwas anderes als verantwortlich. Er war nicht *verantwortlich* für das, was passiert war, denn er war nur eine Art Informationskanal. Und trotzdem, seufzte er innerlich, als der Hauch von Süße des Bourbons sich in seinem Mund ausbreitete, machte er sich Sorgen um Garrett. Was wohl mit ihm geschehen würde? Die Regierung war eine seelenlose Maschine. Ihre Bürokraten interessierte es kein bisschen, wer unter ihre Räder kam. Und Garrett mochte vielleicht eine große Nervensäge sein, aber Avery liebte ihn dennoch. So kitschig sich das auch anhörte, Garrett war wirklich der Sohn, den er nie gehabt hatte. Avery wäre am Boden zerstört, wenn Garrett etwas zustieße – völlig am Boden zerstört.

Aber was kann ich jetzt machen, murmelte er, als er seinen Whiskey austrank, angeekelt von den gehässigen Mitarbeitern in seinem Büro, angeekelt von den Klatschtanten in anderen Finanzfirmen in Lower Manhattan und hauptsächlich angeekelt von sich selbst, weil er dem Militär erlaubt hatte, ihn zu beschwatzen und unter Druck zu setzen. Warum beteiligte er sich an ihren Spielen, ihren Geheimnissen? Er kannte die Antwort – er machte mit, weil er Angst vor ihnen hatte. Er hatte Angst vor ihrer Macht, ihrer Fähigkeit, unangenehme Informationen über sein Geschäft, über sein Privatleben aufzustöbern, und er hatte sogar ein wenig

Angst um seine persönliche Sicherheit. Er war keiner von denen, die glaubten, die Regierung der Vereinigten Staaten habe keine Hemmungen, ihre inneren Feinde umzubringen, aber er war auch nicht bereit, diese Theorie auf den Prüfstand zu stellen.

Die Wahrheit über Avery lautete, dass er ein Feigling war. Als Kind war er häufiger, als er sich erinnern konnte, schikaniert und verprügelt worden, weil er klein und linkisch war, und dann, ein wenig später, weil er schwul war. Avery hatte sich vor Jahren als homosexuell geoutet, aber bei dem Gedanken an die schwere Tracht Prügel, die er in der Highschool bezogen hatte, als er es wagte, einen anderen Jungen zu küssen, fuhr er immer noch zusammen. Der andere Junge hatte Panik bekommen, hatte verzweifelt verbergen wollen, wie es wirklich um ihn stand, und jedem in der Schule erzählt, was geschehen war. Und dann wusste Avery, dass es nur eine Frage der Zeit war, bevor die ersten neun Spieler der Baseballmannschaft ihm auf der Herrentoilette auflauern würden, was sie taten, und ihn boxen und treten würden, bis er das Bewusstsein verlor. Was sie auch taten.

Der Vorfall machte ihn nicht hart. Oder tapfer. Er machte ihn vorsichtig. Er küsste erst wieder einen Jungen, als er siebenundzwanzig Jahre alt war, und selbst da war er sicher, dass die Welt um ihn herum zusammenbrechen würde. Aber das tat sie nicht, und langsam gewann Avery Respekt als Wissenschaftler, später als Geschäftsmann und schließlich als schwuler Wissenschaftler und Geschäftsmann. Aber er hielt sich immer noch von Schwulenkneipen fern und sprach nicht über seine sexuelle Identität.

Er legte einen Zwanzig-Dollar-Schein auf die Theke und eilte hinaus in die Kälte. Ausnahmsweise war Lower Manhattan dunkel und ruhig. Die Touristen hatten Feierabend gemacht, und es war zu kalt und feucht, als dass irgendjemand längere Zeit hätte draußen verbringen wollen. Avery zog sich den Mantelkragen enger um den Hals und senkte den Kopf gegen den erbarmungslosen Wind, der vom Hudson River her blies. Sein Sandsteinhaus lag drei Querstraßen entfernt in westlicher Richtung, und Avery wollte schnell nach Hause. Er musste es sich mit einem guten Buch – er verschlang historische Romane regelrecht – im Bett gemütlich machen und auf den Sonnenaufgang und die Verheißung eines neuen Tages warten.

Er träumte gerade davon, wie er sich in die verwickelte Handlung des im kaiserlichen Rom spielenden Thrillers vertiefte, den er derzeit las, als er bemerkte, dass ein kleiner, stämmiger Mann in einer wattierten Jacke aus dem Schatten auftauchte und direkt auf ihn zuging. Avery überquerte die Washington Street, eine Querstraße bis nach Hause, und hatte das deutliche Gefühl, dass dieser Mann etwas von ihm wollte – dass er vorhatte, ihn abzufangen.

Averys Schultern zogen sich zusammen, und er beschleunigte seine Schritte. Der kleine Mann tat es ihm nach. Avery schaute die Straße entlang, und jetzt verfluchte er es, dass sie verlassen war, was er Sekunden zuvor noch begrüßt hatte. Wo waren die Haufen irischer Touristen, wenn man sie brauchte? Er war kurz davor, zu laufen anzufangen, als der Mann zu ihm aufschloss und ihn ruhig fragte: »Avery Bernstein?«

Avery ging weiter – er war mitten auf der Straße – und beschloss, nicht langsamer zu werden. Falls dieser Mann ihn kannte oder etwas von ihm wollte, konnte er das im Gehen vorbringen.

»Wer sind Sie?«, fragte Avery.

»Mein Name ist Hans«, antwortete der kleine Mann, der in einen Laufschritt verfiel, um mit Avery mithalten zu können. »Hans Metternich.« Er hatte einen starken Akzent, den Avery als vermutlich holländisch einschätzte, vielleicht auch dänisch. Sein Gesicht war quadratisch und glatt rasiert, und er sah bemerkenswert gut aus. Aber Avery wurde trotzdem nicht langsamer.

»Ich kenne Sie nicht«, sagte er.

»Dafür gibt es auch keinen Grund«, sagte der Mann namens Hans und passte sich erneut Averys schnellem Gang an. »Aber ich kenne Sie. Zumindest weiß ich über Sie Bescheid.«

Avery warf ihm einen besorgten Blick zu. Und nun, da er den Mann sprechen hörte, dachte er sich, dass sein Akzent weder holländisch noch dänisch, sondern in Wirklichkeit vorgetäuscht war. Der Typ hätte nach allem, was Avery wusste, aus Bensonhurst sein können.

»Ich muss mit Ihnen reden«, sagte Hans.

»Na ja, es ist spät, und ich rede nicht mit Fremden auf der Straße, also rufen Sie mich doch morgen im Büro an.« Avery ging noch ein bisschen schneller. Nur noch ein halber Häuserblock, dann war er zu Hause. Er ergriff das Handy in seiner Manteltasche. Er würde sofort die Polizei anrufen, wenn dieser Mann auf ihn losging.

»Ich würde Sie in Ihrem Büro anrufen, ja, bestimmt, aber ich weiß nicht, ob Sie sich dessen bewusst sind – man hört Ihre Telefongespräche ab.«

Avery blieb abrupt stehen. Er starrte den Mann in der wattierten Jacke an, wobei er versuchte, sich die Einzelheiten seines Gesichts einzuprägen. »Wer sind Sie?«

»Ich bin ein investigativer Journalist.«

»Journalisten melden sich telefonisch«, sagte Avery.

»Wie gesagt …«

»… ich werde abgehört. Von wem?«

»Schwer zu sagen. Von der Regierung. Vielleicht von der Polizei. Es gibt einige, die infrage kommen.«

»Woher wissen Sie das?«

»Ich habe recherchiert«, sagte Hans strahlend, amüsiert von etwas, das er für einen Witz hielt. »Deshalb habe ich investigativ vor das Wort Journalist gesetzt.«

Avery schauderte in dem kalten Aprilwind. Sie waren beide stehen geblieben. Averys Haus war jetzt in Sichtweite, nur einen kurzen Sprint von der Stelle entfernt, wo sie standen. »Blödsinn. Sie sind genauso sehr Journalist, wie ich UPS-Fahrer bin. Was wollen Sie?«

»Ich muss mit Garrett Reilly Verbindung aufnehmen.«

Avery glaubte zu spüren, dass sein Herz einen Schlag aussetzte. Mist, dachte er, *was, zum Teufel, ist hier los*?

»Ich weiß Bescheid darüber, dass er den Ausverkauf von Staatsanleihen durch die Chinesen entdeckt hat«, fuhr Hans fort. »Und dass die Regierung ihn mitgenommen hat. Nach Camp Pendleton.«

Avery ließ sich einen Augenblick Zeit, um seine Gedanken zu ordnen. »Warum müssen Sie zu ihm Verbindung aufnehmen?«

»Ich muss ihm etwas mitteilen.«

»Was, zum Beispiel?«

»Wer für den Bombenanschlag vor Ihrem Bürogebäude verantwortlich ist. Und warum sie es getan haben. Es waren keine Terroristen, wie die Polizei und die Medien angedeutet haben.«

Avery starrte den Mann an. War er verrückt? Ein Spinner, der über abstruse Theorien diskutieren wollte wie so viele andere, die in letzter Zeit im Umkreis von Jenkins & Altshuler aus dem Boden zu sprießen schienen? »Ich weiß nicht, wo Garrett ist.«

»Das weiß ich. Die Regierung hält seinen Aufenthaltsort verborgen. Vor mir. Und vor Ihnen.«

»Wenn Sie so viel über ihn wissen, warum reden Sie dann mit mir?«

»Weil er Sie irgendwann in den nächsten paar Tagen anrufen wird. Oder die Leute, mit denen er zusammen ist, werden Sie anrufen. Sie werden den Kontakt herstellen. Sie vielleicht bitten, ihn zu besuchen oder mit ihm zu reden. Ich weiß es nicht mit Sicherheit. Aber ich glaube, es wird dazu kommen. Und wenn Sie ihn tatsächlich sehen, hätte ich gerne, dass Sie ihm meinen Namen nennen. Hans.«

»Das ist alles? Nur Ihren Namen?«

»Nein, nein«, sagte Hans, dessen Augen amüsiert und, wie Avery dachte, verschmitzt funkelten. »Sagen Sie ihm, er soll mit mir Kontakt aufnehmen, damit ich mit ihm in Verbindung treten kann. Aber sagen Sie ihm, er soll es schlau anstellen. Sehr schlau.«

Der Mann namens Hans griff in seine Tasche, und Avery zuckte zusammen, weil er nicht wusste, was zum Vorschein kommen würde. Hans lächelte. »Keine Sorge, Mr Bernstein, nur ein Stück Papier. Darauf habe ich meine E-Mail-Adresse notiert. Falls Sie das Garrett geben könnten, wenn Sie ihn sehen?«

Hans reichte Avery den Zettel, und Avery ergriff ihn aus Gewohnheit – und wünschte sich im selben Augenblick, er hätte es nicht getan. Hans verbeugte sich leicht und zog sich zurück, die Lippen immer noch zu einem Lächeln verzogen. »Tut mir leid, dass ich Sie erschreckt habe, Mr Bernstein. Und ich bedaure die merkwürdigen Umstände zutiefst, unter denen es zu unserer Begegnung gekommen ist.« Damit drehte er sich um und entfernte sich rasch.

Avery sah ihm einen Moment hinterher, bevor er rief: »Hey! Sie da! Hans!«

Hans machte in einer Lache orangefarbenen Laternenlichts auf dem Absatz kehrt. Blätter und Plastiktüten wirbelten ihm um die Füße. »Ja?«

»Warum müssen Sie Garrett irgendetwas mitteilen? Was geht Sie das überhaupt an?«

Wieder lächelte Hans – ein mutwilliges, wissendes, leicht zynisches Lächeln, das Avery in besserer Stimmung und an einem behaglicheren Ort vermutlich charmant gefunden hätte.

»Weil Garrett Reilly mitten in einer sehr neuen und sehr wichtigen Sache steckt. Wichtig nicht nur für Sie und mich, sondern für Millionen von Menschen in diesem Land. Milliarden von Menschen auf dem Planeten. Garrett glaubt, dass er etwas Bestimmtes tut, aber in Wirklichkeit tut er etwas ganz anderes. Das sollte er wissen, weil nicht alles so ist, wie es zu sein scheint, und – auch auf die Gefahr hin, melodramatisch zu klingen – weil sehr viel auf dem Spiel steht.«

Hans verbeugte sich wieder, bevor er losrannte und innerhalb von Sekunden um die Ecke der Washington Street lief und in der New Yorker Nacht verschwand.

29

CAMP PENDLETON, 4. APRIL, 21:15 UHR

»Es lädt superlangsam«, sagte Bingo, während er auf seinen Computerbildschirm starrte und darauf wartete, dass seine Antwortseite auftauchte. »Langsam wie eine Schnecke.«

Celeste und Jimmy Lefebvre schauten ihm über die Schulter und warteten darauf, dass das allgegenwärtige Google-Logo auftauchte. Garrett und Alexis waren über einen zweiten Bildschirm gebeugt. Alexis zählte still mit, während das Logo auf ihrer Seite stückweise erschien, stockte und sich schließlich auf dem Bildschirm zusammensetzte.

»Elf Sekunden«, sagte sie. »Das ist erbärmlich. Irgendwas ist im Busch. Ladezeiten für Google werden normalerweise in Sekundenbruchteilen gemessen.«

Das Team ging in den Schnellgang, jeder von ihnen auf der Suche nach Anomalien im Netz, etwas, das einen Zusammenbruch bei Google erklären würde. Sie überprüften die Nachrichtenagenturen, die nichts hatten – an der Ostküste war es nach Mitternacht –, aber ein paar Bulletin Boards liefen bereits heiß, weil von überall Beschwerden eingingen, die sich vor allem gegen Internetdienstanbieter richteten. Die Verzögerung schien auf ein Unternehmen – Google – begrenzt zu sein, und von seiner Seite gab es keinen Kommentar, zumindest nicht öffentlich.

Alexis versuchte, die Google-Zentrale in Mountain View, Kalifornien, anzurufen, aber um zweiundzwanzig Uhr ging niemand ans Telefon. Dann fand Garrett gegen Mitternacht eine gerade herausgegebene Bekanntmachung vom Oregons Department of Energy. Sie bestand aus einem knappen Absatz, der ohne Erklärung feststellte, dass es einen plötzlichen Abfall des Stromverbrauchs im pazifischen Nordwesten gegeben habe. Es sei kein riesiger Rückgang verglichen mit dem Gesamtverbrauch im Gebiet Washington-Oregon-Idaho, nur fünf Prozent, aber es sei genug, um eine Umleitung des Stroms in dem Stromnetz des Gebiets erforderlich zu machen. Aber was Garretts Aufmerksamkeit erregte, war die Stelle, von der der Stromabfall ausgegangen war: am Columbia River an der Grenze zwischen Washington und Oregon in einer kleinen Stadt, von der Garrett nur aus einem Grund gehört hatte.

Alexis ließ Lefebvre das Department of Energy von Oregon anrufen. Sie bestätigten den Abfall und sagten, wie Garrett vermutet hatte, dass er ein Kraftwerk betraf: die Talsperre The Dalles am Columbia River. Der Stromverbrauch war in weniger als einer Minute von dreißig Megawatt auf fast null gesunken.

Bingo musste schlucken, als er den Namen hörte. »The Dalles? Ist das nicht der Ort, wo eine …«

Garrett nickte. »… Google-Serverfarm gebaut worden ist.«

»Herr im Himmel«, sagte Lefebvre.

»Es gibt nur eine Möglichkeit, eine derart schnelle Abschaltung von Strom hinzukriegen, und zwar, wenn die Farm komplett offline gegangen ist«, sagte Garrett.

Alexis starrte auf ihren Bildschirm und verzog das Gesicht. »Und es gibt nur eine Möglichkeit, dass Google auf einmal offline geht …«

Garrett beendete ihren Satz: »… und zwar wenn sie einem Hacker-Angriff zum Opfer gefallen ist. Einem massiven Angriff.«

Es wurde still in dem Raum. Garrett atmete langsam aus und brach das Schweigen. »Ich weiß nicht, wie es euch geht, aber was mich betrifft, ich glaube, wenn sie Google zur gleichen Zeit hacken, wie sie Staatsanleihen verkaufen, Bergwerke in die Luft jagen und den Immobilienmarkt abstürzen lassen – *dann haben wir Krieg.*«

30

VERTEIDIGUNGSNACHRICHTENSYSTEM
AN: MAJ. GEN. HADLEY KLINE, DEFENSE INTELLIGENCE AGENCY
VON: CAPT. ALEXIS TRUFFANT, US ARMY
TRANSKRIPT EINES GESPRAECHS, BETR: CHINESISCHE ZIELE/MOTIVE FUER KUERZLICHE CYBER/OEKONOMISCHE ANGRIFFE
TEILNEHMER: TRUFFANT, CPT. ALEXIS; CHEN, CELESTE; LEFEBVRE, LT. JIMMY; CLEMENS, ROBERT (BINGO); (NAME REDIGIERT)
ORT: EDSON RANGE KANTINE, CAMP PENDLETON

GESPRÄCH WURDE 5. APRIL UM 2:47 AUFGEZEICHNET, DANN WÖRTLICH TRANSKRIBIERT.

TRUFFANT: Hört mal, ich weiß, ihr seid müde und wollt ins Bett, aber wir müssen rausbekommen, warum das hier passiert. Ich kapiere, dass wir angegriffen werden, aber ohne den Grund zu wissen, der hinter den Angriffen steckt, können wir vermutlich nicht rausbekommen, wie man ihnen das Handwerk legt.

LEFEBVRE: Ich glaube, sie wollen uns zeigen, dass sie die Fähigkeit dazu haben. Eine Demonstration der Stärke. Politisch würde das zu einem zunehmenden chinesischen Nationalismus passen. Stolz auf ihren Erfolg und ihren Platz in der Welt. Stolz auf ihre Fähigkeiten als Hacker.

TRUFFANT: Wollen Sie damit sagen, sie geben nur an?

LEFEBVRE: Nehme ich an. Ein Schuss vor den Bug.

(NAME REDIGIERT): Ja, aber sie tun das alles im Geheimen. Angriffe auf dem Schwarzmarkt und hacken. Vor wem, zum Teufel, geben sie an?

LEFEBVRE: Vor unseren Geheimdiensten.

(NAME REDIGIERT): Also ist es ein Spiel unter Spionen, und wir haben nichts zu befürchten, weil es keinerlei Folgen hat? Quasi Pfauenfedern?

LEFEBVRE: Ich würde vielleicht nicht genau diese Worte gebrauchen …

TRUFFANT: Damit habe ich ein Problem. Ich meine, vielleicht haben Sie recht … aber vielleicht auch nicht. Falls wir das glauben und damit falschliegen, stehen wir vor einer Katastrophe. Und wir haben es nicht bemerkt. Wie General Wilkerson sagte – der Krieg, den die Generäle nicht kommen sehen, ist der, der sie schließlich überrumpelt.

CHEN: Wenn es sich nicht um reine Angeberei handelt, sondern eher um mutwillige Beschädigung? Sie versuchen, unsere Wirtschaft zu schwächen, unsere Infrastruktur, Sie wissen schon, Störmanöver, vermeiden aber einen regelrechten Konflikt. Schaden anrichten, den man abstreiten kann, und weiterziehen.

TRUFFANT: Industriespionage?

CHEN: Klar.

(NAME REDIGIERT): Aber sie haben dabei eine Menge Geld weggeworfen. Staatsanleihen und Eigentumswohnungen verkauft. Da steckt kein Profit drin, und bei Industriespionage geht es ausdrücklich um Profit. Also verlieren sie Geld, um Profit zu machen, was keinen Sinn ergibt. Ich glaube, das hier ist größer. Ich glaube, das hier ist Krieg. Und Kriege beginnen immer aus einem bestimmten Grund. Bei allen Kriegen geht es um etwas, stimmt's, Bingo?

CLEMENS: Na ja. Ähm. Ja. Irgendwie schon. Um Land oder Geld. Manchmal aus Rache, aber das ist seltener.

CHEN: Wenn es Land ist, dann ist Taiwan das Motiv. China hat den Anspruch der Insel auf Unabhängigkeit anerkannt. Sie glauben, jeder, der dort lebt, ist in Wirklichkeit Angehöriger der Volksrepublik. Es ist eine Art fixe Idee von ihnen.

TRUFFANT: Aber warum greifen sie uns an? Und warum jetzt?

CHEN: Um uns abzulenken. Uns wegen etwas anderem in Panik zu versetzen. Während wir mit unseren eigenen Problemen beschäftigt sind, fallen sie in Taiwan ein.

CLEMENS: Dazu würden sie eine Million Soldaten der Volksarmee brauchen … sie haben eine Million Soldaten.

CHEN: Und ich sage das nicht gerne über das Volk meiner Ahnen, aber sie würden im Handumdrehen eine Million Soldaten opfern. Die Soldaten würden stolz sterben. Als Volk sind sie äußerst nationalistisch. Und sie werden jede Minute militaristischer.

(NAME REDIGIERT): Sie sind Tiere, und wir sind keine. Willst du das sagen?

CHEN: Nein. Alle Nationen gehen durch hochgradig nationalistische Phasen. Nicht jede Nation hat die Mittel, solche Gefühle auszuleben. China hat sie inzwischen, und vielleicht tun sie es auch. So (SCHIMPFWORT ENTFERNT), (NAME REDIGIERT).

(NAME REDIGIERT): Bisschen sensibel?

LEFEBVRE: Ich unterbreche euer Liebesfestival nur ungern, aber was ist mit Rohstoffen? Sie importieren fast ihr gesamtes Erdöl? Das sorgt für einige Unruhe in der Parteispitze.

TRUFFANT: Aber sie haben Kohle.

LEFEBVRE: Drei Milliarden Tonnen pro Jahr. Größter Produzent der Welt. Aber sie haben auch riesige Verbrauchsquoten. Und es verpestet ihr Land. Sie unternehmen Anstrengungen, andere Energiequellen zu nutzen – Öl ist die nächstliegende.

(NAME REDIGIERT): Ja, aber warum sollen sie uns deswegen bekämpfen? Wir liefern ihnen keine Energie und halten sie auch nicht davon ab. Was ist die Verbindung zwischen Öl und den Angriffen auf uns?

CLEMENS: Vielleicht wollen sie uns zuerst schwächen, damit wir sie nicht aufhalten können. Sobald wir in der Defensive sind, fallen sie in Saudi-Arabien ein.

LEFEBVRE: Das kann nicht Ihr Ernst sein. China fällt in Saudi-Arabien ein? Die Hindernisse wären monumental. Das wäre das Ende der Welt. Eine Wahrscheinlichkeit von null Prozent.

CLEMENS: Das sollte ein Witz sein.

(NAME REDIGIERT): Ich bin deiner Meinung, Bing. Ich finde, in Saudi-Arabien einzumarschieren wäre verdammt cool.

CLEMENS: Das sollte ein Witz sein. Ehrlich.

CHEN: Und wenn sie in Brunei einmarschieren? Die haben jede Menge Öl. Oder das Südchinesische Meer abriegeln? Es zu einem Sperrgebiet erklären?

TRUFFANT: Ergibt ein bisschen mehr Sinn.

(NAME REDIGIERT): Aber warum sollte man wegen Öl einen Krieg vom Zaun brechen, wenn man es auf dem freien Markt kaufen kann? Ist verteufelt viel sicherer, nur Geld auszugeben. Und sie haben jede Mange Geld.

LEFEBVRE: Sicherheit. Was du eroberst, gehört dir. Niemand kann dir die Preise erhöhen.

CHEN: Ja, wir sind in den Irak wegen des Öls einmarschiert. Und wir haben selbst jede Menge.

TRUFFANT: Celeste, das ist nicht die richtige Zeit für Verschwörungstheorien.

CHEN: Das ist keine (SCHIMPFWORT ENTFERNT) Verschwörungstheorie. Selbst wenn man glaubt, dass Saddam keine (SCHIMPFWORT ENTFERNT) Massenvernichtungswaffen hatte.

(NAME REDIGIERT): Hey, Ladys, wir schweifen vom Thema ab.

CLEMENS: Es ist mir unangenehm, wenn ihr euch streitet.

CHEN: Tut mir leid, Alexis. (UNVERSTÄNDLICH) Ich bin einfach müde.

LEFEBVRE: Was ist mit einem Kampf der Kulturen oder politischen Systeme? Kommunismus gegen Kapitalismus. Darum sind schon Kriege geführt worden.

CHEN: Aber was für eine Ideologie repräsentiert China heute? Sie sind wohl kaum noch als Bastion des Kommunismus anzusehen. Die Regierung ist zu pragmatisch. Wenn wir irgendetwas über ihre Führungsriege in den letzten zwanzig Jahren gelernt haben, dann, dass sie eine Ideologie pronto abservieren, wenn sie ihnen nichts bringt.

(NAME REDIGIERT): Angriffe verweisen auf Vorbedacht. Eine Strategie. Wir müssen nach dem Muster suchen. Irgendjemand in China denkt gründlich hierüber nach, dreht am Seil, und wir haben ihn dabei erwischt. Vielleicht hat er nicht damit gerechnet, jetzt schon ertappt zu werden – ich weiß es nicht. Aber ich weiß, dass man all diese Zeit und Energie – seine Spuren verwischen, aber trotzdem Hinweise zurücklassen – nicht ohne Grund aufwendet. Es läuft alles auf etwas Bestimmtes hinaus, etwas, das wir noch nicht verstehen. Es muss einen Sinn hierfür geben.

TRUFFANT: Aber wir haben keine Ahnung, was dieser Sinn ist, und deshalb sind wir noch kein Stück weiter. Alles, was uns bis jetzt eingefallen ist, hat entweder ein Manko oder entbehrt jeder Logik. Kein Schlaf, bis wir das rausgekriegt haben, Leute. Wenn man mit den Vereinigten Staaten von Amerika einen Krieg beginnt, muss man einen Grund dafür haben.

LEFEBVRE: Man muss ein Hund mit einem Knochen sein. Tollkühn.

CHEN: Oder verzweifelt.

CLEMENS: Oder verrückt.

(NAME REDIGIERT): Warte. Was hast du gesagt?

CLEMENS: Dass sie verrückt sein müssen.

(NAME REDIGIERT): Nein, Celeste …?

CHEN: Verzweifelt.

(NAME REDIGIERT): Das ist es. Das ist genau die Antwort.

LEFEBVRE: Da komm ich nicht mehr mit.

(NAME REDIGIERT): Sie sind tollkühn, klar, aber zu welchem Zweck? Da ist keiner, den wir sehen können. Wir wissen, dass sie nicht verrückt sind. Celeste hat uns gerade gesagt, dass sie unglaublich pragmatisch sind. Damit bleibt verzweifelt übrig. Da liegt die Antwort – die Chinesen beginnen einen Krieg gegen uns, weil sie verzweifelt sind. Jetzt müssen wir nur noch rauskriegen, warum sie verzweifelt sind.

ENDE DES GESPRÄCHS
ENDE DER VNS-ÜBERTRAGUNG

31

CHONGQING, CHINA, 5. APRIL, 2:15 UHR

Früher, als Xi Ling ein armer Fabrikarbeiter gewesen war, hatte er sich nie Sorgen gemacht. Er plante. Er verbrachte jeden wachen Moment damit, Pläne zu schmieden, Ränke zu spinnen, zu sparen und Strategien zu entwerfen. Reichtum war sein Traum, seine Bestimmung. Er würde ihn erreichen oder bei dem Versuch sterben.

Aber jetzt, fünfundzwanzig Jahre später – und endlich reich –, machte Xi Ling sich ständig Sorgen. Das war das Paradox seines Lebens, dachte er. Du bekommst, was du willst, und dann machst du dir Sorgen darüber, ob du es behalten kannst.

Er machte sich Sorgen um seine Gesundheit (sein Arzt meinte, er wäre zu fett und riskierte einen Herzinfarkt), um seine Geliebte (und um seine Frau, wenn er es sich recht überlegte), um seinen Ruf in Chongqing (er hatte zu viele großzügige Partys gegeben), um sein Verhältnis zu den lokalen Parteiführern (er hatte jeden von ihnen separat bestochen, aber waren sie inzwischen so weit, dass sie die Beträge verglichen und sich darauf vorbereiteten, mehr zu verlangen?), sogar darüber, wer seinen brandneuen Mercedes CL 550 Coupé ohne seine Erlaubnis gefahren hatte (er würde den Mistkerl erwürgen, wenn er ihn erwischte). Und jetzt machte er sich darüber hinaus auch noch Sorgen um seine Fabrik. Große Sorgen.

Sein Werksleiter Quan mit dem zerfurchten Gesicht hatte ihn vor fünfzehn Minuten voller Panik angerufen und atemlos etwas von den Nähmaschinen und den Arbeiterinnen gestammelt, die fluchtartig den Fabrikraum verließen. Xi Ling hatte fest geschlafen – ein seltenes Vergnügen für ihn in seinem mittleren Alter –

und war wütend gewesen, geweckt worden zu sein. Er hatte strikte Anweisungen erteilt, dass man ihn dienstags und donnerstags nachts nicht störte – nach den Abenden mit seiner Geliebten in der kleinen Wohnung, die er ihr an der Songshi Avenue gekauft hatte. Er wusste seine Nächte bei seiner Geliebten zu schätzen. Zumindest hatte er das getan, bis sie ihm letzten Monat immer mehr zusetzte, ihr Diamanten zu kaufen. Begriff sie nicht, dass er nicht aus Geld gemacht war?

Na ja, das war auch nicht völlig richtig. Er war tatsächlich aus Geld gemacht. Wenigstens machte es den Eindruck. Xi Ling war dadurch reich geworden, dass er Rucksäcke, Zelte und Nylontaschen für den europäischen und den amerikanischen Markt produzierte. Er produzierte schicke Rucksäcke und nicht so schicke. Seine Arbeiterinnen nähten Taschen von Spitzenherstellern und Taschen von Billigfirmen und illegale Imitate von den Spitzen- und den Billigtaschen zusammen. Er hatte an alles gedacht. Manche Leute hielten das vielleicht für unmoralisch, aber sie konnten ihn mal. Xi Ling war ein absoluter Praktiker. Zumindest in geschäftlichen Dingen. Wenn er es sich recht überlegte, war er in allen Dingen so.

Nichts davon spielte jetzt eine Rolle, während Xi Ling um halb drei Uhr am frühen Morgen wild über die vierspurige Schnellstraße schlingerte, die von Chongqing aus nach Westen in das hügelige vorstädtische Industriegebiet führte. Sein ganzes Geld, sein ganzes Streben und Planen konnte in einem Moment dahingerafft werden, wenn seine Fabrik in Produktionsschwierigkeiten geriet. Er hatte Aufträge von siebzehn verschiedenen Unternehmungen im Westen. Xi Lings Fabrik war jeden Tag des Jahres vierundzwanzig Stunden lang im Einsatz. Sogar am chinesischen Neujahrstag wurde gearbeitet. Er war gerade dabei, Wohnheime zu bauen, damit seine Angestellten am Ende ihrer Schicht nur ein paar Yards zu ihren Betten gehen, ein wenig schlafen und dann gleich wieder an die Arbeit gehen konnten. Manche sagten, es sei skrupellos und unmenschlich – der verdammte Reporter von dieser italienischen Zeitung –, aber Xi Ling wusste, dass dies die einzige Möglichkeit war, wie er seine Aufträge erfüllen konnte. Und was war überhaupt mit den Italienern los? Es war eine Mailänder Firma, auf die zweiundvierzig Prozent seiner Aufträge entfielen. Sie verkauften ihre Waren weitaus billiger an andere Italiener, als wenn sie von europäischen Arbeitern gemacht worden wären, und trotzdem kamen Leute aus demselben Land hierher und schrieben, dass Xi Ling ein Barbar wäre? Freuten sie sich nicht über seine Zelte und Rucksäcke? Was kümmerte es sie, wie er seine Angestellten behandelte?

Und woher nahmen die Italiener die Chuzpe, die Chinesen in Geschäftsdingen zu belehren? Ihr Land stand am Rand des Bankrotts. Sie waren eine Katastrophe. Ein Witz. Die Heuchelei der Europäer trieb ihn zur Raserei.

Er bog mit seinem Mercedes von der glatten grauen Schnellstraße ab und fuhr über eine Reihe von schwarzen Nebenstraßen, die zwischen riesigen, von gelben Halogenlampen angestrahlten Warenhäusern und abgezäunten Baustellen hindurchführten. Selbst bei dem weltweiten wirtschaftlichen Abwärtstrend wurden in Chongqing immer noch neue Fabriken gebaut. Das beflügelte ihn. Er packte das Lenkrad fester und trat hart auf das Gaspedal. Er konnte jederzeit noch einmal anfangen. Und der erste Gedanke, der ihm kam, als er die Arbeiterinnen aus seinem Fabriktor strömen sah, war, dass er vielleicht genau das tun müsse.

Es war so, wie sein Werkmeister am Telefon gesagt hatte: Frauen – er beschäftigte nur Frauen an seinen Maschinen – ließen seine Fabrik im Stich, schoben sich auf die Straße hinaus, waren sich dabei gegenseitig im Weg und schrien. Xi Ling trat fest auf die Bremse und sprang aus dem Wagen, wobei er schon zu brüllen anfing, bevor er die Fahrertür öffnete. »Was macht ihr da?! Geht zurück an die Arbeit! Ihr könnt die Fabrik nicht verlassen! Ich werde euch rausschmeißen! Ich werde euch alle rausschmeißen!«

Und dann bemerkte Xi Ling etwas Merkwürdiges. Diese Arbeiterinnen flohen gar nicht aus der Fabrik. Sie rannten in dem

Hof zwischen dem stählernen Maschendrahtzaun und dem Fabrikgebäude herum. Einige streckten die Hände in die Luft und riefen. Andere schienen zu tanzen und zu singen. Waren alle völlig verrückt geworden? Er ergriff eine junge Frau am Arm, als sie vorbeistolperte. »Was machst du hier? Deine Schicht endet erst bei Sonnenaufgang!«

»Wir feiern! Feiere mit uns!« Die junge Frau lächelte verzückt.

»Ich bezahle euch nicht fürs Feiern!«, brüllte er, um den Lärm zu übertönen.

Die junge Frau hörte auf zu lächeln und starrte Xi Ling ins Gesicht. Sie runzelte die Stirn.

»Das ist er!«, schrie sie. »Der Fabrikbesitzer! Der Ausbeuter! Er ist hier!«

Und plötzlich packte sie seinen Arm und zerrte am Stoff seines seidenen Anzugjacketts.

»Lass mich los«, brüllte Xi Ling. »Wie kannst du es wagen, mich anzugreifen! Ich bin dein Arbeitgeber!« Aber es war zu spät. Viele Frauen umdrängten ihn, stießen ihn herum, krallten sich an seinen Armen und in seinen Haaren fest.

»Lasst mich los!«, brüllte er, aber die Frauen hörten nicht auf ihn.

Eine von ihnen, eine grauhaarige ältere Frau, schrie den anderen zu: »Nehmt ihn mit rein. Wir werfen ihn dem Tiger vor!«

Ein Tiger? Xi Ling wurde heiß und kalt. Hatte irgendein Verrückter einen Tiger mit in seine Fabrik gebracht? Waren seine Arbeiterinnen aus diesem Grund hysterisch geworden? Xi Ling mochte Tiere nicht – sie jagten ihm Angst ein, hatten sie immer schon getan, seit er ein Kind war und seine Mutter ihm Gutenachtgeschichten über Schneetiger und schwarze Panther erzählt hatte. Raubkatzen machten ihm mehr Angst als alles andere.

Die Frauen, die Xi Ling umgaben, jubelten zustimmend, und mit einem Mal stellte Xi Ling fest, dass er sich unaufhaltsam auf die Eingangstür der Fabrik zubewegte, eine hilflose verkorkte Flasche, die auf einem Meer von Fabrikarbeiterinnen trieb. Die

Frauen standen inzwischen in Vierer- oder Fünferreihen um ihn herum, insgesamt fünfzig oder sechzig, und viele hielten ihn an seinen Kleidern fest, während sie ihn durch das Fabriktor in den höhlenartigen Eingang schoben.

»Ich werde euch alle töten lassen! Ich kenne alle im Parteivorsitz!«, schrie er. Das Blut floss ihm aus Kratzern auf seiner Stirn über das Gesicht, und sein Anzug war zerfetzt. »Begreift ihr, was ihr da tut?!?«

Aber sie schienen genau zu wissen, was sie taten. Die Meute zwang Xi Ling quer durch die Eingangshalle und durch die große Türöffnung, die in den Fabrikraum führten, die Tür, wo Xi Lings Vollstrecker bei jeder Frau eine Leibesvisitation vornahmen, von Kopf bis Fuß, und das jeden Tag zweimal, nach verbotenen Waren, die hinein-, und Diebesgut, das herausgeschmuggelt werden sollte. Und jetzt bekam Xi Ling eine Version der gleichen Behandlung zu spüren, während die Masse der Frauen ihn begrabschte und anstieß, wobei eine Hand sich in seinen Schritt grub, während ein anderer Satz Fingernägel sein Handgelenk blutig kratzte. Xi Ling schrie vor Schmerzen.

Und dann ließen sie ihn plötzlich los. Die Menge teilte sich, und Xi Ling kam stolpernd auf die Beine. Die Frauen waren still geworden, obwohl ihre Rufe noch in Xi Lings Ohren widerhallten. Er wischte sich das Blut aus den Augen und rechnete damit, eine riesige Dschungelkatze in seinem geliebten Fabrikraum herumschleichen zu sehen, bereit zum Sprung.

Was er stattdessen sah, war eine Frau.

Sie war jung und sah gewöhnlich aus, hatte Jeans und T-Shirt an, und ihre schwarzen Haare trug sie in einem Topfschnitt wie ein Bauer oder ein Landei. Sie war von weiteren seiner Arbeiterinnen und auch von einigen Männern umgeben – Männern, die Xi Ling nicht kannte. Die junge Frau hatte eindeutig das Kommando, aber sie strahlte weder Stärke noch Feindseligkeit aus. Sie lächelte sympathisch, als handele es sich hier um eine Plauderei unter Freunden über die Gestaltung einer Geburtstagsfeier. Sie zeigte gelassen auf die Maschinen, die den meisten Platz in dem Fabrikraum einnahmen. Um sie herum demontierten zahlreiche andere Männer und Frauen – in allen Altersgruppen und auf die unterschiedlichste Weise gekleidet – methodisch seine Nähmaschinen. Sie schienen dabei nicht wut- oder hasserfüllt zu sein, aber sie zerstörten seine geliebten Maschinen, indem sie Einzelteile abschraubten, Hebel und Zahnräder herausrissen, große Stücke nicht vernähtes Leder und Plastik auf Haufen stapelten und irgendeine Art von Säure auf die Teile gossen. Die Materialien zischten und dampften unter der zersetzenden Wirkung der Säure.

Xi Ling nahm sich zusammen und marschierte auf die Frau zu. »Wer bist du? Was machst du hier?«, fuhr er sie an. »Bist du der Tiger?«

Die junge Frau nickte und senkte zum Zeichen ihrer Bescheidenheit und ihres Respekts den Blick. »Ich bin Hu Mei. Man nennt mich den Tiger. Aber ich bestärke sie nicht darin, mich so zu nennen.«

»Na ja, Tiger«, sagte Xi Ling wütend, »das hier ist meine Fabrik! Du verstößt gegen das Gesetz! Ich werde dafür sorgen, dass die Polizei in fünf Minuten hier ist, wenn du nicht sofort aufhörst!«

Hu Mei lächelte wieder sehr höflich und zeigte auf die Stege, die am Rand des Fabrikraums entlangführten. »Diese Polizisten?«, fragte sie.

Auf den Laufstegen aus Metall, die sich über die Länge und die Breite der Fabrik erstreckten, standen Dutzende von Polizisten oberhalb von ihnen, die alle ihre blau-weißen Uniformen trugen und den Vorgängen unter ihnen schweigend zusahen.

Xi Ling rang nach Luft. »Wie viel Geld hast du ihnen gegeben?«

Hu Mei lachte ruhig und schüttelte den Kopf. »Ich gebe niemandem Geld. Weder Polizisten noch Fabrikarbeitern und auch nicht großen Chefs wie dir. Ich rede mit den Leuten. Ich zeige ihnen auf, was im heutigen China falsch ist, und ich mache Vorschläge, wie wir die Dinge in Ordnung bringen können. Gemeinsam.«

»Indem ihr meine Fabrik zerstört? Wie bringt ihr damit irgendwas in Ordnung?«, rief Xi Ling. Er machte einen Schritt auf die junge Frau zu, aber eine Reihe junger Männer trat zwischen sie, um sie zu schützen.

»Das mit deiner Fabrik tut mir sehr leid. Aber mir ist von Leuten in der Stadt, von deinen Arbeiterinnen und auch von deinen Abteilungsleitern erzählt worden, dass du Leute zwingst, vierundzwanzig Stunden am Stück zu arbeiten. Ohne Pause. Wochenlang. Dass du Lohn einbehältst. Dass du Arbeitsstunden falsch abrechnest und Lohn für Essen abziehst, das nie gegessen worden ist. Sie haben mir geschlossene Räume gezeigt, wo sich Dämpfe sammeln und Leute krank machen, dass du diese Räume aber nicht lüftest. Du behandelst deine Arbeiter wie Sklaven. Als hätten sie keine Rechte. Aber sie sind keine Sklaven. Und jeder hat Rechte.«

Xi Ling spuckte vor Wut. Wer war diese Frau, dass sie sich einbildete, ihm Vorträge über Rechte halten zu können? War sie wie die Italiener voller rechtschaffener Empörung? Weichte ganz China allmählich an den Rändern auf? Xi Ling bemühte sich, seine Wut zu bezähmen – sein Arzt hatte ihn auch wegen seines steigenden Blutdrucks gewarnt –, und sprach Hu Mei ruhig an. »Bevor diese Frauen hier zu mir kamen, hatten sie nichts. Sie kamen vom Land. Von Bauernhöfen. Kratzten ihre Nahrung aus dem Dreck. Ich habe ihnen Jobs gegeben. Ich habe ihnen Arbeit gegeben. Sie können in der Stadt leben. Mit ihren Freundinnen, nicht auf Bauernhöfen mit ekligen Schweinen und Hühnern. Was wollen sie sonst noch?«

Die junge Frau, diese Tiger-Frau, ließ sich mit ihrer Antwort Zeit, als müsste sie sich über ihre Gedanken klar werden. Sie schaute sich in dem verwüsteten Fabrikraum um, schaute die Frauen und Männer an, die mit der Demontage der Maschinen aufgehört hatten, um ihrer Unterhaltung zuzuhören, und nickte ihnen allen ruhig und stolz zu, als wäre sie ihre Mutter und angesichts der zunehmenden Geschicklichkeit ihrer Kinder, die mit Bauklötzen und Stofftieren auf dem Fußboden spielten, amüsiert. Dann richtete sie ihren Blick wieder auf Xi Ling, lächelte ihn freundlich an und verbeugte sich erneut respektvoll.

»Was wir wollen, ist Gerechtigkeit«, sagte sie.

32

CAMP PENDLETON, 5. APRIL, 6:30 UHR

Als Alexis Truffant früh am nächsten Morgen in ihr Büro in der Kaserne kam – am fünften Tag ihrer Zeit im Camp Pendleton –, saß Garrett bereits am größten der Bildschirmarbeitsplätze. Er hatte drei Monitore mit seinem Computer verkabelt, und auf allen dreien waren Tabellen, Diagramme und scrollende Zahlen zu sehen. Sie schaute ihm über die Schulter und versuchte, sich auf die Informationswellen zu konzentrieren, die über die Bildschirme zu stürzen schienen, aber für sie sah es nur wie verschwommene Reihen von Ziffern und Buchstaben aus. Kaffeebecher lagen um Garretts Füße verstreut.

Er redete, ohne sie anzusehen. »Irgendwas ist im Busch an den Märkten.«

»An der Wertpapierbörse?«

»An den großen Börsen. An allen, aber hauptsächlich an der New Yorker. Es gibt gezielte Verkäufe von Spitzenpapieren. Abgestimmt mit heimlichen Verkäufen von kurzfristigen Anleihen.«

Alexis suchte nach dem Dow-Jones-Index. Die Märkte waren gerade erst eröffnet worden, doch der Index war heute um zehn Punkte gestiegen. »Aber der Dow ist oben.«

»Jetzt. Er ist jetzt oben. Aber die Spannung nimmt zu. Die Indexe sind gefährdet. Alles wird im unteren Bereich der jeweiligen Bollinger-Bänder gehandelt. Der stochastische Oszillator meiner Kernwerte spielt absolut verrückt. Die Hochgeschwindigkeitshändler haben ihren großen Tag. Ihre Margen sind der helle Wahnsinn.«

»Und was hat das alles zu bedeuten?«

Garrett schaute auf seine drei synchronisierten Bildschirme. »Das ist der nächste Angriff«, sagte er. »Baut sich seit ein paar Stunden auf. Hat in Asien begonnen. Weitet sich aus.«

»Woher wissen Sie das?«

»Ich kann es spüren.«

»Sie können spüren, wenn sich ein Muster bildet?«

»Das ist der Grund, weshalb Sie mich angeheuert haben, wissen Sie noch?«, blaffte er.

Alexis zuckte zusammen. Erst letzte Nacht hatte sie sich zu der Überzeugung durchgerungen, dass die Arschloch-Nummer genau das war – eine Nummer. Sie holte tief Luft, rief sich ins Gedächtnis, mit wem sie es zu tun hatte, und versuchte es noch einmal. »Was hat das also zu bedeuten?«

»Es bedeutet, dass irgendwas kaputtgehen wird.«

»Ich rufe das Finanzministerium an …«

»Zu spät. Würde keine Rolle spielen. Das hier ist größer als die. Echt groß. Aber vielleicht nicht auf Dauer. Noch ein Schlag fürs System.«

Alexis beugte sich über seine Schulter und erhaschte einen Blick auf sein Gesicht. Er war unrasiert, seine Augen waren gerötet und blutunterlaufen. Sein Kopf zuckte zwischen den drei Computerbildschirmen hin und her.

»Haben Sie geschlafen?«, fragte sie ihn.

»In meinem Leben? Ja. Gestern Nacht? Nein.«

Seine Finger tanzten über die Tastatur, und alle drei Bildschirme begannen, sich zu ändern, Diagramme wurden umgeblättert, Sichtanzeigen blinkten.

Alexis ging in den anderen Raum und rief den Luftwaffenstützpunkt Bolling auf einer sicheren Leitung an. General Kline meldete sich beim ersten Klingelton.

»Captain Truffant«, sagte er, »haben Sie Neuigkeiten?«

»Sir. Reilly glaubt, irgendwas Großes passiert heute an der Aktienbörse.«

»Moment mal.« Alexis konnte hören, dass General Kline an

irgendwas herumfummelte, und dann ertönte das gedämpfte Geplauder von TV-Sprechern am anderen Ende der Leitung. Kline murmelte in sein Mobilteil: »CNBC sagt, nichts Ungewöhnliches. Ein bisschen Handel im unteren Bereich. Fox Business geht nach Standardarbeitsanweisung vor. Hat Reilly Ihnen irgendwelche Fakten oder Zahlen genannt? Beispiele?«

»Nein, Sir. Er sagte, er könne es spüren. Er war die ganze Nacht auf. Ich glaube, er könnte manisch sein.«

»Vielleicht sollte er eine Tablette nehmen«, sagte Kline, und dann stotterte er: »Wow. Der Dow fällt. Hundert Punkte. Nein, zweihundert. Dreihundert – ach, du große Scheiße.«

Alexis blinzelte. »In zwanzig Sekunden?«

»Moment. Sie reden im CNBC darüber. Nein, warten Sie. Siebenhundert.« Alexis konnte die Anspannung in der Stimme ihres Vorgesetzten hören. »Hat Reilly gesagt, es gebe irgendwas, was wir tun können?«

Sie schaltete einen Fernseher in der Ecke des Raums ein und zappte durch die Kanäle, bis sie CNN fand. Die Moderatoren auf dem Bildschirm berichteten gerade über die Sondermeldung aus dem Börsensaal der New York Stock Exchange. Sie drehte die Lautstärke zu einem leisen Murmeln auf. »Nein«, antwortete sie, »er hat gesagt, es sei zu groß. Ich nehme an, wir sind nur als Zuschauer dabei.«

Auf CNN war der Dow-Jones-Index laut Börsenfernschreiber um tausend Punkte gefallen. Dann um tausendfünfhundert. Zunächst wurden Handelsbeschränkungen installiert, und dann setzte die NYSE den Handel für eine Abkühlungsperiode von sechzig Minuten ganz aus. Die Live-Sendung aus dem Börsensaal zeigte Makler, die völlig verstört aussahen. Und erschrocken.

»Mist. Da wird es zu einer Massenpanik kommen«, sagte Kline.

»Reilly hat gesagt, es sei vielleicht nicht von Dauer. Ein Schlag für das System.«

»Ich hoffe bei Gott, dass er recht hat«, erwiderte Kline.

Alexis schürzte die Lippen. Sie beobachtete, wie die Fassungslosigkeit auf den Gesichtern der beiden CNN-Moderatoren zunahm. Einer von ihnen verglich es mit dem Flash Crash vom Mai 2010, als der Dow innerhalb von sieben Minuten sechshundert Punkte verlor. Aber das hier war schlimmer. Der Industrial Average war fast um tausendsechshundert Punkte gefallen. Das hatte fünf Minuten gedauert.

»Sieht scheiße aus, nicht?« Als Alexis sich umdrehte, sah sie Garrett in der Türöffnung stehen. Sein Lächeln reichte von einem Ohr zum anderen, während er auf den Fernseher zeigte. »Manchmal bin ich so gut, dass ich mich selbst zum Ausflippen bringe.«

»Ist er das?«, zischte Kline im Telefon. »Ist er bei Ihnen?«

»Ja. Auf beide Fragen.«

»Fragen Sie ihn, ob sich der Trend wieder drehen wird.«

»Garrett. General Kline möchte wissen, ob sich die Börse …«

»Wieder erholen wird?«, fiel er ihr ins Wort. »Klar. Zunächst wird der Dow um weitere zweitausend Punkte fallen, wenn die Handelsbeschränkungen aufgehoben werden. Vielleicht noch mehr. Dann wird er wieder in die Höhe gehen. Allerdings nicht ganz. Es wird Blutvergießen geben.« Er schüttelte reumütig den Kopf. »Ich hätte echtes Geld dabei verdienen können.«

»Fragen Sie ihn, wie sie es gemacht haben«, sagte Kline.

»Er will wissen, wie sie es gemacht haben.«

Garrett zuckte mit den Schultern. »Wahrscheinlich hat jemand eine ungeheure Menge an kurzlaufenden Geldmarktpapieren als Hebel benutzt. Massive Einsätze, die panikartige Computerverkäufe auslösen. Wenn man die Preise schnell genug abstürzen lassen kann, fliehen die Käufer den Markt, und dann fallen die Kurse ins Bodenlose. Wenn man bereit ist, genug Geld zu verlieren – und wir reden hier von Milliarden –, dann könnte es möglicherweise jeder machen. Jeder, der von vornherein Millionen hatte. Die Börsenaufsicht wird es in einer oder zwei Wochen klären. Aber es wird nicht so bleiben. Dafür fehlen die Grundlagen. Deshalb glaube ich, dass es sich wieder einpendelt.« Garrett starrte auf den Fernseher. »Ich glaube nicht, dass sie wollen, dass es so bleibt. Sie haben irgendwas anderes im Blick.« Damit verließ er den Raum.

»Captain Truffant«, sagte Kline knapp.

»Ja, Sir?«

»Er ist gut, nicht wahr?«

»Das ist er. Sehr gut.«

»Ist er bereit?«

»Er hat keine Ahnung von dem Plan, Sir. Absolut keine Ahnung. Er tappt völlig im Dunkeln.«

In der Leitung blieb es still, nur unterbrochen von dem aufgeregten Gequake der Nachrichtensprecher.

»Wir haben keine Zeit mehr«, sagte General Kline. »Hier ist allmählich die Hölle los. Wir brauchen Garrett. Und wir brauchen ihn jetzt.«

33

CAMP PENDLETON, 5. APRIL, 19:03 UHR

Zwei Stunden später erreichte der Dow seinen Tiefststand mit 9.682, was ein bisschen mehr als viertausend Punkte unter dem Höchststand des Tages lag. Er stieg wieder um zweieinhalbtausend Punkte, aber damit blieb immer noch ein Rückgang von tausendfünfhundert Punkten an diesem Tag, und das bedeutete, dass an einem einzigen Vormittag fast zwei Billionen Dollar an Kapital vernichtet worden waren, fünfzehn Prozent des Bruttoinlandsprodukts der Vereinigten Staaten. Die Märkte blieben den ganzen Tag unberechenbar, trotz der beschwichtigenden Pressekonferenz des Finanzministers und der Verlautbarung des Notenbankpräsidenten, das gehöre alles zum normalen Verlauf einer freien Marktwirtschaft. Als die Börsen um sechzehn Uhr schlossen, konnten zwei kleinere spezialisierte Maklerunternehmen an der Wall Street ihre Nachschussforderungen nicht mehr decken und mussten Konkurs anmelden. Ihre Verluste waren spektakulär gewesen. Die steigende Panik im Finanzdistrikt war mit Händen zu greifen.

Sie war noch in zweitausenddreihundert Meilen Entfernung mit Händen zu greifen, an der kalifornischen Küste, wo Alexis erschöpft auf ihrem Bett lag. Sie hatte das Team heute Nachmittag hart rangenommen; sie hatten den Rest des Tages damit verbracht, in der Richtung, die Garrett vorgegeben hatte, nach den Motiven der Chinesen zu suchen.

»Wir halten nach Anzeichen für eine Verzweiflung bei den Chinesen Ausschau«, hatte sie gesagt. »Das kann alles Mögliche sein. Eine Schwäche in ihrer Verteidigungsbereitschaft. Eine Dürreperiode. Ein Rückgang ihrer Produktivität. Ein Ansteigen der Arbeitslosigkeit. Ein Kampf um die Macht in der Parteiführung. Eine mögliche Hungersnot. Eine Umweltkatastrophe. Eine Bestechungswelle. Selbst wenn es nur ein Anflug von Angst ist, also markiert es, und wir reden darüber.«

Alexis hatte ihnen ein weites Netz geworfen: CIA-Besprechungen, NSA-Abhörprotokolle, Instruktionen des Außenministeriums, Botschaftstelegramme, Abhandlungen von Expertenkommissionen, Blogs von innerhalb Chinas, Blogs von außerhalb Chinas, Blogs aus Japan über China, Blogs aus Vietnam darüber, was die Japaner von den Chinesen hielten. Alles und jedes. Das meiste davon wurde übersetzt, vornehmlich von Celeste oder, falls sie beschäftigt war – und sie es dringend brauchten –, von Google Translate, obwohl das immer noch nur mit halber Geschwindigkeit lief. Die Störung in The Dalles hatte Google schwer getroffen – die Nachrichten waren in allen Kabelsendern zu sehen –, aber von Unternehmensseite gab es immer noch keinen Kommentar.

Alexis hatte Celeste gebeten, zwei vertrauenswürdige Freunde vom Sinologischen Institut der UCLA zur Verstärkung hinzuzuziehen; sie übersetzten auf die Schnelle und halfen dem Rest von ihnen, den wesentlichen Inhalt von allen Dokumenten auf Mandarin zu erfassen. Um sieben Uhr am Abend hatten sie immer noch nichts von Bedeutung gefunden – sie hatten sich durch Datenberge geackert, aber es hatten sich keine Antworten offenbart, und sie waren erschöpft. Sie glaubte, gesehen zu haben, dass Bingo anfing zu weinen, aber er rannte ins Badezimmer, bevor sie ihn fragen konnte, ob alles in Ordnung war.

Alexis wies sie an, zwei Stunden Pause zu machen, und zog sich mit einem Haufen von Geheimdienstberichten in ihr Zimmer zurück. Die meisten befassten sich mit Theorien darüber, warum es zu dem Ausverkauf gekommen war, was ihn ausgelöst hatte und warum der Markt sich erholt hatte. In intellektueller Hinsicht schienen sie Alexis durchaus plausibel zu sein, aber keiner von ihnen hatte eindeutige und schnelle Antworten parat, und keiner von ihnen gab den Chinesen die Schuld. Sie hatte den Eindruck, dass Garrett einen besseren Zugriff auf das, was da vor sich ging, hatte als alle Wirtschaftsanalytiker in Washington zusammen. Er war eine Nervensäge, arrogant und schwierig im Umgang, aber wenn er sich in ein Problem verbiss, schien er es auf einer grundsätzlichen Ebene zu verstehen; er erfasste Themen in ihrem Kern. Sie gab es ungern zu, aber manchmal waren seine Fähigkeiten einfach umwerfend. Es erinnerte sie an ihren Besuch eines NBA-Basketballspiels, als sie gesehen hatte, wie Kobe Bryant mühelos an drei Verteidigern vorbeigedribbelt war und dann den Ball – mit Wucht – über einen vierten hinweg in den Korb versenkt hatte. Man konnte eine Fähigkeit, die man selbst nie besitzen würde, nur bewundern.

Die andere Eigenschaft, die Alexis an Garrett beeindruckte, war, dass er Mut zu haben schien. Er wurde oft als Arroganz oder Narzissmus verstanden, aber sie glaubte, dass es tatsächlich Tapferkeit war; eine Bereitschaft, anscheinend verrückte Ideen vorzutragen und sie dann nicht aufzugeben. Und er hatte öfter recht gehabt als unrecht. Das war mehr als alles andere dafür verantwortlich, dass sie ihm seine Schwächen verzieh.

Welche, das musste gesagt werden, auch spektakulär waren. Als sie zugesehen hatten, wie sich der Dow Jones wieder erholte, schien ein Ausdruck wahren Bedauerns auf Garretts Gesicht zu treten. Als Alexis ihn fragte, was nicht in Ordnung sei, schüttelte er den Kopf und murmelte etwas von »Geld, das auf dem Tisch liegt«. Später flüsterte Celeste Alexis zu, dass sie glaube, er sei ein Psychopath, und Alexis konnte ihr nicht völlig widersprechen. Allerdings hatte sie nach einigen Fernsehinterviews, die sie gesehen hatte, den Verdacht, dass Kobe Bryant ebenfalls etwas von einem Soziopathen hatte. Vielleicht war es schwierig, wenn man so viel Talent besaß, die Sorgen der Menschen in seinem Umkreis ernst zu nehmen.

Ein Klopfen an der Tür unterbrach ihre Überlegungen. Sie richtete sich auf. Sie hatte eine Trainingshose und ein T-Shirt an. Sie war hungrig, unkonzentriert und ungekämmt.

»Herein.«

Die Tür ging auf, und Garrett kam in ihr Zimmer. Alexis fand es amüsant, dass sie in genau diesem Augenblick an ihn gedacht hatte, und jetzt war er hier. Er trug zwei Tabletts: eines voller weißer Kartons mit chinesischem Essen, und auf dem anderen standen zwei Flaschen Corona, Gläser und ein Paar brennende Kerzen. Sein Lächeln reichte von einem Ohr zum anderen.

»Ich dachte, Sie hätten vielleicht Hunger.«

»Wow«, sagte Alexis, »Kerzen. Und Bier.«

»Chinesisches Essen aus Oceanside. Von einem Staff Sergeant empfohlen. Bier aus der Offiziersmesse. Die Kerzen hab ich aus einem Erdbebenkoffer geklaut.«

Sie lachte. Garrett stellte das Essen auf einen Schreibtisch und löffelte das Rindfleisch mit Knoblauch und weißem Reis auf Papierteller aus der Kantine. »Sie sind keine Vegetarierin, oder?«

»Ich komme aus dem Süden. Es gibt keine Vegetarier im Süden.«

»Und Corona ist okay, ja?«

»Jeder Alkohol ist okay.« Sie zog zwei Stühle an den Schreibtisch und setzte sich vor ihren Teller. »Das ist wunderbar. Und sehr aufmerksam.«

»Keiner hat am ganzen Nachmittag was gegessen.«

»Wir haben von unseren Reserven gezehrt.«

»Deshalb habe ich es auf mich genommen …«

Er goss das Bier ein und gab ihr ein Glas.

»Prost«, sagte sie.

»Auf den Weltuntergang«, sagte er.

»Das ist ein toller Trinkspruch. Glauben Sie, er steht uns bevor?«

»Wenn wir ihn nicht verhindern.«

Sie tranken und aßen dann hungrig und wortlos einige Minuten lang.

»Mann, hatte ich einen Hunger«, sagte er.
»Sie leisten gute Arbeit«, sagte sie.
»Im Hinunterschlingen meines Essens?«
»Im Verhindern des Weltuntergangs.«
Garrett schaute sie an. Sie nickte. »Das meine ich ernst. Sie sind der richtige Mann für den Job. Vielleicht der Einzige. Und ich bin beeindruckt.«
»Danke. Sie sind auch nicht so schlecht.«
»In unterstützender Funktion. Als Gruppenleiterin. Das kann nicht jeder tun, aber eine Menge Leute können es. Nur ein paar Leute können tun, was Sie tun. Ein paar Leute auf der ganzen verdammten Welt. Vielleicht nicht mal ein paar. Vielleicht nur Sie.«
Garrett hörte auf zu essen. Er schien zum ersten Mal, seit sie ihn kannte, aus dem Gleichgewicht geraten zu sein. Er lächelte schief, als wolle er etwas verbergen, ein unbehagliches Gefühl überspielen. »Also«, sagte er, »wenn die Welt untergeht. Was sind Ihre Pläne?«
»Nach der Apokalypse? Ich werde den Planeten durchstreifen wie *Mad Max*. In meinem Ford Falcon GT. Jede Menge Leder.«
»Einer meiner Lieblingsfilme.«
»Damals, als Mel Gibson noch süß war. Und bei Verstand.«
»*Jenseits der Donnerkuppel* war Scheiße.«
»Beschämend schlecht.«
Sie aßen weiter und sprachen über Filme. Die Apokalypse schien Alexis weiter entfernt zu sein als seit Langem. Garrett führte vielleicht ein Leben, das außer Kontrolle geraten war, und vielleicht stellte sich wirklich heraus, dass er ein Psychopath war, aber in seiner Nähe kam sie sich merkwürdig geschützt vor. Er war so selbstsicher, so unerschütterlich in seiner Zuversicht, dass sie das Gefühl hatte, es könnte auf sie abfärben. Es überraschte sie, aber sie fühlte sich stärker in seiner Gegenwart. Zusammen, dachte sie, könnten wir tatsächlich aufhalten, was immer es ist, das da passiert, und möglicherweise das Land retten.
Sie trank ihr Bier aus, und Garrett verließ ihr Zimmer und kam

mit zwei weiteren Flaschen zurück. »Ein endloser Nachschub«, sagte er lachend. Sie tranken noch ein bisschen, und Garrett räumte die Teller ab.

»Glauben Sie, es ist ein Akt von Landesverrat, dass wir chinesisches Essen zu uns genommen haben?«, sagte sie.

»Die Leute, die das Essen hier gemacht haben, sind so amerikanisch wie wir. Der Lieferjunge sagte, er hätte gerade sein Examen an der San Diego State gemacht. Sein Name war Chang. Er sagte, er würde gerne Programmierer werden. Er hat wie ein Surfer geredet.«

»Ich habe einen Witz machen wollen«, sagte sie.

»Ich weiß«, sagte Garrett. »Es ist nur so, dass ich mir nicht mal sicher bin, dass das Land unser Feind ist. Vielleicht die Parteiführung. Oder ein paar Generäle. Das chinesische Volk? Niemals. Aber können wir über was anderes reden?« Er schob seinen Stuhl ein bisschen näher an ihren heran.

»Über was, zum Beispiel?«

»Über uns.«

»Über uns? Gibt es ein Uns?«

»Das fände ich schön.«

Er beugte sich näher zu ihr. Alexis war plötzlich ganz durcheinander. Er starrte sie mit seinen intensiven blauen Augen an. Er küsste sie. Sie ließ es geschehen, wehrte sich nicht, es gefiel ihr sogar. Ihr wurde schwummerig. Das hatte sie seit Jahren nicht mehr gefühlt, wenn sie geküsst wurde. Er veränderte seine Sitzhaltung, um näher bei ihr zu sein. Seine Arme legten sich um ihren Rücken. Sie konnte seine Wärme spüren, und sie merkte, wie sie schwach wurde. Er küsste sie fester, leidenschaftlicher. Sie riss sich zusammen und stieß ihn von sich.

»Nein«, sagte sie.

»Nein? Warum?«

»Darum.« Ihr fehlten die Worte. Sie atmete schwer. Ihre Lust auf ihn war eine Offenbarung für sie. Aber sie kämpfte dagegen an. Jetzt war nicht die richtige Zeit dafür.

Garrett beugte sich wieder näher zu ihr vor. »Ich glaube dir nicht.« Er küsste sie ungeschickt, Hände streiften ihre Brust. Er hockte auf der Kante seines Stuhls.

Sie schubste ihn zurück. »Schluss jetzt!« Es war ein bisschen härter, als sie beabsichtigt hatte, und sein Stuhl kippte nach hinten. Garrett verlor das Gleichgewicht und fiel hart auf den Boden, wo er ausgestreckt liegen blieb. Alexis rang nach Luft. »Alles in Ordnung?«

Garrett rappelte sich hoch, erregt und wütend. »Warum hast du das getan?«

»Ich hab nein gesagt, du hast nicht zugehört.« Als er stand, klopfte er sich ab. Sein Gesichtsausdruck war angespannt, verletzt. »Mist. Ich dachte, du fährst auf mich ab. Wir wären uns nah. Du …«

»Nein«, unterbrach ihn Alexis, »du hast dich geirrt.« Sie setzte sich aufrecht hin, schob ihre Haare nach hinten. »Schau mal, es ist so …« Sie suchte nach den richtigen Worten, brach ab und versuchte es dann von Neuem. Sie wollte es ihm nicht sagen, aber sie hatte das Gefühl, es tun zu müssen. Es wäre unmoralisch, es nicht zu tun. Aber wenn sie es tat, würde sie vom Drehbuch abweichen und alles gefährden.

»Garrett, wir können nicht, weil ich …«

»Weil du was?« Garrett spuckte die Worte aus.

»Weil ich verheiratet bin.«

Garrett starrte sie verblüfft an. »Verheiratet?« Er blinzelte. Das ergab keinen Sinn. »Aber du trägst keinen Ring. Du hast nie einen Ehemann erwähnt. In der ganzen Zeit.«

»Ich«, begann sie, aber die Worte erstarben ihr auf den Lippen, »ich hab den Ring abgenommen.«

Garrett versuchte, sich zu konzentrieren. Sie hatte auf ihn einen so offenen, so interessierten, so engagierten Eindruck gemacht, und jetzt … Und plötzlich verstand er.

»Mit Absicht. Du hast den Ring mit Absicht abgenommen.«

Sie sagte nichts. Sie schaute zu Boden.

»Um mich zu ködern. Damit ich von dir angetan bin. Damit ich denke, ich hätte bei dir eine Chance. Damit ich mich für dein blödes Projekt verpflichte.« Er schnitt eine Grimasse, begann, auf und ab zu gehen. »Deinem Land etwas zurückzugeben. Einen Zweck zu finden. Alles Blödsinn.« Er spuckte die Worte aus. »Ein einziger beschissener Schwindel.«

»Nein«, sagte sie, »ist alles wahr. Zurückzugeben ist wichtig. Es gibt nichts, was wichtiger ist.«

»Warum hast du mich dann an der Nase herumgeführt? Warum hast du mir nicht gesagt, dass du verheiratet bist? Warum den Ring nicht getragen?«

Sie hatte keine Antworten für ihn. Sie wandte den Blick ab. Er rückte ihr auf den Pelz. »Ich hätt's mir ja denken können. Dieser ganze militärische Schwachsinn. Lügner. Ihr seid alle Lügner. Mein Gott, ich hasse euch.« Er machte sich auf den Weg zur Tür.

»Garrett ...«

»Was ist?«

Sie wollte etwas sagen, zögerte, dann schüttelte sie den Kopf. Garrett lachte und ging hinaus, hinter sich die Tür zuknallend.

Er stolzierte wütend aus der Baracke hinaus, ein bisschen angeschickert von dem Bier, ihm schwirrte der Kopf, und er marschierte hinaus in die kühle Wüstennacht. Was für ein Trottel er gewesen war. Sie hatten ihr Spiel mit ihm getrieben, ihn vollkommen übertölpelt. Und er war Garrett Reilly, der Typ, der alle Muster entdeckte, der Unstimmigkeiten im Bauch spürte. Aber sie hatten seine Schwäche ausgenutzt – Frauen. Er fiel unweigerlich auf ein hübsches Gesicht herein, auf einen sexy Körper, ein bisschen Schmeichelei, auf jemanden, der ihm sagte, er sei großartig. Und Alexis hatte genau das gemacht. »Nur ein paar Leute auf der ganzen Welt können das tun, was du tust«, murmelte er wütend vor sich hin. *»Du blödes Arschloch.«*

Er rief einen Taxidienst auf seinem Handy an und lief zum Haupteingang des Stützpunkts. Als er das Wachhaus erreichte, wartete dort ein Taxi auf ihn. Er ließ sich nach Oceanside hineinfahren. Es gab reichlich Kneipen an der Mission Avenue. Er stieg an der ersten aus – er sah sich nicht mal den Namen des Lokals an – und bestellte Bier und Wodka. Bei seinem dritten Wodka ging es ihm viel besser. Sein Kopf war klarer, seine Wut konzentrierter. Sein Handy klingelte zweimal – es war Alexis –, aber er ging nicht dran. Mao und die Chinesen waren ihm scheißegal. Und die Rettung der Welt auch.

Er kaufte einem hochaufgeschossenen Jungen, der an den Pooltischen herumhing, zwei Joints ab und rauchte sie schnell hintereinander in der Gasse hinter der Kneipe, bevor er wieder hineinging, um weiterzutrinken. Er verlor alles Zeitgefühl – und jede Raumwahrnehmung –, aber er war immer noch wütend. Er konnte Alexis' Gesicht nicht vergessen. Ihre Stimme. Ihre Lügen. Scheiße, er hatte sich wirklich in sie verknallt. Wie hatte er nur so blöd sein können? Und wer, zum Teufel, schubste ihn da gegen die Theke? Durch den Alkohol- und Cannabisdunst, der ihn umgab, sah er ein Trio von Marineinfanteristen, die Biere kippten und lachten.

Garrett stieß mit seiner Brust gegen den Größten von ihnen. Der Marine sagte irgendwas zu Garrett, aber der konnte ihnen bei dem Lärm, den die Musikbox und die anderen Gäste machten, nicht verstehen, abgesehen davon, dass er ihm sowieso nicht zuhörte und es ihm scheißegal war, was der Typ sagte. »Du bist ein blödes Arschloch«, war es, was Garrett ihm ins Gesicht sagte.

»Hast du ein Problem, du Armleuchter?«, knurrte der Marine.

Garrett zog dem Marine mit einer raschen Bewegung seines rechten Arms die Bierflasche über den Schädel, sodass das Glas an seiner Schläfe zersplitterte. Der Marine fiel nach hinten, und die Zeit wurde langsamer für Garrett, was sie immer tat, wenn er in eine Schlägerei geriet. Er trat den hingefallenen Marine hart mit dem linken Fuß und schlug dem zweiten Marine, der sich gerade drehte, um seinem Kumpel zu helfen, die Faust an den Hals. Marine Nummer zwei stolperte gegen seinen Freund, den dritten

Marine an der Theke, und Garrett stürzte sich auf die beiden und ließ seine Fäuste in einer Schnellfeuersequenz von Boxhieben aufblitzen. Es war ein Gedränge, aber ein Gedränge, in dem er die Oberhand hatte, und eine Kneipenprügelei, die er gewann. Er ließ seine Fäuste wie Kolben tanzen – zufrieden mit sich, weil er wusste, dass man Kneipenschlägereien auf diese Weise gewann –, als er auf einmal rückwärts durch die Luft flog. Es war ein äußerst merkwürdiges Gefühl, als ob er auf magische Weise schweben könnte, und dann brach die Realität in Form eines vierten Marine über ihm zusammen, der doppelt so groß wie die anderen war und ihn rückwärts von seinen Kameraden wegriss, und Garrett verfluchte sich, weil er so ein Blödmann war. *Er war in einer Marine-Kneipe.* Das Lokal war voll von ihnen. Und sie kamen alle ihren Marine-Kameraden zu Hilfe. Wir lassen niemanden im Stich und all dieser Rekruten-Bullshit. Er wandte rechtzeitig den Kopf, um eine fleischige Faust quer auf seiner Wange landen zu sehen, und danach wurde alles andere verschwommen.

Die Theke drehte sich um neunzig Grad, und Schmerzen explodierten in Garretts Kopf und Brust, und dann wurden ihm die Arme hinter den Rücken gerissen, und er konnte seine linke Schulter knacken hören. Das tat mehr weh als all die anderen Schläge, und es war dieser Moment, in dem Garrett zwei Dinge klar wurden: Erstens: dass er diesen Kampf verloren hatte, und zweitens: dass er ihn vielleicht nicht überleben würde. Dann wurde alles schwarz.

34

CAMP PENDLETON, MARINEKRANKENHAUS,
6. APRIL, 3:36 UHR

Alexis schritt durch den antiseptischen Flur im vierten Stock des Marinekrankenhauses, und die geisterhaft weißen Neonröhren flackerten über ihrem Kopf und ließen die blassen Wände sogar noch widerwärtiger und weniger einladend aussehen. Sie war vor einer halben Stunde von den Ärzten der Notaufnahme angerufen worden: Weißer, Kneipenschlägerei, mehrfache Verletzungen, Army-Soldat, laut Dokument unter ihrer Aufsicht stehend. Sie hatte sich kaltes Wasser ins Gesicht gespritzt, war in ihren Kampfanzug geschlüpft, hatte den Geländewagen des Teams genommen und war zum Krankenhaus gerast, wobei sie sich bemüht hatte, nicht von der gepflasterten Straße abzukommen, die quer durch den Stützpunkt führte.

Sie hatte nicht gut geschlafen. Die ganze Nacht hatte sie das Gespräch mit Garrett wieder und wieder in Gedanken ablaufen lassen. Sie dachte an das Essen, den Kuss, seine Reaktion, ihre Zurückweisung. Und dann daran, wie sie ihm sagte, dass sie verheiratet sei, und an seinen Gesichtsausdruck. All diese Irreführung. Und all diese wilde Leidenschaft bei Garrett. Ihr war nicht klar gewesen, wie sehr er sich in sie verliebt hatte. Aber das hatte er – so viel war offensichtlich. Und das war natürlich genau das, was sie geplant hatten.

Magensäure stieg ihr in die Kehle. Sie war eine willige Teilnehmerin gewesen. Zum Teufel, sie war sogar die Erfinderin dieser Strategie. Garrett mochte Frauen. Das wusste sie, denn sie hatte ihn in Aktion erlebt. Und sie hatte es zu ihrem Vorteil – und dem der Army – eingesetzt. Inwiefern, dachte sie, bin ich einen Deut besser als Garrett? Ich bin eine Betrügerin. Ich bin so amoralisch wie er.

Wir sind ein Paar.

Ein junger Arzt kam rasch durch die Tür zur Notaufnahme und stellte sich als Colonel Booker Rogers vor. Er war der Chirurg vom Dienst.

»Wie schlimm ist sein Zustand?«

Rogers zuckte unverbindlich mit den Schultern. »Dies ist ein Militärhospital. Wir sehen einige ziemlich schlimme Fälle, und deshalb ist er nicht der allerschlimmste Fall. Abgesehen davon hat er einiges abbekommen. Die Polizei von Oceanside hat gesagt, es seien zehn gegen einen gewesen. Ihr Mann war der eine.«

Sie seufzte. Garrett war vielleicht gut im Erkennen von Mustern, aber er schien auch ein Faible dafür zu haben, in sie hineinzupassen. »Das überrascht mich nicht.«

»Er hat zwei gebrochene Rippen, eine ausgekugelte Schulter, ein paar angeknackste Zähne, aber er hat keinen verloren. Er hat mehrfache Prellungen und Platzwunden. Er hat ungefähr einen halben Liter Blut verloren. Wahrscheinlich hat er eine Gehirnerschütterung, aber das ist schwer zu sagen, weil er immer noch bewusstlos ist. Äußerst ernst ist allerdings, dass er eine lineare Schädelfraktur hat.«

»Ist das schlimm?«

»Sie ist am wenigsten schlimm von den schlimmen Dingen. Sie wird von selbst ausheilen. Aber er darf nie wieder in eine Kneipenschlägerei geraten. Oder richtig Football spielen.«

»Das würde ich tatsächlich als gute Sache bezeichnen.«

»Das meine ich ernst. Wenn er das tut, *wird* er sterben.«

Alexis nickte. »Er liegt aber nicht im Koma, oder?«

»Er hat Beruhigungsmittel gegen die Schmerzen bekommen. Das ist zum Teil dafür verantwortlich, dass er schläft. Aber ich muss Ihnen sagen, Captain, er hat großes Glück gehabt, dass er keine schwerere Schädelfraktur hat. Er ist viele Male auf den Kopf geschlagen worden. Wir kühlen das Cranium derzeit mit Eis, um eine Schwellung zu verhindern.«

Alexis runzelte die Stirn. Nun ja, zumindest würde er am Leben bleiben. Dann kam ihr ein Gedanke. »Wird er geistig unversehrt sein? Ich meine, so, wie er vorher war?«

»Bei einer Kopfverletzung gibt es keine Garantien. Aber vermutlich ja.«

Alexis atmete erleichtert aus und hasste sich sofort deswegen. Sie machte sich immer noch Sorgen wegen Garrett Reillys Brauchbarkeit für die Army. Sie versuchte, ihren Gedanken eine andere Richtung zu geben. »Hat er jemanden verletzt?«

»Ein Marine hat sich selbst mit einer gebrochenen Nase und Verletzungen der Kopfhaut hier vor ein paar Stunden eingewiesen. Ich vermute, er war ein Teilnehmer der Schlägerei. Ich glaube, Ihr Junge hat ihn mit einer Flasche geschlagen.«

»Aber er wird sich erholen? Der Marine?«

»Das hat er schon – er ist ein Marine. Er ist vor einer Stunde hier rausmarschiert.«

»Kann ich Reilly jetzt sehen?«

»Folgen Sie mir.« Rogers führte sie durch die Notaufnahme zu einem Zimmer am Ende des Flurs. Alexis musste einen Aufschrei unterdrücken, als sie Garrett sah. Er lag auf einem Krankenhausbett, den Kopf in Verbandsmull eingewickelt, eine Eismanschette über der Stirn. Ein Paar Schläuche führten in seine Nase, und in seinen Arm tropfte eine Infusionslösung. EKG-Monitore und Sauerstoffsensoren piepten und trillerten an seiner Seite. Aber am meisten war Alexis von Garretts Gesicht schockiert; auf seinen Wangen waren gezackte, purpur- und orangefarbene Blutergüsse, und an Nase und Kinn waren Platzwunden genäht worden. Alexis fand, dass er wie ein entfernter Verwandter von Frankensteins Monster aussah.

An ihrer Seite murmelte der Arzt: »Warum irgendjemand sich mit zehn Marines anlegen möchte, wird mir unerklärlich bleiben.«

Alexis kannte die Antwort auf diese Frage, aber sie beschloss, dass das den Colonel wirklich nichts anging. »Wann wird er aufwachen?«

»Könnte jederzeit dazu kommen. Aber ich vermute, in ein paar Stunden.«

»Ich werde hier solange warten.«

»Da ist noch eine Sache, Captain.« Alexis' Kopf fuhr herum. Der Ton, der in der Stimme des Arztes lag, gefiel ihr nicht. »Wir haben einen Bluttest vorgenommen. Neben einem sehr hohen Alkoholspiegel ist er positiv auf THC getestet worden. Das muss ich melden. Das ist Grund für eine sofortige Entlassung.«

»Haben Sie das schon auf seinem Krankenblatt vermerkt?«

»Nein. Noch nicht. Ich habe gerade sein Blutbild bekommen.«

»Vernichten Sie es.«

»Wie bitte?«

»Zerreißen Sie es. Vernichten Sie die digitalen Testergebnisse. Es ist nie dazu gekommen.«

»Das kann ich nicht machen.«

»Doch, das können Sie.«

Colonel Rogers begann zu protestieren, aber Alexis schnitt ihm das Wort ab. »Ich sorge dafür, dass der Verteidigungsminister Sie anruft.«

Der Arzt machte den Eindruck, als wolle er ihr etwas entgegnen, überlegte es sich aber anders und stapfte wütend aus dem Zimmer. Alexis schnappte sich erschöpft einen Stuhl, zog ihn neben Garretts Bett und setzte sich hin, um darauf zu warten, dass er aufwachte.

35

CAMP PENDLETON, 7. APRIL, 11:15 UHR

Es tut mir leid«, sagte Alexis Truffant zum tausendsten Mal.

Garrett sagte nichts. Er sog die vom Pazifik kommende Brise durch die Nase ein. Sie roch sauber und frisch und rein. Er liebte diesen Geruch. Alexis schob seinen Rollstuhl die Rampe vom Eingang des Marinehospitals hinunter auf den wartenden Geländewagen zu.

»Es tut mir leid, dass ich dich angelogen habe. Aber es war nicht komplett gelogen. Ich bin verheiratet, lebe aber von meinem Mann getrennt. Ich habe ihn seit drei Monaten nicht gesehen. Wir versuchen, unsere Differenzen beizulegen. Aber das macht es nicht besser.«

Sie verdrehte den Kopf, um seine Reaktion erkennen zu können. Es gab keine. »Du hattest recht. Ich hab's dir nicht erzählt, weil ich wollte, dass du denkst, du hättest eine Chance bei mir. Das war falsch.«

Celeste und Bingo warteten neben dem Geländewagen. Celeste hielt die hintere Beifahrertür offen. Bingo stand neben ihr. Lefebvre lehnte sich an die Kühlerhaube.

»Hi, Garrett. Wie fühlst du dich?«, fragte Bingo. Er versuchte, Garrett ins Gesicht zu sehen, zuckte aber zusammen und wandte sich rasch ab. »Du siehst ganz gut aus. Echt.«

»Danke. Hab mich nie besser gefühlt.«

Celeste beugte sich vor und starrte seine blauen Flecken an. »Ich mag dieses geschwollene klobige Ding«, sagte sie. »Sehr fickbar.«

Garrett lachte schnaubend. Sogar das tat weh. Tat weh in seiner

Lunge, seinen gebrochenen Rippen und schickte einen elektrischen Schmerzimpuls bis in seinen Kopf. Er war vor vierundzwanzig Stunden aufgewacht, aber die Schmerzen waren immer noch heftig. Er würde nach mehr Medikamenten fragen müssen. Bald.

»Immer mit der Ruhe, Großer«, sagte Lefebvre, als er Garrett aus dem Rollstuhl half. »Später sollten wir beide uns darüber unterhalten, was passiert, wenn Sie einem Marine mit einer Flasche auf den Kopf schlagen. Statistisch gesehen geht das selten gut für Sie aus.«

»Haha«, sagte Garrett. »Wirklich saukomisch.«

»Das reicht, Freunde«, mischte sich Alexis ein und schnallte sich auf dem Rücksitz an. »Lasst ihn in Ruhe.«

Lefebvre kicherte, setzte sich dann hinter das Steuer und fuhr das Stück Straße zu ihrem Kasernengebäude zurück. Jeder Buckel auf der Straße schickte einen neuen schmerzhaften Stoß in Garretts Kopf. Dabei wollte er nur noch schlafen. Sie rollten ihn in die Baracke, wo Bingo und Jimmy ihn auf das Feldbett in seinem Zimmer legten. Er schloss die Augen und war sofort eingeschlafen – ein tiefer, traumloser Schlaf. Als er wieder wach wurde, war es draußen dunkel, und er war hungrig.

Er hievte sich selbst von dem Feldbett herab und schlurfte mit einer Fleecedecke um die Schultern in die Küche. Alexis stand am Herd und machte einen Topf mit Suppe heiß.

»Du bist auf. Gut. Wir haben schon angefangen, uns Sorgen zu machen.« Sie lächelte ihn breit an. Er machte den Kühlschrank schweigend auf. »Immer noch sauer auf mich?«, fragte sie.

»Nicht sauer«, murmelte Garrett, als er sich damit abmühte, einen mit Plastik umhüllten orangefarbenen Block Käse aufzukriegen. Selbst wenn er seine Finger bewegte, schienen Schmerzen seine Arme hochzujagen. »Hasse dich. Völlig andere Baustelle.«

Alexis ließ sich auf einen Stuhl fallen. »Schön. Dann hasse mich eben. Ich mache dir keinen Vorwurf. Aber du arbeitest noch mit uns, stimmt's?«

Garrett schnappte sich eine Handvoll Triscuits aus einer offenen Schachtel. Das war ein einfacheres Essen. »Kann ich noch nicht sagen. Kopf tut zu weh.«

Er drehte sich um und schlurfte wieder in sein Zimmer. Er legte sich auf das Feldbett, aber Alexis erschien über ihm, ihr Gesicht gezeichnet von emotionaler Anspannung.

»Das hier ist eine ernste Sache, Garrett. Menschenleben stehen auf dem Spiel. Das ist größer, als wir uns fühlen.«

»Weiß nicht, ob ich da deiner Meinung bin«, sagte Garrett, als er die Augen schloss. »Nichts ist größer, als ich mich fühle.« In Sekunden war er wieder eingeschlafen. Als er wach wurde, war es der Klang einer ihm bekannten Stimme, die ihn zur Besinnung brachte. Älter, autoritär, drohend; Garrett konnte sie nicht genau einordnen, aber er wusste, dass er sie nicht mochte. Er blinzelte, als sich die Tür zu seinem Zimmer öffnete. Die Stimme ging dem Körper voran.

»Eine Verschwendung von Zeit und Geld. Es ist vorbei, Ihr Laden ist geschlossen, und er ist entlassen.« Verteidigungsminister Frye marschierte in das Zimmer. Er trug einen dunkelgrauen Anzug und einen burgunderfarbenen Powerschlips. Alexis kam hinter ihm her, gefolgt von Lefebvre. Bingo und Celeste blieben an der Tür stehen und machten einen verstörten Eindruck. »Unehrenhaft, übrigens«, sagte der Minister.

»Gerechterweise muss gesagt werden, Sir, dass wir nicht mal angefangen haben«, sagte Alexis und versuchte, sich vor den Minister zu stellen und Garrett auf die Füße zu helfen. Aber Frye schob sie beiseite und trat bis zu Garretts Feldbett vor. Garrett war in eine Decke gewickelt und trug eine Turnhose.

»So etwas wie Gerechtigkeit gibt es nicht, Captain. Nicht in dieser Welt. Und bestimmt nicht in dieser Army.« Frye richtete seinen wütenden Blick auf Garrett, der sich die Augen rieb und im Bett aufrichtete. »Was haben Sie zu Ihren Gunsten vorzubringen, mein Sohn? Sie betrinken sich. Kiffen. Prügeln sich mit Marines. Hatten nicht mal den Anstand, die Prügelei zu gewinnen.«

Garretts Kopf tat nicht mehr so weh. Er konnte tief einatmen, ohne dass ihm die Rippen allzu sehr schmerzten. Er konnte an den Sonnenstrahlen, die durch die zugezogenen Vorhänge hereinfielen, erkennen, dass es Vormittag war und er die Nacht durchgeschlafen hatte. »Die ersten drei hatte ich im Sack, kein Problem. Ihr Freund hat mich von hinten angegriffen. Was eine hinterlistige Schweinerei war.«

Frye beugte sich tiefer über das Bett. Garrett konnte den Kaffee in seinem Atem riechen. »Soll das witzig sein? Das ist es nämlich nicht.« Er drehte sich zu Alexis um und wedelte mit der Hand in der Luft herum. »Machen Sie das Büro hier dicht.« Er zeigte auf Celeste und Bingo. »Schicken Sie die Zivilisten nach Hause. Der Lieutenant geht aufs War College. Und Sie gehen zurück nach Bolling, wo Sie sich nützlich machen können, und zwar so schnell wie möglich.«

Frye marschierte zur Tür. Lefebvre machte einen Schritt nach vorn. »Sir, falls Sie sich dazu durchringen könnten, uns noch eine Chance zu geben – ich glaube, wir beginnen gerade, etwas Positives …«

Der Minister fiel ihm ins Wort. »Sie können woanders Positives bewerkstelligen. Und wenn Sie noch einmal ungefragt das Wort ergreifen, degradiere ich Sie zum Private. Mir ist es egal, wie reich Ihr Daddy ist.«

Lefebvres Gesicht rötete sich. Er salutierte steif. »Sir, ja Sir.«

»Das US-Militär kann jederzeit jeden Krieg führen«, sagte der Minister, während er das Zimmer verließ. »Wir bilden unsere Leute prima selbst aus, herzlichen Dank.«

»Ihre Offiziere sind Trottel.«

Der Minister erstarrte. Er drehte sich langsam um und betrat wieder das Zimmer. »Was haben Sie gerade gesagt?«

Garrett kam taumelnd auf die Beine und tastete nach seiner Flasche Vicodin. Er steckte sich zwei Tabletten in den Mund und schluckte sie trocken hinunter. »Ich habe gesagt, ich kann schneller denken als jeder Offizier der Army, besser manövrieren als jeder Befehlshaber der Navy zu jeder beliebigen Zeit und auf jedem beliebigen Schlachtfeld.«

»Mit einem Mal halten Sie sich für einen Feldkommandeur? Nach ein paar Tagen auf einem Marinestützpunkt glauben Sie, Sie könnten einen Krieg führen?«

»Nicht ich persönlich. Aber ich kann Soldaten führen. Und ich werde dafür sorgen, dass sie die Besten schlagen, die Sie auf die Beine stellen können.«

»Garrett«, sagte Alexis, während sie langsam auf das Bett zu trat, »der Minister ist …«

»Sie schlagen vor, wir übergeben Ihnen die Leitung einer Gefechtsübung? Einer Schlachtsimulation?«

»Sie können die Quote bestimmen. Fünf zu eins. Zehn zu eins. Mir egal. Aber ich habe gesehen, wie diese Marines auf den Kampf vorbereitet werden. Und ich kann sie auseinandernehmen.«

»Das ist grotesk. Aber selbst wenn es das nicht wäre, warum sollte ich Ihnen eine zweite Chance geben?«

»Weil Sie wissen – tief in Ihrem Innern wissen Sie es –, dass Sie wirklich keine Ahnung haben, womit Sie es zu tun haben. Und Sie haben den Verdacht, dass ich doch eine Ahnung haben könnte.«

Schweigen machte sich im Zimmer breit. Verteidigungsminister Frye starrte Garrett gute fünfzehn Sekunden konzentriert an. Dann sagte er: »Morgen früh. Null-fünfhundert. Ich lasse einen Marine Colonel die Einzelheiten festlegen. Wenn Sie gewinnen, können Sie weitermachen. Wenn Sie verlieren, werden Sie vor ein Militärgericht gestellt. Drogenmissbrauch, Gewaltanwendung und Körperverletzung. Sie werden die nächsten zehn Jahre in einem Militärgefängnis verbringen.«

Frye schob sich an Alexis und Bingo vorbei und verließ das Zimmer. Celeste, Bingo und Jimmy Lefebvre starrten Garrett mit großen Augen an.

»Haben Sie den Verstand verloren?«, fragte Alexis.

»Scheint so«, sagte Garrett und befühlte seine Rippen. »Aber ich dachte mir, es ist einen Versuch wert.«

36

CAMP PENDLETON, 9. APRIL, 5:42 UHR

Die Sonne hing unmittelbar unter den San Jacinto Mountains. Die Luft stand. Das Heulen eines Präriewolfs durchbrach die Stille vor Tagesanbruch in einer flachen Schlucht, die sich von den Kuppen der mit Buschwerk bewachsenen Peninsula Range nach unten wand. Marine Corporal Jonathan Miller spähte durch das Nachtsicht-Zielfernrohr an seinem M4-Karabiner und suchte das niedrige Gestrüpp ab, das sich in der Ferne verlor. Er entdeckte die eindeutige grüne Wärmesignatur eines Stücks Wild, dann noch eine, aber das war alles. Niemand bewegte sich durch den Arroyo nach oben auf Miller oder seinen Trupp zu. Der Feind war nicht in Bewegung. Was Miller eine Möglichkeit eröffnete, und das teilte er seinem Gruppenführer mit.

»Unter uns bis auf zwei Meilen frei.« Miller drückte auf die Taste seines Walkie-Talkies und wartete auf die Antwort.

»Bis auf die nächste Zwischenstation vorrücken und auf mein Kommando warten.«

Corporal Miller winkte mit dem Arm und machte sich auf den Weg den Abhang des Canyons hinunter. Hinter ihm erhoben sich zwölf Marines aus dem Gebüsch und folgten ihm schweigend. Miller überprüfte die Flanken des Canyons um ihn herum, und tatsächlich erschienen zwei weitere Trupps Marines, die alle zum Ersten Marine Regiment gehörten – Inchon wurden sie wegen der Heldentaten des Regiments im Koreakrieg genannt –, wie Geister aus dem Gebüsch und rückten auf niedriger gelegenes Gelände vor. Sie bildeten einen Zug, Infanterieeinheiten der I. Marine Expeditionary Force, die in Camp Pendleton stationiert war. Das

Schock-Team des US-Militärs. Und sie waren kurz davor, einigen Marines-Kameraden einen ernsthaften Schock zuzufügen, dachte Miller. Den armen Idioten, die für dieses aggressive Arschloch kämpfen mussten. Den Wichser, der einem Marine im Tio in Oceanside eine Bierflasche über den Schädel gezogen hatte und dann von all den anderen Kameraden in der Kneipe den Hintern versohlt bekommen hatte. Und mit seinem traurigen Arsch im Krankenhaus gelandet war.

Wer provoziert eine Schlägerei mit einem Marine in einer Marine-Kneipe? Auf die Idee kommt nur ein Vollidiot ersten Ranges.

Millers Männer waren zurück von ihrem dritten Einsatz in Afghanistan und hatten sich darum gerissen, an der Gefechtsübung dieses Vormittags teilzunehmen. Sie waren kampferprobte knallharte Burschen, und sie waren mehr als glücklich, das jedem zu beweisen, der es bezweifelte. Und um das Ganze noch cooler zu machen, ging das Gerücht um, dass der Verteidigungsminister höchstpersönlich die Simulation im Gefechts-Hauptquartier verfolgte. Das wäre ziemlich geil – eine Gefechtsübung zu gewinnen, während der Verteidigungsminister zuschaute. Davon würde Miller seinen Enkeln erzählen.

Und sie würden diese Gefechtsübung gewinnen. Sie hatten zwei Kompanien, einen MG-Zug, zwei Kampfhubschrauber SuperCobra und einen ganzen Fuhrpark von Geländewagen, die alle zusammen gegen einen kümmerlichen Zug antraten. Sechsunddreißig Marines. Angeführt von diesem Arschloch von Kneipenschläger. Die versuchten, ein Bunkerlager zwischen Millers Position und der Straße zu halten, die mitten durch Camp Pendleton führte. Viel Glück aber auch. Bei Tagesanbruch wäre alles vorbei.

»Flankierendes Manöver. GPS koordinieren«, sagte die Stimme des Kompaniechefs. Der Captain war in einem Gefechtszelt auf einem Hügel fünf Meilen hinter ihnen und überwachte die Übung. Vielleicht ist der VM bei ihm, dachte Miller. Das wäre super.

Miller hockte sich in einem trockenen Flussbett hin. Die drei anderen Männer seines Trupps gruppierten sich um ihn herum. Miller holte sein GPS-Gerät heraus und kartierte ihr weiteres Vorgehen. Das Bunkerlager des Feindes lag drei Meilen südlich von ihrer Position. Sie konnten bis zum Rand des Lagers dem trockenen Flussbett folgen, ohne gesehen zu werden. Dann würde der Zug sich in drei Teile aufgliedern, das Lager umstellen und es mit ihrer Übermacht einnehmen. Der Captain würde Luftunterstützung anfordern, wenn sie noch eine halbe Meile entfernt waren, was der effektiven Reichweite der M4-Karabiner entsprach, die seine Soldaten mit sich führten. Standardprozedur. Nichts Ausgefallenes. In die Enge treiben und töten.

Corporal Miller funkte die anderen Truppführer an. »Haben alle das Ziel auf GPS? Breite 33.1975. Länge minus 117.38054.«

»Verstanden.«

»Dran.«

Miller wandte sich an seinen Trupp. »Wir bilden die Spitze. Rechnet mit einem Hinterhalt. Das ist ihre einzige Chance.«

Ein junger Soldat blinzelte angesichts des schwachen Lichts, das sich über den Bergen zu seiner Linken sammelte. »Wenn sie uns überfallen, sind wir tot.«

Corporal Miller verstaute sein GPS-Gerät. »Nein. Das ist ja das Tolle. Wir haben noch eine ganze Kompanie, die uns deckt. Die Alpha-Kompanie. Wenn sie uns attackieren, attackiert Alpha sie. Übung beendet.«

»Kein Scheiß«, sagte der Soldat. »Ich dachte, wir hätten nur zwei Kompanien. Das stand in den Rahmenbedingungen der Übung.«

»Na ja, das war gelogen.« Miller lächelte. »Man darf den Planern nicht trauen. Überwältigende Übermacht ist eine Sauerei. Und Krieg ist die Hölle.«

Corporal Millers Trupp lief schnell das Flussbett hinunter und blieb alle hundert Yards oder so stehen, um auf dem GPS nachzusehen und sich neu zu orientieren. Zwei Züge folgten und stapften wortlos durch den Staub. In zwanzig Minuten waren sie nur noch fünfhundert Yards von dem Ziel entfernt. Der Himmel im Osten war mittlerweile völlig orangerot. In weiteren zwanzig Minuten wäre es hell. Die Zeit zum Zuschlagen war gekommen.

Corporal Miller zischte in sein Mikrofon: »Captain, Sir, wir sind nichts Seltsamem begegnet. Kein Hinterhalt. Kein Zeichen von ihnen.«

Die körperlose Stimme des Captain knisterte durch das Walkie-Talkie: »Sie warten auf einen Frontalangriff. Vorrücken wie besprochen. Over.«

Miller ging an der sich auf knapp hundert Yards hinziehenden Reihe der Marines entlang, tippte die Corporals der einzelnen Trupps an und gab ihnen allen dasselbe Kommando: »Ihr wisst, wie's läuft. Das Ziel flankieren. Auf die Feuerunterdrückung durch Kampfhubschrauber warten. Dann Position beziehen.« Er ging zurück zur Spitze seines Trupps.

»Gehen wir.«

Corporal Miller ließ seine Männer rennen, als sie das Lager am Fuß des trockenen Flussbetts umstellten. Er benutzte sein GPS als Orientierungshilfe, während er seine Männer im Abstand von rund zwanzig Yards um das Angriffsziel herum positionierte. Als er den hinteren Rand des Flussbetts erreichte, hundertachtzig Grad gegenüber vom Rest der Kompanie und mit dem Lager zwischen ihnen, ließ er sich fallen und meldete sich bei seinem Captain. »Wir sind an Ort und Stelle und bereit für Luftunterstützung.«

»Verstanden. Drei Minuten.«

Miller richtete sich auf die Wartezeit ein. Er hatte kaum Zeit, einen Schluck Wasser zu nehmen und das Nachtzielgerät auf seinem Karabiner zu überprüfen, als er das verräterische Pochen der Hubschrauberrotoren hörte. Die Cobras, zwei an der Zahl, dröhnten vom Meer heran und schwebten zehn Yards über dem Boden gerade außerhalb von Millers Blickfeld. Miller erhob sich aus dem Flussbett, hob sein Fernglas und warf einen ersten richtigen Blick auf das Objekt.

Es waren zwei Gebäude aus Schlackesteinen, beide ein Stockwerk hoch, mit Wellblechdächern, die ein Bauernhaus im Irak oder in Afghanistan darstellen sollten. Ein Ring aus Natodraht umgab die Hütten. Die Stimme des Captain drang aus dem Funkgerät: »Corporal. Luftunterstützung an Ort und Stelle. Auf Ihr Zeichen vernichten.«

Miller suchte das Lager ab. Keine Bewegung. Sie mussten dort drinnen sein. Oder hatten sie sich als Erstes im Gestrüpp verteilt? Die Übung hatte um fünf Uhr morgens begonnen, also hätten sie genug Zeit gehabt, in die Wildnis zu verschwinden. Spielte keine Rolle. Er war kurz davor, grünes Licht zur simulierten Zerstörung der Hütten zu geben, als er eine Bewegung in einem Eingang sah. Ein Mann trat aus der Hütte ins Freie. Sofort hob Miller sein Gewehr und visierte ihn an. Tot. Im Chip seines Zielfernrohrs verzeichnet. Ein dazu passendes Gerät im Gewehr des getöteten Soldaten hätte zwitschern sollen, um dem Marine klarzumachen, dass er jetzt offiziell ein Todesopfer der Übung war.

Aber der Marine außerhalb der Hütte ging weiter. Miller senkte seinen Karabiner und nahm das Fernglas wieder in die Hand. Der Mann schwenkte die Arme. Und er war nicht in Uniform. Tatsächlich konnte Miller kaum glauben, dass er überhaupt ein Marine war. Er war dunkelhäutig, trug ein Sweatshirt und hatte einen Bauch; er war um die Hüften so breit, wie er hoch war. Und er war kein großer Mann. Knapp eins sechzig, schätzte Miller.

»Corporal Miller? Was ist los?«

»Äh. Einen Moment, Sir. Irgendwas stimmt nicht.«

»Wie bitte, Corporal?«

»Da ist ein Nichtkombattant am Ziel.«

»Nicht möglich, Corporal. Das Ziel wurde unmittelbar vor der Übung von MPs durchsucht. Da sind nur Marines. Sie irren sich.«

»Nun ja«, sagte Miller, der durch sein Fernglas schaute, »ich glaube nicht, dass dieser Typ ein Marine ist.« Hinter dem gedrungenen, dicken Mann trat ein anderer Mann aus der Hütte. Und dann noch einer und noch einer, insgesamt ein Dutzend, einer nach dem anderen und alle mit den Händen über dem Kopf. Ein paar von ihnen waren Frauen, und Miller hätte schwören können, dass zwei Kinder dabei waren.

»Sir, haben Sie das Bild der Cobra-Kameras?«

»Jetzt ja, Corporal. Unterbrechen Sie die Übung und stellen Sie fest, wer, zum Teufel, diese Leute sind.«

»Mach ich.«

Corporal Miller gab dem Rest seines Zugs das Zeichen, auf die Ebene hinauszutreten, auf der die Hütten standen. Die Marines bewegten sich langsam, die Waffen im Anschlag, über das offene Gelände bis zum Rand des Natodrahts. Die Kampfhubschrauber flogen rund zweihundert Yards weiter und wirbelten in größerer Entfernung vom Lager Staub auf. Als Miller noch zwanzig Yards von den Hütten entfernt war, blinzelte er zweimal, während er versuchte, die Realität dessen, was er vor sich sah, zu verarbeiten. Es waren ein Dutzend Menschen, alles Asiaten und aus allen Altersgruppen – von vielleicht Zehnjährigen bis hin zu Senioren –, die Sweatshirts und Daunenwesten trugen. Einer von ihnen trank Kaffee. Eine junge Frau trug ein Baby im Wickeltuch auf dem Rücken. Ein Teenager filmte das Ganze mit seinem Handy.

»Wer seid ihr?«, rief Miller ihnen zu.

Der untersetzte Mann lächelte und winkte Miller näher heran. Er schrie: »Kann Sie nicht verstehen!«

Miller trat näher heran, und der Kreis von Marines – insgesamt fünfzig –, die die Hütten umgaben, tat es ihm nach. »Ich hab gefragt, wer ihr seid und was, zum Teufel, ihr hier macht.«

Der untersetzte Mann verbeugte sich leicht. »Ich heiße Leonard Chang. Wir sind die Familie Chang. Uns gehört das China-Restaurant King Fu in Oceanside.«

Miller erkannte den Mann sofort. Er hatte ihn oft im King Fu gesehen, während er lächelnd an den Tischen vorbeiging und sich davon überzeugte, dass das Essen und der Service okay waren. Das King Fu war sein liebstes China-Restaurant außerhalb von New York City.

»Wir haben Kaffee für Sie«, sagte Leonard Chang. Er gab zwei Männern ein Zeichen, die in den Hütten verschwanden und mit Tabletts herauskamen, auf denen jede Menge Styroporbecher mit dampfendem Kaffee standen. »Für Sie alle«, sagte Leonard. Er winkte die Marines näher heran. Ein Dutzend von ihnen kamen näher und schnappten sich einen Becher Gourmetkaffee.

»Aber wie seid ihr hierhergekommen?«, fragte Miller.

»Garrett Reilly hat uns gebeten herzukommen. Er hat jedem von uns hundert Dollar gegeben und gesagt, das hier sei ein Kriegsspiel. Hat er recht?«

Corporal Miller lief ein kalter Schauer über den Rücken. Garrett Reilly war der Idiot aus der Kneipe. Er fummelte nach seinem Walkie-Talkie. Leonard Chang hielt ihm ein Handy vor die Nase. »Das ist ein Kriegsspiel, stimmt's? Garrett hat mir aufgetragen, Ihnen zu sagen, dass dieses Handy hier eine Sprengkapsel darstellt.«

Corporal Miller zuckte zusammen. Ach, du Scheiße. Er drückte die Taste seines Mikrofons, aber er wusste, es war zu spät. Sie waren reingelegt worden. Er rief: »Sir, wir sind im Arsch! Wir sind am falschen Ort!«

Leonard Chang lächelte den Corporal an. »Ich soll Ihnen sagen, dass ich ein Selbstmordattentäter bin. Und ich hab Sie gerade in die Luft gejagt. Ihr seid alle tot. Das hat Spaß gemacht, nicht?«

37

VORGESCHOBENE OPERATIONSBASIS, CAMP PENDLETON, 9. APRIL, 6:58 UHR

Captain Anthony Marsden schrie in sein Mikrofon: »Cobras, abheben! Haut dort sofort ab, verdammte Kacke!« Die Bahnen des Gefechtszelts vibrierten praktisch im Einklang mit der heftigen Wut des Captain. Sein Stab, ein Dutzend Lieutenants und Sergeants, zuckte zusammen, als sie ihn schimpfen hörten. Der Verteidigungsminister stand hinter ihnen in einer Ecke und sah schweigend zu. Er würde alles andere als glücklich sein. Ein Lieutenant warf über die Schulter einen Blick auf ihn und konnte sogar bei der herrschenden Dunkelheit sehen, dass seine blauen Augen tiefe Enttäuschung ausdrückten.

Alexis Truffant hätte am liebsten laut aufgelacht. Sie hatte während der letzten Stunde an der Seite des Ministers gestanden und mit anhören müssen, wie er murmelte, dass das Projekt bescheuert sei, dass es für Typen wie Garrett Reilly keinen Platz in den bewaffneten Streitkräften gebe und dass er die Finanzierung von General Klines DIA nach dieser Aktion zusammenstreichen würde. Und jetzt hatte Garrett Reilly sie ausgetrickst. Sie hatten ihn zu einem Duell herausgefordert, und er ließ sich nicht blicken. Und trotzdem gewann er. So ungern sie es auch tat, sie musste zugeben, dass es Spaß machte, dem Typen zuzuschauen. Er dachte nicht wie ein Offizier der Army. Sie war sich nicht sicher, wie er dachte, aber es verwirrte die Berufssoldaten ungeheuer.

»Cobras ziehen sich zurück.«

»Haltet überall auf dem Schlachtfeld nach diesen Mistkerlen Ausschau! Das hier ist noch nicht vorbei. Vernichtet sie, sobald ihr sie seht. Sie sind irgendwo dort draußen.«

»Ja, Sir. Cobra One, over.«

Captain Marsden wirbelte zu seinem Stab herum. »Wie, zum Teufel, sind diese Leute auf den Stützpunkt gekommen? Arbeiten sie alle in einem beschissenen *Restaurant*?«

Ein junger Lieutenant schob sich nach vorn. »Sir, ja Sir. Jeder kennt die Familie Chang. Sie beliefern den Stützpunkt. Jeder liebt ihr Essen, Sir. Sie haben vermutlich gestern Abend Bestellungen angeliefert und sind dann hiergeblieben.«

Alexis musste ein amüsiertes Schnauben ausgestoßen haben, denn Duke Frye wandte sich sofort zu ihr um. »Glauben Sie, das hier ist lustig, Captain? Finden Sie es amüsant?«

»Nein, Sir«, sagte Alexis und drückte das Rückgrat durch.

»Weil ich dachte, ich hätte Sie lachen hören.«

»Ich habe gehustet, Sir.«

Der Minister sah sie prüfend an.

Captain Marsden zeigte auf den Laptop auf dem nächsten Tisch. »Das GPS-Programm dort sagt, dass das Objekt fünf Meilen entfernt ist. In genau südlicher Richtung. Aber sie sind eine Meile nach Westen gegangen. Warum, zum Teufel, sind unsere GPS-Systeme nicht aufeinander abgestimmt? Wie, zum Teufel, sind meine Männer zur falschen Hütte geführt worden? Jemand muss mir diese Frage beantworten.«

»Er hat das System gehackt«, meldete sich ein Sergeant zu Wort. »Er hat alle Koordinaten verschlüsselt.«

»Das kann auf keinen Fall gehackt werden, Sir«, antwortete ein Lieutenant schnell. »Es befindet sich auf einem sicheren Netzwerk. Niemand kann da rein.«

»Jeder mit den Zugangscodes kann da rein.«

Die Köpfe im Zelt drehten sich ruckartig um, als Garrett in Jeans, einem Sweatshirt und einer Baseballmütze der Yankees hineingeschlendert kam. Er sah zerzaust und leicht außer Atem aus, und seine rechte Wange wies immer noch einen auberginenfarbenen Bluterguss auf. Ein paar Männer des Gefechtsstabs griffen nach ihren Faustfeuerwaffen, aber niemand zog sie. Garrett lächelte und hob eine Hand. »Hey, guten Morgen allerseits. Ihr seid übrigens alle tot. Mein Team hat das Zelt bereits umstellt. Wir haben jede Menge Schüsse darauf abgefeuert. Virtuelle Schüsse natürlich. Ich fände es cool, wenn ihr euch alle, äh, irgendwie hinlegen und tot spielen würdet.«

Captain Marsden ging auf Garrett zu. »Dieses Gefechtszelt war nicht Teil der Übung!«

»Nicht Teil *Ihrer* Übung, aber es war Teil *meiner* Übung.« Er stellte sich neben den Lieutenant an dem GPS-Laptop. »Die Antwort auf Ihre Frage ist jedenfalls, dass ich mir die Zugangscodes vom Server des Stützpunkts besorgt und einer Freundin von mir geschickt habe. Sie ist reingegangen und hat Ihre GPS-Server umprogrammiert, sodass sie Daten von einem falschen Download-Signal mit falschen topographischen Angaben gesammelt haben. Es war nicht leicht, aber sie ist gut. Richtig gut.«

Duke Frye ging an Alexis vorbei und stand in der Mitte des Zelts. »Sie haben militärische Zugangscodes an einen zivilen Hacker gegeben?«

»Sie ist kein richtiger Hacker. Sie ist Spieleprogrammiererin in New York. Ich meine, sie hat gehackt. Aber das ist lange her. Und sie ist nie erwischt worden, sie ist kein Black-Hat, also hat sie auch keine Vorstrafe oder so.«

Der Minister fauchte Garrett an: »Ist Ihnen klar, wie viele Gesetze Sie gebrochen haben?«

»Ich habe gewonnen. Ging es nicht darum?«

»Sie haben betrogen. Das ist nicht gewinnen.«

»Sie haben die Zahl der Bataillone gegen mich verdoppelt, ohne mir was davon zu sagen. Ist das nicht auch Betrug?«

»Nehmt ihn jetzt fest«, bellte Frye. Er winkte zwei Master Sergeants am Rand der Gruppe herbei. Die Sergeants waren von dem Befehl überrascht und zögerten. Der größere der beiden schaute seinen Captain an, der heftig nickte: Tut es. hieß das.

Alexis trat den beiden näher kommenden Sergeants entgegen und versperrte ihnen den Weg. »Er hat die Rahmenbedingungen des Spiels verändert. Das ist nicht betrügen. Es ist der Grund, warum wir ihn überhaupt erst ausgewählt haben.«

Minister Frye senkte drohend seine Stimme. »Wollen Sie wirklich in dieser Sache für ihn Partei ergreifen, Captain? Weil ich Sie genauso schnell vor ein Militärgericht stellen werde, falls Sie wussten, dass er Zugangscodes weitergeleitet hat.«

»Sie hat nichts davon gewusst«, sagte Garrett. »Ich habe es auf eigene Faust getan. Und falls Sie mich dafür ins Gefängnis stecken wollen, bitte sehr.« Er streckte die Hände aus, als sei er bereit, sich Handschellen anlegen zu lassen. »Aber ich fände es irgendwie ironisch, wenn Sie mich dafür festnehmen würden, dass ich mich so verhalte wie der Feind, den Sie besiegen wollen.«

Die beiden Sergeants schauten den Minister fragend an. Duke Frye blickte finster drein und winkte sie vorwärts. »Nehmt ihn mit.«

»Nein«, rief Alexis und wich dem ersten Sergeant aus. Sie packte sein Handgelenk und wollte ihn gerade in den Polizeigriff nehmen, als eine schroffe, missvergnügt klingende Stimme ertönte.

»Er geht nirgendwohin.« General Wilkerson, der Vorsitzende der Vereinigten Stabschefs, trat in das Zelt, flankiert von zwei Adjutanten, Navy Commanders in weißen Ausgehuniformen und blauen Windjacken. Captain Marsden, sein gesamter Stab und Alexis nahmen alle Habachtstellung ein.

Minister Frye blinzelte überrascht. »General. Wann sind Sie …?«

»Gestern Abend. Ich war in San Diego.« Er ging auf Minister Frye zu und senkte seine Stimme zu einem Flüstern. »Ich möchte Sie vor diesen Männern nicht bloßstellen, aber Sie werden ihn gehen lassen müssen.«

Frye erstarrte. »Sie haben nicht die Befugnis.«

»Der Präsident will ihn bei Anbruch der Dunkelheit in Washington haben.«

Frye straffte sich. Er stieß die Hände in die Jackentaschen. »Natürlich werde ich dem Präsidenten nicht widersprechen«, zischte er.

Wilkerson legte ihm einen Arm um die Schultern. »Es gibt keine Regeln mehr, Duke. Nirgendwo gibt es noch Regeln.«

Frye stieß verärgert die Luft aus, als ein Funkgerät im Zelt zum Leben erwachte. Es war der Pilot des ersten Kampfhubschraubers. »Sir, wir haben das Signal ihres GPS-Senders erfasst. Der Feind versteckt sich in der Messehalle Sieben an der Basilone Road. Sollen wir angreifen?«

Alle Augen im Zelt richteten sich auf Garrett, der mit leicht amüsiertem Gesichtsausdruck die Hände hob. »Wir dachten uns, dass ihr Peilsender in unserer Ausrüstung versteckt, und haben deshalb alles heute Morgen in der Messehalle liegen lassen. Wäre ja nicht ganz fair gewesen, wenn ihr uns von Anfang an gefolgt wärt.« Er lächelte. »Aber meine Jungs haben keine Jacken an, und deshalb ist ihnen draußen ein bisschen kalt. Können wir für heute Schluss machen?«

Captain Marsden ergriff das Mikrofon. »Negativ, Cobra One. Gefechtsübung ist beendet. Zum Stützpunkt zurückkehren.«

38

CAMP PENDLETON, 9. APRIL, 8:01 UHR

Der Geländewagen der Marines wirbelte Kies auf, während er von dem Gefechtszelt auf dem Hügel hinunterbrauste. Garrett saß hinten neben Alexis. General Wilkerson saß vorn neben dem Fahrer. Seine beiden Adjutanten fuhren in einem zweiten Wagen hinterher. Die Sonne war über den Bergen aufgegangen; der kalifornische Chaparral blühte in einer Explosion von Gelb- und Rottönen.

»Es wartet ein Marine-Flieger in Miramar auf Sie«, sagte Wilkerson. »Packen Sie Ihre Sachen und erscheinen Sie dort innerhalb der nächsten Stunde. Die fliegen Sie direkt nach Andrews. Der Präsident würde sich gerne morgen früh als Erstes mit Ihnen treffen.«

»Der Präsident der Vereinigten Staaten?«, fragte Garrett.

»Ja, der Präsident«, grummelte Wilkerson.

Der Geländewagen hielt vor ihrer Baracke. Der General drehte sich um, um Garrett ansehen zu können. »Reilly, ich möchte Ihnen den Rat geben, den Verteidigungsminister nicht noch mehr zu vergrätzen. Er ist ein sehr mächtiger Mann. Wenn Sie sich weiter mit ihm anlegen, wird er Ihnen das Herz rausreißen und es verspeisen, während Sie noch atmen. Verstehen Sie, was ich meine?«

»Ja, Sir«, sagte Garrett, dem der General mit jedem Moment besser gefiel.

»Ich habe erwogen, Ihnen noch einen Rat zu geben – und zwar, damit aufzuhören, sich die ganze Zeit allen gegenüber wie ein Arschloch zu benehmen –, aber es scheint für Sie zu funktionieren, also machen Sie weiter so.« Der General starrte Reilly an und zuckte mit den Schultern. »Und jetzt machen Sie, dass Sie aus meinem Geländewagen rauskommen.«

Garrett und Alexis verließen rasch das Fahrzeug. Sobald die hintere Tür geschlossen war, rumpelte der Geländewagen in einer Staubwolke davon. Alexis schaute hinter ihm her und schüttelte ungläubig den Kopf. »Der Vorsitzende der Vereinigten Stabschefs hat dir gerade den Rat gegeben, du solltest dich weiter wie ein Arschloch benehmen. Das muss eine Art Premiere sein.«

»Was soll ich sagen? Ich bin ein Trendsetter.«

Garrett ging in sein Zimmer und stopfte die wenigen Sachen, die er angesammelt hatte, in einen Rucksack, bevor er in den offenen mittleren Raum der Baracke ging, um Alexis zu treffen. Sie hatte einen Seesack neben sich stehen. Celeste, Bingo und Jimmy Lefebvre standen auf der anderen Seite des Raums. Keiner von den dreien hatte Gepäck dabei. Garrett zeigte auf sie. »Kommen sie nicht mit?«

Alexis schüttelte den Kopf.

»Ich finde, sie sollten mitkommen.«

»Sie sind nicht gefragt worden.«

»Sie gehören zum Team.«

»Ich habe keine Reisebefehle für sie.«

Garrett setzte sich auf einen Bürodrehstuhl. »Wenn sie nicht mitkommen, komme ich auch nicht mit.« Alexis starrte Garrett erstaunt an. Er wandte sich lächelnd an das Team: »Ihr wollt doch mitkommen, stimmt's? Washington, D. C.? Das Lincoln Memorial?«

Lefebvre lachte verblüfft. »Bin mir nicht sicher, ob ich schon mal jemanden wie dich kennengelernt habe.«

»Das ist nicht schlecht, stimmt's?«, fragte Garrett.

»Bin noch nie in D. C. gewesen«, sagte Celeste. »Also, ja, ich bin dabei.«

»Ich fliege wirklich nicht gerne«, sagte Bingo. Celeste funkelte ihn an. »Aber okay.«

Garrett grinste Alexis an. »Ich folge nur dem Rat des geliebten Vorsitzenden.«

Die C-37A Gulfstream der US Navy hob dröhnend von der Startbahn auf der Miramar Pacific Air Station ab, gewann über dem Pazifik rasch an Höhe und bog dann auf ihrer Route an die Ostküste nach Norden ab. Die zehn Schwenksitze auf der Innenseite des umgebauten Geschäftsjets waren aus Leder, in Dunkelblau und Türkis – nicht so exklusiv wie manche der Firmenflieger, von denen Garrett gelesen hatte, aber sehr viel schöner als alles, womit er je geflogen war. Er lachte, als Bingo und Celeste ihre Füße hochlegten und jeden Schalter betätigten, den sie finden konnten, während Alexis und Lefebvre – die einzigen wahren Nicht-Zivilisten in der Passagierabteilung – einen auf cool zu machen versuchten, indem sie Ordner mit Einweisungen hervorzogen und vorgaben, sie zu studieren. Aber Garrett konnte sehen, dass sie genauso beeindruckt waren wie der Rest von ihnen.

Garrett trank eine Cola aus dem Bord-Kühlschrank und fuhr seinen Laptop hoch. Er arbeitete eine Stunde daran, setzte sich dann auf einen leeren Sitz neben Alexis und schob den Computer auf ein Tablett vor ihr. Auf dem Bildschirm war eine dicht gedrängte Liste von Computercodes zu sehen. Alexis warf einen Blick darauf, dann auf Garrett.

»Soll mir das hier irgendwas sagen?«

»Das ist die Malware, mit der die Serverfarm von Google stillgelegt wurde. Kopien davon sind im Netz im Umlauf gewesen. Ich hab meine Freundin Mitty in New York einen Blick darauf werfen lassen.«

»Wann hast du das getan?«

»Bevor ich mir die Scheiße aus dem Leib habe prügeln lassen. Aber sie hat es mir per E-Mail geschickt, bevor wir in San Diego gestartet sind. Der Code ist sehr raffiniert.«

Alexis überflog die Zeilen. »Das musste er auch sein, wenn er in der Lage war, Google stillzulegen.«

»Leider ist das nicht mal die Hälfte.«

»Soll heißen?«

»Haben Sie von Stuxnet gehört?«

»Der Virus, der vor ein paar Jahren das iranische Kernkraftwerk angegriffen hat?«

»Tatsächlich hat er die von Siemens gebauten Zentrifugen angegriffen, die in dem iranischen Kraftwerk eingesetzt wurden.«

»Okay.«

»Es war ein sorgfältig konstruierter Wurm, der seine Identität verbarg, sobald er in einen Computer eindrang. Sobald er in einem Computer war, überprüfte er, ob der einen bestimmten System-Typ von Siemens verwendet. Falls nicht, schaltete sich der Wurm selbst aus. Aber falls er eine Siemens-Zentrifuge fand, replizierte er sich und griff die speicherprogrammierbare Steuerung an. Was große Scheiße war, weil SPS alles in dieser Welt steuern. Beinahe alles Mechanische hat eine SPS in sich. Fließbandmaschinen, Ampeln, Steuerungselemente in Flugzeugen.«

»Das Flugzeug, in dem wir sind …?«, fragte Alexis nervös.

Garrett nickte. »Es ist voll mit SPS. Sobald man anfängt, SPS mit Computerwürmern und Malware zu attackieren, ist der Hacking-Geist aus der Flasche. Deshalb waren die Leute so sauer auf Stuxnet. Und wütend auf die Länder, die ihn erschaffen haben könnten.«

»Wir?«

»Vielleicht. Oder Israel. Oder beide zusammen. Das werden wir nie mit Sicherheit wissen. Sobald Stuxnet innerhalb der Siemens-Systeme war, hat er die SPS übernommen und angefangen, falsche Befehle zu geben. Er hat die iranischen Zentrifugen aus dem Takt gebracht, sie wirklich schnell gedreht, und Zentrifugen sind heikle Dinger, aber er hat auch dafür gesorgt, dass die Maschinen falsche Messwerte anzeigten, sodass die Techniker, die sie überwachten, dachten, alles wäre in Ordnung. Die Zentrifugen haben sich gedreht und gedreht, bis sie nicht mehr konnten und kaputtgingen.«

»Dann hat der Code, den ich hier auf deinem Computer sehe, dasselbe mit den SPS von Google gemacht?«

»Hat ihre Festplatten mit der hundertfachen Höchstgeschwindigkeit laufen lassen. Sodass sie innerhalb von Minuten völlig überhitzt waren und kaputtgegangen sind. Womit die ganze Serverfarm lahmgelegt war. Und Maschinen im Wert von Millionen Dollar vernichtet waren.«

»Aber du hast ihn isoliert. Kann er aufgehalten werden?«

»Isoliert werden kann er. Und bei Google auch aufgehalten.«

»Aber nicht auf anderen Computern?«

»Mitty ist ungefähr zur Hälfte durchgekommen, aber nicht weiter, weil der Code so geschrieben war, dass er sich vierundzwanzig Stunden nach dem Einsatz selbst zerstört – im Grunde genommen auslöscht. Die Kopien waren nicht vollständig, aber sie glaubt, dass mehr dran ist. Dass er sich in Schichten unterhalb der gelöschten Code-Ebene verbirgt.«

»Warum gefällt mir nicht, was ich da heraushöre?«

»Sie glaubt, der Angriff auf Google war ein Probelauf. Um zu sehen, ob der Code bei einem stark abgesicherten Netzwerk funktioniert.«

»Also gibt es ein anderes Ziel?«

»Der Code ist komplex, und die Befehle sind verborgen. Aber es gibt Hinweise auf einen anderen Wurm, nämlich einen Begleiter, der wahrscheinlich bereits im Umlauf ist. Aneinandergereihte Buchstaben. Binärcode, der sich auf Maschinenanlagen bezieht.«

»Was für Maschinen?«

Garrett scrollte durch den Viruscode und verharrte an einer Stelle, an der viele Stop/Repeat- und Wenn/Dann-Befehle auftauchten. »Maschinen von General Electric. Besonders Siedewasserreaktoren.«

»Siedewasserreaktoren? Du meinst, wie sie in Kernkraftwerken benutzt werden?«

Garrett nickte.

»Ach, du Scheiße.«

»Wird schlimmer«, sagte Garrett. »Das Datum des Ausführungsbefehls ist heute.«

39

CHENGDU, CHINA, 9. APRIL, 21:04 UHR

Hu Mei war glücklich, obwohl sie von Menschen umgeben war, die sie kaum kannte. Sie hatte gerade das erste hausgemachte Essen seit Monaten zu sich genommen, und es war köstlich gewesen. Die Luft in dem kleinen Esszimmer war mit dem Duft von den in Sesamöl angebratenen Anissamen, Schalotten, Ingwer und Chilischoten und frisch gedämpftem Kabeljau erfüllt gewesen. Sie hatte zwei ganze Gläser Húangjĭu, gelben Wein, getrunken, was für Hu Mei selten war. Sie trank fast nie Alkohol, aber das Essen heute Abend war láo là le (sehr pikant) gewesen, so scharf, wie es in der Sichuan-Küche nur serviert werden konnte. Sie war pikantes Sichuan-Essen nicht gewohnt. Es hatte ihren Mund und ihre Zunge taub gemacht, und sie hatte den Wein gebraucht, um wieder Luft zu bekommen.

Vom Wein war sie leicht beschwipst – gerade genug, dass ihr das Esszimmer in dem alten gemauerten Haus gemütlich anstatt klein und die Familie, die sie bewirtet hatte – die Familie Lu, eine blaffende Mutter, ein mürrischer Vater, zwei lachende Onkel, eine streitsüchtige Großmutter, ein schüchternes junges Mädchen und drei überfreundliche Hunde –, amüsant anstatt fremdartig und lärmend vorgekommen waren. Sie hatten ein bescheidenes Haus an einem Abhang zwanzig Meilen außerhalb von Chengdu mit einem ungepflasterten Hinterhof, ein paar Hühnern und einem Schwein.

Einer der Onkel war ein ergebener Anhänger, mehrfach überprüft, und er hatte für den Rest der Familie gebürgt; sie wussten, wer Hu Mei war und wer hinter ihr her war, aber sie würde hier trotzdem heute Nacht in Sicherheit sein. Sobald sie ein Anhänger mit nach Hause nahm, musste der Rest der Familie aus reinem Selbsterhaltungstrieb Ruhe bewahren – es ließ sich nicht absehen, wen die Regierung festnehmen oder strafrechtlich verfolgen lassen würde. Falls man einen Landesverräter beherbergte, war die gesamte Familie verdächtig. Es war eine abstruse Logik, aber sie gereichte Hu Mei anhaltend zum Vorteil. Die Partei, hatte Hu Mei gelernt, konnte ihr eigener schlimmster Feind sein.

Die Tochter des Hauses – Mei glaubte, ihr Name sei Jia Li – räumte das Geschirr ab, wobei sie darauf achtete, kein Essen zu verschütten. Sie waren nicht reich; Essen würde nie vergeudet werden. Mei schätzte sie auf etwa elf Jahre, knochig und unbeholfen, mit gebeugtem Kopf und am Hinterkopf hochgebundenem Haar. Sie schlurfte in Hausschuhen über den Betonboden.

Das war ich vor zwanzig Jahren, dachte Hu Mei. Das Mädchen, das die Teller für die Familie abräumte und schnell das Wasser heiß machte, damit sie den Abwasch in der Küche erledigen konnte. Das war harte Arbeit für ein junges Mädchen gewesen, aber Hu Mei hatte sie erledigt, und ihre Mutter hatte ihr geholfen, wenn die Männer anfingen, über das Anpflanzen oder über das Wetter zu reden. Sie vermisste ihre Familie. Eine Welle der Traurigkeit überschwemmte sie. Sie vermisste ihren Mann Yi. Seit seinem Tod war es ein langes, einsames Jahr gewesen.

Am Tisch hatten die beiden Onkel angefangen, sich über Sport zu streiten. Irgendwas über einen Mann namens Jeremy Lin, und ob er wirklich Chinese war. Er war in San Francisco geboren worden, sagte einer der Onkel, aber seine Eltern waren Taiwaner, und das machte ihn zum Chinesen. Hu Mei hatte nur eine sehr ungefähre Vorstellung davon, wer Jeremy Lin war – sie vermutete, dass er Basketball spielte, wahrscheinlich in den Vereinigten Staaten. Einer der Onkel forderte, dass Lin nach China zurückkehren und für die Shanghai Sharks spielen sollte.

»Das ist das einzig Ehrenhafte, was er tun kann«, sagte er. »Das liegt ihm im Blut!«

Sie begannen zu schreien. Jeder hatte eine Meinung. Zu Beginn des Essens hatten sie Hu Mei mit stillem Respekt behandelt – sie war eine berüchtigte Dissidentin, und mittlerweile war jede Bekanntheit in China eine Form von Ansehen –, aber sobald jeder seine Portion Wein intus hatte, kam die wahre Familie Lu zum Vorschein, und sie war eine chaotische, sich zankende Sippschaft.

Hu Mei entschuldigte sich und schlüpfte in die Küche. Das Geschrei rückte in eine gewisse Ferne. Die Tochter spülte pflichtbewusst das Geschirr im Waschbecken ab. Mei griff sich ein kleines Geschirrhandtuch und begann mit dem Abtrocknen.

»Nein, nein«, sagte Jia Lei, die einen entsetzten Eindruck machte. Sie trat einen Schritt zur Seite, um Mei den Weg zu den nassen Tellern und Tassen zu blockieren. »Das darfst du nicht. Ich trockne ab.«

»Sei nicht albern«, sagte Hu Mei. »Sie reden über einen Basketballspieler. Basketball interessiert mich nicht. Und Basketballspieler auch nicht.« Hu Mei lächelte das Mädchen an. »Ich glaube, mich interessieren nicht mal Leute, die über Basketballspieler *reden.*«

Jia Li lachte. Sie warf einen schnellen Blick auf die Esszimmertür. »Wenn meine Mutter reinkommt, hörst du bitte auf, mir zu helfen, ja? Bevor sie dich sieht.«

Mei nickte grinsend. »Natürlich.« Sie verstand den Familienkodex: Ein Gast durfte nicht beim Spülen oder Kochen helfen. Das wäre ein unverzeihlicher Verstoß gegen die Etikette.

Jia Li machte weiter mit dem Abschrubben des Geschirrs, und Hu Mei trocknete neben ihr ab. Es bereitete ihr ein stilles Vergnügen, wieder anspruchslose Hausarbeit leisten zu können. All die Monate, in denen sie hatte Entscheidungen treffen und Menschen führen müssen, waren für Hu Mei ziemlich strapaziös gewesen. Sie sehnte sich zurück nach dem beschaulichen Rhythmus ihrer Vergangenheit. Wenn sie den im Abtrocknen fand, war ihr das ganz recht.

»Darf ich dir bitte eine Frage stellen?«, sagte Jia Li, die eine Pause im Spülen einlegte.

»Natürlich. Du kannst mich alles fragen.«

»Warum hasst du China?«

Hu Mei blieb die Spucke weg.

»Meine Mutter sagt, du willst das Land zerstören. Dass du die Regierung abschaffen willst. Und wir werden alle darunter leiden. Es gibt keine Jobs mehr. Es gibt kein Essen mehr.«

Hu Mei versuchte, ein Lächeln auf ihre Lippen zu zaubern. Wie konnte sie sich diesem Mädchen gegenüber erklären? Wenn sie eine echte Revolutionärin wäre, hätte sie eine Predigt parat, irgendwas über das Volk, die Regierung, vielleicht mit Tieren als Figuren, Fröschen oder Füchsen, damit alles leicht verständlich wurde. Einfach. Geradeheraus.

»Es ist wie beim Geschirrspülen«, sagte Hu Mei. »Es gefällt dir nicht, aber deine Eltern tragen es dir auf, also musst du es tun. Jeder hört auf seine Eltern. Aber China ist nicht dein Vater oder deine Mutter – China ist ein Land.« Ihre Stimme klang dünn und verzweifelt. Sie begann zu stottern. »Nein, was ich meine, ist …«

Jia Li starrte sie mit verwirrtem Gesichtsausdruck an. Hu Mei schnitt eine Grimasse. Sie war keine Revolutionärin. Sie war eine Bäuerin aus der Gemeinde Huaxi. Wie konnte sie den Tod ihres Mannes erklären? Die Trauer? Den Verlust ihres Hauses, ihres Bauernhofs? Die Wut ihrer Nachbarn? Wie konnte sie dieses Mädchen über die Korruption aufklären, die überall um sie herum existierte? Die dem Volk dieses Landes die Luft abschnürte?

Bevor sie ein weiteres Wort sagen konnte, trat Jia Lis Mutter in die Küche, im Arm einen Stapel schmutzigen Geschirrs. Als sie Hu Mei und ihre Tochter Auge in Auge dort stehen sah, eindeutig mitten in einem Gespräch, starrte sie die beiden missbilligend an. Sie eilte näher und legte ihr Geschirr in das Spülbecken. »Ich werde mit dem Spülen weitermachen«, sagte sie schnell und gebieterisch. »Jia Li, geh ins Bett. Auf der Stelle. Jetzt. Geh schon.«

Jia Li verbeugte sich und huschte zur Tür. Mei schauderte frustriert. Sie musste irgendwas sagen. Sie konnte dieses Kind – diese Miniaturausgabe von sich selbst – nicht mit dem Gedanken gehen lassen, dass alles, was Hu Mei getan hatte, zerstörerisch war. Böse war.

»Jia Li«, rief Hu Mei, deren Kopf plötzlich klar war. Das Mädchen blieb stehen. »Du bist ein wunderbares Kind.« Das Mädchen schaute zu ihr hoch. »Mögest du alles haben, was du dir in diesem Leben wünschst. Liebe. Reichtum. Kinder …«

Das Mädchen strahlte.

»Und Gerechtigkeit«, fuhr Hu Mei fort. »Vielleicht eines Tages sogar – *Macht*.«

Jia Li starrte Hu Mei an, vertieft in Gedanken, bevor sie aus der Küche eilte. Ihre Mutter beobachtete ihren Abgang und starrte dann wütend Hu Mei an, die instinktiv ihren Kopf einzog.

»Bitte verzeih mir mein Eindringen«, sagte Mei. »Obwohl ich für deine Gastfreundschaft dankbar bin, werde ich dir nicht weiter mit meiner Anwesenheit zur Last fallen. Ich werde meine Sachen zusammensuchen und sofort weiterziehen.«

Sie ging zur Tür, wieder ernüchtert und abgespannt, und wusste mit Sicherheit nur, dass sie heute Nacht nicht in einem gemütlichen warmen Bett schlafen würde. Vielleicht würde sie ein abgelegenes Feld und eine alte Decke finden. Und unter den kalten, trüben Sternen an ihren revolutionären Predigten arbeiten.

40

15000 MEILEN ÜBER GARY, INDIANA, 9. APRIL, 17:31 UHR

Bingo wusste, was Schwierigkeiten waren.

Er war in Oakland aufgewachsen; sein Vater war schwarz, ein Geschichtslehrer an der Highschool, aber seine Mutter war weiß, ein ehemaliges Blumenkind, dem es großes Vergnügen machte, Bewegung in die Dinge zu bringen – Streiks, Demonstrationen, ziviler Ungehorsam, was auch immer, sie war dabei. Bingo hatte sich so ziemlich jeden Tag seines Lebens für die Streiche seiner Mutter – und für ihre Hautfarbe – allen möglichen Scheiß gefallen lassen müssen. Er war verspottet, verfolgt, verprügelt worden. Deshalb versuchte Bingo, Konfrontationen um jeden Preis zu vermeiden. Und andere Menschen. Am glücklichsten war er in seinem Zimmer, bei zugezogenen Jalousien, mit einem Buch oder einem Videospiel, studierte die technischen Daten des neuesten iPhones oder analysierte Hitlers Fehler bei der Schlacht von Stalingrad.

Deshalb haute es ihn gewissermaßen um, dass er zu einem Team gehörte, dessen Auftrag darin bestand, Schwierigkeiten aufzuspüren, ihnen entgegenzutreten und sie dann in Ordnung zu bringen.

Er brauchte fünf Minuten, um ein halbes Dutzend Kraftwerke mit Siedewasserreaktoren von General Electric in den Staaten ausfindig zu machen, die sie derzeit gerade überflogen.

»Am nächsten liegt der Enrico Fermi Nuclear Generating Reactor in Point Mouillee, Michigan«, sagte er eilig. »Dreißig Meilen südlich von Detroit. Direkt am Eriesee.«

Alexis benutzte das Mobilteil vom Satellitentelefon des Flugzeugs, um die Reaktorverwaltung anzurufen und sie vor dem Virus zu warnen, aber der Schichtleiter der Anlage klang skeptisch und nicht besonders hilfsbereit. Alexis teilte ihm mit, er solle innerhalb der nächsten Stunde mit autorisierten Besuchern der bewaffneten Streitkräfte rechnen. Sie sagte, sie bräuchten Zugang zu den Computern der Anlage.

Er legte einfach den Hörer auf.

Die Sonne stand bereits kurz über dem Horizont, als der Gulfstream mit dem Sinkflug auf den Detroit Metro Airport begann. Der Pilot bat die örtliche Dienststelle der Nationalgarde über Funk darum, ihnen nach der Landung einen Wagen zur Verfügung zu stellen. Im Team wurde kurz diskutiert, wer zu dem Kraftwerk fahren und wer am Flughafen warten solle. Lefebvre wollte bei der Aktion dabei sein – Bingo hatte den Eindruck, er war scharf darauf, sich zu bewähren –, aber Alexis kehrte die Vorgesetzte heraus und ordnete an, dass Lefebvre und Celeste beim Flugzeug blieben. Sie wies Lefebvre an, mit seinem Handy die Notfallteams der Nuclear Regulatory Commission anzurufen, während sie, Bingo und Garrett zu dem Reaktor fuhren. Der Plan sah vor, die Ingenieure persönlich zu warnen und sich dann ein Exemplar des Wurms zu sichern, bevor er sich selbst auslöschte. Celeste war das ganz recht – die Vorstellung, in der Nähe eines Atomreaktors zu sein, war ihr nicht geheuer.

»Was ist, wenn der Virus zuschlägt, während ihr da seid?«, fragte sie. »Und der Laden in die Luft geht?«

»Dazu wird es nicht kommen«, sagte Bingo, der sich genauso zu beruhigen versuchte wie Celeste. »Sie werden den Kern abschalten, falls ein Problem auftritt. Sie werden sofort offline gehen. Es ist sehr sicher.«

»Erzähl das den Japanern«, sagte Celeste.

Es war achtzehn Uhr, als sie in Detroit landeten. Ein grüner Ford Taurus wartete an der Rollbahn auf sie. Alexis setzte sich ans Steuer und gab die Koordinaten für Point Mouillee auf dem Navigationssystem des Wagens ein, während Garrett auf dem Beifahrersitz Platz nahm und Bingo sich, vor sich hin summend, auf die Rückbank setzte. Bingo summte, wenn er nervös war. Sobald sie losgefahren waren, kam Lefebvre hinter ihnen her gerannt und klopfte auf den Kofferraum. Als Alexis den Wagen anhielt und das Fenster an der Fahrerseite herunterließ, hielt Lefebvre ihr seine Beretta M9 hin.

»Für alle Fälle«, sagte er. »Detroit und so.«

Alexis verstaute die Faustfeuerwaffe unter dem Fahrersitz und nahm den Highway nach Süden in Richtung des Kraftwerks Enrico Fermi. Sie waren in fünfundvierzig Minuten am Ziel. Die an ihrer Form von umgekehrten Kegeln deutlich erkennbaren Kühltürme der Anlage waren aus einer Entfernung von anderthalb Meilen durch die Bäume und die Reklametafeln am Highway zu sehen. Alexis präsentierte ihren Army-Ausweis am Tor, und der Sicherheitswachmann kontrollierte ihn schnell. Er sagte ihnen, die NRC hätte angerufen und ihren Status geklärt. Auf Bingo machte er einen zerfahrenen Eindruck, und das machte ihn nur noch nervöser.

»Alles okay?«, fragte Alexis ihn.

»Äh, ja«, sagte der Wachmann und warf einen Blick auf den Computer in seinem Torhäuschen, »ich denke schon.«

Bingo verzog das Gesicht. Kein gutes Zeichen. Der Wachmann gab ihnen Besucherplaketten und winkte sie durch. Die Anlage war riesig, hatte einen ausladenden Reaktorsicherheitsbehälter, Wasserteiche und ein Paar Kühltürme am See. Alexis fuhr zum Hauptgebäude, stellte den Wagen auf einem Besucherparkplatz ab, und dann eilten die drei hinein.

Ingenieure, Mechaniker, Manager und Notfallmedizintechniker eilten durch die Gänge, bellten in Walkie-Talkies, in Handys und sich gegenseitig an. Bingo war noch nie in einem Kernkraftwerk gewesen, aber das schien nicht normal zu sein. Ihm kam es verzweifelt vor. Garrett versuchte, nach der Richtung zum Kontrollraum zu fragen, aber niemand wollte sich die Zeit nehmen, ihm zu antworten. Ein Ingenieur mit gerötetem Gesicht zeigte einfach den Flur hinunter, während er in die entgegengesetzte Richtung rannte.

Garrett, Alexis und Bingo gingen durch eine schwere Doppeltür mit einem Stahlrahmen – und fanden sich im Chaos wieder. Der Kontrollraum des Kernkraftwerks war voller Stimmen und Bewegung: Ein Dutzend Ingenieure waren vor einer Reihe von Computerbildschirmen versammelt und riefen durcheinander und tippten hektisch auf Tastaturen. Ein Schichtleiter schien eine führende Rolle zu spielen und versuchte, den Aufruhr in etwas zu verwandeln, das einer rationalen Diskussion ähnelte. Überall klingelten Telefone, und schrille Alarmsirenen gingen im ganzen Raum immer wieder an und aus.

Der Schichtleiter – ein korpulenter Mann in einem karierten Hemd – erblickte Alexis in ihrer Army-Uniform und rannte mit bereits anklagend erhobenem Finger auf sie zu. »Woher, zum Teufel, wussten Sie Bescheid?«, schrie er. Auf seinem laminierten Schild stand »Coyle«.

»Was ist los?«, fragte Garrett.

»Wer, zum Teufel, sind *Sie* denn?«, blaffte Coyle. »Wer, zum Teufel, seid ihr alle?«

»Sie sind von einem Computerwurm angegriffen worden«, sagte Garrett. »Sie müssen mir sagen, was hier los ist.«

»Ich muss Ihnen nicht den geringsten Scheiß sagen«, erwiderte Coyle. Dann machte er ein finsteres Gesicht und schien es sich anders zu überlegen. Er wies mit der Hand auf die Reihen von Bedienungspulten. »Jeder gottverdammte Sensor in diesem Raum gibt uns unterschiedliche Messwerte. Nichts passt zusammen.«

»Das ist die Malware«, sagte Garrett. »Wir brauchen eine Kopie davon. Und Sie müssen sofort alles abschalten. Von Hand. Sie können Ihren Computern nicht vertrauen. Sie müssen offline gehen, Ihre Sicherheitsmaßnahmen sind durchbrochen worden.«

»Wenn wir abschalten, kann es Monate dauern, einen Reaktor wieder in Betrieb zu nehmen.«

»Ihre Computer werden Ihnen falsche Messwerte geben, bis

die Reaktoren ausfallen. Und dann haben Sie es mit einer Kernschmelze zu tun.«

Coyle wollte etwas erwidern, dann biss er die Zähne zusammen und wandte sich an seine Ingenieure. »Beginnt mit dem Countdown zur Abschaltung von Block zwei. Jetzt! Wir gehen offline. Schnellabschaltung in sechzig Sekunden!«

Garrett schrie hinter ihm her – »Wir brauchen eine Kopie des Wurms!« –, aber Coyle war schon weitergegangen.

»Mist«, sagte Garrett.

Bingo holte tief Luft. Nun ja, wenn er wirklich zu einem Team gehörte, das Schwierigkeiten aufspüren sollte, dann konnte er sich dieser Aufgabe auch mit Begeisterung widmen. Er schob sich an Garretts Seite. »Wo würden wir ihn finden? Den Wurm?«

»Bin mir nicht sicher. Vermutlich in dem Programm, das die Kühlstäbe steuert.«

Bingo griff in seine Hosentasche und zog einen purpurfarbenen USB-Stick heraus. Er schwenkte ihn durch die Luft. »Ich brauche fünf Minuten.«

Garrett grinste. »Du bist der Bringer.«

»Eigentlich nicht«, sagte Bingo und setzte sich vor einen unbenutzten Computer. Garrett und Alexis beugten sich über ihn, als er begann, durch Programme zu scrollen. »Aber Sie sollten den Wagen starten.«

»Warum?«, fragte Alexis, in deren Stimme sich Besorgnis schlich. »Sie haben gesagt, sie könnten den Reaktor sicher abschalten.«

»Das können sie«, sagte Bingo und schaute die beiden von unten an. »Aber jedes Kernkraftwerk im Umkreis von fünf Staaten läuft mit Kühltechnik von GE. Sie müssen alle zur gleichen Zeit abgeschaltet werden. Wahrscheinlich innerhalb der nächsten zehn Minuten. Und wenn sie das tun« – Bingo versuchte zu lächeln – »wird das gesamte Stromnetz ausfallen.«

41

CASS CORRIDOR, DETROIT, 9. APRIL, 21:01 UHR

Clarence Othello Hawkins, Bezirkshauptmann der All Mighty Vice Lord Nation, Abteilung Süd-Detroit, wusste eine Sache, und er wusste sie mit tödlicher Sicherheit: Falls ihn die Polizei von Detroit heute Nacht erwischte, würde er den Rest seiner Tage im Gefängnis verbringen. Er hatte bereits zwei Verurteilungen wegen Verbrechen auf seinem Konto – eine davon wegen eines gewalttätigen Angriffs bei einem Überfall auf einen 7-Eleven –, und eine dritte hieße, dass die Three-Strikes-Regelung zur Anwendung käme und Clarence im Knast verrotten würde, bis er so alt wäre, dass er einen beschissenen Stock brauchen würde, um aufzustehen.

Clarence war kein Trottel. Er hatte seine Fingerabdrücke von der Pistole abgewischt, die er gerade über einen Zaun geworfen hatte, aber er konnte nicht mit Sicherheit sagen, ob er sie alle abbekommen hatte. Er hatte die Waffe erst vor fünfzehn Minuten auf einen kleinen miesen Dreckskerl von den Four Corners Hustlers abgefeuert. Er glaubte nicht, dass er den Four-Corners-Dreckskerl getroffen hatte, aber vielleicht irrte er sich, und jetzt waren die Cops wegen Mordversuchs hinter ihm her. Oder der kleine Dreckskerl war gestorben. Als wenn ihm das nicht egal wäre. Er hasste die Hustler, die sich immer in sein Revier reindrängten. Aber wenn er gestorben war, wurde Clarence vielleicht wegen Mordes gesucht. Und Clarence würde auf keinen Fall lebenslänglich einfahren. Auf gar keinen verdammten Scheißfall.

Er rannte so schnell, wie ihn seine vierundzwanzig Jahre alten Beine tragen wollten, auf der Charlotte Street nach Süden in den

Cass Corridor, an den ausgebrannten Häusern und der Kirche mit dem eingestürzten Dach vorbei, dann quer über die unbebauten Grundstücke an der Second Avenue, wobei er im Laufen Unkraut niederstampfte und Müll beiseitetrat. Er warf einen Blick über die Schulter und sah, dass sich ein zweiter Streifenwagen zu dem ersten gesellt hatte. Auf beiden Wagen drehte sich das Rotlicht und erleuchtete die Nacht von Michigan, und jetzt waren ihre Sirenen auch eingeschaltet, die wie Wölfe heulten und die gesamte verdammte Nachbarschaft aufweckten. Nicht, dass irgendjemand in dieser Nachbarschaft früh ins Bett ging.

Mist, dachte Clarence, jetzt bin ich mit Sicherheit dran. Kurzfristig wünschte er, er hätte seine Pistole nicht weggeworfen. Er hätte kehrtgemacht und sie gegen die Cops benutzt, wenn sie gekommen wären, um ihn festzunehmen – wenigstens hätte er ein paar von ihnen abknallen können, bevor sie ihn umgelegt hätten. *Suicide by police.* Es gab schlimmere Arten, sich zu verabschieden. Und Clarence nahm an, dass er sowieso nicht besonders lange zu leben hätte. Nicht in den Straßen von Detroit.

Er rannte über das unbebaute Grundstück an der Ecke Second und Charlotte, weil er wusste, dass die Streifenwagen wegen der tiefen Löcher zwischen den Grasbüscheln nicht hinter ihm herfahren konnten. Er sprang über einen Maschendrahtzaun an der Peterboro, bog nach rechts ab und lief, so schnell er konnte, auf den Wohnungskomplex zu, der einen halben Block weiter vorn lag. Little J wohnte dort im ersten Stock. Js Bude quoll von Vice Lords über. Die Cops würden ernsthafte Schwierigkeiten bekommen, falls Clarence es mit seinem Arsch bis dorthin schaffte. Das wäre seine Rettung – seine Chance, einen weiteren Tag als freier Mann zu verbringen –, und in Detroit war ein weiterer Tag alles, was man wirklich verlangen konnte.

Er gab alles, was er hatte, um die Streifenwagen abzuhängen. Die orangefarbenen Halogen-Laternen zeigten ihm den Weg bis zur Haustür. Nur noch hundert Yards. Und Clarence konnte hundert Yards in zehn Sekunden abreißen. Auf der Highschool hatte er es schneller geschafft. 2006 war er Champion seines Jahrgangs gewesen. Die gottverdammte Goldmedaille hatte er geholt. War ihm allerdings egal. War außerdem auch kein echtes Gold, und mit Leichtathletik konnte man sowieso kein Geld verdienen.

Die Cops hatten einen Umweg um das unbebaute Grundstück gemacht – er würde sie definitiv abhängen. Und dann sah er es. Zwei weitere Streifenwagen jagten aus der entgegengesetzten Richtung die Peterboro herunter, direkt auf ihn zu, und schnitten ihm den Fluchtweg ab.

Verdammte Scheiße, dachte er und wurde langsamer. Er war am Arsch. Er blieb stehen und beugte sich vor, um wieder zu Atem zu kommen, und stemmte die Hände in die Hüften. Die Streifenwagen kamen auf ihn zu. Das Spiel war aus. Nun ja, es war ein gutes Rennen gewesen, zum Teil eine schöne Zeit, Partys und Mädchen und ein bisschen Geld nebenher. Er würde jetzt nicht rührselig werden, weil er ein harter Bursche war, und es gab da draußen viel schlimmeren Mist, als ins Gefängnis zu müssen. Manche Leute sagten, Gefängnis sei für einen Vice Lord wie ein Country Club, alles arrangiert mit Drogen und hübschen Schwuchteln, um die groben Jungs bei Laune zu halten. Aber trotzdem, dachte Clarence, während er einen letzten tiefen Atemzug kühler Detroiter Luft einsog, gefiel es ihm besser draußen. Draußen war gut. Drinnen war eine schwere Bürde. Er ließ rasch seine Alternativen Revue passieren, hielt nach einer letzten Möglichkeit zur Flucht Ausschau. Und dann geschah es …

Ganz plötzlich. Wie von der beschissenen Hand Gottes, dachte Clarence. Ein gottverdammtes Wunder.

Bumm!

Alle Lichter in allen Häusern und an allen Straßenecken gingen aus. Alle zur gleichen Zeit. Detroit wurde dunkel. Pechschwarz wie das Innere einer Höhle, keine Laterne, keine Lampe in einem Fenster, kein Licht in einem Haus. Nichts außer dem Mond und den Sternen am Himmel.

Jetzt, dachte Clarence glücklich, hatte die Polizei viel größere

Probleme, als nur seinen traurigen Arsch zu fassen zu kriegen. Er grinste. Und als er wieder loslief, dachte er, heute Nacht geht doch noch alles gut aus.

42

SOUTH DETROIT, 9. APRIL, 21:10 UHR

Sie waren fünf Meilen von dem Kraftwerk entfernt, als Detroit dunkel wurde. Die Laternen erloschen einfach, beginnend im Norden, am Rand von Garretts Blickfeld, und dann weiter über die platte Landschaft des Mittleren Westen nach Süden rollend wie eine Tintenwelle.

»Heilige Scheiße«, sagte Garrett.

Alexis schaltete das Autoradio ein. Die Hälfte der Sender war tot, aber ein paar gingen nach wenigen Minuten wieder auf Sendung. Sie brachten Berichte aus der ganzen Stadt: Der Netzausfall war umfangreich, ganz Detroit war ohne Strom, außerdem eine Reihe Vorstädte. In Windsor, Ontario, war auch alles dunkel, ebenfalls in Ann Arbor und nach Süden die ganze Strecke bis Toledo, Ohio.

In einem anderen Sender hieß es, in Cleveland sei es zu einem partiellen Stromausfall gekommen, während in Cincinnati alle Lichter ausgegangen seien. Chicago kämpfe noch darum, am Netz zu bleiben. Elektroingenieure im ganzen Mittleren Westen jonglierten mit Stromübertragungsleitungen und versuchten, das Licht im Zentrum des Landes am Brennen zu halten. Aber sie waren dabei, die Schlacht zu verlieren. Das Stromnetz brach zusammen.

Garrett sah diese neue Schattenwelt an den Fenstern des Wagens vorbeigleiten; es war fast völlig dunkel draußen. Ein paar Notlichter flackerten in Büropark-Fenstern, und Autoscheinwerfer begegneten ihnen auf der Straße, aber abgesehen davon war es eine Nacht, die so schwarz war wie eine im 15. Jahrhundert.

Garrett staunte darüber, wie schnell die moderne Welt derart hilflos werden konnte, einfach, indem man ihr den Strom abstellte. Es war erschreckend. Er fummelte am Navi des Wagens herum, aber es empfing kein Signal mehr.

»Ich dachte, diese Dinger arbeiteten mit Satellitenkontakt«, sagte Garrett.

»Tun sie auch«, erwiderte Bingo. »Vielleicht werden die Signale von Mobilfunkmasten weitergeleitet. Und die sind alle außer Betrieb.«

»Ich bin mir sicher, im Handschuhfach liegt eine Karte«, sagte Alexis.

»Eine Karte?«, sagte Garrett. »Meinst du eine Landkarte auf, äh, Papier?«

Alexis lachte nicht, und Garrett fischte einen eingerissenen Stadtplan aus einem Stapel von Fahrzeug- und Versicherungsdokumenten. Er war alt und verblichen, und Garrett musste das Licht seines Handy benutzen, um sie zu lesen. Er dirigierte sie nach Norden, weg von dem Kraftwerk, in die ungefähre Umgebung des Flughafens, aber sie bemerkten fast sofort glühende orangefarbene Flecken in einiger Entfernung.

»Feuer«, sagte Garrett, der im Radio die Frequenzen wechselte. »Plünderer. Vielleicht Randalierer.«

WWJ berichtete von den ersten Gebäudebränden unmittelbar südlich der Innenstadt. Polizei und Feuerwehr fuhren zu Notrufen in der ganzen Stadt. Alexis griff nach unten und schob sich Jimmys Pistole unter den Oberschenkel, um schneller dranzukommen. Garrett lenkte sie nach Osten, weg von der Stadtmitte, um den Fisher Freeway zu finden – auf dem sie direkt zum Flughafen fahren könnten –, aber die Häuserblocks waren völlig dunkel, die Straßenschilder unbeleuchtet und nicht zu erkennen, und er verpasste die Auffahrt um mehrere Blocks, wodurch sie in einem von Kämpfen gezeichneten Viertel mit heruntergekommenen Häusern und leeren Grundstücken landeten.

Garrett kannte schlimme Wohngegenden aus seiner Kindheit

und Jugend in Long Beach, aber so etwas wie dieses Viertel in South Detroit hatte er noch nicht gesehen. Die Trümmer und die Vergeudung, deren er da ansichtig wurde, jagten ihm einen Schauer über den Rücken: Reihe um Reihe düsterer, zerstörter Häuser und Gebäude, unterbrochen von unbebauten Grundstücken, die im Mondlicht zu glänzen schienen, und das Flackern der Feuer im Umkreis.

»Wow«, zischte er, »Wahnsinn.«

Alexis packte das Steuer fester. »Habe ich auch gerade gedacht«, sagte sie, und kaum hatte sie es gesagt, ertönten Schüsse hinter ihnen, das *Peng-Peng-Peng* einer Faustfeuerwaffe, deutlich hörbar über dem Motorengeräusch. Sie trat auf das Gaspedal und bog schnell auf eine breitere Straße ab. Es herrschte kaum Verkehr auf den Straßen, und auf den Bürgersteigen verbrannten Leute Abfall in den Mülltonnen. An vielen Ladenfronten waren die Schaufenster eingeschlagen, und junge Männer und Frauen mit Nahrungsmitteln, Klamotten und Elektrogeräten in den Armen kletterten aus den Geschäften. Ein paar Männer in Kapuzenjacken liefen auf die Straße, um ihnen den Weg zu versperren, aber Alexis wich ihnen aus, drückte auf die Hupe und verfluchte sie. »Idioten!«

»Immer mit der Ruhe«, sagte Garrett. »Ich kriege uns hier raus.« Er schaute wieder auf dem Stadtplan nach, aber ohne zu wissen, wie der Boulevard hieß, konnte er im Grunde nur raten.

»Biege links ab«, sagte er.

Alexis bog in die nächste Querstraße ein; auf ihrer rechten Seite war eine verschwommene Bewegung zu sehen, und dann, *bumm*, bohrte sich ein anderer Wagen in die Beifahrerseite ihres Taurus. Während der Wagen der Nationalgarde um hundertachtzig Grad herumgewirbelt wurde und sich die Außenwelt wie wild um sie drehte, war ein lautes Kreischen zu hören, und dann knallte der Wagen mit einem satten Knirschen gegen einen parkenden Kleinbus. Garrett hatte sich nicht angeschnallt – der Gurt tat ihm an den Rippen weh –, und deshalb wurde sein Körper nach vorn geknickt wie das Ende einer knallenden Peitsche.

Das Zischen austretender Flüssigkeit unterstrich die plötzliche Stille. Garretts Kopf explodierte vor Schmerzen. Blitze aus elektrisch blauem Licht zuckten durch sein Blickfeld.

»Alles okay?«, fragte Alexis, die ihre Arme nach Prellungen und gebrochenen Knochen abtastete.

»Schleudertrauma«, sagte Bingo in klagendem Ton. »Ich hab ein Schleudertrauma.«

Garrett grunzte wortlos, sein Kopf war ein einziger Schmerz. Vier Männer in Kapuzenjacken kletterten aus dem Wagen, der sie gerade gerammt hatte. Einer hatte eine Brechstange in der Hand, ein anderer eine Schusswaffe.

»Mist«, sagte Alexis, stieß die Fahrertür mit dem Fuß auf und sprang mit Lefebvres Pistole in der Hand aus dem Auto. Sie rief den Männern zu: »US Army! Bleibt ruhig stehen!«

Der Mann mit der Pistole schoss dreimal in rascher Folge auf Alexis. Der Knall der Waffe war ohrenbetäubend, aber die Geschosse pfiffen an Alexis vorbei, ohne sie zu treffen, und sie hob ihre eigene Pistole und erwiderte das Feuer mit zwei schnellen Schüssen. Der Mann mit der Schusswaffe drehte sich, in die Schulter getroffen, um seine eigene Achse und fiel zu Boden. Die anderen drei Männer rannten in verschiedene Richtungen davon und verschwanden in der Dunkelheit.

»Ich glaube, ich habe ihn getroffen«, sagte Alexis und duckte sich zurück in den Wagen. Sie schaute Garrett an, der zur Fahrertür kroch, weil seine klemmte. Sie zuckte zusammen, als sie sein Gesicht sah. »Du blutest ja.«

Garrett stemmte sich vorn aus dem Wagen, und Bingo tat hinten das Gleiche. »Mir geht's gut«, sagte Garrett, der sich Blut von der Stirn abwischte, während ihm der Schmerz den Schädel zerriss. Er schaute zu dem Mann hinüber, der geschossen hatte. »Und du hast ihn definitiv getroffen.«

Alexis packte Garrett am Arm. »Wir müssen hier verschwinden. Kommt mit.« Die drei liefen los, aber es war stockfinster, die einzigen Lichter waren eine vereinzelte Kerze in einem Fenster oder der Kegel einer Taschenlampe in einem Hof. Hinter ihnen konnten sie den Verwundeten schreien hören: »Die Schlampe ist da runtergelaufen!«

Garrett konnte in der Dunkelheit keine Straßenschilder erkennen, und selbst wenn – er hatte den Stadtplan im Auto gelassen. Er und Alexis rannten, so schnell sie konnten, und Bingo bildete keuchend die Nachhut. Garrett glaubte, spüren zu können, wie sich der Riss seiner Schädelfraktur weitete, aber das war nicht möglich, oder? Alexis lief schneller als er und hatte jetzt die Führung übernommen. Sie zeigte auf eine Gasse – »In diese Richtung!« – und lief hinein. Garrett versuchte, mit ihr Schritt zu halten, aber mittlerweile pochte sein Schädel. Bingo kam hinterher und schnaubte: »Wartet auf mich, wartet auf mich!«

Als Garrett einen Maschendrahtzaun erreichte, griff Alexis aus der Dunkelheit nach ihm, packte seinen Arm und zerrte ihn durch ein Tor und in einen Hinterhof. Dann griff sie nach Bingo, und die drei duckten sich und schlichen zur Hintertür eines mit Brettern zugenagelten Hauses. Garretts Blick trübte sich, und die Dunkelheit der Nacht machte es nicht besser. Sein Gehirn stand in Flammen. Er hörte Holz knacken und nahm an, es sei Alexis, die eine Tür eintrat, aber er konnte nichts sehen. Jemand packte ihn am Arm, führte ihn ein paar Schritte und legte ihn dann auf eine alte Matratze.

Er konnte Alexis' Stimme hören. »Garrett? Kannst du mich verstehen?«

Garrett nickte und sagte sehr leise: »Kopf tut weh. Ziemlich schlimm.«

»Okay«, flüsterte Alexis. »Bleib ganz ruhig.«

Sie drängten sich schweigend in dem leer stehenden Haus zusammen. Der Geruch nach nassem Holz und faulendem Teppich wurde von dem Gestank nach Urin durchsetzt. Garrett versuchte, nicht durch die Nase zu atmen. Er glaubte, in einiger Entfernung Leute rennen und rufen zu hören, aber sie waren schnell vorbei, und dann hörte Garrett Alexis in ihr Satellitentelefon zischen, während sie der Person am anderen Ende der Leitung zu erklären versuchte, wo sie gelandet waren. Garrett versank in die Bewusstlosigkeit, und als er aufwachte, war das Haus immer noch dunkel, und Alexis hatte seinen Kopf in ihre Arme gebettet, und ihre kühle Hand streichelte ihm über die Stirn.

Ungeheure Freude erfüllte ihn. Er hielt die Augen geschlossen und tat so, als schliefe er, aber Alexis beugte sich zu ihm hinunter. »Ich weiß, dass du wach bist.«

Garrett lächelte. Der Kopf tat ihm immer noch weh, aber etwas weniger als zuvor. »Hör nicht auf. Das gefällt mir.«

Alexis ließ ihre Hand auf seiner Stirn liegen. »Die Nationalgarde schickt jemanden, der uns finden soll, aber das kann eine Weile dauern.«

Garrett lächelte vor sich hin und dachte: Die können so lange brauchen, wie sie wollen. Er schlug die Augen auf. »Du hast heute Nacht deine Waffe gebraucht. Zum ersten Mal. Wie fühlst du dich?«

»Ich hab nicht gedacht, dass es in meinem eigenen Land wäre«, erwiderte sie mit einer gewissen Traurigkeit in der Stimme.

»Wer das getan hat, wusste genau, wo unsere Schwachstellen sind. Hat ein Elektrizitätswerk in der Stadt lahmgelegt, die ohnehin ein einziges Notstandsgebiet ist.«

»Sie hätten keine Ausschreitungen vorhersagen können.«

»Ich glaube schon«, sagte Garrett. »Ich glaube, das haben sie getan. Wir haben seit vier Jahren eine Rezession. Manche Städte stehen am Abgrund. Gehört nicht viel dazu, verzweifelte Menschen über die Kante zu schubsen. Sie müssen nichts anderes tun, als Zeitungen zu lesen und die Fernsehnachrichten einzuschalten. Amerika ist reif für Ausschreitungen. Das wussten sie. Es ist unsere Schwäche, und die haben sie ausgenutzt.«

Alexis saß still da, und ihre Hand glättete die Haut auf Garretts Stirn. »Es geht immer schneller«, sagte sie. »Was immer sie vorhaben. Es spitzt sich zu – und wir haben nicht viel Zeit, oder?«

»Haben wir nicht«, sagte er und spürte, wie sich ihre Finger anspannten. »Bingo hat den Stick?«

»Den hab ich, Boss«, sagte Bingo aus dem Dunkel. »Keine Sorge.«

Garrett wollte noch etwas sagen, weiterreden, aber er war merkwürdigerweise derart glücklich, in einem verlassenen Haus in einem ausgebombten Viertel auf einer verrotteten Matratze zu liegen, in den Armen einer Frau, zu der er sich sowohl hingezogen fühlte, aber auch wütend auf sie war, dass er sich nicht dazu bringen konnte, die Wörter zu bilden. Stattdessen sagte er: »Tut mir leid.«

»Was?«

»Alles.«

Damit schloss er wieder die Augen und versank in Schlaf.

43

PEKING, 10. APRIL, 10:44 UHR

Diplomatie mit den Chinesen war in den Augen des US-Botschafters Robert Smith Towson zeremonielles Theater. Ein sorgfältig choreographiertes, dramatisches Versatzstück mit einem ersten Akt, einem Zwischenspiel, einem zweiten Akt, gelegentlich einem Umschwung oder einer Überraschung, der Wiedereinführung eines frühen Plot Points und dann einer hübsch verpackten Auflösung. Jeder Schauspieler und jede Schauspielerin kannte seine oder ihre Rolle, wusste, was erwartet wurde und wie das Drama ausgehen würde.

Aber diesmal nicht.

Towson war ein China-Mann von Beruf. Er hatte Asienwissenschaften in Harvard im Hauptfach studiert, Mandarin im Nebenfach, hatte fünf Jahre für das Außenministerium der USA in Peking verbracht, bevor er ins Zivilleben zurückkehrte, um eine chinesisch-amerikanische Beratungsfirma in Hongkong zu gründen. Towson hatte nach seinem Examen tatsächlich nur ein Jahr lang in den Vereinigten Staaten gelebt, sodass er die Rituale des diplomatischen Zeremonialtheaters verstand, und er wusste, wenn ein chinesischer Diplomat mauerte, heuchelte oder schlichtweg log. Aber heute machte Xu Jin, der Leiter des chinesischen Ministeriums für Staatssicherheit, etwas völlig anderes.

Das zeremonielle Theater war aus den Fugen geraten.

Ja, Xu Jin hatte gemauert, als Towson ihn fragte, ob er etwas über die Cyberattacke auf die Serverfarm von Google wisse, was Towson zu dem Schluss kommen ließ, dass er etwas wusste, sich aber von diesem Wissen zu distanzieren versuchte.

Schön und gut, dachte Towson. Glaubwürdige Bestreitbarkeit lautete die Devise. Parade, Ausfall.

Ja, er hatte geheuchelt, als Towson seine Haltung in dem feudalen Sessel mitten in dem großen Sitzungssaal tief im Innern des Zhongnanhai-Komplexes neben der Verbotenen Stadt wechselte und sagte, sie hätten den Virus zu chinesischen Hackern zurückverfolgt. Xu Jin, der sich seinerseits in seinem Sessel anders hinsetzte, um es Towson gleichzutun, hatte erwidert, China sei ein großes Land und er könne unmöglich alle jungen Menschen mit Zugriff auf einen Computer überwachen. Diese jungen Leute, hatte er gesagt, täten merkwürdige Dinge mit ihren teuflischen Computern.

Das entsprach wiederum den Erwartungen: Eine stillschweigende Anerkennung, dass der chinesische Staatssicherheitsapparat wusste, es waren einheimische Hacker, die dafür die Verantwortung trugen, aber ob es mit Billigung der Regierung geschehen sei, war eine völlig andere Geschichte. Towson nahm an, dass sie es nicht nur gebilligt, sondern höchstwahrscheinlich auch ermutigt hatten. Vielleicht sogar bezahlt hatten. Radikalnationalistische chinesische Hacker waren ein Segen für die Regierung, besonders für das Militär, weil sie glücklich waren, Stunden – sogar Wochen und Monate – damit zu verbringen, per Cyberwar in der ganzen Welt vermeintliche Feinde anzugreifen, und sie waren der Regierung in keiner Weise verpflichtet. Sie waren junge, arbeitslose oder unterbeschäftigte Programmierer, und sie brannten vor patriotischer Leidenschaft.

Natürlich wusste Towson auch, dass sie Xu Jin und seine Sicherheitslakaien extrem nervös machten. Vom Schikanieren ausländischer Feinde bis zur Attacke auf die Internet-Überwachungsmaschinerie der chinesischen Regierung war nur ein kleiner Schritt. Ein kleiner Schritt im Internet zumindest.

Und Xu Lin hatte gelogen, als er behauptete, die chinesische Regierung betrachte einen Angriff auf die nationale Versorgungs-Infrastruktur der Vereinigten Staaten zugleich als Bedrohung der chinesischen Infrastruktur. Die Chinesen hätten mit großem Bedauern von den Ausschreitungen und den innerstädtischen Schwierigkeiten in den Vereinigten Staaten gelesen, sagte Xu Jin. Das war Unsinn, und Towson wusste das. Die Chinesen fanden es nicht unter ihrer Würde, angesichts von Schwierigkeiten ihrer Feinde, vermeintlicher oder echter, Schadenfreude zu empfinden. Und gewalttätige Ausschreitungen in einer Großstadt im Herzen Amerikas gab nur der nationalen Mythologie einer überlegenen chinesischen Arbeitsmoral und zukünftiger Größe neue Nahrung.

Und daher hatten sie sich der Auflösung des Theaterstücks zugewandt: Towson brachte Xu Jin gegenüber einige nicht sonderlich verhüllte Warnungen zum Ausdruck, falls es zu Einmischungen der Chinesen in die inneren Angelegenheiten eines souveränen Staates käme, womit natürlich die Vereinigten Staaten gemeint waren. Er ging sogar so weit zu sagen – und das war von niemand anderem als dem Präsidenten Mason Cross persönlich abgesegnet worden –, dass die Vereinigten Staaten eine Häufung solcher Einmischungen durch China als Akt der Aggression betrachten könnten. Xu Jin hatte – wie erwartet – angesichts dieser Drohungen große Entrüstung und äußerste Verstimmung vorgetäuscht. Mit diesen Dingen hatte China nichts zu tun. »Wir können nichts für die ökonomischen Defizite Ihres Systems.«

Anspielungen auf einen Krieg wurden von einer Supermacht einer anderen gegenüber nicht leichtfertig gemacht. Aber der Präsident und das Außenministerium mussten es sich in diesem Fall gut überlegt und das Gepolter der Chinesen vorhergesehen haben, weil Xu Lin, fast ohne zu zögern, zu seiner Antwort ansetzte, als hätte er sehr wohl mit dieser Drohung gerechnet. Er hatte sie erwartet, und er parierte sie wie ein echter Profi.

Aber beim allerletzten Schritt des Rituals wich das Theaterstück völlig vom Drehbuch ab. Und es bedurfte eines Mannes von Towsons Erfahrung in diplomatischen Dingen, um überhaupt zu merken, dass sein Gegenüber seinen Text vergessen hatte wie ein Schauspieler mit Lampenfieber. Als Towson aufstand, um den

Sitzungssaal zu verlassen, hatte er seiner Hoffnung Ausdruck verliehen, dass ihre beiden Nationen zu einer diplomatischen Lösung ihrer derzeitigen Differenzen fänden und dass es nur eine Frage der Zeit sei, bis alle Missverständnisse zwischen ihnen ausgeräumt sein würden.

Ja, hatte Xu Jin ihm beigepflichtet.

Und, hatte Towson beiläufig hinzugefügt, er hoffe, die chinesische Regierung sähe sich in ihrem Land nie mit Schwierigkeiten konfrontiert, die denen vergleichbar wären, mit denen sich Amerika derzeit herumschlagen müsse. »Ihr Tiger ist noch in seinem Käfig«, hatte Towson gesagt.

Woraufhin der Minister erstarrt war, ein gezwungenes Lächeln auf seinem breiten, fleischigen Gesicht. Dieser Zustand der Lähmung dauerte nur eine Sekunde – vielleicht zwei –, aber er sprach Bände. Dann hatte Xu Jin wütend geantwortet: »Was meinen Sie denn damit?«

Towson starrte ihn überrascht an. »Ich meine nur, dass wir Ihnen Ruhe und Wohlstand wünschen.«

Xu Jin errötete leicht, bevor er seine Fassung wiedergewann, und sagte: »Ja, natürlich, das hoffen wir beide. Ruhe und Wohlstand ist unser Ziel. Für beide Nationen.«

Aber der diplomatische Tanz war schiefgegangen. Towson hatte es gesehen. Und Xu Jin wusste, dass Towson es gesehen hatte. Er wurde schnell von zwei unbedeutenden Funktionären aus dem Raum durch den Flur in den Hof zu seiner wartenden Limousine geführt. Und als Towson hinten in der Limousine saß und durch die bevölkerten Straßen Pekings gefahren wurde, beschäftigte ihn nur ein Gedanke:

Was, zum Teufel, hatte das zu bedeuten?

44

WASHINGTON, D. C., 10. APRIL, 10:23 UHR

Die Nationalgarde kam Alexis, Bingo und Garrett zu Hilfe, aber sie brauchte vier Stunden nach dem ursprünglichen Anruf. Der Lieutenant, der sie fand, führte zu seiner Entschuldigung an, es sei eine ziemlich anstrengende Nacht gewesen, weil halb Detroit in Flammen stünde und so. Sie brachten Garrett zum Krankenhaus der University of Michigan in Ann Arbor, wo man ihn über Nacht zur Beobachtung dabehielt, die Ärzte aber nichts feststellen konnten – außer einer heilenden Schädelfraktur – und ihn auf eigene Gefahr entließen.

Während dieser Wartezeit bewahrte Bingo den Stick sicher in seiner Tasche auf. Als sie bei Tagesanbruch wieder ihren Navy Gulfstream bestiegen, gab Bingo ihn Alexis, und Garrett wies sie an, ihn – per Express – zu einer Adresse in Queens zu schicken. Mitty würde sich um den Rest kümmern.

Mittlerweile kam es Garrett, der auf dem Rücksitz einer weiteren Geländelimousine saß und durch den mittäglichen Verkehr von Washington, D. C. brauste, so vor, als sei der ganze Detroiter Albtraum eine Ewigkeit her. In Wirklichkeit waren es weniger als zwölf Stunden. Die Stadt war zusammen mit großen Teilen von Cleveland und dem Zentrum Toledos in Flammen aufgegangen. Chicago hatte ein ähnliches Debakel weitgehend dadurch vermieden, dass sein Police Department in dem Moment, als die Lichter ausgingen, in die gesamte Innenstadt ausgeschwärmt war. Der Rostgürtel war seinem Ruf als Vorreiter des amerikanischen Verfalls und inzwischen als Speerspitze amerikanischen Missvergnügens gerecht geworden. Es war der Aufmacher in jedem Nachrichtensender in jedem Land rund um die Welt.

Amerika stand in Flammen.

Alexis saß ihm im hinteren Teil der Geländelimousine gegenüber. Bingo, Celeste und Jimmy Lefebvre waren im Hotel geblieben, zufrieden damit, sich Essen vom Zimmerservice bringen zu lassen und fernzusehen, weil sie nur zu gut wussten, dass ihnen kein Wutausbruch von Garrett zu einer Einladung ins Weiße Haus verhelfen würde. Er hatte sie vielleicht nach Washington gebracht, aber sich mit dem Präsidenten an einen Tisch zu setzen, das war eine ganz andere Geschichte.

Garrett starrte durch das Fenster auf die Regierungsgebäude, aber er konnte spüren, dass Alexis ihn beobachtete. Was sich in der vergangenen Nacht zwischen ihnen beiden abgespielt hatte, war intensiv gewesen. Emotional und physisch intensiv. Dass sie bei ihm geblieben war, ihn gehalten hatte, sein Kopf in ihrem Schoß. Es hatte sie auf eine Weise miteinander verbunden, die Garrett zuvor noch nicht erfahren hatte. Er hatte nicht das Gefühl, in sie verliebt zu sein oder sie besser zu kennen, sondern eher, dass er an ihrer Seite verletzlicher gewesen war als bei irgendeiner anderen Frau – oder einem anderen Mann, was das betraf –, und das war nun nicht mehr zurückzunehmen. Eine seltsame Art, zwei Menschen miteinander zu verbinden, dachte Garrett, aber jetzt waren sie miteinander verbunden, ob sie wollten oder nicht.

Die Geländelimousine fuhr vor den Besuchereingang an der Ostseite des Weißen Hauses, vorbei an einer Schar Marines in blauen Paradeuniformen und lauernden Agenten des Secret Service. Ihre Ausweise wurden überprüft und dann noch einmal überprüft, und dann wurden sie rasch aus dem Wagen über eine Treppe in das weißglühende Zentrum des Universums geführt.

45

DAS WEISSE HAUS, 10. APRIL, 11:02 UHR

Als er Garrett Reilly in das Oval Office kommen sah, war Major General Klines erster Gedanke, dass der Junge schrecklich aussah. Blass, geschwächt, ein bisschen desorientiert. Aber das geschah mit einem, wenn man das Weiße Haus betrat. Kline erinnerte sich an seinen ersten Besuch in dem großen Haus vor fünfzehn Jahren und drei Regierungsperioden, und wie verdammt sicher er gewesen war, dass er sich direkt dort vor Präsident Bush und all seinen Ratgebern in die Hose pinkeln würde. Aber bei genauerem Hinsehen schien Reilly nicht nervös oder besorgt zu sein. Er sah nur so aus, als sei er verprügelt worden, blaue Flecken im Gesicht, eine Naht am Kinn, eine Platzwunde über dem Auge. Kline hatte natürlich alles über die Kneipenschlägerei in Oceanside, die Schädelfraktur, den THC-Spiegel in seinem Blut und die Nacht in einem verlassenen Haus in Detroit gelesen. Eine dieser Erfahrungen konnte dafür sorgen, dass ein junger Mann nicht so gut aussah, wie er aussehen konnte; aber wenn man alles zusammennahm, war das wirklich eine große Belastung für den Betreffenden.

Kline beobachtete gerne Leute, die unter Stress standen. Dabei zeigten sie ihren wahren Charakter. Und er musste verstehen, aus welchem Holz Garrett Reilly geschnitzt war. Kline vermutete, dass sein Job davon abhing. Er war der Architekt dieses Projekts, und seine Karriere war eng mit dessen Erfolg oder Scheitern verknüpft. Zum Teufel, dachte er, das Schicksal der Nation war genauso eng mit dem Erfolg oder Scheitern dieses Projekts verknüpft.

Da war noch irgendwas an Reilly, was ihm anders vorkam. Es

lag nicht daran, dass er einen dunkelgrauen Anzug und eine seriöse Krawatte trug – beides hatte Kline gestern für ihn bestellt, damit er dem Präsidenten in etwas anderem als Jeans und T-Shirt gegenübertrat. Kline konnte zunächst nicht recht sagen, woran es lag, aber als er Garrett Reilly dann die Hand gab, begriff er, dass der Junge älter aussah. Physisch älter, ja, und das lag vermutlich zum Teil an den Verletzungen, aber auch emotional älter. Der Junge war erwachsen geworden. Und das bewirkte, dass Kline sich besser fühlte. Sicherer. Vielleicht würde dieses Treffen angenehmer verlaufen als das letzte.

Präsident Mason Cross' schleppende Redeweise riss Kline aus seinen Gedanken und zwang ihn dazu, sich auf das zu konzentrieren, was gerade verhandelt wurde.

»Ich hörte, Sie sind gestern Nacht nur knapp davongekommen«, sagte Präsident Cross, während er Garrett die Hand schüttelte und ihn mit einem kühlen, vertrauten Lächeln fixierte. Der Präsident, ein braun gebrannter 45-jähriger Mann, war im Grunde seines Herzens Verkäufer: Er hatte ein Vermögen damit gemacht, Krankenhäuser in Tennessee aufzukaufen und sie in Privatkliniken zu verwandeln, und er hatte das erreicht, indem er alle daran beteiligten Ärzte dazu bewogen hatte, ihm die Verantwortung für ihre Zukunft zu übertragen. Es war eine gute Entscheidung für die Ärzte gewesen – und für Cross. Major General Kline war nicht so sicher, ob sie auch gut für die Patienten gewesen war, aber man konnte es nicht jedem recht machen. Mittlerweile, wo mehrere Krisen an mehreren Fronten aufbrachen, glaubte Kline nicht, dass es ein Verkäufer war, den das Land brauchte. Aber Cross war das, was das Land hatte, und deshalb nahm er an, dass sie irgendwie klarkommen mussten.

»Herr im Himmel, was für eine Katastrophe.« Präsident Cross gab Garrett mit einer Handbewegung zu verstehen, dass er sich auf eine Couch setzen solle, und das tat der Junge auch ein wenig steif. Er hatte wohl immer noch Schmerzen, dachte Kline. Er warf Captain Alexis Truffant einen Blick zu, die nicht von Garretts

Seite wich, Kline aber taktvoll zunickte. Ob zwischen den beiden irgendwas läuft?, dachte Kline rasch, aber dann schob er den Gedanken beiseite. Truffant würde nicht zulassen, dass es zu so etwas kam. Oder doch?

»Achtzehn Menschen sind gestern Nacht in Detroit gestorben«, sagte der Präsident. »Vier in Toledo.« Er schüttelte fassungslos den Kopf. »Ihre eigene Stadt so zu zerlegen. Ich kann nicht behaupten, dass ich es begreife. Nun ja, wir sollten dankbar sein, dass es Sie nicht schlimmer erwischt hat. Wie geht es Ihnen?«

»Ziemlich gut, Mister President«, sagte Garrett, ohne eine Gefühlsregung preiszugeben, die Kline entdecken konnte. »Der Kopf tut ein bisschen weh. Ich werd's überleben.«

»Nun ja, das ist gut, weil das ein wertvoller Kopf ist, den Sie da haben«, sagte der Präsident lächelnd. »Eine Menge grauer Zellen, die für unser Land hilfreich waren, soviel ich gelesen habe. Sie haben uns gute Informationen weitergegeben. Sehr gute Informationen.«

»Vielen Dank, Sir.«

»Danken Sie nicht mir. Danken Sie unserem Herrgott, der Sie zu dem gemacht hat, was Sie sind, stimmt's?«, sagte Präsident Cross und schaute Garrett in die Augen.

Garrett starrte den Präsidenten an, und sein Gesicht verriet eine leichte Verwirrung. Die Worte des Präsidenten hingen in der Luft, während Garrett nichts erwiderte. Kline musste sich am Riemen reißen, um nicht laut zu lachen – er konnte Cross' oberflächliche Frömmigkeit nicht ertragen, und Garrett war eindeutig verdutzt. Nach seinen Informationen über Reilly glaubte er nicht, dass der Junge je einen Fuß in die Kirche gesetzt, geschweige denn zu Gott gebetet hatte.

Cross überspielte die peinliche Situation ganz wie ein Verkäufer, indem er noch mehr redete. »Wissen Sie, warum ich Sie heute hierhergebeten habe, Mr Reilly?«

»Um Sie darüber zu unterrichten, was wir gefunden haben, Sir?«

»Nein, mein Sohn«, sagte der Präsident kopfschüttelnd. »Ich habe Leute, die mich Tag und Nacht über Dinge unterrichten, bis es mir zu den Ohren rauskommt, vielen herzlichen Dank. Nein, Gott weiß, dass ich keine Unterrichtung mehr brauche.«

Alexis Truffant warf Kline einen schnellen Blick zu, der fast unmerklich nickte. Dies war der richtige Moment, dachte er. Aber er überließ dem Verkäufer im Raum das Reden.

»Ich liebe dieses Land, Mr Reilly. Ich liebe es sehr. Und ich werde alles tun, was nötig ist, damit es weiterhin sicher bleibt. Ich werde mein Leben für die Vereinigten Staaten von Amerika hingeben. Und ich nehme an, dass jeder in diesem Raum genauso empfindet.« Der Blick des Präsidenten traf auf eine Welle ernsten Kopfnickens und gemurmelter Zustimmung. Kline fiel allerdings auf, dass Reilly nicht reagierte. Vielleicht hat der Junge sich doch nicht so sehr geändert, dachte Kline, und ist psychologisch nicht in der Lage, sich dem Programm anzuschließen.

»Und wie Sie mir und vielen anderen in der Regierung deutlich genug gemacht haben, wird diese große Nation – die zweihundert Jahre lang ihre Unabhängigkeit bewiesen hat – angegriffen. Durch einen mächtigen und doppelzüngigen Feind. Einen Feind, der anscheinend seine Absichten nicht erklären möchte und sich trotzdem daranmacht, uns jeden Tag Schaden zuzufügen, schneller und schneller, auf eine Weise, die wir noch vor wenigen Monaten für unmöglich gehalten hätten. Stimmt das nicht, Mr Reilly?«

Garrett zögerte und nickte dann. »Ja, Sir. Das stimmt. Glaube ich.«

»Städte brennen. Der Immobilienmarkt bricht zusammen. Unsere Währung ist unter Beschuss. Der Aktienmarkt wird attackiert. Sie treffen uns hart. Körpertreffer. Und diese Treffer fordern ihren Tribut. Ich glaube, ich übertreibe nicht, wenn ich sage: Wir hängen in den Seilen. Aber sie haben nicht mal eine einzige richtige Rakete gestartet oder ein Gewehr abgefeuert. Keine Geschosse fliegen auf uns zu. Jedenfalls keine echten. Und niemand weiß irgendetwas über die Instrumentierung des Ganzen. Das amerikanische Volk tappt völlig im Dunkeln. In der Story auf Fox News vor zehn Minuten hieß es, für den Ausfall der Kernkraftwerke wäre eine kleine Softwarepanne verantwortlich. Eine Panne? Hah!«

Präsident Cross schüttelte den Kopf, schwieg einen Moment, bevor er aufstand und begann, in dem Raum auf und ab zu gehen. Während er sprach, wandte er den Kopf immer wieder Garrett zu. »Mr Reilly, ich würde die volle Stärke des US-Militärs gegen die Chinesen von der Leine lassen – ich würde ihnen die Hölle heißmachen –, wenn ich der Überzeugung wäre, dass es für unser Land das Beste wäre. Aber die Chinesen sind im atomaren Bereich genauso leistungsfähig wie die Russen. Vielleicht sogar noch mehr.«

Präsident Cross holte Luft, ging noch einen Schritt weiter und wedelte mit den Händen durch die Luft. »Ich wäre nicht ehrlich, wenn ich behaupten würde, dass es in meiner Regierung nicht einige Leute gäbe, die hart darauf drängen, dass wir auf das, was da vor sich geht, mit traditionellen militärischen Maßnahmen reagieren. Aber ich bin mir nicht sicher, dass wir das riskieren können. Damit will ich nicht sagen, wir könnten nicht siegen, aber allmächtiger Herrgott – was wäre das für eine Geschichte.«

Der Präsident verstummte, rieb sich das Kinn, schüttelte den Kopf. »Langer Rede kurzer Sinn, Mr Reilly: Wir können nicht in altbewährter Manier vorgehen. Wir müssen schlau sein. Wir müssen geheimnisvoll sein. Wir müssen unserem Feind einen, zwei, vielleicht drei oder vier Schritte voraus sein. Wir brauchen eine moderne, unkonventionelle Führung.«

Der Präsident blieb genau vor Garrett, der auf der Couch saß, stehen. Er zeigte mit einem langen, schlanken Finger auf den jungen Mann. »Sie sind der Mann, den wir brauchen.«

Falten bildeten sich an Garretts Mundwinkeln. Kline glaubte, sehen zu können, wie der junge Mann leicht blass wurde. »Wie bitte?«, fragte Garrett.

»Ich möchte, dass Sie einen heimlichen Krieg gegen die Chinesen betreiben. Sie werden alle Mittel bekommen, die Sie brauchen. Geld, Menschen, Technologie. Was immer Sie wollen, es steht zu Ihrer Verfügung. Sie werden die gesamten Kräfte dieses eindrucksvollen Gehirns, das Sie haben, antreten lassen und damit hart, wie mit einem Hammer, auf unsere Feinde einschlagen. Ich möchte, dass Sie auf sie einschlagen, damit sie nicht mehr wissen, wo oben und unten ist. Und ich möchte, dass Sie es auf eine Weise tun, die sie nicht kommen sehen. Und was genauso wichtig ist, ich möchte, dass Sie es so tun, dass es niemand bemerkt. Keine Kugeln, keine Raketen. Wir können nicht zulassen, dass die Öffentlichkeit erfährt, dass wir einen Krieg mit China führen. Auf gar keinen Fall. Niemand außer ein paar Leuten, bei denen wir es für notwendig erachten, dürfen irgendetwas hiervon wissen. Wenn die Öffentlichkeit hiervon Wind bekäme, wären die Folgen unermesslich und potenziell katastrophal. Für unsere Wirtschaft. Für die Welt. Sie werden unsere Feinde attackieren, ihnen eine deutliche Niederlage bereiten, und niemand wird etwas bemerkt haben. Es wird so sein, als hätte das alles nie stattgefunden.«

Schweigen breitete sich in dem Raum aus. Aller Augen richteten sich auf Garrett, dessen Unterkiefer eine winzige Spur herabhing. Kline erschauerte unwillkürlich, während er auf Garretts Antwort wartete. Es hieß: Friss, Vogel, oder stirb. Für Kline. Für das Land.

»Ich dachte, ich würde ausgebildet, Angriffe zu entdecken, nicht, welche zu planen«, sagte Garrett schließlich blinzelnd.

»Da haben Sie falsch gedacht«, erwiderte Präsident Cross.

»Ich bin mir nicht sicher … ich bin mir nicht sicher, ob ich weiß, wie man das macht.«

»Sie haben drei Kompanien der besten Marines fertiggemacht, die man für Geld bekommen kann. Und keiner Ihrer Jungs hat auch nur einen Schuss abgegeben. Sie haben sie gedemütigt. Soweit ich gehört habe, war das meisterhaft.« Der Präsident wandte sich an Major General Kline. »Waren das nicht Ihre Worte, Major General?«

Kline nickte langsam, aber zuversichtlich. »Das waren meine Worte, Mister President.«

»Wir haben sehr wenig Zeit zu verschwenden, Mr Reilly«, sagte Präsident Cross. »Aber falls Sie den Rest des Tages brauchen, um darüber nachzudenken, nehmen Sie ihn sich. Ich würde mich freuen, wenn Sie sich morgen früh um sieben Uhr zum Dienst einfinden.«

Kline sah zu, wie Garrett schluckte und dann die Worte des Präsidenten wiederholte, als wolle er sich vergewissern, dass er sich nicht verhört hatte. »Sie wollen, dass ich einen Krieg im Untergrund gegen die Chinesen führe?«

»Nicht führen, mein Sohn«, sagte der Präsident. »Gewinnen.«

46

ARLINGTON, VIRGINIA, 10. APRIL, 14:10 UHR

Du bist sauer, weil ich dir nichts davon erzählt habe?«, fragte Alexis vom Fahrersitz der schwarzen Geländelimousine aus. »Von dem Plan?« Sie überquerten die niedrige, breite Arlington National Bridge, während der schwarze Potomac River unter ihnen müde Strudel erzeugte. Garrett wandte sich vom Fenster ab. Sie waren allein im Wagen; ihr Fahrer war mit General Kline zurück nach Bolling aufgebrochen.

»Du wusstest es die ganze Zeit«, sagte er, eine Feststellung, keine Frage.

»Ja.«

»Mich ins Boot holen, mich ausbilden und mir dann das Steuer in die Hand drücken. Ein abgekartetes Spiel von Anfang an.«

»Kein abgekartetes Spiel, Garrett, eine Rekrutierung. Wir halten seit mehr als einem Jahr nach jemandem wie dir Ausschau. Jemand, der jung, brillant und tapfer ist und der nicht beim Militär ist.«

»Wir?«

»Es war ursprünglich General Klines Idee. Aber er und ich haben das Programm zusammengestellt. Das hat zwei Jahre gedauert. Eine Menge harter Arbeit und keine Menge Geld.«

»Also bin ich Teil eines Programms?«

»Wir sind alle Teil eines Programms. Jeder Einzelne von uns. Du warst mal Teil des Wall-Street-Programms, und jetzt bist du Teil des US-Militär-Programms.«

»Zweckmäßige Logik.«

»Willst du sagen, es stimmt nicht?«

»Ich weiß nicht. Ich weiß gar nichts mehr.« Er schaute Alexis an. »Wie heißt das Programm?«

»Es hat einen Codenamen.«

»Welchen?«

»Aszendent.«

»Aszendent?«, sagte Garrett. »Wie in: China ist aszendent?«

»Oder du bist aszendent. Oder das Programm. Wir haben Aszendent entwickelt, weil die Welt sich gerade ändert. Schnell. Zu schnell, als dass eine große bürokratische Organisation wie das Militär – oder die Regierung – mithalten könnte. Wir haben dort draußen Gefahren gesehen, und wir dachten, die einzige Art, wie dieses Land mit ihnen fertig werden könnte, wäre durch ein Projekt wie das hier. Niemand außerhalb der DIA hat geglaubt, Aszendent wäre realisierbar. Bis du auftauchtest.«

In Garretts Ohren klang es so, als läge ein gewisser Stolz in ihrer Stimme. Ihm lief ein Schauer über den Rücken. Plötzlich schien die ganze Welt Erwartungen an ihn zu haben. *Alle machten Pläne für Garrett Reilly.*

»Wie bist du da hineingezogen worden?«

»General Kline hat mich angeworben«, sagte sie. »Ausdrücklich für Aszendent. Es war eine ziemlich aussichtslose Sache.« Sie lächelte Garrett an. »Aber ich hatte schon immer eine Schwäche für aussichtslose Sachen.«

»Hat es andere Rekruten gegeben? Vor mir?«

»Niemand, der so perfekt gepasst hätte.« Alexis zögerte. »Oder so weit gekommen wäre …«

Garrett dachte darüber nach. Es hatte andere vor ihm gegeben. Vielleicht eine ganze Menge. Brillante junge Rekruten. Oder Sonderlinge. Oder *Idioten*. Er bekam wieder Kopfschmerzen. Sie fuhren ein paar Minuten schweigend weiter.

»Wohin bringst du mich?«, fragte Garrett.

»An den Ort, zu dem ich jedes Mal fahre, wenn ich nach D. C. zurückkehre. Ich dachte, du würdest ihn vielleicht gerne sehen.«

Er starrte sie an, studierte ihr Gesicht, aber sie wandte sich ab, um sich auf den Verkehr zu konzentrieren. Die Geländelimousine rollte direkt von der Brücke auf den Arlington Memorial Drive und dann auf die stillen Straßen des Nationalfriedhofs Arlington. Die Grabsteine der Soldaten waren endlos, zahllose Reihen in allen Richtungen: in schlichtem Weiß, einige angegraut, mit Namen, Daten und Dienstgrad versehen, Blumen und Kränze auf manchen Grabplatten. Garrett starrte auf die Grenzenlosigkeit des Geländes und auf die Masse der Toten. Alexis parkte in der Nordwestecke der Begräbnisstätte, Sektion zwanzig. Sie stieg aus dem Fahrzeug aus, und Garrett folgte ihr langsam, misstrauisch.

Sie wartete am Rand eines Feldes voller Grabsteine auf ihn. »Es gibt sechzehn Truffants, die in Arlington begraben sind. Alle mit mir verwandt. Der Erste starb in dem Krieg von 1812. Seitdem hatten wir in jedem amerikanischen Konflikt einen Todesfall.«

»Soll das dafür sorgen, dass ich patriotische Gefühle entwickle?«

»Bürger in einer Demokratie zu sein, das erfordert, dass man Opfer bringt.«

»Viele Menschen opfern gar nichts.«

»Das macht es nicht richtiger.«

»Das macht es auch nicht falscher. Okay, dann haben die Truffants also eine Menge Blut vergossen. Vielleicht solltet ihr es damit genug sein lassen und Zahnärzte werden. Ist verdammt viel sicherer.«

Alexis lachte kurz auf und zeigte dann auf eine entfernt liegende Reihe von Grabsteinen. »Ich hab dich nicht hierhergebracht, damit du meine Familie siehst.«

Und plötzlich wusste Garrett genau, warum sie ihn hierhergebracht hatte – er konnte nicht glauben, dass er es nicht früher erkannt hatte –, und Traurigkeit stieg in ihm auf, die grenzenlos schien, eine Welle der Verzweiflung, die seinen ganzen Körper zu überfluten drohte. Eine Leere hatte sich in seiner Magengrube geöffnet und reichte bis zu den Spitzen seiner Finger und Zehen. Er fühlte sich hohl.

»Dritte Reihe, siebzehnter Stein«, sagte Alexis. »Ich werde hier warten.« Sie ging schnell zurück zum Wagen.

Garrett stand einfach einen Augenblick da, unfähig, sich zu bewegen, weder hin zu der Grabstelle noch weg davon. Schließlich trottete er nach einer Weile, die ihm wie eine Stunde der Unschlüssigkeit vorkam, mit bleiernen Füßen zur dritten Reihe und dann zum siebzehnten Stein. Alle Soldaten in den benachbarten Gräbern waren innerhalb der letzten fünf Jahre getötet worden, entweder im Irak oder in Afghanistan. Garrett blieb vor dem siebzehnten Grab stehen und las, was auf dem Grabstein stand:

BRANDON PABLO REILLY
LANCE CORPORAL
US MARINES
PURPLE HEART
AFGHANISTAN
MAY 14, 1982 – JUNE 2, 2008

Es gab keine Blumen auf Brandons Grab, keine Kränze oder Teddybären, keine Keksdosen oder gerahmte Schnappschüsse. Auf Garrett machte es den Eindruck, als habe noch nie jemand den Grabstein seines Bruders berührt. Vielleicht hatte noch nie jemand das Grab besucht. Er stand da und schaute fünf Minuten lang darauf hinab, ohne eigentlich an etwas Bestimmtes zu denken, ohne sich an Brandon zu erinnern oder sich darüber zu ärgern, wie er gestorben war. Sein Kopf war merkwürdig leer. Ihm war nie der Gedanke gekommen, sich zu fragen, wo sein Bruder begraben war; er erinnerte sich dunkel an einen Brief von den Marines, aber er hatte ihn zerrissen, ohne ihn vorher gründlich zu lesen. Er war wütend gewesen und verbittert und blind für die Details. Und wahrscheinlich ebenfalls bekifft.

Er bückte sich und fuhr mit den Fingern über den ersten Vornamen seines Bruders, über die scharf in den Stein gravierten Buchstaben. Er tat das, um sagen zu können, dass er es getan habe, dass jemand absichtlich Brandons Grab besucht habe und nicht als sentimentale Geste. Als das erledigt war, ging er zurück zum Wagen und stieg ein. Alexis saß bereits hinter dem Steuer.

»Gehörte das auch zum Programm, mich hierherzubringen?«

Sie schüttelte den Kopf. »Von jetzt an ist das Programm das, was du daraus machst. *Du bist das Programm.*«

Garrett lachte kurz, verbittert, bevor er den Blick abwandte. Im selben Moment wurde das Lachen durch Schmerz ersetzt. Er zuckte zusammen, während die Dunkelheit wieder in ihm aufwallte. Er konnte spüren, wie sich Tränen bildeten, Traurigkeit physische Formen annahm, seine Mundwinkel und die Muskeln um seine Augen verzerrten. Er versuchte verzweifelt, sich zusammenzureißen.

»Ich vermisse ihn«, sagte Garrett. »Ich vermisse ihn so sehr.«

Alexis streckte die Hand aus und berührte sein Gesicht, und Garrett konnte sich nicht mehr beherrschen.

Er begann zu weinen.

Er schämte sich, aber da war sie, die ungeschminkte, nackte Wahrheit – er heulte sich vor einem Offizier der Army die Augen aus dem Kopf, auch noch einer Frau, und einer, zu der er sich hingezogen fühlte. Er kam sich wie ein Trottel vor, aber zugleich fühlte er sich auch frei, gereinigt, merkwürdig leichter. Er weinte, wie er es seit Jahren vorgehabt hatte – seit Jahren gewollt hatte. All die Jahre, in denen er seinen Bruder vermisst hatte; all die Jahre der Verbitterung und Wut; all die Jahre der Einsamkeit. Als Brandon gestorben war, hatte er Garrett ganz allein in der Welt zurückgelassen. Der einzige Mensch, auf den er zählen konnte, hatte ihn im Stich gelassen, und das hatte ein Loch in Garretts Welt gerissen, das zu groß war, um jemals repariert zu werden. Es hatte den Stoff seines Lebens zerrissen, hatte irgendwie jedes Gefühl deformiert, das er seit dem Tag gehabt hatte, an dem er von dem Tod erfuhr.

Und dann verwandelte sich das Weinen auf einmal in Gelächter, und Garrett lachte durch die Tränen, die ihm über das Gesicht strömten, und er sagte zu Alexis: »Was, zum Teufel, soll das alles?«

Er hatte wirklich keine Ahnung – diese emotionale Katharsis war völlig neu für ihn. Jeder Tag schien eine neue Offenbarung zu bringen. Es machte ihn fertig. Er lachte weiter, wenn auch nur deswegen, weil das der Pfad schien, auf dem er jetzt unterwegs war, und er hatte nicht die Kraft, etwas anderes zu tun.

Alexis lachte auch, und Garrett wischte sich die Augen an dem Ärmel seines Jacketts ab. Und dann, bevor er merkte, wie ihm geschah, küsste er Alexis, hielt er ihren Kopf zwischen seinen Händen und küsste sie, schob ihr die Zunge in den Mund, während sie mit den Händen seinen Nacken kraulte. Sie atmete schwer und hielt ihn fest, und er konnte das Salz seiner eigenen Tränen schmecken, und er fragte sich, ob sie es auch schmeckte. Sie rückten näher aneinander, und er konnte durch seinen Anzug und ihre Uniform die Wärme ihrer Brust an seiner spüren.

Sie zog sich abrupt von ihm zurück, schob den Schlüssel ins Zündschloss und ließ den Wagen an. Sie fuhren hastig aus Arlington hinaus, ohne ein Wort zu sagen, und dann nach Süden, vom Friedhof hinunter und nach Alexandria hinein. Sie parkte vor einem Backsteingebäude am Fluss und führte Garrett hinein. Im Aufzug verkrallte sich Garrett in ihre Uniform, und sie riss ihm die Krawatte herunter, und als sie ihre Wohnung betraten, waren sie nur noch zur Hälfte bekleidet. Sie knallte die Tür zu, und sie sprangen ins Bett.

Garrett liebte das Gefühl ihres Körpers – eine Mischung aus weich und fest, muskulös und trotzdem eindeutig weiblich. Sie war in hervorragender Verfassung. Sie betasteten gegenseitig ihre Körper, erforschten, reizten sie, bevor er in sie eindrang und sie vor Wonne aufstöhnte. Sie wanden sich rhythmisch umeinander, übereinander, Arme und Beine ineinander verflochten. Garrett wollte für immer in ihr bleiben, einfach dort weiterleben, im Innersten an ihr festgemacht. Sie kam laut, heftig, ihre Augen in seine gebohrt, und er folgte ihr kurz darauf, glücklich, zufrieden und zum ersten Mal seit langer Zeit in Frieden.

Inzwischen war es Nacht geworden, und sie schliefen, einander in den Armen haltend, ein. Er war nicht allein. Er fühlte sich ganz.

47

CHENGDU, CHINA, 11. APRIL, 12:33 UHR

Sie hätte es kommen sehen müssen.

Hu Mei saß auf der Ladefläche eines Lastwagens, die zur Hälfte mit gestapelten Holzkisten voller Knoblauch vollgestellt war, umgeben von ihren zuverlässigsten Helfern und Mitarbeitern, und sie konnte rückblickend erkennen, wie offensichtlich es gewesen war: In einer Minute war der Platz vor dem Mietshaus mit Passanten und Straßenverkäufern gefüllt gewesen, und in der nächsten war er leer. Wie hatte sie nur übersehen können, dass dies bedeutete, die Polizisten hatten das Gebiet abgeriegelt und waren kurz davor, den Platz zu besetzen? Und woher hatten sie es gewusst? Wer hatte ihnen den Hinweis auf das Treffen gegeben?

Sie musterte die Gesichter der anderen Männer und Frauen, die hin und her schwankten, während der Laster über eine mit Schlaglöchern durchsetzte Straße rumpelte. Da saß Chen Fei, der ehemalige Gemeindedirektor der Partei, der jetzt Leiter ihres Sicherheitsdienstes war. Er hatte Schnitte und Kratzer in seinem Gesicht, die von einem Kampf mit einem Polizisten herrührten. Aber er konnte sie nicht verraten haben.

Warum? Weil er es vor einem Monat mit sehr viel weniger Ärger hätte tun können.

Da saß Li Wei, eine Krankenschwester aus dem Süden, die Chen Feis Schnittwunden abtupfte und versuchte, ihre Tränen zu verbergen. Hätte sie die Verräterin sein können? Das bezweifelte Hu Mei. Li Wei hatte wenig sonst in ihrem Leben: keinen Mann, keine Kinder, keine Eltern. Ohne die Bewegung hätte sie nichts. Das machte sie loyal.

Lin Chao, ein Politologiestudent an der Universität Peking, saß auf Hu Meis rechter Seite. Er war bei der Razzia angeschossen worden – sein Arm war bandagiert, und ein dunkelroter Blutfleck war durch sein weißes Leinenhemd gesickert. Er würde dank der Unfähigkeit der Polizei und Li Weis sorgfältiger Pflege am Leben bleiben, und er schien wegen der Wunde nicht übermäßig besorgt zu sein. Im Gegenteil, er schien zufrieden zu sein. Lin Chao war ein ernsthafter Anhänger. Der einzige Traum in seinem Leben war ein Tod auf den Barrikaden, eine Protestfahne in den Händen und einen Schlachtruf auf den Lippen. Eine Wunde machte ihn noch reiner. Auf gar keinen Fall hatte Lin Chao den Behörden einen Tipp gegeben. Er würde eher sterben – buchstäblich.

Hu Mei verzog das Gesicht, als der Laster um eine Ecke bog und eine Kiste Knoblauch gegen ihre Schulter drückte. Ein Polizist hatte bei dem Versuch, sie zu verhaften, mit einem Gummiknüppel nach ihr geschlagen und sie direkt über dem Ellbogen am Arm getroffen. Chen Fei hatte den Polizisten einen Augenblick später niedergeschlagen, aber der Schaden war geschehen. Ihr Arm bereitete ihr große Schmerzen. Sie konnte ihn kaum bewegen.

Es war ein Wunder, dass so viele von ihnen entkommen waren. Zwei ihrer engsten Vertrauten waren erschossen worden, als die ersten Polizisten das Gebäude stürmten. Vier waren kurz darauf festgenommen worden. Sieben waren zusammen mit Mei auf diesem Lastwagen entkommen. Elf weitere hatten es geschafft, sich unter die Menge der Schaulustigen zu mischen, die sich angesammelt hatte. Sie würden in den Seitengässchen von Chengdu Zuflucht finden und überleben, um an einem anderen Tag zu kämpfen.

Aber nur knapp.

Das hier war das vierte Mal in genauso vielen Wochen, dass sie mit Mühe und Not entkommen waren. Die Polizei wurde klüger, entschlossener. Verstohlener. Und es gab tatsächlich die Möglichkeit, dass sich ein Maulwurf in der Führungsriege der Bewegung befand. Sie betrachtete die Gesichter der drei anderen, die auf dem Lastwagen mitfuhren: Huang Jie, ihr Stratege; Gao Gang, ein Computerfachmann; Wan Chen, der ihre Flugblätter schrieb. Alle verstört, alle bemüht, ihre Angst zu verbergen. Hatte einer von ihnen sie verraten?

Nein, dachte Hu Mei, während der widerwärtige Dieselgeruch durch die rissigen Bodenbretter nach oben waberte, das hier war geschehen, weil die Bewegung so groß geworden war. Es gab so viele Menschen an so vielen Orten, die mit ihr arbeiteten – mit der Organisation arbeiteten –, dass ein paar von ihnen Informanten, Spitzel oder Spione sein konnten. Und keiner von ihnen musste zu ihrem Führungszirkel gehören – es gab zahllose Möglichkeiten, zufällig den Zeitpunkt oder den Ort eines Treffens mitzubekommen und dann der Staatssicherheit mitzuteilen. Das schien zur Natur des Wachstums zu gehören – je mehr Leute man dazuholte, umso weniger konnte man ihnen wirklich vertrauen.

»Wie konnte das passieren?«, rief Lin Chao, um das Dröhnen des Lkw-Motors zu übertönen. Er zeigte anklagend mit einem Finger auf Chen Fai. »Du hast es passieren lassen.«

Chen Fai knurrte und schüttelte den Kopf. »Du weißt nicht, wovon du redest. Geh zurück zur Uni.«

»Zur Uni? Die Studenten werden China retten«, brüllte Lin Chao.

»Wie sie es auf dem Tian'anmen gemacht haben?«, fauchte Chen Fai, die Lippen zu einem grausamen Lächeln verzogen.

»Du und deine Partei töten die Seele des Landes!«

»Das reicht!«, sagte Mei. Ihr Kopf tat weh, ihr Arm tat weh, und bei dem Gestank des Knoblauchs und der Dieselabgase drehte sich ihr der Magen um. »Falls jemand hierfür die Schuld übernehmen muss, werde ich das sein. Ich hätte die Polizei kommen sehen müssen. Ich hätte die Umgebung sorgfältiger überprüfen müssen. Es ist *mein* Fehler.«

Das brachte sie zum Schweigen. Das war immer so. Übernimm die Verantwortung für einen Fehlschlag; teile das Verdienst für einen Erfolg. Das lag Hu Mei im Blut. Das machte sie zu einer Anführerin. Aber während sie hinten auf der Ladefläche dieses Lastwagens saß und sich mit hoher Geschwindigkeit vom Ort ihres bislang katastrophalsten Fehlers entfernte, wusste sie, dass sie in Wirklichkeit versagte, nicht führte.

Sie konnte nicht immer so weitermachen, wegrennen und sich verstecken, Schläge gegen den Partei-Koloss führen, die ihn nicht richtig trafen. Nein, das war ein Verlustgeschäft. Sie waren nicht mehr als Fliegen, die ein Pferd umschwärmten. Eine Plage. Sie würde bald genug von ihnen aufgespürt, gefangen, zu Staub zertreten werden. Sie würde hingerichtet werden, allein, ohne Zeugen, wie sie es mit allen Leuten machten, die sie als Landesverräter gebrandmarkt hatten – und das hatten sie in ihrem Fall vor Monaten getan.

Wenn das geschah, würde die Bewegung auseinanderfallen.

Sie musste einen überwältigenden Schlag führen. Aber wie? Sie wusste es nicht. Und die Leute auf dem Laster, ihre engsten Berater, konnten ihr nicht helfen. Es lag nicht daran, dass sie nicht klug oder engagiert gewesen wären. Es lag nicht daran, dass sie nicht ihr Leben für Hu Mei hingeben würden – sie hatte den Verdacht, dass sie es alle tun würden, wenn man sie darum bat. Nein, es lag daran, dass sie Gefolgsleute waren, die hinter ihr marschierten, während sie den Weg bestimmte. Doch was sie genau jetzt am meisten brauchte, war jemand, der ihr ebenbürtig war, eine Vertrauensperson, die an ihrer Seite gehen würde. Jemand, der ihr gewachsen war, in jeder Hinsicht; jemand, dem sie sich öffnen könnte, mit dem sie planen und träumen könnte. Vor ihrem geistigen Auge war es ein gut aussehender junger Mann, wagemutig und heroisch, und vielleicht könnte sie ihn sogar lieben, obwohl sie nicht damit rechnete, je wieder lieben zu können.

Zusammen würden sie eine wahre Reformation in China beginnen. Es auf sich gestellt zu tun – erschöpft, verletzt, auf der Ladefläche eines Knoblauch-Lasters schaukelnd – erwies sich als zu schwer für sie. Zu kompliziert. Es gab zu viele Details, die, falls man sie übersah, katastrophale Folgen haben könnten, zu viele Entscheidungen auf Leben und Tod, wo ihre Instinkte sie allmählich im Stich ließen.

Aber wo sollte sie so jemanden finden? Es schien unmöglich zu sein. China war riesig und dicht bevölkert, aber nicht riesig und bevölkert genug. Vertrauen – das wahre Vertrauen eines Seelenverwandten – war, nach Hu Meis Erfahrung, eine Seltenheit. Seltener als Silber oder Gold. Seltener als Liebe. Und wertvoller. Aber sie hatte den Eindruck, dass sie ohne dieses seltene Gut noch einen Fehler machen würde. Und noch einen.

Und irgendwann würde einer dieser Fehler ihr Tod sein.

48

ALEXANDRIA, VIRGINIA, 11. APRIL, 6:45 UHR

Garrett wurde durch das beharrliche Klingeln seines Handys auf dem Nachttisch geweckt. Es war General Kline.

»Zwei MPs werden in zehn Minuten an Ihrer Tür klopfen. Die beiden werden Sie ins Pentagon begleiten.«

Garrett rieb sich die Augen und ließ seinen Blick durch Alexis' Wohnung schweifen. »Ich bin nicht zu Hause.«

»Ich weiß«, sagte Kline. »Die MPs haben eine Dienstuniform für Sie dabei. Zehn Minuten.« Er legte auf.

Garrett schaute nach Alexis, aber sie war nicht im Bett.

»Alexis?«

Sie antwortete nicht. Garrett zog seine Hose an und durchsuchte die kleine Wohnung, aber sie war nicht da. Er hielt nach einer Notiz oder einem anderen Zeichen für einen Informationsaustausch Ausschau, aber da war nichts dergleichen. Er duschte schnell und war dabei, sich abzutrocknen, als Klines Militärpolizisten ankamen. Die beiden waren jung und standen kerzengerade in der Türöffnung der Wohnung. Der jüngere der beiden legte eine in Plastik gehüllte Uniform über den Rücken eines bequemen Sessels.

»Sir«, sagte er. »Ihre Uniform, Sir.«

Garrett zog die Plastikumhüllung von der blauen Army-Dienstuniform ab und hielt das Jackett ins Licht. An der Schulter war ein goldfarbenes Eichenblatt mit sieben Spitzen befestigt.

»Ich bin Major?«, fragte Garrett.

Die MPs schauten einander an: »Sir, haben wir Ihnen die falsche Uniform gebracht?«

Garrett brauchte ein paar Minuten, bevor er beschloss, die Uniform tatsächlich anzuziehen. Er schien sich daran zu erinnern, Alexis gesagt zu haben – es kam ihm so vor, als wäre es Monate her, aber in Wirklichkeit waren es nur anderthalb Wochen –, dass er auf keinen Fall eine Uniform tragen würde, ob Army, Navy, Marines oder Müllmann. Und trotzdem stand er hier in ihrem Badezimmer, schaute auf dieses massiv gestärkte blaue Textilteil und überlegte, es anzuziehen. Er beschloss, es zu versuchen, und als er es anhatte, starrte er sich im Spiegel an. Es sah mehr als merkwürdig aus. Brandon war derjenige gewesen, der eine Uniform tragen sollte, nicht Garrett. Er erinnerte sich daran, wie heroisch sein Bruder ausgesehen hatte, als er in seinem Marinejackett zur Tür hereinkam, ein breites Lächeln auf dem Gesicht; welches Theater seine Mutter deshalb gemacht hatte und wie eifersüchtig er selbst im Stillen gewesen war.

Es kam Garrett nicht nur falsch vor, wie ein Soldat angezogen zu sein, es kam ihm fast illegal vor. Und trotzdem gefiel es ihm irgendwie. Die Unifom passte ihm gut, und er musste zugeben, dass sie ihm ein Gefühl der Macht verlieh. Sie hatte eine Aura.

»Darauf muss ich ein Auge haben«, murmelte er. »Könnte gefährlich sein.«

Er verbrachte weitere fünf Minuten damit, die Knöpfe und Insignien an der Jacke zu inspizieren, bevor er mit den MPs nach unten ging. Sie fuhren ihn in einem Fahrzeug der Militärpolizei nach Norden durch Alexandria ins Pentagon. Das kolossale Gebäude erhob sich aus dem Nirgendwo, eine nichtssagende moderne Festung. Sie stellten den Wagen auf einem der riesigen Außenparkplätze des Gebäudes ab und führten ihn dann durch eine Sicherheitsschleuse. Garrett ließ das alles wortlos mit sich geschehen, weil er vermutete, dass diese beiden MPs nicht mal eine einzige seiner vielen Fragen beantworten könnten.

Das Pentagon sah von außen unermesslich groß und beeindruckend aus, aber von innen schien es Garrett einer unendlichen, weitläufigen Reihe von Krankenhausfluren zu gleichen, nur waren diese Korridore mit Soldaten gefüllt, nicht mit Ärzten. Keiner der Soldaten würdigte Garrett auch nur eines zweiten Blickes, obwohl es ihm so vorkam, als schreie seine Majorsuniform: »Ich bin ein Hochstapler! Verhaftet mich!« Im Aufzug nach unten zu einem Kellergeschoss grüßte ein junger, hispanisch aussehender Lieutenant Garrett. Garrett grunzte wortlos, weil er nicht wusste, wie er reagieren sollte.

Sobald sie im Keller waren, führten ihn die MPs durch eine weitere Reihe kleinerer Flure – grün gestrichen und mit flackernden Leuchtstoffröhren – zu einer großen Stahltür, die von zwei Marines mit M16-Gewehren über den Schultern bewacht wurde. Auf dem Schild über der Tür stand: »National Military Command Center Complex«. Die Marines überprüften seinen Ausweis, ließen seinen Namen durch einen Computer laufen und winkten ihn durch. Noch mehr Flure, bis Garrett schließlich in eine große Einsatzzentrale mit hoher Decke geführt wurde.

In Garretts Augen sah sie fast genauso aus, wie er sich eine Einsatzzentrale im Pentagon immer vorgestellt hatte. In dem Raum war es dunkel und still. An der vorderen Wand hingen große – mindestens drei mal sechs Yards – digitale Landkarten, und jeder Bildschirm zeigte einen anderen Kontinent. Die Landkarten waren getüpfelt mit Symbolen für Schiffe, Flugzeuge und Soldaten, jedes mit dem Namen und der Zahl einer Einheit versehen. Sie blinkten und bewegten sich langsam wie in Verbindung mit einer Satellitenaufnahme, mit der sie, wie Garrett annahm, verlinkt waren. Mit Blick auf die Bildschirme waren zwei Reihen Schreibtische aufgestellt, auf denen jeweils mehrere Computerbildschirme, Headsets und Tastaturen standen. Hinter den Schreibtischen waren Sitze mit einem Telefon und einer Reihe von Schaltern auf den Armlehnen wie in einem Amphitheater angeordnet, sodass ein Publikum die Vorgänge auf den digitalen Bildschirmen ebenso beobachten konnte wie die Leute, die diese Bildschirme überwachten. Alles war neu und auf dem neuesten

Stand. Garrett lächelte: Endlich fand er hier die militärische Technologie vor, auf die er gewartet hatte.

Ein paar vereinzelte Offiziere der Air Force saßen an den Computern, insgesamt ein halbes Dutzend. Ein Grüppchen höherer Offiziere, wie Garrett annahm, saß auf den hinteren Sitzen des Amphitheaters, aber sie waren in Dunkel gehüllt, und Garrett konnte ihre Gesichter nicht erkennen. Dann erhob sich General Kline von einem Platz in der ersten Reihe und gesellte sich zu Garrett. Er schaute ihn von oben bis unten an. »Passt die Uniform?«

»Sie haben einen Major aus mir gemacht? Ist das legal?«

»Der Präsident kann aus Ihnen machen, was er will«, sagte Kline. »Ich kann Sie natürlich degradieren, wenn Sie möchten.«

Die Air-Force-Offiziere an den Computerterminals beobachteten ihn jetzt alle. Garrett befühlte den gestärkten Kragen seiner Uniform. »Hat man Vergünstigungen, wenn man Major ist?«

»Hat man. Das hier ist *Ihre* Einsatzzentrale. Sie gehört Ihnen. Sie haben sieben Analysten von der Defense Intelligence Agency, die für Sie an diesen Terminals dort arbeiten. Die auf der linken Seite überwachen alle Informationen über militärische Standorte und Bereitschaft in Echtzeit. Unsere, die der NATO, von Russland, China. Von allen. Wenn Sie wissen wollen, wo ein Bataillon von Soldaten steht, irgendwo auf der Welt, können sie es Ihnen sagen. Diese Bildschirme bekommen ihre Informationen live von Global-Hawk- und Predator-Aufklärungsflugzeugen. Die beiden Leute auf der rechten Seite sind Zivilisten – GS-13er –, und sie verfolgen Informationen von der CIA und der NSA: politische Nachrichten, Instruktionen des Außenministeriums, diplomatische Depeschen. Betrachten Sie sie als CNN auf Anabolika.«

Die Offiziere – zwei Frauen und vier Männer – nickten von ihren Positionen an den Computerterminals aus. Garrett nickte zurück in die Dunkelheit.

»Verbindungsoffiziere von der Navy, der Army und den Marines sitzen dort hinten, in den Stadionstühlen. Wenn Sie ihnen

Befehle erteilen, werden sie diese an ihre jeweiligen Führungsstäbe weitergeben. Wir haben außerdem jemanden vom Finanzministerium sowie von der CIA hier. Alles, was Sie zu ihnen sagen, wird sofort an die Spitze gehen. Sie werden Antworten innerhalb von fünf Minuten bekommen, höchstens.«

»Antworten?«, sagte Garrett, der versuchte, die Gesichter der Männer und Frauen zu erkennen, die im hinteren Bereich des Amphitheaters saßen. »Antworten worauf?«

»Antworten auf Ihre Befehle.«

»Meine Befehle?« Garrett lachte, weil er immer noch nicht sicher war, was Kline ihm sagte. »Was, zum Teufel, soll ich ihnen befehlen?«

»Was immer Sie wollen«, sagte Kline. »In vernünftigem Rahmen.«

»Sie meinen, beispielsweise, ich möchte, dass wir in« – Garrett warf einen Blick auf die digitalen Landkarten – »Kanada einmarschieren? Kann ich uns das machen lassen? Ihnen all ihre Frauen abnehmen? Und Bier?«

»Wie ich gesagt habe – in vernünftigem Rahmen«, sagte Kline, ohne sich zu bewegen oder zu lachen.

»Ich dachte, Sie haben mich hierhergebracht, um unvernünftig zu sein?«

»Wir haben Sie hierhergebracht, um zu gewinnen.«

»Gewinnen? Gegen die Chinesen? Dann befinden wir uns offiziell im Krieg?«

»Offiziell existiert nichts von dem hier. Sie sind ein Börsenanalytiker auf Urlaub, und ich mache mir mehr Sorgen über Dschihadisten, die auf dem Bauch aus dem Sudan herauskriechen. Offiziell sind China und die Vereinigten Staaten Freunde. Verbündete sogar. Aber vor zwei Tagen hat ein Computervirus Kraftwerke in sieben Staaten im Mittleren Westen stillgelegt. Detroit ist in Flammen aufgegangen, und Sie und ich wissen beide, dass das nur die Spitze des Eisbergs war. Heute Morgen haben hunderttausend reguläre Soldaten der Volksbefreiungsarmee amphibische Angriffsübungen vor der Küste Taiwans veranstaltet. Dort draußen herrscht Chaos, Garrett. Und es wird jede Minute schlimmer.«

Garrett ließ seine Blicke durch die dunkle, höhlenartige Einsatzzentrale schweifen, betrachtete die Landkarten an der Wand, die winzigen Positionspunkte der US-Flotte und die Pfeile der Bombergeschwader. »Und wie geht's weiter?«, fragte er.

»Das ist Ihre Sache«, sagte Kline.

Garrett dachte einen Moment nach. »Ich tue, was der Präsident gesagt hat – bekämpfe sie, ohne sie zu bekämpfen.«

»Klingt nach einem Plan.« Kline nickte, machte auf dem Absatz kehrt und ging los. Er rief über die Schulter: »Jeder hier hat meine Telefonnummer. Ruft mich an, wenn ihr mich braucht.« Er war an der Tür angekommen, als Garrett hinter ihm herrief: »General, warten Sie.« Garrett lief zur Tür. Er sprach leise, sodass niemand sonst in dem Raum ihn hören konnte. »Wo ist Alexis?«

»Captain Truffant ist beschäftigt.«

»Beschäftigt? Soll heißen …?«

»Sie hat einen neuen Auftrag bekommen.«

»*Was?* Warum?«

»Ihr alter Job ist erledigt.«

»Ihr alter Job? Was war ihr alter Job?«

»Ich dachte, das wäre klar. Sie auszubilden.« Kline machte eine Handbewegung, die den Rest der Kommandozentrale einschloss. »Für das hier.«

Garrett nahm diese Information mit wachsender Anspannung zur Kenntnis, während ein Funke von Zorn in seinem Innern entzündet wurde. »Ich will sie hier haben«, sagte er. »Ich brauche ihr Expertenwissen.«

»Sie haben Experten. Die besten, die es gibt.«

»Sie wissen nicht, was sie weiß.«

»Seien Sie kein Esel. Sie wissen doppelt so viel.«

»Ich will sie!«, schrie Garrett. Seine Worte hallten durch die Stille des Raums.

»Nun«, sagte Kline langsam, leise, »Sie können sie nicht haben. Sie ist im Urlaub. *Mit ihrem Ehemann.*«

Garrett neigte den Kopf langsam zur Seite. Er begann, etwas zu sagen, verstummte, begann erneut, aber dann fehlten ihm wieder die Worte.

Kline beugte sich nahe zu Garrett vor. »Ich weiß, ich weiß. Sie haben mit ihr geschlafen. Es war welterschütternd. Sie ist die Frau Ihrer Träume, Ihre Seelengefährtin und so weiter und so fort. Aber vielleicht hat sie es sich anders überlegt. Vielleicht hat sie das Gefühl, mit Ihnen einen Fehler gemacht zu haben. Vielleicht sind Sie am Ende doch nicht die Liebe ihres Lebens. Ich weiß es nicht, und es ist mir egal. Sie ist jetzt verschwunden. Bis auf Weiteres nicht verfügbar.«

Garrett verzog das Gesicht. Kline beobachtete ihn. »Wollen Sie rausgehen und sich betrinken? Eine weitere Kneipenschlägerei anzetteln? Sich die Scheiße aus dem Leib prügeln lassen? Sagen Sie es mir, weil ich alle diese Leute hier nach Hause schicken werde, wenn Sie das wollen. Dann gebe ich ihnen den Tag frei und versuche, mir eine andere Möglichkeit auszudenken, wie wir unser Land retten.«

Garrett dachte daran, Kline voll in die Fresse zu schlagen. Einen kurzen Moment lang dachte er daran, dem arroganten Scheißkerl einen Tritt zu verpassen, hämisch zu lachen und zuzusehen, wie ihm das Blut aus Mund und Nase floss. Aber das tat er nicht. Stattdessen biss er die Zähne zusammen, bis ihm seine Kieferknochen wehtaten und das Verlangen, Schmerz zuzufügen, langsam abebbte.

Major General Kline studierte Garretts Gesicht, bevor er sagte: »Wir starren an einem Gewehrlauf entlang. Ein Krieg zwischen den einzigen verbliebenen Supermächten der Welt liegt eindeutig im Bereich des Möglichen. Das ist jetzt die Zeit der Entscheidung. Was Sie jetzt tun, spielt eine große Rolle. Für unsere ganze Nation. Für die Welt. Was ich brauche – nein, was wir alle brauchen –, ist ein Visionär, der die Dinge in die Hand nimmt. Der das Ruder ergreift und sagt, wo es langgeht. Uns allen sagt, wo es langgeht. Ich hoffe, Sie sind dieser Visionär.«

Der General drehte sich um und marschierte aus der Kommandozentrale. Garrett sah ihm hinterher und sagte: »Leck mich am Arsch.«

49

PENTAGON, 11. APRIL, 9:07 UHR

Garrett saß im Dunkel der Einsatzzentrale und dachte über die Aufgabe nach, die vor ihm lag. Sein Problem war zweifacher Natur.

Erst einmal hatte er nicht die leiseste Idee, wie er einen unsichtbaren Krieg gegen die Chinesen führen sollte. Er war ein halb mexikanischer Surfer aus Long Beach, der bis vor zwei Wochen einen Job an der Wall Street hatte, bei dem er die meiste Zeit damit beschäftigt gewesen war, einen Profit aus dem Handel mit Kommunalobligationen zu erwirtschaften. Er hatte mit Mühe sein Examen gemacht, nie in seinem Leben eine Waffe abgefeuert, hasste das Militär und schwärmte nicht besonders für sein Vaterland. Aber der Präsident – der verdammte Präsident der Vereinigten Staaten – hatte Garrett persönlich darum gebeten, die Feinde Amerikas anzugreifen, ohne dass sie es kommen sähen oder dass sonst jemand bemerkte, was da vor sich ging. Nach Garretts Ansicht war das heller Wahnsinn.

Der zweite Teil seines Problems war trotzdem noch komplizierter: Er hatte sich in Alexis Truffant verliebt.

Er war nie zuvor verliebt gewesen, daher hatte er keinen besonderen Bezugsrahmen, was die entsprechenden Gefühle betraf, aber die Indizien häuften sich. Den ersten Verdacht hatte er schon gehabt, als er Alexis an jenem Abend in Camp Pendleton zu küssen versucht hatte, aber er hatte die Vorstellung aus seinem Kopf verbannt. Er hatte sich erneut in Detroit aufgedrängt, als er mit dem Kopf in ihrem Schoß lag, während um sie herum der Mittlere Westen in Flammen stand. Eine nationale Katastrophe entfaltete sich, und er war glücklicher, als er es jemals in seinem Leben gewesen war. Das war ein ziemlich deutlicher Hinweis. Und dann gestern in Arlington, das Küssen in dem Wagen und das Liebesspiel in ihrem Schlafzimmer, das Schlafen Arm in Arm die ganze Nacht. Und obwohl sie ihn heute Morgen ohne ein Wort verlassen hatte und genau in diesem Augenblick – jedenfalls laut General Kline – mit ihrem Mann zusammen war und versuchte, ihre Eheprobleme auszuräumen, machte Garrett das nichts aus.

Es war ihm egal, und er verzieh ihr alles.

Das besiegelte die Sache so ziemlich für ihn, weil Garrett selten jemandem irgendetwas verzieh – extrem selten. Wie er da in der dunklen, höhlenartigen unterirdischen Einsatzzentrale im Pentagon saß, verzieh er Alexis, ihm nicht gesagt zu haben, dass sie ihn für das Projekt Aszendent haben wollte. Er verzieh ihr, ihm nicht gesagt zu haben, dass es überhaupt ein solches Projekt gab. Er verzieh ihr, dass sie ihn an der Nase herumgeführt, ihren Ehering nicht getragen, abends mit ihm am Strand geflirtet, in seiner Vergangenheit gegraben und sich zusammengereimt hatte, dass eine hübsche Frau aus ihm einen stotternden Volltrottel machen würde, und dann diesen Charakterfehler gegen ihn verwandt hatte.

Garrett war es egal. Er liebte ihr Gesicht, ihre Stimme, ihre Haare – die Tatsache, dass sie dem Verteidigungsminister seinetwegen Paroli geboten hatte. Und er klammerte sich an den Glauben, dass sie ihn ebenfalls liebte, dass sie nach der mit ihrem Mann gemeinsam verbrachten Zeit zurückkäme und sich für Garrett entschiede. Falls sie überhaupt mit ihrem Mann zusammen *war*. Garrett war ja vielleicht verliebt, aber er war nicht so naiv, alles, was ihm General Kline – oder sonst jemand in Washington, D. C. – erzählte, für bare Münze zu nehmen. Sie hätte zurück nach Kalifornien oder nach Timbuktu versetzt worden sein können, um aus seinem Gesichtsfeld zu verschwinden und die Weltbegebenheiten abzuwarten. So oder so, Garrett war sich ziemlich sicher, dass sie schließlich zurückkommen würde. Zu ihm.

Falls ihn das zu einem hoffnungslosen Romantiker stempelte,

der sich Illusionen machte, dann war es eben so. Das, entschied er, musste es sein, worum es bei der Liebe ging.

Nicht dass irgendeine dieser Offenbarungen ihm den Eindruck vermittelt hätte, ein besserer Mensch zu sein. Er kam sich nicht tugendhafter oder mitfühlender vor. Er fühlte sich mit Sicherheit nicht dazu aufgelegt, mit all den DIA-Analytikern und den Verbindungsleuten zu reden, die miteinander flüsterten oder auf ihre Computerbildschirme starrten. Verliebt oder nicht, die waren ihm scheißegal. Warteten sie wirklich darauf, dass er ihnen Befehle erteilte? Dass er sie in den Kampf führte?

Da konnten sie lange warten. *Sehr lange.*

Auf einem der Bildschirme, die an der Vorderwand der Einsatzzentrale hingen, lief CNN. Der Sender lief schon den ganzen Vormittag, schaltete hin und her zu Reportern, die über den Mittleren Westen – Detroit, Toledo, Cleveland, Chicago – verteilt waren und versuchten, aus den Stromausfällen und den Krawallen schlau zu werden. Das meiste davon war sensationshungriger Blödsinn: Verdammung der unmoralischen Plünderer, Lob für die standhafte Polizei, eine Suche nach denen, die in den ausgefallenen Kraftwerken Scheiße gebaut hatten. Nirgendwo und zu keiner Zeit erwähnte irgendjemand einen Virus, einen Internetwurm oder die Chinesen. Einstweilen würde die Wahrheit nicht das Tageslicht erblicken.

Aber das konnte bald geschehen, und dann würde die Öffentlichkeit eine Erklärung hören wollen. Und Taten sehen. Sie würden einen Plan sehen wollen. Garretts Plan. Und mit dem Gedanken kehrte er schließlich zu seinem ersten Problem zurück: Er hatte keinen Plan. Nicht mal den Anfang eines Plans.

Es war eine Sache für ihn, Muster in unverarbeiteten Finanzdaten zu erkennen oder sich über die Gewohnheiten der kommunistischen Führungsriege Chinas zu unterrichten, aber es war eine vollkommen andere Sache, sein eigenes Land in einen geheimen Krieg zu schicken. Er hatte vielleicht bei einer Kampfsimulation ein Bataillon Marines erfolgreich gegen ein paar von ihren Kameraden antreten lassen, aber es war auch nur das – eine Simulation. Niemand war verletzt worden. Die einzigen Schmerzen waren von diesem Torfkopf von einem Verteidigungsminister gespürt worden, von Duke Frye. Es war nur ein Spiel.

Und dieser Gedanke ließ Garrett aus seinem Sessel hochfahren. *Er hatte gespielt.* Er hatte das Militär nicht ernst genommen. Er hatte weder ihre Führer ernst genommen noch ihre Soldaten. Sie waren Krieger, und er war in seinem Herzen ein Spieler. Spiele um Geld. Videospiele. Er lebte online. Er spielte virtuell. Und genau das war's, was er jetzt tun würde.

»Ich möchte, dass Sie zum nächsten GameStop fahren und so viele Spielkonsolen, Gamepads und Spieldisketten kaufen, wie Sie in die Finger kriegen«, sagte Garrett zu einem jungen Army Captain, der in der ersten Reihe der Einsatzzentrale saß.

Als der Captain – Hodgkin, seinem Namensschild zufolge – einen verwirrten Eindruck machte, hob Garrett verwundert die Hände zum Himmel. »Sie wissen schon, Xbox. PlayStation. Haben Sie noch nie gespielt?«

Hodgkin kam eine Stunde später mit Taschen voller Hardware und Disketten zurück: *Halo 4, Call of Duty, Modern Warfare, Battlefield 3, KillZone, Skyrim* und ein halbes Dutzend andere, alles Ego-Shooter- oder Rollenspiele, alle in der Lage, mit einem weltweiten Netzwerk anderer Spieler verbunden zu werden: Massen-Mehrspieler-Online-Rollenspiele oder MMORPGs im Spielerjargon.

Garrett ließ jeden in der Einsatzzentrale ein Benutzerkonto einrichten und schloss die Spiele an die Bildschirme an, die vorn an der Wand hingen. Sieben Bildschirme. Sieben verschiedene Spiele. Er nahm die Steuerelemente von einem an sich und führte die Anfänger durch die ersten Schritte, damit ihre Avatare nicht jedes Mal, wenn sie neu starteten, wieder enthauptet wurden.

Er rief Mitty an und erklärte ihr, dass er ihr eine militärische Unbedenklichkeitserklärung besorgen werde und dass er sie in sein Angriffsteam für die D-Day-Invasion in *Medal of Honor* holen wolle.

»Militärische Unbedenklichkeit?«, fragte sie aufgeregt. »Heißt das, dass ich Predator-Drohnen starten kann?«

»Ja, meinetwegen«, sagte Garrett. »Können wir uns auf die anstehende Aufgabe konzentrieren?«

Alle schauten zu, wie Mitty mit Leichtigkeit deutsche Maschinengewehrnester ausschaltete. Der Verbindungsoffizier des Marine Corps – Patmore – war besonders beeindruckt, als Mitty eine ganze Kompanie Nazis mit ihrem Flammenwerfer röstete. »Die ist genau mein Typ«, sagte er mit kaum verhüllter Begierde. Patmore war wie einige der anderen Analytiker ein erfahrener Gamer; Auszeit auf einem Marine-Stützpunkt hieß, dass eine gute Zahl von Stunden Ego-Shooter gespielt wurde. Patmore schien auch ein bisschen verrückt zu sein, was Garrett gefiel.

Garrett sagte den Männern und Frauen, die ihm unterstellt worden waren, er wolle, dass sie auf ihre Computerbildschirme starrten und Nazis und Orcs töteten, bis ihre Augenhöhlen ausfransten, bis ihre Körper vom ewigen Sitzen steif wurden, bis alles andere auf der Welt verschwand und alles, was für sie real war, nur auf einem Server irgendwo in der Internet-Cloud existierte. Weil, und das behielt er für sich, sie sich besser ans virtuelle Leben gewöhnten, wenn sie an vorderster Front eines neuen Krieges – eines geheimen, nicht wahrnehmbaren Cyber-/Finanz-/Psycho-Krieges gegen die Chinesen – standen. Von hier an war das Virtuelle real. Und das Reale virtuell. Sie waren ein und dasselbe.

Als Nächstes ließ er Celeste, Bingo und Lefebvre von ihrem Hotel in die Einsatzzentrale bringen. Die drei – genauso beeindruckt und eingeschüchtert, wie er es gewesen war, als er das Pentagon betrat – verbrachten gute zwanzig Minuten damit, schweigend all die glänzenden militärischen Geheimdienst-Utensilien anzustarren.

»Was sollen wir tun?«, fragte Lefebvre ihn.

»Spiele spielen«, sagte Garrett.

»Warum?«

»Zur Übung.«

Celeste runzelte die Stirn. »Das kommt mir richtig blöd vor. Wo ist Alexis?«

Garrett zuckte mit den Schultern. »Keine Ahnung.«

Celeste suchte den Raum ab. »Sie haben dir das Kommando übertragen, nicht?« Als Garrett nicht antwortete, verzog sie verächtlich den Mund. »Was für eine Katastrophe«, murmelte sie und ging.

Die drei nahmen sich trotzdem Gamecontroller und begannen zu spielen. Bingo spielte stark – er war ein Könner. Garrett hatte ihn noch nie so glücklich gesehen. Lefebvre hielt sich ganz wacker – er hatte vorher ein bisschen gespielt. Aber Celeste wurde jedes Mal hingemetzelt, wenn sie in ein Spiel einstieg. Sie wirkte nicht amüsiert.

Am frühen Nachmittag machte die Einsatzzentrale, reichlich versehen mit Tortilla-Chips und leeren Red-Bull-Dosen, eher den Eindruck des Hauses einer Studentenverbindung als den einer Kommandozentrale. Garrett war kein Fan von Verbindungshäusern, aber alles war besser als das Pentagon. Obwohl er in Wahrheit das Gefühl hatte, dass er sich eine Scheibe vom Militär abschnitt: Genauso wie junge Rekruten von ihren Ausbildern in Camp Pendleton fertiggemacht und dann in gehorsame Tötungsmaschinen verwandelt wurden, zerschnitt Garrett die früheren Verbindungen dieser Männer und Frauen zur physischen Welt und befähigte sie zu einem Leben im globalen Datenstrom. Das hier war das Ausbildungslager für den nächsten Krieg.

Die Spiele dienten für Garrett auch einem privaten Zweck, indem sie ihm dabei halfen, nicht mehr über Alexis nachzudenken. Es war schwierig, aber nicht unmöglich – und es wurde ein ganz kleines bisschen leichter, während die Stunden vergingen. Der Schmerz wurde allmählich etwas erträglicher.

Als Nächstes bat Garrett um Geld. Eine Million Dollar. Das schien ein mickriger Betrag zu sein angesichts der Summen, mit denen er an der Wall Street umging, und Kleingeld verglichen mit dem, was das Militär jede Minute eines jeden Tages für Panzer und Raketen ausgab. Er ging zu der Verbindungsfrau vom Finanzministerium – sie war jung, hieß O'Brien und hatte ihre Haare zu einem Knoten zurückgebunden, trug einen dunkelblauen Hosenanzug und verbrachte die meiste Zeit damit, leise in ihr Handy zu sprechen – und platzte heraus: »Ich brauche eine Million Dollar.« Er tat es hauptsächlich deswegen, weil er sehen wollte, ob er damit durchkam, aber O'Brien zuckte nicht mit der Wimper, rief einfach ihre Vorgesetzten an, und in zwanzig Minuten hatte Garrett ein Online-Bankkonto, wo das Geld auf ihn wartete. Eine Million Dollar, einfach so.

Das ist etwas, dachte Garrett, woran ein Typ sich gewöhnen kann.

Er teilte das Geld gleichmäßig auf alle im Raum auf – sie waren zu elft, sodass jeder 90 909,00 Dollar bekam – und ließ sie Verkaufskonten eröffnen. Die CIA-Vertreterin, sie hieß Finley und schien genau zu wissen, was Garrett von ihr wollte, stattete sie mit fiktiven Namen und falschen Sozialversicherungsnummern für die Konten aus. Garrett wies sie an, mit Optionen auf Terminkontrakte, mit festverzinslichen Papieren und Rohstoffen auf den Randmärkten zu spielen, und er gab ihnen einen Schnellkurs darüber, wie man das machte. Er sagte, er wolle, dass sie am Ende des nächsten Geschäftstages Geld verdient hätten, und sie sollten auch mit dem Spielen der Computerspiele nicht aufhören. Oder damit, die Kabelnachrichten auf den Fernsehern an der Vorderwand des Raums zu sehen. Überwacht eure Spiele, eure Marktpositionen und die Weltereignisse. Und baut keinen Mist.

Das sorgte dafür, dass die Offiziere und die Verbindungsleute in eine kontrollierte Panik verfielen. Ein paar von ihnen schafften es, bis zum Ende des Tages Gewinne zu erkämpfen, die meisten standen plus/minus null, aber ein Analytiker verlor sein gesamtes Startkapital innerhalb von zwanzig Minuten. Er bekam nichts ersetzt.

General Kline marschierte gegen vier Uhr nachmittags in die Einsatzzentrale, starrte auf die Videospiele auf den Projektionswänden, sah die auf dem Boden verstreuten Tortilla-Chips und ging, ohne ein Wort zu sagen, wieder hinaus. Garrett glaubte, einen Ausdruck schieren Entsetzens über das Gesicht des Generals huschen gesehen zu haben, was er erfreulich fand.

Garrett ordnete an, dass das halbe Team die Nacht in der Einsatzzentrale verbrachte: Drei durften auf Feldbetten schlafen, die er im hinteren Bereich hatte aufstellen lassen, drei ließ er weiterspielen und -handeln. Die andere Hälfte schickte er für vier Stunden Schlaf nach Hause und sagte ihnen, er erwarte sie bei Tagesanbruch zurück. Er wies sie an, niemanden anzurufen und mit niemandem zu sprechen. Das hier würde eine Art Isolationshaft werden.

Er ging um Mitternacht ebenfalls nach Hause – wurde von zwei MPs zurück zur Air Force Base Bolling gefahren – und schlief ein paar Stunden lang unruhig, träumte kurz von Alexis und dann von seiner Mutter. Er wachte um vier Uhr morgens auf, sah sich CNN, Fox News und CNBC an, um nach Hinweisen Ausschau zu halten, dass zwischen den Vereinigten Staaten und China irgendwas im Gange war, aber die Nachrichten handelten nur von Ausschreitungen und Schießereien und Politikern, die sich gegenseitig die Hölle heiß machten. Falls ein Krieg ausgebrochen war, wusste Amerika nichts davon.

Er war unsichtbar.

Er ließ sich von seinen Fahrern um halb fünf Uhr abholen und zurück zur Einsatzzentrale bringen. Der größte Teil der Schicht, die nach Hause gegangen war, war schon wieder zurück und spielte und handelte. Garrett schickte die über Nacht Gebliebenen nach Hause, damit sie ein paar Stunden schlafen konnten, und gab ihnen die gleichen Anweisungen: Redet mit niemandem, besucht niemanden, fickt mit niemandem. Gelebt wird hier. Nicht dort draußen.

Eine E-Mail von Mitty wartete auf ihn. Der Kraftwerks-Virus

war definitiv aus China gekommen. Der Code enthielt Spuren von eingebetteter chinesischer Python-Programmiersprache sowie einige Bits von Mandarin BASIC. Sie hatte so viele Blöcke des Codes kopiert, wie sie konnte, bevor er sich selbst zerstörte, aber nichts davon war besonders aufschlussreich; er war einfach bösartig – und sehr clever. Aber wenigstens wusste Garrett es jetzt mit Sicherheit: Der Kraftwerks-Hack war eine weitere chinesische Rakete gewesen, die in dem rasch eskalierenden Konflikt gestartet worden war.

Als Celeste Chen um sechs Uhr früh aus dem Hotel eintraf, ließ er sie einen Domänennamen kaufen – Chinawar.com – und einen Blog starten. Er ließ den Blog durch Offshore-Proxyserver laufen, damit niemand ihn zurück zum Pentagon verfolgen konnte. Er sagte Celeste, was sie schreiben solle. Der Blog war eigentlich mehr eine Tirade und handelte davon, wie sehr der Blogger die Chinesen und ihre Kultur und ihr Essen hasste und wie hässlich er ihre Frauen fand – alles, was Garrett nur einfiel, um Leute zu verärgern. Sie dachten sich ein Pseudonym aus – USA Patriot Boy – und setzten dann eine lange Liste von Meta-Tags in seine Header – *Sex, chinesische Huren, Gott segne die USA, Todesschuss* und *Präsident Xi Jinping*. Garrett unternahm eine Analyse der Keyworddichte zur Suchmaschinen-Optimierung und linkte den Blog dann zu so vielen Artikeln über China, wie er und Celeste finden konnten. Am Ende der ersten Reihe von Einträgen fragte er seine Leser, wie sie es anstellen würden, China anzugreifen.

Um die Mittagszeit erzielte er zweitausend Hits pro Stunde sowie lange rassistische Tiraden zum Thema, warum Amerika in die Volksrepublik einmarschieren solle. Um 19:00 Uhr hatten sich diese Zahlen verdoppelt. Und die Klicks, die hinter der großen chinesischen Zensurmauer hervorkamen, hatten sich auch verdoppelt. Diese Seitenabrufe waren sprunghaft angestiegen. Irgendjemand dort drüben war ziemlich aufmerksam.

General Kline rief am zweiten Tag dreimal an, bei jedem Anruf klang er etwas angespannter als zuvor. Was machen Sie? Warum spielen Sie Computerspiele? Verfolgen Sie, was das chinesische Militär tut? Wussten Sie, dass ihre Luftwaffe Einsätze über die Straße von Malakka fliegt? Die amerikanische Pazifikflotte ist mittlerweile in höchster Alarmbereitschaft. *Haben Sie einen Plan, Garrett?*

Jedes Mal sagte Garrett: »Ich bin ziemlich beschäftigt. Kann ich Sie zurückrufen?« Beim dritten Anruf legte er einfach den Hörer auf.

Am Nachmittag des zweiten Tages entband er Celeste Chen von ihren Spielpflichten. Sie erwies sich als lächerlich schlecht darin, und sie wurde nicht besser, und Garrett war der Ansicht, sie könne an anderer Stelle sinnvoller eingesetzt werden. Er sagte ihr, sie solle ihren Laptop nehmen und sich wieder an die Recherche zur chinesischen Verzweiflung machen. Wovor hatten sie solche Angst? Such, such, such, befahl er ihr, und komm nicht zurück, bevor du etwas gefunden hast. Celeste schien ziemlich glücklich darüber, aus der Einsatzzentrale entlassen zu werden. Sie ging, ohne sich zu verabschieden.

Garrett schlief in dieser Nacht in der Einsatzzentrale, wurde auf seinem klumpigen Feldbett immer wieder wach, fühlte sich losgelöst von seinem Körper, als wäre er in zwei Hälften gespalten. Ein Teil von ihm lag im Pentagon und starrte ins Leere, während der andere Teil mit Alexis zusammen war, ihr Gesicht zwischen den Händen hielt, sie küsste und ihr etwas zuflüsterte. Wenn Liebe eine Droge war, wie ein schwachsinniger Popsong behauptete, dann war es eine heimtückisch gefährliche Droge, und er schwor sich, sie nie wieder auszuprobieren – was komisch war, weil Garrett die meisten Drogen genoss.

Aber am Morgen des dritten Tages stellte er fest, dass sein Herz nicht mehr so wehtat wie gestern, und das war eine Überraschung für ihn. Wie war das geschehen? War es diese alte Redewendung, dass die Zeit alle Wunden heilt? Er wollte Alexis immer noch zurückhaben, wollte immer noch ihr Gesicht sehen und ihre Lippen küssen, aber er konnte jetzt mit dieser Sehnsucht leben. Sie beherrschte nicht mehr alle seine Gedanken und Gefühle. Während er sich in einem sterilen Badezimmer im Pentagon Wasser ins Gesicht spritzte, kam ihm der Gedanke, dass es sich vielleicht so anfühlte, wenn man erwachsen wurde.

Am Mittag des dritten Tages hatten einige der Aszendent-Mitarbeiter begonnen, im Terminmarkt Geld zu verdienen. Wichtiger war, dass sie ein Gefühl für Ebbe und Flut des Datenstroms bekommen hatten, der die Preise bestimmte. Bingo und Lefebvre waren den Daten sogar einen Schritt voraus und wetteten auf die zukünftige Entwicklung, was genau das war, was Garrett wollte.

»Ich bin dabei, Aktien zu kaufen und zu verkaufen«, murmelte Lefebvre mit geübter Ironie. »Daddy wäre stolz.«

Sie waren auch in ihren Online-Spielen geschickt geworden. Kommunisten und Kubaner und hirnfressende Zombies fielen wie die Fliegen. Alle Offiziere, ob männlich oder weiblich, alt oder jung – und die meisten waren jung –, hatten ihre Entwicklungsstufen verzehnfacht, hatten Erfahrungspunkte und neue Leben gesammelt, Zaubersprüche, Rüstungen und Munition eingesackt. Garrett ließ einige der Besten mit Gamern in China Kontakt aufnehmen, ließ sie Teams mit ihren asiatischen Kollegen bilden und mit ihnen plaudern, während sie spielten. Garrett nannte ihnen Fragen, die sie stellen sollten: Beobachtet euch die Regierung? Dürft ihr frei reden? Wie stark ist ihre Zensur-Software? Die Antworten waren ausweichend, oder die Fragen wurden komplett ignoriert, aber das machte Garrett nichts aus. Sie sondierten, wühlten, umkreisten.

In der Zwischenzeit hatte Mitty Rodriguez von ihrem Apartment in Queens aus begonnen, die Einsatzzentrale zu bombardieren. Sie spielte so viele Games seit derart langer Zeit und kannte so viele Leute im Innern der Gaming-Industrie, dass sie einen enormen Cache an Cheat-Codes angesammelt hatte. Cheat-Codes – oder Cheats, wie Gamer sie nannten – waren in Spiele geschriebene Bits Codes, die Hardcoregamern, sobald sie sie entdeckt hatten, bestimmte Vorteile gegenüber dem Rest der spielenden Scharen einräumten. Cheats verliehen dir besondere Kräfte, zum Beispiel die Fähigkeit, an neue Schauplätze zu springen, oder neue Waffen, die schneller oder in größerem Rahmen töten konnten. Und die am schwersten zu beschaffen waren, erlaubten dir, Dinge in Spielen zu tun, die niemand – absolut niemand sonst – tun durfte. Eines dieser Dinge war, Mitglieder deines eigenen Teams zu töten, ohne dass du bestraft wurdest.

Normalerweise waren es nur Feinde, die massakriert werden konnten. Es gab Games, die es zuließen, dass Spieler von »Beschuss durch die eigene Seite« getroffen wurden, um den Realismus zu erhöhen. Wenn Gamer jeden – selbst Team-Mitglieder – ohne Konsequenzen abschießen konnten, würde das blanke Chaos herrschen. Deshalb bauten die Game-Produzenten Sicherungen ein, um das zu verhindern: Punkte wurden abgezogen, ein An-Aus-Schalter wurde benutzt. Aber Mitty hatte für jedes der Games, das sie – und die Mitglieder von Garretts Einsatzzentrale – spielten, einen Cheat gefunden, mit dem sie eigene Team-Mitglieder töten konnte, indem sie alle existierenden Spielregeln außer Kraft setzte. Und sie benutzte sie mit erschreckenden Wirkungen.

Garrett erfuhr erst davon, als Patmore, der Marine-Verbindungsoffizier mit dem kantigen Kinn, praktisch in Tränen aufgelöst zu ihm kam. »Jedes Mal, wenn ich kurz davor bin, eine ganze Scheißladung außerirdischer Käfer abzuschießen, schießt sie mich in tausend Stücke. Und dann schreit sie mich durch das Headset an und nennt mich eine Schwuchtel. Es gibt nichts, was ich dagegen machen kann. Das ist einfach nicht fair«, sagte Patmore und schwenkte seinen Controller durch die Luft, bevor er hinzufügte: »Einfach nicht fair – *Sir.*«

»Na ja, so ist das Leben«, sagte Garrett, amüsiert, aber nicht interessiert.

Eine Stunde später erhoben zwei weitere seiner Analytiker/Gamer die gleiche Klage. Mitty hatte sie in drei verschiedenen Spielen ohne Warnung und aus keinem besonderen Grund in den Kopf geschossen, wodurch sie die Stunden, die sie gerade registriert hatten, um ihre Spiel-Charaktere so weit wie möglich zu bringen, im Grunde genommen annulliert hatte. Es war niederschmetternd.

»Sie läuft immer wieder Amok«, sagten sie. »Sie ist wahnsinnig.«

»Ich werde mit ihr reden«, versprach Garrett ihnen. Er legte ein drahtloses Headset an und schaltete sich in einem Game von *Special Ops* in ein Feuergefecht an der kubanischen Küste ein.

»Mitty, hier ist Garrett«, sagte er.

»*Cómo estás, pinche* Kumpel?« Ihre Stimme knisterte zu dem Geräusch von Gewehrfeuer.

»Hör auf, deine eigenen Team-Mitglieder abzuknallen. Du ruinierst ihre Moral.«

»Na ja«, sagte sie in vernünftigem Tonfall, »sag ihnen, sie können mir den Schwanz lutschen.«

»Das ist nicht hilfreich.«

»Dann kannst *du* meinen Schwanz lutschen.«

»Ich bin jetzt Major, weißt du? Der Präsident hat mich dazu gemacht.«

»Klar. Und ich bin Konteradmiral.«

Garrett verzog das Gesicht und dachte darüber nach, wie er das Gespräch neu beginnen konnte. »Mitty, warum tust du das? Was hat es für einen Sinn, Amok zu laufen?«

»Wenn ich Amok laufe, sterben sie. Wenn sie sterben, bekomme ich mehr Punkte. Je mehr Punkte ich bekomme, desto mehr fürchten sie mich. Je mehr sie mich fürchten, desto mehr gewinne ich. Was der Grund dafür ist, dass mir dein erbärmlicher Arsch gehört, Sergeant Reilly.«

Garrett seufzte müde. Aber dann überlegte er, was sie gerade gesagt hatte. Amok zu laufen hatte eine bestimmte strategische Qualität, die das Befolgen der Spielregeln nicht hatte. Objektiv betrachtet ergab verrücktes Benehmen eine Menge Sinn: Du sammeltest Punkte, du hattest Spaß, und absolut niemand konnte vorhersagen, was du als Nächstes tun würdest. Das sorgte dafür, dass man dich fürchtete. Und seine Feinde in Angst und Schrecken zu versetzen – war das nicht eine Kampfstrategie, die so alt war wie der Krieg selbst?

»Da ist was dran«, sagte er in sein Headset. »Aber du bist trotzdem ein Torfkopf.« Er schaltete seine Konsole ab, bevor Mitty protestieren konnte.

In der nächsten Stunde dachte Garrett über das Konzept des Chaos in der modernen Kriegsführung nach. Unvorhersehbarkeit war eine machtvolle Waffe, wenn man sie gegen einen Widersacher einsetzte, der sich nach Ordnung sehnte. Und sehnten wir uns nicht alle nach Ordnung? War Entropie nicht der Feind, den alle Menschen fürchteten? Alexis hatte das behauptet. Chaos wurde gleichgesetzt mit Tod, Ordnung mit Leben.

War das nicht besonders wahr in der chinesischen Kultur? Praktisch jedes Buch, das er in Camp Pendleton gelesen hatte, hob das hervor. Vielleicht war die Verzweiflung der chinesischen Regierung mit einer Furcht vor dem Chaos verknüpft? *Vielleicht waren sie ein und dasselbe?* Wenn das der Fall war, konnte er diese Information zu seinem Vorteil verwenden.

Nun denn, nachdem er drei Tage, sieben Stunden und eine Million Dollar in das Projekt Aszendent gesteckt hatte, stieß Garrett auf das, wonach er die ganze Zeit Ausschau gehalten hatte …

… den Anfang eines Plans.

50

DAS WEISSE HAUS, 13. APRIL, 9:44 UHR

Was tut dieser kleine Scheißkerl?« Die Empörung war an alle im Raum gerichtet, aber Verteidigungsminister Duke Frye schaute Major General Hadley Kline an, als er die Frage stellte. Kline versuchte, nicht das Gesicht zu verziehen oder die Fassung zu verlieren, aber es war nicht leicht – er wusste, dass Frye ihm einen Köder hinhielt, und er wusste auch, dass er den Köder nicht schlucken durfte. Noch nicht. Der Rest des Treffens würde ein Machtkampf zwischen ihm und dem Minister werden, und Kline musste mit seinen Kräften haushalten.

Frye wandte sich an den Präsidenten der Vereinigten Staaten, und seine Stimme wurde sanfter. »Bitte entschuldigen Sie meine harten Worte, Mister President. Aber Sie müssen verstehen – er lässt sie Videogames spielen. Vierzehn, sechzehn Stunden am Tag. Während wir an der Schwelle eines Krieges mit China stehen. Von wegen fiedeln, während Rom brennt.«

Präsident Cross saß Frye gegenüber am Ende eines langen Konferenztischs im Kontrollraum des Weißen Hauses im Kellergeschoss des Westflügels. Zu seinen beiden Seiten saßen der Vorsitzende der Vereinigten Stabschefs Wilkerson, Wilkersons Adjutanten und Vertreter des Finanzministeriums, des FBI, der CIA und der Homeland Security. Kline saß weiter unten am Tisch neben der Nationalen Sicherheitsberaterin Jean Rhys, einer älteren Frau mit auffallend weißem Haar und einer Lesebrille.

»Wir haben ihn hinzugeholt, damit er unkonventionell denkt«, sagte General Kline, der seinen Zorn zügelte. »Und das ist es genau, was er …«

»Videogames spielen ist nicht unkonventionelles Denken«, unterbrach Frye ihn. »Es ist nicht mal Denken.« Frye drehte sich in seinem Sessel zu Julia Hernandez herum, der jungen Vertreterin des Finanzministeriums. »Wie viel Geld hat er vom Finanzministerium angefordert?«

»Eine Million Dollar, Sir«, sagte Hernandez.

»Und wie viel hat er übrig?«

»Obwohl wir einen Verbindungsmann in der Einsatzzentrale haben, sollen wir seine Maklerkonten nicht überwachen«, sagte sie. »Das ist eigentlich illegal.«

»Siebenhundertachtzigtausend«, sagte ein älterer Mann von der CIA. Er hieß Tommy Duprés, und Kline kannte ihn seit Jahrzehnten. Er war klug, politisch interessiert, und Kline mochte ihn. »Wir überwachen seine Konten trotzdem. Weil wir ihm die falschen Namen für die Konten zur Verfügung gestellt haben. Es fällt unter die Rahmenbedingungen für die nationale Sicherheit.«

»Eine Viertelmillion Dollar«, sagte Frye. »Geld des Steuerzahlers. Auf private Konten übertragen und in die Tonne gehauen.«

»Ich glaube nicht, dass es seine Einsätze waren«, sagte Duprés. »Einige der Konten waren innerhalb von Minuten leer. Reilly ist weit erfahrener. Er hat sein Team handeln lassen. Ich glaube, er schickt sie durch ein Trainingsprogramm. Aber mit richtigem Geld. Scharfer Munition, wenn Sie so wollen.« Es lag ein Anflug von Bewunderung in der Stimme des CIA-Mannes – als hätte Garrett Reillys Intelligenz und Gerissenheit einen Eindruck auf ihn gemacht. Kline merkte sich das. Es könnte später nützlich sein.

Minister Frye ließ sich nicht aufhalten. »Und haben Sie das hier gesehen?«, fragte er und schob einen offenen Laptop in die Mitte des Tischs. In seinem Browser war Garretts Anti-China-Blog zu sehen. »Es ist eine Webseite, in der es nur darum geht, dass die Vereinigten Staaten einen Krieg gegen China führen. Bin ich verrückt, oder haben Sie, Mister President, ihm nicht klipp und klar gesagt, dass er davon nichts erwähnen soll? Dass dies hier eine geheime Operation ist? Dass niemand im Land davon erfahren darf? Und was macht er?«, Frye schüttelte bekümmert den Kopf, »Er verkündet das ganze verdammte Ding lauthals im Internet.«

Kline schaltete sich ein: »Der Blog lässt sich nicht zum Pentagon zurückverfolgen und auch nicht …«

»Er macht uns zu Narren«, unterbrach Frye ihn und klappte den Laptop zu. »Ganz so, wie er es gemacht hat, als wir ihn anfangs nach D. C. gebracht haben. Er hat wegen seines Bruders mit dem Militär ein Hühnchen zu rupfen, und jetzt, wo wir ihm die Macht gegeben haben, rupft er dieses Hühnchen. Bis auf die letzte Feder.« Der Minister wandte sich an Präsident Cross, der während des gesamten Treffens schweigend dagesessen hatte, gelegentlich von seinem Wasser genippt und seine Krawatte glatt gestrichen hatte.

»Mister President«, sagte Frye und beugte sich über die Kante des Konferenztisches aus Mahagoni. Der Zorn war auf einmal aus seiner Stimme verschwunden; er sprach in einem gemessenen, gleichmäßigen Tonfall, ein Ausbund an Gelassenheit. »Garrett Reilly hat uns keine Berichte geliefert, keine Informationen, hat keine Truppenbewegungen angefordert. Er hat absolut nichts gemacht. Also, kümmere ich mich besonders um irgendein Planspiel, das aus dem Kellergeschoss des Pentagons heraus betrieben wird? Im Allgemeinen nicht. Könnte mir völlig egal sein. Aber wir können nicht darauf warten, dass ein sechsundzwanzigjähriger Hacker unsere Schlachten für uns schlägt. Diesen Luxus können wir uns nicht mehr leisten, sofern wir es je konnten. Für jeden militärischen Kopf in diesem Raum ist es sonnenklar, dass die Chinesen fest entschlossen sind, einen regelrechten Krieg vom Zaun zu brechen.« Er zeigte auf eine Reihe von Fernsehmonitoren, die an der Wand hinter dem Oberbefehlshaber angebracht waren. Einer der Monitore zeigte die Ostküste Chinas – das Südchinesische Meer –, ein anderer zeigte das Japanische Meer. Beide zeigten blinkend chinesische Flottenbewegungen und Luftwaffenaktivitäten an.

»Sie haben heute Morgen fünf Zerstörer der Luzhou-Klasse aus Qingdao abdampfen lassen, und ein atombetriebenes U-Boot der Jin-Klasse verlässt in diesem Augenblick das Dock. Sie nehmen Kurs nach Süden auf die Straße von Malakka. Wenn sie die Straße sichern, kontrollieren sie den ganzen Handel nach Japan, Australien und so ziemlich jedem anderen Land im Pazifik. Ein Viertel des Öls der ganzen Welt geht durch diese Straße. Wenn wir uns dem nicht in den Weg stellen, gehen Südostasien und alle unsere Verbündeten dort das ziemlich reale Risiko ein, von den Chinesen überrannt zu werden.«

»Wir wissen nicht, ob das offensive Aktionen sind«, sagte Kline, der einen Anflug von Verärgerung in seine Stimme einfließen ließ. »Es könnten Marineübungen sein, die dazu bestimmt sind, ihre Seemacht zu demonstrieren.«

»Wenn es Manöver wären, hätten sie uns davon in Kenntnis gesetzt«, entgegnete Frye. »Es sei denn, Ihre Leute in der DIA hätten irgendwas übersehen. So wie sie den Ausverkauf der Staatsanleihen übersehen haben.«

Kline zuckte zusammen. Er holte tief Luft, um sich zu beruhigen. In politischen Kämpfen war er nicht geübt – das gehörte nicht zu seinen Leidenschaften –, aber Frye hatte Aszendent im Visier und wollte dem Vorhaben den Todesstoß versetzen. Der Minister war entschlossen, jedes Projekt zu Fall zu bringen, das Geld und Macht von seinem Amt und von traditionellen militärischen Programmen abzog. Aber jetzt war noch nicht die richtige Zeit.

Frye wandte sich wieder an den Präsidenten. »Sir, ich glaube, wir nähern uns mit Riesenschritten einem kritischen Moment. Sie haben uns mehrfach angegriffen, unsere Wirtschaft, unsere Infrastruktur, und jetzt bereiten sie einen großen militärischen Konflikt vor. Südostasien könnte nur der Anfang sein. Was uns möglicherweise bevorsteht, ist ein globaler Krieg.«

Präsident Cross runzelte die Stirn und nahm einen weiteren

Schluck von seinem Wasser. Kline beobachtete den Präsidenten, während er über die Meinung des Ministers nachdachte. Nach Klines Ansicht war Cross nie ein Visionär gewesen – er war eher ein Hausmeister-Präsident, zufrieden damit, den Job zu haben, und bemüht, ihn nicht zu versauen. Deshalb waren seine Entscheidungen eher konservativ – was Kline ganz recht war. Er konnte sich die Unschlüssigkeit des Präsidenten zunutzemachen. Zumindest hoffte er das.

»Aber warum, Duke?«, fragte der Präsident. »Warum wollen sie einen Krieg mit uns führen?«

Frye richtete sich in seinem Sessel auf. »Sir, ich glaube, das spielt keine Rolle. Sie tun es, und wir müssen etwas unternehmen. Ihre Motive sind zum gegenwärtigen Zeitpunkt sekundär. Diese Nation muss durch eine feste Hand verteidigt werden. Wenn wir diesen Job den Schwächlingen und den Disziplinlosen überlassen, sind wir dem Untergang geweiht. Ich überschreite vielleicht meine Befugnisse, Sir, aber ich muss bei allem gebotenen Respekt die Frage stellen: Wollen wir die Regierung sein, die alles an die Chinesen verloren hat?«

Kline blinzelte überrascht. Er hatte es nicht für möglich gehalten, dass der Minister sein Anliegen mit derart krassen – und persönlichen – Worten vortragen würde. Aber das hatte er getan, hatte seinen realpolitischen Trumpf ausgespielt und gleichzeitig an die Charakterfehler des Präsidenten appelliert: seine Eitelkeit und seinen Wunsch nach einer unbefleckten Hinterlassenschaft. Das musste er Frye lassen – er war ein Meister in diesem Spiel. Es ging das Gerücht um, dass er mit dem Präsidentenposten liebäugelte. Der Ehrgeiz des Ministers wurde allgemein für grenzenlos gehalten.

Kline dachte, er habe den Präsidenten vor Nervosität leicht zusammenzucken sehen. Cross wedelte mit einer Hand durch die Luft. »Was sollten wir Ihrer Ansicht nach tun, Duke?«

»Verwerfen Sie das Aszendent-Programm. Falls es sein muss, stecken Sie Reilly wegen Betrugs ins Gefängnis …«

Kline blaffte unwillkürlich: »Betrug? Jetzt machen Sie mal halblang!«

»Er hat eine Million Dollar genommen und sie auf private Konten verteilt. Das sind eindeutig justiziable Gründe«, sagte Frye. »Dann lassen wir ein echtes Stück militärischer Strategie vom Stapel. Lassen die Pazifikflotte kampfbereit Kurs auf die Küste vor Shanghai nehmen. Schicken die Fünfte Flotte vom Nahen Osten in die Straße von Malakka. Transportieren Truppen auf dem Luftweg an die östliche Grenze von Kirgisistan und verdoppeln unsere Kräfte in Südkorea. Das können wir im Lauf von ein paar Tagen tun. Die Chinesen damit konfrontieren, was Amerika am besten kann – überwältigende Truppenstärke. Das wird die Parteiführung in Angst und Schrecken versetzen und dafür sorgen, dass sie auf der Stelle stehen bleiben.«

Im Kontrollraum wurde es still. Präsident Cross nahm noch einen Schluck Wasser und wischte sorgfältig einen Tropfen Kondenswasser vom Glas. Nach ein paar Augenblicken wandte er sich an Kline. »General Kline, ich weiß, Sie haben sich dieses Programm ausgedacht, aber, offen gesagt – es scheint sich in ein nutzloses Unterfangen verwandelt zu haben.«

Kline nickte. Das war er. *Der Moment.* Ob Aszendent eine Zukunft hatte oder zum Scheitern verurteilt war, hing davon ab, was er jetzt sagte.

»Sir, Aszendent ist ein Würfel, der rollt. Das wussten wir vorher. Ja, Reilly hat etwas Geld verloren. Aber ich glaube nicht, dass es Betrug war, und die Summe ist unbedeutend, wenn wir bedenken, worum es hier geht. Wenn er irgendjemanden wie einen Narren aussehen lässt, bin ich das, und bis jetzt bin ich bereit, mit dieser Demütigung fertig zu werden. Ich glaube immer noch an das Projekt. Und ich glaube an Reillys Begabung. Aber vor allem, Sir, stelle ich die Alternative infrage. Können wir die Chinesen bis an den Rand des Abgrunds drängen? Ja. Aber haben wir auch nur die blasseste Ahnung, worauf das hinauslaufen würde? Die Situation könnte innerhalb von Minuten auf eine Weise eskalieren, dass sie außer Kontrolle gerät. Innerhalb von Sekunden sogar. Die Geschichte hat uns gezeigt, dass Kriege, wenn sie einmal begonnen sind, sich verselbstständigen. Wie viele Menschen würden sterben? Und wer würde am Ende als Sieger dastehen?« Er machte eine Pause und überflog die Gesichter der anderen Männer und Frauen in dem Kontrollraum. »Ich habe darauf keine Antwort, und ich würde behaupten, dass jeder in diesem Raum, der sie zu kennen meint, sich etwas vormacht.«

»Sir«, fuhr Kline mit leiser und fester Stimme fort, »ich verstehe das Risiko. Mein Kopf liegt eher als der jedes anderen auf dem Hackklotz. Aber ich bitte Sie, in Erwägung zu ziehen, dass Sie Aszendent noch mehr Zeit geben. Nicht um meinetwillen. Oder um Ihretwillen. Um unseres Landes willen.«

Präsident Cross rieb sich langsam die Schläfen. Der Ventilator eines Computers surrte leise in der Ecke. Alle Anwesenden in dem Raum blickten auf Cross.

»Duke«, sagte er, an den Verteidigungsminister gewandt, »ich möchte einen umfassenden schriftlichen Angriffsplan von Ihnen erhalten. Überwältigende Truppenstärke, aber berücksichtigen Sie die Zahl der Opfer. Das amerikanische Volk kann nur eine bestimmte Zahl von Kriegen in so wenigen Jahren akzeptieren. Ich will Südostasien nicht verlieren – aber ich will auch keinen Weltuntergang. Ich möchte den Plan in vierundzwanzig Stunden auf meinem Schreibtisch liegen haben.«

»Sie werden ihn bekommen«, sagte Frye mit einer Miene verhaltenen Triumphs.

Der Präsident wandte sich an Kline. »Reilly hat zwei weitere Tage. Falls er uns nichts liefert, beende ich das Programm.«

Kline atmete tief durch. Zwei Tage. Es war kein Sieg, aber es war auch keine Niederlage. *Noch nicht.*

Der Präsident stand auf und gab zu verstehen, dass das Treffen vorüber war. Jeder in dem Raum erhob sich mit ihm. Cross ging auf die Tür zu, blieb stehen und drehte sich zum letzten Mal zu General Kline um.

»Und, Hadley, schauen Sie doch, ob Sie den Jungen nicht zur Vernunft bringen können. Bringen Sie ihn wenigstens dazu, uns zu sagen, was er vorhat. Ich weiß, er ist eine Nervensäge, aber, Herr im Himmel – Videospiele?«

51

PENTAGON, 13. APRIL, 11:32 UHR

Es gab zwei Kabel von NSA-Computern, die direkt in die Aszendent-Kommandozentrale liefen. Eines verfolgte die Provenienz der Daten, das andere verfolgte die Muster von Telefonanrufen. Datenprovenienz – der Prozess der Klassifizierung ungeheurer Informationsmengen aus Datenwolken – war die Zukunft der Informationserfassung. Aber die Überwachung von Telefonaten war die Gegenwart. Garrett sorgte dafür, dass beide ein Mal pro Stunde überprüft wurden.

Unmittelbar vor der Mittagsstunde am vierten Tag der offiziellen/inoffiziellen Existenz des Projekts Aszendent bemerkte Garrett eine Steigerung der Anrufe zu den Helpdesks von fünf Regionalbanken im Südosten der Vereinigten Staaten: First Atlanta, Southern Trust, Montgomery Credit Union, Jackson People's Bank und Alabama Federal empfingen alle massenweise Kundenbeschwerden. Unerklärliche Kreditkarten-Belastungen waren plötzlich auf den Kontoauszügen der Kunden aufgetaucht. Schlimmer noch, von zahlreichen Girokonten in jeder Bank war Geld abgehoben worden. Als die Bankkunden sich ihre Konten online ansahen, waren sie leer. Auf null gestellt.

Anrufe bei der Notrufzentrale gingen in fünfzehn Countys in Georgia, Mississippi und Alabama durch die Decke. Sieben Leute hatten einen Herzinfarkt. Drei überlebten ihn nicht.

Garrett beauftragte Bingo und Lefebvre mit Nachforschungen. Sie brauchten zwanzig Minuten, um die Verbindung zu finden. »Die Banken haben alle die Programmierung ihrer Webseiten zu demselben Unternehmen in Vietnam ausgelagert«, sagte Lefebvre. »Eastern Star Data Programming in Saigon. Aber sie gehen nicht ans Telefon.«

Garrett durchsuchte seine Sammlung von Darknet- und Hacker-Bulletin-Boards und fand schnell Hunderte von Benutzernamen und Passwörtern, die gerade zum Verkauf angeboten worden waren. Sie stammten alle von Eastern Star. Und sie stammten alle aus den gleichen fünf Banken aus den Südstaaten.

»Jemand hat eine beschissene Menge von Kontoinformationen genommen und an die Hacker in aller Welt verteilt«, sagte Garrett zu Bingo und Lefebvre, die neben ihm standen und ihm über die Schulter auf die Liste der Preisforderungen für die gestohlenen Kontoinformationen schauten. »Und dann haben sie die Hacker den richtigen Schaden anrichten lassen.«

»Schlau«, sagte Lefebvre. »Hoher Grad an Bestreitbarkeit.«

»Findet die Details über Eastern Star heraus. Nur weil sie gehackt wurden, heißt das nicht, dass es die Chinesen waren.«

Lefebvre und Bingo eilten an ihre Computer. Garrett lächelte: Sie wuchsen zu einer gut geölten Maschine zusammen. Er rief Kline an, um ihm mitzuteilen, was sie gefunden hatten, aber die Nachrichten hatten sich schon wie ein Lauffeuer verbreitet. Online-Chatter explodierte. Twitter-Feeds brummten.

»Was können wir machen?«, fragte Kline.

»Na ja, das ganze Geld ist schon verschwunden«, sagte Garrett. »Also im Grunde nichts.«

»Das ist nicht gut genug«, brüllte Kline. »Begreifen Sie nicht, unter welchem Druck wir stehen? Ich komme gerade von einem Treffen mit dem Präsidenten. Es ging um Sie! *Begreifen Sie nicht, was alles auf dem Spiel steht?*«

»Ich glaube, jetzt begreife ich es.«

Kline blaffte etwas, das sich in Garretts Ohren wie ein Fluch anhörte – aber er war sich nicht ganz sicher –, und dann hängte er auf. Den Hörer einfach aufzulegen schien ihre bevorzugte Methode geworden zu sein, ein Telefonat zu beenden.

Bingo kam eine halbe Stunde später mit weiteren Informationen zurück: Die vietnamesische Programmierfirma war die hundertprozentige Tochtergesellschaft eines IT-Konzerns mit Sitz in Shanghai, der Verbindungen zu hochgestellten Funktionären der chinesischen KP unterhielt, und ihr Personal hatte ausschließlich aus Kantonesisch sprechenden, ethisch chinesischen Immigranten bestanden, die in Vietnam Hoa genannt wurden. Das bedeutete an sich nichts für Garrett – er wollte nicht jeden chinesischen Bürger oder jede chinesische Firma reflexartig mit Argwohn betrachten –, aber die Polizei von Saigon hatte gerade ein Dutzend Firmenangestellte verhaftet, die versucht hatten, eine 737 zurück nach Shanghai zu besteigen.

»Na ja«, sagte Garrett, »das ist vermutlich alles, was wir wissen müssen.«

Als die Nachrichten von den geleerten Bankkonten schließlich eine Stunde später auf der Website des *Wall Street Journal* eintrafen, bildeten sich Reihen kopfscheuer Kunden vor den dreihundert Zweigstellen der Banken in den gesamten Südstaaten. Sie wollten alle ihr Geld haben. Bar. *Jetzt.* An der New York Stock Exchange verloren die Aktien der einzelnen Banken an einem einzigen Nachmittag zwischen einem Drittel und der Hälfte ihres Werts. Einfach so. Bumm.

Bingo, Lefebvre und der Rest der Aszendent-Mitarbeiter beobachteten die CNN-Berichterstattung auf dem mittleren der digitalen Bildschirme. In der Einsatzzentrale war es still, bis auf die Stimme eines jungen, blonden Reporters, der sich vor eine Bank in einem Vorort Atlantas gestellt hatte.

»Hier herrscht weit verbreitete Panik, Vanessa«, sagte der Reporter. »Jeder hat ziemlich viel Angst um sein Geld.«

»Ein weiterer Punkt für die Jungs und Mädchen in Peking«, sagte Garrett. »Wenn sie eine Möglichkeit sehen, springen sie darauf an. Und sie albern nicht herum.«

52

PENTAGON, 13. APRIL, 16:32 UHR

Hat man Sie zum General gemacht?«, sagte Avery Bernstein und beäugte Garretts Army-Uniform verächtlich, während sie über die gepflasterten Gehwege im offenen Innenhof gingen. Ein Café stand in der Mitte des umschlossenen Bereichs; die hohen fünfseitigen Innenmauern des Gebäudes umgaben sie und verliehen dem Hof eher den Charakter eines Gefängnisses als den eines Parks.

»Das ist eine Majorsuniform«, sagte Garrett. »Der Präsident hat mich höchstpersönlich befördert.«

»Der Präsident? Wirklich?« Avery schüttelte verwundert den Kopf. »Bin mir nicht sicher, ob ich Ihnen gratulieren oder mein Beileid ausdrücken soll. Ich dachte, Sie hassen das Militär?«

Garrett seufzte. Sein ehemaliger Boss hatte mittags angerufen und gesagt, dass er den Tag in D. C. verbringen würde und ob Garrett ein paar Minuten Zeit für ein Gespräch habe. Garrett hatte zugesagt, erfreut, die Stimme Averys zu hören, aber in dem Moment, als er auflegte, wurde ihm klar, dass so gut wie kein Teil des Anrufs einen Sinn ergab.

»Waren Sie geschäftlich in D. C.? Und Sie wussten, dass ich in Washington war? Woher?«

»Sie haben mir gesagt, Sie wären hier. Vor ein paar Tagen.« Avery zögerte. »Nein, das ist gelogen. Man hat mich heute Morgen angerufen und gebeten, hierherzukommen und mit Ihnen zu reden.«

»Man?«

Avery machte eine weit ausholende Handbewegung durch die

Luft, zeigte auf die Offiziere und Zivilisten, die mit Kaffeebechern und Sandwichs in den Händen durch den Innenhof gingen, aber auch auf die Mauern des Pentagons selbst. »Wer immer das ist, für den Sie arbeiten – das Militär. Die Regierung. Ein General namens Kline meinte, ich solle Ihnen sagen, dass Sie sich Mühe geben sollen. Sich an das Programm halten, was immer, zum Teufel, das Programm ist, und das tun, wofür man Sie geholt hat. Natürlich wollte er, dass ich es etwas geschickter anstelle. An Ihren Patriotismus appelliere. Ich hab ihm gesagt, Sie wären nicht patriotisch.«

»Vielleicht hab ich mich geändert.«

»Nach Ihrem Aufzug zu urteilen, würde ich sagen, Sie haben sich absolut geändert.« Er schaute Garrett an, studierte sein Gesicht. »Bin mir auch nicht sicher, ob es zum Besseren ist. Sind Sie mit allem einverstanden, wofür diese Uniform steht?«

Garrett wandte sich von Avery ab, damit der nicht sehen konnte, wie sehr ihn diese Frage verletzte. »Als ich Ihnen sagte, ich wollte Staatsanleihen leerverkaufen, weil die Chinesen sie abgestoßen haben, meinten Sie, ich hätte kein moralisches Zentrum. Jetzt arbeite ich für unser Land, und Sie hacken immer noch auf mir herum. Ich kann machen, was ich will.«

Sie gingen schweigend weiter. Ein Dutzend Tauben gurrten und pickten Krümel unter einer Holzbank auf.

»Sie haben recht. Es tut mir leid«, sagte Avery, der ernsthaft zerknirscht klang. »Ich weiß manchmal nicht, warum ich manche Dinge sage.«

Garrett nickte. »Schon gut.«

»Also, dieser Kline klang nicht glücklich, Garrett. Offen gesagt, er klang ein bisschen verzweifelt. Was ist los?«

»Mist«, sagte Garrett. »Merkwürdiger Mist.«

»Hat das mit China zu tun?«

»Könnte sein.«

»Dem Ansturm auf die Banken heute Nachmittag im Süden?«

Garrett sagte nichts. Avery schaute seinen früheren Schützling lange und hart an.

»Schauen Sie mich nicht so an, Avery. Ich kann es Ihnen nicht sagen. Wirklich nicht.«

Avery beugte sich nahe zu ihm und flüsterte: »Beobachten sie uns?«

»Wer soll uns beobachten?«, fragte Garrett. »Diese Typen?« Er wies mit dem Kopf auf einen Army-Captain, der an ihnen vorbeikam. »Vielleicht. Wen schert das einen Dreck?«

Avery packte Garrett unvermittelt am Ellbogen und machte mit ihm zusammen eine Kehrtwendung. »Kommen Sie mit«, sagte er und zog ihn mit sich auf das Courtyard Café in der Mitte des Parks zu.

»Was machen Sie da, Avery?«

Avery schob eine Tür des Cafés auf und führte Garrett hinein. »Geben Sie mir zwei Minuten.« Das Café war weitgehend leer; ein Hilfskellner räumte Teller von einer Theke ab, und eine Kellnerin leerte eine Kaffeemaschine. Ein halbes Dutzend Pentagon-Mitarbeiter saßen an Tischen im ganzen Raum verteilt und lasen oder arbeiteten an ihren Laptops. Avery legte seine Hand auf Garretts rücken und lenkte ihn in den hinteren Bereich des Cafés. »Da«, sagte Avery, »die Herrentoilette.« Er schob die Toilettentür mit dem Fuß auf und ließ Garrett eintreten. Das Klo glänzte weiß und roch nach Desinfektionsmitteln.

Garrett runzelte die Stirn. »Wollen Sie mir einen runterholen? Seltsamerweise bin ich nämlich nicht in der Stimmung.«

Avery flüsterte: »Jemand hat nach Ihnen gefragt.«

Garrett blinzelte überrascht. »Was soll das heißen?«

Avery sprach in gedämpften, abgehackten Wortgruppen. »Ein Mann. Kam zu mir. Er wusste von Ihnen. Von den Staatsanleihen. Wie Sie das rausgekriegt haben. Er sagte, Sie wären nach Camp Pendleton gebracht worden, und dass die Regierung Sie eingezogen hätte, damit Sie für sie arbeiten.«

»Wer war er?«, fragte Garrett ruhig. Sie standen nur eine Handbreit voneinander entfernt.

»Er nannte sich Hans Metternich«, antwortet Avery. »Bezweifle, dass das sein richtiger Name war. Er war Europäer, glaube ich. Im mittleren Alter. Sah gut aus. Nicht wie ein Spion. Aber andererseits sah er auch nicht wie *kein* Spion aus. Er bat mich, Ihnen eine Nachricht zu überbringen.«

»Herrgott, Avery, vielleicht war er ein Terrorist. Was ist, wenn er mich umbringen will? Haben Sie daran mal gedacht, bevor Sie sich mit einem Arschloch namens Hans unterhalten haben?«

»Dann ignorieren Sie ihn. Aber die Autobombe vor unserem Büro, die Sie fast umgebracht hätte … er meinte, das wären keine Terroristen gewesen.«

»Wer war es denn seiner Meinung nach?«

»Das wollte er mir nicht sagen. Könnte er nur Ihnen sagen, meinte er.«

»Scheiß drauf«, sagte Garrett. »Ist mir völlig egal, wer er ist. Oder was er zu sagen hat.«

»Schön«, sagte Avery, »ich bin nur ein Bote. Wenn Sie es sich anders überlegen, meinte er, sollen Sie sich bei ihm melden, damit er sich mit Ihnen in Verbindung setzen kann.«

»Wie soll ich das machen?«

Es gab einen lauten Knall, und dann sprang die Toilettentür auf. Zwei Militärpolizisten – jung, groß und mit finsterem Blick – kamen in den Raum gestürmt. »Major Reilly«, sagte der erste mit dröhnender Stimme, »Sie werden im Kommandozentrum gebraucht.«

Garrett drehte sich verblüfft um. Waren sie ihm in die Toilette nachgekommen? »Was machen Sie hier?«

»Ich kann Sie sofort dorthin bringen, Sir«, sagte der Militärpolizist.

»Sie können mich mal!« Garrett machte einen Schritt nach vorn, um dem MP die Meinung zu geigen, aber Avery packte ihn an der Hand, als wolle er sie schütteln. Garrett spürte sofort ein

Stück Papier in seiner Hand, und er wusste, dass Avery ihm gerade einen Zettel gegeben hatte.

»War großartig, Sie wiedergesehen zu haben«, sagte Avery und zog Garrett nahe an sich heran. »Wirklich großartig.«

In dem Moment, als die Worte seinen Mund verlassen hatten, packte der zweite Polizist – Bürstenschnitt und dicker Hals – Avery fest unter dem Arm, wobei seine langen Finger beinahe bis auf den Knochen des älteren Mannes drückten, und zog ihn von Garrett weg. »Mr Bernstein, Ihr Flug wird in dreißig Minuten aufgerufen«, erklärte er.

»Au, das tut weh«, sagte Avery.

»Ein Fahrer wird Sie zum Flughafen bringen«, sagte der MP.

Garrett ballte eine Hand zur Faust, um sie dem MP ins Gesicht zu schlagen, aber der erste MP trat zwischen sie. »Sir«, sagte er einfach und direkt, eindeutig bereit, Garrett zu Boden zu schlagen, falls er irgendwelche Mätzchen versuchen wollte. »Ich kann Sie jetzt zurückbringen.«

»Mir geht's prima, Garrett«, sagte Avery, als er zur Tür gezogen wurde. »Ich muss ohnehin zurück nach New York.«

»Avery, ich möchte …«, sagte Garrett, das Stück Papier fest in der Faust.

»Leisten Sie weiterhin gute Arbeit«, unterbrach Avery ihn. Damit wurde er aus der Toilette geführt. Garrett stieß ein kurzes, ungläubiges Lachen aus und starrte den verbliebenen MP an.

»Hey, Sie Arsch«, sagte er. »Warum, zum Teufel, beobachten Sie *mich*?«

Der MP lächelte grimmig und sagte nichts.

53

PENTAGON, 13. APRIL, 17:00 UHR

WARBYOTHERMEANS@GMAIL.COM.

Garrett schaute sich kurz die auf das Stück Papier hingekritzelte E-Mail-Adresse an, das Avery Bernstein ihm in die Hand gedrückt hatte, bevor er den Zettel wieder in die Hosentasche schob und hinten in der Einsatzzentrale des Projekts Aszendent weiter auf und ab ging. War by other means – Krieg mit anderen Mitteln? Zunächst dachte Garrett, es handele sich um eine Anspielung auf Malcolm X. Er schien sich an eine Art militantes Zitat über »any means« zu erinnern, aber als er es im Netz überprüfte, stellte er fest, dass das Zitat richtig lautete: »By any means necessary – mit allen nötigen Mitteln«, also war Malcolm X weg vom Fenster.

Als Garrett die Wortfolge bei Google (das sich nach einer Woche wieder vollständig erholt und seine alte Antwortzeit zurückgewonnen hatte) eingab, war das Spitzenresultat ein Satz des deutschen Militärtheoretikers Carl von Clausewitz aus der ersten Hälfte des neunzehnten Jahrhunderts: »Der Krieg ist eine bloße Fortsetzung der Politik mit anderen Mitteln.« War das ein Scherz? Versuchte jemand, einen schlauen Eindruck zu machen? Denn diese E-Mail-Adresse war nicht schlau, sie war idiotisch, eindeutig das Werk eines Computeramateurs. Für Garrett war eine Verschlüsselung von 2.048 Bits schlau. Einen toten deutschen Idioten zu zitieren war einfach schwach.

Und Hans Metternich? Wer hieß denn bloß *Hans*? Garretts rationale Seite riet ihm, die ganze Sache zu ignorieren. Aber Avery war der konservativste, risikoscheueste Mensch, den Garrett kannte. Wenn er das Risiko einging, den Hals umgedreht zu bekommen, wenn er eine Nachricht weitergab – hieß das, dass Garrett sie ernst nehmen oder wenigstens nicht völlig ignorieren solle?

Abgesehen davon, um die Wahrheit zu sagen, war Garretts Leben im letzten Monat tatsächlich wie nach dem Drehbuch eines paranoiden Films verlaufen, voll mit Bomben und Geheimprojekten. Und jetzt hatte er herausgefunden, dass er von Militärpolizisten überwacht wurde. Verdammte Scheiße – es war ja nicht so, als hätte er darum gebeten, im Pentagon arbeiten zu dürfen. *Sie* hatten *ihn* hier haben wollen.

Er schaute durch die Einsatzzentrale. Ein paar Mitarbeiter spielten Computerspiele; zwei handelten FOREX-Kontrakte online; ein paar weitere beobachteten hereinkommende CIA- und NSA-Geheimdienstinformationen. Vertraute er einem von ihnen? Vermutlich Bingo, dachte er. Bingo hatte keine besondere Treuepflicht dem Militär gegenüber. Auf Celeste konnte er ebenfalls zählen, wenn auch nur deshalb, weil sie die bewaffneten Streitkräfte genauso verachtete wie Garrett. Und Lefebvre? Was ihn anging, war sich Garrett nicht so sicher. Sie hatten sich beide in einem heiklen Waffenstillstand eingerichtet, aber Garrett nahm an, dass Lefebvres Zukunft innerhalb der Militärmaschinerie lag, nicht außerhalb.

Ob er diesen drei nun trauen konnte oder nicht, es gab eine Menge ungelöster Fragen, die an ihm nagten, und er war nicht bereit, sie mit jemand anderem zu erörtern. Wer *war* denn nun verantwortlich für die Autobombe gewesen? Falls Garrett das Ziel gewesen war, warum hatten sie nicht versucht, ihn auf eine direktere Art zu töten, mit einer Schusswaffe beispielsweise? Warum gab es kein Bekennerschreiben? Und wo waren die Verdächtigen? Während er jetzt zurückschaute, wurde ihm klar, dass er früher auf die Beantwortung dieser Fragen hätte drängen sollen, aber es hatte immer wichtigere Themen gegeben – wie die Möglichkeit des nächsten Weltkriegs.

Und trotzdem, sogar *das* hatte angefangen, Garrett zu beunruhigen. Er war sich ziemlich sicher, dass all diese ungleichartigen Angriffe das Werk eines Landes waren – und dass dieses Land China war –, aber die Beweise waren immer noch Indizienbeweise. Ja, es hatte Stromausfälle, Ausschreitungen, Bank-Runs und eine Verwässerung der US-Währung sowie Cyberattacken und Manipulationen auf dem Immobilien- und dem Aktienmarkt gegeben, aber all diese Dinge waren in der Vergangenheit viele Male passiert, ohne dass eine ausländische Macht dafür verantwortlich gewesen war. Das war einfach das Leben in der modernen Welt, die Zyklen des Kapitalismus und die Reaktion der Bürgerschaft auf harte Zeiten. Garrett hatte keinen Beweis für eine zentralisierte Koordination. Und obwohl die Verzweiflung der chinesischen Regierung als Motiv keine schlechte Vermutung war, war es trotzdem nur eine Vermutung. Er sehnte sich nach etwas Konkreterem.

In dieser Sache ähnelte alles den Häuten einer Zwiebel: Geheimnisse und noch tiefere Geheimnisse. Die Muster, die Garrett so schätzte, zeigten sich nicht – und das gab ihm zu denken. Was wäre denn, wenn es dort draußen Strippenzieher gäbe? Vielleicht war er so vollständig von Alexis verführt worden, und vom Pentagon und dem Präsidenten – der ihn zum Major gemacht, ihm eine Uniform gegeben und ihm Offiziere unterstellt hatte –, dass er vergessen hatte, selbst zu denken.

Mit dieser Erkenntnis im Kopf forderte er seine Fahrer auf, ihn heute Abend schon früh – um dreiundzwanzig Uhr – nach Bolling zu bringen, und gönnte sich ein paar Stunden Schlaf. Er wachte um vier Uhr auf, vor Anbruch der Dämmerung, zog Joggingsachen an, aß einen Proteinriegel, steckte seinen Laptop in einen Rucksack und lief eine Stunde, bevor seine MP-Begleiter ihn zum Pentagon zurückbringen sollten, aus seiner Apartmentanlage auf der Bolling AFB heraus. Nach diesem ersten Tag mit Alexis hatten sie aufgehört, seine Tür von außen abzuschließen, aber nach dem Vorfall mit Avery auf der Herrentoilette ging er davon aus, dass ihn irgendjemand irgendwo beobachtete. Früh am Morgen joggen zu gehen, das schien ihm relativ unverfänglich zu sein. Deshalb würden sie ihn nicht verhaften.

Er rannte auf einer unbefestigten Joggingstrecke am Rand des Stützpunkts entlang. Nach zehn Minuten fand er ein Dickicht von Bäumen an der nördlichen Grenze von Bolling, das auch einen Maschendrahtzaun verbarg. Er verließ den Joggingweg und verschwand zwischen den Bäumen. Jenseits des Zauns – knapp außerhalb des Stützpunkts – konnte Garrett ein Einkaufszentrum und eine Reihe zweigeschossiger stuckverzierter Apartmenthäuser erkennen. Er fuhr seinen Laptop hoch und begann nach WLANs zu suchen, die nicht von einem Passwort geschützt waren. Es kostete ihn fünf Minuten und einen Fußweg von rund hundert Yards, bevor er eines fand, dessen Signal stark genug war. Der Rest war einfach.

Zuerst meldete er sich für ein neues E-Mail-Konto an. Er benutzte seinen richtigen Namen für das Konto, weil er annahm, dieser Hans sollte wissen, dass er es war, der ihm diese Nachricht schickte. Als Nächstes schrieb er eine E-Mail – »Ich bin in DC, bereit zum Gespräch« – und verschlüsselte sie mit der PGP-Verschlüsselungssoftware. PGP – für »pretty good privacy«, ziemlich guter Datenschutz – war so nahe an einer unknackbaren Codierungssoftware dran, wie man herankommen konnte, besonders auf einem 2.048-Bit-Niveau. Klar, mit einem Supercomputer, der groß genug war, und wenn man mehrere Wochen Zeit hatte, konnte man den Code knacken, aber Garrett ging davon aus, dass diejenigen, die ihn beobachteten, wirklich nicht sehr viel Zeit hatten. Sogar die National Security Agency hatte wegen der PGP-Verschlüsselung ein großes Theater gemacht und behauptet, sie könne von Terroristen benutzt werden, um E-Mails zu verschicken, ohne dass amerikanische Agenturen sie bespitzeln könnten. Aber es gab die PGP trotzdem noch – und sie wurde tatsächlich eher sicherer, weil jede Woche neue quelloffene Versionen im Netz auftauchten.

Aber eine verschlüsselte E-Mail zu verschicken, das hatte keinen Sinn, wenn der Empfänger der Mail den Code nicht kannte, mit dem er sie entschlüsseln konnte. Ein Verschlüsselungscode war wie eine Anleitung, mit der man eine chiffrierte Nachricht entziffern konnte – ohne die Anleitung war die Nachricht bedeutungslos. Aber mit dem Schlüssel zur Hand konnte ein Softwareprogramm selbst den dichtesten Code dechiffrieren. Wenn Garrett allerdings den Schlüssel per E-Mail schickte, war er wieder genauso weit wie zuvor – jeder, der diese E-Mail abfing, würde den Schlüssel benutzen, um seine frühere, verschlüsselte E-Mail zu lesen. Garrett begriff, dass dies der Punkt war, wo er kreativ werden musste.

Er lud sich ein Kapitel von Clausewitz' Buch *On War* aus dem Netz – das Kapitel hatte die Überschrift »Boldness«, was Garrett hübsch fand – und kopierte dann die ersten 715 Zeichen dieses Kapitels auf seinen Computer. Die Zahl 715 wählte er aufs Geratewohl. Als Nächstes machte er einen Verschlüsselungscode – wozu er wieder seine PGP-Software benutzte –, sodass jeder, der diesen Code besaß, seine frühere E-Mail entschlüsseln konnte. Dazu nahm er die ersten 715 Zeichen des »Boldness«-Kapitels von Clausewitz und machte sie zu dem Code. Er beschloss, dass ihm dies zu einfach war, und wiederholte deshalb die letzten Schritte, nur nahm er diesmal den Clausewitz-Text in seiner Originalfassung – »Die Kühnheit« –, lud die ersten 715 Zeichen dieser Version, verschlüsselte sie und schickte sie an die E-Mail-Adresse »warbyothermeans«. Jeder, der dir sagte, er heiße Hans Metternich, dachte sich Garrett, sollte über die Sprachkenntnisse verfügen, um das zu untermauern.

Als Nächstes meldete er sich für ein PayPal-Konto an. PayPal war berühmt für seine Sicherheitsmaßnahmen. Natürlich war diese Sicherheit fast ausschließlich darauf ausgerichtet, Kunden vor dem Diebstahl ihrer Kreditkartendaten zu bewahren, während sie Online-Käufe tätigten, aber das hieß nicht, dass ein schlauer Codierer sie nicht für seine Zwecke nutzen konnte. Garrett schickte eine Zahlung über sieben Dollar und fünfzehn

Cent an warbyothermeans@gmail.com und fügte der Zahlung eine Nachricht hinzu.

Die Nachricht lautete: *Be Boldness.*

Garrett vermutete, dass Hans Metternich, falls er nicht völlig dämlich wäre, sich zusammenreimen könne, dass er das Kapitel des Clausewitz-Buchs als Entschlüsselungscode und die ersten 715 Zeichen als Länge des Codes nehmen musste. Und falls Hans völlig dämlich war, wollte Garrett nichts mit ihm zu tun haben.

54

MIAMI BEACH, 14. APRIL, 9:22 UHR

Hans Metternich zog Männer mit geringem Abstand Frauen vor – das hieß, im Bereich des Physischen. Aber in seinem Metier, wo man oft nahe an einen Menschen herankommen musste, und zwar schnell, war Sex ein nützliches Mittel, und angesichts der Tatsache, dass ein gewisser Prozentsatz seiner Zielpersonen homosexuelle Männer waren, tat Metternich, was getan werden musste.

Nicht dass es Metternich – und Hans Metternich war bloß der Name, den er in letzter Zeit benutzt hatte, nicht sein richtiger, beim besten Willen nicht – viel ausgemacht hätte. Die Wahrheit sah so aus, dass Metternichs Einstellung zum Sex zwiespältig war. Es erregte ihn nicht sonderlich, ob mit Männern oder mit Frauen, und hatte es auch zu keinem Zeitpunkt getan. Für ihn war es ein biologischer Imperativ, fest verdrahtet im menschlichen Gehirn, damit wir uns alle fortpflanzen konnten, aber nicht mehr. Die körperliche Erscheinung des Menschen war zu voll mit Speck und Gerüchen und schartigen Unvollkommenheiten, um seine Phantasie anzuregen. Er begriff, dass er in dieser Beziehung ungewöhnlich war, dass es ihn von den meisten anderen Exemplaren seiner Gattung unterschied, aber er akzeptierte seine Frigidität und hatte gelernt, aus ihr Kapital zu schlagen, um in seinem Beruf mehr zu erreichen. Herausbekommen zu haben, dass andere Menschen – beiderlei Geschlechts – ihn attraktiv fanden, erwies sich mittlerweile seit einiger Zeit als durchaus lukrativ für ihn.

Das unaufhörliche Bedürfnis der Menschheit nach Geschlechtsverkehr war eine der größten Waffen Metternichs.

Was auch der Grund dafür war, dass er sich zwischen den Beinen eines großen, muskulösen, haarlosen Raumfahrtingenieurs in einem Hotelzimmer in Miami Beach wiederfand. Metternich wusste, dass der Ingenieur irgendwo in den zahlreichen Hightech-Geräten, mit denen er unterwegs war, eine Reihe von Entwurfszeichnungen mit sich führte, und in den letzten vierundzwanzig Stunden hatte er auf jede erdenkliche Weise versucht, den Aufenthaltsort dieser Zeichnungen herauszukitzeln. Dass dazu eine halbe Flasche Wodka und eine Fellatio in einem teuren Hotelzimmer nötig war, gehörte alles zum Job. Jetzt wusste Metternich, dass die Zeichnungen sich in einer von einem Passwort geschützten Datei auf einem USB-Stick befanden, der in den Socken des Mannes steckte, und er wusste auch, wie er an sie herankam. Er war in der Tat kurz davor, den Prozess der Beschaffung besagter Datei zum Abschluss zu bringen, als der Ton einer ankommenden E-Mail auf seinem Smartphone erklang. Dieser besondere Ton – von dem eindringlichen Waldhornsolo zu Beginn von Brahms' Klavierkonzert in B-Dur – verriet ihm, dass die Nachricht mit einer bestimmten Adresse zusammenhing, einer Adresse, die nur zwei Menschen auf der Welt kannten. Einen dieser beiden Menschen wollte Metternich sehnlichst sprechen.

»Hübscher Klingelton«, sagte der auf dem Bett ausgestreckte Ingenieur. »Klassische Musik, stimmt's?«

Metternich rang sich ein halbes Lächeln ab, nickte zustimmend und eilte zu seinem Handy. In einer kleinen Weile würde er sich um den Ingenieur kümmern. Zunächst die E-Mail. Er überprüfte den Posteingang auf seinem Handy. Ja. Die E-Mail war von dem erhofften Teilnehmer. Aber sie war unlesbar – verschlüsselt.

Damit hatte er allerdings gerechnet.

Er hatte Verschlüsselungssoftware auf seinem Computer, vermutlich fünf verschiedene Programme, die er nur für solche Gelegenheiten geladen hatte. Er zog seinen Laptop aus einer ledernen Aktentasche und fuhr ihn hoch, während der Ingenieur träge vom Bett aus zusah.

»Ist das PGP-Software?«, fragte der Ingenieur, der ohne seine Lesebrille blinzeln musste. »Entschlüsselst du irgendwas?«

»Vielleicht.«

»Stark. Kann ich dir helfen? Ich bin ziemlich gut in solchem Kram.«

»Vielleicht später«, sagte Metternich und veränderte seine Position ein wenig, um den Blick des Ingenieurs auf seinen Computer zu blockieren. Er öffnete den Posteingang auf seinem Laptop. Eine weitere E-Mail war angekommen, diese von PayPal. Ihm war Geld geschickt worden. Der Absender war wieder der Mann gewesen, den er unbedingt sprechen wollte. Aber um das Geld zu kassieren – und irgendwelche Nachrichten lesen zu können, die die Zahlung begleiteten –, musste er ein PayPal-Konto eröffnen. Metternich schätzte es nicht, unnötige Spuren im Netz zu hinterlassen, aber in diesem Fall würde er eine Ausnahme machen. Er begann, die einzelnen Schritte zu absolvieren, um ein PayPal-Konto einzurichten, als der Ingenieur, der sich immer noch nackt auf dem Bett räkelte, sein Bein zu betatschen begann.

»Komm wieder ins Bett. Mit deinem Computer kannst du später spielen.«

Metternich versuchte, ihn zu ignorieren. Er eröffnete das PayPal-Konto und kassierte das Geld. Sieben Dollar und fünfzehn Cent. Sein Verstand überschlug sich. Warum dieser Betrag? Der Zahlung war eine Notiz angehängt. Sie lautete: »Be Boldness.«

Metternichs Augen wurden schmal, als er sich konzentrierte. Be Boldness? Sieben-fünfzehn? Das waren offensichtlich Hinweise, aber worauf? Vielleicht auf den Verschlüsselungscode? Aber die Nachricht lautete nicht: »Be Bold – Sei kühn.« Sie lautete: »Be Boldness – Sei Kühnheit.« Kühnheit? War das nicht die Überschrift eines Kapitels in …?

Der Ingenieur ließ seine Hand über Metternichs Schoß und zwischen seine Beine gleiten. Das unterbrach seine Konzentration. Verärgert schlug er die Hand weg.

»Au. Das hat wehgetan.« Der Ingenieur runzelte die Stirn. »Ich verstehe. Du willst es derb haben.« Er packte Metternichs Arm, aber das war sein erster – und letzter – Fehler. Metternich erwischte ihn am Handgelenk, und mit einer fließenden, kraftvollen Bewegung wirbelte er den Arm des Ingenieurs nach oben und zur Seite, wobei er ihm das Schultergelenk hart verdrehte. Der Ingenieur schrie vor Schmerz und Überraschung auf, aber da er auf dem Bett lag, ohne sich irgendwo festhalten zu können, hatte er keine andere Wahl, als den Körper ebenfalls zu drehen, damit sein Arm nicht brach. Als Nächstes fand er sich auf dem Bauch liegend wieder, den rechten Arm hinter dem Rücken verdreht. Metternich rammte ihm seinen freien Ellbogen in den Rücken, so fest er konnte, direkt zwischen die Rippen.

Der Ingenieur grunzte und atmete heftig aus. Metternich wusste – aus jahrelanger Erfahrung –, dass es die Widerstandskraft eines Menschen erheblich verringerte, wenn er keine Luft mehr in der Lunge hatte, und deshalb rutschte er schnell, fast mühelos, auf den Rücken des Ingenieurs, umklammerte mit seinen Beinen die des anderen Mannes und legte den rechten Arm fest um seinen Hals. Er drückte den Kehlkopf des Ingenieurs zu und schnitt ihm die Luftzufuhr ab, während er ihn mit seinem Körper daran hinderte, sich zu bewegen.

Nach ein paar Minuten gedämpften, verzweifelten Zappelns rührte sich der Ingenieur nicht mehr. Metternich hielt ihn weitere fünf Minuten fest, nur um sicherzugehen. Es dauerte manchmal erstaunlich lange, einen Menschen zu erwürgen, und wenn Metternich eines war, dann gründlich.

Während er einen anderen Mann tötete, konzentrierte sich Metternich auf die Antwort – *der Absender benutzte Clausewitz.* Ja! Sehr schlau, seine eigene Anspielung auf *Vom Kriege* zu benutzen, um Hinweise zu verbergen. Metternich mochte den Absender bereits. Er mochte ihn sehr.

Metternich löste seinen Arm von der Kehle des toten Ingenieurs und widmete sich der Aufgabe des Codeknackens. Das war es, wofür er lebte.

Geheimnisse.

Die waren vielleicht sexy.

55

ALEXANDRIA, VIRGINIA, 14. APRIL, 11:02 UHR

Celeste Chen hasste Online-Games. Sie hasste es, zu schießen und in postapokalyptischen Kriegsgebieten herumzuschleichen. Sie hatte auch kein Interesse an Geldmärkten oder Optionen darauf, Aktien zu kaufen. Es ergab für sie keinen Sinn, egal, wie stark sie sich darauf zu konzentrieren versuchte. Im Grunde hasste sie alles, was mit der Einsatzzentrale zusammenhing: Sie war dunkel, bedrückend und mit zu vielen machohaften Uniformträgern gefüllt, die billiges Parfum aufgetragen hatten und sich in einem merkwürdigen, abgekürzten Army-Jargon unterhielten: »POS das hier. Wo ist die NSTCF? Warum haben wir keine EMCON-4?« Es war alles Unsinn.

Deshalb hatte Celeste sich glücklich ihren Laptop geschnappt, als Garrett ihr sagte, dass sie keine Games mehr spielen oder Terminkontrakte mehr handeln müsse, sondern stattdessen nach Anzeichen für die Verzweiflung der chinesischen Regierung Ausschau halten solle, und war zu einem Starbucks im Einkaufszentrum Alexandria Commons geflüchtet. Es war ruhig, ziemlich leer und, was am wichtigsten war, es war nicht in Hörweite von Garrett Reilly.

Er mochte ja brillant sein, aber er konnte auch ein richtiger Arsch sein.

Typisches Beispiel: Als sie nach zwei Tagen im Starbucks entnervt zu ihm gekommen war und gesagt hatte, sie habe überall nachgeschaut, und es gebe kein Zeichen für einen Aufstand oder einen Tumult in China, hatte Garrett gesagt: »Sei kein Weichei. Schau genauer hin.«

Sie war, ohne ein Wort zu sagen, aus der Einsatzzentrale gestürmt.

Sie verbrachte den nächsten Tag damit, die Online-Versionen der großen Zeitungen zu lesen – die *Shanghai Daily*, die *Xinmin Wanbao*, die *Dazhong Ribao* aus Shangdong, die *Xiaoxiang Morning News* aus Hunan – und dann die Parteiorgane wie die *Tageszeitung der chinesischen Jugend*, die *Tageszeitung der Öffentlichen Sicherheit Chinas* und die *Tageszeitung des Justizministeriums*. Aber sie kämmte diese Zeitungen inzwischen seit Wochen durch, ohne dass es viel gebracht hätte.

Das Hauptproblem war, dass sie nicht genau wusste, wonach sie suchte. Wenn es die Erwähnung einer bestimmten Person oder eines Vorfalls gewesen wäre, hätte sie ganze Seiten schnell überfliegen und auf große Teile der Zeitungen, die irrelevant waren, verzichten können. Aber Garretts Anweisung war ungenau gewesen: Er wollte Beweise für etwas, das die Zentralregierung *möglicherweise* beunruhigen könne, und das konnte so gut wie alles sein. Die Führungsriege der Kommunistischen Partei Chinas bestand aus einer launischen Gruppe alter Männer, die an beinahe jeder Kurve eingebildete Feinde sahen. Als in der arabischen Welt im Frühling 2011 Proteste ausbrachen – die von manchen Beobachtern als Jasmin-Revolution bezeichnet wurden –, verbot die Partei im ganzen Land den Verkauf von Jasmin. Wer Jasmin anbaute, konnte seinen Laden zumachen, alles wegen der potenziellen Verbindung einer Blume mit Rebellion. Die Parteiführung hatte Angst vor ihrem eigenen Schatten.

Am dritten Tag ging sie zurück in die Einsatzzentrale und berichtete Garrett, dass sie nicht gut darin sei, Muster zu entdecken. »Das tue ich normalerweise nicht.«

»Na ja, dann lernst du es besser«, sagte er. »Es ist dein Job.«

Celeste war daran gewöhnt, dass Garrett sich wie ein Blödmann benahm, aber es kam ihr so vor, als sei er eindeutig unausstehlicher geworden, seitdem Alexis verschwunden war. Celeste nahm an, dass die beiden etwas miteinander gehabt hatten; jetzt hatte

Alexis sich aus dem Staub gemacht, und Garrett litt darunter. Das überraschte Celeste – nicht die Erkenntnis, dass sie zusammen ins Bett gegangen waren, was ihr vollkommen verständlich war, sondern dass Garrett es etwas ausmachte, wenn eine Frau ihn verließ. In Celestes Augen schien Garrett unfähig, die Gefühle eines Erwachsenen zu empfinden. Sie hätte vermutet, dass er Alexis als eine weitere Eroberung ansah.

Hey, dachte sie, man lernt jeden Tag etwas Neues über die Menschen.

Also suchte sie weiter, wütend, aber beharrlich. Sie las jeden Artikel, der von Interesse sein konnte, von vorn bis hinten: über den Prozess einer alten Frau in Tianjin über Besitzrechte; über die Verhaftung eines Künstlers, der ein Wandbild gemalt hatte, das vom Staat als bedrohlich erachtet wurde; über den Sitzstreik eines Lastwagenfahrers auf der Landstraße, die Peking mit den Kohlebergwerken im Westen verband. Selbst unverfängliche Geschichten enthielten die Verheißung einer pikanten Information: Eine wegen der Entlassung von Lehrern einberufene Schulversammlung in einem ländlichen Bezirk außerhalb von Wuhan ließ auf die Unzufriedenheit der Eltern schließen, ergab aber sonst wenig; bei einer Zeremonie, bei der einem Bürger von Xi'an, der eine Frau aus einem eiskalten Fluss geborgen hatte, eine Dankbarkeitsmedaille verliehen wurde, war die Rede von einer Essensschlange, in der die Frau gestanden hatte, aber sie wurde an keiner anderen Stelle in der Zeitung jenes Tages erwähnt; ein Mordprozess wurde in einem Gericht im nördlichen Yingkou eingestellt, nachdem einer der Zeugen gegen den korrupten Vorsitzenden des lokalen Provinzkomitees gewettert hatte, aber der Prozess – und der Zeuge – wurde nie wieder erwähnt. Es waren vielversprechende Fäden, aber sie führten nirgendwohin.

Celeste suchte auch Social Media Sites ab. Dummerweise waren Facebook, YouTube, Tumblr und Twitter alle von der chinesischen Regierung verboten worden; sie befanden sich hinter dem berüchtigten Projekt Goldener Schild – der Großen Firewall der

Zensur –, einer ungeheuren Ansammlung von Computern, die jedes Byte digitaler Information, die in das Land eindrang, filterten und blockierten. Die einheimischen sozialen Netzwerke – Sina Weibo, RenRen, YouKu – wurden stark zensiert, auch wenn chinesische User geschickt darin geworden waren, Euphemismen an den Überwachungsgeräten der Regierung vorbeizuschmuggeln. Mit »Großer Schauspieler« war der Premierminister gemeint – als solcher war er in dem Roman eines Dissidenten bezeichnet worden. »Vierundsechzig« war der Code für den vierten Juni, das Datum des Tian'anmen-Massakers. Aber die Parteizensoren lernten schnell dazu, und sogar die Codewörter wurden gelöscht, normalerweise innerhalb von Stunden, nachdem sie zum ersten Mal online erschienen waren.

Informativer – und lebendiger – waren Blogs, die auf anonymen Servern oder manchmal durch Computer in Hongkong oder Macao geladen wurden, und Fotoreportagen. Die Fotos gaben sich als Touristenalben aus, die zur Verherrlichung Chinas gepostet wurden, aber wenn man sie sorgfältig studierte, konnte man nützliche Informationshäppchen über lokale Vorgänge herausarbeiten: ein paar vereinzelte gegen die Regierung gerichtete Graffiti, ein Soldat, der in einer Stadt Wache stand, die aber keine Wache brauchte, eine Plakatwand, die zum Teil von einem Straßenkünstler beschmiert worden war, bevor sie von den Behörden entdeckt und niedergerissen wurde. Aber sie waren auch schwer zu finden und machten eine Suche von Tagen, wenn nicht Monaten oder Jahren erforderlich. Man musste eher Glück haben als detektivische Fähigkeiten, um konkrete Informationen aus diesen verstreuten Quellen zu ergattern.

Aber dann hatte Celeste am Morgen ihres vierten langen Tages im Starbucks des Einkaufszentrums Alexandria Commons Glück.

Sie hatte sehr, sehr viel Glück.

56

PENTAGON, 14. APRIL, 14:22 UHR

Celeste entdeckte Garrett an seinem Schreibtisch in der Einsatzzentrale, tief in ein Online-Ego-Shooter-Game versunken. Sie kannte das Spiel nicht, und es war ihr auch egal.

»Garrett«, sagte sie, während sie sich neben ihn setzte, »ich habe was gefunden.«

Vielleicht lag es am Ton ihrer Stimme – oder vielleicht war er es nach so vielen Stunden voller Videospiele schließlich leid –, aber Garrett legte seinen Controller sofort beiseite, drehte sich in seinem Sessel um und sah Celeste an. »Ich bin ganz Ohr.«

»Du weißt, dass ich die ganze Zeit soziale Netzwerke und Zeitungen durchforste, aber nichts gefunden habe.«

»Ich erinnere mich.«

»Nun ja, ich hab angefangen, Blogs zu durchsuchen. Über China. Die von Leuten geschrieben wurden, die in China waren, das Land aber wieder verlassen haben. Ich dachte mir, dass sie die Freiheit hatten, über ihre Erlebnisse zu schreiben und das zu posten, ohne dass die chinesische Regierung sich einmischt.«

»Schlau«, sagte Garrett.

»Ich hab einen Reiseblog gefunden, den eine chinesische Amerikanerin geschrieben hat. Adoptiert. Mitte zwanzig. Sie ist zurück nach China gegangen, um Verbindung mit ihren biologischen Eltern aufzunehmen.«

»Ist das ungewöhnlich?«

»Nein. Jeden Tag kehren adoptierte Amerikaner nach China zurück. Aber jetzt kommt's – sie hatte ihre Suche auf eine Bergbauprovinz in Zentralchina beschränkt. Eine wirklich arme Gegend. Hatte ein Waisenhaus in der Gemeinde Huaxi ins Visier genommen. Kleiner Ort. Ländlich. Irgendwann kommt sie dort an, aber die Behörden wollen sie nicht reinlassen. Sie muss in einer benachbarten Stadt warten. Sie spricht Mandarin, sagt, jeder sei nervös, aber sie kann nicht herausfinden, warum. Schließlich lassen die Soldaten sie nach einer Woche in die Gemeinde Huaxi reisen, allerdings will niemand in dem Ort mit ihr reden, und viele Häuser stehen leer. Jeder in der Gemeinde hat Angst. Sie weiß nicht, warum. Das Waisenhaus ist geschlossen, sie ist enttäuscht, geht zurück in die Staaten und berichtet davon. Sie denkt nicht allzu lange darüber nach, weil es nichts mit der Suche nach ihren Eltern zu tun hat, hört auf zu schreiben, geht zurück an ihren Job als Rechtshelferin in Cincinnati.«

»Okay«, sagte Garrett und schaute Celeste aufmerksam an, »ich will ehrlich sein. Das hört sich nicht nach viel an.«

»Ich habe anschließend eine Suche nach der Gemeinde Huaxi unternommen. Auf Baidu, auf Webseiten, Zeitungen, amtlichen Bekanntmachungen. Da war nichts.«

»Nun ja, vielleicht ist nichts in Huaschi passiert – wie wird es geschrieben?«

»H-u-a-x-i. Aber fast jede Gemeinde, egal, wie klein sie ist, findet irgendwo in China irgendeine Erwähnung in einer Art offiziellem Dokument. Oder wird auf Sina Weibo erwähnt. Das ist ihr soziales Medium. Wenigstens ein Mal in sechs Monaten. Die Gemeinde Huaxi wird ungefähr jede Woche vor dem sechzehnten November letzten Jahres erwähnt. Danach – nichts.«

»Okay. Interessant. Aber vielleicht war eine Weile nichts los?«

»Vielleicht. Aber dann dachte ich, vielleicht haben wir die ganze Zeit nach der falschen Sache Ausschau gehalten. Wir haben nach einem Vorfall Ausschau gehalten. Einem Protest, einem Prozess, einem politischen Theaterstück. Etwas, das wir begreifen können und sagen – das hier ist die Ursache. Aber so funktioniert das moderne China nicht. Also habe ich angefangen, nach der Abwesenheit von etwas Ausschau zu halten, nach negativem Raum, nach Leere.«

Celeste beobachtete Garretts Reaktion. Sie kannte ihn inzwischen gut genug, um zu wissen, dass er ihre Argumentation sehr schnell nachvollziehen konnte. Und wirklich legte er den Kopf ganz leicht schief und schaute sie durchbohrend an. »Als hätte es einen Vorfall gegeben, aber jemand hat ihn gelöscht?«

Celeste nickte voller Enthusiasmus. »Dann habe ich also nach den Bürgern der Gemeinde gesucht. Ich konnte nur die Hälfte der Bewohner finden, die in der Volkszählung aufgelistet waren. Okay, vielleicht sind ihre Unterlagen nicht gut geführt. Seltsam, aber nicht unmöglich. Normalerweise führen sie sehr exakte Aufzeichnungen in China.«

»Das gefällt mir«, sagte Garrett.

»Es wird besser. Ich hab mich nach den umliegenden Gemeinden und Dörfern umgesehen. In der Woche nach dem sechzehnten November sind sie alle regelmäßig erwähnt worden. Dann verschwinden sie eine nach der anderen von der Bildfläche, wie Lichter, die ausgehen.« Sie steckte ein Ethernetkabel in ihren Laptop, und eine Karte vom nördlichen Zentralchina leuchtete auf dem rechten Computermonitor vor Garrett auf. Die Gemeinde Huaxi lag in der Mitte. Huaxi war rot. Dann wurde es schwarz. Als Celeste auf einen Zeitstrahl klickte, wurde eine schmale Schneise ländlicher Geographie daneben schwarz, Stück für Stück.

»Sieh, wie das Schwarz größer wird. Ende November. Anfang Dezember. Weihnachten. Januar. Ende Januar.« Ein sich ausweitender Wirbel von Schwarz begann in der Mitte der Landkarte aufzutauchen. »All diese Bezirke und Dörfer sind aus den sozialen Medien und den Nachrichten verschwunden. Es ist das Gegenteil von Nachrichten. Negative Nachrichten. Eine Leere.«

Garrett starrte sie an. »Das ist ein Muster«, murmelte er. »Das ist ein verdammtes Muster.«

»Ja«, sagte Celeste, der klar war, dass sie gerade das höchste

Kompliment von ihrem kürzlich beförderten Boss bekommen hatte. »Ist es.«

»Was ist passiert?«, fragte Garrett. »Ich meine, was war das für ein Vorfall?«

»Die Nachrichten und Hintergrundinformationen zur Gegend sind ziemlich sauber ausgeputzt. Wir wissen Folgendes: Vor dem sechzehnten November letzten Jahres war der größte Arbeitgeber in der Stadt eine petrochemische Kunststofffabrik. Vier Jahre vorher gebaut. Sie spezialisieren sich auf chlorhaltige Lösungsmittel einschließlich hochgiftiger Pestizide, aber sie haben eine große Bandbreite an Produkten. Beliefern hauptsächlich den Nahen Osten und Afrika. Die Fabrik gehört einem Konsortium von hohen Tieren in Shanghai, die fast alle gute Beziehungen zur Partei haben.«

»Vielleicht gab es eine Explosion oder einen Gasaustritt, ein Haufen Leute ist getötet worden, und sie haben es unter den Teppich gekehrt?«

»Könnte sein. Aber Betriebsunfälle kommen in China regelmäßig vor, und die Regierung vertuscht sie vielleicht, aber sie ist nicht paranoid in dieser Hinsicht. Und irgendwann werden die Schuldigen bestraft, auch wenn sie gute Beziehungen haben. Wir würden davon hören. Aber was dies hier auch sein mag, sie sind absolut rigoros dagegen vorgegangen. Daher bin ich weiter zurückgegangen, vor den Zeitpunkt, als die Fabrik gebaut wurde. Damit war eine Landnahme verbunden. Besitzrechte an Grund und Boden werden in China langsam ein Thema. Technisch gesehen, ist es noch ein kommunistischer Staat. Der Regierung gehört alles. Aber wenn Unternehmer Land für eine Fabrik haben wollen, kriegen sie es normalerweise. Das ist in Huaxi passiert, soweit ich sehen kann. Es gab vereinzelte Proteste, aber sie haben nichts bewirkt.«

»Und damit wären wir wieder am Anfang?«, sagte Garrett ernüchtert.

»Nein. Fast am Anfang, aber nicht ganz.« Celeste tippte auf

ihren Laptop, und ein neues Bild erschien auf Garretts Monitor. Es war das Foto einer hübschen jungen Frau asiatischer Herkunft, die auf einem Markt in einer Kleinstadt stand. Sie versuchte, inmitten von Verkäufern mit Kisten voller Auberginen und Knoblauch zu lächeln, aber sie war eindeutig nicht mit dem Herzen dabei, die Mundwinkel hatte sie in leicht bemühter Fröhlichkeit hochgezogen.

»Das ist die Autorin des Reiseblogs. Ihr Name ist Annie Sinclair Johnston. Ihre Reisegefährtin, eine Freundin, hat das Foto an dem Tag gemacht, nachdem sie die Gemeinde Huaxi verlassen hatten, um nach Peking weiterzureisen. Sie hat es auf Facebook gepostet und Annie getaggt. So bin ich darauf gestoßen. Der Name der Stadt ist Dengxu. Sie liegt ungefähr fünfzig Meilen von Huaxi entfernt. Und das Datum auf dem Foto legt es auf ungefähr vierundzwanzig Stunden vor dem Nachrichten-Vakuum der Regierung fest. Fällt dir irgendwas auf?«

Garrett starrte das Bild an. Es war nichts Ungewöhnliches daran: Nur eine Touristin, die sich auf einem leicht exotischen Bauernmarkt in Pose stellt. Aber dann sah er es. »Der Typ. Der Gemüseverkäufer. Im Hintergrund.«

Celeste nickte und zoomte dann einen jungen Mann heran, der rechts hinter dem Mädchen auf dem Foto stand. Er hatte das Gesicht von dem Fotoapparat weggedreht, um nicht erkannt zu werden, aber er hielt ein Stück Papier mit chinesischen Schriftzeichen darauf in der Hand. Es sah so aus wie ein Preisschild für die Auberginen in dem Korb zu seinen Füßen.

Garrett starrte wie gebannt darauf. »Er wendet sich von der Kamera ab. Er will nicht, dass sein Gesicht fotografiert wird.«

»Aber er wollte, dass das Schild aufgenommen wird«, sagte Celeste. »Er hat ihr Foto ruiniert.«

»Was steht da drauf?«, sagte Garrett. »Mein Chinesisch ist eingerostet.«

»*Yu Hu.* Es bedeutet: Ich gehöre zum Tiger.«

»Zum Tiger?«

»*Hu* ist ein chinesischer Nachname. Aber mit einer leichten Änderung der Betonung kann es auch Tiger bedeuten.«

Garrett schwieg, während er die Information zur Kenntnis nahm und rasch verarbeitete. »Willst du sagen, es ist das Gleiche, wie wenn man ein Bandenzeichen vorzeigt? Dass er uns mitteilt, er unterstützt diesen Hu? Dass er ein Anhänger ist?«

»Das ist genau das, was ich sagen will.«

Garrett schüttelte skeptisch den Kopf. »Das klingt ein bisschen weit hergeholt. Von sehr weit her.«

»Du warst bestimmt so beschäftigt damit, Modern Killbot zu spielen, dass du nicht jedes Wort unserer täglichen Informationspakete lesen konntest.« Celeste zog triumphierend eine Akte aus ihrer Tasche und legte sie auf den Tisch. »Das ist ein Kabel des amerikanischen Botschafters in China. Vor zwei Tagen geschickt worden. Eine Zusammenfassung seines Treffens mit dem Minister für Staatssicherheit. Das meiste ist das übliche Diplomatengeschwafel, aber auf Seite drei kommt dann das hier.«

Sie blätterte einige Seiten zurück und las vom letzten Blatt der Akte ab: »Am Ende des Treffens sagte Botschafter Towson zu dem Minister …« Celeste schaute lächelnd zu Garrett hoch. »Und ich zitiere – ›*Ich hoffe, Ihr Tiger ist noch in seinem Käfig.*‹« Daraufhin reagierte der Minister sehr aufgeregt und wollte wissen, was der Botschafter mit dieser Feststellung gemeint habe. Der Botschafter entschuldigte sich und sagte, er habe nichts damit gemeint. Botschafter Towson jedenfalls fand das Gespräch merkwürdig angespannt und möglicherweise von Interesse. Der Begriff *Tiger* schien für den Minister eine ungewöhnliche, um nicht zu sagen extreme Bedeutung zu haben.«

Garrett starrte sie erstaunt an.

Celeste nickte und steckte die Akte wieder in ihre Tasche. »Hu, der Tiger ist ein Mensch, Garrett. Er jagt dem Minister für Staatssicherheit eine Scheißangst ein. Er ist wichtig, seine Existenz wird geheim gehalten, und er zieht Anhänger an. Denk daran, dieses

Foto wurde nur ein paar Stunden vor dem Nachrichtenvakuum der Regierung gemacht.«

»Und was für eine Art geheimer, wichtiger Mensch zieht Anhänger an?«, fragte Garrett, aber er kannte die Antwort bereits.

»Ein Aufrührer«, sagte Celeste. »Und warum sollten die Behörden alle noch so unwichtigen Nachrichten aus einer Gegend unterdrücken, die Woche für Woche größer wird?«

»Weil dieser Aufrührer eine echte Volksbewegung hinter sich hat«, sagte Garrett. »Das Nachrichtenvakuum vertuscht eine Revolution …«

Celeste beeilte sich, seinen Satz zu beenden: »… *und der Tiger ist ihr Anführer.*«

57

PENTAGON, 14. APRIL, 17:02 UHR

Garrett und Celeste verbrachten den Nachmittag damit, ihre Theorie einer chinesischen Revolution zu analysieren, stocherten in den Fakten herum, soweit es welche gab, spielten aber auch durch, was es für sie – Amerikaner, die versuchten, Chinas jüngste Aktionen zu verstehen – bedeuten könnte, wenn sie zuträfe. Die Auswirkungen wären ungeheuer – eine sich entfaltende Revolution im Zentrum Chinas entwirrte das Geheimnis, mit dem sie sich seit Wochen herumschlugen. Mit diesem einen Hinweis wurden alle anderen Details klar: Die chinesische Regierung hatte eine Heidenangst vor der Revolution des Tigers, und ein Krieg mit den Vereinigten Staaten war eine wirksame, wenn auch riskante Möglichkeit, die Aufmerksamkeit von ihr abzulenken.

So einfach war es, und nach ihrer beider Einschätzung vielleicht die wichtigste Nachricht, die in den letzten fünfzig Jahren aus China gekommen war. Sie war mehr als kolossal.

Sie würde den Lauf der Geschichte ändern.

Aber es gab auch die eindeutige Möglichkeit, dass sie falsch war, dass es eine andere, banalere Erklärung für alles gab, was Celeste gefunden hatte – ein zufälliges Foto, einen Betriebsunfall, die Übereinstimmung eines häufigen Nachnamens, die falsche Erklärung eines Diplomaten. Ein zufälliges Zusammentreffen. Aber das glaubte Garrett nicht. Er hatte sein Leben damit verbracht – buchstäblich seit er sich erinnern konnte –, die Muster in der wirbelnden Masse des chaotischen Informationsflusses der Menschheit zu ermitteln. Und jetzt, nachdem diese Nachricht sorgfältig in das Mosaik der Weltereignisse eingepasst war – all die Cyberattacken, die Bluffs und die Prahlerei, die Bedrohung des Dollar und der US-Märkte –, ergab das Chaos auf einmal einen Sinn. Die Fakten passten in ein Muster.

Es erfüllte Garrett mit Hoffnung, aber er brauchte mehr: Um Maßnahmen ergreifen zu können, brauchte er – und seine militärischen Betreuer – Beweise, nicht nur Bilder und Diagramme und Theorien.

»Du musst diesen Tiger-Typen finden«, sagte Garrett, während er ein letztes Mal auf das Foto von dem chinesischen Markt starrte. »Du musst Kontakt zu ihm aufnehmen und ihm sagen, dass er Freunde außerhalb Chinas hat. Freunde, die ihn auf jede erdenkliche Art unterstützen werden.«

»Das ist eine Nadel im Heuhaufen«, sagte Celeste. »Falls es ihn überhaupt gibt, sind die Chancen, ihn zu finden, astronomisch klein.«

»Von hier aus vielleicht. Aber ich glaube nicht, dass das gilt, wenn du im Land bist. Du musst nach China gehen.«

Celeste lachte auf. »Was?«

»Wenn du in diese Provinzen gehst, die gelöscht worden sind, wird's da immer noch Leute geben, die dort wohnen«, sagte Garrett. »Sie werden wissen, was passiert ist. Und sie werden darüber reden. Sie werden mit dir reden.«

»Das ist verrückt. Ich bin Doktorandin, keine Spionin.«

»Genau. Und als das wird man dich auch ansehen. Als Doktorandin, die China bereist.«

Celeste schüttelte energisch den Kopf. »Du hast keine Ahnung, worum du mich bittest, Garrett. Du hast ein ganzes Haus voller Profis, die du nach China schicken kannst …«

»Ein ganzes Haus voll«, unterbrach Garrett sie, »und keiner von ihnen hat gefunden, was du gefunden hast. Nicht ein Einziger. Ich traue ihnen nicht. Keinem von ihnen. Sie sind Angestellte einer Firma. Sie haben keine Phantasie. Sie denken nicht wie wir. *Wie du.* Und abgesehen davon – ich weiß nicht, auf wessen Seite sie stehen, aber ich bin mir ziemlich sicher, dass es nicht meine ist.«

Celeste verzog unschlüssig das Gesicht. Sie fragten die Kontaktperson vom Außenministerium – eine junge, ernste Frau namens Tea –, ob Celeste auf die Schnelle ein Touristenvisum für China bekommen könne, ohne dass es für Stirnrunzeln sorgen würde, und sie sagte ja, und ein Platz in einem Flugzeug sei ebenfalls leicht zu finden.

Celeste meinte, sie müsse darüber nachdenken. Garrett beobachtete sie, wie sie im Flur vor der Einsatzzentrale auf und ab ging, Freunde auf ihrem Handy anrief und noch ein bisschen länger auf und ab ging. Nach zwanzig Minuten kam sie wieder herein.

»Du verlässt uns nicht für immer«, sagte Garrett. »Das ist ein Aufklärungstrip.«

»Die Partei würde das nicht so sehen. Sie mögen es nicht, wenn Ausländer sich in innenpolitische Dinge einmischen. Ich könnte verhaftet werden. Ich könnte für lange Zeit ins Gefängnis gesteckt werden.«

»Oder du könntest die Welt ändern.«

Celeste funkelte ihn wütend an. »Jetzt mach mal halblang, Garrett. Du bist der Letzte, bei dem ich mit einem solchen Blödsinn gerechnet hätte.«

Garrett schüttelte den Kopf. »Kein Blödsinn. Das ist wahr.«

Celeste schwieg. Sie rieb die Hände gegeneinander, drückte die Finger fest zusammen. Sie hatten in einem gepressten Flüsterton gesprochen. Um sie herum konnte Garrett das ständige Klicken von Tastaturen hören. Schließlich nickte Celeste. »Ich muss meine Mom anrufen. Und packen.«

»Du wirst das nicht bereuen.«

»Ich fliege heute Nachmittag. Und ich bereue es jetzt schon.«

Sie nahm ihren Laptop und ihre Tasche mit und eilte aus der Einsatzzentrale.

Als sie den Raum verließ, überfiel Garrett die Einsicht, dass er seinen ersten Soldaten in den Kampf schickte, also lief er hinter ihr her und holte sie am Aufzug ein. Er wusste nicht so recht, was er sagen sollte, und sie machte einen abgelenkten und leicht verwirrten Eindruck.

»Gibt es sonst noch was?«, fragte sie. »Willst du, dass ich dir ein T-Shirt mitbringe?«

Garrett umarmte sie kurz. »Pass auf dich auf. Und viel Glück.«

Celeste sah ihn verblüfft an, sagte: »Okay« und verschwand im Aufzug.

Garrett eilte zurück in die Einsatzzentrale und holte Bingo und Jimmy Lefebvre in eine stille Ecke im hinteren Teil. Er erzählte ihnen, was Celeste gefunden hatte.

»Das ist brillant«, sagte Lefebvre, und seine Augen leuchteten. Das war die Art Information, für die er als Wissenschaftler am War College lebte: Politische und kulturelle Unruhen, die sich auf einer der größten Bühnen der Welt direkt vor ihren Augen abspielten, und nur er und ein paar andere Leute im gesamten Land wussten davon. Garrett konnte erkennen, dass er bereit war, sich tagelang Theorien über den Tiger auszudenken.

»Das müssen wir Kline berichten. Und dem Außenministerium«, sagte er. »Und außerdem …«

»Nein«, schnitt Garrett ihm das Wort ab, »das sind genau diejenigen, denen wir es nicht berichten müssen.« Falls er eine Sache gelernt hatte, seitdem er Avery Bernstein mitgeteilt hatte, dass die Chinesen US-Staatsanleihen abstießen, dann die, dass Informationen ein wertvolles Gut waren, und er hatte nicht die Absicht, sie an das Militär weiterzugeben, bevor er absolut bereit dazu war.

»Falls wir es ihnen nicht erzählen, könnten wir tief in der Scheiße sitzen.«

»Und falls wir es tun, verlieren wir alle Druckmittel. Wenn du dir Sorgen machst, dass du Schwierigkeiten bekommst, schön, dann geh jetzt. Ich werde schwören, ich hätte dir nichts erzählt. Aber rechne nicht damit, dass du noch irgendwelche Informationen von mir bekommst. Jemals.«

Lefebvre zögerte, bevor er sich widerwillig einverstanden

erklärte, nichts zu sagen. Aber selbst in seinem Zögern konnte Garrett eine Veränderung bei dem Lieutenant spüren: Bis zu diesem Zeitpunkt war Lefebvre von einer gewissen Förmlichkeit bestimmt gewesen, und zwischen ihm und Garrett hatte eine gewisse Zurückhaltung bestanden. Aber mit dieser Neuigkeit war eine letzte Mauer eingerissen worden: Lefebvre war mit ganzem Herzen bei der Sache. Er legte Garrett sogar spontan die Hand auf den Arm.

»Das ist eine große Sache«, sagte er. »Richtig groß. Das hast du gut gemacht.«

»Nicht ich«, sagte Garrett. »Celeste.«

»Okay«, sagte Lefebvre, »*wir* haben es gut gemacht.«

Bingo trat von einem Fuß auf den anderen und verzog das Gesicht, als sei er sich noch nicht ganz sicher, was er davon halten solle. Dann nickte er zustimmend. »Das ist ziemlich cool«, sagte er. »Echt cool.«

Garrett erzählte es niemandem sonst in der Einsatzzentrale. Allmählich konnte er einige der Aszendent-Mitarbeiter besser leiden – Patmore, den Vertreter der Marines, am meisten –, aber er vertraute ihnen immer noch nicht. Er beschloss, dass es am besten sei, wenn sie sich weiterhin auf Videospiele und den Online-Handel konzentrierten.

Erst als er am späten Abend sein Apartment in Bolling betrat und seinen Laptop auf dem Küchentisch stehen sah, erinnerte er sich wieder an seine heimlichen E-Mails vom Vormittag. Er griff sich den Laptop und lief wieder in das Gebüsch am Rand des Luftwaffenstützpunkts. Und da war es. Eine verschlüsselte Antwort an sein Konto. Garrett decodierte sie schnell.

Die Betreffzeile lautete einfach: Orange Line Morgen. Und im Text der E-Mail stand: *Fahre damit, Hans.*

Garrett löschte die E-Mail sofort, bevor er anschließend das ganze Konto annullierte. Er wusste, dass Konten und E-Mails oft noch Monate nach der Löschung auf Servern erhalten blieben, aber das war ein Risiko, das er eingehen müsste. Nach seinen Erfahrungen mit dem Innenleben des Militärs wäre es ein Wunder, wenn sie innerhalb der nächsten vierundzwanzig Stunden mitbekämen, was er vorhatte. Sie hinkten allem immer zwei Schritte hinterher. Sie waren wie die Post, nur mit Schusswaffen.

Als er an diesem Abend ins Bett ging, überlegte er, welche Alternativen sich ihm boten, seine Aufpasser abzuhängen, und hatte sich einen Plan ausgedacht, als er um sechs Uhr am nächsten Morgen zu dem wartenden Wagen der Militärpolizei joggte. Es waren die gleichen MPs gewesen, die ihn an jedem Tag der vergangenen Woche zum Pentagon und von dort wieder nach Hause gefahren hatten, und deshalb hatten sie sich an seine Routine gewöhnt, was Garrett sich zunutze machte. An zwei der letzten drei Tage hatte er sie gebeten, an einem Starbucks in Nord-Alexandria anzuhalten, damit er sich einen großen, fettarmen Milchkaffee holen konnte. Einer der MPs blieb in dem Jeep sitzen, während der andere vor dem Starbucks Wache stand. Sie kamen nie mit ihm hinein, und sie nahmen auch nie sein Angebot wahr, ihnen einen Grande Drip, einen schwarzen Kaffee, zu spendieren.

Garrett hatte bei seinem letzten Besuch mit einer hübschen dunkelhaarigen Barista geplaudert und beobachtet, wie sie einen Müllbeutel durch die Hintertür getragen hatte. Heute Morgen bezahlte er für seinen Milchkaffee und ging in Richtung Toilette, bog aber nach rechts ab, bevor er dort ankam, rannte aus der Hintertür und durch eine Gasse. Er warf den Kaffee in eine Mülltonne und rannte anderthalb Häuserblocks zu der erhöhten Metrorail-Station Braddock Road. Wo er seine Uniformjacke und sein Hemd auszog und in die Büsche warf, bevor er seine Fahrkarte bezahlte. Jetzt trug er ein weißes T-Shirt und eine blaue Anzughose der Army, ein seltsamer Anblick, aber zumindest hatte er keine vollständige Uniform mehr an. Er hetzte nach oben, um den Zug zu bekommen. Zwei Minuten später kam ein Blue-Line-Zug in die Stadt, den er bestieg und durch das Fenster überprüfte, ob die MPs ihm gefolgt waren. Waren sie nicht. Aber sie würden es bald tun, so viel war ihm klar.

Vier Haltestellen später stieg er aus und nahm einen Yellow-Line-Zug in das Zentrum von D. C., den er am L'Enfant Plaza verließ, um einen Zug der Orange Line zu besteigen. Der L'Enfant Plaza war um sieben Uhr morgens voll mit Pendlern, weshalb er keine Schwierigkeiten hatte, sich einzufügen, aber er hielt den Kopf trotzdem gesenkt, falls die Polizei bereits nach ihm Ausschau hielt. Obwohl er das bezweifelte. Seitdem er vor den MPs Reißaus genommen hatte, war eine halbe Stunde vergangen. Eine halbe Stunde war kaum genug Zeit, General Kline im Pentagon Bescheid zu sagen, geschweige denn, eine Suchaktion zu starten.

Er fuhr mit der Orange Line bis zum östlichen Stadtrand, zur Endhaltestelle New Carrollton, dann ging er auf die andere Seite des Bahnsteigs und bestieg den nächsten Zug nach Westen. Er ging von einem Wagen zum nächsten und stieg an den Haltestellen in andere Züge ein, um keine Aufmerksamkeit zu erregen. An der Station Metro Center fand er ein weggeworfenes Sweatshirt der Georgetown University und zog es an, aber es roch nach Erbrochenem, und deshalb warf er es ein paar Stationen später wieder weg. Er dachte, gesehen zu haben, dass der Zugbegleiter ihn angestarrt, vielleicht sogar sein Gesicht studiert hatte, aber er war nicht überzeugt davon und versuchte deshalb, nicht weiter darüber nachzudenken.

Er war nicht sicher, wie lange er die gleiche Metro-Linie in beiden Richtungen fahren könnte, bevor es ihn zu sehr langweilte oder er hungrig wurde. Er musste jedoch nicht lange auf die Beantwortung dieser Frage warten, weil an der Station West Falls Church, unmittelbar außerhalb von Arlington, sich eine junge blonde Frau gegenüber von Garrett hinsetzte und ihn anlächelte. Sie war hübsch, hatte platinblonde Haare und sorgfältig aufgetragenen, roten Lippenstift. Garrett erwiderte ihr Lächeln und nahm ihre langen Beine in Augenschein, als sich ein Mann auf den leeren Sitz neben ihm niederließ und mit einem leichten deutschen Akzent sagte: »Es ist am besten für Sie, wenn Sie sich nicht umdrehen und mich ansehen. Dann können Sie, wenn man Sie später fragt, ehrlich behaupten, dass Sie nicht wissen, wie ich aussehe. Deshalb starren Sie vielleicht weiter die Dame hier an, ja?«

Garrett verfluchte sich im Stillen dafür, dass er sich so einfältig von einem hübschen Gesicht hatte ablenken lassen. Er schwor sich, dass er hart gegen diesen Charakterfehler angehen würde, falls er diese Zugfahrt überlebte, weil diese Schwäche ihn immer wieder in große Schwierigkeiten brachte. Er nickte und hielt den Blick auf die Blondine gerichtet, die ihn jetzt aufmerksam ansah, von Flirt keine Spur mehr.

»Okay«, sagte Garrett, der sich auf eine Kugel in den Kopf gefasst machte, »schön. Ich schaue sie gerne an. Sie ist süß.«

»Ich bin Hans Metternich.«

»Und ich bin Zoltar der Große«, sagte Garrett.

Metternich kicherte. »Sie haben Sinn für Humor, Mr Reilly. Das gefällt mir. Sogar Ihre Verschlüsselungshinweise waren amüsant.«

»Werden Sie mich erschießen?«, fragte Garrett, der zählte, wie viele Menschen sich in dem Metro-Wagen befanden. Siebzehn, wenn er sich selbst, Metternich und die Frau außen vor ließ. Genug Zeugen, um einen Mörder vielleicht davon abzuhalten, ihn hier auf der Stelle umzubringen. »Weil es eine Menge Leute gibt, die zusehen.«

»Ich habe nicht das geringste Interesse, Sie zu töten, Mr Reilly. Ganz im Gegenteil«, sagte Metternich.

»Okay, toll. Das ist eine Erleichterung. Können wir dann zur Sache kommen? Wer hat versucht, mich vor meinem Büro in die Luft zu jagen?«

»Ihre eigene Regierung.«

Garrett drehte überrascht den Kopf zu ihm herum, aber Metternich hob schnell den Arm, um sein Gesicht abzuschirmen.

»Tun Sie das nicht. Es wäre ein Fehler, wenn Sie mich beschreiben könnten. Zu Ihrer eigenen Sicherheit.«

»Blödsinn«, sagte Garrett, »warum sollten sie das tun?«

»Um das durchgängige Gefühl der Angst zu vergrößern. Um die militärische Sicherheitsindustrie zu versorgen, die vom Geld des Steuerzahlers lebt. Und um Sie dazu zu bringen, auf ihre Seite überzuwechseln. Terrorismus ist ein Zahlenspiel. Wenn es nicht genug Terror gibt, wird auch nicht genug Geld zur Verfügung gestellt, um ihn zu bekämpfen. Wenn man das auf seine Essenz reduziert, ist Terror Geld.«

Garrett sagte nichts, dachte aber über diese Feststellung nach, während Metternich fortfuhr: »Denken Sie darüber nach. Ein spektakulärer Anschlag auf Ihr Leben, der Sie nicht wirklich in Gefahr bringt. Und niemand wird dabei tatsächlich getötet. Ein Schaustück.«

»Sie haben keine Ahnung, ob das zutrifft«, sagte Garrett.

»Ich habe Quellen innerhalb der Regierung, die für die Richtigkeit dieser Information bürgen. An hoher Stelle innerhalb der Defensive Intelligence Agency. Ich glaube, Sie arbeiten für sie. Nein?«

»Wer, zum Teufel, sind Sie?«

»Eine sehr interessierte dritte Person.«

»Woran interessiert?«, fragte Garrett, während der Zug an der Station Dunn Loring-Merrifield ausrollte. »Warum erzählen Sie mir das alles?«

»Weil ich Sie davon in Kenntnis setzen möchte, dass man Sie belügt. Damit Sie wissen, dass das, worin Sie verwickelt sind, nicht das ist, was es zu sein scheint.«

»Warum ist es Ihnen nicht scheißegal, ob ich belogen werde oder was ich mache?«

»Weil Sie als Instrument benutzt werden, als Instrument für eine Veränderung. Und Sie haben keine Vorstellung davon, was das für eine Veränderung ist. Aber die Veränderung ist so enorm, dass sie die Zukunft der Welt für die nächsten hundert Jahre bestimmt. Und Ihre Regierung möchte, dass Sie diese Veränderung durchführen.«

Ein kalter Schauer lief Garrett über den Rücken. Einige Pendler stapften aus dem Zug. Die Türen blieben offen.

»Ich weiß nicht, wovon Sie reden«, sagte Garrett.

»Weil Sie vorsätzlich die Wahrheit ignorieren«, sagte Metternich. »Weil Ihnen die Aufmerksamkeit und das Lob und die Aufregung gefällt. Aber es wird der Moment kommen, in dem die Wahrheit so offensichtlich ist, dass sie nicht mehr ignoriert werden kann und Sie eine Entscheidung treffen müssen. Und ich möchte Ihnen helfen, die richtige zu treffen.«

»Sie reden komplette Scheiße.«

Eine Glocke ertönte und machte die Fahrgäste darauf aufmerksam, dass die Türen in zehn Sekunden schließen würden.

»Vielleicht, Mr Reilly«, sagte Metternich ruhig. »Vielleicht ist das, was ich sage, aber auch näher an der Wahrheit, als Sie sich eingestehen wollen. Einigen Leuten zufolge stehen wir am Rand eines Krieges zwischen zwei Supermächten. Fragen Sie sich: Wer profitiert am meisten von einem solchen Krieg? Sobald Sie diese Frage beantworten, würde ich Sie bitten zu entscheiden, ob Sie ein Teil davon sein möchten. Ob Sie ihn führen möchten. Weil ein Krieg zwischen den Vereinigten Staaten und China nur der Anfang wäre. Der richtige Krieg würde als Nächstes kommen, und der würde gegen uns alle geführt werden.«

Die Türen begannen sich zu schließen, und Metternich und seine blonde Helferin sprangen wie der Blitz hinaus. Garrett konnte nur noch ihre Hinterköpfe sehen, als sie zur Treppe liefen, um den Bahnsteig zu verlassen. Garrett atmete tief durch und merkte, dass er praktisch während des gesamten Gesprächs mit Metternich die Schultern hochgezogen hatte. Er versuchte, das Gespräch noch einmal Revue passieren zu lassen, aber in weniger als zwei Minuten rollte der Zug in die Station Vienna ein. Der Zugführer kündigte die Endstation an, eine Glocke ertönte, die Türen öffneten sich, und ein Dutzend stämmige Männer in grauen Anzügen stürmten mit gezückten Faustfeuerwaffen in den Waggon und schrien Garrett an, keine Bewegung, oder er sei tot.

Garrett versuchte noch, kapitulierend die Hände zu heben, aber sie stießen ihn von seinem Sitz auf den Boden, bevor er sie bewegen konnte.

58

UNTERWEGS – FAIRFAX COUNTY, VIRGINIA,

15. APRIL, 10:41 UHR

Während der gesamten Autofahrt, die Garretts Schätzung nach ungefähr dreißig Minuten dauerte, war sein Kopf von einer schwarzen Segeltuchkapuze bedeckt. Seine Hände waren mit Handschellen hinter seinem Rücken gefesselt. Niemand las ihm seine Rechte vor oder sagte ihm, wohin sie ihn brachten, egal, wie oft er danach fragte.

Niemand sagte irgendetwas.

Der Wagen hielt an, und zwei Männer schoben ihn vom Rücksitz herunter, ein paar Stufen hoch und irgendwo hinein. Ob es ein Privathaus oder ein Büro war, konnte Garrett nicht sagen. Er konnte sagen, dass es dort still war, wo immer sie auch waren, eindeutig nicht im Stadtzentrum. Sie führten ihn durch einen Flur in ein Zimmer und setzten ihn auf einen Stuhl. Jemand legte ihm noch ein Paar Handschellen um den rechten Fußknöchel und fesselte ihn an ein Stuhlbein. Dann verließen sie das Zimmer. Zumindest glaubte Garrett, sie hätten es verlassen: Eine Tür war zugeschlagen worden, und niemand antwortete auf seine Fragen.

»Hallo? Ist jemand da? Möchte jemand mit mir reden? Ich komme mir nicht genügend beachtet vor.«

Garrett wartete weitere dreißig Minuten oder so in dieser Stellung, zerrte an seinen Handschellen, tappte unruhig mit dem Fuß auf den Boden, aber es war sehr schwierig für ihn, den Überblick über die Zeit zu behalten; die schwarze Kapuze ließ kein Licht durch, und es war kein Laut zu hören. Schließlich ging eine Tür auf, Schritte waren zu hören, und ihm wurde die Kapuze vom Kopf gerissen. Garrett blinzelte in dem fluoreszierenden Licht.

Das Zimmer war leer bis auf einen kleinen Tisch und einen Stuhl und eine digitale Videokamera auf einem Stativ an der gegenüberliegenden Wand. Die Kamera war auf Garrett gerichtet.

Zwei Männer standen zwischen Garrett und der einzigen Tür zum Zimmer. Sie waren beide weiß, Mitte dreißig, trugen beide graue Anzüge und hatten die Haare kurz geschnitten. Garrett glaubte, sie wiederzuerkennen.

»Erinnern Sie sich an uns?«, sagte der größere der beiden Männer.

Garrett starrte ihn an, und dann erkannte er den Sprecher und seinen Kumpan. »Agenten Stoddard und Cannel. Homeland Security. Sie haben mich nach meiner Mutter gefragt.«

»Das stimmt. Ich bin Agent Stoddard«, sagte der große Mann. »Und Sie haben sich mir gegenüber wie ein Arschloch benommen. Und wissen Sie, was? Jetzt bin ich an der Reihe, mich wie ein Arschloch zu benehmen.«

Ein kalter Schauer lief Garrett über den Rücken. Er versuchte, sich ein leichtes Lächeln abzuringen. »Wie wär's, wenn ich mich dafür entschuldige, und wir machen einen Strich unter die Sache?«

Keiner der beiden Agenten lachte. Der kleinere der beiden – Cannel – zog den leeren Stuhl an den Tisch heran und setzte sich. Stoddard blieb bewegungslos stehen.

»Wer war er?«, fragte Stoddard.

»Können Sie etwas konkreter werden?«, sagte Garrett, um eine entspannte Atmosphäre bemüht.

»Der Zugführer hat Sie mit einem Mann sprechen sehen. Er hatte eine Frau bei sich. Sie haben sich fünf Minuten mit ihm unterhalten. Wer war er?«

»Ich habe keine Ahnung«, sagte Garrett.

Agent Stoddard seufzte hörbar. »Ich will Ihnen sagen, wie's läuft, Garrett«, erklärte er. »Jedes Mal, wenn Sie mich belügen, wird Ihre Lage zunehmend schlechter. Wir werden weniger Nachsicht zeigen. Sie sitzen länger hier fest. Und dann werden Sie mehr Zeit im Gefängnis verbringen.«

»Hoppla, hoppla«, sagte Garrett. »Gefängnis? Wofür? Ich hab nichts getan.«

»Sie sind von Ihren Militärpolizisten weggerannt.«

»Wieso ist das illegal?«

»Es war äußerst verdächtig.«

»Mir war langweilig. Musste mir ein bisschen Bewegung verschaffen.«

»Indem Sie den ganzen Vormittag mit der Metro gefahren sind?«

»Ich hab Leute beobachtet. Das beruhigt mich.«

Agent Cannel legte einen Aktenordner auf den Tisch und zog einen Papierstapel heraus. »Wir beschäftigen auch Computerexperten«, sagte er.

Er las vom obersten Blatt ab: »Dienstag, 4:38, Reilly, Garrett, schickt verschlüsselte E-Mail von einem ungesicherten drahtlosen Router am Rand der Bolling Air Force Base zu Empfänger bei warbyothermeans@gmail.com. Inhalt der E-Mail lautet: Ich bin in DC, bereit zum Gespräch. Antwort erhalten 22:42, weist Reilly, Garrett, an, heute, Mittwoch, den 15., mit der Orange Line der Metro zu fahren. Reilly Garrett von 9:30 bis 10:00 Uhr in der Metro Orange Line von Zugführer der Polizei gemeldet. Reilly Garrett traf unbekanntes Subjekt – weiß, männlich, Mitte vierzig – um 10:09 Uhr in dem Zug und hatte Gespräch von etwa fünf Minuten, wonach unbekanntes Subjekt Metro verließ und Reilly Garrett von Bundesagenten festgenommen wurde.«

Agent Cannel schloss die Akte und sagte nichts mehr. Agent Stoddard blickte auf Garrett hinunter. »Bitte, beleidigen Sie uns nicht. Lassen Sie sich wenigstens eine kreative Lüge einfallen.«

Garrett seufzte. Die Handschellen gruben sich in seine Handgelenke ein. »Okay, prima, wie wär's damit, wenn ich eine Frage stellen darf?«, sagte Garrett. »Wer hat versucht, mich auf der John Street vor dem Büro von Jenkins und Altshuler in New York City in die Luft zu jagen?«

»Ich habe keine Ahnung. Das fällt nicht in unsere Zuständigkeit. In der Sache ermittelt das NYPD.«

Garrett lächelte. »Na ja, jetzt lügen wir beide. Also sind wir quitt.«

Agent Cannel kritzelte etwas auf einen Notizblock.

»Hat er Ihnen das erzählt?«, fragte Stoddard. »Dass er wüsste, wer die Autobombe deponiert hat? Hat er gesagt, es sei die US-Regierung gewesen? Standardamerikanische Gerüchte von einer imperialistischen Verschwörung?«

Garrett starrte Stoddard an und erwiderte tonlos: »Ich will einen Anwalt haben.«

»Einen Anwalt? Wo genau sind Sie hier Ihrer Ansicht nach? Wir können Sie ins Gefängnis werfen und dort verrotten lassen, und Sie werden für den Rest Ihres Lebens keinen Anwalt mehr sehen.«

»Unter welcher Anklage?«

Stoddard lächelte. Das Lächeln hatte sich verändert: Es war nicht mehr verbindlich, sondern bedrohlich. Garrett konnte die Adern am Hals des Agenten pochen sehen.

»Sie haben eine Geheimhaltungseinstufung auf höchster Ebene bekommen und Zugang zu militärischen Geheimnissen erhalten. Inzwischen haben wir Grund zu der Annahme, dass Sie sich mit einem Agenten einer fremden Regierung getroffen haben. Damit sind Sie als Bedrohung der nationalen Sicherheit eingestuft, und deshalb gehören Sie mir und ausschließlich mir, und ich werde mit Ihnen machen, was, zum Teufel, ich mit Ihnen machen will. Ich kann Sie auf dem Scheiterhaufen verbrennen lassen, falls ich mich dafür entscheide. Keine Anklage, kein Prozess, kein Richter, kein Nichts. Und niemand wird sich einen Scheiß dafür interessieren, was mit Ihnen passiert ist. Weder Ihre schäbige Mutter noch Avery Bernstein oder einer von Ihren Loser-Freunden, und ganz bestimmt nicht Alexis Truffant. Ja, Garrett, wir wissen alles über Sie und Captain Truffant.«

Garrett bemühte sich sehr darum, das teilnahmslose Lächeln auf seinen Lippen beizubehalten, aber es war nicht leicht – eine Welle der Verzweiflung ergriff von ihm Besitz, und er fühlte sich auf einmal sehr, sehr einsam. Und Agent Stoddard schien das zu wissen.

»Das stimmt, Garrett. Sie arbeitet auch für uns. Sie ist auf unserer Seite, nicht auf Ihrer. Sie hat uns über eure kleine Fick-Sitzung Bericht erstattet. Sie hat uns von all den Details erzählt, die nur Liebesleute kennen.«

»Blödsinn«, platzte Garrett heraus.

Agent Stoddard lachte. »Sie sind nirgendwo, Reilly. Und Sie sind nichts. Mit niemandem, der auf Sie aufpasst. Ich kontrolliere Ihr Schicksal ganz und gar. Willkommen im PATRIOT ACT, Sie Arschloch, weil das Ihr neues Zuhause ist.«

In dem kleinen Zimmer herrschte Schweigen. Garrett versuchte, sich zusammenzunehmen. Er war ein Durcheinander miteinander wetteifernder Gefühle, von denen seine plötzliche, trostlose Einsamkeit die stärkste Empfindung war. Er verzog das Gesicht, schaute die beiden Agenten der Homeland Security an und sagte: »Ihr könnt mich mal.«

Agent Stoddard holte die schwarze Kapuze hinter seinem Rücken hervor und zog sie Garrett über den Kopf. Das Zimmer wurde schwarz, und Garrett konnte den heißen Atem des Agenten an seinem Ohr spüren.

»Nein, Garrett, Sie können uns mal«, sagte er.

Schritte waren zu hören. Eine Tür knallte zu. Dann Schweigen.

Garrett sagte nichts, und er war froh, dass die Kapuze seinen Kopf bedeckte. Tränen rollten ihm die Wangen hinunter. Heiße, salzige, schmerzhafte Tränen. Seine Kehle war von lautlosem Schluchzen verstopft. Konnte das wirklich wahr sein? Hatte er sich in Alexis getäuscht? Absolut und vollständig getäuscht? *Wieder?* War sie nichts weiter als eine Spionin, die für die Regierung arbeitete und ihn zu diesem Ort gebracht hatte, ohne auch nur einen Hauch echten Gefühls von ihrer Seite? Oder hatte der Agent von der Homeland Security das nur behauptet, um Garrett aus dem Gleichgewicht zu bringen?

Er wusste es nicht mehr. Er hatte kein Gefühl mehr für das, was real war, vorgetäuscht oder wirklich empfunden. Avery? Kline? Metternich? Die Chinesen? Was, zum Geier, ging da vor sich in seinem Leben? *In der Welt?* Sogar seine Gefühle schienen auf dem Kopf zu stehen. Die Liebe, derer er sich vor ein paar Tagen sicher gewesen war, schien ihm inzwischen kindisch und auf peinliche Weise fehlgeleitet zu sein.

Allein mit seinen Gedanken, verging die Zeit langsam. Sekunden, Minuten, vielleicht Stunden? Es war still in dem kleinen Zimmer, verwirrend. Er stellte fest, dass er Schwierigkeiten hatte nachzudenken. Ein Song von Coldplay – »Clocks« – ging ihm nicht mehr aus dem Sinn. Er hasste Coldplay, aber der Song hörte nicht auf.

Die Tür wurde geöffnet. Schritte waren zu hören, und dann wurde Garretts Stuhl etwa fünfundvierzig Grad nach hinten gekippt. Finger betasteten sein Gesicht durch die Segeltuchkapuze, und dann wurde plötzlich ohne Warnung kaltes Wasser in seinen Mund und seine Nase gespritzt. Garrett rang überrascht nach Luft. Er versuchte, zu schlucken und zu atmen, aber die Wasserattacke war zu heftig und hörte nicht auf. Er wollte den Kopf drehen, aber Hände hielten ihn an den Ohren fest, sodass sein Gesicht nach oben gerichtet blieb. Das Gefühl war entsetzlich – keine Luft und keine Chance, welche kriegen zu können. Eine rein animalische Furcht packte ihn. Er zappelte hilflos, verzweifelt um Luft bemüht, verzweifelt, weil das Wasser immer weiter in seinen Mund und seine Nase floss. Seine Kehle bekam einen Krampf, wund von dem andauernden Würgen. Und als er ganz kurz davor war, das Bewusstsein zu verlieren – hörte es auf.

Garrett keuchte, seine Lunge pumpte, saugte so viel Sauerstoff ein, wie sie nur bekommen konnte. Aber die Atempause dauerte nur ein paar Sekunden. Die Hände packten wieder seine Ohren, und ein weiterer kalter Wasserstrahl schoss ihm ins Gesicht. Diesmal hielt er den Atem an, aber das Wasser floss immer weiter, und er litt noch unter Sauerstoffentzug von der letzten Attacke. Nach wenigen Sekunden rang er wieder nach Luft, und kurz darauf würgte er erneut. Er versuchte verzweifelt, die Hände und Beine freizubekommen, um sich gegen seine Folterknechte zu wehren, aber die Handschellen saßen fest um seine Handgelenke, und er war machtlos. Sein Körper war steif vor Angst, seine Kehle war geschwollen und versagte ihm den Dienst. Er fühlte instinktiv, dass er sterben würde. Und zwar bald.

Und dann hörte es wieder auf. Er saugte Luft ein.

Und dann begann es wieder. Wasser. Mehr Wasser.

Drei weitere Male überschütteten sie ihn mit Wasser. Drei weitere Male gaben sie ihm fünf Sekunden Zeit, sich zu erholen. Dann hörten sie auf. Garrett hustete das Wasser aus der Kehle und aus der Nase. Dann übergab er sich kurz in die schwarze Kapuze, und der Geruch des Erbrochenen verließ seine Nase nicht mehr. Er spürte wieder Agent Stoddards Atem an seinem Ohr.

»Es muss nicht so weitergehen, Garrett«, flüsterte der Agent. »Wir wollen nur wissen, wer der Mann in dem Zug war.«

»Ich weiß es nicht«, grunzte Garrett. Er konnte kaum sprechen.

»Wie sind Sie an seine E-Mail-Adresse gekommen?«

Garrett erstarrte. Sie wollten, dass er Avery Bernstein verriet. Er wollte wieder anfangen zu weinen. Falls er ihnen sagte, dass Avery ihm die E-Mail-Adresse gegeben hatte, wäre er völlig allein auf der Welt. Ohne Freund oder Familie.

Er sagte nichts. Es war eine Minute lang still in dem Zimmer, vielleicht zwei. Die Hände ließen seinen Kopf los, sein Stuhl wurde gerade hingestellt, und die Schritte verließen das Zimmer. Garrett atmete tief durch. Niemals war ihm die Luft so wundervoll vorgekommen. Sein Herz pochte heftig.

Nach dreißig Minuten hatte Garrett etwas von seiner Gelassenheit zurückgewonnen, aber er war körperlich und geistig erschöpft. Er musste eingeschlafen sein, denn bevor er sichs versah, war ihm der Kopf auf die Brust gesunken, aber das dauerte nur einen Moment, weil das Zimmer sofort von Geräuschen überflutet wurde – einer klopfenden, pulsierenden elektronischen Explosion von weißem Rauschen, die anscheinend direkt auf seine Ohren gerichtet war.

Garrett erwachte mit einem Ruck. Er begriff sofort, dass sie ihn nicht würden schlafen lassen, und noch eine Welle der Verzweiflung schlug über ihm zusammen. Sie würden versuchen, ihn mürbe zu machen. Garrett hatte kein Gespür dafür, ob er das aushalten konnte oder es auch nur wollte. Er versuchte, nicht wieder zu schlafen.

Zwanzig Minuten später kamen sie erneut in das Zimmer und setzten die Wasserfolter fort. Nach der vierten Sturzflut war Garrett überzeugt, dass er sterben würde. Er konnte fühlen, dass sein Bewusstsein sich spiralförmig in eine schwarze Leere bewegte. Und dann hörten sie auf. Aber sie ließen ihn nicht schlafen. Der pulsierende, klopfende Lärm stürzte jedes Mal auf ihn ein, wenn er im Begriff war einzuschlummern. Woher wussten sie, dass seine Augen unter der schwarzen Kapuze zufielen?

Am Ende der fünften Waterboarding-Tortur hatte Garrett jedes Gefühl für die Wirklichkeit verloren. Er war ein Geist, der komplett von seinem Körper losgelöst war. Er konnte keinen einzigen zusammenhängenden Gedanken im Kopf behalten. Der schlimmste Teil war nicht die eigentliche Folter – es waren die kurzen Momente zwischen den Folterungen, wenn er darauf wartete, dass der Schmerz und der Schrecken wieder begannen. Die Hoffnung, dass sie fertig waren, wirkte zersetzend auf seine Willenskraft. Er begriff, dass dies alles zu dem Plan gehörte. Zu der Folter.

Immer wieder flüsterte Agent Stoddards Stimme neben seinem Ohr. »Sagen Sie uns, was wir wissen wollen, und alles hört auf. Kein Wasser mehr. Kein Lärm. Essen, ein bisschen Schlaf. Was meinen Sie, Garrett? Hm? Sagen Sie es mir jetzt, und ich sorge dafür, dass es aufhört.«

Garrett räusperte sich und dann brachte er ein Keuchen zustande. »Kline. Ich sage es Kline.«

59

EIN SICHERES HAUS DER HOMELAND SECURITY,

15. APRIL, 23:32 UHR

Herr im Himmel«, sagte General Kline, als er Garretts bleiches Gesicht anstarrte. »Was hat man mit Ihnen gemacht?«

Garrett versuchte, den Kopf oben und die Augen offen zu behalten, aber das war nicht leicht. Sein ganzer Körper war zerrüttet vor Schmerzen. Jeder Muskel schien zu brennen. Er war bis an seine Grenzen belastet worden, und sein Körper bezahlte den Preis dafür. Seine Haare waren noch nass; Tropfen liefen ihm über das Gesicht. Der Haarriss seiner Schädelfraktur fühlte sich an, als sickerte ätzende Säure in sein Gehirn.

»Gefoltert haben sie mich«, flüsterte Garrett mit wunder Kehle. »Sie haben mich gefoltert. Das dürfen sie nicht, oder?«

Kline schürzte die Lippen. »Sie haben es getan. Dann dürfen sie es wohl auch.«

»Wir sind hier in Amerika«, sagte Garrett. »Ich bin ein verdammter Staatsbürger.«

Kline nickte ein wenig, als wollte er sagen: Stimmt, aber dagegen kann im Moment nicht viel unternommen werden.

Garrett drehte den Kopf, um sich in dem kleinen Zimmer umzusehen. Der Boden war mit Wasser bedeckt. In der Ecke war ein Abfluss. Das hatte er vorher nicht gesehen. Die Kamera und das Stativ waren verschwunden. Garrett vermutete, dass sie so klug gewesen waren, nicht zu filmen, was sie getan hatten. Garrett hasste die beiden Agenten der Homeland Security mit einer Intensität, von der er nicht mal gewusst hatte, dass er dazu fähig war.

»Diese Arschlöcher«, zischte er. »Ich werde sie umbringen, verdammte Scheiße noch mal.«

»Garrett«, sagte Kline, der sich zu ihm beugte, »sagen Sie mir nur, was Sie wissen, und ich versuche, Sie hier rauszubringen. Ich bin auf Ihrer Seite, aber Sie müssen mir helfen.«

Garrett starrte den General an. Es war klar, dass Kline den guten Cop spielte, Homeland Security den bösen. Aber wenigstens hatte Garrett den guten Cop bei sich im Zimmer. Wenigstens konnte er atmen. Jetzt musste er das Beste daraus machen.

»Ich weiß ehrlich nicht, wer der Mann in der Metro war. Er hat gesagt, sein Name sei Hans Metternich, und er hat gesagt, dass Sie mich belügen würden. Benutzen würden. Dass die Regierung die Bombe bei Jenkins und Altshuler gezündet hätte. Und dass ich zweimal darüber nachdenken sollte, ob ich Ihnen helfe.«

»Wie haben Sie Verbindung zu ihm aufgenommen?«

Garrett atmete tief ein. »Das kann ich Ihnen nicht sagen. Aber es war kein Spion und kein feindlicher Agent. Es war harmlos.«

»Nichts ist mehr harmlos, Garrett. Alles hat Konsequenzen. Wie sind Sie an Metternichs E-Mail-Adresse gekommen?«

Garrett schluckte hart, dann schüttelte er den Kopf. »Kann ich Ihnen nicht sagen.« Auf keinen Fall würde er Avery Bernstein preisgeben. Falls sie ihn deshalb umbringen sollten, war das eben so – wenigstens hatte er dann ein Mal in seinem Leben Farbe bekannt.

Kline schob seinen Stuhl zurück und stand auf. »Dann kann ich Ihnen nicht helfen, Garrett. Ich werde Sie der Homeland Security überlassen müssen.« Er drehte sich um und ging zur Tür.

»Viel Glück mit den Chinesen.«

General Kline blieb stehen, drehte sich um und setzte sich wieder Garrett gegenüber hin. Vor Zorn wurde seine Stimme lauter. »Keine Ahnung, ob Sie es bemerkt haben, aber ich könnte von einem Kellner im Hunan Balcony mehr Informationen über die Kommunistische Partei Chinas bekommen. Sie haben sich in letzter Zeit nicht gerade selbst übertroffen. Die Zeit von Aszendent ist abgelaufen – der Präsident macht uns den Laden dicht. Zum Teufel, ich habe die ganze Woche Minister Frye daran zu hindern versucht, dass er Ihren Kopf auf einen Pfahl steckt, und Sie haben mich wie einen Trottel aussehen lassen. Sie sind ein völliger Flop gewesen, und deshalb bringt Ihnen die China-Infokarte im Moment nicht allzu viel.«

Garrett atmete aus, versuchte, ruhiger zu werden und beherrscht zu wirken. Er sagte: »Ich weiß, warum sie uns angreifen.«

»Blödsinn«, sagte Kline. »Sie versuchen, Ihre Haut zu retten.«

»Ja, versuche ich«, sagte Garrett. »Aber ich weiß auch, was gerade in China vor sich geht, und jetzt ergibt alles einen Sinn. Die Angriffe, das ganze Chaos. Es passt perfekt in ein Muster. Es ist die Antwort, die wir die ganze Zeit gesucht haben. Und wenn Sie das Muster nicht kennen, können Sie nicht zurückschlagen.«

Kline studierte Garretts Gesicht, die getrockneten Spuren des Erbrochenen um sein Kinn. »Und falls diese Information zutrifft, gibt es Ihnen ein Druckmittel in die Hand, wenn Sie sie mir vorenthalten? Ist es das, was Sie denken?«

»Sorgen Sie dafür, dass sie mich gehen lassen.«

»Ich kann der Homeland Security keine Anweisungen geben. Aber warum sollte ich Ihnen glauben?«

»Wie oft habe ich mich bisher geirrt?«

Kline schien darüber nachzudenken. Dann sagte er ruhig und konzentriert: »Ich kann Ihnen nichts versprechen, Garrett. Sie haben sich Ihr eigenes Grab geschaufelt, und das haben Sie wirklich verdammt gut gemacht. Sagen Sie mir einfach, was Sie über die Chinesen wissen, und ich werde mein Bestes tun. Das ist das einzige Angebot, das ich Ihnen machen kann. Sie haben zehn Sekunden.«

Garrett zögerte nicht. »Ein Aufrührer erhebt sich in Zentralchina. Ein neuer Mao. Sein Name ist Hu. Der Tiger. Er bringt eine Revolution in Gang. Sie gewinnt an Popularität. Und die chinesische Regierung hat eine Heidenangst. Sie befürchten, sie könnten überrannt werden.«

Kline saß dreißig Sekunden lang bewegungslos da und starrte Garrett an, während er diese Information verarbeitete. Dann wischte er seine Brille sauber und sagte: »Erzählen Sie mir alles.«

Und Garrett tat es.

Danach ließen sie ihn schlafen. Sie nahmen ihm die Handschellen nicht ab, aber sie legten sie ihm so an, dass ihm die Hände vor dem Körper gefesselt waren anstatt hinter seinem Rücken. Auch sein rechter Knöchel blieb gefesselt, aber Garrett konnte trotzdem den Kopf auf den kleinen Tisch vor ihm legen, die Hände unter die Stirn schieben und die Augen schließen. Als er das zum ersten Mal tat, erwartete er, wieder von einer Explosion weißen Rauschens geweckt zu werden, aber es blieb still, und er fiel in einen tiefen Schlaf der Erschöpfung.

Stoddard weckte ihn später – Garrett wusste nicht, wie viel später – mit einem Glas Wasser und einem Hühnersalat-Sandwich. Garrett trank das Wasser in einem Zug und ließ sich mit dem Sandwich Zeit. Das Brot war altbacken, und der Hühnersalat schmeckte nach Essig, aber das war Garrett egal. Es gehörte mit zu den besten Mahlzeiten, die er je zu sich genommen hatte.

Agent Stoddard sah ihm beim Essen zu und räumte dann den Teller und das Glas ab. Bevor er das Zimmer verließ, sagte er: »Sie werden das Tageslicht nie wiedersehen, das wissen Sie doch, Reilly?«

»Gibt es Tageslicht in Ihrem Arsch?«, sagte Garrett. »Weil ich meinen Fuß da reinstecken werde.« Das ergab nicht mal einen Sinn, aber es war das Erste, was Garrett einfiel, und er sagte es mit Genuss. Agent Stoddard starrte ihn nur an und verließ das Zimmer.

Garrett schlief noch ein bisschen. Geweckt wurde er von einer vertrauten Stimme.

»Garrett?«

Garrett richtete sich auf und blinzelte. Alexis Truffant saß ihm gegenüber. Sie studierte sein Gesicht. »Wie geht es dir? General Kline sagte, sie hätten Waterboarding mit dir gemacht.«

Garrett war zu verblüfft, um zu antworten. Er schluckte, dann versuchte er instinktiv, sich das Haar glatt zu streichen und sich den Schlaf aus den Augen zu wischen. Seine Handgelenke wehrten sich gegen die Handschellen.

Er starrte sie an. »Warum bist du verschwunden?«

»Dafür ist jetzt nicht die richtige Zeit.«

»Ich gehe nirgendwo hin«, sagte er. »Jetzt ist die Zeit so richtig wie nur möglich.«

Alexis warf einen Blick über ihre Schulter. Garrett sah, dass Videokamera und Stativ wieder an ihrem Platz und auf ihn gerichtet waren.

»Ich musste mir über meine Gefühle klar werden. Ich musste feststellen, ob ich mit meinem Mann ins Reine komme.«

»Du hättest mir eine Nachricht dalassen können. Oder anrufen. Irgendwas. Ein Beitrag auf meiner verdammten Facebook-Seite hätte gereicht.«

»Ich war durcheinander. Und erschrocken …«

»Und für die Regierung unterwegs«, sagte er. »Hat Kline dir gesagt, dass du gehen sollst?«

Alexis zögerte, dann nickte sie. »Er schlug vor, dass ich einen klaren Kopf bekomme. Mich eine Weile von dir fernhalte. Wir hätten niemals ein Verhältnis miteinander haben dürfen.«

Garrett verzog das Gesicht, während er sie anstarrte. Sie war genauso schön wie immer, majestätische Wangenknochen, die in ihrem dunklen Gesicht schräg nach unten verliefen, das schwarze Haar hinter die Ohren geschoben.

»Niemals?«, fragte er.

Alexis wandte einen Moment lang den Blick von ihm ab, sammelte sich und schaute Garrett dann wieder an. »Wir haben ein paar Fragen zu der Information, die du General Kline gegeben hast. Falls du sie beantworten könntest …« Sie verstummte.

»Ich weiß, ich weiß. Werden du und Kline versuchen, mich hier rauszuholen?«

Alexis beugte sich ein wenig vor. »Du begreifst nicht mal annähernd den politischen Hintergrund der derzeitigen Situation«, sagte sie mit gedämpfter Stimme. »Es gibt staatliche Stellen, die dir voll und ganz glauben und den Informationen vertrauen, die du uns gibst. Und es gibt andere, die dich gerne als feindlichen Kämpfer in Guantánamo sähen. Und diese Regierungsbehörden spielen im Moment nicht gut zusammen. Du bist ganz kurz davor, den Rest deines Lebens im Gefängnis zu verbringen. Angesichts dessen, was in den letzten vierundzwanzig Stunden mit dir gemacht worden ist, ist dir klar, dass ich nicht allzu sehr übertreibe.«

»Stell nur deine Fragen«, sagte Garrett.

Alexis legte einen gelben Notizblock auf den Tisch und begann, darauf zu schreiben. »Was du General Kline erzählt hast, ist vor der Gruppe ausgebreitet worden. Über eine neue Mao-ähnliche Figur, die eine Revolution in China anführt. Aber wie kommt es, dass wir nichts darüber wissen?«

»China hat eine repressive Regierung. Sie haben den Medien einen Maulkorb verpasst. Was alle möglichen Informationen betrifft.«

»Klar«, sagte Alexis, während sie sich weiter Notizen machte, »das wissen wir. Wir haben auch Spione im ganzen Land verteilt. Und keiner von ihnen berichtet uns das, was du uns berichtest.«

Garrett holte tief Luft, versuchte, Kraft zu tanken und seine Gedanken zu ordnen. »Weil die chinesische Regierung mit aller Macht rigoros durchgreift. Dies ist die eine Sache, die sie mehr fürchten als alles andere. Ausländische Eindringlinge sind ihnen inzwischen egal. Wer würde China besetzen wollen? Sie haben ökonomische Zusammenbrüche früher auch gut überstanden. Aber eine populäre Rebellion an der gesellschaftlichen Basis? Die bei normalen Leuten an Boden gewinnt? Das ist ein Albtraum. Ein Albtraum mit einem bedeutsamen historischen Präzedenzfall – es ist das, was Mao mit Chinas früherer Regierung gemacht hat. Sie tun absolut alles in ihrer Macht Stehende, um das unter Verschluss zu halten.«

Alexis schrieb seine Antwort auf. »Wie erklärt deine Theorie, warum die Chinesen in den letzten Monaten Angriffe gegen uns unternommen haben?«

»Sie liefert das Motiv.«

»Und das wäre?«

»Krieg als Ablenkungsmanöver. Kriege befördern Nationalismus. In Zeiten des Konflikts scharen sich Menschen um die Flagge zusammen, sogar in China – besonders in China. Sie hören auf ihre Regierung. Wichtiger noch, sie neigen dazu, ihrer Regierung zu glauben. Die Kommunistische Partei versucht, der Bevölkerung eine Dosis Nationalismus zu injizieren, und hofft darauf, dass sie das revolutionäre Fieber abkühlt, das im Zentrum des Landes aufflammt. Zumindest wird Krieg die Menschen von den Problemen direkt vor ihren Nasen ablenken: Korruption, Enteignungen, Ungleichheit der Einkommen, Umweltkatastrophen. Das sind brandaktuelle Themen in China. Und sie stehen im Zentrum der Rebellion des Tigers.«

Alexis konterte sofort. »Aber warum verdeckte Angriffe? Niemand in der chinesischen Bevölkerung weiß irgendwas hierüber. Wenn wir uns im Krieg befinden, ist es ein geheimer Krieg. Das befördert überhaupt nichts.«

Garrett lächelte. Er fühlte sich an die Stunden erinnert, die sie in der Baracke in Camp Pendleton verbracht und über politische und logische Feinheiten debattiert hatten. Es war komisch, wie schnell sie wieder in alte Gewohnheiten verfielen, auch wenn seine Hände gefesselt und seine Lunge durch die Folter angegriffen waren. Diese Augenblicke mit Alexis vermisste er wahrscheinlich am meisten.

»Du hast recht«, sagte er, immer noch lächelnd. »Deshalb erleben wir meiner Ansicht nach jetzt auch nicht die ersten Schüsse eines Krieges. Wir erleben Provokationen. Die Angriffe sind verdeckt gewesen, aber nur knapp. Der Ausverkauf der Staatsanleihen erfolgte in codierten numerischen Intervallen. Zahlen, die in der chinesischen Kultur von hoher Bedeutung sind. Der Immobilien-Ausverkauf in Vegas wurde durch eine Offshore-Firma eingeleitet, die ›Bewegung des vierten Mai‹ hieß. Und sie haben sich wirklich keine große Mühe gegeben, geheim zu halten, wer das Molybdän-Bergwerk in Colorado gekauft und dann zerstört hat. Jeder wusste, dass es eine chinesische Gesellschaft war. Sie wollten, dass wir wussten, wer dahintersteckt. Sie wollten, dass wir stinksauer sind.«

»Damit wir …« Alexis wedelte mit einem Finger, als sie die Wahrheit erkannte.

»Damit wir sie attackieren«, bestätigte Garrett. »Denn wenn wir den Spieß umdrehen und offen zuschlagen, wenn wir die Angreifer sind, dann können sie sich als Opfer darstellen. Das sorgt garantiert dafür, dass sie nationale Unterstützung gewinnen. Und sie rechnen damit, dass dadurch Unterstützung für die Rebellion abgezogen wird. Ich nehme an, dass die chinesische Regierung davon ausgeht, mit allem fertig werden zu können, was wir gegen sie unternehmen könnten, von einem Atomangriff abgesehen. Und wir sind nicht so verrückt, dass wir das täten. Wenigstens vorerst. Aber sie haben eine Scheißangst vor ihren eigenen Leuten. Mehr als eine Milliarde angepisster Chinesen könnten die herrschende Elite in wenigen Tagen fortspülen. Und das weiß die Partei. Das ist geschehen, als Mao die Macht ergriff, und sie werden keine Wiederholung dieser Vorstellung riskieren.«

Er lächelte sie an, aber er merkte, dass er äußerst erschöpft war. Seit Tagen hatte er nicht mehr so viel geredet. Er holte tief Luft.

»Was die chinesische Regierung möchte«, fuhr Garrett fort, »ist, dass *wir* den ersten Schuss auf *sie* abgeben.«

Alexis brauchte ein paar Augenblicke, um das hinzuschreiben, was er gesagt hatte. Sie hielt kurz inne, strich eine Zeile aus, schrieb sie neu und beendete den Text. Sie nahm den Notizblock, drehte sich um und präsentierte ihn der Kamera hinter ihr wie zur Inspektion und Bestätigung, bevor sie ihn wieder auf den Tisch legte und zu Garrett hinschob.

»Ist das eine zutreffende Zusammenfassung deiner Ideen?«

Garrett überflog kurz ihre Notizen und nickte zustimmend.

Sie hob den Block hoch und hielt ihn über den Tisch, auf dem jetzt ein kleiner Schlüssel lag. Alexis' Körper blockierte den Blick des Kamera-Auges auf den Schlüssel. Garrett sah ihn überrascht an und war kurz davor, ihr zu sagen, dass sie ihn nicht vergessen solle, als sie vor ihm das Wort ergriff. »Vielen Dank, Garrett«, sagte sie langsam und mit Bedacht, »das war uns eine große Hilfe. Ich glaube, wir können dir dabei helfen, hier herauszukommen.«

Garrett warf wieder einen Blick auf den Schlüssel, kurz verunsichert, dann riss er den Kopf hoch, lächelte Alexis an und bedeckte den Schlüssel mit seinen gefesselten Händen. Sie schob den Notizblock in ihre Tasche.

»Das wäre großartig«, sagte Garrett, »das wäre fantastisch.«

Alexis stand auf, nickte und verließ das Zimmer. Garrett legte die Hände in den Schoß, den Schlüssel fest mit der rechten Faust umklammernd, und begann darüber nachzudenken, was er als Nächstes tun würde.

60

PENTAGON, 16. APRIL, 9:55 UHR

Jimmy Lefebvre wusste, dass irgendwas nicht stimmte. Garrett war seit fast achtundvierzig Stunden verschwunden, und niemand hatte etwas von ihm gehört. Niemand hatte ihn gesehen, keine E-Mail, kein Anruf – nichts. Das war ein sehr schlechtes Zeichen.

In der Einsatzzentrale schien nur Lefebvre besorgt zu sein. Die übrigen Mitglieder des Aszendent-Teams spielten weiter ihre Online-Games, handelten in Warenterminkontrakten und behielten die Weltbegebenheiten im Auge. Lefebvre wusste, dass sie militärische Gewohnheitstiere waren; sie würden tun, was man ihnen sagte, bis man ihnen sagte, sie sollten etwas anderes tun, und wenn man ihnen nichts sagte, würden sie herumsitzen und warten. Darauf lief es hinaus, wenn man Soldat war. Wenn man ihnen zu lange keine Befehle gab, würden sie sich vermutlich nur betrinken.

Lefebvre war auch Soldat, aber der Umstand, dass er nie im Gefecht gewesen war – und es gab keinen Tag in seinem Leben, an dem er das nicht bedauerte –, bedeutete, dass er nicht kriegsmüde war. Er hatte sich nie daran gewöhnt, auf Befehle zu warten. Sich selbst überlassen, wurde Lefebvre sich darüber klar, was er tun sollte, und dann tat er es. Und jede Faser seines Körpers sagte ihm, dass es Zeit wurde, aus der Einsatzzentrale zu verschwinden. Und zwar schnell.

Lefebvre wusste, dass Garrett Reilly dauernd bis an die Grenze ging, und jetzt vermutete er, dass Garrett etwas zu weit gegangen war. Vielleicht hatte es etwas damit zu tun, was Garrett und Celeste über China entdeckt hatten; vielleicht ging es um seine

Entscheidung, Celeste den Tiger aufspüren zu lassen. Vielleicht hatte es auch damit zu tun, dass er *nichts davon* seinen Vorgesetzten gesagt hatte. Lefebvre hatte ihnen auch nichts gesagt, und das machte ihn mitschuldig. Was auch immer passiert war, Lefebvre vermutete, dass bald die Kacke am Dampfen war.

Er fand Bingo an einer Spielkonsole und teilte ihm mit, dass er zurück ins Hotel gehe. »Ein Gewitter zieht auf«, sagte Lefebvre. »Behalte deine Pläne für dich. Ich will nicht wissen, was du weißt oder was du tun wirst. Deine Geheimnisse sind deine Geheimnisse.«

»Ich hab nie irgendwas Schlechtes über dieses Land gesagt. Oder über den Präsidenten.« Bingos Stimme stieg in angstvolle Höhen. »Du wirst für mich bürgen, stimmt's?«

»Sie können dich nicht ins Gefängnis stecken, weil du Amerika kritisierst«, sagte Lefebvre.

»Sie können *dich* nicht dafür ins Gefängnis stecken. *Mich* können sie für alles ins Gefängnis stecken.«

Lefebvre seufzte. Er und Bingo kamen aus radikal verschiedenen Welten, und sie hatten nicht genug Zeit, diesen besonderen Gesichtspunkt von Politik und Fairness zu erörtern. Er rief ein Taxi an, das ihn zurück ins Hotel bringen sollte, und wollte gerade die Einsatzzentrale verlassen, als ihm ein schwergewichtiger Militärpolizist in den Weg trat und ihm mitteilte, dass er festgenommen sei, um vernommen zu werden. Ein zweiter MP stand mit Bingo in einer Ecke und wühlte in seiner Fahrradbotentasche herum.

Lefebvre versuchte, Bingo zu signalisieren, er solle sich keine Sorgen machen, aber er konnte ihn nicht auf sich aufmerksam machen: Bingo hielt die Hände über dem Kopf wie ein verhafteter Verbrecher.

Sie brachten Lefebvre in einen fensterlosen Besprechungsraum im zweiten Stock vom D-Ring des Pentagons. Zuerst kamen zwei Militärpolizisten. Sie stocherten in den üblichen Stellen herum: Sein Kontakt mit Außenseitern in den letzten Wochen, hatte er irgendjemandem irgendwo – wissentlich oder unwissentlich – Geheiminformationen preisgegeben?

»Auf gar keinen Fall«, sagte Lefebvre, und das stimmte. Er hatte den Mund gehalten.

Dann kamen zwei Nachrichtenoffiziere der Army, und sie gingen eine Checkliste von Fragen zur Einsatzzentrale durch, und was er gesehen hatte. Wieder sagte Lefebvre die Wahrheit.

»Nichts Außergewöhnliches«, sagte er. »Aber ich habe auch nicht wirklich darauf geachtet.« Seine Antworten waren kurz und sachlich, und er sagte ihnen nur, wonach sie ihn fragten.

Lefebvre war vorsichtig, aber nicht verängstigt – er hatte von Anfang an beschlossen, dass er alles verraten würde, was er über Garretts und Celestes Theorie von einer chinesischen Rebellion wusste, auch wenn er Garrett versprochen hatte, das nicht zu tun. Lefebvre gehörte zu Garretts Team, aber er war auch Militäroffizier, der geschworen hatte, sein Land zu beschützen. Er war nicht allein deshalb zur Army gegangen, um dem langen Schatten seines Vaters zu entkommen; er war wirklich ein Patriot und bereit auszupacken.

Schließlich nahmen ihn zwei Agenten der Homeland Security in die Mangel, ein Mann namens Bellamy und eine Frau namens Garcia. Sie begannen mit Garrett: Wie waren seine politischen Tendenzen, war er Demokrat, Republikaner, Liberalist, Anarchist? Trank er? Hatte er mit einer Menge Bargeld herumgewedelt? Hatte Lefebvre je gesehen, dass er Drogen genommen hatte? Was war mit seinen unkontrollierten Wutausbrüchen? Hatte er irgendwelche merkwürdigen sexuellen Neigungen? Obsessionen? Fetische?

Wieder lautete die Wahrheit: Lefebvre hatte keine Ahnung.

Dann schlugen die Fragen plötzlich einen persönlichen Kurs ein und wurden direkt an Lefebvre gerichtet. Wie viel Geld hatte er auf seinem Sparkonto? Warum war er nicht verheiratet? Warum hatte er keine Freundin? Hatte er jemals Geschlechtsverkehr mit einem Mann gehabt? Warum nicht? Hasste er Homosexuelle?

Das traf Lefebvre unvorbereitet. Er begriff, dass sie ihn auf die Probe stellten, darauf warteten, dass er einen Fehler machte, und dass es eine schnelle und einfache Art war, eine Karriere beim Militär in den Wind zu schießen, wenn er bei seinen Antworten ein wenig entgegenkommendes Verhalten an den Tag legte. Aber er musste unwillkürlich denken: Warum fragten sie ihn nicht nach wirklich wichtigen Dingen? Was war mit China? Was war mit der Rebellion? Lefebvre hatte Informationen, die brauchbar für sie waren. Er saß gewissermaßen auf einem Geheimnis, bereit, es preiszugeben, und wartete nur auf die richtige Frage.

Aber diese Frage kam nicht.

Den Agenten schienen die Chinesen völlig egal zu sein, ein geheimer Krieg offensichtlich ebenfalls. Zunächst fand Lefebvre das verblüffend. Er war lange genug in der Army gewesen, um zu wissen, dass die Bundesbürokratie nicht ohne Fehler war. Aber falls Garrett Reilly etwas falsch gemacht hatte, sollten dann nicht die gleichen Leute, die den Auftrag hatten, das zu untersuchen, auch daran interessiert sein, was er entdeckt hatte? Sollten sie nicht nach Garretts eigentlichem Ziel fragen und nicht nur danach, ob er ideologisch suspekt war?

Und warum bezweifelten sie ausgerechnet Lefebvres Loyalität?

Als sie ihm vor einem Monat erzählt hatten, dass er für irgendein unausgegorenes DIA-Projekt den Babysitter für einen überheblichen Zivilisten spielen sollte, hatte er den Auftrag klaglos angenommen. Und als dieser Zivilist sich als so arrogant wie angekündigt erwies, hatte Lefebvre seinen Stolz hinuntergeschluckt und weitergemacht, ihn so gut unterrichtet, wie er konnte, zum Wohl des Landes. Er war vielleicht kein ehemaliger Frontkämpfer, aber er konnte trotzdem einstecken. Er hatte Garrett Reilly sogar schätzen gelernt – gewissermaßen – und hielt Aszendent allmählich nicht mehr für unausgegoren, sondern für einen strategisch brillanten Schachzug. Was man auch von ihm verlangte, er hatte es getan.

Aber jetzt wollten sie wissen, ob er schwul war? *Was sollte das?*

Blitzartig wurde Lefebvre klar, dass die Agenten Garcia und Bellamy der lebende Beweis dafür waren, dass die meisten Menschen der Konvention folgten, und zwar mit einer grimmigen Entschlossenheit. Und diese Vorstellung war seltsamerweise befreiend für ihn; die inneren Richtlinien, denen er die meiste Zeit seines Lebens gefolgt war – was Loyalität und Patriotismus betraf –, waren plötzlich nicht mehr ganz so verbindlich.

Das gab ihm ein gewisses Maß an psychologischem Spielraum. Und innerhalb dieses Spielraums verteidigte er Garrett, wie Lefebvre feststellte, zumindest in seinem Kopf. Er konnte sehen, dass Garretts Weigerung, sich – egal, von wem – vereinnahmen zu lassen, eine Form von Tapferkeit war. Die Gruppe war es, wo man Zuflucht fand. Aber Garrett suchte nie diese Zuflucht – er tat das Gegenteil. Einer Sache Treue zu geloben und ihr blinden Gehorsam zu leisten war in Lefebvres Kopf irgendwie durcheinandergeraten. Und das machte ihm zu schaffen.

Nein, schlimmer: In diesem Augenblick fand er es beschämend. Diese Leute bezweifelten seine Loyalität, während die Vereinigten Staaten an einem Abgrund standen. Das war gleichbedeutend mit Hochverrat.

»Wo ist Garrett jetzt?«, fragte Lefebvre schließlich die Agenten, während sie ihre Notizen durchgingen.

»Das können wir Ihnen nicht sagen«, erwiderte Agent Garcia.

»Was hat er getan?«

Garcia und Bellamy starrten den Lieutenant an, als wäre er ein unbotmäßiger kleiner Hund, der ihnen gerade ans Bein gepinkelt hatte.

»Warum sagen *Sie uns* das nicht?«, fragte Bellamy.

»Ich weiß es nicht. Deshalb frage ich Sie.« Lefebvre wusste, er sollte besser den Mund halten, aber das hier war lächerlich. Vollkommen lächerlich. *Die Chinesen schlichen sich gerade von hinten an.*

»Wollen Sie uns Schwierigkeiten machen?«, fragte Garcia.

»Ich versuche nur, die Wahrheit herauszufinden«, sagte Lefebvre, obwohl er wusste, dass er genau das tat, wessen ihn die Agentin beschuldigt hatte – ihnen Schwierigkeiten machen.

Agent Bellamy kniff in dem trüben Neonlicht die Augen zusammen und erdolchte Lefebvre mit seinem Blick. »Auf wessen Seite sind Sie eigentlich genau, Lieutenant Lefebvre?«

Und zum ersten Mal seit Langem war sich Lefebvre der Antwort nicht sicher.

61

EIN SICHERES HAUS DER HOMELAND SECURITY,

17. APRIL, 16:32 UHR

Beim vierten Versuch schaffte Garrett es. Er legte die rechte Hand so weit über die linke, dass er den Universalschlüssel für die Handschellen in das Schloss schieben und ihn einmal langsam umdrehen konnte. Die Sperrvorrichtung in den Handschellen öffnete sich mit einem Klick, und er konnte sein Handgelenk herausziehen. Das alles tat er mit den Händen im Schoß unter der Kante des Tischs, der vor ihm stand, unsichtbar für die Videokamera.

Danach wartete er einfach.

Eine Stunde später betrat Agent Stoddard das Zimmer und hielt einen Teller mit einem weiteren Hühnersalat-Sandwich und einem Glas Wasser in den Händen. Er stellte den Teller und das Glas auf den Tisch und ging in die Zimmerecke zurück, ohne Garrett aus den Augen zu lassen. Garrett inspizierte das Sandwich übertrieben sorgfältig und schüttelte den Kopf.

»Kann ich etwas anderes haben?«, fragte er. »Ich kann kein Huhn mehr sehen.«

»Nein«, sagte Stoddard, ohne sich zu bewegen.

»Schön«, sagte Garrett. »Nehmen Sie es wieder mit. Ich werde es nicht essen.« Er lehnte sich auf seinem Stuhl zurück.

Agent Stoddard zuckte mit den Schultern, durchquerte das Zimmer und bückte sich ein wenig, um den Teller abzuräumen. Garrett beobachtete ihn genau, spannte die Muskeln in seinem Rücken an und drückte die Füße, so fest er konnte, auf den Linoleumboden. In dem Moment, als der Agent der Homeland Security den Blick von Garrett abwandte und auf den Teller richtete – und es war nur ein Moment –, schnellte Garrett mit aller Kraft, die er aufbringen konnte, nach vorn und stieß sich mit den Füßen ab. Er zielte mit dem höchsten Punkt seiner Stirn direkt auf Agent Stoddards Nasenwurzel, und er traf genau dorthin, wohin er gezielt hatte – ins Schwarze. Wenn es etwas gab, was Garrett gut konnte, dann, einem anderen Mann einen Kopfstoß zu versetzen.

Der Knall des einen Schädels gegen den anderen war deutlich und klar zu hören, ein hohler Ton, wie ihn ein Pappkarton macht, der von einem Kantholz zerquetscht wird. Agent Stoddard grunzte vor Überraschung, während er nach hinten fiel und ihm das Blut aus der Nase strömte. Er landete auf dem Arsch und schlug die Hände instinktiv vor das Gesicht, während Garrett sich bückte und den Handschellenschlüssel in die Fessel an seinem rechten Knöchel rammte. In weniger als einer Sekunde war er frei, aber sein Kopf tat ihm unglaublich weh, der Riss seiner Schädelfraktur fühlte sich an, als wäre er mit einem gezackten Messer aufgestemmt worden. Etwas Ähnliches hatte Garrett noch nie empfunden. Das Gefühl kam fast einer Lähmung gleich – jede Nervenendung in seinem Körper stand in Flammen. Es kam ihm so vor, als bewegte er sich in Zeitlupe, als wäre die Luft um ihn herum dick wie Wasser, und von seinem Kopf aus strahlten Schockwellen durch seinen ganzen Körper.

Garrett zwang sich, durch den Schmerz nach vorn zu gehen. Er schnappte sich den Metallstuhl, auf dem er so lange gesessen hatte – Stunden, vielleicht Tage, er wusste es nicht mehr –, und schwang ihn wie einen Tennisschläger um den Körper herum. Die Stuhlbeine trafen hart auf Agent Stoddards Kopf und Hände, das gedämpfte Knacken eines brechenden Knochens war zu hören. Danach gab Stoddard keinen Ton mehr von sich – er ging zu Boden wie ein abgelegtes Hemd. Garrett glaubte nicht, dass er ihn getötet hatte, aber es war ihm auch egal. Er wandte sich der Tür zu, die aufgerissen wurde. Und bevor der zweite Mann, Agent Cannel, der in das Zimmer stürzte, durch die Tür war, sprang

Garrett in seine Richtung, das rechte Bein erhoben, und trat mit aller Kraft gegen die Tür.

Agent Cannel wurde an der Brust getroffen, der Stoß der Tür drückte ihm die Luft aus der Lunge und betäubte ihn. In einer Hand hielt er eine Pistole, den Finger am Abzug. Garrett schlug ihm mit dem Stuhl die Waffe aus der Hand, sodass sie auf den Boden fiel. Dann warf er den Stuhl beiseite und schlug Cannel mit der Faust ins Gesicht, sooft er konnte, ohne aufzuhören, sieben oder acht Mal insgesamt, bis Cannel rückwärts durch die Türöffnung fiel. Als Cannel auf dem Boden lag, trat Garrett ihm so fest auf die Brust, wie er konnte.

Er verschwendete keine Zeit mehr. Wenn es eine Sache gab, die er im Lauf der Jahre aus Kneipenschlägereien gelernt hatte, dann war es die, einen Feind hart zu schlagen und dann wegzurennen, als wäre der Teufel hinter einem her. Außerdem zuckten wieder diese blauen Schmerzblitze vor Garretts Augen, und er hatte Angst, er könne das Bewusstsein verlieren. Er stolperte durch den Flur eines, wie es schien, normalen Vorstadthauses. Er kam in ein schmuckloses Wohnzimmer mit einer Couch und einem Beistelltisch, auf dem irgendwelches Fastfood herumlag, sowie einem Videomonitor, der Live-Aufnahmen aus seinem früheren Gefängniszimmer zeigte. Die Kamera in dem Zimmer war bei dem Kampf umgekippt, und das Bild war jetzt um neunzig Grad gedreht und zeigte Agent Stoddard, der betäubt und verwirrt über den Fußboden zu kriechen versuchte, das Gesicht dunkel vor Blut.

Na ja, er lebt, dachte Garrett. Ich nehme an, das ist gut.

Garrett suchte das Wohnzimmer nach irgendetwas ab, für das er Verwendung hatte. Er griff sich einen Regenmantel, der auf der Couch lag, eine Tüte mit Pommes frites und einen Autoschlüssel, bevor er aus der Tür rannte.

Draußen war die Sonne untergegangen, im Westen war der Himmel immer noch rosa getönt. Die Luft war kühl. Die Umgebung war vorstädtisch und ruhig, an der Straße standen unauffällige Bungalows mit grünen Rasenflächen davor. Abgesehen von einem Mann, der weiter unten an der Straße in seiner Einfahrt eine Zigarette rauchte, war niemand zu sehen. Garrett fummelte an dem Autoschlüssel herum, versuchte, sich trotz seiner Kopfschmerzen und des dunkler werdenden Tunnels, der sich langsam vor ihm schloss, zu konzentrieren, und drückte mehrfach auf den Entriegelungsknopf. Ein Chevy Malibu ein Stück weiter unten an der Straße piepte und blinkte, und Garrett ging schnell auf ihn zu. Er stieg ein, ließ den Motor an und fuhr los.

Er hatte keine Ahnung, wo er war, und es war ihm egal. Er wollte sich nur so weit wie möglich von seinen Häschern entfernen, und das so schnell wie möglich. Er fuhr ein paar Minuten auf stillen Vorstadtstraßen, bis er zu einer breiten Allee kam – auf den Straßenschildern stand Colesville Road. Er blieb ein paar Minuten auf der Colesville, bis er ein Viertel mit nichtssagenden niedrigen Gebäuden und Eckläden erreichte. Auf einem Ladenschild stand »Silver Spring«, und er vermutete, dass er in Maryland war, unmittelbar nördlich von Washington, D. C. Seine Hände auf dem Lenkrad zitterten, und in seinem Schädel hatte sich ein Lärm entfaltet, der sich zu einem ständigen, schneidenden Kreischen steigerte.

Er fuhr ohne Zwischenfälle an einem Streifenwagen vorbei, aber wegen der lokalen Cops machte er sich ohnehin keine großen Sorgen. Zumindest noch nicht. Er glaubte nicht, dass die Homeland Security mit seiner Flucht an die Öffentlichkeit gehen würde, und sie würden es bestimmt nicht sofort tun. Falls sie das täten, müssten sie erklären, warum sie ihn gefoltert hatten, und das dürfte ein wenig schwierig werden. Sie würden eine Geschichte brauchen. Er überlegte, ob er sich selbst der Polizei stellen und ihnen alles erzählen sollte, was geschehen war, nur um den Arschlöchern, die ihn mit Waterboarding gequält hatten, die Daumenschrauben anzusetzen, entschied sich aber dagegen.

Er war sich nicht sicher, ob irgendjemand ein Wort von dem, was er sagte, glauben würde.

Er fuhr von der Allee herunter und suchte auf den vorstädtischen Straßen, bis er ein leeres Haus mit einem Schild ZUM VERKAUF davor fand. Er parkte in der Zufahrt eines makellosen Tudorhauses, ging zu dem eingezäunten Garten dahinter und wusch sich Hände und Gesicht mit dem Wasser aus einem Gartenschlauch. Er aß die dem Agenten geklauten Pommes frites und trank so viel Wasser, wie in ihn hineinpasste. Er fühlte sich kräftiger, als er wieder in den Wagen stieg und aus Silver Spring hinaus in die benachbarte Vorstadt Bethesda fuhr. Er fuhr langsam. Seine Sehkraft ließ nach. Es kam ihm so vor, als sähe er die Welt vom Boden eines tiefen schwarzen Brunnens aus. Er achtete darauf, keine Geschwindigkeitsbeschränkung zu überschreiten oder keine rote Ampel zu überfahren. In Bethesdas Zentrum stellte er den Wagen an einer Parkuhr ab und ging, in den Regenmantel des Agenten gehüllt, in ein RadioShack an einer Einkaufsmeile.

»Hey«, sagte er zu dem Teenager hinter der Ladentheke, bemüht darum, mit ruhiger und gleichmäßiger Stimme zu sprechen. Der durchdringende Ton in seinem Kopf war schwächer geworden, hatte aber nicht aufgehört. Bei Weitem nicht. »Ich will mir einen richtig schnellen Laptop kaufen. Haben Sie irgendwas, was ich ausprobieren könnte?«

Der Angestellte setzte ihn vor ein namenloses chinesisches Billigprodukt mit einem Quad-Core-Prozessor und sagte ihm, er solle loslegen. Neunzig Sekunden später verließ Garrett den Laden mit einer Adresse im Kopf.

Und mit Mordlust im Herzen.

62

YANGQUAN, CHINA, 17. APRIL, 8:21 UHR

Celeste Chen hatte kaum eine Minute Zeit zum Luftholen. Von dem Moment im Pentagon, als Garrett ihr die Anweisung erteilt hatte, nach China zu gehen, bis zu dem Moment, als sie achtundvierzig Stunden später mitten in der Provinz Shanxi aus dem Taxi stieg, war ihr Leben ein verschwommener Fleck gewesen. Sie hatte in zwanzig Minuten eine Reisetasche gepackt, sich von einem herbeigewinkten Taxi zur chinesischen Botschaft bringen lassen, sich ihr Visum von einem mürrischen Bürokraten ausstellen lassen, sich ein weiteres Taxi zum Dulles Airport geschnappt und dann als Letzte den Flieger zum Kennedy Airport in New York bestiegen. Im Kennedy hatte sie einen nicht mehr frischen Taco-Lunch hinuntergewürgt, zweitausend Dollar von ihrem Online-Trading-Konto an einem Devisenschalter in chinesische Yuan gewechselt und war dann losgerannt, um ihren Flug nach China zu erwischen.

Es war ein Nonstopflug, Touristenklasse, zum internationalen Flughafen Peking. Sie schlief vielleicht eine Stunde im Flugzeug. Die meiste Zeit überlegte sie, wie sie die vor ihr liegende Aufgabe angehen wollte, während sie die gegen sie sinkende, schnarchende chinesische Geschäftsfrau abwehren musste. Als sie das Flugzeug verließ und chinesischen Boden betrat, hatte sie den Eindruck, als würde sie von Böen in Hurrikanstärke gebeutelt, obwohl sie schon ein halbes Dutzend Mal in China gewesen war; die Sprache, die Schilder, der Lärm – das allumfassende Chaos. Achtzehn Stunden früher war sie in Washington, D. C. gewesen, geborgen in einem Untergeschoss des Pentagons, und hatte abstrakte Hypothesen über geopolitische Turbulenzen entwickelt. Jetzt war sie auf der anderen Seite der Welt, auf sich allein gestellt, und versuchte, Anzeichen einer im Entstehen begriffenen politischen Rebellion zu finden.

Und, was am wichtigsten war – *sie war jetzt eine Spionin.*

Das verschlug ihr den Atem. Sie saß zehn Minuten lang in einer Kabine der Damentoilette des Flughafens und versuchte nur, zur Ruhe zu kommen.

Sie nahm einen Bus in die Stadt, staunte über die zahllosen neuen Gebäude – riesige Wohn- und Büroblöcke –, die überall in den Pekinger Vorstädten aus dem Boden gesprossen zu sein schienen. Vor zwei Jahren war sie zum letzten Mal in China gewesen, aber in diesen beiden Jahren hatte sich absolut alles verändert. Das Tempo der Zerstörung und des Aufbaus war atemberaubend. Sie stieg in dem touristischen Dong-Cheng-Bezirk aus dem Bus, weil sie davon ausging, dass sie unter den anderen Ausländern dort nicht auffiel (obwohl einheimische Chinesen große Schwierigkeiten hätten, sie als Amerikanerin zu identifizieren), und zog sofort los auf der Suche nach einer billigen, abgelegenen Pension zum Übernachten. Sie hielt sich für eine erfahrene Reisende, aber das hektische Tempo und der Mangel an Distanz auf den Bürgersteigen Pekings machte ihr trotzdem zu schaffen. Männer und Frauen rammten sie, stießen sie zur Seite, schnitten sie, ohne ihr auch nur einen Seitenblick zuzuwerfen. Während ihres Studiums in Peking hatte sie daran Vergnügen gefunden und ein Spiel daraus gemacht. Zusammenstoß und weiter, Zusammenstoß und weiter. Jetzt versuchte sie, erschöpft und hundemüde, nur noch, ohne Verletzung davonzukommen.

Sie fand ein Hotel – farblos, aber modern und relativ sauber – und schlief zwei Stunden lang. Das war gerade genug, um sie vor einem Zusammenbruch zu bewahren. Gleichermaßen vom Jetlag ermüdet und von ihrer Aufregung wach gehalten, packte sie wieder ihre Reisetasche und nahm ein Taxi zum protzigen, an einen buddhistischen Tempel erinnernden Pekinger Westbahnhof, wo sie einen Zug der T-Klasse nach Yangquan bestieg, der Stadt in Zentralchina, die mitten in der Bergbauprovinz lag. Da sie keine übermäßige Aufmerksamkeit erregen wollte, kaufte sie sich eine Fahrkarte für einen ungepolsterten Sitzplatz im hinteren Bereich des Zugs, wo die ärmeren Reisenden fuhren, und stand schließlich fast die gesamten vier Stunden der Fahrt, eingezwängt zwischen einem dicken Bauern mittleren Alters und seiner geschwätzigen pockennarbigen Frau. Die vielfältigen Gerüche des modernen China umwehten sie: Maschinenöl, gekochtes Schweinefleisch, der Schweiß müder Fabrikarbeiter, das kräftige Aroma einer frisch geschälten Orange. Es war belebend. Und überwältigend.

Celeste wusste, dass sie inzwischen in der Provinz Shanxi waren, weil die Luft, gemessen an dem Grau der Pkw- und Lkw-Abgase wie in Peking, einen dunkleren, schwärzeren, zu der Kohle passenden Ton angenommen hatte, die man in den Bergwerken aus der Erde holte, deren Förderanlagen die Hügellandschaft sprenkelten. Yangquan war, wie so viele kleinere chinesische Städte, sowohl erstaunlich modern als auch auffallend Dritte Welt, zumindest für Celestes westlich geprägten Blick. Das hier war ein Teil Chinas, den sie nie zuvor kennengelernt hatte. Mit trüben Augen vom Schlafmangel wankte sie aus dem Zug und fragte nach einem Hotel. Sie fand ein heruntergekommenes in der Stadtmitte, wo zwei australische Studenten im Nachbarzimmer ihr Hochchinesisch übten – laut und schlecht. In ihrem erschöpften Zustand spielte es keine Rolle für sie: Sie stopfte sich zusammengeknülltes Toilettenpapier in die Ohren und schlief noch zwei Stunden, bevor sie sich zum Abendessen und zur Informationsbeschaffung vor die Tür begab.

Die Frühlingsnacht in Yangquan war warm und schwül, voller Insekten und hupender Autos. Celeste wanderte hungrig durch die Innenstadt, bis sie in einem kleinen Restaurant haltmachte, das eine Nudelsuppe mit Rindfleisch anbot. In Jeans und Trainingsjacke sah Celeste wie eine ganz normale Einwohnerin von

Yangquan aus, und wenn sie sprach, ging sie als Chinesin durch, wenn auch nicht als eine aus dieser Gegend. Die Kellnerin fragte, ob sie aus Shanghai sei. Ihre Zähne waren zu weiß und zu gerade für die Tochter eines Bergarbeiters. Moderne Zahnmedizin war – zumindest für die Wohlhabenden – endlich im Reich der Mitte angekommen.

Celeste gab sich alle Mühe, mit der Kellnerin und den anderen Gästen in dem Restaurant ins Gespräch zu kommen, aber es war nicht ihre Stärke, Kontakte mit Fremden herzustellen, und sie bekam wenige Antworten, mit denen sie etwas anfangen konnte. Ihr Gehirn war ohnehin von der Fahrt noch ziemlich mitgenommen, also war es nicht so schlimm. Sie ging später am Abend durch die Straßen von Yangquan, aber die Geschäfte und die Kneipen machten allmählich zu, und sie hatte den Eindruck, diese Methode der Nachforschung werde sich als nicht sonderlich fruchtbar herausstellen. Die Wahrheit sah so aus, dass Celeste Wissenschaftlerin war, keine Spionin, und deshalb war sie nicht besonders qualifiziert für das Unterfangen, geheime Informationen zu beschaffen. Trotzdem war sie einsatzfreudig und wollte ihr Bestes geben.

In dieser Nacht schlief sie tief und fest, unterbrochen nur von Träumen, in denen zahllose asiatische Gesichter an ihr vorbeieilten, als ob sie durch einen Tunnel von chinesischen Menschen führe. Am nächsten Morgen, nachdem sie Tee getrunken und Garrett eine kurze, verschlüsselte E-Mail geschickt hatte, stand Celeste direkt vor ihrem Hotel auf der Straße und versuchte, sich zu orientieren. Es war bereits heiß, und die Luft war stickig. Das unaufhörliche Dröhnen von Baumaschinen erfüllte die Stadt und erschütterte sie. Ganz China war in Bewegung, staunte sie, zu jeder Stunde des Tages.

Sie fühlte sich hier genauso zu Hause wie in den Staaten, vielleicht sogar noch mehr. Vermutlich lag es an ihrem Aussehen – sie hatte nie richtig zu den anderen Mädchen an ihrer weißen, vorstädtischen Highschool in Palo Alto gepasst. Vielleicht lag es auch an der Sprache. Hochchinesisch zu sprechen machte ihr eine ausgesprochene Freude; sie liebte die ansteigende und abfallende Intonation, die subtilen Variationen im Klang.

Aber sie hatte den Verdacht, dass es letzten Endes einfach daran lag, dass sie hier in China ihre alte Haut abwerfen und ein neuer Mensch werden konnte. Es war der jahrhundertealte Reiz des Alleinreisens – eine Neuerfindung lag immer gleich um die Ecke, und das war ein mächtiger Kontrapunkt zu ihrem Leben in den Staaten. Für Celeste bedeutete China ironischerweise Freiheit.

Im Pentagon hatten sie und Garrett eine Liste mit Methoden aufgestellt, wie sie Geschichten über Hu, den Rebellenführer, aufspüren könnte. Garrett hatte vorgeschlagen, dass sie mit einem jungen Mann aus der Gegend flirten könne, vielleicht in einer Kneipe oder einem Restaurant. Sie war nicht begeistert von dieser Methode – sie war so typisch für Garrett Reilly – und dachte sich, dass sie ja darauf zurückgreifen könne, wenn alle anderen Versuche versagten. Sie hatte Versammlungshallen und Wochenmärkte als mögliche Orte genannt, an denen Informationen ausgetauscht wurden. Garrett war in dieser Beziehung nicht hilfreich gewesen, hatte allerdings einen sehr guten Vorschlag gemacht: Benimm dich, als wüsstest du schon alles, was es über Hu und den Aufstand zu wissen gibt. Nimm den Standpunkt resignierter Verärgerung ein – als wärst du zu cool für die politischen Klagen anderer Menschen.

Celeste fand, dass das sinnvoll klang. Sie beschloss, es auszuprobieren.

Sie entfernte sich von dem Hotel und fand nach vierhundert Yards eine Seitenstraße, die mit einer Reihe kleiner Essensstände gesäumt war. Bei jedem suchte sie nach Waren, die in der Auslage fehlten – Gemüse, das verdorben aussah, altbackenes Brot oder ein Regal, das einfach leer war. Sie wartete, bis andere potenzielle Käufer vorbeikamen, dann schnalzte sie laut mit der Zunge, während sie auf die fehlende oder verdorbene Ware starrte, und sagte: »*Yí rén dǎo luàn, dà jiā shòu kǔ. (Einer macht Ärger, und alle leiden darunter.)*«

Bei den ersten beiden Ständen war sie sich nicht sicher, ob die anderen Käufer sie gehört hatten. Am dritten schaute eine alte Frau sie böse an und schlurfte an ihr vorbei, wobei sie Celeste mit ihrer Schulter einen Stoß versetzte. Aber am vierten Stand bekam sie die erhoffte Reaktion: Ein junger Mann, nicht älter als fünfundzwanzig Jahre, der Zuckerschoten und Zwiebeln im Arm hielt, hörte, was sie sagte, während sie sich über eine Kiste mit welkendem Gemüse beugte, und tat so, als wolle er sie anspucken. Das tat er aber nicht. Er sagte nur: »Du bist verdorben. Genau wie diese Aubergine. Sie kämpft für dich.«

Sie?, dachte Celeste erstaunt. *Sie* kämpft für dich?

Der Tiger ist eine Frau?

63

BETHESDA, MARYLAND, 17. APRIL, 21:42 UHR

Hadley Kline gab seiner Tochter Samantha einen Gutenachtkuss, bevor er das Licht in ihrem Schlafzimmer im ersten Stock ausschaltete. Er ging durch den Flur und blieb wie angewurzelt stehen, als der Ton des Fernsehers aus dem Erdgeschoss nach oben drang.

»Martin.« Kline rief leicht enttäuscht den Namen seines zwölfjährigen Sohnes. Der Junge dachte nie daran, den Fernseher auszuschalten. Oder sein Bett zu machen. Oder sein Zimmer aufzuräumen. Oder irgendetwas anderes, das nichts mit Videospielen oder Trainieren für Pop Warner Football zu tun hatte. Es hatte einen Zeitpunkt gegeben, als Kline sich für beneidenswert hielt, weil er so spät im Leben noch Kinder bekommen hatte. Der Zeitpunkt war längst vorüber.

Kline fand sich damit ab, wieder einmal hinter seinem Sohn aufzuräumen, stapfte in seinen Socken nach unten und überlegte, einen Abstecher in die Küche zu machen und sich einen letzten Bourbon einzuschenken, bevor er ins Bett ging. Warum auch nicht, dachte er, wo ich schon mal im Erdgeschoss bin und überhaupt. Er betrat das Wohnzimmer und erstarrte.

CNN war eingeschaltet. Martin schaute nie die Nachrichten. Oder irgendetwas anderes als Cartoon Network. Die Hintertür stand offen, und eine sanfte Brise wehte aus dem Garten herein.

Kline machte einen Schritt nach hinten, um mit dem Rücken an der Wand zu stehen, damit sich niemand hinter ihn schleichen konnte, als ein dünner Draht über seinen Kopf gezogen und um seinen Hals geschlungen wurde. Der Draht wurde blitzartig zugezogen und schnitt in sein Fleisch, bevor er die Hände dazwischenschieben konnte.

Eine Stimme flüsterte: »Nicht bewegen. Wenn Sie es trotzdem tun, drehe ich den Draht noch einmal um und klemme ihn ab, und dann ersticken Sie.«

Kline machte einen flachen Atemzug. Der Draht schnitt in seine Kehle und behinderte seine Atmung. Er konnte sich nicht umdrehen, ohne dass der Draht Hackfleisch aus seinem Hals machte.

»Reilly?«

»Haben Sie ihnen gesagt, dass sie mich foltern sollen?«

»Können wir uns nicht setzen?«, krächzte Kline. »Ich werde Ihnen nichts tun.«

Der Draht um seine Kehle wurde enger.

»Haben Sie ihnen gesagt, dass sie mich foltern sollen?«

»Ich habe Alexis gesagt, dass sie Ihnen den Handschellenschlüssel geben soll«, presste Kline heraus. »Ich habe Ihnen geholfen.«

»Haben Sie gedacht, ich würde entkommen oder dass sie mich umbringen würden?«

»Ich war mir nicht sicher. Aber ich hoffte, Sie würden entkommen. Der Draht tut mir am Hals weh, Garrett. Ich kann nicht atmen.«

Als Reaktion wurde der Draht noch enger zugezogen, sodass Klines Kopf nach hinten kippte.

»Warum? Warum wollten Sie, dass ich fliehe?«

»Weil ich Sie brauche. Wir brauchen Sie.«

»Wir? Die Leute, die das Waterboarding mit mir gemacht haben?«

»Das sind abgerichtete Affen, die tun, was man ihnen sagt. Die glauben, dass Sie Geheimnisse an eine fremde Regierung weitergegeben haben. Ich falle gleich hin, wenn Sie weiter an dem Draht ziehen, Garrett. Sie bringen mich um.«

»Ich habe keine Geheimnisse weitergegeben.«

»Das weiß ich.«

»Sie wissen nur, dass ich einen Draht um Ihren Hals geschlungen habe und bereit bin, Sie zu erwürgen. Das ist alles, was Sie wissen.«

»Okay«, sagte Kline, der versuchte, so viel Luft einzusaugen, wie er in seine Lunge hineinbekommen konnte, und gleichzeitig ruhig zu bleiben. »Sie haben recht. Okay? Sie haben absolut recht.«

Kline konnte Garretts Kinn neben seinem Ohr fühlen. »Ich will Ihren Tod so schmerzhaft wie möglich machen. Ich will, dass Sie sich in die Hose scheißen, wenn Sie ersticken. Das will ich.«

Kline schloss die Augen und versuchte, einen klaren Kopf zu bekommen. »Garrett. Die Pazifikflotte ist auf dem Weg nach China. Die fünfte Flotte wird sich ihr in einem Tag anschließen. Wir verlegen Streitkräfte nach Korea und Kirgisistan.« Kline konnte spüren, dass die Spannung des Drahts um seinen Hals zunahm. »Der Präsident tappt in die Falle«, fuhr Kline in bittendem Ton fort. »Bereit, als Erster zuzuschlagen. Genau wie Sie gesagt haben.«

»Was, zum Teufel, kümmert mich das?«

»Sie können es aufhalten.«

»Nein, kann ich nicht. Niemand kann das US-Militär aufhalten. Und selbst wenn ich es könnte, warum sollte ich es tun?« Garrett beugte sich näher zu Kline. »Schauen Sie mich an. Sehen Sie mal, was sie mit mir gemacht haben.«

Kline versuchte, seinen Kopf nach links zu drehen. Aus dem Augenwinkel konnte er Garretts Gesicht sehen. Er hatte tiefe Schatten unter den Augen, und auf seiner Stirn prangte eine klaffende Wunde direkt unter seinem Haaransatz; ein Rinnsal geronnenes Blut endete unmittelbar über einem Auge.

Garrett zischte: »Sie haben mir Wasser in die Kehle gegossen. Stundenlang.«

»Sie haben das Reservat verlassen. Sie haben sich mit einem potenziellen Spion einer unbekannten Organisation oder Nation getroffen.«

»Es gibt eine verdammte Verfassung in diesem Land. Ich kann mich treffen, mit wem ich mich treffen will.«

»Nein. Nicht mehr. Das war Ihr altes Leben. Sie haben eine Geheimhaltungseinstufung bekommen. Eine sehr hohe. Zugang zu Geheimdokumenten. In Ihrem neuen Leben dürfen Sie so etwas nicht tun.«

»Mein neues Leben? *Ist das hier mein neues Leben?* Ich habe nicht darum gebeten. Nicht um das kleinste bisschen davon.«

»Ich verstehe.«

»Sie verstehen? Blödsinn! Sie haben mich belogen, haben mich verführt, haben mich zu Ihrem Kampfhund abgerichtet und dann noch ein bisschen mehr belogen. Sie haben mir nie die ganze Wahrheit gesagt, nicht ein Mal.«

»Das liegt in der Natur des Spiels.« Kline sagte das nicht gerne, aber es stimmte. Geheimhaltung, Lügen, Verführung. Damit verdiente er seinen Lebensunterhalt. Das taten sie alle. Kline spürte, dass sich der Draht um seinen Hals etwas lockerte. Er konnte ein bisschen mehr Luft in seine Lunge pumpen.

»Ein Spiel«, sagte Garrett. »Alles ein Spiel. Immer gewesen.« Kline hörte Traurigkeit in Garretts Stimme. Müdigkeit.

»Ein Spiel mit unglaublich hohen Einsätzen. Menschenleben. Das Schicksal von Nationen.«

Kline konnte sehen, dass Garrett leicht den Kopf schüttelte. »Ihr Leute – ihr könnt einfach nicht aufhören. Ihr verstörten verdammten Leute.«

»Garrett. Das hier ist Ihr Moment. Wir brauchen Sie in Freiheit, damit Sie das tun können, worin Sie am besten sind. Deshalb habe ich Alexis gebeten, Ihnen den Schlüssel zu geben. Wir brauchen Sie, damit Sie tun, was kein anderer von uns tun kann. Übernehmen Sie wieder das Ruder von Aszendent. Verhindern Sie den Krieg.«

Garrett schnaubte ungläubig. »Warum? Nennen Sie mir einen Grund, warum ich je wieder in meinem Leben etwas für euch Arschlöcher tun soll. Einen Grund, warum ich nicht hier weggehen und nie wieder in die Nähe dieses Orts kommen sollte. Einen einzigen Grund.«

»Weil es falsch wäre wegzugehen, während das Leben von Millionen Menschen auf dem Spiel steht – Männern, Frauen und Kindern, auf der ganzen Welt«, sagte Kline. »Und in diesem Moment – und das ist nur meine persönliche Meinung – sollten Sie meiner Ansicht nach anfangen, etwas in Ihrem Leben richtig zu machen.«

64

LANDSCHAFTSSCHUTZGEBIET SCOTT'S RUN, MCLEAN, VIRGINIA, 18. APRIL, 5:58 UHR

Garrett schlief im Park. Es war nicht bequem, aber nachdem er mit dem Kopf auf einem Tisch und mit dem Knöchel an einen Stuhl gefesselt geschlafen hatte, war ein Bett aus Blättern und Gras ganz das Richtige. Trotzdem warf er sich die ganze Nacht unruhig von einer Seite auf die andere, und sein Schädel pochte vor Schmerzen. Er wachte früh auf, bevor die Sonne aufgegangen war, und hörte das Gezwitscher von Vögeln und in einiger Entfernung das Hupen eines Wagens. Er brauchte eine Weile, bis er wusste, wo er war und warum er hier war, und als er es wusste, wurde er von einer Wut überwältigt, die er vielleicht nie wieder würde abschütteln können. Diese Wut war derart umfassend, dass sie alles andere, was er empfand, auslöschte, einschließlich Hunger und Durst.

Er musste etwas richtig machen?

Garrett konnte immer noch nicht glauben, dass General Kline das gesagt hatte. Wann war es seit Beginn dieser ganzen Geschichte jemals, auch nur einen kurzen Moment lang, darum gegangen, etwas auf der Welt richtig zu machen? Schließlich hatte er es mit dem Militär zu tun, einer Organisation, die Menschen dazu ausbildete, andere Menschen umzubringen. Und wenn es hierbei darum ging, richtig zu handeln, waren dann die Chinesen im Unrecht? Waren die Vereinigten Staaten auf der Seite der Moral? Waren wir so unschuldig? Das akzeptierte Garrett nicht eine Sekunde lang – Moral war etwas für Idioten.

Und was war damit, was Metternich ihm in der Bahn erzählt hatte, dass er nach der Pfeife von jemand anderem tanzte? Was war, wenn Metternich ihm etwas gesagt hatte, was der Wahrheit entsprach? Wer war dann der Böse? Die Vereinigten Staaten? Wie konnte dann etwas, was er für die Regierung tat, das Richtige sein?

Ein Widerspruch jagte den anderen, eine Lüge die andere.

Garretts Hände zitterten vor Wut. Er hatte tatsächlich im Wohnzimmer des Generals am Abend zuvor einen Augenblick daran gedacht, das Stück Draht um Klines Hals zuzuziehen und dem alten Mistkerl beim Sterben zuzusehen. Er hatte es gewollt, hatte es wirklich tun wollen, aber in der letzten Sekunde hatte er davon Abstand genommen. Und wiederum nicht aus moralischen Gründen, nicht, weil es falsch wäre, den General umzubringen, sondern weil er irgendwann erwischt und dann ins Gefängnis gesteckt werden würde. Garrett wollte nicht ins Gefängnis gesteckt werden.

Er sagte sich, es wäre eher eine Kosten-Nutzen-Analyse als eine moralische Entscheidung gewesen. Aber vielleicht war auch das eine Lüge – eine Lüge, die er sich selbst einredete, um Abstand davon zu gewinnen, wie er sich wirklich fühlte. Aber wie *fühlte* er sich denn? Betrachtete er sich als Patrioten? Oder als Verräter? Oder als *beides*?

Er öffnete eine Packung Wheat Chex und schüttete sich die Frühstücksflocken direkt aus der Schachtel in den Mund. Er hatte die Packung, zusammen mit einem Zwei-Liter-Karton Orangensaft, aus Klines Küche mitgenommen, als er das Haus verließ. Er spülte die Wheat Chex mit dem Saft hinunter und wünschte, er hätte etwas anderes zum Essen. Er hatte immer noch einen Riesenhunger, aber wenigstens funktionierte er jetzt, ohne dass seine Hände zitterten. Das Feuer in seinem Kopf schien allerdings anzudauern, ein ständiger Schmerz, von dem Garrett befürchtete, er würde nie nachlassen.

Er hatte gestern Abend noch etwas aus Klines Haus mitgenommen: ein Handy. Es war ein billiges Modell von der Sorte, die Telefongesellschaften einem zur Verfügung stellten, wenn man ein Konto eröffnete, und Garrett vermutete, dass es einem von Klines Kindern gehörte. Er hatte die SIM-Karte bei der ersten Möglichkeit, die sich ihm bot, aus dem Telefon entfernt, aber er hoffte, dass Kline das Konto nicht abgemeldet hatte. Er würde das Handy behalten, falls er es brauchte. Nur für einen Anruf.

Der Wagen der Homeland-Security-Agenten war eine knappe Meile entfernt auf einer ruhigen Straße in McLean geparkt, und die Schlüssel lagen oben auf dem rechten Hinterrad, aber Garrett wagte es nicht mehr, damit zu fahren. Suchmeldungen würden inzwischen herausgegeben worden sein. Die Homeland Security würde ihre Geschichte auf die Reihe bekommen haben: Garrett war wahrscheinlich als internationaler Terrorist aufgeführt, als Bedrohung der Nation oder wer weiß was noch. Sie würden ihm vermutlich auch Vergewaltigung und Mord vorwerfen, falls sie könnten. Er wurde zweifellos von der Polizei gesucht.

Also war die Zeit für eine Entscheidung gekommen. Bleiben? Oder abhauen?

Falls er floh, würde er einen Weg aus D. C. hinaus und dann einen Ort finden müssen, wo er sich verkriechen konnte, bis er eine Möglichkeit gefunden hatte, sich zu entlasten oder das Netz von Menschen und Organisationen zu entwirren, die ihn entweder benutzen oder umbringen wollten. Oder beides. Ohne eine Brieftasche oder auch nur einen einzigen Dollar in der Tasche würde das bestenfalls schwierig werden. Sie hatten all seine Habseligkeiten konfisziert, als sie ihn aus dem Metro-Wagen zogen.

Er nahm an, er könnte wahrscheinlich Mitty Rodriguez eine Nachricht zukommen lassen und sich von ihr etwas Geld überweisen lassen, aber die Homeland Security würde zweifellos damit rechnen, und sie würden auf ihn warten, wenn er es abheben wollte. Ganz egal, wohin er ging.

Und dann gab es noch Hans Metternich, wer, zum Teufel, er auch sein mochte. Jeder, der einfach so in einem Metro-Wagen auftauchen und spurlos wieder verschwinden konnte, war es wert, dass man sich seinetwegen Sorgen machte. Und Angst vor ihm hatte. Vielleicht war es Metternich, der versucht hatte, ihn in New York in die Luft zu jagen. Vielleicht wollte Metternich Garrett trotz seiner Beteuerungen in Wirklichkeit tot sehen.

Für Garrett war die Welt sehr feindselig geworden. Und gefährlich.

Außerdem hatte er noch Celeste Chens Schicksal zu bedenken. Sie war auf *seine* Anweisungen hin in China. Wenn er sich aus dem Staub machte, wäre sie auf sich allein gestellt, und es gäbe niemanden in den Staaten, der über sie wachte oder für Hilfe sorgte, falls sie in Schwierigkeiten geriet. Es war nicht so, als entwickele er plötzlich mütterliche Gefühle, aber Celeste jetzt sich selbst zu überlassen, das wäre ein bisschen zu egoistisch. Sogar für Garrett.

Dafür müsste er also bleiben. Und mit Kline und der Defensive Intelligence Agency kooperieren. Dann wäre er wieder in ihrem System. Es sei denn, natürlich, er würde das System leiten, und war es nicht das gewesen, was Kline ihm in Aussicht gestellt hatte? Weiterhin das Aszendent-Programm zu leiten? Glaubte Garrett ihm? Vertraute er ihm? Auf gar keinen Fall.

Aber vielleicht konnte er ihn benutzen; Kline und Aszendent benutzen, um ein wenig Zeit und Einfluss zu gewinnen. Wenn er aktiv für die DIA arbeitete – und für andere staatliche Stellen, die ihn gegenwärtig unterstützten –, wären sie daran interessiert, dass er in Sicherheit war. Und am Leben blieb. Zumindest eine Zeit lang.

Und Aszendent hatte noch den anderen Vorteil zu bieten, dass er nicht am gleichen Strang wie der Präsident, Minister Frye und das US-Militär zöge. Falls er Erfolg hatte, würden diese Leute und Organisationen außer sich sein, und es gab nichts, was Garrett mehr wollte, als diese verdammten Scheißkerle wütend zu machen.

Trotzdem war Garrett nicht begeistert von diesen beiden Möglichkeiten. Keine von beiden schien eine brauchbare langfristige Lösung darzustellen. Aber er hatte zu starke Schmerzen und war zu hungrig, um sich irgendwelche anderen Optionen auszudenken. Er wischte den Dreck und die Blätter von dem Regenmantel, den er um sich geschlungen hatte, damit ihm nicht kalt wurde, versteckte die Frühstücksflocken und den Saft unter einem Busch, falls er sie später noch mal brauchte, und ging dann zu einem leeren Parkplatz am Rand des Parks, wo er die SIM-Karte in das gestohlene Handy einbaute.

Garrett Reilly wählte eine Nummer – und hoffte, die richtige Entscheidung getroffen zu haben.

65

ALEXANDRIA, VIRGINIA, 18. APRIL, 11:01 UHR

Die Militärpolizisten, die Bingo und Lefebvre zurück in ihr Hotel gefahren hatten – ein Ramada Inn knapp westlich der Innenstadt von Alexandria –, sagten ihnen, sie sollten ihre Koffer packen und auf weitere Befehle warten. Bingo versuchte, ihnen zu erklären, dass er nicht zum Militär gehöre und dass sie ihm gar nichts befehlen könnten, aber das schien auf die MPs keinen Eindruck zu machen. Sie sagten, er solle das Hotel nicht verlassen, niemand anrufen, und dass weitere Sicherheitsbeamte alle paar Stunden vorbeikämen, um nach ihnen zu sehen.

Bingo packte seinen Koffer und verbrachte die nächsten vierundzwanzig Stunden damit, von Angstschweiß bedeckt den History Channel zu sehen. Das Zimmertelefon klingelte alle paar Stunden, er ging immer nach dem ersten Klingeln dran, und er konnte jemanden am anderen Ende der Leitung hören, der aber nie etwas sagte, nur zuhörte, wie er sich mit »Hallo?« meldete, und dann auflegte. Jedes Mal setzte dann sein Herz einen Schlag aus.

Lefebvre klopfte am nächsten Morgen an seine Tür und sagte, sie sollten sich einen Milchkaffee in einem Café ein paar Häuserblocks weiter holen. Als Bingo fragte, wieso denn, antwortete Lefebvre beiläufig: »Wir sollten uns die Beine vertreten. Etwas für den Kreislauf tun. Nur zehn Minuten.«

Bingo kam wider besseres Wissen mit und wusste in dem Moment, als er das Café betrat, dass er einen Fehler gemacht hatte. Alexis Truffant saß in Zivilkleidung in einer Ecke und wartete auf sie. Bingo hatte sie seit anderthalb Wochen nicht gesehen, und sie sah abgespannt aus.

»Wir haben nicht viel Zeit«, sagte Alexis, als Lefebvre sich neben sie setzte. Das Lokal war fast leer, aber Bingo bemerkte, dass Alexis die Eingangstür nicht aus den Augen ließ.

»Ich glaube, wir sollten nicht hier sein«, sagte Bingo.

»Sie haben wahrscheinlich recht«, erwiderte sie. »Aber wir sind nun mal hier, also sollten wir es so gut wie möglich ausnutzen.«

»Wo ist Garrett?«, fragte Lefebvre.

»Ich bin mir nicht sicher«, antwortete sie. »Und ich will es auch nicht wissen.«

Alexis beugte sich nahe zu Lefebvre und flüsterte in sein Ohr. Bingo konnte nicht hören, was sie sagte, aber als sie fertig war, sprach der Lieutenant eine ganze Minute kein Wort. Er machte auf Bingo einen besorgten Eindruck, als stünde er an einem moralischen Scheideweg. Dann sagte er: »Das ist eine schwierige Entscheidung. Ich brauche etwas Bedenkzeit.«

Alexis meinte, er könne sich bis Mitternacht Zeit lassen, aber nicht länger. Lefebvre stand auf, nickte kurz und verließ das Café.

Alexis wandte sich als Nächstes an Bingo. »Gehen Sie nicht in Ihr Hotelzimmer zurück. Holen Sie nicht Ihre Klamotten oder andere persönliche Dinge ab. Ich werde Ihnen gleich ein Prepaidhandy geben. Sie gehen in die Bibliothek und benutzen einen der öffentlichen Computer, um ins Internet zu kommen. Suchen Sie gewerbliche Mieträume für den nächsten Monat. Nicht zu klein, mindestens zweihundert Quadratmeter, abgelegen – vorzugsweise in einer üblen Gegend – und mit Zugang zu einer Backbone-Leitung ins Internet. Es wäre am besten, wenn die Räume längere Zeit leer gestanden hätten, idealerweise ein Jahr oder länger. Die Eigentümer sollten bereit sein, Bargeld im Voraus zu akzeptieren und keine Fragen zu stellen. Anderenfalls sollten Sie einbrechen und den Raum sichern, ohne Verdacht zu erregen oder den Vermieter aufmerksam zu machen.«

»Einbrechen? Meinen Sie, illegal?«, fragte Bingo, dessen Stimme eine Oktave anstieg.

»Genau das meine ich«, sagte Alexis. »All das erledigen Sie

möglichst schnell, und achten Sie darauf, dass Ihnen niemand folgt. Besorgen Sie den Raum und warten Sie auf weitere Anweisungen. Wenn Sie diese Instruktionen erhalten haben, werfen Sie das Prepaidhandy weg.«

»Nein, auf keinen Fall«, sagte Bingo. »Sie haben es mir gesagt. Die Homeland Security, meine ich. Das Projekt Aszendent ist dichtgemacht worden. Sie haben gesagt, ich soll in meinem Hotelzimmer auf weitere Befehle warten.«

»Das hier sind Ihre weiteren Befehle.«

Bingo versuchte zu lachen, aber es hörte sich mehr nach einem Schnauben an. »Nein, das sind sie nicht«, widersprach er. Er hatte vielleicht nicht viel Mut, aber er war kein Narr, und was Alexis von ihm wollte, schien ihm bestenfalls zweifelhaft und schlimmstenfalls Hochverrat zu sein.

Alexis holte tief Luft, dann lächelte sie Bingo freundlich an, und einen Augenblick lang dachte er, es würde alles gut ausgehen – sie würde sagen, dass er einfach nach Hause gehen, diesen ganzen Wahnsinn vergessen und mit seinem Leben weitermachen solle.

Stattdessen sagte sie: »Sie haben recht, das sind sie nicht. Aber Sie sind in einer etwas heiklen Situation. Wenn Sie jetzt in Ihr Hotel zurückgehen, wird die Homeland Security vorbeikommen. Sie werden feststellen, dass Lefebvre verschwunden ist, und sie werden Sie fragen, was Sie wissen. Und Sie werden ihnen erzählen müssen, dass Sie sich mit mir getroffen haben und dass wir uns über Pläne unterhalten haben. Das wird Sie in deren Augen zumindest verdächtig oder auch zu einem Komplizen machen. Sie werden inhaftiert werden. Auf unbestimmte Zeit. Vielleicht der Verschwörung angeklagt werden. Behinderung der Justiz. Es wird kein Vergnügen sein. Wenn Sie allerdings tun, worum ich Sie bitte – ja, es wird riskant sein, aber Sie haben zumindest die Chance, den Rest Ihres Lebens als freier Mann zu verbringen.«

Sie stand, immer noch lächelnd, auf, zog ein Handy aus ihrer Handtasche und reichte es ihm. »Ihre Entscheidung«, sagte sie und verließ das Café.

Bingo starrte auf das Handy. Er war sich ziemlich sicher, dass das meiste von dem, was Alexis gerade über eine Inhaftierung auf unbestimmte Zeit und Behinderung der Justiz gesagt hatte, absoluter Blödsinn war, aber angesichts der Ereignisse des vergangenen Monats – und der tief sitzenden Paranoia, die er der Erziehung durch seine Mutter zu verdanken hatte – konnte er sich dessen nicht hundertprozentig sicher sein. Und selbst eine geringe Chance, ins Gefängnis zu kommen, reichte aus, um ihn krank zu machen.

Er steckte das Handy in seine Tasche und schlich sich auf den Bürgersteig hinaus, die Hände kläglich in die Hosentaschen gerammt, Ausschau haltend nach irgendjemandem, der ihn vielleicht seinerseits beobachtete. Und während er das tat, hatte er einen Gedanken, der alle anderen übertönte und der lautete: Wenn er diesen Wahnsinn überlebte, würde er zurück in sein Schlafzimmer gehen, die Tür abschließen und nie wieder herauskommen. Nie wieder.

66

SILVER SPRING, MARYLAND, 18. APRIL, 16:13 UHR

Verteidigungsminister Frye saß auf dem Rücksitz eines nicht gekennzeichneten Wagens, der unauffällig in einer ruhigen Straße in Silver Spring geparkt war. Er starrte auf das sichere Haus der Homeland Security, in dem Garrett Reilly bis vor ein paar Stunden festgehalten worden war, das jetzt aber leer stand. Eine tiefe Müdigkeit und Enttäuschung hatte von ihm Besitz ergriffen.

Niemand in dieser Stadt hat je deine Erwartungen erfüllt, dachte er. Niemand.

Er veränderte seine Sitzposition ein wenig, um den Mann ansehen zu können, der neben ihm in dem dunklen Chrysler saß. Agent Paul Stoddard trug seinen linken Unterarm und die Hand in einer Schiene; in der Haut an seiner Schläfe und über dem linken Auge war eine schwarze Naht. Das Auge selbst war von einem purpurfarbenen Bluterguss umgeben. Er sah aus, als wäre er mit einem Baseballschläger verprügelt worden.

»Wie ist er entkommen?«, fragte Frye, dessen Gesicht nichts von den Emotionen verriet, die ihm zu schaffen machten.

»Wir sind uns nicht sicher, Sir«, erwiderte Stoddard. »Er hat es geschafft, seine Handschellen zu lösen. Das hat uns überrascht.«

»Wie ist das überhaupt möglich? Er ist eine halbe Portion. Mit einem Schädelbruch.«

Agent Stoddard grimassierte verlegen. »Wir lassen ein paar Kriminaltechniker sich einen Videofilm ansehen, den wir aufgenommen haben. Wir glauben, jemand könnte ihm geholfen haben.«

Frye runzelte die Stirn. »Geholfen? Wer hat ihn besucht?«

»Na ja, Sir, wir«, sagte Stoddard. Nach einer Pause: »Und DIA-Mitarbeiter.«

Minister Frye schnaubte kurz. Er wusste genau, wer Garrett Reilly besucht hatte und warum. Oh, das wusste er. Hatte niemand in dieser Stadt mehr ein Gespür für Loyalität?

»General Kline?«, sagte Frye.

»Ja, Sir.«

»Und diese Frau, die für ihn arbeitet …?«

»Captain Truffant, ja, Sir.«

Frye biss sich hart auf die Unterlippe. »Ich möchte die beiden vierundzwanzig Stunden am Tag überwachen lassen. Besorgen Sie sich eine richterliche Anordnung, falls das sein muss.«

»Schon geschehen, Sir. Wir haben Kline im Auge, aber Captain Truffant ist von der Bildfläche verschwunden. Handy abgestellt. Weder zu Hause noch in ihrem Büro.«

»Nein, natürlich nicht«, sagte Frye. »Sie ist untergetaucht. Und sie wird unsichtbar bleiben, bis wir sie nicht mehr finden müssen.« Fryes Speichel schmeckte nach Blut. Er hatte sich vor lauter Frustration die Lippe blutig gebissen. »Was ist mit Reilly?«, fragte er. »Haben wir Hinweise auf seinen Aufenthaltsort?«

»Das FBI ist unterrichtet. Sie setzen ein Team darauf an.«

»Was wissen sie über den Fall?«

»Dass Reilly eine Bedrohung für die nationale Sicherheit ist.«

»Ist die Washingtoner Polizei informiert?«

»Wir dachten, das wäre« – Stoddard zögerte, während er nach dem richtigen Wort suchte – »unüberlegt.«

Minister Frye sah ihn lange an. »Warum? Was haben Sie mit ihm gemacht?«

»Wir haben ihn verhört. *Aggressiv*, Sir.«

Frye prustete leise lachend. »Wünsche mir fast, ich wäre dabei gewesen.«

Eine Minute herrschte Stille im Wagen. Frye leckte sich den Blutstropfen von der Lippe. Er hatte eine lange, glanzvolle Karriere im Geschäftsleben und in der Politik hinter sich, indem er die Ursachen von Problemen aufs Korn nahm und sie dann mit einer Kombination von Intelligenz und roher Macht in Ordnung brachte. Er ging nie willkürlich mit dieser Macht um, aber er glaubte – ehrlich und leidenschaftlich –, dass man verloren war, wenn man in der Anwendung zielgerichteter Kraft zögerte. Das Chaos würde einen verschlucken. Das traf im Geschäftsleben zu, in der Politik und in der Landesverteidigung – besonders in der Landesverteidigung.

Frye wandte sich wieder an den Agenten der Homeland Security. »Ich stelle vielleicht fest, was offensichtlich ist, Agent Stoddard, aber es ist nicht gut, wenn ein wichtiger Gefangener flüchtet, der unter Ihrer Aufsicht steht.«

Agent Stoddard wand sich auf seinem Sitz. »Sir, das werde ich wiedergutmachen. Das verspreche ich Ihnen.«

»Natürlich werden Sie das«, sagte Minister Frye schnell. »Da bin ich mir sicher.« Er lächelte freundlich. »Aber Washington, D. C. ist eine komplizierte Stadt. Viel Geld steht auf dem Spiel. Jeder will an die Macht. Viele konkurrierende Interessen.«

»Sir?«

»Organisationen innerhalb der derzeitigen Struktur sind nicht immer auf der gleichen Wellenlänge. Sie können sogar durchaus unterschiedlicher Meinung sein. Die Menschen innerhalb dieser Organisationen glauben, sie wüssten, was für das Land richtig ist, und sie handeln dementsprechend. Aber die Menschen können sich Illusionen hingeben. Ich glaube, das ist die Situation, in der wir uns jetzt befinden.«

Agent Stoddard nickte rasch. Frye konnte sehen, dass er nicht wusste, wovon er redete. Aber das machte nichts. Er würde rechtzeitig verstehen.

»Es geht darum, dass Parteien gebildet werden. Mannschaften, wenn Sie so wollen. Und in diesem Moment gibt es eine Mannschaft, die hart daran arbeitet, Sie zu behindern. Und mich. Und, ehrlich gesagt, den Präsidenten. Und egal, wo Sie politisch stehen, Sie können nicht gegen den Präsidenten arbeiten. Ich habe den

Verdacht, dass Reilly bald gegen die Interessen des Präsidenten arbeiten wird. Daher stellt sich die Frage, was sollen wir tun?«

»Reilly finden«, antwortete Stoddard.

»Das wäre ein Anfang.«

»Und ihn festnehmen.«

Frye sagte nichts. Im Wagen war es still. Irgendwo an der Straße sprang ein Rasenmäher an. Frye beobachtete Stoddards Gesicht, dem allmählich klar wurde, wie seine neue Aufgabe aussah. »Er könnte bewaffnet sein«, sagte Stoddard.

»Das könnte er.«

»Wir müssen annehmen, dass er es ist. Und angemessene Vorkehrungen treffen, wenn wir ihm begegnen.«

Minister Frye atmete tief durch. Die Botschaft war angekommen, der Ablauf der Handlung klar. Engagierte Männer und Frauen würden tun, was getan werden musste. »Ich muss zurück ins Pentagon.«

Stoddard nickte, bevor er schnell mit seiner geschienten linken Hand am Türgriff herumfummelte. Er machte die Tür auf, stieg aus dem Wagen und blieb kurz auf dem Asphalt der Straße stehen. Er beugte sich hinunter, um in den hinteren Teil der grauen Limousine hineinsehen zu können.

»Sir, vielen Dank für diese Chance«, sagte er. »Die Homeland Security steht auf Ihrer Seite.«

»Das höre ich gerne«, sagte Frye und zog die Tür zu.

67

SOUTHEAST WASHINGTON, D. C., 18. APRIL, 20:22 UHR

Murray's Meats and Cuts hatte sich fünfzehn Jahre ans Leben geklammert, aber der Laden war ein Relikt in D. C.s schäbiger Southeast Side – ein koscherer Fleischer in einem reinen Schwarzenviertel –, und er hatte schließlich vor einem Jahr Pleite gemacht, eine Geschäftsaufgabe, die praktisch von keinem einzigen Bewohner des Viertels bemerkt worden war.

Dass der Laden seit zwölf Monaten leer stand, war gut. Dass er in einem schlechten Häuserblock in einem noch schlechteren Viertel lag, war besser. Dass er auf der anderen Straßenseite von der Schaltstation einer Telefongesellschaft lag – ein anonymes Ziegelgebäude, umringt von Stacheldraht –, war perfekt.

Das Team trudelte der Reihe nach ein, darauf bedacht, nach Einbruch der Dunkelheit einzutreffen. Bingo war der Erste. Er war bereits am Nachmittag dort gewesen, herumgeführt von einem eifrigen – Bingo würde sagen: verzweifelten – Immobilienmakler, der schwor, er könne ihm die Räumlichkeiten für fünfzehn Dollar pro Quadratmeter besorgen. Er würde ihm den Laden im ersten Monat sogar mietfrei überlassen.

Bingo stellte insgeheim fest, dass es keine Sicherheitssensoren gab, nicht einmal einen einfachen Alarm, und entschuldigte sich dann bei dem Makler dafür, seine Zeit in Anspruch genommen zu haben. »Ist einfach für uns nicht das Richtige«, sagte er. Am Abend kam er mit Werkzeug und einer Taschenlampe zurück und verschaffte sich Zutritt durch den Hintereingang. Der Strom war noch nicht abgestellt – das hatte Bingo ebenfalls bemerkt –, aber er schaltete das Licht aus Sicher heitsgründen nicht ein.

Alexis kam als Nächste. Sie war in den letzten beiden Tagen dauernd in Bewegung gewesen und nie länger als ein paar Stunden an einem Ort geblieben. Sie hatte einen halben Tag in Bussen verbracht, hatte in einem Kino geschlafen und mit Hilfe des Ausweises einer Freundin in einem YWCA geduscht. Als sie im Murray's ankam, billigte sie Bingos Wahl sofort. Der Laden war groß, wenn auch ein bisschen trostlos. Es gab einen Tiefkühlraum im hinteren Bereich, wo sie Server-Computer unterbringen konnten, und mehrere 220-Volt-Steckdosen an jeder Wand. Niemand konnte von der Straße aus hereinsehen – die Fenster waren alle eingeschlagen und dann mit Sperrholz zugenagelt worden –, und es schaute ohnehin niemand hin; darum war es ja bei der Standortwahl vor allem gegangen. Alexis hielt die Blutspritzer an den Wänden der Fleischerei für ein wenig schaurig, aber alles in allem konnte sie mit ihnen leben. Sie gab zu dem Laden ihre Zustimmung. Bingo nahm das Lob mit gedämpftem Enthusiasmus entgegen; Alexis' Meinung nach schien er eingeschnappt zu sein. Sie machte sich nichts daraus. Sie hatte keine Zeit, sich was daraus zu machen.

Patmore, der Verbindungsoffizier der Marines, kam als Nächster. Er war der einzige Angehörige der Streitkräfte, zu dem Garrett Vertrauen hatte, und daher auch der Einzige, mit dem Alexis Verbindung aufgenommen hatte. Er kam nicht in Uniform, sondern in einer Trainingshose und einer Kapuzenjacke, und er schien bereit, sich der Herausforderung zu stellen. Tatsächlich schien er geradezu begeistert zu sein.

»Ich stehe auf verrückt«, sagte er zu Alexis. »Und das hier kommt mir sehr verrückt vor.«

Dass seine Vorgesetzten im Corps dieses Abenteuer nicht abgesegnet hatten, wurde nicht erwähnt. Alexis nahm an, dass Patmore es wusste, und falls nicht, na ja, würde er es früh genug herausfinden.

»Wird man auf uns schießen?«, war alles, was er, ein bisschen zu begeistert, wissen wollte.

»Ich hoffe nicht«, erwiderte Alexis.

Patmore lachte nur.

Die Vertreterin der CIA, Sarah Finlay, hatte sich auch bereit erklärt zu kommen – Alexis hatte sie direkt durch die Agentur erreicht –, und sie traf als Nächste ein; sie war mit dem Fahrrad von ihrem Apartment in Georgetown hierhergefahren, aber sie war offiziell für das Unternehmen freigestellt worden, und das wusste sie. Falls alles in die Binsen ging, würden ihre Vorgesetzten in der Agentur für sie eintreten. Sie waren, zumindest inoffiziell, auf Garrett Reillys Seite. Alle anderen blieben außen vor. Finley war still und aufmerksam, sagte wenig und schaute hauptsächlich zu. Für Alexis schien sie das Wesen eines Geheimagenten zu verkörpern.

Alexis nahm an, Jimmy Lefebvre würde, falls er überhaupt käme, als Letzter auftauchen. Morgens im Café hatte er einen zurückhaltenden Eindruck gemacht, doch daraus machte sie ihm keinen Vorwurf. Er gehörte nicht zur DIA, war kein draufgängerischer Marine und hatte vermutlich eine lange, sichere Karriere am Army War College vor sich. Er würde alles aufs Spiel setzen. Falls er sich dagegen entschied, an ihrer kleinen Eskapade teilzunehmen, fand Alexis das durchaus okay, aber sie hoffte, dass er nicht kehrtmachen und sie seinen Vorgesetzten melden würde. Er kannte die Adresse. Er kannte die Zeit. Und er hatte eine Ahnung davon, was sie planten. Falls Lefebvre mit dem Pentagon redete, waren sie erledigt.

Garrett humpelte um elf Uhr an diesem Abend herein. Alexis fand, dass er schrecklich aussah: zusammengeschlagen und schwach, mit Blattresten und Erde in den Haaren. Sie konnte sehen, wie er sich bemühte, seine Schmerzen nicht erkennbar werden zu lassen. Sie überlegte, die ganze Sache abzublasen und ihn ins Krankenhaus zu bringen, aber er lächelte sie breit an und sagte: »Zeig mir den Laden, okay?«

Sie machte mit ihm eine Führung durch die einzelnen Räume und das Kühlhaus, und es schien ihm zu gefallen; am meisten gefiel es ihm, sich mit warmem Wasser in der Küche waschen zu können.

Sie schaute schweigend zu, während er sich den Dreck von den Wangen schrubbte.

»Vielen Dank für den Schlüssel«, sagte Garrett, »für die Handschellen.«

»Klar«, sagte Alexis, die vergeblich nach etwas suchte, das sie hinzufügen könnte.

»Hat sich als nützlich erwiesen.«

»Dachte ich mir.«

Sie starrten einander verlegen an, bevor Garrett ohne ein weiteres Wort hinausging, um seine Besichtigung fortzusetzen.

Lefebvre kam mit skeptischem Blick um Mitternacht hinzu. Er nahm eine kurze Inspektion der Räumlichkeiten vor und schien kurz davor, wieder hinauszustürmen. Aber dann ergriff Garrett seine Hand und schüttelte sie.

»Ich weiß es wirklich zu schätzen, dass Sie gekommen sind, Lieutenant«, sagte er. »Ich weiß, dass dies hier riskant für Sie ist. Und sehr verschieden von dem, was Sie normalerweise tun.«

Lefebvre machte immer noch einen unsicheren Eindruck. Garrett beugte sich näher zu ihm, und Alexis hörte ihn flüstern: »Uns steht eine Schlacht bevor, Jimmy. Und ich brauche Soldaten.«

Der Lieutenant schien zu erstarren und sich dann zu entspannen. Seine Schultern sanken ein wenig herab. Er stieß einen tiefen Atemzug aus. Er schien, als würde er vielleicht bleiben.

Alexis schüttelte verwundert den Kopf: Wusste Garrett über Lefebvres Gesundheitszustand Bescheid? Wie, zum Teufel, hatte er das herausgefunden? Und benutzte er den Hinweis auf den Kampf als Köder, um Lefebvres Engagement sicherzustellen? Falls ja, war das ein brillanter Schachzug. *Garrett Reilly entwickelte Führungsqualitäten.* Es schien derart unwahrscheinlich angesichts des ungeformten Lehmklumpens, der Garrett zu Beginn des Projekts gewesen war, und doch sah sie den Beweis vor sich: Lefebvre war mit im Boot, und es waren Garretts Worte gewesen, die ihn hineingeholt hatten.

Die ganze Gruppe – sie waren sechs Leute, einschließlich Garrett – versammelte sich in den vorderen Räumen des Ladens um eine verstaubte Vitrine herum. Garrett lächelte sie schwach an, und Alexis glaubte, ihn vor Schmerz zusammenzucken zu sehen.

»Sie sind alle hier, und das bedeutet, dass niemand mehr aussteigen kann. Wir sind bis zum Ende hier drin. Zusammen. Als Team. Und ich muss Sie nicht daran erinnern, dass wir auch ein Teammitglied in China haben, das auf sich gestellt ist. In Gefahr. Sie gehört auch zu unserem Verantwortungsbereich.«

Einige aus der Gruppe nickten ernst zur Bestätigung.

»Eine Freundin von mir sollte in zwei Stunden mit unserer Ausrüstung hier eintreffen«, fuhr Garrett fort. »Wir bauen die Sachen zusammen, laden Software, verkabeln alles und gehen online. Danach werden wir ein paar Tage lang ans Haus gefesselt sein. Wir dürfen uns nicht blicken lassen. Wir sind im Untergrund, weg von der Bildfläche, und das müssen wir auch bleiben. Meine Freundin bringt auch Handys mit, ein Dutzend für jeden von uns. Ihr dürft mit jedem drei Anrufe machen, keine privaten, und dann müsst ihr die SIM-Karte herausnehmen und das Handy wegwerfen. Man wird nach uns Ausschau halten, und zwar genau.« Garrett fixierte sie nacheinander mit hartem Blick. »Falls man uns auf die Schliche kommt, sind wir erledigt, deshalb« – er machte eine weit ausholende Armbewegung – »hoffe ich, ihr mögt leer stehende Fleischereien.«

Hier und da war ein Kichern zu hören.

»Ich glaube, Bingo sollte der Einzige von uns sein, der gehen und zurückkommen kann«, fuhr Garrett fort. »Er besorgt Essen und was wir sonst noch brauchen. Aber nichts Exotisches. Ich will nicht, dass er weiter als zwei Häuserblocks geht. Im Lagerraum liegen alte Matratzen. Sie sind ekelhaft, aber es wäre keine schlechte Idee, ein bisschen auf Vorrat zu schlafen, weil es so ziemlich keine Pause mehr gibt, sobald wir angefangen haben.«

Alexis beobachtete, dass die anderen in der Dunkelheit nickten. Bingo leuchtete mit der Taschenlampe in dem Raum herum, und sie konnte kaum ihre Gesichter erkennen. Vielleicht war es ihre eigene Anspannung, die zunahm, aber Alexis glaubte zu sehen, wie ein paar von ihnen sich aufrechter hinstellten, ihre Körper einsatzbereit.

»Irgendwelche Fragen?«

Nach einem Moment hob Patmore, der Marine, eine Hand und trat grinsend einen Schritt vor. »Ja, nur eine. Wird das hier funktionieren?«

»Ich habe keine Ahnung«, sagte Garrett, zuckte mit den Schultern und verließ den Raum.

Na ja, so weit ist es mit den Führungsqualitäten doch nicht her, dachte Alexis, weil er eindeutig noch nicht gelernt hat zu lügen.

Sie fand ihn zwanzig Minuten später auf einer Matratze in der hinteren Ecke des schwach erleuchteten Tiefkühlraums. Sie setzte sich neben ihn, zog die Knie zur Brust hoch und beobachtete ihn schweigend in dem Halbdunkel. Er atmete abgehackt. Nach ein paar Minuten rollte er sich herum und schaute sie an.

»Kann nicht schlafen, wenn ich beobachtet werde«, sagte er.

»Tut mir leid. Ich gehe.« Sie machte Anstalten aufzustehen.

»Nein«, sagte er. »Bleib. Ich hab sowieso nicht geschlafen.«

Alexis setzte sich wieder hin. »Wie fühlst du dich?«

»Ich werde es überleben. Glaube ich.« Er ließ ein Lächeln aufblitzen, während er immer noch seitlich auf der Matratze lag. »Ich hab mich immer gefragt, wie es wohl wäre, gefoltert zu werden. Jetzt weiß ich es.«

»Und kannst du die Erfahrung empfehlen?«

»Absolut. Toll für den Stressabbau. Alle anderen Probleme verblassen im Vergleich.«

Alexis lachte. Garrett schob sich hoch, bis er aufrecht dasaß. Alexis raffte ihren Mut zusammen und sagte dann: »Garrett, ich wollte dir sagen, dass …«

Garrett schnitt ihr scharf das Wort ab: »Nein.«

Sie starrte ihn an, überrascht und ein bisschen verletzt.

»Es ist zu kompliziert«, fuhr er sanfter fort. Er schaute sie eindringlich an, und seine blauen Augen glänzten in der Dunkelheit. »Du und ich, wir müssen es uns einfach machen. Gerade jetzt müssen wir uns auf die vor uns liegende Aufgabe konzentrieren, um das hier durchzustehen.«

»Okay«, sagte sie, während sie nickte und in die Dunkelheit starrte. »Klar.«

»Und wir werden es durchstehen.«

68

QUEENS, NEW YORK, 18. APRIL, 23:31 UHR

Mitty Rodriguez nahm den Anruf von Garrett am Dienstagmorgen um halb acht Uhr entgegen und machte sich sofort an die Arbeit. Als Erstes verschwand sie von der Bildfläche. Sie hatte einen Decknamen aus ihrer Zeit als Hackerin – Sarah Beaumont, was Mitty für einen ziemlich saukomischen Namen für weiße Mädchen hielt – und einige falsche Ausweise, darunter einen Führerschein und ein Debitkarten-Konto unter ihrem Beaumont-Namen, auf das sie Geld überweisen konnte. Sie tauschte die SIM-Karte in ihrem Handy aus, kontrollierte die Umgebung ihres Häuserblocks, ob sie von jemandem überwacht wurde – sie konnte niemanden entdecken –, kaufte sich dann, aus Stilgründen, eine Filmstar-Sonnenbrille und war klar zum Gefecht.

Als Nächstes suchte sie die normalen Computerläden in New York City auf – Best Buy, J&R, RadioShack –, bevor sie die Ersatzteilkisten in den Elektronik-Fachgeschäften am Flushing Boulevard plünderte. Während dieser ganzen Zeit telefonierte sie mit ihren Lieferanten im Untergrund – den Computerfreaks, Technik-Geeks, Hackern und den Schurken, die ihre eigenen Apparate bauten, ihre eigenen Festplatten aufmotzten und ihre eigenen Hauptplatinen löteten. Sie waren es, bei denen sie das große Geld ließ. Garrett hatte zweihundert Riesen auf ihr Debitkonto überwiesen, weshalb Geld kein großes Problem war. Ihre Lieferanten im Untergrund besuchte sie erst nach Sonnenuntergang. Das war sicherer.

Eine halbe Stunde vor Mitternacht hatte sie ihren gemieteten Lieferwagen mit einer Hackervision des Paradieses beladen: Monitoren, Tastaturen, internen Festplatten, externen Festplatten, Bildschirmkonsolen, Serverboxen, Routern, HDMI- und Serial ATA-Kabeln, Koaxialkabeln, Webcams, Farbdruckern, Laserdruckern, Beamern, Ventilatoren, Kühlkörpern, Flash-Speichern, Kartenlesern, Klinkensteckern, Festnetztelefonen, Handys, digitalen Relaiskästen. Und dann gab es die Chips, die sie fast ausschließlich von ihren Schwarzmarktquellen gekauft hatte: Kisten voller Doppelkernprozessoren, Quadcore-Prozessoren, gehackter militärischer Parallelprozessoren, gestohlener Intel-Chipsätze, experimenteller AMD-Chipsätze, chinesischer Chips aus dem Untergrund, von deren Echtheit Mitty keineswegs überzeugt war, aber die sie trotzdem kaufte, weil, na ja, zum Teufel, sie hatte eben das Geld. Und genug Grafikkarten, um die Laptops aller Gamer von Boston bis Virginia zu bestücken.

Während sie sich in der City herumtrieb und Hardware einsammelte, loggte sie sich über ihren Privatcomputer auf einem gekaperten Server in Florida ein. Von dem Zombie-Server in Florida lud sie alle möglichen Hacking-Werkzeuge herunter, die ihr einfielen: Nmap Netzwerk-Mapping-Software zur Sicherheitsüberprüfung; ein stark verbessertes Update von John the Ripper zum Knacken von Passwörtern; Scannersoftware für TCP-Ports zum Erkennen von Schwachstellen im Netzwerkzugang; elektronische Netzwerk-Sniffer von Kismet zum Aufspüren von Auffälligkeiten; Wireshark zum Browsen von Netzwerk-Großrechnern; pOF zum Fingerprinting der Betriebssoftware eines angepeilten Netzwerks; Yersinia zur Analyse von Schwachstellen in IP-Protokollen. Alles Teile des fundamentalen Werkzeugsatzes eines Netzwerk-Hackers. Einige dieser Programme kannte sie, weil sie selbst damit gearbeitet hatte, andere waren ihr empfohlen worden, von anderen wiederum hatte sie gerüchteweise gehört, aber nie gewagt, sie auf ihren Computer zu laden, weil sie fürchtete, sie könnten sich als unkontrollierbar erweisen und ihre eigene Hacker-Festung in ein korrumpiertes Gerät verwandeln, das einem anderen Hacker in einem gottverlassenen Winkel der Erde hörig war. So ein Szenario musste um jeden Preis vermieden werden: Von einem Hacker gehackt zu werden, das war eine Schande von enormen Ausmaßen.

Alles zusammen kostete sie 93 546,88 Dollar, was sie für ein ziemlich gutes Geschäft hielt.

Ihren letzten Einkauf machte sie unmittelbar nach Mitternacht, als sie sich mit einem von Akne geplagten, russischen Teenager vor dem Papaya King an der Ecke Seventy-Second und Broadway traf. Er sagte, sein Name sei Sergej, aber Mitty vermutete, es handele sich um einen Decknamen, was ihr im Übrigen völlig egal war – der Junge war ihr nachdrücklich empfohlen worden. In Hackerkreisen hielt man ihn für King Shit, einen Zauberer, der jederzeit überall in jedes Netzwerk eindringen konnte. Mitty überwies mit ihrem Handy fünfundzwanzigtausend Dollar auf sein Bankkonto (sie fand es wunderbar, dass sie überhaupt so viel Geld zum Überweisen hatte – vielen Dank, Garrett Reilly), und er überreichte ihr einen 32-Gig-Stick.

»Irgendwelche Instruktionen?«, fragte sie ihn.

»Ja«, sagte er mit dem Anflug eines russischen Akzents. »Benutz es nicht dazu, NORAD zu hacken. Die werden stinksauer und versuchen, mich umzubringen.«

Mitty grinste. »Verdammt geil.«

Dann begab sich Mitty mit ihrem Lieferwagen voll toller Sachen, den Beifahrersitz mit Trockenfleisch und Mountain Dew beladen, auf der Interstate 95 auf den Weg nach Süden Richtung Washington und fuhr die Nacht hindurch. Sie erreichte D. C. um vier Uhr früh, fand problemlos die Adresse, die Garrett ihr geschickt hatte, parkte in einer Gasse und schaute entzückt zu, wie eine Mannschaft aus Soldaten, Freaks und Bürokraten die Sachen aus ihrem Wagen in einen leer stehenden Laden mit Lagerräumen schaffte.

Mitty hatte sich noch keine Meinung über den Rest von ihnen gebildet, aber es gefiel ihr, von den Soldaten umgeben zu sein, all die Muskeln und die kurzen Haare. Sie bekam weiche Knie bei dem Anblick, auch wenn sie wusste, dass sie bei keinem von ihnen eine Chance hatte. Ein Mädchen durfte träumen.

Dann sah sie Garrett. Der Junge sah scheiße aus: blass, als hätte er seit Monaten keine Sonne gesehen, was womöglich auch der Fall war, dachte sie, und dünn, viel zu dünn. Er war froh, Mitty zu sehen, und umarmte sie, aber sie glaubte, sie habe ihn ein paar Mal zusammenzucken sehen, als ob gehen – oder auch nur reden – schmerzhaft für ihn wäre. Sie fragte ihn, ob mit ihm alles in Ordnung sei, und er winkte ab, sagte ja, klar, er wäre nur müde, aber das nahm sie ihm nicht ab. Er erinnerte sie an einen Freund, der einen schweren Autounfall gehabt und die nächsten beiden Jahre damit verbracht hatte, mit einem Stock herumzuhumpeln.

Sie hoffte bei Gott, dass mit Garrett alles okay war. Sie hatte Garrett in ihr Herz geschlossen. Er war eine absolute Nervensäge, aber zugleich auch, im tiefsten Innern, einer von den ganz Guten.

Garrett führte sie durch ihr neues Zuhause, Murray's Meats and Cuts. Mitty meinte, sie fände den Laden ekelhaft, aber Garrett wies darauf hin, dass Tiefkühlraum und Schneidemaschinen eine Menge Strom gebraucht hätten, sodass sie all ihr neues Spielzeug mit der Verkabelung betreiben konnten, ohne befürchten zu müssen, dass bei Potomac Electric die Alarmglocken ausgelöst wurden. Oder Sicherungen durchknallten. Außerdem konnten sie Luft aus dem Tiefkühlraum in den Rest des Ladens lenken, um die Computer abzukühlen. Sie stimmte zu, dass es schlau sei, aber trotzdem irgendwie unecht; falls sie in einem Fleischerladen arbeiten wollte, gab es ein italienisches Geschäft um die Ecke von ihrer Wohnung in Queens, das immer auf der Suche nach Angestellten war.

Sie verbrachten die frühen Morgenstunden damit, die Computer einzurichten. Garrett und seine militärischen Schläger kümmerten sich um die vorgefertigten, handelsüblichen Geräte – sie stöpselten sie ein und beluden sie mit Software. Kinderkram, aus Mittys Perspektive. Garrett stellte Mitty Bingo vor, mit dem sie oft telefoniert hatte, und dann fingen die beiden damit an, die raffinierteren, exotischeren Computer zusammenzubauen. Bingo gefiel ihr. Er war ein echter Freak, ein Außenseiter von Geburt an, viel mehr interessiert an Maschinen und den Zahlen, die sie ausspuckten, als an wirklichen Menschen. Und obwohl er ein bisschen Übergewicht hatte – und Mitty saß sowieso im Glashaus, was das anging –, fand sie ihn verdammt süß. Und groß. Richtig groß. Er geriet ins Stottern, wenn sie ihn anstarrte. Darauf fuhr sie ab.

Mit ihm könnte sie ficken. Mitty setzte es sich zum Ziel, innerhalb von achtundvierzig Stunden mit ihm zu schlafen. Wenn die Zeit es zuließe, natürlich. Und falls sie etwas finden könnte, das einem Bett ähnelte, um es darin zu tun.

Die beiden setzten ein Paar parallel geschalteter Computer zusammen, jeder mit einem Quad-Prozessor und einer verdammten Tonne Speicher ausgestattet, und luden dann Sergejs Intrusion-Software Armageddon auf den Hauptrechner, wobei sie darauf achteten, ihn vom restlichen Netzwerk der Gruppe abzutrennen. Mitty war nicht restlos davon überzeugt, dass der Junge keinen Code geschrieben hatte, der den Computer einfach explodieren ließ und sie alle umbrachte. Er schien der Typ dafür zu sein.

Um die Mittagszeit war alles aufgebaut und vernetzt. Jetzt brauchten sie nur noch den Schalter umzulegen und eine Hauptschlagader des Web anzuzapfen. Alexis Truffant – Garretts zimperliche West-Point-Schlampe – sagte, sie hätte schon einen anonym bezahlten OC-3-Internetzugang ohne irgendeine Aufspürmöglichkeit besorgt, der direkt von der Verizon-Relaisstation auf der anderen Straßenseite käme, aber Mitty akzeptierte das keine Sekunde lang. Zunächst mal sollten sie direkt eine riesige OC-48-Netzwerklinie anzapfen und sich ein paar von diesen schnuckeligen vierundfünfzig Gigabytes pro Sekunde besorgen, falls das hier ein echter Hacker-Einsatz im Untergrund sein sollte, und zwar, ohne sich irgendwo für irgendwas anzumelden. Und sie sollten es selbst machen. Das war Hacker-Credo. Und zweitens, wie kam diese Alexis-Schnalle dazu, mit ihrem engen

T-Shirt und ihren flotten Titten alle herumzukommandieren? Mitty hasste diese Art Frauen, die sich so benahmen, als gehörte ihnen die ganze Scheißwelt und alle Männer darin. Da konnte sie das Kotzen kriegen.

Mitty erhob eine Zeit lang Einwände, aber Garrett überstimmte sie, und sie gingen über Alexis' Zugang ins Netz. Alles schien prima zu laufen, aber Mitty warnte sie davor, irgendwas eindeutig Krummes zu tun, solange sie nicht sicher sein konnten, dass ihre Zusammenschaltung wirklich unsichtbar war. Zu diesem Zweck fuhr sie den TCP-Scanner hoch, den sie am Tag zuvor heruntergeladen hatte. Er funktionierte im Prinzip wie ein Breitband-Radar, aber so, dass er sie informierte, ob sie für andere Leute, die sie zu finden versuchten, zu sehen war. Ihre Schnittstelle zu einer Backbone-Verbindung schien zahlreiche, gleichzeitige IP-Rücksendenummern auszuwerfen – was bedeutete, dass jeder, der ihre Aktivitäten zurückverfolgen wollte, schließlich auf eine Liste von Tausenden, wenn nicht Millionen zufallsgenerierter Adressen starrte. Das war gut, dachte Mitty, aber sie wollte trotzdem noch eine zusätzliche Schutzschicht haben, und deshalb sagte sie zu Garrett, dass sie als Erstes morgen früh nach dem Link zum nächsten fetten Kabel suchen und sie damit zur sekundären Einspeisung verbinden würde.

Aber nicht jetzt. Jetzt musste sie schlafen. Und daran arbeiten, Bingo in die Kiste zu kriegen.

69

BAODING, CHINA, 19. APRIL, 11:48 UHR

Hu Mei fuhr auf ihrem Flying-Pigeon-Fahrrad glücklich durch die nicht überfüllten Straßen der Altstadt von Baoding, einer kleinen Stadt ungefähr hundertfünfzig Meilen westlich von Peking. »Klein« war natürlich relativ. Mehr als eine Million Menschen nahmen am Verkehr auf den Straßen von Baoding teil, aber für Mei, die sich immer noch an die extreme Urbanisierung der Küstenregion Chinas gewöhnen musste, war eine Million nicht so schlimm. Die Zahl verblasste im Vergleich mit dem fieberhaften Tempo Shanghais. Baoding, beschloss sie, war eine Stadt nach ihrem Geschmack.

Und das Flying Pigeon, das ihr von einer Anhängerin in der nördlichen Vorstadt zur Verfügung gestellt worden war, war eindeutig ein Fahrrad nach ihrem Geschmack: Es war mindestens so alt wie sie, gute dreißig Jahre, wenn nicht älter, teilweise verrostet, Farbe blätterte vom Rahmen ab, aber es war stabil und zuverlässig. Es lenkte nicht die Aufmerksamkeit auf sich wie einige der glänzenden Mountain Bikes, auf denen sie junge Männer herumfahren sah, und das war genau richtig für Mei. Sie konnte es sich absolut nicht erlauben, Aufmerksamkeit zu erregen. Nicht jetzt, nach der Beinahekatastrophe in Chengdu und nach all der harten Arbeit, die sie in der letzten Woche geleistet hatte, um ihre Gefolgsleute zu beruhigen und dafür zu sorgen, dass sie in Sicherheit waren. Sie hatte ihren engeren Kreis von Vertrauten auf verschiedene Orte in China verteilt und die Führungsstruktur dezentralisiert. Einige hatten sich beklagt – sie wollten ständigen Zugang zu ihr haben –, aber Hu Mei wusste, es war die richtige Entscheidung. Die einzig mögliche Entscheidung.

Mei erlaubte sich einen seltenen Moment lang, ihre übliche Bescheidenheit mit einer Prise Stolz zu würzen: Mit dem Rücken an der Wand stehend, hatte sie die Bewegung – und sich selbst – am Leben erhalten. Darüber war sie glücklich. Andere in China waren darüber erheblich weniger glücklich. Die Partei war dabei, den Druck zu erhöhen: Es ging das Gerücht um, dass man im Gefängnis landen konnte, wenn man das Wort *Tiger* auf der Straße auch nur erwähnte. Man konnte verprügelt werden. Man konnte hingerichtet werden.

Der Gedanke daran brachte ihr Blut in Wallung. Unschuldige, die ins Gefängnis gesteckt wurden und starben, und weswegen? Weil sie das falsche Wort gesagt hatten. Das war obszön.

Zwei Männer folgten ihr, ebenfalls auf Fahrrädern. Sie fuhren zwanzig Yards hinter ihr, anscheinend nicht interessiert an der jungen Frau auf dem Flying Pigeon vor ihnen, die in Wirklichkeit aber jede Kreuzung, jeden Bürgersteig nach Polizisten oder Agenten des Ministeriums für Staatssicherheit absuchten. Es gab noch einen dritten Radfahrer einen halben Häuserblock vor ihnen, der die Aufgabe hatte, frühzeitig Straßensperren oder Kontrollpunkte zu bemerken oder auch Überwachungskameras, die an jeder Ecke aus dem Boden zu schießen schienen. Falls sie auf eine provisorische Barrikade oder eine Phalanx von Polizisten stießen, würde der Radfahrer an der Spitze Hu Mei ein schnelles Handzeichen geben, woran sie erkennen konnte, ob sie links oder rechts abbiegen solle. Der Fahrer selbst würde dann die Kontrolle über sich ergehen lassen, um keinen Verdacht zu erregen. Wenn man einer Straßensperre auswich, wurde das sofort als verdächtiges Verhalten interpretiert, und die Polizei wertete verdächtiges Verhalten als stillschweigendes Schuldbekenntnis und handelte dementsprechend. Wieder einmal – Gefängnis, Prügel, Tod.

Aber die Polizei – und die Partei – wusste immer noch nicht, wie sie aussah. Sie hatte hier und da ein paar Flugblätter gesehen, aber keines der manipulierten Fotos auf diesen Steckbriefen sah ihr auch nur entfernt ähnlich. Es wäre ein Wunder, wenn jemand sie nach der Beschreibung der Regierung erkennen würde. Deshalb war Hu Mei, der die Sonne warm ins Gesicht schien und deren Haare von der Frühlingsbrise liebkost wurden, immer noch sicher.

Aber heute würde diese Sicherheit auf die Probe gestellt werden. Heute würde sie sich einen radikalen Schritt vom altbewährten Weg entfernen. Heute riskierte sie es, getötet zu werden. Heute konnte aber auch die Gelegenheit sein, nach der sie gesucht hatte. Sie hoffte auf das Beste – und betete darum, sich angemessen auf das Schlimmste vorbereitet zu haben.

An der Yonghua-Straße bog sie nach links ab, fuhr an dem Xiushu-Einkaufszentrum mit seinen Platten von hastig errichteten weißen Betonwänden vorbei und begann ernsthaft, nach dem Restaurant Ausschau zu halten, wo das Treffen stattfinden sollte. Das Restaurant – es hieß *Im Stil der Familie Ming* – wurde von einem Mann mittleren Alters betrieben, der mit ihrer Sache sympathisierte. Sein Vater war während der Kulturrevolution in einem Umerziehungslager gestorben, zum Hungertod verurteilt von einem Kader Genossen, die unbedingt ihre Treue zum Maoismus unter Beweis stellen wollten. Die Regierung hatte sich nie entschuldigt, hatte sich gerade noch die Mühe gemacht, die Hinterbliebenen vom Tod des Patriarchen in Kenntnis zu setzen, und das hatte die Familie nie vergessen. Sie hegten einen lebenslangen Groll. Das machte sie wertvoll für Hu Mei. Das war ein Garant für ihre Loyalität.

Sie entdeckte das Schild für Mings Restaurant in der Mitte des nächsten Blocks. Sie bremste ihr Flying Pigeon ein wenig ab und suchte die Straße nach Anzeichen für ein Polizeiaufgebot oder nur eine einfache Überwachung ab. Aber es gab keine oder zumindest keine, die Hu sehen konnte, nur noch ein Hinweisschild über dem Restaurant, auf dem es sich rühmte, dass hier das beste *lú roù huō shāo* – Weizenpastete mit gehacktem Eselsfleisch, eine Spezialität von Baoding – von allen Lokalen in der Stadt serviert würde. Mei lachte. Sie hatte während der letzten zehn Häuserblocks die gleiche Ankündigung an praktisch jedem Restaurant hängen sehen. Sie schätzten das Eselsfleisch in Baoding. Hu Mei war kein Fan jener angeblichen Delikatesse, aber nachdem sie mit ihrem Rad mehr als dreißig Meilen in die Stadt gefahren war, hatte sie einen Riesenhunger, sodass sogar ein bisschen Esel zu diesem Zeitpunkt willkommen wäre.

Der Hunger in ihrem Magen verband sich mit der leichten Beklommenheit in ihrem Blut, als sie ihr Fahrrad abstellte und durch das Glasfenster auf der Vorderseite des Restaurants einen Blick hineinwarf. Eine Familie saß an der Theke und aß zu Mittag. Ein älteres Paar trank Tee am Fenster, mit einer dampfenden Suppenschüssel zwischen ihnen. Nach ihnen suchte Hu Mei nicht. Abgesehen von einem Kellner und einem Koch, der durch einen Glasperlenvorhang in das Restaurant spähte, war es leer. Enttäuschung ergriff von Mei Besitz. War es das falsche Restaurant? Hatte sie sich mit der Zeit vertan? Nein, es war zehn Minuten nach zwölf. Oder war sie hereingelegt worden? War die Polizei im Begriff, diese winzige Straße zu stürmen und sie zu verhaften?

Als ein junger Soldat aus einem Schmuckladen weiter unten an der Straße trat, wurde Hu Mei kurz von Panik ergriffen, aber er bohrte nur mit einem Zahnstocher in seinem Mund herum, spuckte auf den Bürgersteig und spazierte in der entgegengesetzten Richtung davon, ohne Mei oder sonst jemandem auf der Straße Beachtung zu schenken. Mei atmete tief durch und warf wieder einen Blick in Mings Restaurant.

Und das war der Moment, als sie die junge Frau sah: Sie kam aus der Toilette im hinteren Bereich des Lokals. Sie war hübsch, in Hu Meis Alter, und trug eine weiße Bluse. Mei beobachtete sie einen Moment, musterte ihr Gesicht, ihre Körperhaltung, sogar die Schuhe an ihren Füßen. All diese Dinge hielt Mei für wichtige Hinweise, um die Absichten eines anderen Menschen zu verstehen: Jemand mit gekrümmten Schultern war oft träge;

ein faltenreiches Gesicht konnte Bitterkeit verraten; aus protzigen Schuhen konnte Mei schließen, dass der Mensch, mit dem sie es zu tun hatte, narzisstisch war, mehr besorgt um sein Image als um wesentliche Dinge.

Aber diese Frau zeigte nichts dergleichen. Sie stand aufrecht da, sie lächelte, und ihre Schuhe waren hellblaue Laufschuhe. Nikes, vermutete Mei.

Okay, dachte Mei, als sie die Hand zur Tür des Restaurants ausstreckte, Zeit, ein weiteres Risiko einzugehen. Vielleicht das letzte, das ich je eingehen werde.

70

BAODING, CHINA, 19. APRIL, 12:10 UHR

Celeste Chen musste einräumen, dass die Eselspasteten gar nicht so schlecht waren. Ja, sie rochen schon merkwürdig, und das Brot um das Fleisch herum hatte grüne Flecken gehabt, aber das Fleisch selbst war stark gewürzt gewesen – sie hatte Fenchel, Zimt, Pfeffer und Ingwer herausgeschmeckt –, wodurch es eine pikante Note bekam, die sie vergessen ließ, dass sie ein mit dem Pferd verwandtes Tier aß. Und es war ohnehin nicht der Geschmack gewesen, weswegen sie fluchtartig die Toilette aufgesucht hatte.

Es waren ihre Nerven gewesen.

Seitdem sie mit dem Journalisten in Hebei Kontakt aufgenommen hatte, der versprochen hatte, sie mit Hu Mei zusammenzubringen, war ihr Magen verkrampft. Sie fand es unglaublich, von irgendjemandem ins Vertrauen gezogen zu werden, vor allem von einem chinesischen Journalisten und Anhänger des mittlerweile berüchtigten Tigers, aber sie begriff rasch, dass Hus Anhänger überall waren. Was den Anschein einer zufälligen Begegnung mit einem führenden Mitglied der Bewegung gehabt hatte, entpuppte sich bald als bloßes Kratzen an der Oberfläche. Nach dem Tag in der Provinz Shanxi kam es Celeste so vor, als wüsste die Hälfte der Leute, die sie traf, egal, wie zufällig die Begegnung auch war, wo Hu Mei sich aufhielt, und als unterstützten die meisten sie. Celeste wurde es schnell klar, warum die Regierung solche Angst vor dem Tiger hatte.

Sie hatte allen Grund dazu. Das hier war mehr als eine Basisbewegung. Das hier war ein Tsunami.

Der Journalist hatte Celeste gesagt, sie müsse überprüft werden, und deshalb hatte sie einen Tag damit verbracht, in einer Hütte aus Schlackesteinen in den Kohlebergen von Shanxi zu warten, wo sie von einer Reihe junger Männer und Frauen befragt wurde, die alle mehr oder weniger das Gleiche von ihr wissen wollten: Wo war sie geboren? War sie wirklich Amerikanerin? Wieso sprach sie derart makelloses Hochchinesisch? Warum wollte sie den Tiger kennenlernen? Hatte sie je für die Kommunistische Partei gearbeitet?

Celestes Antworten waren stimmig gewesen. Sie hatte nichts zu verbergen, also verbarg sie nichts. Sie erzählte ihnen von Anfang an, dass sie für einen Mann arbeitete, der für das amerikanische Militär arbeitete. Für die Fragesteller waren das überraschende Neuigkeiten – den meisten Chinesen war der Eindruck vermittelt worden, dass Amerikaner, die für das Militär arbeiteten, schroff, aggressiv und allem Chinesischen gegenüber von Haus aus feindlich gesinnt waren. Und trotzdem war hier eine junge Frau, die sich nahtlos in China einfügte, die offen, ehrlich, freundlich war und bereit schien, ihre Sache zu unterstützen.

Aber es gab ein Problem: Sie wollte sich mit Hu Mei persönlich treffen.

Also hatte sie weitere Zeit mit Warten verbringen müssen, und das an verschiedenen Standorten: im Lagerhaus einer Fabrik, in einem Hotelzimmer, hinten in einem dunklen Kino. Weitere Fragen. Weitere Antworten. Weitere Überprüfung ihrer Motive. Und noch ein Umzug, diesmal zum Haus einer Familie auf dem Land, wo Celeste auf einer Matratze in einer Scheune neben einem Paar Hunden und einem Huhn schlief, das die ganze Nacht gackerte.

Und dann dieser Vormittag. Nachricht von einem geplanten Treffen. Eine Adresse, ein Restaurant, eine Zeit. Eine Fahrt im Laderaum eines klapprigen Toyota Pick-ups, der Staubwolken in alle Richtungen schickte, während sie über die nur zum Teil asphaltierten Straßen brausten. Und die anschließenden Schmetterlinge in Celestes Bauch. Dreimal während der Fahrt dachte sie, sie müsse sich übergeben; wenn sie an Kasernen und Lastwagen voller grün uniformierter Soldaten vorbeifuhren, sagte sie sich, dass es verrückt von ihr gewesen sei, sich freiwillig zu melden. Sie war keine Spionin, keine Abenteurerin. Sie war Wissenschaftlerin, ein Bücherwurm, eine Eigenbrötlerin. Warum, in Gottes Namen, hatte sie sich auf Garretts Plan eingelassen?

Vielleicht war es ein Anflug von Patriotismus gewesen. Aber das konnte nicht stimmen, weil sie in ihren nachdenklicheren Momenten genauso viel Loyalität China gegenüber empfand wie den Vereinigten Staaten. Vielleicht war es ja das – ihre Loyalität China gegenüber bedeutete, sich für einen Wandel einzusetzen, und Hu Mei schien ein Anfang dazu zu sein. Aber sogar das schien weit hergeholt. Abgesehen von anderthalb Wochen, in denen sie in Kalifornien für eine Wählerinitiative Unterschriften gesammelt hatte, die sich für die Schwulenehe einsetzte, hatte sich Celeste kein einziges Mal von politischen Motiven leiten lassen. Sie hasste Politik und Nationalismus. Sie schienen den Sinn des Lebens zu verfehlen. Das Leben war Lernen und Liebe und Beziehungen.

Sie vermutete, dass sie sich freiwillig gemeldet hatte, weil sie Alexis, Garrett und dem Aszendent-Team nähergekommen und inzwischen zu der Ansicht gelangt war, dass deren Sache auch ihre Sache war und sie, psychologisch zumindest, deren Ziele zu den ihren gemacht hatte. Deshalb hatte sie schließlich ja gesagt, als Garrett vorschlug, dass sie nach China ging, um den Tiger zu finden. Nicht, weil sie es gewollt oder für eine gute Idee gehalten hatte. Sie hatte ja gesagt, weil sie Garrett glücklich machen wollte.

Mein Gott, dachte sie, ist meine Psyche anfällig. Dass ich freiwillig zustimme, mein Leben für etwas aufs Spiel zu setzen, mit dem ich nur bedingt einverstanden bin, und das für einen Mann, den ich oft völlig unausstehlich finde …

Aber da war sie, stand in Mings Restaurant, nachdem sie sich gerade auf der Toilette übergeben hatte – nicht wegen des Eselfleischs, wie sie sich in Erinnerung rief –, und wartete auf die möglicherweise am meisten gesuchte Person in ganz China, um mit ihr Tee zu trinken. Sodass sie selbst eventuell anschließend auf die Fahndungsliste gesetzt, gejagt und ins Gefängnis gesteckt wurde. Vielleicht für den Rest ihres Lebens.

Wenn sie klug wäre und noch über einen kleinen Rest Selbsterhaltungstrieb verfügte, würde sie jetzt fluchtartig das Restaurant verlassen, ein Taxi zum Bahnhof nehmen, einen Zug nach Peking und einen Touristenplatz in einer 777 zurück ins sichere Westwood.

Dann ging die Tür auf. Celeste fuhr herum. Eine junge Frau, nur ein paar Jahre älter als Celeste selbst, kam in das Restaurant. Sie war hübsch, hatte eine hohe Stirn und braune Augen, und ihre Haare waren unter einer Baseballmütze mit einem Adidas-Logo zusammengenommen. Sie trug eine Windjacke über einem einfachen weißen T-Shirt.

Zunächst sah Celeste über sie hinweg: Das konnte sie nicht sein. Sie war zu jung, hatte keine Bodyguards, keine Aufpasser. Sie schien sich um nichts in der Welt Sorgen zu machen.

Die junge Frau schaute sich im Restaurant um, als wolle sie alle Gäste und alle Mitarbeiter mustern, und dann, zufriedengestellt, konzentrierte sie sich auf Celeste. Sie ging zu ihr, verbeugte sich schnell und musterte Celestes Gesicht.

»Kommen Sie aus Amerika?«, fragte sie auf Hochchinesisch.

Celeste geriet angesichts der Unverblümtheit der Frage ins Stottern. »Amerikanerin. Ja.« Und dann fügte sie hinzu: »Ich bin in Kalifornien aufgewachsen.«

Die junge Frau nickte, während sie die Information verarbeitete. Dann tat sie etwas Bemerkenswertes. Zumindest war es für Celeste bemerkenswert. Die junge Frau lächelte. Es war ein breites Lächeln, offen und schutzlos, und es entblößte viele weiße Zähne. Es ließ sie noch jünger erscheinen, als sie ohnehin schon war. Aber nicht nur jung, sondern auch herzlich. Es war ein einladendes Lächeln. Celeste war bezaubert.

»Das ist peinlich für mich«, sagte die junge Frau, den Blick zu Boden gesenkt. »Und denken Sie bitte deshalb nicht schlecht von mir.« Sie schaute Celeste wieder an. »Aber ich habe noch nie jemanden aus Amerika kennengelernt.«

Celeste wollte etwas sagen, überlegte es sich dann aber anders. Sie wusste nicht, was sie erwidern sollte. Die junge Frau lächelte wieder. »In Wirklichkeit glaube ich nicht, dass ich jemals jemanden aus einem anderen Land als China kennengelernt habe. Ich nehme an, das macht mich zu einem *xiăng bă lăo*«, sagte sie. »Einem richtigen Landei.«

Die Frau lachte. Ihr Lachen war genauso offen und entwaffnend wie ihr Lächeln und genauso ansteckend. Celeste lachte unwillkürlich mit, und ganz plötzlich, in diesem einen Augenblick, verschwand ihre Besorgnis. Vielleicht lag es daran, dass Celeste weit weg war von zu Hause, ängstlich und einsam und darauf bedacht, ihre Ängste zu verbergen, aber in diesem Moment verstand sie genau, warum diese Frau, der Tiger, eine Rebellion anführen konnte. Sie hatte etwas Magnetisches. Sie war dynamisch. Real. Celeste hatte das Gefühl – und sie vermutete, dass es jedem so ging, der sie kennenlernte –, dass diese Frau niemals jemanden verraten könne. Es war so offensichtlich – *sie hatte einfach nicht das Zeug dazu.*

71

SOUTHEAST WASHINGTON, D. C., 19. APRIL, 6:11 UHR

Garrett lächelte, als er die verschlüsselte Mail von Celeste ein weiteres Mal las: Ich hab sie heute Morgen getroffen. Sie ist auf unserer Seite.

Sie?, fragte sich Garrett. Der Tiger war eine Frau?

Faszinierend. Das gefiel Garrett. Das war unerwartet. Die Kommunistische Partei fand es vermutlich auch unerwartet. Vielleicht war das der Grund, warum die Bewegung des Tigers so schwer auszumachen war. Vielleicht war das etwas, was Garrett noch begreifen musste: in China eine Frau zu sein. Er machte sich in Gedanken eine Notiz, dieser Theorie nachzugehen, bevor er aufstand, um Alexis zu suchen. Sie saß am Computerbildschirm am anderen Ende des großen Raums.

»Celeste hat die Verbindung hergestellt«, sagte er. »Ich hab gerade die E-Mail bekommen. Der Tiger ist dabei. Auf unserer Seite.«

Alexis nahm die Nachricht erfreut zur Kenntnis. »Wirklich? Das ist ja großartig.«

»Ja. Und willst du noch was wissen? Der Tiger« – Garrett grinste verschmitzt – »ist eine Frau.«

Alexis kniff die Augen halb zu. »Ohne Scheiß?« Sie stieß ein kurzes Lachen aus. »Ich schätze, das haben wir nicht erwartet. Aber ich meine – warum eigentlich keine Frau? Der nächste Mao ist weiblich. Wow.«

Garrett beobachtete sie, während sie, den Kopf leicht zur Seite geneigt, über die Tragweite dieser Information nachdachte. Die Vorstellung schien ihr genauso gut zu gefallen wie ihm. Dann glaubte er, eine gewisse Traurigkeit in ihrem Blick aufblitzen zu sehen.

»Das bedeutet, dass wir zur nächsten Phase übergehen«, sagte sie. »Die Zeit ist gekommen, dass ich Kline einen Besuch abstatte.«

»Ja, das bedeutet es.« Garrett nickte zustimmend. Das hatten sie ausführlich besprochen: Sie würde Kline davon überzeugen müssen, dass er Garrett gab, was er haben wollte, und das müsste sie persönlich tun. Sobald Alexis ihr Gesicht im Gebäude der Defense Intelligence Agency zeigte, wäre es ihr nicht mehr möglich, zu Murray's Meats and Cuts zurückzukehren. Die Homeland Security würde die DIA lückenlos überwachen. Es würde Observationsteams und Militärpolizei geben, das ganze Programm.

Also hieß es Abschied nehmen.

Garrett und Alexis traten hinaus in die Gasse hinter dem Laden. Die Sonne war aufgegangen. Die Temperatur stieg allmählich an. In einer Entfernung von ein paar Häuserblocks heulte eine Sirene auf und erstarb dann. Sie sagten sehr wenig. Sie fragte, ob er bereit sei, und er sagte, das sei er.

Er fragte, ob sie wisse, was er brauchte.

»Das weiß ich«, sagte sie. »Und Kline wird garantiert ausflippen.«

»Diese ganze Sache – dieses ganze Projekt – ist seine blöde Idee.«

»Dann wollen wir hoffen, dass er sich daran erinnert, wenn ich ihn frage.«

Sie nahm seine Hand und hielt sie in ihrer. Sie hatten in den achtzehn Stunden, die sie in dem Laden verbracht hatten, keinen richtigen Körperkontakt gehabt. Ihre Haut fühlte sich warm und weich an. Er hielt ihre Hand umklammert.

»Okay«, sagte sie, »ich gehe jetzt.«

Sie lächelte. Er starrte ihr in die Augen und gab ihre Hand frei. »Pass auf dich auf.«

»Du auch«, sagte sie, ging die Gasse hinunter und verschwand um eine Ecke. Garrett sah ihr dabei zu und wartete darauf, dass sich dieses Loch in seiner Brust auftat.

Aber das geschah nicht. Und das war ein weiteres Muster.

72

USS »DECATUR«, SÜDCHINESISCHES MEER,
19. APRIL, 18:42 UHR

Ensign James Hallowell stand an der Reling der USS *Decatur* und sah zu, wie die Sonne in prächtigen Farben unterging, rote, orange- und purpurfarbene Ranken über das Südchinesische Meer verströmend. Die *Decatur* durchschnitt schnell die drei Yards hohen Wellen, mühelos das Wasser zerteilend. Das große Schiff – ein Zerstörer der Arleigh-Burke-Klasse – dampfte genau nach Westen, zehn Grad nördlich des Sonnenuntergangs. Hinter ihr, auseinandergezogen auf eine Linie von etwa acht Seemeilen, war der Rest der Elften Flugzeugträgerkampfgruppe: ein Flugzeugträger, ein Lenkwaffenkreuzer und vier weitere Zerstörer. Irgendwo in ihrem Umkreis fuhr unsichtbar ein Jagd-U-Boot der Virginia-Klasse mit Atomantrieb im Zickzack dreißig Yards unter der Meeresoberfläche. Zusammen bildeten sie eine der mächtigsten Militärmaschinen, die man auf dem Planeten finden konnte, mit genug Munition und Feuerkraft, um fast jeden Gegner zu zerstören. Trotzdem waren sie nicht unverwundbar.

Die Luft war warm und feucht; ein tropisches Gewitter war gerade über das Schiff hinweggezogen und hatte eine Ladung Regen auf die Stahldecks prasseln lassen. Einigen Matrosen war es gestattet worden, an Deck zu gehen, damit sie den Regen auf der Haut spüren konnten. Die *Decatur* fuhr seit vier Tagen mit hoher Geschwindigkeit, und jeder an Bord war rund um die Uhr auf seiner Station gewesen. Während einer Pause von zehn Minuten in richtigem Wetter zu stehen, anstatt im digitalen Lichtschein von Radar- und Feuerungssystemen, war eine willkommene Abwechslung.

Ensign Hallowell beobachtete, wie die Sonne unter den Horizont rutschte. Er nahm an, dass sie in China, vierhundert Seemeilen westlich von ihrer Position, noch schien. Vermutlich schien sie auch noch auf die chinesischen Zerstörer, von deren Anwesenheit knapp außerhalb ihrer Sichtweite, unmittelbar hinter der Erdkrümmung, sie wussten: vier Fregatten der Jiangwei-II-Klasse, vollgepackt mit Antischiffsraketen, Hubschraubern, Torpedos. Genug Feuerkraft, um der *Decatur* gehörig zu schaffen zu machen.

Vor dreißig Jahren, dachte Hallowell, hatte die chinesische Marine aus einem Haufen Ruderbooten, Dschunken mit Segeln und Kulis bestanden. Aber, Mann, was hatte das Land seitdem die Sau rausgelassen. Die Sau rausgelassen und eine Kriegsflotte aufgebaut, die Spitzenklasse war und nur von der US Navy übertroffen wurde. Die Chinesen waren schlau und hatten Geld wie Heu. Und das jagte ihm eine Heidenangst ein.

Diese chinesischen Fregatten fuhren seit sechsunddreißig Stunden einen Parallelkurs zu den Amerikanern, knapp außerhalb des Blickfelds, aber deutlich innerhalb der Schussentfernung ihrer Raketen, und Hallowell wusste, dass diese Raketen schnell und niedrig flogen: 0,9 Mach, zwanzig Yards über dem Meer. Von knapp jenseits des Horizonts würde eine chinesische Rakete einhundertzwanzig Sekunden brauchen, um die *Decatur* zu erreichen. Von Beginn der Kampfhandlungen an hätte Hallowell zwei Minuten, um seine Gebete zu sprechen und die Salve zu erwidern. Zwei Minuten Verschnaufpause, und dann lag es in Gottes Hand, wer am Leben blieb und wer in Flammen aufging.

Der Gedanke jagte ihm einen Schauer über den Rücken. Vor vier Tagen hatte er seine Frau – zu Hause in Dallas – angerufen, als sie verdammt viel näher an Hawaii gewesen waren, und ihr gesagt, es handele sich nur um eine weitere Schiffsfahrt – eine Sonnentour hatte er es genannt –, aber er hatte gelogen. Die Gerüchteküche brodelte seit einer Woche: Die Chinesen machten mobil, Truppen sammelten sich an der Küste gegenüber von Taiwan, die Luftwaffe flog Einsätze vor Japan; die Amerikaner verlegten zusätzliche Schiffe ins Südchinesische Meer, und die Achte US Army in Südkorea war in höchster Alarmbereitschaft. Ein offener Krieg war eine echte Option.

Das glaubte nicht jeder. Hallowell schon. Hallowell glaubte es, weil er an Deck gewesen war, als Commander Martinez seinen Marschbefehl von PACOM erhalten hatte. Und obwohl er die hawaiianische Seite des Gesprächs nicht hören konnte, sagte ihm der Gesichtsausdruck seines Kapitäns alles, was er wissen musste. Das hier war die richtige Scheiße.

Hallowell kaute auf seinem Dentyne. Er hasste es, Kaugummi zu kauen, aber Rauchen war auf dem Schiff verboten, und was, zum Teufel, sollte er sonst tun? Er wünschte, er könne Britt eine letzte E-Mail schicken, nur um ihr zu sagen, dass er sie liebte, dass sie sich um die Kinder kümmern und daran denken solle, alle paar Wochen den Filter in der Klimaanlage zu säubern, aber das Schiff war inzwischen vollständig abgeriegelt. Keine Kommunikation mit irgendwem und irgendwohin. Es herrschte Funkstille.

Verdammt noch mal, dachte er, als er seinen Kaugummi in das aufgewühlte Meer fünfzehn Yards tiefer spuckte, er wollte nicht sterben, nicht hier draußen mitten im Meer, dreitausend Meilen von allem entfernt, was er kannte und liebte. Verbrannt zu einem Chip und dann auf den Meeresgrund gesunken. Aber wenn es sein musste, würde er es tun. Er würde seinem Land und seinen Kameraden das höchste Opfer bringen. Und während er starb, würde er zu Gott beten, dass das, was auch immer hier draußen begann, nicht zurück über den Pazifik bis in die Vereinigten Staaten um sich griff, weil das wirklich das Ende der Welt wäre.

Die Schiffsglocke schlug drei Glasen – alle Mann zurück auf die Gefechtsstation. Wieder höchste Alarmbereitschaft. Das hieß, weitere zwölf Stunden auf sein Feuerleitradar starren. Was

Hallowell nichts ausmachte. Er hatte einen Job zu erledigen, und das tat er.

Wenn die Chinesen sich mit der U. S. Navy anlegen wollten, sollten sie es nur tun. In zwei Minuten ließ sich eine Menge machen.

73

DIA HAUPTQUARTIER, BOLLING AFB,

19. APRIL, 12:02 UHR

Was will er?«, fragte General Kline, während er die Tür seines Büros zumachte. »Ist er von allen guten Geistern verlassen?«

Alexis lächelte und ließ sich entspannt in dem schwarzen Ledersessel nieder. Sie war bereit für diese Auseinandersetzung, hatte sich auf die Empörung ihres Chefs vorbereitet. Sie wusste, was sie zu sagen hatte und in welchem Ton. »Sir, Sie wissen über seinen Geisteszustand genauso gut Bescheid wie ich.«

»Machen Sie nicht einen auf schüchtern, Captain. Ein Flugzeug? Voller Leute? Und er will sie in ein paar Stunden in der Luft haben? Das ist eine enorme Bitte. Das Riskanteste, was wir je gemacht haben?«

»Ich weiß, Sir.«

»Haben Sie es gegenüber der CIA zur Sprache gebracht?«

Alexis schaute sich im Büro ihres Vorgesetzten um. Sie wusste, dass es schalldicht und entwanzt war – das galt für alle Büros der höheren DIA-Mitarbeiter – und dass sie hier sagen konnte, was sie wollte, aber dennoch … man konnte nie ganz sicher sein.

»Wir haben eine Frau von der Agentur bei uns. Sie ist im Bilde.«

Kline sank in seinen Sessel zurück. Die Sorge stand ihm im Gesicht geschrieben. »Sie werden es dem Außenministerium sagen, nehme ich an. Das müssen Sie tun.«

»Könnte sein«, sagte Alexis. »Kommt darauf an.«

»Frye hat den Präsidenten in seiner Tasche. Die Homeland Security ebenfalls. Die drehen durch, wenn das hier bekannt wird. Der Außenminister kann sich nicht gegen den Präsidenten stellen. Auf keinen Fall. Dann stehen die Geheimdienste gegen alle anderen.«

Er atmete tief durch. Alexis überlegte, ob sie etwas Ermutigendes sagen solle – ein optimistisches Wort zur Aufmunterung. Aber es fiel ihr kein einziges ein. Bestenfalls würde dies eine Geheimoperation sein, die vorüber war, bevor irgendjemand begriff, dass sie geschehen war – oder Einspruch erheben konnte. Schlimmstenfalls würde es eine Katastrophe werden, die zu einem Feuergefecht zwischen mächtigen Bürokratien führte, und es würde Blut vergossen werden. Klines Blut. Und ihres. Ganz zu schweigen von der Möglichkeit, dass der Dritte Weltkrieg ausgelöst wurde.

Ihr Chef sprang wieder aus seinem Sessel auf und begann aufgeregt, in seinem Büro auf und ab zu gehen. »Die Chinesen nehmen eine drohende Haltung ein. Haben Sie die Depeschen aus China verfolgt?«

»Eine weitere Division wurde an die Küste vor Taiwan verlegt. Die halbe Flotte steht unter Dampf, um uns im Südchinesischen Meer zu begegnen. Habe ich, Sir.«

»Aber sie sind damit noch nicht an die Öffentlichkeit gegangen. Sie warten noch ab.«

»Sie wollen, dass wir den ersten Schuss abfeuern.«

»Ganz wie Reilly gesagt hat«, erwiderte Kline. Der General blieb stehen. Alexis konnte eine dünne Schweißschicht auf seiner Stirn erkennen. Kline warf Alexis einen langen, besorgten Blick zu.

»Weiß er, was er tut?«

»Ich glaube schon«, sagte sie.

»Das sagen Sie nicht deshalb, weil Sie in ihn verliebt sind, oder?«

Das kam für Alexis überraschend. Sie spürte, wie ihr unwillkürlich das Blut ins Gesicht schoss. Sie beobachtete einen Spatz dabei, wie er vor dem Fenster von Klines Büro von einem Zweig auf den anderen hüpfte. »Nein, Sir, das ist nicht der Fall.«

»Dass Sie in ihn verliebt sind? Oder dass Sie für ihn eintreten, weil Sie in ihn verliebt sind?«

»Meine Antwort stützt sich auf eine wohlüberlegte Prüfung seines Verhaltens und eine umfassende Würdigung dessen, was er bisher erreicht und vorhergesagt hat. Und was die Frage angeht, ob ich in ihn verliebt bin – das geht Sie einen Dreck an, Sir. Mit Verlaub.«

Kline nickte. »Sie haben recht. Tut mir leid, dass ich gefragt habe.« Hinter ihm konnte Alexis durch das Fenster zarte weiße Wolken langsam über den Potomac treiben sehen. Sie waren so schön. So friedlich.

»Falls das schiefgeht, verlieren wir nicht nur unsere Jobs«, sagte Kline. »Wir sind blamiert, werden entlassen und kommen vermutlich ins Gefängnis. Für lange Zeit.«

»Daran habe ich gedacht, Sir.«

»Sind Sie darauf vorbereitet?«

»Falls wir scheitern, sterben Menschen. Eine Menge Menschen. Vielleicht Millionen Menschen. Da scheint mir eine Gefängnisstrafe ein vergleichsweise geringer Preis zu sein.«

Kline schüttelte heftig den Kopf, als müsse er sich innerlich eine Zustimmung abringen. »Sie haben recht. Sie haben absolut recht.« Er schaute sie an. »Okay«, sagte er. »Ziehen wir's durch.«

Alexis stand auf, salutierte und ging zur Tür. Er rief hinter ihr her.

»Noch eines, Captain.«

Sie blieb stehen. »Sir?«

»Ich muss mich dann verziehen.«

Alexis schwieg.

»Ihnen werden sie folgen, weil sie hoffen, dass sie von Ihnen zu Reilly geführt werden. Mich werden sie vor den Präsidenten schleppen. Und ich werde verpflichtet sein, ihm zu sagen, was ich weiß.«

»Ich verstehe«, sagte sie.

»Tun Sie das?«, sagte er. »Es bedeutet …«

»Ich habe das Sagen«, beendete Alexis seinen Satz.

»Das ist richtig.«

»Und wenn sie mich vor den Präsidenten schleppen?«, fragte Alexis.

»Sie haben keine Befehlsgewalt.«

»Aber ich weiß bestimmte Dinge.«

»Sie haben Befehle befolgt. Indem Sie das Projekt Aszendent durchgeführt haben, das von höchster Stelle genehmigt wurde.«

»Und wenn sie mir befehlen, ihnen zu sagen, wo Reilly ist?«

Diesmal war es Kline, der nichts sagte. Sie verstand sein Schweigen: Falls sie ihr befahlen, Garrett Reillys Aufenthaltsort zu verraten, war sie auf sich selbst gestellt, auf unbekanntem Terrain. Kline hoffte offenbar, dass sie nichts sagte, aber er würde ihr nicht befehlen, dem Präsidenten die Stirn zu bieten.

Das wäre Hochverrat.

Alexis ließ den Blick vom General zu dem großen Fenster hinter ihm wandern und zu den Wolken, die, in baumwollweiße Fäden verweht, über den Fluss zogen, der in den Atlantik mündete. Ihr wurde bewusst, dass, ganz gleich wie ernst die Menschen ihre Probleme nahmen, es die Natur nicht kümmerte; die Natur nahm weiter ihren Weg, strahlend, grandios, Ehrfurcht einflößend. Wolken über dem Potomac. Herrlich. Das gab ihr Kraft.

»Ich verstehe«, sagte sie, salutierte ein letztes Mal vor Kline und verließ sein Büro.

»Viel Glück«, rief Kline hinter ihr her. »Und viel Erfolg.«

74

SOUTHEAST WASHINGTON, D. C., 19. APRIL, 16:25 UHR

In Murray's Meats and Cuts herrschte Stille, abgesehen von dem gelegentlichen Klappern einer Tastatur oder dem Knacken einer Dose Red Bull, die aufgemacht wurde. Garrett stand vor seinem mittleren Computerterminal und beobachtete das Blinken der Lichter auf seiner Reihe von Monitoren: Balken und Diagramme, auf- und absteigend, durchlaufende Zahlen, abrollende Wörter, von links nach rechts, Videos, die starteten, luden, abbrachen. Sein hausgemachtes Kontrollzentrum lief auf vollen Touren.

Vierundzwanzig Computer waren um ihn herum angeordnet, die Server im Tiefkühlraum nicht mitgerechnet. Garrett hatte sechs Monitore in zwei Reihen auf seinem Schreibtisch angebracht, Mitty hatte vier eigene, während alle anderen einen, vielleicht zwei hatten. Einer von Garretts Monitoren war für die Verfolgung des Internetverkehrs bestimmt, auf einem anderen liefen die Suchtrends der großen Maschinen – Google, Yahoo, Bing, Baidu –, um den Anfragen der Welt den Puls zu fühlen. Mitty hatte ihm einen gestohlenen Bloomberg-Terminal und ein gehacktes Goldman-Sachs-Benutzerkonto mitgebracht. Er teilte diesen Feed auf alle anderen in dem Laden auf, damit sie über alle Trends auf dem Laufenden bleiben konnten, die er möglicherweise verpasste. Es spielte nicht wirklich eine Rolle, ob jemand anderes die Märkte beobachtete – einen Bloomberg-Terminal zu benutzen war für Garrett so ähnlich wie atmen. Er brauchte niemanden, der ihn dabei unterstützte.

Er musste zugeben, dass er es genoss, wieder vor einem Datenfeed in Echtzeit zu sitzen: der Dow, der LIBOR, der Euro, die Warenbörse in Chicago, der Hang Seng, der DAX, der VIX – es war tröstlich, die Welt des Handels vor seinen Augen vorbeirauschen zu sehen. Schatzanweisungen, Goldpreise, Terminkontrakte in Schweinebäuchen, der Preis von Brent-Rohöl. Es war Musik in Garretts Ohren. Der digitale Informationsfluss beruhigte seine Nerven. Er dämpfte sogar das Pochen in seinem Kopf.

Und dieses Pochen war explosiv gewesen. Schwarze Flecken waren immer wieder am Rand seines Blickfeldes aufgetaucht und dann wieder verschwunden. Wenn er zu schnell aufstand, drehte sich der Raum um ihn herum, und er musste sich am nächsten Stuhl oder an der Wand abstützen, um nicht hinzufallen. Sein linker Arm wurde ab und zu von der Schulter bis zu den Fingern beängstigend taub. Garrett hatte sich noch nie derart sterblich gefühlt. Es kam ihm vor, als wäre er sechsundachtzig Jahre alt, nicht sechsundzwanzig. Plötzlich schien der Tod …

Nein. Er verbannte den Gedanken aus seinem Kopf.

Auf seinem vierten Computermonitor ließ Garrett einen Scan von Darknet-Hacker-Websites und Schwarzen Brettern laufen. Er wollte zu jeder Zeit wissen, worüber der Underground redete. Auf einem fünften liefen RSS-Feeds von den meisten der großen Nachrichtenseiten. Der sechste Monitor hatte eine Videoleitung des Pentagons geknackt, die Position und Stärke amerikanischer Truppen und Marinegeschwader anzeigte. Es war bemerkenswert einfach gewesen, in das militärische Netzwerk, das NIPRNET oder Non-classified Internet Protocol Router Network, einzudringen, vor allem, weil er einen Großteil seiner Woche in der Einsatzzentrale damit verbracht hatte, vereinzelte Passwörter und IP-Adressen zu sammeln. Selbst äußerst paranoide Menschen waren manchmal innerhalb ihrer Festung unvorsichtig.

Natürlich war es viel schwieriger, in das SIPRNET, das Secret Internet Protocol Router Network, reinzukommen. In Wirklichkeit war es unmöglich, weil es vom Rest des World Wide Web völlig abgeschottet war. Aber das war okay. Garrett benötigte nicht alle Geheimnisse des Militärs – nur ein paar.

An der gegenüberliegenden Wand hingen sechs Flachbildfernseher, die auf die europäischen und amerikanischen Nachrichtendienste eingestellt waren – CNN, Fox, BBC, Sky News, France 24, Al Jazeera English. Ein weiteres halbes Dutzend Fernseher hing direkt unter der ersten Reihe, und diese waren für asiatische Sender bestimmt – Kanal 13 des Chinesischen Zentral-Fernsehens, Hongkongs iCable News, Japans NHK News 7. Er ließ sie dauernd laufen; ein paar erwähnten Gerüchte von Marinemanövern im Südchinesischen Meer, während die BBC feststellte, dass im Norden von Guangzhou chinesische Soldaten in großen Mengen gesichtet worden seien.

Garrett hatte einen der Bildschirme nicht zugeordnet, der mit beliebigen Sendern verbunden worden war, die über die Satellitenschüssel auf dem Dach empfangen werden konnten. Den letzten Monitor hatte er auf Nickelodeon programmiert, damit sie etwas anderes sehen konnten, wenn nicht so viel los war; Garrett hatte eine Schwäche für SpongeBob Schwammkopf.

Er rieb sich die müden Augen, schaute den Staubpartikeln zu, die in den Lichtkegeln der Deckenleuchten tanzten, strahlende Bündel in dem ansonsten verdunkelten Raum. Sein Blick schweifte hinüber zu der Karte mit den Weltzeitzonen an der rechten Wand. Es war 16:30 Uhr in Washington. In Peking war man genau zwölf Stunden weiter: Donnerstag früh 4:30 Uhr. Garrett beobachtete, wie die Sekunden weitertickten, wie die Sinuskurve des Sonnenlichts auf der Zeitzonenkarte stetig nach Westen kroch.

Seine Blicke flogen hin und her, von Bildschirm zu Bildschirm, von einer Karte zur anderen, und er ließ sich von den Datenwellen umspülen. Er machte sich frei von Plänen und Konzepten, versuchte, in das chaotische Meer von Informationen einzutauchen, in das Pulsieren des digitalen Planeten. Er wusste, dass jeder im Raum ihn beobachtete, darauf wartete, dass er ein Zeichen gab, ein Signal, dass die Zeit zum Handeln gekommen war. Das Schweigen war wie eine Decke, eine weiche, stille Abdeckung voller Erwartung, die für Anspannung im Raum sorgte, aber auch für Ordnung und Bereitschaft. Garrett wusste, dass jeder das fühlte, dass jeder so nervös war wie er, aber man konnte den Zeitplan nicht beeinflussen. Der Augenblick würde kommen, und er würde sagen: Los, und dann würde es beginnen. Aber vorher: nichts.

Ein paar Stunden zuvor hatte Garrett bei einem Mittagessen aus Schinken-Sandwichs, Gatorade und Sun Chips zu erklären versucht, dass alles stimmen müsse, dass all die verschiedenen Ereignisstränge zusammenlaufen müssten, damit die kumulative Wirkung einen Erfolg erziele. Es hatte beispielsweise einen halben Tag gedauert, endlich die verschlüsselte E-Mail von Celeste Chen aus China lesen zu können, aber das war es wert gewesen, weil sie der Dreh- und Angelpunkt des ganzen Unternehmens war, oder, besser gesagt, weil Hu Mei der Dreh- und Angelpunkt war.

Garrett fragte sich, was für ein Mensch sie war. Er hatte ein hochgradig verpixeltes JPEG entschlüsselt, aber es war so verschwommen und unbestimmt, dass vom Gesicht der Frau wenig zu erkennen war. Garrett studierte es eine Stunde lang. Sie sah jung aus, viel jünger, als er angenommen hatte. Und hübsch. Aber ihr Charakter? Darüber konnte er nichts sagen.

Achtzehn Uhr dreißig in Washington, D. C. Er wünschte, er hätte etwas Gras – das wäre gut gegen seine Schmerzen. Aber er wusste, dass er jetzt nicht rauchen durfte. Er musste einen klaren Kopf behalten. Ihm wurde bewusst, dass er seit Tagen, vielleicht sogar seit Wochen, kein Gras mehr geraucht hatte, er konnte sich nicht mehr genau erinnern. Und obwohl er wünschte, er hätte einen Joint, war sein heftiges Verlangen nach Marihuana abgeklungen. Das war eine Überraschung, eine weitere Veränderung in seinen Verhaltensmustern; sein ganzes Leben war auf den Kopf gestellt worden. Er sagte sich, er müsse eingehender untersuchen, warum sein Bedürfnis nach Gras nachgelassen hatte, weil es auch ein Zeichen dafür sein konnte, dass er allmählich seinen Biss verlor. Aber nicht jetzt; jetzt musste er sich konzentrieren.

Garrett überprüfte eine der Karten auf einem der Computer vor ihm, dem zweiten von links, der sich der Kontrolle des Luftverkehrs über Ostasien widmete. China, Japan und die beiden Koreas waren auf dem Bildschirm erleuchtet. Hunderte winziger Flugzeugsymbole durchkreuzten den Luftraum zwischen den vier Ländern, flogen nach Osten über den riesigen Pazifik und nach Süden in Richtung Australien. Nicht so viele waren in westlicher Richtung nach Zentralasien und weiter nach Russland und Europa unterwegs. Keines flog nach Nordkorea. Es war ein geschwärztes Niemandsland, ein feindlicher Staat für alle im Umkreis, wenn auch immer noch in einer Art Vasallenverhältnis zu China.

Garrett starrte auf die Leere, die Nordkorea verkörperte, das Einsiedlerkönigreich. Was für eine Vorstellung hatten all diese Menschen von der Außenwelt? Wussten sie, was ihnen entging? War da ein ganzes Volk im Bann des Stockholm-Syndroms, bei dem sich die Opfer mit ihren Unterdrückern solidarisierten? War nicht andererseits jeder Nationalismus eine Art des Stockholm-Syndroms, nur unter einem anderen Namen? Davon war Garrett im Grunde überzeugt, und doch war er hier und gab alles, was er hatte, im Interesse seines Vaterlandes. Litt er demnach auch darunter?

Garrett rief sich in Erinnerung, dass er jetzt hier war, weil ihm andere Möglichkeiten ausgegangen waren; für die DIA zu arbeiten, das bot ihm die Chance, sich dem Zugriff der Homeland Security zu entziehen. Und trotzdem – er wünschte, er könne sich mit Alexis darüber unterhalten. Sie hätte eine Antwort für ihn. Oder wenigstens eine Theorie. Er fragte sich, wo sie in diesem Augenblick war. Wieder bei der Arbeit? Verhaftet? Im Gefängnis?

Schlag sie dir aus dem Kopf. Klarheit. Was du brauchst, ist Klarheit.

Es verging eine weitere Stunde. Und noch eine. Zwanzig Uhr dreißig an der Ostküste der Vereinigten Staaten. Über Peking war die Sonne aufgegangen. Deren Tag hatte begonnen. Die Schmerzen in seinem Schädel pulsierten. Schwarze Flecken tanzten vor seinen Augen wie wahnsinnige Amöben. Garrett nahm tausendzweihundert Milligramm Ibuprofen. Und dann weitere tausendzweihundert Milligramm. Er hoffte, dass das keine toxische Dosis war.

Lefebvre und Patmore zappelten vor ihren Terminals herum. Bingo schaukelte auf seinem Stuhl vor und zurück wie ein autistischer Siebenjähriger. Mitty schaute immer wieder zu Bingo hinüber, lächelnd und zwinkernd. Spielte sich irgendwas ab zwischen ihnen? Hatte Garrett etwas verpasst? Sie schienen ein ungleiches Paar zu sein. Andererseits gab es seltsamere hypothetische Paare auf der Welt – Alexis und Garrett, zum Beispiel.

Garrett schüttelte den Kopf. Was für eine bunt zusammengewürfelte Armee: Computerfreaks und Außenseiter und halbwegs psychotische Marines. Und dennoch schien sich jedes Mitglied des Teams inzwischen an seinem Computer wohlzufühlen, völlig absorbiert von der dissonanten Symphonie des Internets. Das verlieh ihm ein gewisses Selbstvertrauen. Er klickte auf die Karte der Luftraumüberwachung und vergrößerte sie. Er studierte sie, auf der Suche nach dem richtigen Rufzeichen, den Buchstaben und Ziffern, mit denen sich ein Flugzeug den internationalen Fluglotsen gegenüber identifizierte. Qantas, Air China, Singapore Airlines. Nein, nein und nein.

Und dann entdeckte er es. Ein kleiner Punkt, der über dem Ochotskischen Meer leicht nach Süden schwenkte, nachdem er gerade den russischen Luftraum passiert und die Kamtschatka-Halbinsel überflogen hatte.

Garrett atmete tief durch. Er ließ ein letztes Mal seine Blicke über das miteinander verbundene, halbe Dutzend von Computern schweifen, die vor ihm blinkten.

Okay. Das war es. Die Zeit war gekommen. Zeit für eine schöne neue Welt, die Ihnen von Garrett Reilly präsentiert wird, Absolvent der Long Beach State, spitzenmäßiger Wertpapieranalytiker und in Bälde, einen kurzen Moment lang, Herr des Universums. Garrett nickte Lefebvre zu.

»Mach den Anruf«, sagte er.

Lefebvre steckte die SIM-Karte in sein erstes Wegwerfhandy.

75

DREIZEHNTAUSEND YARDS ÜBER DEM JAPANISCHEN MEER, 20. APRIL, 9:42 UHR

Captain Leo Peterson überprüfte die ACARS-Nachricht, die gerade auf der MCDU, seiner Multifunctional Control and Display Unit, des Großraum-Langstreckenflugzeugs Boeing 777 erschienen war, das er steuerte. Die frühe Morgensonne schien mit voller Kraft durch das rechte Cockpit-Fenster; sie befanden sich hoch über den Wolken, die über dem Japanischen Meer hingen. Captain Peterson schob seine Sonnenbrille nach oben und las die Nachricht. ACARS stand für Aircraft Communications Addressing and Reporting System; es war das E-Mail-Pendant einer Passagiermaschine, und alle Verkehrsflugzeuge der Welt verschickten und empfingen sie.

Die Nachricht lautete einfach: 15C24A.

Das 15C24 bedeutete nichts. Nur der letzte Buchstabe hatte etwas zu sagen. Es war ein im Voraus arrangierter Code, der vom Wartungskontrollzentrum der United Airlines in Chicago geschickt worden war, und Captain Peterson hatte ihn erwartet und wusste, wie man ihn entschlüsselte. Es war wirklich einfach. Wenn der letzte Buchstabe »B« war, bedeutete das: *Tu's nicht. Brich den Einsatz ab.* Aber »A« als letzter Buchstabe bedeutete: *Los.*

Er löschte die ACARS-Nachricht, wandte sich an seinen Kopiloten, einen jungen Mann aus Kentucky namens Deakins, der vor zwei Jahren die Air Force verlassen hatte, und nickte. Sie wollten nicht, dass mündliche Kommandos von dem Voicerecorder des Flugzeugs aufgezeichnet wurden. Eine einfache Kopfbewegung würde genügen. Deakins legte seine linke Hand auf den Triebwerksschubregler und drehte ihn zurück auf null. Innerhalb weniger Augenblicke begann das rechte Triebwerk des Flugzeugs – ein Pratt & Whitney PW 4000 – zu spucken und verstummte. Das Flugzeug erzitterte, als der Luftstrom über der Tragfläche abriss.

Deakins verstellte das Seitenruder, um die Maschine zu stabilisieren, und erhöhte anschließend die Schubkraft im linken Triebwerk, was exakt dem vorgeschriebenen Verfahren im Fall eines Triebwerksausfalls entsprach, während Captain Peterson das Funksignal für einen Luftnotfall eintippte – 121,5 MHz, die internationale Notfrequenz für Flugzeuge.

»Captain«, sagte Deakins in seinem gedehnten Kentucky-Tonfall, »wir haben Schub in unserm rechten Triebwerk verloren. Ich glaube, es ist ein Brand.«

Er redete nur für den Voicerecorder im Cockpit.

Captain Peterson brachte so viel Panik in seiner Stimme zustande, wie er konnte, und rief in das Mikrofon: »Mayday, Mayday, Mayday. Hier ist United heavy eight-nine-five, wir melden Triebwerksbrand rechts und Rauch in der Kabine. Ich wiederhole, United heavy eight-nine-five, Triebwerksbrand und Rauch. Wir erklären einen Notfall und brauchen sofort Landebahn-Freigabe. Nächster Flughafen.«

Er wiederholte dies noch zweimal, dann drosselte er das linke Triebwerk und richtete die Nase der Maschine nach unten.

Nach Nordkorea.

76

PJÖNGJANG, NORDKOREA, 20. APRIL, 9:51 UHR

Soo Park hatte zehn Jahre lang in Nordkorea eine Radaranlage bedient. Er kannte das Radarprofil des Landes auswendig und konnte jedes freundliche und feindliche Flugzeug, das an Nordkoreas Luftraum vorbeiflog, im Schlaf identifizieren. Aber vor zwei Monaten hatte er um eine Versetzung zur Luftverkehrsüberwachung am Sunan International Airport außerhalb von Pjöngjang gebeten. Er lag näher an seinem winzigen Apartment im Süden der nordkoreanischen Hauptstadt, der Arbeitsplatz brachte ein bisschen mehr Ansehen mit sich, und Soo Park versuchte, eine Braut zu finden. Er brauchte alles Ansehen, das er aufbringen konnte.

Er behauptete, ausgezeichnet Englisch sprechen zu können – ein Muss für einen Fluglotsen –, und hatte sogar die rudimentäre Englisch-Prüfung des Staats bestanden. Aber in Wahrheit hatte er bei dem Englisch-Test betrogen und einem Freund, der als Diplomat an der Botschaft in Peking Englisch gelernt hatte, eine Flasche kanadischen Whiskey versprochen, wenn er an seiner Stelle an dem Test teilnehme. Sein Freund hatte den Test mit Bravour bestanden, und Soo Park hatte den Job bekommen.

Inzwischen wünschte Soo Park allerdings, er hätte ihn nicht bekommen. In Wahrheit war Soo Parks Beherrschung des Englischen alles andere als fließend. Mit einem Wörterbuch im Schoß konnte er ein englisches Buch lesen, aber die gesprochene Sprache zu verstehen, das war etwas völlig anderes. Er bemühte sich zu hören, was der amerikanische Pilot – Soo Park wusste, dass er Amerikaner war, weil er den Flug schon hundert Mal vorher verfolgt hatte, eine United 777 auf dem Weg nach Hongkong – in das Funkgerät krächzte, seine Stimme überdeckt von explosivem Rauschen. Er verstand weniger als die Hälfte der Wörter: »... Triebwerksbrand ... Notlandung ... Landebahn ...« Das war es in etwa. Hatte der Pilot gesagt, dass er hier eine Notlandung machen wollte? In *Pjöngjang*? Das war ein Ding der Unmöglichkeit. Völlig ausgeschlossen ...

Parks Telefon klingelte. Es war das Radarteam des Nordsektors, das Team, dem er angehört hatte. Ja, antwortete er, er hatte den Notruf gehört. Und ja, er glaubte, das amerikanische Düsenflugzeug war in Richtung Pjöngjang unterwegs. Nun ja, möglicherweise. Er war nicht sicher.

Ja, ja, er wusste, das durfte nicht passieren. Auf gar keinen Fall.

Das Militär meldete sich als Nächstes, bevor Soo Park eine Chance hatte, zu Atem zu kommen. Sie ließen gerade vier MiG-21 starten, um die Maschine abzufangen. Soo Park wurde befohlen, der 777 mitzuteilen, dass sie hier nicht landen dürfe, egal, in was für einer Notlage sie sich befände. Ja, das würde er tun. Sofort.

Soo Park legte den Telefonhörer auf und nahm das Funkgerät in die Hand. »United eight-nine-five! Nicht landen! Nicht landen Pjöngjang! Darf nicht landen Pjöngjang!«

Der amerikanische Captain meldete sich sofort wieder über Funk. »Negativ, Pjöngjang. Wir haben momentan dichten Rauch in der Kabine. Müssen landen Pjöngjang. Dies ist ein Mayday. Mayday-Situation. Bitte geben Sie FNJ-Landebahn 35 rechts frei.«

»Nein, nein, nein!«, schrie Soo Park. »Kann dies nicht tun! Darf nicht! Darf nicht!«

»Wir haben zweihundertsiebenundsiebzig Seelen an Bord. Wir müssen sofort landen. Das ist unumgänglich.«

Soo Park klammerte sich an das eine Wort, das er verstand. »Seoul! Ja. Fliegen Sie Seoul! Sehr nah. Fliegen Sie Seoul!«

»Nein, Sir, Seelen. Menschen. Zweihundertsiebenundsiebzig. Alle werden sterben, wenn wir nicht auf dem Sunan International, FNJ, landen. Wir sind vier Minuten vor Bodenkontakt, kommen steil runter. Halten Sie bitte Rettungspersonal bereit. Wir haben vielleicht Verletzte dabei.«

Inzwischen klingelten alle drei Telefone in dem beengten Luftverkehrskontrollraum. Soo Park nahm sie nacheinander an. Der erste Anruf kam vom Radarteam, der zweite vom Militär, der dritte vom höchsten Parteibeamten des südlichen Flughafensektors. Alle wollten das Gleiche von ihm – dass er dem amerikanischen Flugzeug sagte, es solle woanders hinfliegen!

»Das hab ich versucht«, erwiderte Soo Park jedem der Reihe nach. »Sie sagen, sie haben einen Triebwerksbrand und ein Feuer im Cockpit. Sie wollen nicht abdrehen. Ich hab's ihnen gesagt, aber sie wollen nicht zuhören.«

Jeder Anrufer hängte auf, wütend und in Panik. Soo Park warf seinen Kopfhörersatz auf den Tisch, schob die Tür zum Luftverkehrskontrollraum auf und lief die zwei schäbigen Treppen zur Hauptetage des Kontrollturms hinauf. Dort standen zwei seiner Lotsenkollegen an dem altertümlichen Bedienungssystem, das in Nordkorea als Flugfeldüberwachungsradar durchging, und schauten erschrocken und mit großen Augen durch das breite Fenster, hinter dem sie die Hauptlandebahn des Sunan International Airport, 35 rechts, sehen konnten.

In der Distanz war eine 777 soeben sichtbar, die niedrig und schnell einflog, dicht gefolgt von einem Kampfgeschwader der nordkoreanischen Luftwaffe. Ein dünner Faden weißen Rauchs schien aus dem Bug des Flugzeugs hervorzuquellen.

Es schien sich im Landeanflug auf *seinen* Flugplatz zu befinden.

77

SOUTHEAST WASHINGTON, D. C., 19. APRIL, 22:01 UHR

Garrett beobachtete die Nachrichteneinspeisung, sowie sie auf dem AP-Ticker erschien. Erste Berichte kamen herein: Großraumjet von United gezwungen, Notlandung in Pjöngjang, Nordkorea, vorzunehmen. Alle Passagiere in Sicherheit. Keine Verletzten.

Garrett stieß erleichtert die Luft aus. Es hatte durchaus die Möglichkeit bestanden, dass die nordkoreanische Luftwaffe das Flugzeug abschoss, bevor es landen konnte. Garrett hatte sich ausgerechnet, dass sie es nicht tun würden, dass sie im letzten Moment einen Rückzieher machen würden, aber er konnte das Risiko nicht völlig ausschließen, und deshalb hatten sie das halbe Flugzeug mit ehemaligen Offizieren, Auftragnehmern des Außenministeriums und freiwilligen Bundesbeamten bestückt, alle mit Legenden versehen.

Garrett scrollte schnell durch die gefälschte Passagierliste, überprüfte die Namen und die angeblichen Wohnorte. Er zeichnete sie ab, bevor er sie an Patmore weiterleitete. Dann winkte er den Lieutenant der Marines zu sich.

»Ruf jeden auf deiner Medienliste an und fang dabei ganz oben an: die *New York Times,* die *Washington Post,* CNN«, sagte er. »Flächendeckend. Du bist ein Angestellter der Fluglinie, und du gibst ihnen die Passagierliste durch. Dann hängst du auf.«

»Ja, Sir«, erwiderte Patmore.

Garrett überflog die Bildschirme mit den Nachrichtensendern auf seinen Computerterminals. Manche Websites übernahmen die AP-Meldung. Die Story würde den Nachrichten-Kreislauf während der kommenden vierundzwanzig Stunden dominieren, bis die nächste Nachrichtenexplosion sie von dieser Position verdrängte. Aber vierundzwanzig Stunden waren für Garretts Absichten eine Menge Zeit. Die asiatischen Börsen waren inzwischen alle geöffnet; Nachrichten von dem Zwischenfall mit der Passagiermaschine würden die Makler im Lauf der nächsten zehn Minuten erreichen. Ungewissheit war Gift für eine Börse; die Schwankungsanfälligkeit würde allmählich ansteigen. In ein paar Stunden wäre sie jenseits von Gut und Böse. Und das war erst der Anfang.

Garrett ging aus dem verdunkelten Computerraum in das Kühlhaus. Es war kalt und roch schwach nach altem Essen. Garrett stand vor den parallel geschalteten Computern, die Mitty und Bingo eingerichtet hatten, denen mit der russischen Intrusionssoftware. Sie summten leise vor sich hin. Er stöpselte ein Ethernetkabel in einen Anschluss auf der Rückseite eines der Geräte. Es war jetzt mit dem Internet verbunden. Was auch immer sich auf seiner Festplatte befand, war nur noch Tausendstelsekunden davon entfernt, auf die Welt losgelassen zu werden. Das wäre Schritt zwei.

Er führte das Programm aus und wartete darauf, dass die Show begann.

78

PEKING, 20. APRIL, 10:48 UHR

Xu Jin, der Minister für Staatssicherheit, hatte Schwierigkeiten, die Nachrichten zu verstehen. Ein amerikanischer Passagierjet war in Pjöngjang notgelandet? War das der nächste Flughafen gewesen? Konnten sie nicht die zusätzlichen hundert Meilen bis Seoul fliegen? Indem sie in Nordkorea gelandet waren, hatten sie sich direkt in einem internationalen Zwischenfall platziert. Hatte der Pilot den Verstand verloren? Was für ein Idiot. Und was für Kopfschmerzen diese Geschichte den Chinesen bereitete. Der amerikanische Botschafter hatte bereits zweimal angerufen und um eine chinesische Intervention bei der nordkoreanischen Regierung gebeten.

Als ob wir diese Irren in Pjöngjang unter Kontrolle hätten! Xu Jin machte ein finsteres Gesicht und steckte sich eine Zhonghua-Zigarette an, die teuerste Sorte in China. Sie kosteten hundert Dollar pro Stange. Was nicht hieß, dass Xu Jin sich je seine Zigaretten selbst kaufte: Sie wurden ihm von kriecherischen Bittstellern und Parteihandlangern geschenkt. Wie das alte Sprichwort sagte: Die Leute, die Zhonghua bezahlen, rauchen sie nicht, und die Leute, die Zhonghua rauchen, bezahlen sie nicht.

Das Telefon klingelte. Es klingelte, seitdem Xu Jin vor einer Stunde sein Büro betreten hatte.

»Ja?«, bellte er verärgert.

»Minister Xu, wir haben ein Problem.« Es war einer der Funktionäre in der für das Internet zuständigen Abteilung. Er hieß Yuan Gao. Oder so ähnlich. Ihre Büros lagen in einem Lagerhaus im Pekinger Stadtbezirk Haidian, mitten zwischen Universitäten und

Hightech-Unternehmen. In dem Gebäude roch es nach Schweiß und gebratenem Schweinefleisch. Xu Jin machte nach Möglichkeit einen großen Bogen um die Computertechniker.

»Worum geht es? Sie wissen, dass ich mich um andere Dinge kümmern muss.«

»Ja, Minister Xu, das weiß ich. Aber es gibt ein Problem mit dem Projekt Goldener Schild.«

Xu Jin stieß eine große Wolke Zigarettenrauch aus und brummte böse. Es gab immer ein Problem mit dem Goldenen Schild, der Zensurmauer, die das Ministerium um jeglichen Internetverkehr errichtet hatte, der nach China hereinkam oder das Land verließ: Die Mauer war durchlässig; die Computerserver liefen nicht; es gab einen Virus, und der war bösartig; der Virus kam aus China – nein, er kam aus dem Ausland, aus Russland oder den Vereinigten Staaten. Es war ein ständiges Getöse, und Xu Jin verstand so gut wie nichts davon.

Jedes Mal, wenn sie versuchten, die Bestimmungen des Goldenen Schilds zu verschärfen, es den Chinesen schwerer zu machen, sich Zugang zu subversiven und gegen die Regierung gerichteten Informationen zu verschaffen, erschien an einer anderen Stelle in der Mauer ein Riss. Es gab zu viele Hacker, die Zeit hatten – wie dieser schmierige Idiot Gong Zhen – und ihre pubertären Finger dorthin steckten, wo sie nicht hingehörten – normalerweise in das Räderwerk der chinesischen Regierung. Obwohl Xu Jin zugeben musste, dass Gong Zhen und sein Team von Hackern im Fall des amerikanischen Kraftwerk-Virus hervorragende Arbeit geleistet hatten. Was sie erreicht hatten, übertraf seine kühnsten Erwartungen.

»Nun gut«, knurrte Xu Jin. »Was ist das Problem?«

»Ein Virus ist durch die Mauer gedrungen«, jammerte der Internetfunktionär.

»Es gibt immer einen Virus«, unterbrach Xu Jin ihn. »Bringen Sie es einfach in Ordnung. Kümmern Sie sich darum. Ich muss mich um einen Vorfall in Nordkorea kümmern.«

»Das ist es ja, Minister Xu. Ich kann das nicht in Ordnung bringen.«

Xu Jin drückte die Zigarette in dem italienischen Marmoraschenbecher auf seinem Schreibtisch aus. »Warum können Sie das nicht in Ordnung bringen? Und was geht mich das an?«

»Ich kann es nicht in Ordnung bringen, weil der Virus zu weit verbreitet ist.«

Xu Jins Augen wurden schmal vor Verdrossenheit; so war es immer mit den Internetkröten. Alles war »jenseits ihrer Kontrolle«, »zu kompliziert«, »von größter Wichtigkeit«, als wäre das Internet das Einzige in der Welt, was eine Rolle spielte. Was war mit der Wirklichkeit? Was mit den Leuten, die auf der Straße unterwegs waren? Autos oder Vögel oder Flugzeuge – Flugzeuge, die aus irgendeinem blödsinnigen Grund mitten in Nordkorea landeten?

»Erklären Sie mir das«, sagte Xu Jin, während er sich eine weitere Zigarette anzündete. Es war ein Vormittag der vielen Zigaretten. »Und zwar schnell.«

»Ein Computerwurm ist durch die Firewall geschlüpft. Viele Benutzer haben ihn runtergeladen. Er war einem Video von, na ja, Herr Minister, von einer Ihrer Reden beigefügt. Der Rede, die Sie im letzten Herbst auf der Konferenz in Hongkong gehalten haben. Über Internetsicherheit.«

Xu Jin wurde blass. War das die Vorstellung, die irgendjemand von einem Schabernack hatte? Er würde diesen Menschen persönlich finden und ihn ruinieren, seinen guten Ruf zerstören, ihn feuern, ihn aus der Schule schmeißen, ihn einen Kopf kürzer machen lassen. Xu Jin war es egal. Das war einfach inakzeptabel.

»Wer war das?«

»Wir glauben, er kam aus Amerika. Oder aus Europa. Wir können es nicht genau sagen.«

»Na ja, finden Sie ihn, zerstören Sie ihn, und bringen Sie es wieder in Ordnung.«

»Das ist das Problem, Minister Xu. Das können wir nicht. Der

Wurm hat Computer innerhalb der Firewall übernommen. Tausende von Computern. Vielleicht Millionen. Wir wissen es nicht genau.«

»Aus welchem Grund hat er sie übernommen?«

»Um sie in Zombie-Geräte zu verwandeln. Er hat sie dazu gebracht, unsere Server zu attackieren. Die Server vom Goldenen Schild. Eine Angriffswelle nach der anderen. Er hat sie ausgeschaltet.«

Xu Jin hielt den Atem an. In seinem Büro mit den breiten Fenstern, die auf den Innenhof des Parteihauptquartiers in Zhongnanhai mitten in Peking hinausgingen, war es still. Eine batteriebetriebene Uhr mit einem Bild von Mao auf dem Ziffernblatt tickte auf dem Schreibtisch. Eine Rauchfahne von seiner eben angezündeten Zigarette kräuselte sich zur Decke hinauf. Xu Jin atmete tief durch.

»Sie meinen, der Goldene Schild funktioniert nicht?«

»Nein. Mehr als nicht funktionieren. Er existiert nicht mehr.«

Das ließ Xu Jins Herz beängstigend schnell schlagen. Er legte eine Hand auf die Brust, um sich zu beruhigen. Er suchte nach einer vernünftigen Antwort.

»Na ja, dann stellen Sie das ganze Internet ab. Ziehen Sie den Stecker. Von dem ganzen Ding.«

»Herr Minister, das ist nicht möglich«, sagte die Kröte namens Yuan. »Es kommen zu viele Datenleitungen herein. Und inzwischen hat der Wurm sowieso die Kontrolle über die Server übernommen. Das scheint seine zweite Aufgabe zu sein: die Hauptleitungen offen zu halten.«

»Sie meinen, die Aufgabe des Virus ist es, das Internet zu öffnen? Jeder kann alles auf seinem Computer lesen, was er will? Jetzt im Moment?«

»Ja, Herr Minister.«

»Aber – wie machen wir dem ein Ende?«

Aus dem Telefon kam keine Antwort. Minister Xu Jin blaffte diesmal lauter: »Yuan Gao! Antworten Sie mir!«

»Ich heiße Le Lin, Herr Minister.«

»Mir ist scheißegal, wie Sie heißen«, brüllte Xu Jin. »Mir geht es nur darum, wie wir dem hier ein Ende machen. Sagen Sie es mir! Wie werden Sie den Goldenen Schild wieder errichten?«

»Herr Minister«, sagte Le Lin mit belegter Stimme, »ich habe keine Ahnung.«

79

SOUTHEAST WASHINGTON, D. C., 19. APRIL, 23:25 UHR

Der Raum brummte vor Aktivität. Handys klingelten, Computer piepten, SMS-Benachrichtigungen schickten leise ihre Ding-Dong-Töne in die Dunkelheit. Garrett ließ die Finger über die Tastatur laufen, rief verschiedene Fenster auf seinem halben Dutzend Bildschirmen auf und vergrub sich immer tiefer in die Datenfülle des Informationsstroms, der den Planeten umspülte.

Der Internetverkehr begann, im Fernen Osten erste Spitzen zu erreichen. Das bedeutete, chinesische User entdeckten allmählich, dass sie auf einmal Zugang zu einer ganz neuen Welt von Web-Inhalten hatten. Diese Nachricht würde sich rasch verbreiten. Der Verkehr würde den ganzen Tag zunehmen und am Nachmittag einen Höhepunkt erreichen, wenn sich die Leute in den Bürohochhäusern in Shanghai und Tianjin einloggten.

Garretts Blick flog über die kleinen Fernsehbildschirme auf seiner linken Seite. Auf CNN und Fox berichteten Reporter, die vor dem Weißen Haus standen, über den Zwischenfall mit dem Flugzeug, das in Nordkorea gelandet war. Es war später Abend. Der Hintergrund des Fernsehbildes war dunkel. Die BBC begann ebenfalls, atemlos das Thema aufzugreifen, wobei verschiedene Sprecher sich bereits mögliche Szenarien ausdachten, wie das Schicksal der amerikanischen Passagiere aussehen könnte: Gefängnis, eher angenehme Gefangenschaft, Druckmittel bei Verhandlungen? Würden die Chinesen hinzugezogen werden? Konnte irgendjemand Einfluss auf die nordkoreanische Regierung ausüben?

Er suchte die Nachrichtenagenturen nach Informationen aus

Peking ab. Bisher gab es nichts über den Hackerangriff auf den Goldenen Schild, aber damit hatte Garrett auch nicht gerechnet. Die Partei würde ihr Möglichstes tun, um die ganze Sache zu vertuschen. Das spielte keine Rolle, weil Garrett bereits Hinweise an die *New York Times* und die *Washington Post* hatte durchsickern lassen. Sie würden sich darauf stürzen. Diese Geschichte würde in wenigen Minuten anfangen, Staub aufzuwirbeln.

Garrett ließ sich von den Daten überfluten. Bildschirm nach Bildschirm, Fenster innerhalb eines anderen Fensters. Es gab Tabellen und Schaubilder und Zahlen; es gab Gesichter im Fernsehen und Stimmen aus diesen Gesichtern. Garrett ließ die Gedanken wandern, ließ seine Augen die statistischen Ausreißer von den Mittelwerten unterscheiden und seine Ohren sich auf die entscheidenden Worte einstellen: *Diplomatie, China, Druck*. Er ließ sich in die weichen Polster des Ledersitzes zurücksinken, wobei er weiterhin energisch auf die Tastatur eintippte und die Blicke nach rechts und links, nach oben und unten schießen ließ.

Die Muster würden kommen. Ihre Richtung würde klar werden. Und Garrett würde sie ein bisschen anstupsen. Hier. Dort. Nach oben. Nach unten. Er hob die Hand über die Vorderkante eines Computermonitors und zeigte auf Bingo in der Ecke des Raums.

Bingo nickte, weil er genau wusste, was Garrett meinte – es war Zeit, die nächste Hundemeute von der Leine zu lassen.

80

FOURTH STREET NE, WASHINGTON, D. C.,
19. APRIL, 23:54 UHR

Mitty Rodriguez wusste, dass sie nicht die schärfste Bikinibraut der Welt war: Ja, sie hatte ein paar Pfund Übergewicht, und nein, sie war seit einem Jahr nicht mehr beim Friseur gewesen, aber wenigstens duschte sie regelmäßig. Diese Jungs, die das Video bearbeiteten, die rochen wie Obdachlose. Alle drei. Das Zimmer im Motel 6, wo sie sich mit ihnen traf? Der Manager würde nach ihrem Besuch einen Teppichreinigungsservice mieten müssen, wenn sie hier raus waren.

Garrett hatte ihr gesagt, sie solle die drei von New York nach D. C. fliegen lassen, mit dem letzten Shuttle des Tages vom LaGuardia-Flughafen. Er nannte sie Moe, Curly und Larry und sagte, er hätte einmal mit ihnen gearbeitet, damals, als er Internetspiele in L. A. gemacht habe. Sie ließ sie mit dem Flug um 22:30 Uhr herunterkommen und sagte ihnen, sie sollten ein Taxi zu dem Motel im Nordosten des Districts nehmen. Sie waren alle Mitte zwanzig, einer hatte eine Glatze, einer einen jüdischen Afro, und der dritte sah einfach unterbelichtet aus. Aber Mitty musste zugeben, sosehr sie auch stanken, die drei Jungs, ein Video schneiden konnten sie. Und es zusammenstellen. Und photoshoppen.

Mitty nahm einen Schluck von ihrem Mountain Dew, während derjenige, den sie Moe nannte – der mit der Glatze –, weiter über den Videoclip plapperte. Er hatte einen Brooklyn-Akzent und trug seine Yankeemütze mit dem Schirm nach hinten, als wäre er eine Art harter Typ der OG Brotherhood, was er eindeutig nicht war.

»Hier, schau dir mal diese Gruppe von Typen in der oberen

rechten Ecke von dem Einzelbild an«, sagte Moe und zeigte auf den Siebzehn-Zoll-Laptop, den er auf das Motelbett gestellt hatte. Das Videostandbild zeigte eine Straße in einer Stadt, von oben aufgenommen, von einem Balkon im ersten oder zweiten Stock aus. Es war schwierig, das genau zu sagen; die Kamera war wackelig gewesen, und es hatte sich um ein Weitwinkelobjektiv gehandelt. In der oberen rechten Ecke des Bildes standen eine Menge Leute – vielleicht zwei Dutzend oder so –, alle mit erhobenen Armen, als wollten sie irgendwas werfen. Ein paar schrien Parolen. Viele hatten sich Halstücher ums Gesicht gewickelt. Diejenigen, deren Gesichter man sehen konnte, waren eindeutig Asiaten. Das konnte Mitty erkennen.

»Ich sehe sie«, sagte Mitty.

»Diese Ärsche sind Koreaner«, sagte Moe stolz. »Ich hab sie von diesem Nachrichten-Bildmaterial, das ich von der Arbeit bei Channel Five News habe mitgehen lassen. Aus dem Archiv. Irgendein koreanischer Protest gegen irgendwelchen Scheiß. Ich hab keine Ahnung. Die protestieren immer gegen irgendwas da drüben. Weißt du, was ich meine?«

»Mehr oder weniger.«

»Und diese Scherzkekse hier.« Diesmal übernahm Curly die Erklärung. Sein Akzent war nur ein bisschen weniger stark. »Diese Jungs stammen aus diesem verrückten Scheiß, der letztes Jahr in Ägypten abging. Weißt du noch, der arabische Frühling? Diese Typen sind Muslime, was abgefahren ist, stimmt's?«

»Ich schätze, ja«, sagte Mitty, die ihre Augen zusammenkniff, um festzustellen, ob sie sehen konnte, dass es sich bei der hinteren Gruppe der Demonstranten in dem Video – ganz hinten in dem Standbild, kaum erkennbar als Menschen, geschweige denn als Araber – nicht um Chinesen handelte. Nein, unmöglich. Sie sahen einfach wie zornige Demonstranten aus. »Und die Straße? Ist das eine Straße in China?«

»Garantiert, eine hundertprozentige chinesische Straße, oder du kriegst dein Geld zurück«, sagte Moe vergnügt lächelnd. »Die hab ich von YouTube. Ein Video über verrückte chinesische Autofahrer.«

»Spielt es mir vor. Von Anfang an.«

»Klar doch, Boss«, sagte Moe und startete das kurze digitale Video in seinem Computer-Bearbeitungsprogramm noch einmal. Auf dem Bildschirm stürmte eine Phalanx schwarz uniformierter Bereitschaftspolizei durch eine Straße. Sie trugen schwarze Metallhelme mit Hartplastik-Visieren und hatten Schlagstöcke in der Hand, die so groß wie Baseballschläger waren und die sie drohend durch die Luft schwenkten.

»Das sind chinesische Polizisten?«

»Von einem Aufstand in Tibet. Einer von diesen coolen Mönchen hat sie gefilmt. Ich hab nur die Anzahl verdoppelt und ihre Bewegungen etwas verändert, sodass sie wie andere Menschen aussehen.«

Die Polizisten sahen sich plötzlich mit einem Hagel von Steinen und Flaschen konfrontiert. Sie hoben Schilde und Arme über die Köpfe. Ein paar Polizisten fielen auf die Knie. Aber bevor man sehen konnte, was mit den verletzten Polizisten geschah, schwenkte die wackelige Kamera die Straße hinunter auf die Demonstranten. Jetzt, nicht im Standbild, sondern live und in Bewegung, schien die Armee der Demonstranten riesig und aufgebracht zu sein. Sie riefen im Chor und brüllten und warfen mit Ziegel- und Pflastersteinen auf die Polizei.

»Und das ist von einem Haufen anderer Proteste?«, fragte Mitty.

»Topgeschwindigkeit, hochaufgelöste Wiedergabe, Baby. Ich kann den Normalistenscheiß wirklich verrückt aussehen lassen. Weißt du, wie lange ich dafür gebraucht habe, nachdem du angerufen hast? Vier Stunden. *Vier Stunden, Schlampe.*«

Mitty starrte den Typen an, den sie als Moe ausgemacht hatte. »Wenn du mich noch einmal Schlampe nennst«, sagte sie mit einer Stimme, die eine Oktave tiefer lag, »reiße ich dir eigenhändig das Arschloch raus.«

Moe machte ein langes Gesicht. »Tut mir leid«, sagte er leise. »Nur so ein Ausdruck.«

Auf dem Bildschirm brandeten die Demonstranten vorwärts und durchbrachen die Reihen der Polizei. Ein paar Bereitschaftspolizisten wurden niedergetrampelt, sodass sie auf dem Bildschirm nicht mehr zu sehen waren, andere flohen vor der Übermacht. Und plötzlich brach der Film ab. Mitty schaute hinüber zu Moe. »Was ist passiert?«

Er zuckte mit den Schultern. »Ich hab mir gedacht, kurz ist besser als lang. Sorgt dafür, dass sie mehr haben wollen.«

»Okay«, sagte Mitty, »habt ihr noch mehr?«

Moe warf Curly einen verschwörerischen Blick zu, woraufhin der auf die Tastatur seines eigenen Laptops eintippte. Auf seinem Bildschirm erschienen ein Dutzend kleiner Fenster, alle in einem Bündel. Jedes Einzelne schien eine unterschiedliche Standkopierung von einer anderen Straße mit anderen Polizisten und anderen Demonstranten zu zeigen. Jede Menge Demonstranten.

»Ich hab eine Million wütender Chinesen«, sagte Curly glücklich. »Alle sitzen einfach auf meinem Laptop rum. Warten darauf, dass sie irgendein Arschloch hochlädt. Stimmt's?«

Moe und Curly brachen in gackerndes Gelächter aus, während der, den Mitty Larry getauft hatte, einfach dasaß und ins Leere starrte.

Moe grinste Mitty erwartungsvoll an. »Stimmt's? Oder hab ich recht?«

Mitty verzog das Gesicht. Sie hasste diese Trottel. Aber sie hatten die Arbeit erledigt.

»Du hast so was von recht«, sagte sie. »Auf geht's. Weil ich zurück im Hauptquartier sein muss, bevor der Spaß losgeht.«

81

NEW YORK CITY, 20. APRIL, 3:26 UHR

Cherise Ochs Verlander legte den Telefonhörer genau in dem Moment auf, als drei ihrer anderen Leitungen aufleuchteten. So war es schon seit vier Stunden. Cherise, die mitten in der Auslandsredaktion der *New York Times* saß, kam es so vor, als hätte sie im Moment vier verschiedene Titelgeschichten, die alle genau zur gleichen Zeit bekannt wurden. Es war der helle Wahnsinn. Und es passierte alles um halb vier Uhr morgens.

So etwas hatte sie noch nie erlebt: Ein amerikanisches Passagierflugzeug war in Nordkorea notgelandet; eine halbe Stunde später war die Nachricht durchgesickert, dass die chinesische Internetmauer unter einem massiven Hacker-Angriff zusammengebrochen war; zehn Minuten danach hatte es Hinweise von einem ihrer militärischen Gewährsleute gegeben, es käme zu einer Konfrontation zwischen der amerikanischen und der chinesischen Kriegsmarine im Südchinesischen Meer. Offensichtlich befanden sich beide Flotten in voller Kampfbereitschaft. Zwischen all diesen Meldungen kam ein Bericht – von einer Quelle im FBI –, dass sich eine Art nicht-autorisierter Operation in D. C. entwickele und dass die Homeland Security alles daransetze, deren Basis aufzuspüren und sie zu zerstören. Um was für eine Art nicht-autorisierter Operation es sich handelte, wusste niemand zu sagen.

An einem normalen Tag wären all diese Geschichten auf die erste Seite über der Faltung platziert worden. Heute, dachte Cherise, müssten sie vielleicht ein halbes Dutzend verschiedene Titelseiten bringen.

Sie ging an die erste Leitung. »Cherise Verlander.«

»Cherise, hey, Art Saunders, Außenministerium.«

»Mr Saunders«, sagte sie, und ihre Augen weiteten sich. Saunders war der stellvertretende Außenminister, eine Stufe unterhalb der Ministerin selbst. »Sie sind früh auf den Beinen.«

»Ist 'ne Menge los. Haben Sie auf YouTube nachgesehen?«

»Nicht, seit ich diese Katze gestern die Nationalhymne habe singen sehen.«

»Ich schicke Ihnen einen Link. Erstaunliches Material. Alles live. Aus zehn verschiedenen Städten in ganz China.«

»Okay«, sagte sie leicht verblüfft, »können Sie mir sagen, worum es geht?«

»Da ist der Teufel los«, sagte Saunders. »Sehen Sie es sich an. Ich muss los.«

»Warten Sie, ich brauche einen Kommentar zu der United-Maschine, die in Nordkorea notgelandet …«, aber Saunders hatte aufgelegt. Cherise seufzte. *Was, zur Hölle …?*

Sie schaute in ihrem Postfach nach. Da warteten schon zehn E-Mails des stellvertretenden Ministers in ihrem Eingangsordner. Das musste im Voraus geplant worden sein. Sie klickte auf den Link in der ersten E-Mail. Ein neues Browser-Fenster erschien, in dem sich ein YouTube-Video hochlud. Die Tags auf der Seite bestanden aus chinesischen Schriftzeichen. Sie starrte fassungslos darauf.

Cherise konnte nicht Chinesisch lesen, aber sie erkannte einen Aufstand, wenn sie einen zu Gesicht bekam. Und sie schaute im Moment auf zehn verschiedene.

82

DAS WEISSE HAUS, 20. APRIL, 4:10 UHR

Als der Präsident um 4:10 Uhr morgens das Kontrollzentrum im Weißen Haus betrat, war er seit exakt neun Minuten wach. Er war unrasiert, hatte die Haare nicht gewaschen, trug ein Sweatshirt, eine lange Hose und Turnschuhe ohne Socken. Er hasste es, ungepflegt auszusehen, aber manchmal machte sein Job es erforderlich.

Das gesamte Nationale Sicherheitsteam, einschließlich seiner Nationalen Sicherheitsberaterin Jane Rhys, hatte sich bereits im Kontrollzentrum eingefunden. Cross bemerkte sofort, dass Verteidigungsminister Frye ebenfalls anwesend war und dass er keinen glücklichen Eindruck machte. Alle standen auf, als der Präsident hereinkam. Er winkte fahrig. »Bitte, nehmen Sie Platz. Es ist zu früh. Bringen Sie mich nur auf den neuesten Stand.«

Ein Referent brachte ihm einen Becher Kaffee, schwarz, ohne Zucker. Präsident Cross sah, wie Jane Rhys Minister Frye einen schnellen Blick zuwarf – der nicht erwidert wurde –, bevor sie sich vorbeugte. »Mister President, wie Sie von der Besprechung gestern Abend wissen, ist um ungefähr zweiundzwanzig Uhr Ortszeit eine Triple Seven der United Airlines auf dem Internationalen Flughafen von Pjöngjang notgelandet. Der Pilot hat einen Notruf abgesetzt. Er sagte, er hätte einen Triebwerksbrand, und bat um Landeerlaubnis. Seine Bitte wurde abgeschlagen – der nordkoreanische Fluglotse wies ihn an, weiter nach Seoul zu fliegen –, aber der Pilot landete trotzdem in Pjöngjang. Sicher. Das Flugzeug wurde geräumt. Von diesem Zeitpunkt an sind unsere Informationen lückenhaft. Wir glauben, die Besatzung und die

Passagiere sind in Gewahrsam genommen worden und werden derzeit verhört.«

»Dürfen die Nordkoreaner das? Unsere Flugpassagiere verhören?«, fragte Cross.

»Leider dürfen sie auf ihrem eigenen Boden alles tun, was sie wollen. Und es scheint so, als hätten sie allen Grund dafür. Der Notruf und die Notlandung waren verdächtig. Warum der Pilot sich für Pjöngjang entschieden hat, ist ein Rätsel. Außerdem enthält die Passagierliste eine gewisse Anzahl von Regierungs- und Militärangestellten. Mit Decknamen.«

Präsident Cross nahm noch einen Schluck Kaffee und rieb sich müde die Augen. Bevor er eine weitere Frage stellen konnte, fuhr seine Sicherheitsberaterin fort: »Ungefähr zwanzig Minuten später verzeichneten wir eine massive Abschaltung von chinesischen Servern, die um den Internetzugang dieses Landes herum eine Mauer der Zensur unterhalten. Sie nennen sie den Goldenen Schild. Wir vermuten, es handelt sich um einen starken Virus, aber wir sind uns nicht sicher. Die Abschaltung war an Umfang und Geschwindigkeit beispiellos.«

»Gibt es zwischen diesen beiden Dingen einen Zusammenhang?«, fragte Cross.

Ms Rhys verzog das Gesicht und neigte den Kopf leicht zur Seite. »Da ist noch mehr«, sagte sie. »Ungefähr zur gleichen Zeit begannen Videos auf YouTube aufzutauchen, die angeblich aus verschiedenen chinesischen Städten gepostet wurden und massive Straßenproteste zeigten. Junge Leute, die gegen Polizisten kämpfen. Polizei, die Tränengas einsetzt. Steine, die geworfen, Autos, die in Brand gesteckt werden.«

»Herr im Himmel«, sagte Cross. »Sind sie echt?«

»Wir haben eine Reihe von Kontaktpersonen in diesen Städten angerufen, und obwohl keiner von ihnen irgendwelche Kämpfe gesehen hat, sagten sie, dass sich mittlerweile Menschen auf den Straßen versammeln. Sie sind vielleicht zunächst aus Neugier vor die Tür gegangen, aber jetzt haben sie angefangen zu demonstrieren. Es scheint so, als hätten die Videos der Proteste tatsächliche Proteste ausgelöst. Es scheint keine Rolle mehr zu spielen, ob die Videos echt waren oder nicht.«

»Stecken wir hinter alldem?«, fragte Cross.

Jane Rhys biss sich zögernd auf die Unterlippe und schaute hinüber zu dem Verteidigungsminister.

»Sir, Sie erinnern sich bestimmt an das Aszendent-Programm?«, sagte Frye.

»Mit dem jungen Mann? Ich dachte, er wäre verhaftet worden.«

»Garrett Reilly. Das war er auch, Sir. Aber er ist geflohen.«

»Geflohen? Warum hat man mir nichts davon gesagt?«

»Wir haben angenommen, er würde gefasst«, sagte Frye. »Und zwar schnell.«

»Aber das wurde er nicht.«

»Nein, Sir, wurde er nicht.«

Präsident Cross lehnte sich in seinem Sessel zurück. Er lächelte und rückte die Brille auf seiner Nase zurecht. »Und Sie glauben, das hier ist er? Der hinter alldem steckt? Es ist ein Gegenangriff, der auf China gerichtet ist? Er macht das, was wir ihm befohlen haben? Einen Schlag gegen sie zu führen, ohne eine Kugel abzufeuern.«

»Vielleicht tut er das, Sir«, sagte Frye. »Aber wir können uns nicht sicher sein. Und falls er es tut, handelt er ohne unsere Genehmigung. Tatsächlich besteht durchaus die Möglichkeit, dass Reilly unter vollkommen anderen Anweisungen operiert. Dass er ein Ziel hat, das nicht mit dem identisch ist, das Sie ihm vorgegeben haben. Dass er in Wirklichkeit etwas anderes zu erreichen versucht.«

»Und was würde dieses Andere sein, Duke?«

»Die Unterwanderung des Militärs der Vereinigten Staaten.«

Präsident Cross starrte seinen Verteidigungsminister an. »Wie sollte irgendetwas von dem, was passiert ist, dazu führen?«

»Indem wir in eine Position manövriert werden, wo wir auf eine Weise zu handeln gezwungen sind, die für die Chinesen äußerst vorteilhaft ist. Und nicht für uns. Indem den Nordkoreanern amerikanische Geiseln in die Hände gespielt werden. Indem das Zentralkomitee der Kommunistischen Partei Chinas auf unsere Schlachtpläne aufmerksam gemacht wird.«

Präsident Cross nahm einen weiteren Schluck Kaffee und musterte die Gesichter der Männer und Frauen im Kontrollzentrum. Er war gut darin, in Gesichtern zu lesen – das war es, was ihn all die Jahre über zu einem guten Verkäufer gemacht hatte. Und was er bei seinen Beratern sah, war Unsicherheit. Und Verwirrung.

»Aber Sie wissen es nicht?«, fragte der Präsident. »Sie sind sich in keinem dieser Punkte sicher?«

Minister Frye und Jane Rhys wechselten einen kurzen Blick.

»Reilly hatte Kontakt mit dem Agenten einer ausländischen Regierung. Das war der Grund, warum er überhaupt festgenommen wurde. Es ist derzeit nicht bekannt, wem er die Treue hält.«

Präsident Cross stand abrupt auf. »Okay«, sagte er. »Die Pazifikflotte bleibt in Alarmbereitschaft. Das Gleiche gilt für die achte Armee in Korea. Von jetzt an möchte ich alle zwanzig Minuten auf den allerneuesten Stand gebracht werden. Und findet den Jungen – um Himmels willen.«

83

SOUTHEAST WASHINGTON, D. C., 20. APRIL, 6:15 UHR

Garrett projizierte die gefälschten Videos auf eine weiße Wand in der Operationszentrale von Murray's Meats and Cuts. Er ließ sie fünfzehn Minuten in einer Endlosschleife laufen, und alle hatten großen Spaß an den Bildern. Sie kontrollierten auch die Seitenabrufe für jedes Video und beobachteten, wie sie in die Höhe schnellten. Mehr als eine halbe Million Abrufe in weniger als einer Stunde, und die Zahlen stiegen rasant, obwohl an der Ostküste gerade erst die Sonne aufging.

Unabhängig von der Effektivität der Videos war Mitty, alles andere als begeistert von den Videomachern, aus dem Motelzimmer zurückgekommen. »Komplette Idioten«, sagte sie.

»Aber sie haben gute Arbeit geleistet«, erwiderte Garrett.

»Sogar Idioten können mal Glück haben«, sagte sie.

Zehn Minuten später blaffte sie von ihrem Platz am Computer aus: Die Idioten hatten die nächste Ladung eingestellt. Garrett tippte die YouTube-URL ein. Das Video begann. Es war so körnig wie alle anderen. Eine riesige blaue Fläche erschien. Das Meer. Wellen mit Schaumkronen. Die Kamera wackelte, aber unter dem Wackeln war die langsame, methodische Auf-und-ab-Bewegung eines Boots auf einer wogenden See zu erkennen. Das Video wurde vom Deck eines Schiffs aus gemacht. Eines gewaltigen Schiffs – sein Deck erstreckte sich weit nach vorn, der Bug war ein Footballfeld entfernt. Rohre und Drehkräne befanden sich auf dem Deck. Es war ein Tanker. Ein hochseetüchtiger Tanker.

Stimmen riefen aus dem Off; nervöse Stimmen, fast in Panik, die Worte unverständlich. Dann sagte jemand: »Da drüben!«

Die Kamera schwenkte hart nach rechts, und plötzlich war ein mächtiges graues Kriegsschiff auf dem Kamm einer Welle zu sehen. Es war groß, aber eindeutig nicht annähernd so groß wie der Tanker selbst. Es kam direkt auf den Tanker zu, ungefähr eine halbe Seemeile entfernt, sein Buggeschütz deutlich sichtbar über den Wellen.

»Chinesisch?«, fragte Garrett.

Bingo trat näher an die Wand heran und wandte den Blick nicht von dem projizierten Video ab. »Typ 052, Zerstörer der Luhu-Klasse. Baujahr 2009, Jiangnan-Werft in Shanghai«, sagte er.

Garrett lächelte. »Wieso erinnerst du dich an diesen Scheiß? Für mich sieht das nur wie ein Schiff aus.«

Bingo senkte vorübergehend gekränkt den Blick. »Ich mache mich auch nicht über deine Muster lustig.«

Garrett hob die Hände in die Höhe, um eine Entschuldigung zu demonstrieren. »Es sieht wie ein sehr schönes Schiff aus, Bingo.«

Auf dem Video konnte man jemanden schreien hören: »Was für eine Flagge? Was für eine Flagge?« Die Kamera holte den Zerstörer näher heran, um den roten Stern der Volksrepublik China oberhalb des Vordecks zu zeigen.

Lefebvre lächelte. »Netter Zug«, sagte er. »Für alle, die nicht ganz so auf dem Laufenden sind wie Bingo.«

Und auf einmal eröffnete auf dem Bildschirm das große Geschütz vorn auf dem chinesischen Zerstörer das Feuer und spuckte rote Flammen aus. Ein, zwei, drei, vier Schuss wurden abgefeuert. Irgendjemand stieß im Off einen Schrei aus, und die Kamera fuhr zurück auf das Deck des Tankers. Es gab ein hohes pfeifendes Geräusch, und dann zerplatzte ein Feuerball auf dem Tanker, eine riesige Explosion von Rot und Orange. Das Video wurde unscharf, die Kamera drehte sich um sich selbst und landete auf dem Deck. Es waren Schreckensschreie zu hören. Rauch und Flammen füllten das Bild, und dann wurde alles schwarz.

Garrett schaute sich in dem Raum um: Alle nickten anerkennend.

»Okay, aber wie haben sie das Filmmaterial ins Netz gestellt?«, fragte Lefebvre.

»Durch ein Satellitentelefon hochgeladen«, erklärte Bingo.

Lefebvre schaute ihn zweifelnd an. »Anstatt sich in Sicherheit zu bringen?«

»Jeder möchte auf YouTube sein«, sagte Bingo.

»Bin mir nicht sicher, ob die Leute das akzeptieren«, sagte Lefebvre.

Garrett meldete sich zu Wort. »Spielt keine Rolle. Die kumulative Wirkung zählt. Blitzschläge aus heiterem Himmel. Das Chaos ist es, worauf wir es abgesehen haben.« Er wandte sich an seine kleine Cyberarmee. »Jeder twittert. Lasst es knacken.« Dann drehte er sich zu dem Marine-Lieutenant um. »Patmore.«

»Sir?«

»Machen Sie sich auf den Weg.«

84

NORTHWEST WASHINGTON, D. C., 20. APRIL, 9:07 UHR

Timmy Ellis war immer für einen anständigen Protest gut. Er hatte an Occupy Wall Street in New York, in Boston und in D. C. teilgenommen. Er hatte versucht, es zu der Demonstration im Hafen von Oakland zu schaffen, aber es gelang ihm nicht, das Geld für ein Flugticket zusammenzukratzen, was ihn total herunterzog. Davor hatte er für die Legalisierung von Marihuana für medizinische Zwecke in Miami im Freien übernachtet, war für die Schwulenrechte in New Hampshire marschiert und hatte sich in Tacoma, Washington, mit Handschellen an einen Maschendrahtzaun gefesselt, um den Krieg im Irak zu beenden.

Wenn man gesagt hätte, Timmy Ellis glaube daran, dass die Menge die Macht habe, den Kurs der Regierung zu ändern, wäre das eine Untertreibung gewesen – es war der Grund dafür, dass er noch am Leben war. Natürlich hatte er auch nichts gegen eine gute Party. Und jede einzelne dieser Demonstrationen – abgesehen von der in Tacoma, wo ein Polizist ihm den Unterarm mit seinem Schlagstock gebrochen hatte – war eine gute Party gewesen. Er würde sogar einige von ihnen als ausgezeichnete Partys einstufen. In dem OWS-Lager in Boston beispielsweise war er eine Woche lang high gewesen und zweimal zum Vögeln gekommen, was für ihn ein persönlicher Protestrekord gewesen war. Das waren wirklich gute sieben Tage gewesen.

Deshalb war Timmy Ellis, als er den Twitter-Feed über den Flashmob an der chinesischen Botschaft bekam – auf seinem Handy, wo all seine Protest-Aktualisierungen eintrafen, damit er sofort antworten konnte –, innerhalb weniger Minuten auf seinem Rad gesessen. Er wusste nicht, was die Chinesen für ein Problem hatten, aber es spielte auch wirklich keine Rolle – er hatte bis zu seinem Zahnarzttermin um zwölf Uhr nichts zu tun. Er packte einen kleinen Imbiss, eine Red-Bull-Dose und eine Packung Sudecon-Tücher ein. Sudecon-Dekontaminationstücher waren zu einem notwendigen Bestandteil der Ausrüstung eines jeden sachkundigen Demonstranten geworden – Pfefferspray war ein gemeines Zeug, und die Tücher schienen Haut und Gesicht sehr viel schneller zu entgiften als Wasser. Oder Bier.

Er brauchte zwanzig Minuten, um zu der Botschaft in Northwest, D. C. zu fahren, und als er ankam – um halb zehn am Vormittag –, waren mindestens tausend Menschen bereits dort, und es wurden von Minute zu Minute mehr. Sie skandierten irgendwas über Tibet und Menschenrechte und auch den alten Klassiker, wonach das Volk, vereint, sich nie teilen lassen wird. Also kettete Timmy sein Rad ein Stück von der Botschaft entfernt an ein Geländer und gesellte sich zu ihnen. Er entdeckte ein paar Freunde näher am Tor der Botschaft, die Regenbogenfahnen schwenkten und auf Trommeln einschlugen, weshalb er sich durch die Menge hindurch nach vorn schlängelte. Dort sah er die chinesischen Wachposten, die schwarze Anzüge trugen und mehr als nur ein bisschen unglücklich aussahen. Timmy Ellis schrie ihnen zu: »Frieden, Brüder«, aber sie reagierten nicht. Ein paar von ihnen rammten ihre Hände in ihre Jacketts, als wollten sie gleich ihre Waffen ziehen.

Timmy gefiel das nicht.

Das Botschaftsgebäude war groß, weiß und unauffällig, hatte wenige Fenster, die auf die Straße hinausgingen, und bestand aus einer Menge Stahlbeton, als hätten die Architekten vor allem an Sicherheit gedacht, als sie das Gebäude entwarfen. Überall hingen Kameras, aber das war Timmy egal. Er war bei so vielen Protesten gefilmt worden, dass er annahm, das FBI habe eine dicke Akte über ihn. Gut für sie, dachte er. Mit gefangen, mit gehangen.

Die Menge hinter Timmy begann, nach vorn zu drängen, und

schob ihn und die anderen Demonstranten in der ersten Reihe näher an den Zaun heran, was Timmy zu denken gab. Er kannte sich mit der Dynamik von Menschenmengen gut genug aus, um zu wissen, dass Demos schnell außer Kontrolle geraten konnten und dass man sich seinen Fluchtweg am besten vorher zurechtgelegt hatte. Das Problem war, dass er jetzt eingeklemmt und viele Leute hinter ihm waren und ein Zaun vor ihm. Außerdem tauchten hinter dem Zaun immer mehr missmutig dreinblickende, chinesische Wachen auf. Volle zwei Dutzend, soweit Timmy das abschätzen konnte. Sie riefen sich auf Chinesisch etwas zu, und einige von ihnen sahen eher nervös als wütend aus.

Das war auch keine gute Nachricht. Ein erfahrener Demonstrant wollte erfahrene Polizisten auf der anderen Seite haben. Das sorgte für friedlichere Begleitumstände.

Alles in allem, dachte Timmy, entwickelte sich das hier nicht zu der Party, mit der er gerechnet hatte. Es kam ihm allmählich ausgesprochen gefährlich vor. Er beschloss, sich umzudrehen und zurück zu seinem Fahrrad zu gehen und zum Zahnarzt zu fahren. Aber dann sah er einen Demonstranten, der nicht sehr nach einem Demonstranten aussah. Er hatte zwar das richtige Alter – Mitte zwanzig –, aber seine Haare waren extrem kurz wie die eines Soldaten, und er rief weder, noch tanzte er oder schlug auf eine Trommel. Er beobachtete die chinesischen Wachen und hielt etwas in der rechten Hand, die locker neben seiner Hüfte hing. Timmy dachte, es sei vielleicht ein Tourist, der von der Menge eingeschlossen worden war. Aber das schien auch nicht richtig zu sein, weil er sich langsam, aber sicher nach vorn auf das Eingangstor zubewegte.

Er hob das Ding, was er in der rechten Hand hielt, vor seine Brust und machte mit der linken Hand ein Feuerzeug an, und jetzt wusste Timmy genau, was der ernst aussehende Typ in der Hand hatte. Eine M-80. Timmy hatte eine Menge von ihnen benutzt, als er jünger war. Laute Knallkörper, richtig laute.

Ach, du Scheiße, dachte Timmy. Wenn das Ding losgeht, flippen die chinesischen Wachposten aus. Timmy drehte sich um, zog den Kopf ein und fing an, sich aus der ersten Reihe der Demonstranten wegzuschieben. Er hörte jemanden schreien – und es war kein Protestschrei, es war ein erschrockener Schrei –, dann ertönten weitere Schreie, panikartige Schreie, und Timmy versuchte, sich mit Gewalt in den hinteren Teil der Menge zu verdrücken, aber es hatte keinen Sinn. Die Menschen standen zu dicht.

Dann erfolgte die Explosion. Ein lauter, scharfer, einzelner Knall, der in seinen Ohren widerhallte. Dann Schreie. *Und Schüsse.*

Die Menge flutete von der Botschaft weg wie ein einziger lebender Organismus, und sie schwemmte Timmy mit sich. Er wusste, dass es keinen Sinn hatte, dagegen anzukämpfen, und ließ sich deshalb von der Botschaft wegbefördern. Innerhalb weniger Sekunden war er frei, die Demonstranten liefen in verschiedene Richtungen, während die meisten von ihnen im wilden Durcheinander über den International Place davonstürmten.

Timmy schwankte und versuchte, das Gleichgewicht zu bewahren, als ein weiterer Schuss ertönte und jemand ihn hart gegen die Schulter stieß. Timmy fiel. Ein Demonstrant trat auf seine Hand und ein anderer auf seinen Knöchel, aber das tat ihm nicht richtig weh; seine Schulter pochte auf einmal an der Stelle, wo er gestoßen worden war. Er griff nach oben, um die schmerzende Stelle anzufassen, und sah, dass seine Hand mit Blut bedeckt war.

Verdammte Axt, dachte Timmy, als sich der Platz vor der Botschaft mit Lichtgeschwindigkeit leerte, ich bin von den Armleuchtern angeschossen worden.

85

SOUTHEAST WASHINGTON, D. C., 20. APRIL, 10:15 UHR

Der Datenstrom riss nicht ab: Die Internetbenutzung in Asien brach all Rekorde; in den letzten beiden Stunden hatte sich der Telefonverkehr auf transpazifischen Kabeln verdoppelt; die amerikanischen Aktienindizes, jetzt in den Vormittagsstunden, wurden schwankungsanfällig, schossen nach oben und nahmen dann die entgegengesetzte Richtung; Rohstoffpreise, die immer Vorboten von Schwierigkeiten waren, zogen langsam an; die häufigsten Suchbegriffe bei Google in der letzten halben Stunde waren »Passagierflugzeug«, »Geiseln«, »Straßenproteste«, »Internetzensur« und »China«.

»Schießerei vor Botschaft« begann auch an Häufigkeit zuzunehmen.

Garrett wandte den Blick nicht von seinen Bildschirmen ab. Zahlen und Wörter rollten in einer ununterbrochenen Symphonie von Informationen darüber hinweg: der Volatilitätsindex stieg; der Dow Jones fiel; Verizon-Knotenpunkte waren überlastet; Google-Suchanfragen nahmen zu; Brent-Rohölpreise schrieben Zickzackkurse; das Sprint-Backbone-Netz war zusammengebrochen; der Dollar war im Späthandel gesunken, koppelte sich vom Yuan ab, und der Euro begann, dem Dollar zu folgen.

Garretts Ansicht nach war das alles gut. Es spielte im Grunde keine Rolle für ihn, welche Richtung die Datenströme nahmen, das war ihm gleichgültig. Was er wollte, war Bewegung. Was er wollte, war Chaos.

Das bekam er.

86

QINGPU, SHANGHAI, 20. APRIL, 23:57 UHR

Celeste Chen konnte nicht schlafen. Sie hatte es stundenlang versucht, aber ihr brummte der Schädel. Die gleichen Gedanken gingen ihr immer und immer wieder durch den Kopf: Sie konnte jederzeit weggehen. Aber sollte sie das tun? Wollte sie es? Sie war sich nicht sicher. Alles war durcheinander.

Sie durchquerte das kleine verdunkelte Schlafzimmer und zog den gelben Vorhang aus Stoff am Fenster zurück. Aus ihrem sicheren Unterschlupf im zwölften Stock eines Mietshauses schaute sie hinaus in die Nacht auf die Vorstädte Shanghais unter ihr. Reihe um Reihe hoch aufragender Gebäude verloren sich in der Dunkelheit. Ein paar Wagen brausten durch die weitgehend leeren Straßen. Es war drei Minuten vor Mitternacht.

Celeste vermutete, dass sie sich im Westen von Shanghais Innenstadt befand. Mehr wusste sie nicht über ihren Standort. Hu Meis Gefolgsleute hatten sie von Baoding im Laderaum eines fensterlosen Lieferwagens hierhergefahren und fast kein Wort mit ihr gewechselt. Die Fahrt war lang und langweilig gewesen, und jetzt wünschte sie, sie hätte geschlafen.

Es war so viel passiert, seitdem sie Hu Mei vor vierundzwanzig Stunden kennengelernt hatte. Die beiden hatten sich auf Anhieb gut verstanden, wie zwei Schwestern, die sich lange nicht gesehen hatten. Das überraschte Celeste. Sie hatten so wenig gemeinsam, eine Bäuerin aus dem Norden Chinas und ein Vorstadt-Mädchen aus Palo Alto, aber sie passten gut zusammen. Sie hatten sich in dem kleinen Restaurant in Baoding hingesetzt und zwei Stunden miteinander gesprochen, sich Fragen über ihre jeweilige Biografie gestellt – wie es war, in China aufzuwachsen und in Amerika zur Schule zu gehen. Was sie zum Frühstück aß, was sie sich im Fernseher anschauten, was mit Hu Meis Mann passiert war, warum Celeste nicht geheiratet hatte.

Celeste hatte ihr von Garretts Wunsch erzählt, ihrer Sache zu helfen, und Hu Mei hatte gesagt, sie würde das in Betracht ziehen. Bevor sie sich einverstanden erklären könne, müsse Celeste beweisen, dass es die Amerikaner wirklich gab und dass man ihr, Celeste, vertrauen könne. Hu Mei musste wissen, dass sie kein Agent der Partei und darauf aus war, sie zu verraten. Celeste verstand sie völlig. Es würde einen Test geben, und dazu würde es bald kommen. Wahrscheinlich innerhalb der nächsten paar Stunden. Es war vollkommen verständlich, aber es jagte ihr trotzdem eine Heidenangst ein.

Celeste hatte das Gefühl, dass sie von den Ereignissen überrollt wurde. Sie marschierte unaufhaltsam auf ein Ziel zu, das sie sich nicht ausgesucht, ja, das sie sich nicht einmal vorgestellt hatte. Jede Minute trieb sie weiter die Straße hinunter, stürzte in ein potenzielles Chaos und wahre, lebensbedrohende Gefahr. Und dennoch …

Und dennoch setzte sie ihren Marsch fort. Irgendetwas an Hu Mei, an der Rebellion – oder vielleicht war es China selbst, die Energie und die ungeheure Weite des Landes – zog sie immer tiefer in das Spiel hinein.

Sie ließ den Vorhang fallen, sodass der Raum wieder in Dunkelheit gehüllt war, und dachte an ihr Leben in den Staaten zurück. Es war ein gutes Leben gewesen, beständig, bürgerlich und friedlich, aber es hatte auch etwas gefehlt. Was gefehlt hatte, war ein Grund gewesen, *ein Anliegen*. In den letzten paar Tagen war es Celeste klar geworden, dass sie ihr ganzes Leben lang nach einem Anliegen gesucht hatte – sein Fehlen war die Erklärung für ihren Zynismus und ihre vorgetäuschte Distanziertheit –, und vielleicht hatte sie es jetzt gefunden. Reform. China. Hu Mei. Der Aufstand. Konnte dies alles Celestes Leben einen Sinn verleihen?

Sie war sich wieder einmal nicht sicher, aber es schien ihr möglich zu sein. In ihrem Bewusstsein machte sich plötzlich der Gedanke breit, dass sie, falls sich das so verhielt – falls der Aufstand ein entscheidendes Prinzip ihres Lebens werden würde –, dass sie sich dann, na ja – glücklich schätzen könne.

Mit diesem letzten Gedanken legte sie sich wieder auf das Feldbett in der Ecke des Zimmers, zog sich die Decke bis zu den Schultern hoch und wartete auf den Sonnenaufgang – und auf den Test, der unvermeidlich folgen würde.

87

DAS WEISSE HAUS, 20. APRIL, 11:14 UHR

ASSOCIATED PRESS TRANSKRIPT EINER PRESSEKONFERENZ IM WEISSEN HAUS, ZUR ALLGEMEINEN VERÖFFENTLICHUNG FREIGEGEBEN.

LINDSAY TATE, PRESSESPRECHERIN DES WEISSEN HAUSES: Ich danke Ihnen allen für Ihr Kommen. Ich weiß, die Konferenz ist sehr kurzfristig einberufen worden, aber das Weiße Haus hat den zeitlichen Ablauf von Ereignissen nicht unter Kontrolle, und die Ereignisse haben sich rasch entwickelt, weshalb wir uns rechtzeitig zu Wort melden wollten. Lassen Sie mich zunächst darauf hinweisen, dass die Lage in Nordkorea noch weitgehend unklar ist. Wir wissen im Moment, dass die United Triple Seven sicher im Sunan International Airport gelandet ist, und die letzte Nachricht – und die stammt wohlgemerkt nicht von der nordkoreanischen Regierung, die hat noch nichts öffentlich verlauten lassen – lautet, dass die gesamte Mannschaft und alle Passagiere in Sicherheit sind und sich in einem Regierungsgebäude in der Innenstadt von Pjöngjang ausruhen. Diese Information haben wir von einem Mitarbeiter des Roten Kreuzes in der Hauptstadt erhalten. Wir glauben nicht, dass sie gefangen gehalten werden, aber wir wissen zu diesem Zeitpunkt auch nicht, ob sie das Gebäude verlassen dürfen. Das Weiße Haus und das Außenministerium haben wiederholt den Versuch unternommen, Kontakt mit der nordkoreanischen Regierung aufzunehmen, aber auf diese Versuche wurde bislang mit Schweigen reagiert.

Offensichtlich wissen Sie alle, dass die Vereinigten Staaten und Nordkorea keine formellen diplomatischen Beziehungen unterhalten, und deshalb haben wir uns an unsere Ansprechpartner in der chinesischen Regierung gewandt, um Gespräche zwischen uns und Pjöngjang zu ermöglichen. Das chinesische Außenministerium hat erklärt, dass sie daran arbeiten würden, aber dass es eine Reihe von Problemen gebe, die einen unmittelbaren Kontakt mit Nordkorea schwierig machten.

ALFRED BONNER, *NEW YORK TIMES*: Lindsay, hat das chinesische Außenministerium gesagt, was das für Probleme sind, die es erschweren, mit den Nordkoreanern Kontakt aufzunehmen?

LINDSAY TATE: Nein, Alfred, haben sie nicht.

BONNER: Haben Sie Informationen, die darüber Aufschluss geben könnten? Wir haben Berichte gehört, dass es in nordchinesischen Städten Unruhen gegeben habe. Aufstände und Proteste.

LINDSAY TATE: Ich habe die Videos auf YouTube gesehen, die Sie bestimmt auch gesehen haben. Wir können im Moment noch nicht bestätigen, dass diese Videos echt sind. Trotzdem nehmen wir diese Berichte ernst.

BONNER: Wenn sie echt sind, was besagt das über die Stabilität der derzeitigen chinesischen Regierung?

LINDSAY TATE: Das liegt außerhalb meines Fachgebiets, Alfred.

ANGELA HIRSHBAUM, *LOS ANGELES TIMES*: Haben Sie etwas über die chinesische Zensurmauer gehört? Den Goldenen Schild? Meine Quellen sagen, sie sei zusammengebrochen. Dass jeder in China sich diese Videos auf YouTube anschauen und auf alle anderen früher gesperrten Websites zugreifen kann.

LINDSAY TATE: Dazu habe ich keine besonderen Informationen, Angela. Das ist offenbar eine äußerst technische Frage. Sie müssen sich anderswo um einen Kommentar bemühen.

HIRSHBAUM: Was ist mit den (UNVERSTÄNDLICH) Protesten an der chinesischen Botschaft heute Morgen? Ein Flashmob, der außer Kontrolle geraten ist. Ersten Berichten zufolge wurden zwei Menschen verwundet. Von chinesischen Botschaftsangehörigen.

LINDSAY TATE: Was ich über das Thema weiß, wissen Sie auch. Die Washingtoner Polizei ist am Tatort und hat die Ermittlungen aufgenommen. Wir wissen nicht, wie schwer die Verletzungen sind, die jene Demonstranten erlitten haben, oder warum es zu diesen Protesten kam. Der Präsident kann über diesen Vorfall nur sagen, dass er für die Genesung dieser Verwundeten betet und dass er das Recht aller freien Menschen unterstützt, sich friedlich in der Öffentlichkeit zu versammeln, was diese Demonstranten unserer Ansicht nach taten. Falls jemand ernsthaft verletzt wurde, werden wir die chinesische Regierung zur Verantwortung ziehen.

HIRSHBAUM: Wir haben Berichte gehört, nach denen Krankenwagen zu der Botschaft gerufen wurden, bevor der erste Schuss gefallen war. Das ist ein bisschen merkwürdig, oder? Bringt einen auf den Gedanken, dass jemand die ganze Sache geplant hat. Als wollte derjenige nicht, dass irgendwer ernsthaft verletzt wird?

LINDSAY TATE: Sie müssen daraus Ihre eigenen Schlüsse ziehen, Angela. Das Weiße Haus wird keine Vermutungen anstellen.

MIKE HAN, *KOREA TIMES*: Lindsay! Lindsay! Meine Zeitung erhält Informationen, dass amerikanische Kriegsschiffe im Südchinesischen Meer in höchste Alarmbereitschaft versetzt wurden. Und dass sie von chinesischen Schiffen verfolgt werden. Befinden wir uns am Rand eines Kriegs mit China?

LINDSAY TATE: Es schwirren offenbar eine Menge Gerüchte herum. Lassen Sie mich zuallererst ohne Wenn und Aber sagen, dass der Präsident der Vereinigten Staaten nicht an einem feindseligen Verhältnis zu China interessiert ist. Die Chinesen sind unsere Verbündeten und unser wichtigster Handelspartner. Wir haben einen sehr offenen Informationsaustausch mit der chinesischen Führung. Außerdem glaubt der Präsident fest daran, dass die Macht der Diplomatie alle Probleme lösen kann, die zwischen Staaten entstehen.

HELEN JOHNSON, *FOX NEWS*: Aber Sie haben die Frage nicht beantwortet. Befinden wir uns im Krieg mit China?

LINDSAY TATE: Ich glaube, wir wüssten alle, wenn es einen Krieg zwischen zwei Staaten gäbe, meinen Sie nicht?

JOHNSON: Wir würden nicht fragen, wenn wir es wüssten, oder?

LINDSAY TATE: Es ist ein bisschen früh am Tag hierfür, oder, Helen?

BONNER: Lindsay! Wir hören gerüchteweise, dass ein gewisser Anteil dessen, was geschehen ist, auf eine Gruppe von Leuten zurückgeführt werden kann, die im Pentagon beschäftigt waren, aber dann in den Untergrund gegangen sind. Eine Menge von Anrufen bei den Medien stammt von anonymen Quellen im District. Man munkelt von Verbindungen zu Hacker-Gruppen. Etwas, das Projekt Aszension heißt?

LINDSAY TATE: Das ist lächerlich, Al. Warum sollte das Pentagon etwas mit Ereignissen zu tun haben, die nicht-militärischer Natur sind.

BONNER: Ein Cyberkrieg? Psychologischer Krieg? Wir haben sogar gehört, dass es eine einzige Quelle für all diese Dinge gebe. Eine Person im Mittelpunkt der Ereignisse.

LINDSAY TATE: Kennen Sie den Namen dieser Person?

BONNER: Nein.

LINDSAY TATE: Wenn Sie mit einem Namen zu mir kommen, sehe ich mir die Sache an. Andernfalls ist das alles spekulativer Unsinn, Al. Glauben Sie es nicht. Keine einzelne, namenlose Person hat die Macht, den Lauf von Weltbegebenheiten in dieser Weise zu verändern. Niemand. Das ist einfach nicht möglich.

BONNER: Lindsay …

LINDSAY TATE: Ich danke Ihnen allen dafür, dass Sie gekommen sind. Ich werde in ein paar Stunden wieder vor Ihnen stehen, falls ich Neuigkeiten habe. Vielen Dank.

ENDE DES TRANSKRIPTS DER PRESSEKONFERENZ.

88

SOUTHEAST WASHINGTON, D. C., 20. APRIL, 14:15 UHR

Agent Paul Stoddard starrte auf die oszillierenden konzentrischen lindgrünen Kreise des Peilprogramms auf seinem Laptop. Sie pulsierten und bewegten sich von Punkten auf einem Stadtplan von Southeast Washington, D. C., nach außen weg. Jeder Kreis – und es gab nahezu hundert von ihnen – war ein Knotenpunkt von Internetverkehr, IP-Adressen, die in der näheren Umgebung lagen. Jeder neue grüne Impuls war eine prozentuelle Zunahme des Datenstroms zu diesem Knotenpunkt. Nur die größten Informationsnutzer würden von dem Programm verzeichnet werden. Und einer dieser Knoten war Garrett Reilly, da war er ziemlich sicher.

Aber welcher?

Agent Stoddard tastete über die klaffende Wunde, die neben seinem linken Ohr genäht worden war. Der Schmerz war immer noch da und pochte im Takt mit den Kreisen in seinem Computerprogramm, genau wie das Klingeln in seinen Ohren. Seitdem Reilly ihn mit diesem Stuhl seitlich gegen den Kopf geschlagen hatte, hörte Stoddard ein schrilles, durchdringendes Kreischen in den Ohren. Der Notarzt sagte, es sei eine Art posttraumatischer Stress – eine Wunde, die genauso dem Gehirn zugefügt worden sei wie dem Körper. Egal, was es war, es ging Stoddard unglaublich auf die Nerven, und er hatte sich geschworen, Reilly dafür büßen zu lassen.

Der Dodge Econoline Van glitt langsam durch die Nebenstraßen von Southeast D. C. Agent Cannel saß am Steuer und fuhr alle dreißig Yards oder so an den Straßenrand, um eine neue Ablesung zur Internetnutzung vorzunehmen. Stoddard überprüfte den Laptop, ließ das Programm seine Wunder wirken und wartete, um zu sehen, ob sie einen erkennbaren Spitzenwert erhielten. Bislang war das Beste, was sie hingekriegt hatten, es auf einen Zwanzig-Block-Radius einzugrenzen. Aber auch das umschloss nahezu eintausend Häuser, viel zu viele, um sie alle innerhalb der nächsten paar Stunden zu durchsuchen, auch mit dem Dutzend anderer Teams von Agenten der Homeland Security, die den Bezirk zusammen mit Stoddard und Cannel durchkämmten.

Nein, sie würden einen großen Treffer landen müssen, einen Impuls, der es sonnenklar machte, dass dort Hacker am Werk waren. Dann würden sie Türen eintreten. Dann würden sie mit Reilly abrechnen – und Stoddard könnte seine ernsthaft gefährdete Karriere wieder auf die rechte Bahn bringen.

»Versuch's mit der Handyüberwachung«, rief Cannel vom Fahrersitz des Vans aus.

Stoddard fuhr einen zweiten Computer hoch – sie hatten fünf hinten im Van, zusammen mit Abhörgeräten, Mikrofonen, Teleskopen, Ferngläsern, ganz zu schweigen von einer Reihe von Schusswaffen, Rammböcken, Blendgranaten und einem Scharfschützengewehr – und startete das Handyortungsprogramm. Es war nicht annähernd so genau oder leistungsstark wie diejenigen, die sie im Hauptquartier der Homeland Security hatten, aber es würde ihnen verraten, wenn eine Menge drahtlose Kommunikation über einen bestimmten Mobilfunkmast liefe, und es benutzte einander überlappende Signale von benachbarten Masten, um die Suche einzuengen. Es hatte auch eine Einstellung, um Anrufe zu markieren, die aus dem Ausland kamen. Bisher hatte sich das nur als teilweise brauchbar erwiesen; es machte den Eindruck, als sprächen alle in Southeast D. C. mit jemandem in El Salvador, Mexiko oder Äthiopien. Stoddard war an einem ganz anderen Land interessiert.

Die NSA wusste, dass Reilly eine Analytikerin nach China geschickt hatte. Und sie hofften, die Analytikerin würde sich bei ihm melden. Bald. Wenn sie das tat, na ja, das wäre sehr hilfreich.

Tatsächlich könnte diese Kontaktaufnahme alles sein, was sie brauchten.

89

SOUTHEAST WASHINGTON, D. C., 20. APRIL, 16:56 UHR

Jemand klopfte an die Toilettentür.

»Ja?«, sagte Garrett und versuchte, nicht so schwach zu klingen, wie er sich fühlte.

»Hey, Garrett, ich bin's, Mitty. Alles klar mit dir da drin? Du bist nicht gerade dabei, 'ne Bowlingkugel auszuscheiden oder so?«

Garrett schob die Füße mehr oder weniger unter sich und richtete sich auf. In seinem Kopf drehte sich alles; er hatte fünfzehn Minuten hier gelegen. Er war hier hereingestolpert, als die schwarzen Amöben sein Gesichtsfeld völlig eingenommen hatten, wodurch er so gut wie blind wurde.

»Ja«, sagte er, während er die Kante des Waschbeckens packte und sich vom Boden hochzog. »Mir geht's prima.«

Er blinzelte in den Spiegel: Sein Sehvermögen hatte sich wieder teilweise eingestellt. So weit er sehen konnte, war er weiß wie die Wand, seine Wangen waren eingefallen, seine Haare klebten ihm an der Stirn, und um seine Lippen herum waren Spuren von Erbrochenem angetrocknet. Seine ganze Welt roch nach Kotze – seine Finger, sein Hemd, sein Kinn, seine Lippen. Der Geruch war beißend und schrecklich, er hing in der Luft, wenn er einatmete. Und es war nicht so, als röche das Klo in Murray's Meats and Cuts von vornherein so angenehm – keiner von seinem Team nahm in letzter Zeit übertriebene Rücksicht, was Hygiene anging. Garrett wünschte, sie hätten zumindest das Klo geputzt.

Die Schmerzen in seinem Kopf waren so heftig geworden, als

hätte jemand ihm einen Eispickel in den Schädel gerammt und wühlte nun damit in seinem Gehirn herum, sodass sein Körper ihn auszustoßen versuchte, indem er sich übergab. Aber das Erbrechen zeigte keine große Wirkung. Jetzt brannte ihm die Kehle, seine Nasenlöcher waren mit Gestank erfüllt, und sein Kopf fühlte sich immer noch so an, als würde er gleich explodieren. Er spritzte sich kaltes Wasser ins Gesicht und versuchte, sich mit einem alten Handtuch die Erschöpfung abzuwischen, aber das funktionierte nicht. Er sackte in sich zusammen. Er fiel auseinander.

Er machte die Tür auf, und Mitty schaute ihn überrascht an. Sie sog prüfend die Luft ein, die aus der Toilette wehte. »Verdammt. Hast du gekotzt?«

Garrett nickte. »Ich hab noch ein bisschen für dich aufgespart.«

»Du kannst immer noch Scheiße reden«, sagte sie. »Dann muss es dir ja ganz gut gehen.«

Garrett schleppte sich durch den Flur zu ihrer Operationszentrale. Er strich mit dem Finger über die Wand, als wollte er sie nur berühren, aber in Wirklichkeit hatte er Angst umzufallen.

Mitty legte ihm sanft die Hand auf die Schulter. »Ich hab dich, Boss«, sagte sie. Normalerweise hätte Garrett ihre Hand abgeschüttelt, aber jetzt ließ er sich von ihr helfen. Er war froh, dass sie bei ihm war. Mehr als froh – dankbar. Niemand schaute hoch, als er den Computerraum betrat, und Garrett nahm vor der großen Reihe von Monitoren Platz. Die Bildschirme, die ihn umgaben, leuchteten vor Aktivität. Garrett versuchte, die Informationen wie üblich diagonal zur Kenntnis zu nehmen, aber seine Augen taten ihm weh. Er konnte es nicht.

»Wovon handeln die Nachrichten?«, fragte er Mitty leise. »Meine Augen wollen nicht mehr.«

Es war Bingo, der ihm antwortete. »Genau das, was wir erwartet haben. Nordkorea liegt vorn, als Nächstes die chinesische Firewall, dann die Demonstration vor der Botschaft, dann die

Unruhen dort drüben. Aber sie haben alle Hände voll zu tun, können mit dem Zustrom nicht mithalten.«

»Gut«, sagte Garrett und öffnete sein Online-Verkaufskonto. »Dann geben wir ihnen noch etwas mehr zu tun.«

90

DATENZENTRUM HOCHFREQUENZHANDEL,
NEW YORK CITY, 20. APRIL, 18:01 UHR

Es war einmal – vor zweihundert, hundert, sogar vor fünfzig Jahren noch –, dass die Aktien eines Unternehmens an der lokalen Aktienbörse von Maklern, oft manuell, gehandelt wurden, die reguläre Arbeitszeiten hatten und einander Aktienpakete für Kunden verkauften, die sie beauftragt hatten, das persönlich oder in jüngerer Zeit telefonisch zu tun. Das Handelsvolumen war gleichmäßig und, verglichen mit heutigen Zahlen, winzig. Große Akteure konnten den Markt mit relativ wenig Kapitaleinsatz beeinflussen und ihn manchmal sogar beherrschen.

Panikattacken gab es immer noch an den Börsen – Runs und Aufblähungen und Pleiten waren Phänomene des Kapitalismus, seit Menschen damit anfingen, Waren gegen Geld zu tauschen –, aber sie brauchten länger, um sich zu bilden, um wieder abzuklingen, und oft dauerte es auch länger, bis man sich wieder von ihnen erholt hatte. Die berüchtigte Tulpenmanie aus den Dreißigerjahren des 17. Jahrhunderts, als der Preis für holländische Tulpenzwiebeln auf das Hundertfache ihres normalen Marktwertes stieg, führte zu einer umfassenden Deflation in Holland, die länger als ein Jahrzehnt dauerte. Die Spekulationsblase der Aktien der South Sea Company platzte in den Zwanzigerjahren des 18. Jahrhunderts und machte Tausenden von britischen Spekulanten den Garaus. Die Große Depression hielt die amerikanische Volkswirtschaft mehr als zehn Jahre in ihrem Klammergriff – sie dauerte im Grunde bis zum Beginn des zweiten Weltkriegs.

Heute, angesichts des Wachstums unmittelbarer weltweiter Kommunikation und des Auftretens enormer Tranchen frei fließenden Kapitals, ist der Aktienmarkt global und funktioniert unmittelbar. Außerdem ist er ein Angebot, das pro Tag vierundzwanzig Stunden gilt. Und »Aktienmarkt« ist keine hinreichende Bezeichnung; es gibt einen globalen Markt in Wertpapieren, aber auch in Obligationen, in Versicherungen, Schuldscheinen, Hypotheken, Währungen, Waren und fast allem möglichen anderen, dem irgendwo irgendjemand einen Preis anheften und dann jemand anderem verkaufen kann. Geld aller Art aus allen Ländern schwappt um den Globus herum und sucht dauernd nach höheren Renditen. Falls zwei Prozent auf US-Schatzbriefe nicht genug sind, rennt das Geld über das Meer, um deutsche Firmenschulden für drei Prozent zu kaufen; falls drei Prozent als anämisch gelten, rutscht das gleiche Geld aus Europa hinaus und platscht bei fünf Prozent in afrikanische Rohstoffe; falls Afrika von Korruption oder Revolutionen erschüttert wird, rennt es zurück in die relative Sicherheit von US-Bundesanleihen. All das von einem Augenblick zum nächsten.

Ein moderner Händler kann Tausende von Transaktionen in kürzerer Zeit abwickeln, als ein Börsenmakler an der New York Exchange 1929 brauchte, um »Kaufen!« oder »Verkaufen!« oder »Ich gehe in Flammen auf!« zu rufen.

Und nicht alle Transaktionen auf dem globalen Markt sind für alle Außenstehenden sichtbar. Breite Streifen der abgewickelten Geschäfte werden über sogenannte »Black Pools« gehandelt, durch nicht transparente, inoffizielle Verhandlungen und durch die von Dritten und anonymen Maklern vorgenommenen Verkäufe. Der Markt für Schuldtitel – Regierungs- oder Unternehmensanleihen – ist besonders undurchsichtig, ohne ein Leitungsorgan, das dafür sorgt, dass die Preise allen Teilnehmern bekannt sind. Es ist eine finstere Grube voller »Käufer, aufgepasst!«-Action, eine Augenblicks-Wirtschaft, bei der Vermögen im Nu gemacht und verloren werden können, ohne dass jemand etwas bemerkt hat. Zumindest nicht sofort.

Aber irgendwann wird die Sache ruchbar. Große Geldsummen werden nicht verdient oder verloren, ohne dass ein scharfäugiger Beobachter Notiz davon nimmt, entweder von Neid erfüllt oder voller Schadenfreude. Und darin liegt der andere Unterschied zwischen dem Markt von heute und dem von vor einem Jahrhundert. Informationen können fast genauso schnell Entfernungen überwinden wie das Geld selbst. Nachrichten von einer strauchelnden Aktie, einem fehlerhaften Produkt, einer Schuldenobergrenze oder einem bevorstehenden Bankrott rasen mit Lichtgeschwindigkeit um den Globus. Oft überqueren Gerüchte Grenzen schneller als wirkliche Daten: Eine Aktie kann steigen oder abstürzen auf Grund einer äußerst hastig gebildeten Meinung. Und diese Meinungen gründen sich nicht immer auf Tatsachen. Und die Wirkung kann verheerend sein.

Und das war es genau, worauf Garrett zählte.

Es waren die Gerüchte, die zunächst einen Tag früher um 23:00 Uhr Ostküstenzeit begannen. Es waren sehr real klingende Informationshäppchen, bei denen es um die Solvenz einer Handvoll chinesischer Unternehmen ging, die alle an amerikanischen Börsen gehandelt wurden. Sie kamen in Form von Beiträgen zu Finanzblogs und Informationstafeln im Aktienhandel; offiziell aussehende Berichte der Analysten von Moody's und Standard and Poor's flogen plötzlich im Netz hin und her. Aber da diese beiden Gesellschaften Feierabend gemacht hatten, gab es dort niemanden, der die Berichte authentifizieren konnte, und viele Investoren beschlossen, sie für bare Münze zu nehmen.

Dann verkaufte ein Handelshaus in Lower Manhattan – und manche Leute hatten den Verdacht, es handele sich um Jenkins & Altshuler – ein großes Paket chinesischer Aktien, und sie taten dies in alles andere als diskreten Partien: Star Hongkong Holdings im Wert von dreißig Millionen Dollar, Han Le Manufacturing im Wert von fünfundzwanzig Millionen und Ace Software im Wert von fünfzig Millionen. Das nahmen die Leute zur Kenntnis. Leute in allen Teilen der Welt.

Um 1:00 Uhr früh hallten die Gerüchte wider und wurden mit

jedem Weitererzählen extravaganter: Die chinesischen Unternehmen waren in Wahrheit Briefkastenfirmen ohne Fabriken oder ein tatsächliches Produkt. Die Geschichten wandelten sich: Die Firmen hatten Produkte, aber sie waren in gefährlicher Weise fehlerhaft und wurden von der amerikanischen Regierung überprüft. Ein neues PDF erschien um 2:00 Uhr morgens, und es trug das Siegel des Generalstaatsanwalts des Southern Districts von New York und bestätigte das Gerücht: Gegen diese chinesischen Unternehmen sollte tatsächlich ermittelt werden, und der Generalstaatsanwalt drängte sogar darauf, dass ihnen die Zulassung der New York Stock Exchange entzogen würde.

Der entscheidende Punkt wurde um 4:30 Uhr erreicht, als Alvin Montagues Newsletter *Value Trade* auf seinem ersten Twitter-Feed des Morgens »Verkauft alle China-Werte« in die Welt hinausschrie. *Value Trade* hatte mehr als zwei Millionen Abonnenten; wenn Alvin Montague sagte: Verkauft, dann verkauften die Leute. Und das taten sie auch. Sie verschleuderten chinesische Aktien, die an amerikanischen und europäischen Börsen geführt wurden.

Das Problem war, dass Alvin Montague diese Worte nicht getwittert hatte.

Sein Account war gehackt worden. Der Account des Generalstaatsanwalts von Lower Manhattan ebenfalls. Und der von Moody‘s auch. Von wem, das konnte niemand sagen. Und das spielte keine Rolle: Der Schaden war angerichtet; die Aktien der Unternehmen begannen, brutal abzustürzen. Zuerst im nachbörslichen Handel in den Vereinigten Staaten und Europa, dann im normalen Handel an den asiatischen Börsen. Diese Gerüchte lösten – zusammen mit der wachsenden internationalen Krise wegen eines in Nordkorea gelandeten, amerikanischen Verkehrsflugzeugs und der zunehmenden Spekulation, dass die chinesische Regierung ihr Land nicht mehr im Griff habe – einen Run auf die Börse in Shanghai aus. Um zehn Uhr Peking-Zeit hatten sich alle Reporter von CNBC in ihren Studios in New Jersey versammelt, um den Lauf dieser außerordentlichen Ereignisse zu kommentieren. Sie spielten die YouTube-Videos von chinesischen Aufrührern wieder ab, die in einem Dutzend verschiedener Städte mit Steinen auf Polizisten warfen. Für jeden, der zusah – oder mit Aktien handelte –, war es klar, dass der große globale Kapitalstrom sich zu einer Flutwelle verstärkt hatte, die von China abfloss und an einem anderen Ort nach Land suchte. An irgendeinem anderen Ort.

Als die Fernsehsprecher auf CNBC eine Pause machten, um mal tief durchzuatmen, war der Index der Shanghaier Börse um siebzehn Prozent gefallen. Um 12:00 Uhr mittags waren es siebenundzwanzig Prozent.

Um 15:00 Uhr drehte die chinesische Regierung den Hahn zu und schloss die Börse. Aber der globale Markt schläft nicht mehr und macht auch keine Pause. Als die Schlussglocke an der Wall Street läutete, hatte jede chinesische Aktie überall auf der Welt an einer Vielzahl von Börsen erhebliche Verluste erlitten. Der Handelstag war eine Katastrophe gewesen.

Und die war nur auf Lügen aufgebaut.

91

SOUTHEAST WASHINGTON, D. C., 20. APRIL, 20:02 UHR

Garrett beobachtete den Run auf die chinesischen Märkte mit unverhohlener Schadenfreude. Es ging nicht darum, dass er gerne andere Menschen leiden sah – obwohl er nicht wirklich etwas dagegen hatte –, sondern es war eher so, dass ihm die Vorstellung globalen Unheils gefiel, und es gefiel ihm überdies, dass es sein Unheil war. Den Machthabenden in allen Winkeln der Erde war ein großartiger Streich gespielt worden, und der war ganz allein auf seinem Mist gewachsen: seine Planung, seine Täuschungsmanöver, seine Irreführung, seine Lügen und Fälschungen. Wie Mitty Rodriguez es formulierte, als sie zusah, wie die Schutzschalter die Shanghaier Börse mit einem Tritt aus dem Verkehr zogen. »Garrett Reilly ist eine Scheißlegende.«

Da tat ihm der Kopf gleich ein bisschen weniger weh, aber nur ein bisschen.

Er bedauerte nicht mal, dass er Geld auf dem Tisch liegen ließ, was ihn normalerweise ohne Ende geärgert hätte. Er hätte jede dieser chinesischen Firmen, die abgestürzt waren, leer verkaufen können. Aber, rief er sich ins Gedächtnis, von einem Kursverfall zu profitieren, den er bewirkt hatte – mit Lügen und Fälschungen –, war unbestreitbar Aktienbetrug, und für diesen Scheiß konnte man lange ins Gefängnis gesteckt werden. Und dafür war er nicht gemacht.

Garrett ließ seinen Blick über die Kaskade fallender Zahlen auf dem französischen CAC 40 und dem deutschen DAX, dem Hang Seng in Hongkong und dem JSE in Johannesburg wandern. Panik lag in der Luft; Panik im Weltmaßstab. Panik wegen chinesischer

Unternehmen, Panik wegen eines Kriegs und Panik wegen China überhaupt. Manches davon war real, manches eingebildet; es spielte wirklich keine Rolle. Was eine Rolle spielte, war die Verwirrung. Die Blitze aus heiterem Himmel. Wenn man Leute aus dem Gleichgewicht brachte, wenn man sie im Ungewissen ließ, hatten sie keine große Chance anzugreifen. Früher oder später würden sie ihre Wagen zu einer Wagenburg formieren müssen.

Nachrichtenagenturen in der ganzen Welt befanden sich in einem Begeisterungstaumel; manche hatten immer noch das in Nordkorea gelandete Flugzeug als Spitzenmeldung, andere die Aufstände in China, ein paar den Zusammenbruch des Goldenen Schilds, aber in den letzten Stunden war der Ausverkauf der Aktien bei den meisten an den Anfang gerückt. Analysten wurden in die Studios gebeten, um ihre Meinung zum Besten zu geben, warum es dazu gekommen war und ob es eine grundsätzliche Talfahrt für China war oder eher ein vorübergehendes Phänomen.

Und wiederum war es Garrett egal, wie sie es drehten – solange der Job erledigt wurde.

92

NEW YORK CITY, 20. APRIL, 21:12 UHR

Avery Bernstein beobachtete den Ausverkauf der chinesischen Aktien mit einer Mischung aus Entsetzen und Bewunderung: Entsetzen darüber, dass das angeblich »kluge« Geld auf den Märkten so leicht in die falsche Richtung gelenkt werden konnte, und Bewunderung, weil er wusste, dass Garrett Reilly dies geplant und dann durchgezogen hatte. Vielleicht war Garretts Genie für eine gute Sache eingesetzt worden. Um was für eine Sache es sich handelte, da war sich Avery nicht ganz sicher.

Aber er wusste, dass Garrett es inszeniert hatte. Er war wie ein Dirigent, der ein Symphonieorchester leitete. Er bewegte Partien digitaler Informationen hierher und dorthin und verschmolz sie alle zu einem schrägen, fast magischen Stück Musik. Hacker-Musik. Diese Musik schien einen verheerenden Einfluss auf Menschen und Länder zu haben. Aber zu welchem Zweck?

Er rief sich das Gespräch, das er vor zwei Tagen mit Garrett am Telefon geführt hatte, noch einmal ins Gedächtnis. Garrett hatte ihm versprochen, falls er sich bereit erklärte mitzumachen, würden Jenkins & Altshuler alle Verluste vom US-Finanzministerium erstattet bekommen. Damit schien sich Garrett ein bisschen weit aus dem Fenster zu lehnen, aber Avery vermutete, dass Garrett mittlerweile in einer Liga spielte, von der er, Avery, nur wenig wusste. Was ihn auf einen anderen Gedanken brachte, einen, der nun schon seit ein paar Tagen in seinem Kopf herumspukte: Wie sicher war es für Avery, in dieser Liga mitzuspielen?

Garrett mochte ja der Bundesregierung die volle Unterstützung versprochen haben, aber konnte er dieses Versprechen auch einhalten? Und, eine noch wichtigere Frage, waren da noch andere Kräfte im Spiel, dieser Metternich, beispielsweise, der vielleicht mit Garretts Späßen nicht so glücklich war? Falls irgendwelche Leute herausfanden, dass Avery Garrett geholfen hatte, würden sie ihm dann die Hölle heißmachen?

Der Gedanke hatte ihn paranoid gemacht. So sehr, dass er vor drei Tagen sein Büro von einer elektronischen Sicherheitsfirma nach Abhörgeräten hatte durchsuchen lassen. Dann ersetzte er all die alten Server bei Jenkins & Altshuler durch brandneue – was ziemlich viel Geld kostete – und ließ diese neuen Server randvoll mit Sicherheitssoftware ausstatten. Er tauschte die Schlösser in seinem Stadthaus aus und spielte sogar mit dem Gedanken, sich einen Hund anzuschaffen, obwohl Avery Hunde eigentlich hasste.

Okay, der Hund war vielleicht ein bisschen übertrieben.

Avery fuhr seinen Computer herunter, schaltete den Büro-Fernseher aus, wünschte seiner Sekretärin Liz einen guten Abend und winkte einigen Angestellten zu, die noch herumlungerten. Es war schließlich doch noch ein profitabler Tag für Jenkins & Altshuler geworden: Durch den frühen Verkauf der chinesischen Aktien waren sie der Konkurrenz voraus gewesen und hatten Panikverluste vermieden. Aber die Börsenaufsichtsbehörde würde bei ihnen vorbeischauen, nachdem alles Geröll beiseitegeschafft war, und wissen wollen, was er wisse und zu welchem Zeitpunkt er es gewusst habe. Dann würden Rechtsanwälte hinzugezogen werden, und ein Sturm der Empörung würde über sie hinwegfegen. Er hoffte, Garrett würde dann zu seinem Wort stehen, weil mehr als nur Geld nötig sein würde, um ihn und sein Unternehmen zu entlasten.

Er fuhr mit dem Aufzug nach unten und verabschiedete sich von dem Portier des Hauses John Street 315, bevor er es durch die Eingangstür verließ und die Straße in beiden Richtungen überprüfte. Die Bürgersteige waren so gut wie leer, und eine dichte Dunkelheit senkte sich auf Lower Manhattan herab. Es war ein Heimweg von zwanzig Häuserblocks bis zu seinem Apartment im

West Village, und normalerweise legte Avery ihn jeden Morgen und jeden Abend zu Fuß zurück, weil er auf diese Weise etwas für seine Gesundheit tat, aber auch, weil das Schöne daran, in Manhattan zu wohnen, darin bestand, durch die Straßen zu spazieren. Aber seit dieser Geschichte mit Metternich und seinem Trip nach Washington kam es ihm weniger erbaulich vor, zu Fuß zu gehen. In Wirklichkeit machte es ihm Angst. Er hatte begonnen, Funkmietwagen in Anspruch zu nehmen, und war von seiner Haustür zum Wagen geeilt und dann von dem Wagen bis zum Foyer seines Bürogebäudes gesprintet.

Er bedauerte seine Kontaktaufnahme mit Hans Metternich. Avery hatte sogar am gleichen Tag, als er die Sicherheitsfirma mit der Durchsuchung seines Büros beauftragt hatte, einen Privatdetektiv engagiert, damit dieser den Aufenthaltsort des geheimnisvollen Metternich feststellte. Der Detektiv hatte einen Träger dieses Namens gefunden – er war achtundsiebzig Jahre alt und lebte außerhalb von München – und sonst nichts. Der Mann, der mit Avery an einer Straßenecke in Lower Manhattan gesprochen hatte, war ein Geist.

Avery klopfte ungeduldig mit dem Fuß auf den Boden, während er auf dem Bürgersteig stand. Er hatte den Mietwagen ein bisschen spät angerufen und würde wahrscheinlich noch warten müssen, bis er auftauchte. Es war ein warmer Abend, und die Straßen wirkten nicht so einschüchternd wie in den vergangenen Tagen. Avery wusste nicht recht, warum, aber seine Paranoia ließ einen Moment lang nach. Was Garrett auch tun mochte, es war seine eigene Sache. Avery war ein Nebendarsteller in diesem Drama – der ganze reizvolle Kram passierte weit oberhalb seiner Gehaltsklasse.

Der Gedanke verlieh ihm Zuversicht. Er beschloss, auf den Mietwagenservice zu verzichten. Er rief die Firma auf seinem Handy an, stornierte die Fahrt und lief auf der John Street nach Westen. Die Sonne war untergegangen, und Avery atmete in tiefen Zügen die Frühlingsluft ein. Es war gut, am Leben zu sein. Er wartete an der Ampel, wandte sich nach Norden und überquerte die Straße am Broadway.

Er hörte, wie ein Motor aufheulte, und dachte einen Augenblick lang, dass es ein Taxi war, dessen Fahrer sich beeilte, um einen Fahrgast zu erreichen, aber dann rief eine Frau hinter ihm. Avery dachte zunächst, sie habe »Arthur!« gerufen und vielleicht ihren Mann oder einen Freund gemeint, aber als er sich umdrehte und den Wagen durch die John Street auf sich zurasen sah, begriff er, dass er »Achtung!« gehört hatte und selbst gemeint war.

Der Wagen meinte nämlich auch ihn.

Der letzte Gedanke, den Avery hatte, als der Chrysler ihn frontal mit voller Geschwindigkeit traf, drehte sich um die Hoffnung, dass sie Garrett nicht auch erwischt hatten.

Er hoffte, dass es Garrett gut ging.

Dann wurde Avery Bernstein von Dunkelheit umhüllt.

93

SHANGHAI, 21. APRIL, 10:00 UHR

Celeste stand im hinteren Bereich des überfüllten Bahnhofs im Randbezirk Shanghais und konnte sehen, dass der Ingenieur dabei war, seine Meinung zu ändern. Er hieß Li Chan und war ein kleiner Mann, der allmählich eine Glatze bekam, traurige Augen hatte und die Hände nicht stillhalten konnte. Er war mit Hu Mei verwandt – sie schien Tausende von Verwandten zu haben, die über das ganze Land verteilt waren – und war zunächst durchaus bereit gewesen, Informationen preiszugeben. Aber jetzt nicht mehr.

»Woher soll ich wissen, dass du nicht zur Polizei gehörst?«, fragte Li Chan auf Hochchinesisch.

»Wenn ich zur Polizei gehören würde, hätte ich Sie schon verhaftet«, sagte Celeste.

Li Chan nickte. Das schien für ihn einen Sinn zu ergeben. Um sie herum eilten Reisende von einem Bahnsteig zum anderen oder nach draußen zu den wartenden Bussen, die sie im Handumdrehen in das Zentrum Shanghais entführten. Lärm herrschte überall; tausend Stimmen, Geplauder, offizielle Lautsprecherdurchsagen bezüglich ankommender und abfahrender Züge, das Zischen der Lokomotiven und das metallische Quietschen von Rädern auf Gleisen. Die beiden standen hinten in dem riesigen Bahnhof, von Fahrgästen und Arbeitern gleichermaßen unbemerkt, zwei Einheimische, die in eine intensive Diskussion vertieft waren.

»Sie werden mich umbringen, wenn sie es herausfinden«, sagte Li Chan und rieb sich die Hände. Celeste fand, dass es aussah, als wolle er mit den Fingern ein Feuer machen.

»Sie werden es nicht herausfinden«, erwiderte Celeste schnell und mit ruhiger Stimme. »Wir sind sehr vorsichtig.« Sie wusste, dass ihnen die Zeit davonlief. Sie hatte den ganzen Tag im Internet verbracht, zunächst verblüfft, dass sie unzensiert auf jede Website zugreifen konnte, und dann alarmiert angesichts der Berichte von chaotischen Zuständen und politischen Spannungen, die über Nachrichtenseiten und durch Blogs flogen. Garrett entfachte sein Tohuwabohu, aber sie brauchten Li Chan. Sie brauchten ihn auf der Stelle.

Das war der Test, von dem Celeste gewusst hatte, dass er kommen würde.

»Meister Li«, sagte Celeste, die versuchte, den älteren Mann dazu zu bringen, dass er sie ansah, »dies ist ein Augenblick von äußerster Wichtigkeit. Sie haben eine Rolle in der Geschichte zu spielen. Ist das nicht wichtig für Sie?«

»Was weißt du denn von der Geschichte?«, sagte Li Chan. »Du bist Amerikanerin. Amerikaner haben keine Geschichte. Hundert Jahre. Zweihundert Jahre. Das ist nichts.« Er machte eine weit ausholende Bewegung mit der Hand. »Chinesen wissen, was Geschichte ist. Tausende von Jahren. Was ihr Amerikaner auch planen mögt, es hat keine Bedeutung. Ich habe die Nase voll. Ich gehe.«

Li Chan wandte sich von Celeste ab, um sich, offensichtlich von seiner Furcht überwältigt, auf den Weg zu machen, aber sie sprang vor ihn und ließ ihn nicht vorbei. »Nein, Sie haben unrecht. Es bedeutet etwas sehr Wichtiges. Und nicht nur für Amerikaner. Für die Chinesen. Ist es nicht wichtig, was Hu Mei tut? Versteht sie nicht, was Geschichte ist?«

Celeste konnte hören, wie ihre Stimme höher wurde und die Anspannung ihre Stimmbänder beanspruchte. Sie wusste, sie musste ruhiger werden.

»Du kannst mich nicht zwingen!«, sagte Li Chan. »Ich kann dich sofort der Polizei ausliefern. Weißt du das? Du bist eine Mitverschwörerin. Eine Staatsfeindin. Sie werden dich ins Gefängnis stecken. Dich verhören. Dich schlagen. Dann stellen sie dich an die Wand und erschießen dich. Ich kann zu dem Soldaten dort gehen und dich anzeigen. Das kann ich!«

Li Chan zeigte auf einen jungen Soldaten in grüner Uniform, der sich eine Zigarette drehte und träge die Pendler musterte. Er machte auf Celeste keinen gefährlichen Eindruck, aber sie wusste, dass er innerhalb von Sekunden Verstärkung anfordern konnte und dass dann alles das hundertprozentig eintreten würde, was Li Chan ihr prophezeit hatte. Weil sie inzwischen keine amerikanische Studentin mehr war, die eine soziale Bewegung in Zentralchina erforschen wollte. Sie war Mitglied genau dieser Bewegung geworden. Sie war eine angehende Revolutionärin. Sie schloss die Augen und atmete tief durch. Wenn sie in der kurzen Zeit irgendetwas von Hu Mei gelernt hatte, dann war es die Macht der Demut. Das hier war ein Test, und sie musste ihn bestehen.

Celeste verbeugte sich, gab Li Chan den Weg zu dem Soldaten frei, der jetzt seine Zigarette rauchte. »Natürlich«, sagte sie, »Sie haben recht. Und Sie müssen tun, was Sie tun müssen. Ich hatte unrecht damit, Sie aufhalten zu wollen. Ich bin anmaßend und töricht gewesen. Das war sehr amerikanisch von mir. Bitte, verzeihen Sie mir.«

Sie verbeugte sich wieder und hielt die Augen auf den Boden gerichtet. Celeste konnte nicht sehen, ob der Ingenieur noch vor ihr stand oder ob er fortgegangen war, um den Soldaten zu informieren, aber das spielte keine Rolle für sie. Demut durfte man nicht vortäuschen, und wenn man sich mit seinem Schicksal abfand, musste man es ernst meinen und zu dieser Haltung stehen.

Und Celeste war froh darüber. Sie würde nehmen, was kam. Sie holte noch einmal tief Luft und schaute hoch. Zu ihrer Überraschung stand Li Chan immer noch da, nur hatte er jetzt ein Stück Papier in der Hand.

»Da«, sagte er und drückte ihr das Papier in die Hand, »hier hast du's.«

Er drehte sich um und verschwand rasch in der Menge. Celeste sah zu, wie er wegging, bevor sie auf das Papier schaute: Ein Benutzername und ein Passwort standen darauf.

Celeste lächelte, weder erleichtert noch triumphierend, sondern vor Freude.

94

SOUTHEAST WASHINGTON, D. C., 20. APRIL, 22:15 UHR

Garrett las die SMS im Display seines Handys drei Mal, bevor er die Pinyin-Buchstaben – die phonetische Umschrift des Hochchinesischen – auf einen Notizblock schrieb. Er schaltete das Handy aus und nahm die SIM-Karte heraus. Sein Team versammelte sich um ihn herum.

»Weißt du, was es bedeutet?«, fragte Lefebvre.

»Spielt keine Rolle«, sagte Garrett und drehte seinen Stuhl herum, bis er vor seinem Computermonitor saß. »Solange wir damit reinkommen.«

»Aber wird die Benutzerschnittstelle des Kontrollzentrums nicht chinesische Zeichen erwarten?«, fragte Bingo.

»Sie stammt von einer finnischen Firma«, sagte Garrett. »Die erledigt alle Hauptsteuerungsprogramme der Mobilfunkmaste. Sie wird auf Englisch sein.« Er machte eine kurze Pause. »Hoffe ich.«

Er tippte eine URL in seinen Browser. Eine schwarze Seite mit einer Anfrage nach einem Benutzernamen und einem Passwort erschien. Garrett tippte sorgfältig die Pinyin-Buchstaben ein, die er von seinem Handy abgeschrieben hatte, und drückte auf Enter.

Das Team wartete und hielt gemeinsam den Atem an. Langsam baute sich eine Seite auf. Darauf stand: »Welcome Li Chan China Mobile Tibet Region Administrator.«

Garrett strahlte. »Wir sind drin.«

95

SOUTHEAST WASHINGTON, D. C., 20. APRIL, 22:16 UHR

Wir haben einen Treffer«, sagte Agent Stoddard, als er beobachtete, wie das Softwareprogramm auf seinem Laptop die Entfernungen zwischen Mobilfunkmasten triangulierte. »Eine SMS. Eindeutig aus China. Zu einem Anschluss hier in der Nähe.«

»Kannst du mir mehr geben?«, fragte Agent Cannel vom Fahrersitz aus.

»Ich arbeite daran.« Stoddard sah zu, wie die Karte ein wenig nach Osten und dann nach Norden rollte, während das Programm versuchte, den Empfänger der SMS zu lokalisieren. Er wusste, dass die Software die Entfernung zwischen Handymasten berechnete und dann die Position des Empfangsgeräts, in diesem Fall ein Mobiltelefon mit einer lokalen Vorwahl, zu bestimmen versuchte.

»Können wir sie lesen?«

»Verschlüsselt. Das würde Stunden dauern.« Agent Stoddard murmelte der Software ermunternde Worte zu. »Komm schon, komm schon, komm schon«, flüsterte er vor sich hin. Die Karte kam zur Ruhe, und ein großer roter Punkt begann zu blinken. »Sieht aus wie Sixteenth und C.«

Agent Cannel schob den Schalthebel auf Drive und brauste durch die kleine Seitenstraße. Die Kreuzung Sixteenth und C war nur fünf Minuten entfernt. »Geht's noch präziser?«, fragte er.

Der rote Punkt blinkte ein letztes Mal und verschwand dann.

»Hat sein Handy ausgeschaltet«, sagte Agent Stoddard. »Wahrscheinlich die SIM-Karte rausgenommen. Aber es sah nach zwei

Gebäuden aus. Vielleicht drei. Wir können zwei Gebäude zur gleichen Zeit durchsuchen. Drei könnten ein bisschen viel sein.«

Cannel lenkte den Van die Massachusetts Avenue hinunter. Über die Hauptstadt hatte sich die Nacht gesenkt, die Straßen waren von orangefarbenem Halogenlicht überflutet.

Stoddard überprüfte die Sicherung an seiner Neunmillimeter-Pistole von Heckler & Koch. Cannel lenkte den Van nach rechts in die Sixteenth und wurde langsamer, als die C Street am anderen Ende des Blocks in Sicht kam. An der Straße standen kleine zweistöckige Reihenhäuser, von denen die meisten Ausbesserungen und einen neuen Anstrich brauchten. An der Ecke befand sich ein verlassenes Ladengeschäft mit Lagerhaus; ein verblasstes Schild hing über den mit Brettern zugenagelten Fenstern.

»Murray's Meats and Cuts«, las Cannel langsam, in die Dunkelheit blinzelnd. »Das kann es nicht sein, oder?«

Stoddard beugte sich in dem Van nach vorn und spähte durch die Windschutzscheibe. Er starrte auf das Schild, auf die verbarrikadierte Eingangstür und das Lagerhaus, das sich hinter dem Gebäude bis zu einer Gasse erstreckte.

»Fordere Unterstützung an«, sagte Stoddard, »und dann finden wir's heraus.«

96

PEKING, 21. APRIL, 11:16 UHR

Der Vorsitzende der Zentralen Militärkommission verschränkte die Hände. »Mein Ministerium ist der wohlüberlegten Ansicht, dass ein Krieg mit den Vereinigten Staaten jetzt unvermeidlich ist. Die Ereignisse der letzten vierundzwanzig Stunden haben uns das sehr klar vor Augen geführt.«

Die sechs anderen Mitglieder im Ständigen Ausschuss des Politbüros der Kommunistischen Partei Chinas reagierten mit erkennbarer Unruhe auf diese Feststellung. An dem Konferenztisch saßen die sieben mächtigsten Menschen in China. Alle waren Männer, älter als fünfzig Jahre, bedächtig, konservativ und, in diesem Augenblick, nicht besonders glücklich. Der Generalsekretär – der allermächtigste Mann in China – nahm seine Brille ab, putzte sie mit einem Taschentuch, das nur für diesen Zweck vor ihm auf dem Tisch lag, und setzte sie sich wieder sanft auf die Nase.

»Schlägst du vor, dass wir zuerst zuschlagen?«, fragte der Generalsekretär.

»Wenn wir diesen Krieg gewinnen wollen, ja, dann wäre es äußerst vorteilhaft, zuerst zuzuschlagen«, sagte der Vorsitzende der Militärkommission. »Wenn wir darauf warten, dass unsere Feinde den ersten Schlag führen, dann erlauben wir ihnen, Ort und Zeit der Schlacht zu bestimmen. Aber wenn wir zuerst zuschlagen, dann müssen sie zu unseren Bedingungen kämpfen, und das ist zu unserem Vorteil.« Seine Stimme war in dem tödlichen Schweigen des farblosen Konferenzraums tief im Innern eines Regierungsgebäudes in der Nähe der Großen Halle des Volkes am

Tian'anmen-Platz gut zu hören. Der erste Vizepremierminister trank einen Schluck Wasser, während der Sekretär des Zentralkomitees und Direktor der Zentralen Parteihochschule entrüstet den Kopf schüttelte.

»Dies ist das genaue Gegenteil von dem, was wir geplant hatten, nicht wahr?«, sagte der Direktor der Zentralen Parteihochschule. Er warf einen schnellen Blick zu Xu Jin, dem Minister für Staatssicherheit, der in schamerfülltem Schweigen dasaß. Alle Anwesenden blickten auf ihn. »Sie sollten gegen uns losschlagen, nicht?«

Es waren katastrophale vierundzwanzig Stunden für Minister Xu gewesen. Zuerst der Zusammenbruch des Goldenen Schilds, dann die gefälschten Videos von Unruhen in zehn verschiedenen Städten und schließlich die Zerstörung chinesischer Unternehmen an den Aktienbörsen der Welt. Jedes Mitglied im Ständigen Ausschuss machte Xu Jin für diese unheilvollen Ereignisse verantwortlich – so viel war ihm völlig klar. Er war es, der als Erster den Vorschlag gemacht hatte, versteckte Angriffe gegen die amerikanische Infrastruktur zu führen. Er hatte einen Zeitplan vorgelegt, die Schwere der Angriffe, sogar die Methoden vorgestellt. Und die Angriffe hatten ihren Zweck ausgezeichnet erfüllt. Sie hatten die Amerikaner an den Rand eines Krieges gebracht, und das war genau das gewesen, was das Politbüro gewollt hatte. Lasst sie den ersten Schuss abfeuern, hatte Xu Jin gesagt, und lasst uns das geschädigte Opfer sein. Die Rebellion des Tigers wird im Verglich dazu verblassen, und dann wird die Stabilität wieder hergestellt sein.

Es war ein glänzender Moment für Minister Xu Jin gewesen. Er war brillant, ein visionärer Planer. Es wurde davon geredet, dass *er* in weiteren vier Jahren Parteivorsitzender sein würde.

Und dann war es zu den letzten vierundzwanzig Stunden gekommen. Die Amerikaner hatten mit ihrer eigenen Hinterhältigkeit zurückgeschlagen. Wieso sie damit seine Leute überrumpelt hatten, konnte er nicht sagen – all diese technischen

Dinge waren für ihn ein Buch mit sieben Siegeln. Er wusste nur, dass sie schnell und wirkungsvoll gewesen waren und dass seine Zeit im Politbüro vielleicht zu einem abrupten Ende kommen würde. Er stand kurz davor, aller Vorrechte beraubt und dazu verdonnert zu werden, in einem armseligen Mietshaus in der Mongolei zu wohnen. Angesichts der Schande, die das bedeutete, hatte er den steifen Kragen seines weißen Hemdes völlig durchgeschwitzt.

Und trotzdem war noch nicht alles verloren, dachte er. Er konnte das Ruder noch herumreißen und dafür sorgen, dass der Ausschuss ihn wieder mit Wohlwollen betrachtete. Er musste nur jemand anderen finden, der noch mehr im Unrecht war.

»Genosse Generalsekretär«, sagte Xu Jin, der sich darum bemühte, dass seine Stimme verhalten klang, »wir im Ministerium für Staatssicherheit sind der Ansicht, dass dies ein unüberlegter Schritt wäre. Wir sind der Ansicht, dass der Vorsitzende der Militärkommission zu schnell handelt. Wir sind der Ansicht, dass die Situation jetzt unter Kontrolle ist.«

»Minister Xu«, sagte der Generalsekretär, »wie bist du zu dieser Ansicht gelangt?«

»Unsere Teams stehen kurz davor, den Goldenen Schild wieder zu errichten«, sagte Xu Jin, der bluffte, aber das war alles, was er zu bieten hatte. »Unsere Aktien werden sich an den Börsen erholen, wenn wir diesen zutreffende Informationen zukommen lassen, die wir vorbereitet haben. Und unsere Sicherheitsteams sind massenhaft in den Städten präsent, in denen die Aufstände – ob real oder imaginär – stattgefunden haben. Niemand darf sich dort auf den Straßen blicken lassen. Zu keiner Zeit. Wir haben stabile Verhältnisse. Eine harmonische Gesellschaft.«

»Und du bist dir sicher, was das angeht, Minister Xu? Haben wir das Schlimmste hinter uns?«

»Wir im Ministerium für Staatssicherheit räumen ein, dass die Amerikaner einigen Schaden angerichtet haben, aber es wird keinen weiteren geben.« Xu Jin musterte jedes der anderen Mitglieder des Ständigen Ausschusses mit einem raschen Blick. Er gewann an Boden bei ihnen. Das konnte er spüren. »Sie haben keine langfristige Strategie. Diese Angriffe waren blindwütig, willkürlich und nicht gut durchdacht. Sie verstehen die größere Situation nicht. Sie haben keine Ahnung vom Tiger, von der Rebellion und von unseren Bestrebungen, sie zu bekämpfen. Wir haben keine diesbezüglichen Nachrichten in ihren Medien beobachtet, kein Wort darüber von ihren Diplomaten oder aus Gesprächen. Wenn wir unseren Kurs strikt beibehalten, werden wir bekommen, was wir haben wollen. Die Amerikaner sind undiszipliniert und träge. Bald werden sie töricht wie Kinder mit richtiger Wucht um sich schlagen, und dann haben wir, was wir brauchen.«

Er räusperte sich und warf dem Vorsitzenden der Zentralen Militärkommission einen schnellen, arroganten Blick zu. »Der ursprüngliche Plan ist immer noch gültig. Und er wird erfolgreich sein.«

Die Tür zum Konferenzraum ging auf, und ein dünner junger Mann in einem dunklen Anzug kam eilig herein. Er lief zu dem Generalsekretär, verbeugte sich und reichte ihm ein Blatt Papier. Der Generalsekretär las die Botschaft und gab das Blatt Papier dem jungen Mann zurück, der schnell das Zimmer verließ.

Minister Xu Jin wurde von einer plötzlichen Besorgnis gepackt.

»Ich bin informiert worden«, sagte der Generalsekretär, der Minister Xu direkt anschaute, »dass wir alle Kommunikationsmöglichkeiten mit dem Autonomen Gebiet Tibet verloren haben. Jeglicher Mobiltelefonservice und der ganze Internetverkehr sind unterbrochen. Wir können uns nicht mehr mit unserer dortigen Garnison in Verbindung setzen. Wir müssen damit rechnen, dass es demnächst zu Ausschreitungen kommen wird.«

Er richtete seinen vernichtenden Blick auf den Vorsitzenden der Militärkommission. »Du kannst mit den Vorbereitungen für einen Erstschlag fortfahren.«

Minister Xu rutschte das Herz in die Hose. Na ja, das war's dann wohl – Krieg und seine Blamage. Er hoffte nur, dass es in der Mongolei anständige Restaurants gab.

97

USS »DECATUR«, SÜDCHINESISCHES MEER,
21. APRIL, 12:03 UHR

Ensign Hallowell starrte erschöpft auf seinen Radarschirm. Der grüne Schimmer pulsierte in der Dunkelheit tief im Innern der USS *Decatur*. Das leise Gemurmel der anderen Radarbediener und Feuerleitoffiziere, die in ihre Mikrofone flüsterten, war ein ständiges Hintergrundgeräusch. Er ballte immer wieder die Hände zu Fäusten, um das Blut zirkulieren zu lassen und zu verhindern, dass ihm die Augen zufielen. Er hatte elf Stunden von einer Zwölf-Stunden-Schicht absolviert, und er hatte jede Sekunde dieser elf Stunden damit verbracht, die chinesischen Fregatten zu beobachten, die einen Parallelkurs zur amerikanischen Carrier Strike Group Eleven fuhren.

Sie waren konsequent gewesen, die Chinesen, hatten sich immer wieder in die Reichweite der schnellsten Seezielflugkörper der Amerikaner gewagt, bevor sie sich schnell wieder in Sicherheit brachten. Es war ein Feiglingsspiel auf große Distanz, ein Spiel, das beide Parteien gut kannten. Sie spielten es auf perfekte Weise. Der eintönige Rhythmus dieses Spiels, und die wiederholte Abfolge der Bewegungen machte Ensign Hallowell schläfrig.

Vor vierzig Minuten waren die vier chinesischen Kriegsschiffe hart nach Steuerbord gekreuzt und fuhren direkt auf die Amerikaner zu. Es war ihre fünfzehnte Annäherung innerhalb der letzten zwei Tage. Hallowell wusste, wie es laufen würde. Sie würden in die Flugkörper-Sperrzone von sechzig Seemeilen hineinfahren, direkt auf die amerikanische Flotte zu, und dann, fünf Seemeilen innerhalb der Zone, würden sie nach Backbord abdrehen und die Reichweite der Raketen wieder verlassen. Ganz präzise.

Hallowell beobachtete, wie die chinesischen Schiffe den Sechzig-Meilen-Punkt erreichten. Er wartete darauf, dass sie abdrehten und den ganzen Vorgang von vorn begannen.

»Drei, zwei, eins, okay«, murmelte Hallowell vor sich hin. »Macht schon, Jungs.« Er beobachtete geduldig den Bildschirm. Aber die chinesischen Schiffe drehten nicht ab. Hallowell überprüfte die Auswertung auf dem Rechner. Gab es da einen Fehler? Waren sie weiter entfernt, als er gedacht hatte? Nein, der Computer war in Ordnung.

Die Chinesen waren innerhalb der Sperrzone und kamen immer näher.

Hallowell hielt den Atem an. Er würde ihnen noch sechzig Sekunden geben. Er beobachtete, wie die vier grünen Punkte auf seinem Bildschirm direkt auf die Amerikaner zufuhren. Auf die *Decatur* zu. *Auf ihn zu.*

Und dann rief ein anderer Mann von seinem Radarbildschirm: »Echos heben vom Luftwaffenstützpunkt Guangzhou-Shadi ab. Jagdflugzeuge, Richtung zwohundertzwanzig Grad, unser Vektor!«

Hallowell drehte sich der Magen um. Er drückte auf den roten Verbindungsknopf neben seinem Ellbogen, und der diensthabende Offizier antwortete sofort.

»Sir«, sagte Hallowell, »wir haben ein Problem.«

98

DAS WEISSE HAUS, 21. APRIL, 1:04 UHR

Alexis Truffant war erst seit sechs Stunden wieder an ihrem Schreibtisch – nachdem sie von ihrem Einsatz bei Murray's Meats and Cuts wieder aufgetaucht war –, als man sie abholte. Zwei Agenten vom Secret Service, groß und ohne ein Lächeln, zogen sie aus ihrem Büro bei der DIA, tasteten sie ab und konfiszierten ihr Handy, bevor sie mit ihr zu einem alten Gebäude aus roten Ziegelsteinen in dem Komplex der Homeland Security an der Nebraska Avenue fuhren, wo sie in einen Raum im Untergeschoss gesteckt wurde. Von dem Moment an, als sie auftauchten, war sehr klar gewesen, dass sie keine andere Wahl hatte, als mitzukommen. Sie hielt sich nicht damit auf, den Secret-Service-Agenten Fragen zu stellen – sie wusste, dass sie nicht antworten würden. Nach schätzungsweise vier Stunden – sie hatte weder Uhr noch Handy – brachte sie ein anderes Paar Agenten aus dem Kellerraum zu einer wartenden Geländelimousine und fuhr sie direkt zum Weißen Haus.

Es war Nacht geworden. Die Stadt war leer und dunkel. Alexis empfand ein tiefes Gefühl der Einsamkeit. Während der Fahrt sprach niemand, aber Alexis konnte einen Blick auf eine Digitaluhr an einem Bankgebäude werfen. Es war fast ein Uhr früh.

Im Weißen Haus wurde sie in einen fensterlosen Raum unter dem Westflügel geführt und von einer Secret-Service-Agentin einer Leibesvisitation unterzogen. Sie wartete weitere zwanzig Minuten in dem fensterlosen Raum, bevor sie von den beiden Agenten, die sie hergebracht hatten, nach oben ins Oval Office gebracht wurde.

Es waren drei Leute in dem Raum: Der Präsident stand hinter seinem Schreibtisch und starrte durch das Fenster nach draußen in die dunkle Nacht, die Nationale Sicherheitsberaterin Jane Rhys saß auf der Couch und nippte an einem Kaffee, während der Verteidigungsminister Frye mit verschränkten Armen in einer Ecke stand. Er war der Einzige von ihnen, der sie direkt ansah, und sie hatte den Eindruck, er könne jeden Moment anfangen, sie anzuschreien. Alle drei sahen angespannt und erschöpft aus.

»Wo ist Garrett Reilly?«, fragte der Minister.

Alexis wollte gerade antworten, hielt dann aber inne und wandte sich an den Präsidenten. »Mister President, Sir, ich weiß, wo Garrett Reilly ist, und ich werde es Ihnen auf jeden Fall sagen, aber …«

Der Minister schnitt ihr das Wort ab. »Sie sind Offizier in der Armee der Vereinigten Staaten, Captain Truffant, und Sie stehen hier vor Ihrem Obersten Befehlshaber. Ich habe Ihnen eine direkte Frage gestellt, und Sie sind angewiesen, sie sofort zu beantworten.«

Der Präsident wandte sich vom Fenster ab und schaute Alexis an. Er nickte ihr zu, als wolle er ihr die Erlaubnis erteilen. »Wo ist der Junge?«

Alexis zögerte. Das war der Augenblick, von dem sie gewusst hatte, dass er kommen würde, und es war der Augenblick, den sie am meisten fürchtete. Sie raffte das zusammen, was von ihrem Mut noch übrig war. »Mister President, Sir, geben Sie nicht den ersten Schuss auf die Chinesen ab.«

»Der Präsident hat Sie nicht hierherbeordert, damit Sie ihm einen Rat geben, Captain«, sagte Minister Fry. »Er hat Sie hierherbringen lassen, um den Aufenthaltsort eines Mannes zu erfahren, der lebenswichtige amerikanische Operationen in Asien durchkreuzt und Millionen von Menschenleben aufs Spiel setzt. Er ist eine Bedrohung der nationalen Sicherheit, und falls Sie sich weigern, uns zu sagen, wo er sich befindet, sind Sie ebenfalls eine.«

Alexis verzog das Gesicht und fuhr fort: »Sir, es ist meine ernsthafte Überzeugung, dass Sie mit einer militärischen Aktion gegen die Chinesen warten sollten. Reilly hat sie einer beträchtlichen Belastung ausgesetzt. Wir glauben, dass diese Belastung sie dazu zwingt, ihr Militär von einem Angriff zurückzuziehen.«

»Was Reilly gerade macht, ist, aus dem Chaos, das er erzeugt hat, Profit zu schlagen«, sagte Minister Frye. »Vermutlich ist er dabei, leerzuverkaufen und Millionen zu verdienen. Captain Truffant, wissen Sie, wo Reilly ist oder nicht? Falls Sie es nämlich wissen und uns seinen Aufenthaltsort nicht verraten, werde ich Sie festnehmen und vor ein Militärgericht stellen lassen.«

»Er denkt anders über einen Krieg und die Chinesen. Auf eine Weise, die niemand vorhersehen kann. Weder wir noch sie. Ist das nicht der Grund dafür, dass wir ihn angeworben haben?«

Fryes Gesicht wurde weiß vor Wut. »Sie überschreiten gerade eine Grenze, Captain. Eine, über die es keinen Rückweg gibt.« Er öffnete die Tür zum Oval Office und blaffte die Sekretärin des Präsidenten an: »Natalie, lassen Sie bitte die Agenten Norris und Silliker hereinkommen. Sofort.«

Er hielt die Tür offen und schaute Alexis an. »Letzte Chance, Captain. Wo ist Reilly?«

Bevor sie ein Wort herausbekommen konnte, eilten die beiden Secret-Service-Agenten in ihren schwarzen Anzügen in den Raum. Frye zeigte auf Alexis. »Nehmt sie fest.«

Alexis streckte die Hände aus, leistete keinen Widerstand, sondern warf dem Präsidenten einen letzten Blick zu. »Sir«, sagte sie, »haben Sie Vertrauen in das Programm Aszendent. Es wird klappen. Haben Sie Vertrauen in Reilly. Die Chinesen werden gezwungen sein, einen Rückzieher zu machen.«

Ein Agent legte seine Hand auf Alexis' Schulter, während der andere ihr Handgelenk packte und den Arm nach hinten auf ihren Rücken drehte. Jane Rhys erhob sich von der Couch. Sie hatte während der ganzen Zeit, die Alexis in dem Raum gewesen war, nichts gesagt.

»Warum, Captain? Warum glauben Sie, dass die Chinesen sich zurückziehen?«, fragte sie.

Die Secret-Service-Agenten stoppten auf ihrem Weg zur Tür. Alexis drehte den Kopf, um die Nationale Sicherheitsberaterin anzuschauen, obwohl ihr ein Agent die Finger hart in das Schulterblatt grub.

»Ich glaube, dass die Ereignisse sich in China überstürzen werden. Sie stehen vor einem Umkehrpunkt. Ich glaube, das ist es, worauf Garrett – Mr Reilly – abzielt.« Sie wandte den Kopf noch ein paar Zentimeter, sodass sie den Präsidenten sehen konnte. »Darum geht es in seinem Krieg, nicht wahr? Ein Krieg im Untergrund. Genau wie Sie es befohlen haben, Mister President. Dass deren System von innen heraus in die Luft gejagt wird.«

Die Secret-Service-Agenten zerrten sie zur Tür. Diesmal stemmte Alexis die Absätze leicht in den Boden, damit sie noch einen letzten Moment im Oval Office hatte. Sie verzog vor Schmerzen das Gesicht und sagte: »Ist das nicht besser, als Menschen umzubringen?«

99

SOUTHEAST WASHINGTON, D. C., 21. APRIL, 1:32 UHR

Garrett griff sich ein neues Handy und steckte eine SIM-Karte hinein. Sie hatte vierundzwanzig Stunden lang untätig neben seiner Reihe von Monitoren auf seinem Schreibtisch gelegen. Unbenutzt. Unberührt. Aber jetzt war es Zeit.

Jimmy Lefebvre beobachtete ihn. »Was meinst du?«

Garrett nickte, eine kaum wahrnehmbare Kopfbewegung.

»Sie werden Bescheid wissen«, fügte Lefebvre mit angespannter Stimme hinzu. »Handyanruf nach China. Sie werden ihn hierher zurückverfolgen.«

»Bin überrascht, dass sie es noch nicht getan haben«, sagte Garrett nur wenig lauter als flüsternd. Die Monitore vor ihm barsten fast vor Aktivität, was im schroffen Kontrast zu der Stille des dunklen Raums stand. Garrett warf einen letzten Blick auf die Wand. Die Fernsehgeräte waren voll mit Stimmen und Videofilmen. Nachrichten. Meinungen. Angst. Gier. Ein Spektrum menschlicher Emotionen, alle zur Schau gestellt, vor der Welt entblößt. Die Menschheit auf dem Höhepunkt ihrer Verletzlichkeit. Kurz davor, den Umkehrpunkt zu erreichen.

Es wurde ihm ein wenig mulmig bei dem Gedanken, bei dem Gefühl, eine unwissende, unschuldige Welt zu manipulieren und böswillig zu täuschen. Nun ja, ein paar von ihnen waren unschuldig, dachte Garrett. Viele von ihnen waren es nicht. Er war einer der weniger Unschuldigen, so viel stand fest, und vielleicht gesellte er sich jetzt zu den wahrhaft Verdammten. Das spielte keine Rolle. Er würde es trotzdem tun.

Er wählte die Nummer. Im ganzen Raum drehten sich die Anwesenden zu ihm um. Beim vierten Klingeln meldete sich Celeste Chen.

»Garrett?«

»Du bist dran«, sagte er. Und beendete das Gespräch. Er drückte die SIM-Karte wieder aus dem Handy, atmete aus und lauschte. Da war ein Geräusch. Irgendwas Undeutliches. Irgendwas, das lauter wurde, auf ihn zukam und dann …

Die Sperrholzbretter, mit denen Murrays Vorderfenster vernagelt waren, explodierten. Holzstücke flogen durch die Luft, während die Strahlen von Taschenlampen die Dunkelheit durchdrangen, gefolgt von Behältern mit Tränengas. Als auf der anderen Seite des Raums eine Tür eingeschlagen wurde, ertönten Schreie.

Mitty rannte weg, Bingo ebenfalls. Garrett konnte sonst niemanden in dem grellen Aufblitzen erkennen. Das war egal. Er wusste, was kam. Sie waren endlich hier, und es gab nichts, was er dagegen tun konnte. Es gab keinen Ausweg, und er war zu erschöpft und zu krank, um weiter zu kämpfen.

Zum Zeichen der Kapitulation hob er die Hände.

100

SHANGHAI, 22. APRIL, 13:35 UHR

Jede Form unternehmerischer Anstrengung kann zu jeder Tageszeit und zu jedem Kosten- oder Qualitätsniveau in Shanghai gefunden werden. Diese Stadt ist die neueste der neuen Welt, befeuert durch einen Hunger nach Reichtum, der in keinem anderen Land der Welt, die Vereinigten Staaten eingeschlossen, übertroffen wird. Niemand arbeitet härter als die Chinesen, und niemand arbeitet länger oder beharrlicher als die Chinesen von Shanghai. Von der großartigen kolonialen Uferpromenade des Bund bis zu den erstaunlichen Wolkenkratzern von Pudong, von den überdachten Straßen des alten Chenghuangmiao-Markts bis zu den Menschenmengen auf der Nanjing Road mit ihren zahlreichen Geschäften – Shanghai pulsierte. Es ist eine ruhelose Stadt, modern, vom Wettbewerb bestimmt, stolz, gnadenlos, mörderisch.

Ganz wie eine amerikanische Stadt, dachte Celeste Chen, während sie mit der Buslinie Nr. 1 vom Shanghaier Westbahnhof in die Innenstadt fuhr. Nur noch voller. Noch erfolgreicher. Wir haben so vieles von den Chinesen zu lernen, dachte sie. Sie sind eine weitaus ältere Zivilisation und trotzdem irgendwie auch noch neuer. Ein merkwürdiger Widerspruch.

Celeste fühlte sich als Teil des Widerspruchs, der sowohl Shanghai als auch ganz China durchzog: halb westlich, halb östlich, gleichzeitig neu und alt, ehrgeizig und trotzdem ausgeglichen. Nicht völlig zu einem Ort oder dem anderen gehörig, sondern zu beiden. Ihre Loyalität – und sogar ihre Nationalität – war auf den Kopf gestellt worden.

Hu Mei stieß Celeste sanft mit dem Ellbogen an. »Das hier ist unsere Haltestelle«, flüsterte sie lächelnd.

»Tut mir leid«, erwiderte Celeste, während die Schmetterlinge in ihrem Bauch zu flattern begannen. »Ich war am Träumen.«

»Am Träumen? Das sind mir manchmal die liebsten Momente des Tages. Haben deine Träume dich vorbereitet auf das, was kommt?«

»Ich glaube, ich bin bereit.«

»Gut. Wenn du glaubst, du bist es, dann bist du es.« Hu Mei erhob sich von ihrem Sitz und schob und schlängelte sich bis zum vorderen Teil des überfüllten Busses. Celeste folgte dicht hinter ihr und fragte sich, wie viele der Menschen um sie herum wohl Anhänger des Tigers waren. Sie wusste es nicht. Aber sie würde es bald wissen. Bald würde der ungeregelte Strom der Menschen in die Stadt hinein und aus ihr hinaus zu einem Lebewesen werden, organisiert nach einem neuen Prinzip. Bald würde das Chaos eine Struktur bekommen. *Bald* war kurz davor, *jetzt* zu werden.

Celeste trat aus dem Bus und in den warmen Nachmittag Shanghais hinaus. Um sie herum waren Tausende anderer Reisender, Pendler, Arbeiter und Touristen. Hu Mei holte ihr Handy aus der Tasche und tippte eine SMS ein. Sie zwinkerte Celeste zu – ein bezauberndes, spielerisches, überaus zuversichtliches Zwinkern – und drückte auf Senden.

Und dann geschah etwas Erstaunliches: Celeste sah zu, wie fast die Hälfte der Menschen in ihrem Gesichtsfeld gleichzeitig zu ihren Handys griffen und ihren SMS-Eingang überprüften. Herr im Himmel, dachte Celeste, der Tiger hat Hunderte von Anhängern allein hier auf dieser Straße. Vermutlich Tausende in Hörweite ihrer Stimme. Vielleicht Millionen im Großraum Shanghai. Mehr? Zehn Millionen? Zwanzig?

Dann erinnerte sie sich daran, was Garrett zu ihr seinerzeit im Pentagon gesagt hatte, als er versuchte, sie davon zu überzeugen, dass sie nach China gehen solle: Sie, Celeste, hatte er gesagt, würde dazu beitragen, die Welt zu ändern.

Verdammte Scheiße, dachte Celeste. *Er hatte wieder mal recht.* Und mit diesem Gedanken begriff Celeste Chen, welchen Weg ihr Leben nehmen würde – sie war im Begriff, eine wahre und treu ergebene Anhängerin des Tigers zu werden.

101

SOUTHEAST WASHINGTON, D. C., 21. APRIL, 1:40 UHR

Es war Irrsinn. Dunkelheit, durchzogen von blendendem Licht und Gasschwaden, und schwarze Figuren, die durch die Tür hereinströmten und dabei schrien:

»Auf den Boden! Bundesagenten! Alle auf den Boden!«

Garrett versuchte, unter die Tunnel der gelben Taschenlampenstrahlen abzutauchen, die den Raum kreuz und quer durchschnitten. Er erhaschte einen Blick auf Sara Finley, die CIA-Vertreterin, und Mitty, wie sie sich mit den Händen über dem Kopf zu Boden warfen. Er wusste, dass er nicht entkommen konnte, und versuchte es deshalb erst gar nicht. Aber es konnte auf keinen Fall schaden, sich diejenigen noch ein paar Minuten vom Leibe zu halten, die die Einsatzzentrale überfallen hatten. Er brauchte all die Zeit, die er kriegen konnte. Er kroch nach hinten auf den Tiefkühlraum zu.

Eine Hand ergriff seinen Unterarm. Es war Lefebvre. »Komm mit mir. Wir nehmen die Seitentür.«

»Da werden sie warten«, sagte Garrett.

»Garrett Reilly!«, schrie jemand. »Wo ist Garrett Reilly?«

Das Tränengas versengte die Schleimhäute von Garretts Nase und Mund, verbrannte sie mit einem rauen, ätzenden Geschmack. Lefebvre zerrte hart an Garretts Arm. »Die wollen dich töten!«

»Reilly!«

Garrett und Lefebvre stolperten auf die Seitentür zu. Garrett musste die Augen wegen des Tränengases und der Straßenlaternen, deren Halogenlicht durch die aufgebrochenen Vorderfenster hereinströmte, fast ganz zukneifen.

»Garrett Reilly.«

Sie blieben stehen, als die Seitentür aufsprang und ein Bundesagent die Türöffnung ausfüllte wie ein Geschöpf aus einem Horrorfilm, das Gesicht eingehüllt von einer Gasmaske, ein Selbstladegewehr hin und her schwenkend, auf der Suche nach Beute. Lefebvre machte auf dem Absatz kehrt und versuchte, Garrett mit sich zu ziehen. Sie krochen weg von dem SWAT-Kommandosoldat und zurück in die Mitte des Getümmels.

Garrett wurde langsamer. Er wusste, dass er nirgendwo hinlaufen konnte. Er war fertig, und er wusste es. Er befreite sich aus Lefebvres Griff und streckte die Hände in die Höhe.

»Hier bin ich! Garrett Reilly! Ich bin hier!«, schrie er.

Taschenlampenstrahlen schwenkten ruckartig in Richtung seiner Stimme und badeten ihn in gelbem Licht. Er blinzelte wegen des Lichts und des Tränengases. Durch den Dunst konnte er ein weiteres halbes Dutzend Kommandosoldaten erkennen, die am Rand des Raums standen und ihren Fuß, der in einem schweren Stiefel steckte, einigen der Mitglieder seines Teams auf den Rücken gestellt hatten, die Gewehre gespannt und an den Schultern in Anschlag gebracht. Ein großer Mann in Anzug und schusssicherer Weste hob eine Pistole und richtete sie auf Garrett.

»Reilly?«, sagte der Mann.

Garrett erkannte ihn sogar in der Dunkelheit; er erkannte seine Stimme und seinen Körperumfang. Agent Paul Stoddard von der Homeland Security. Sein Folterknecht.

»Reilly?«, blaffte Agent Stoddard.

»Du weißt, dass ich es bin, du Arschloch«, sagte Garrett.

Stoddard zielte mit der Waffe auf Garretts Brust, und Garrett machte sich auf den Aufprall des Geschosses gefasst, das mit Sicherheit sein Leben beenden würde. Es war zu spät für ihn, zur Seite zu springen oder sich wegzuducken oder fallen zu lassen. Das war's. Das Ende.

Stoddard drückte den Abzug durch. Es gab einen Blitz und den donnernden Knall einer Pistole. Im selben Moment tauchte ein verschwommener Fleck vor Garrett auf, und jemand schrie: »Nein!«

Irgendwas prallte in Garrett hinein und warf ihn nach hinten, sodass er krachend auf den Boden fiel und etwas Schweres auf ihm landete. Garrett drehte sich, als er fiel, um den Sturz abzumildern. Das schwere Gewicht blieb auf seinen Beinen liegen, als er sich in eine sitzende Position hochrappelte. Er schaute nach unten.

Es war Jimmy Lefebvre, dessen Blut stoßweise aus seiner Brust drang.

»Verdammt«, sagte Lefebvre und stöhnte. »Verdammt noch mal.«

Jeder in dem Raum begann, erneut zu schreien, und Garrett konnte sehen, dass einige Leute aus seinem Team sich vom Boden erhoben und »Jimmy!« riefen und »Verdammter Mist!«

»Ich glaube, ich sterbe«, sagte Lefebvre gurgelnd und schaute Garrett ins Gesicht.

»Rettungswagen! Ruft einen Rettungswagen!«, schrie Garrett.

»Nein. Du verstehst nicht. Ich sterbe.«

»Jimmy – nein, tust du nicht.« Aber Garrett konnte sehen, dass es stimmte. Jimmys Augenlider zuckten, und dann ging sein Blick ins Leere. Sein Atem rasselte. Garrett konnte spüren, dass das Leben aus ihm hinausströmte. Und Garrett wusste, dass er tot war.

Jimmy Lefebvre war tot.

Garretts Mund war ganz trocken. Er hatte noch nie einen sterbenden Menschen im Arm gehabt. Er wollte Jimmy ins Leben zurückholen; er fand, es sollte möglich sein, und trotzdem – wusste er, dass es nicht ging. Er hatte Mühe, normal zu atmen.

»Du bist der Nächste«, knurrte eine Stimme.

Garrett schaute verblüfft hoch. Agent Stoddard stand über ihm und zielte aus einer Entfernung von anderthalb Yards mit der Pistole auf seine Stirn.

Garrett schüttelte den Kopf, seine Energie hatte ihn verlassen, seine Augen tränten vom Gas und vom Schock. »Du willst mich erschießen? Mach schon, schieß. Aber du wirst gefilmt. Jede Sekunde von dem hier wird auf eine Website hochgeladen.«

Agent Stoddard blinzelte überrascht. Er schaute von einer Wand zur nächsten, von einer Ecke zur nächsten. Die Pistole schwankte in seiner Hand.

»Webcams«, sagte Garrett, »in jedem Raum. Jeder Ecke. Also mach schon. Erschieß mich, Agent Stoddard. Zieh den Scheißabzug durch. Aber sei dir bewusst, dass die Welt zuschaut.«

Stoddard biss die Zähne zusammen. Alle Anwesenden im Raum blickten auf ihn. Seine Hände begannen zu zittern. Und dann durchbrach eine Stimme das Schweigen.

»Garrett!« Mitty riss sich von dem Kommandosoldaten los, der sie festhielt. »Die Webcam in Shanghai!«

Sie zeigte auf einen Monitor, der an der gegenüberliegenden Wand hing. Durch den Rauch war in einem unscharfen Zeitraffer-Video eine große Masse von Menschen zu sehen, die im Gleichschritt durch die Nanjing Road in der Innenstadt Shanghais marschierte. Die Übertragung war mit Flecken durchsetzt, aber es waren eindeutig Tausende – wenn nicht Zehntausende – von Menschen, die da gemeinsam gingen, mit schwingenden Armen und offenen Mündern, die etwas schrien, vielleicht auch sangen, die gesamte Breite der Straße ausfüllten und sich in der Entfernung verloren. Und es kamen immer mehr. Mehr und mehr schlossen sich dem Marsch an, kamen aus den Seitenstraßen hinzu und traten aus Bussen und aus Bürogebäuden heraus. Es machte den Eindruck, als gäbe es einen unerschöpflichen Nachschub von Menschen. Eine unendliche Vielzahl. Und vielleicht gab es sie auch.

Garrett hielt Lefebvre fest in den Armen und flüsterte:

»Es ist so weit«, sagte er. »Wir haben es geschafft.«

102

PEKING, 22. APRIL, 14:15 UHR

Eine halbe Welt weit entfernt beobachtete der Generalsekretär der Kommunistischen Partei Chinas die gleichen Menschenmengen in einem beengten technischen Beobachtungsraum auf den Übertragungen von Videoüberwachungskameras, und er beobachtete sie mit demselben erstaunten Gesichtsausdruck wie Garrett.

»Wie viele Menschen sind es?«, fragte der Generalsekretär.

»Das können wir noch nicht sagen, Genosse Generalsekretär«, sagte der Programmierer, der das Bild auf dem Monitor von einer Straße in Shanghai auf eine andere umschaltete. In jeder Einstellung und aus jeder Perspektive wurden die Menschenmengen immer größer. Sie schienen unglaublich groß zu sein, als ob sich das gesamte ländliche China für einen Tag in eine Stadt ergossen hätte. »Sie sind offenbar noch nicht alle angekommen.«

»Millionen«, sagte der Generalsekretär.

»Wo gehen sie denn hin?«, fragte der Vorsitzende der Zentralen Militärkommission. »Wissen wir wenigstens das?«

Das Gesicht des Generalsekretärs verlor seinen angespannten Ausdruck, als hätte ihn eine göttliche Offenbarung ereilt. Der Anflug eines Lächelns umspielte seine Lippen. »Sie gehen dorthin, wohin sie gehen.«

Der Generalsekretär wischte seine Brille ab, wie es seine Gewohnheit war, setzte sie wieder auf und wandte sich an den Vorsitzenden der Zentralen Militärkommission. »Rufen Sie Ihre Streitkräfte zurück. Wir brauchen alle verfügbaren Patrioten auf den Straßen.«

»Aber die Amerikaner?«

»Wir können nicht gleichzeitig gegen die Amerikaner und gegen unsere eigenen Landsleute kämpfen. Wir haben eine Niederlage erlitten. Jetzt müssen wir uns zurückziehen.«

103

USS »DECATUR«, SÜDCHINESISCHES MEER,

22. APRIL, 14:42 UHR

Ensign Hallowells Fingerknöchel wurden weiß, so fest packte er die Lehnen seines Drehsessels. Sein ganzer Körper war in Erwartung des Starts der ersten chinesischen Raketen verkrampft. Die Fregatten der chinesischen Kriegsmarine befanden sich genau zwanzig Seemeilen westlich der *Decatur*. Ein aus dieser Entfernung abgeschossener Seezielflugkörper würde die *Decatur* in dreißig Sekunden treffen. Die Radarbediener nannten es die Blinzelzone. Einmal geblinzelt, und schon warst du tot.

Hallowells Blick folgte den grünen Leuchtimpulsen der chinesischen Kriegsschiffe ebenso wie den rasanten Streifen der Shenyang J-15 Jagdflugzeuge, die lange Schleifen unmittelbar jenseits der Fregatten zogen. Es war ein vollständiges Komplement chinesischer See- und Luftstreitmacht, und sie schienen kurz davor, den Abzug zu betätigen.

Der Executive Officer des Radarraums reckte den Kopf über Hallowells Schulter und starrte auf seinen Bildschirm hinunter.

Worauf warteten die Chinesen?, dachte Hallowell. Darauf, dass wir zuerst schießen?

Hallowell wusste, dass dies durchaus möglich war. Sie ließen die chinesischen Jets von zwei Geschwadern F/A-18 Hornets verfolgen. Alle Antischiffsraketen an Bord der *Decatur* waren auf ihre chinesischen Gegenstücke gerichtet. Die Zeigefinger der Feuerleit-Offiziere zu beiden Seiten Hallowells schwebten über den Abschusstasten.

Beim ersten Zeichen eines chinesischen Angriffs würden sie

den Gegenschlag auslösen. Und dann war jedes Schiff und jedes Flugzeug auf sich gestellt. Es würde ein Blutbad werden.

Ensign Hallowells Herz schlug laut in seiner Brust und verzerrte den scharfen Piepston des Radarsensors in seinem Kopfhörer. Sie hatten ihm bei der Navigations- und Radarausbildung beigebracht, seine Angst zu überwinden, aber das war nicht leicht. Die Furcht pulsierte durch seine Adern.

»Sechzehn Seemeilen«, sagte er laut, obwohl er wusste, dass alle anderen im Raum inzwischen die Chinesen auf dem Bildschirm hatten. Jeder schaute hin. Jeder hörte zu. »Raketentreffer wäre jetzt nach fünfundzwanzig Sekunden.«

Hallowell dachte, er hätte ein allgemeines Luftholen gehört, aber dann begriff er, dass er es war, der schwer geatmet hatte. Eine Stimme knisterte in der Befehlsübermittlungsanlage des Schiffs. Es war der Kapitän. »Raketen auf mein Kommando abschießen. Fünf …«

Hallowells Augen wurden schmal, als erwartete er einen Faustschlag, und er spannte die Muskeln in seinem ganzen Körper an.

»Vier, drei …«

Und dann sah Hallowell es. Die geringste Andeutung einer Kurskorrektur bei der in Führung liegenden chinesischen Fregatte. Drehten sie ab?

»Zwei …«

Die Radiuslinie des Radars bestrich einen weiteren Kreis auf Hallowells Bildschirm. Ja, die erste Fregatte änderte eindeutig ihren Kurs.

Hallowell brüllte: »Sie schwenken ab! Feindliche Ziele ändern Kurs!«

»Eins … und … Feuer.«

Der XO im Radarraum schrie: »Feuer einstellen! Ich wiederhole. *Nicht feuern!*«

Der XO senkte den Kopf, um auf Hallowells Bildschirm zu schauen. Die beiden Feuerleit-Offiziere neben ihm beugten sich ebenfalls zu ihm herüber, um zuzuschauen. Alle vier chinesischen

Fregatten drehten ab und fuhren nach Norden, parallel zu der amerikanischen Flotte. Die in Führung liegende Fregatte drehte sogar noch weiter ab und nahm Kurs zurück nach Westen, hin zum chinesischen Festland.

»Sie fährt nach Hause«, flüsterte Hallowell. Und dann lauter: »Sie fahren nach Hause!«

Die Besatzung des Radarraums brach in spontane Hochrufe aus, während der Kapitän über die Übermittlungsanlage blaffte: »XO, wo bleiben diese Raketen?«

Der XO des Radarraums ergriff das Mikrofon, während Hallowell und seine Kollegen sich gegenseitig abklatschten. Hallowell lachte auf. Es würde keinen Krieg geben. Wenigstens noch nicht. Nicht hier. Und nicht jetzt. Vielleicht käme er ja am Ende doch noch zurück nach Dallas.

EPILOG

ALEXANDRIA, VIRGINIA, 24. APRIL, 15:39 UHR

Garrett horchte auf die Schritte. Er horchte seit zwei Tagen auf sie. Meistens waren es die von Aufsehern mit Essenstabletts gewesen, ein langsames, gleichgültiges Schlurfen. Dann kamen gelegentlich Beobachter, zögernd, achtsam, Schritte, die näher kamen, verharrten, wieder weggingen. Einmal war ein Arzt gekommen, um seinen Blutdruck zu messen und seine Augen zu kontrollieren: Seine Schritte waren die von jemandem gewesen, der sich verlaufen hatte, gingen an seiner Zelle vorbei und kamen wieder zurück. Dann wieder die verdammten Aufseher mit noch einem Essenstablett. Der Fraß, der im Virginia Federal Detention Center, dem Untersuchungsgefängnis des FBI, als Essen angeboten wurde, war furchtbar gewesen, aber das war Garrett egal.

Er wurde den Gedanken an das Gesicht des sterbenden Jimmy Lefebvre nicht los. An das Blut, das durch seine Hände gesickert war. An den letzten erstickten Atemzug.

Er war gestorben, indem er Garrett das Leben rettete, sich absichtlich Stoddards Geschoss in den Weg warf. Wäre Lefebvre nicht gewesen, wäre Garrett jetzt tot. Das war ein bestürzender Gedanke, und er machte Garrett zu schaffen. Ein Handel Leben gegen Leben, der nie mehr rückgängig gemacht werden konnte.

Er war niedergedrückt vor Kummer. Und vor Verwirrung.

Warum hatte Lefebvre das getan? Was hatte er in dem Bruchteil einer Sekunde, als er die Entscheidung fällte, als der Abzug durchgezogen wurde, was hatte er da gedacht? Garrett konnte nur raten, und das hatte er während der vergangenen achtundvierzig Stunden unablässig getan. Hatte Lefebvre sich so sehnlich und so lange schon gewünscht, an Kampfhandlungen teilzunehmen, dass er die Gelegenheit zur Aufopferung beim Schopf ergriffen hatte? War es bloßer Instinkt gewesen, der Wunsch, Leben zu retten? Oder hatte er beschlossen, dass die Welt einen lebendigen Garrett mehr brauchte als einen Jimmy Lefebvre.

Dieser letzte Gedanke jagte Garrett eine Heidenangst ein; wenn er zutraf, bedeutete das eine Verantwortung, die er nicht ertragen könnte – nicht, falls er hoffte, bei Verstand zu bleiben.

Das Problem war, dass er sonst nicht viel hatte, worüber er nachdenken konnte. Er war von allen Nachrichten abgeschnitten, seit man ihn verhaftet hatte; der Datenstrom, von dem er sich in den letzten Tagen hatte umspülen lassen, war versiegt, zumindest für ihn. Vom digitalen Meister des Universums war er zum Insassen einer Zelle gemacht geworden. Nach allem, was er wusste, wütete außerhalb der Mauern des Untersuchungsgefängnisses der Dritte Weltkrieg.

Das glaubte er allerdings nicht.

Vielleicht lag es am Verhalten der Aufseher, an ihrem entspannten Schlurfen, dem unbeteiligten Blick in ihren Augen, wenn sie seine Zelle nach Zeichen für Störfaktoren oder Selbstmordversuche kontrollierten. Sie sahen nicht wie Leute aus, die sich Sorgen wegen eines bevorstehenden Weltuntergangs machten. Vielleicht setzte er aber auch nur seine Hoffnungen auf die letzte Nachricht, die er zu Gesicht bekommen hatte: eine Million Menschen, die Shanghai überschwemmten und die Kommunistische Partei Chinas in Angst und Schrecken versetzten.

Aber vielleicht lag er falsch. Vielleicht brannte die Welt ja tatsächlich ab.

Die Schritte, die er jetzt hörte, klangen anders. Sie waren schnell, abgehackt, direkt. Sie stoppten nicht ohne Grund vor seiner Tür. Garrett schaute von seinem Einzelbett hoch. Die Tür ging auf.

Agent Cannel von der Homeland Security stand da, das Gesicht knochig und abgespannt, seine Mundwinkel leicht nach unten gezogen, als hätte er einen schlechten Geschmack im Mund. Er hielt ein elektronisches Schreibbrett in den Armen. Hinter Cannel standen zwei Gefängnisaufseher in Uniform.

»Reilly, Garrett?«, fragte Agent Cannel.

»Sie wollen mich auf den Arm nehmen, stimmt's?«, sagte Garrett mit trockenem Lachen.

»Reilly, Garrett?«, fragte Cannel erneut in genau derselben Stimmlage – tonlos, teilnahmslos, darum bemüht, keine Gefühle zu zeigen.

»Ja, der bin ich«, sagte Garrett, der es nicht mehr lustig fand. »Reilly, Garrett.«

»Sie werden aus dem Bundesgewahrsam entlassen. Alle Anklagepunkte gegen Sie wurden auf Anweisung des Staatsanwalts für den District of Columbia fallen lassen. Sie können Ihr Eigentum bei dem Leiter des Wachpersonals im Erdgeschoss in Empfang nehmen. Sie werden zweiundzwanzig Dollar für eine Beförderung von dieser Einrichtung bis zu Ihnen nach Hause oder zu einem zeitweiligen Wohnsitz erhalten.«

Garrett stieß ein überraschtes Grunzen aus. Agent Cannel hielt Garrett das elektronische Schreibbrett hin. »Indem Sie hier und hier unterschreiben, dürfen Sie alle persönlichen Dinge abholen, die Ihnen zu Beginn Ihrer Haftzeit abgenommen wurden. Indem Sie hier unterschreiben, entbinden Sie die Regierung von jeglicher Entschädigung für die Zeit, die Sie in diesem Untersuchungsgefängnis verbracht haben. Lesen Sie und unterschreiben Sie das.«

Garrett überflog das Schreibbrett, streifte den kompakten Text im Juristenjargon mit einem flüchtigen Blick, bevor er an allen drei Stellen unterschrieb. Cannel schnappte sich das Schreibbrett wieder und marschierte aus der Zelle. Er wartete im Gang.

Garrett ließ sich Zeit damit, sich zu sammeln, und seine Gedanken überschlugen sich, als er herauszufinden suchte, was da vor sich ging. Und dann begriff er. Er ging hinaus auf den Gang, wo Agent Cannel sogleich die Führung übernahm und vor ihm herlief. Die beiden Aufseher folgten ihnen.

»Man hat Sie dazu gezwungen, nicht wahr?«, sagte Garrett zu Cannels Rücken. »Man hat Sie gezwungen, mich persönlich zu entlassen. Als Bestrafung. Um Sie zu demütigen. Und es pisst Sie unglaublich an.«

Garrett konnte sehen, dass Cannels Schultern unter seinem Jackett zuckten.

»Aber Sie sind noch gut weggekommen, nicht wahr?«, fuhr Garrett fort, während sie eine Reihe elektronischer Türen passierten. »Ihr Partner Stoddard, der ist völlig im Arsch. Er sitzt in einem Bundesgefängnis wie diesem hier und wartet auf eine Mordanklage.« Garrett lächelte, aber er wusste, dass niemand zuschaute. »Ich frage mich, ob er gerade in den Arsch gefickt wird.«

Cannel blieb abrupt stehen und wirbelte herum, um Garrett anzusehen. Er kam mit seinem Gesicht ganz nah an das von Garrett heran, sodass dieser den Tabak in seinem Atem riechen konnte.

»Das hier ist noch nicht vorbei, du Sackgesicht. Noch lange nicht. Wenn du nur einen falschen Schritt machst, einen einzigen, dann nehme ich deine ganze verdammte Familie fest.«

Garrett wartete, bis der letzte Rest von Cannels Wut verraucht zu sein schien, und sagte dann: »Für mich ist es wirklich vorbei. Vollkommen, total vorbei.«

Garrett sagte das ohne Bitterkeit. Es entsprach ganz einfach den Tatsachen. Er war fertig mit der Regierung, mit Geheimnissen, mit dem Projekt Aszendent. Ein für allemal.

Cannel drehte sich wieder um und stampfte weiter durch den Gang, nicht länger daran interessiert, den Anschein bürokratischer Zurückhaltung aufrechtzuerhalten. Garrett unterschrieb bei dem Leiter des Wachpersonals im Erdgeschoss für den Empfang seiner Habseligkeiten und der zweiundzwanzig Dollar in bar, bevor er aus dem William G. Truesdale Adult Detention Center hinaus in einen sonnigen Nachmittag trat. Er ließ sich die warme Sonne Virginias ins Gesicht scheinen; über ihm brummte der Capital Beltway, der sich nicht über zu wenig Autos beklagen konnte. Er überquerte die Straße und las die fette Schlagzeile der *Washington Post* in einem Zeitungskasten:

Massive Proteste in China reißen nicht ab
Demonstranten liefern sich in Peking Schlacht mit Polizei
Die meisten Küstenstädte unter Ausgangssperre

Die eigentliche Geschichte war unter dem Falz verborgen, und er hatte kein Kleingeld, um die Zeitung zu kaufen. Der Zeitungskasten akzeptierte keine Dollarscheine. Es war egal; er konnte ohnehin nichts daran ändern. Er war offiziell machtlos, ein Mann, der nicht mal einen Zugang ins Internet hatte. Und er war krank und müde. Ihm war alles zu viel. Er brauchte eine Pause. Er brauchte sein eigenes Bett in New York City.

Er begann, nach Norden zu gehen, um einen Bus zu finden, der ihn dorthin bringen würde.

Seine erste Woche zu Hause verstrich wie im Traum. Die meiste Zeit schlief er: in seinem Bett, in Kinos, manchmal im Park, allein in der Sonne auf einer Bank. Seine Erschöpfung reichte bis tief in die Knochen, aber seine Heilung machte in dieser Zeit erhebliche Fortschritte. Die Kopfschmerzen kamen täglich wieder, aber ihre Heftigkeit ließ genauso nach, wie ihre Dauer abnahm. Der Neurologe am Roosevelt Hospital sagte, dass sie vielleicht nie wieder ganz weggingen, aber der Abwärtstrend sei ermutigend. Er sagte auch zu Garrett, dass er damit aufhören solle, was, zum Teufel, er sich seit seiner ursprünglichen Schädelfraktur angetan habe. »Denn am Ende bringt es Sie um, was es auch sein mag.«

Garrett dankte ihm für den Rat und sagte, er werde sein Möglichstes tun, ihm nachzukommen.

Er kontrollierte seine E-Mails von Zeit zu Zeit, aber er besuchte keine Nachrichten-Seiten, hielt sich von Zeitungen und dem Fernsehen fern. Er wusste, dass die Proteste in China anhielten, weil überall jeder davon redete: in der U-Bahn, in Geschäften, in

Restaurants. Es waren Nachrichten, denen man nicht aus dem Weg gehen konnte.

Garrett versuchte, nicht darüber nachzudenken. Er wartete auf eine Nachricht von Celeste Chen, aber die kam nicht. Er versuchte, sie anzurufen, aber die Nummer war nicht mehr in Betrieb, und seine E-Mails kamen als unzustellbar zurück. Eine der Nachrichten, die er wahrgenommen hatte, handelte davon, dass die Regierung die Kontrolle über den Goldenen Schild wiedererlangt habe und scharf durchgreife, den gesamten E-Mail-Verkehr blockiere. Alle sozialen Medien im Land waren verboten worden. Garrett fragte sich, ob er Celeste Chen je wiedersehen würde. Er hoffte, dass er sie nicht ins Gefängnis geschickt hatte. Oder Schlimmeres. Er lag nachts wach und machte sich Sorgen um sie.

Als er am Ende der Woche bei Jenkins & Altshuler anrief, um Avery zu fragen, ob er seinen alten Job wiederhaben könne, wurde sein Anruf zu einer firmeninternen Psychologin durchgestellt. Eine heiser klingende Frau erkundigte sich vorsichtig nach Garretts Verhältnis zu Avery und informierte ihn dann mit routiniertem Mitgefühl, dass Avery tot sei. Er sei vor zwei Wochen Opfer eines tragischen Autounfalls geworden.

Garrett fiel fast aus seinem Sessel.

»Was ist ihm zugestoßen?«

»Er ist von einem Wagen angefahren worden, als er vom Büro nach Hause ging.«

Garretts Gedanken überschlugen sich. »Hat man den Fahrer identifiziert?«

»Noch nicht. Die Polizei verfolgt zahlreiche Spuren. Es heißt, es sei eine sehr aktive Ermittlung.«

Garrett dankte ihr und hängte ein. Er verbrachte den Rest des Tages damit, ungläubig die Wand anzustarren. Als er am nächsten Morgen aufstand, durchsuchte er das Internet, um festzustellen, ob es Nachrufe auf Avery gab, und fand ein paar Dutzend. In der *New York Times* stand ein großer, in dem man Avery einen allseits beliebten Mathematikprofessor in Yale, Finanzunternehmer und Präsidentenberater nannte. Sein Tod wurde als unaufgeklärte Tragödie bezeichnet. Die *Daily News* brachten eine blutrünstige Kriminalstory voller Details über Averys letzte Minuten, die rasante Fahrt ins Krankenhaus, die hektische Suche nach dem Unfallfahrer. Und dann nach ein paar Tagen die Fortsetzung, in der es hieß, das Verbrechen bleibe unaufgeklärt.

Und dann nichts mehr.

Es war so, als hätte Avery nie gelebt. Niemandem schien es etwas auszumachen. Garrett rief an fünf verschiedenen Tagen im Sechsten Polizeirevier an. Jedes Mal stellte ihn der diensthabende Sergeant zu dem für den Fall zuständigen Detective durch, und jedes Mal wurde Garrett mit dessen Voicemail verbunden. Garrett hinterließ Botschaften, aber der Detective rief ihn nie zurück. Garrett ging sogar zum Schauplatz des Unfalls, einen Häuserblock von dem Bürogebäude entfernt, in dem Jenkins & Altshuler residierten, aber es gab keine Markierung auf der Straße, keine Blumen lagen am Bordstein; nichts, das an Avery erinnerte oder daran, was mit ihm geschehen war.

Während er an dem Unfallort stand, überkam Garrett bei all seinem Kummer ein ernüchternder Gedanke: Wer würde jetzt, wo Avery nicht mehr da war, auf ihn achtgeben?

Niemand. Er war allein.

Fünfzehn Minuten später fand sich Garrett im Eingangsbereich von Jenkins & Altshuler wieder. Er hatte gar nicht mitbekommen, dass er dorthin gegangen war. Er beschloss, sein Büro aufzusuchen, und sobald er im einundzwanzigsten Stock ankam, wurde er von seinen alten Kollegen umringt. Sie fragten ihn, wo er gewesen sei, wie er sich fühle und was er jetzt zu tun gedenke. Garrett parierte die meisten Fragen, und niemand schien eine Ahnung davon zu haben, was er während der letzten zwei Monate gemacht hatte. Alle brachten ihr Beileid über Averys Tod zum Ausdruck; sie wussten, dass er und Garrett sich nahegestanden hatten.

Dann kam eine Managerin aus dem zweiundzwanzigsten Stock nach unten und bot Garrett seinen alten Job wieder an. Die Managerin – sie hieß Thomason – sagte, sie bräuchten Garretts risikoanalytischen Fähigkeiten im Handel mit festverzinslichen Werten. Die Firma habe seit seinem Weggang in dem Bereich nur Verluste gemacht, und er könne am nächsten Tag anfangen.

Garrett kam am nächsten Morgen früh ins Büro, aber nach seiner ersten Stunde bei Jenkins & Altshuler wusste er, dass dies nicht mehr der weißglühende, brennende Mittelpunkt des Universums war. Es war nur noch ein Ort zum Geldverdienen. Die Sinnlosigkeit war spürbar für ihn, als hätte er Scheuklappen abgenommen und könnte das Börsenparkett als das sehen, was es wirklich war – eine Ansammlung von dazu berechtigten Jungs, die in ihre Telefone brüllten. Am Ende des Tages war er ruhelos und aufgewühlt, und als die Börsen geschlossen hatten, machte er einen Spaziergang am Fluss entlang, zerdrückte leere Limonadendosen mit den Füßen und kickte sie anschließend in die Dunkelheit. Die Sonne war längst untergegangen, und der Hudson machte in der Abendluft einen dickflüssigen, zähfließenden Eindruck. Garrett fühlte sich leer.

Er rief Mitty an, und sie verabredeten sich am späteren Abend auf ein Bier im hinteren Teil von McSorley's. Sie sprachen über alles, was passiert war; dass sie kurzfristig verhaftet und dann, wie Garrett, ohne weitere Erläuterung freigelassen worden war; dass sie nach einer Nachricht über Jimmy Lefebvres Begräbnis gesucht, aber nirgendwo eine gefunden habe. Sie plauderten über Bingo und Patmore: Sie waren ebenfalls eingebuchtet und dann freigelassen worden. Patmore war wieder im Marine Corps verschwunden.

»Und Bingo, mit dem hab ich einmal gesprochen, aber dann hat er mich nie zurückgerufen«, knurrte Mitty zwischen zwei Gläsern Jack Daniel's. »Nach allem, was passiert ist. Was für ein kleines Miststück.«

Garrett schaute sie neugierig an. »*Nach allem, was passiert ist?* Was ist denn passiert?«

Mitty stieß ein krächzendes Geräusch aus, das zwischen einem

Grunzen und einem Spucken lag. »Maah, nichts Besonderes. Ich hasse ihn.«

Garrett glaubte, echten Schmerz in ihrem Blick zu sehen, und deshalb ließ er das Thema fallen. Später versuchte Mitty, ihn zu einem Kampf mit einem betrunkenen Derivatehändler anzustacheln, aber Garrett war nicht interessiert – er beherzigte die Warnung des Arztes –, weshalb Mitty Gelegenheit hatte, ihn als Waschlappen zu bezeichnen.

Dagegen hatte er nichts. Es munterte ihn sogar auf.

In dieser Nacht konnte er nicht schlafen. Seine Gedanken kreisten unaufhörlich um Avery und darum, wie er gestorben war – seine letzten Augenblicke, ob er es hatte kommen sehen, war es Mord? Für einen Unfall schien es zu einfach zu sein, besonders angesichts des einen Block entfernten Bombenattentats vor einem Monat. Je länger er aufblieb und darüber nachdachte, umso mehr war er davon überzeugt, dass der geheimnisvolle Hans Metternich bei beiden Ereignissen seine Hände im Spiel hatte. Garrett wusste nichts über Metternich, und der einzige Mensch in seinem Leben, der etwas gewusst hatte, war tot. Er tippte eine E-Mail an die warbyothermeans-Adresse: *Wo sind Sie? Was ist mit Avery passiert?* Er verschlüsselte sie, schickte sie ab und blieb noch zwei weitere Stunden auf, in denen er auf eine Antwort wartete. Aber es kam keine.

Am nächsten Morgen glaubte Garrett, auf dem Weg zur Arbeit jemanden gesehen zu haben, der ihm folgte: Einen Mann mittleren Alters, der eine blaue Kapitänsjacke trug und einen halben Block hinter ihm ging. Als Garrett sich umdrehte, um ihn zur Rede zu stellen, wechselte der Mann die Richtung und bog in eine Seitenstraße ab. Garrett lief hinter ihm her, aber als er die Seitenstraße erreichte, war der Mann verschwunden. Garrett hatte instinktiv das Gefühl, dass es Metternich gewesen sei – der Zeitpunkt schien gut gewählt –, aber er hatte keinen Beweis. Garrett hatte nicht mal Metternichs Gesicht gesehen.

Als er an diesem Abend von der Arbeit nach Hause kam, lag ein

Paket auf seinem Küchentisch. Das Paket war in eine Einkaufstüte aus braunem Papier gewickelt. »FÜR GARRETT« stand säuberlich mit schwarzem Filzstift auf der Vorderseite.

Garrett gefror das Blut in den Adern. Seine Tür war abgeschlossen gewesen, und niemand sonst – nicht einmal der Hausmeister – hatte den Schlüssel zu seiner Wohnung. Er umkreiste die Tüte, ohne sie zu berühren, bevor er die Fenster, die ebenfalls geschlossen waren, und die anderen Zimmer und Schränke kontrollierte, die leer waren. Er klopfte an die Tür seiner Nachbarn, aber sie hatten nichts gesehen oder gehört. Er kehrte mit klopfendem Herzen in seine Küche zurück und zwang sich, das Paket zu öffnen.

Darin lag ein Taschenbuch: *On War* von Carl von Clausewitz. Zwischen die Seiten war eine Kondolenzkarte aus dem Drugstore geschoben worden, auf deren Außenseite sich zwei traurig aussehende Bären umarmten, während drinnen »Tiefstes Beileid« gedruckt stand. Die Karte steckte vor der ersten Seite des dritten Kapitels von Buch 1. Die Kapitelüberschrift lautete: *THE GENIUS FOR WAR*.

Garrett überflog die ersten beiden Sätze: »EVERY special calling in life, if it is to be followed with success, requires peculiar qualifications of understanding and soul. Where these are of a high order, and manifest themselves by extraordinary achievements, the mind to which they belong is termed GENIUS.«

Er riss die Seite aus dem Buch, zerfetzte die Karte in kleine Stücke und warf dann das ganze Ding in den Abfall. Er ging wütend in seiner Wohnung auf und ab, rammte einen Baseballschläger in das Fenster zur Feuerleiter, und klemmte einen Stuhl unter die Klinke seiner Wohnungstür. Er schloss sich im Badezimmer ein und versuchte, seine Atmung zu beruhigen. Sein Kopf pochte. Er dachte daran, die Polizei zu rufen, aber er wusste, das wäre eine Sackgasse. Was könnte er ihnen schon sagen? Dass jemand ihm ein Buch geschenkt hatte und dass es ihm eine Heidenangst einjagte? In diesem Moment begriff Garrett, dass er in der Falle saß. Er war in diesem neuen Leben gefangen, ob er wollte oder nicht.

Vor Frustration schlug er gegen die geflieste Wand. Er schwor sich, dass er Metternich eines Tages, wenn er wieder bei Kräften war, ausfindig machen würde. Garrett war es egal, wie gefährlich oder allwissend er war oder dass er anscheinend nach Belieben in Garretts Wohnung einbrechen konnte. Falls sich herausstellte, dass Metternich für Averys Tod verantwortlich war, würde er ihn umbringen. Ohne zu zögern.

Drei Wochen und einen Tag nach seiner Entlassung aus dem Untersuchungsgefängnis saß Garrett wieder in dem griechischen Esslokal an der Ecke Tenth und Avenue C, trank um ein Uhr nachts Kaffee und stocherte in seinem Rührei herum, als Alexis Truffant in voller Dienstmontur in das Restaurant kam und ihm gegenüber an seinem Tisch Platz nahm. Ihr Haar war zu einem straffen Pferdeschwanz zurückgebunden; sie trug einen Anflug von Make-up und hellroten Lippenstift. Garrett roch einen Hauch Parfum.

Er war überrascht, wie natürlich es ihm vorkam, dass Alexis einfach unangekündigt in seinem Leben auftauchte und an seinem Tisch Platz nahm. Es hätte nicht normaler sein können.

»Hallo, Garrett«, sagte sie.

»Lange nicht gesehen.«

»Wie geht's deinem Kopf?« Eine Kellnerin goss ihr einen Kaffee ein.

»Besser. Nicht perfekt.«

»Das mit Avery Bernstein tut mir leid.«

Garrett nickte. »Ja. Danke.«

»Er ist von einem Wagen angefahren worden?«

Garrett musterte ihr Gesicht. »Ein Unfall mit Fahrerflucht. Das behaupten sie jedenfalls. Aber du glaubst es nicht, oder?«

Alexis schaute sich in dem Imbiss um. Das Lokal war so gut wie leer.

»Ich weiß nicht«, sagte sie. »Vielleicht glaube ich es doch.«

Sie saßen eine Weile schweigend da.

»Mich haben sie auch verhaftet«, sagte sie.
»Warum?«
»Weil ich sie nicht zu dir bringen wollte.«
Garrett dachte darüber nach. »Dann bin ich dir zu Dank verpflichtet.«
»Nein«, sagte sie kopfschüttelnd, »bist du nicht.«
»Sie haben dich gehen lassen.«
»Nachdem sie die Anklage gegen dich haben fallen lassen, ergab es nicht mehr viel Sinn, mich im Gewahrsam zu behalten.«
Er warf einen Blick auf ihre Streifen. »Und sie haben dich dafür zu einem Colonel gemacht?«
Sie nickte. »Lieutenant Colonel. Es heißt jetzt alle Mann an Deck bei der DIA. Man sagt einen Bürgerkrieg in China voraus. Deshalb ist alles vergeben.« Sie schien einen Moment darüber nachzudenken, bevor sie hinzufügte: »Oder sie haben es getan, um mein Schweigen zu erkaufen.«
»Über mich?«
»Über alles.«
Garrett schob seinen Teller Rührei beiseite und starrte ihr in die Augen, auf ihr Haar, ihre Lippen; er erinnerte sich, wie sie sich angefühlt hatten, als er sie küsste. »Was machst du hier, Alexis?«
Sie zog einen Umschlag aus ihrem Jackett und schob ihn über den Tisch. »Deine Besoldung. Für einen Monat Arbeit. Plus eine erste Rate Invalidenvergütung. Für die Schädelfraktur. Sie ist neu eingestuft worden als arbeitsbedingte Verletzung.«
Garrett öffnete den Umschlag. Darin lagen zwei Schecks, die beide auf ihn ausgestellt waren. Einer belief sich auf 4.840,35 Dollar. Steuern waren bereits abgezogen. Der andere lautete über 370,00 Dollar. Er war von der Social Security Administration.
Garrett lächelte. »Endlich kann ich mich zur Ruhe setzen.«
»Niemand hat behauptet, es wäre lukrativ, deinem Land zu dienen.«
»Hab ich das gemacht? Meinem Land gedient?«
Alexis streckte sich, sodass sie noch ein bisschen aufrechter auf

ihrem Stuhl saß. Sie nickte andeutungsweise. »Ja, das ist genau das, was du gemacht hast. Und du hast es ehrenvoll gemacht. Mit Auszeichnung. Du solltest stolz sein.«

Garrett wusste nicht, was er sagen sollte. Er war bestimmt nicht stolz. Er faltete die Schecks zusammen und steckte sie in seine Tasche. »Das ist es? Du bist gekommen, um mir mein Geld zu geben?«

»Gefällt es dir an deinem alten Arbeitsplatz, Garrett?«

»Ich lasse es ruhig angehen.«

»Aber du bist um ein Uhr morgens wach und trinkst Kaffee in einem Imbiss.«

Garrett zuckte mit den Schultern. »Ich habe Schlafprobleme.«

Sie beugte sich leicht vor, wobei sie sich mit den Ellbogen auf dem Tisch abstützte. »Manche Leute wissen, was du gemacht hast. Leute, die wichtig sind. Sie waren beeindruckt. Überwältigt sogar. Und sie werden wünschen, dass du es wieder machst.«

Diesmal lachte Garrett laut auf. »Sie können mich mal am Arsch lecken.«

»Die übliche Garrett-Reilly-Antwort.«

»Ja, na ja, manche Dinge ändern sich nie«, sagte er.

»Ich glaube, du hast dich geändert. Sehr sogar. Und ich vermute, dass du in dein altes Leben nicht mehr reinpasst. Geld hin und her schieben. Kauf- und Verkaufsaufträge. Verblasst das nicht alles irgendwie im Vergleich zu der Rettung der Welt?«

Garrett sagte nichts. Er spielte mit seiner Gabel, schob sie auf der Papiertischdecke hin und her.

»Aszendent existiert immer noch. Inaktiv, wartet aber auf dich.«

Garrett erstarrte. Er konnte fühlen, wie der alte Zorn in ihm aufwallte, die Wut, die ihn so oft verzehrte.

»Man hat mich zweimal verhaftet. Man hat mich gefoltert, mich in Isolationshaft gesteckt. Man hat einen Mann von unserem Team erschossen. *Von unserem Team*, Lieutenant Colonel Truffant. Und wer weiß, was sie mit Avery gemacht haben.«

Alexis senkte ihre Stimme zu einem Flüstern. »Es ist Krieg, Garrett. Im Krieg sterben Menschen.«

»Ihr sollt nicht die Menschen töten, die auf eurer Seite sind.«

»Die Schuldigen werden bestraft.«

Garrett runzelte die Stirn. Er schüttelte den Kopf. »Nicht die Schuldigen ganz oben. Die nicht. Die werden nie bestraft.«

»Du hast recht«, sagte sie. »Das Leben ist nicht fair.«

Alexis drehte ihre Handflächen nach oben, als wollte sie sagen: Was kann einer von uns dagegen tun? Garrett fühlte, wie seine Wut nachließ. Er begriff, dass er Alexis diese Dinge hatte sagen müssen; sie hatten in ihm geeitert, und sie war der einzige Mensch, bei dem er Linderung finden konnte.

»Ich weiß, du hörst das vielleicht nicht gerne, aber du hast den Krieg gesehen, bevor ihn irgendjemand sonst sah. Du hast ihn studiert, dann hast du ihn bekämpft. Und du hast ihn zum Abschluss gebracht. Allen Schwierigkeiten zum Trotz. Du hast Menschenleben gerettet. Viele, viele Leben. Was du getan hast, war erstaunlich.« Sie blickte ihm in die Augen. »Der Präsident will, dass du zurückkommst. Er hat persönlich nach dir gefragt.«

Garrett schaute zur Seite, ließ ihre Worte auf sich wirken. Dann zog er sein Portemonnaie heraus und legte einen Zwanziger auf den Tisch. »Ich denke die ganze Zeit an dich«, sagte er, während er das abgegriffene Leder seines Portemonnaies befingerte. »Ich denke an uns.«

»Und?«, fragte sie.

Garrett lächelte sie an. Dieses Lächeln gab ihm das Gefühl, verletzlich zu sein, weil er seine wahre Natur akzeptierte, als hätte sein Lächeln sein Herz geöffnet und ihm erlaubt zu sagen, was er schon seit einer Weile hatte sagen wollen.

»*Und?*«, wiederholte er, während er sie dümmlich angrinste. »Und ich liebe dich immer noch.«

Schweigen senkte sich auf den Tisch. Garrett glaubte, gesehen zu haben, dass Alexis' Wangen leicht erröteten. Sie öffnete den Mund, um zu antworten, aber es kamen keine Worte. Ein paar

Augenblicke später stieß Garrett sich vom Tisch ab und stand auf. »Es ist okay«, sagte er. »Du musst nichts sagen.«

Er legte sich ein Sweatshirt mit Reißverschluss um die Schultern. »Es war schön, dich wiedergesehen zu haben, Alexis. Richtig schön.« Er ging auf die Tür zu.

Alexis rief hinter ihm her, als er auf halbem Weg zum Ausgang war. »Sie werden nach dir fragen. In der Nacht, wenn die nächste Krise ausbricht. Und diese Krise steht kurz bevor. Denk über deine Antwort nach, Garrett. Ich hoffe, du triffst die richtige Entscheidung.«

Garrett neigte den Kopf leicht zur Seite, nickte müde und ging hinaus in die warme New Yorker Nacht.

DANKSAGUNG

Ich hätte dieses Buch nicht ohne die fachliche Beratung der folgenden Leute schreiben können. Mein Dank geht an: Danny Goodwin für seine Börsenkenntnisse; Nathan Wright für seine Hilfe in Sachen Militärjargon und -psyche; Carrie Pederson für ihre brillanten Kenntnisse in allen Dingen, was China betrifft; Stanley Florek, der mir erklärte, wie man Nachrichten verschlüsselt; E. J. Gong, der mir Kapitalgesellschaften und Immobilienspekulationen näherbrachte; Peter Loop, der Datenzentren für mich entmystifizierte; John Krause, der mich in Fragen zur Internetsicherheit und zur Stromversorgung auf den letzten Stand brachte; Ting Wang und Matthew Van Osdol, die dafür sorgten, dass das Hochchinesisch auf der erforderlichen Höhe ist; Marsi Doran, weil sie die Komplikationen des Handels mit Staatsanleihen für mich entwirrte; Jack Timmons für sein Programmiergenie und seinen wilden Enthusiasmus.

Genauso unschätzbar hilfreich waren Markus Hoffmann von Regal Literary in New York und mein Team in L. A. – Matt Leipzig und Jordan Bayer bei Original Artists, Dan Brecher von Rothman Brecher Kim und meine Managerin Ragna Nervik.

Auf der Verlagsseite gilt mein besonderer Dank Emily Graff und dem einfühlsamen Rowland White von Penguin UK. Und schließlich meine aufrichtige Dankbarkeit an meine Lektorin bei Simon & Schuster, die einzigartige Marysue Rucci.

Drew Chapman

ist hauptberuflich Drehbuchautor für Film und Fernsehen. »Der Analyst« ist sein erster Thriller und der Beginn einer Serie um das Zahlengenie Garrett Reilly und die Agentin Alexis Truffant. Drew Chapman ist verheiratet, hat zwei Kinder und lebt abwechselnd in Los Angeles und Seattle.

„Ein bombastischer Thriller!“

Kiefer Sutherland

384 Seiten
ISBN 978-3-442-47733-3
auch als E-Book erhältlich

Gideon Davis hat 24 Stunden, um die Welt vor einer Katastrophe zu retten – und die Zeit rast... Um den Frieden zu bewahren, muss er einen Krieg beginnen.

384 Seiten
ISBN 978-3-442-48126-2
auch als E-Book erhältlich

Gideon Davis und sein Bruder sollen den schlimmsten Anschlag in der Geschichte der USA verhindern – und sind dabei völlig auf sich allein gestellt.

Vom Drehbuchautor der Erfolgsserie „Homeland“ und Produzent von „24“ und „Akte X“.

www.goldmann-verlag.de
www.facebook.com/goldmannverlag

GOLDMANN
Lesen erleben